Iris Johansen

Bei null bist du tot

Ein Eve-Duncan-Thriller

Aus dem Englischen von
Charlotte Breuer und Norbert Möllemann

Ullstein

Besuchen Sie uns im Internet:
www.ullstein-taschenbuch.de

Umwelthinweis:
Dieses Buch wurde auf chlor- und säurefreiem Papier gedruckt.

Ungekürzte Ausgabe im Ullstein Taschenbuch
1. Auflage Januar 2008

Publishing by Arrangement with Johansen Publishing LLLP
Titel der amerikanischen Originalausgabe: *Countdown* (Bantam Books, New York)
Umschlaggestaltung: Hilden Design, München
(nach einer Vorlage von Büro Hamburg)
Titelabbildung: © Susan Friedman/Graphistock/Picture Press
Satz: Franzis print & media GmbH, München
Gesetzt aus der Sabon und Clarendon
Druck und Bindearbeiten: Ebner & Spiegel, Ulm
Printed in Germany
ISBN 978-3-548-26796-8

Eins

Aberdeen, Schottland

Den Schlüssel finden.

Es war stockfinster im Hotelzimmer, aber er wagte nicht Licht zu machen. Leonard hatte ihm gesagt, Trevor und Bartlett würden sich gewöhnlich eine Stunde lang im Restaurant aufhalten, doch darauf konnte er sich nicht verlassen. Grozak kannte Trevor seit Jahren und er wusste, dass dessen Instinkte noch genauso ausgeprägt waren wie damals, als er als Söldner in Kolumbien gewesen war.

In spätestens zehn Minuten würde er hier verschwinden.

Der Strahl seiner Taschenlampe huschte durch das Zimmer, das so steril und unpersönlich war wie die meisten Hotelzimmer. Als Erstes würde er sich die Schreibtischschubladen vornehmen.

Lautlos ging er zum Schreibtisch hinüber und zog eine Schublade nach der anderen auf.

Nichts.

Noch fünf Minuten.

Er öffnete die Nachttischschublade. Ein Notizblock und ein Bleistift.

Den Schlüssel finden. Die Achillesferse. Jeder hatte eine Schwachstelle.

Das Badezimmer.

Nichts in den Schubladen.

Der Kulturbeutel.

Bingo!

Vielleicht.

Ja. Ganz unten in der Kulturtasche lag ein kleines, abgegriffenes Lederetui.

Fotos von einer Frau. Notizen. Zeitungsausschnitte mit Fotos von derselben Frau. Grozak war enttäuscht. Nichts über MacDuff's Run. Nichts über das Gold. Nichts, das ihm weiterhalf. Verdammt, er hatte gehofft –

Moment. Das Gesicht der Frau kam ihm irgendwie bekannt vor.

Keine Zeit, die Zeitungsausschnitte zu lesen.

Er nahm seine Digitalkamera aus der Tasche und begann, die Artikel abzufotografieren. Später würde er die Fotos an Reilly mailen, um ihm zu zeigen, dass er etwas besaß, womit er Trevor in der Hand hatte.

Aber das würde Reilly möglicherweise nicht zufrieden stellen. Er musste sich wohl oder übel noch einmal im Zimmer umsehen und die Reisetasche durchsuchen.

Unter dem Verstärkungsboden der Reisetasche fand er einen abgegriffenen Zeichenblock.

Wahrscheinlich nichts Brauchbares. Hastig blätterte er ihn durch. Gesichter. Nichts als Gesichter. Er hätte sich nicht damit aufhalten sollen. Trevor würde jeden Augenblick in sein Zimmer zurückkommen. Nichts als Zeichnungen von Kindern und alten Leuten und von diesem Scheißkerl –

Verdammt.

Treffer!

Den Zeichenblock unter den Arm geklemmt, verließ er das Zimmer. Er war so begeistert, dass er sich fast wünschte, Trevor auf dem Korridor über den Weg zu laufen, dann könnte er ihn gleich umlegen. Andererseits würde das den ganzen Spaß verderben.

Jetzt hab ich dich in der Hand, Trevor.

Der Sensor in Trevors Hosentasche vibrierte.

Trevor zuckte zusammen. »Verflucht.«

»Was ist?«, fragte Bartlett.

»Vielleicht gar nichts. Jemand ist in meinem Zimmer.« Er warf ein paar Münzen auf den Tisch und stand auf. »Könnte das Zimmermädchen sein, das das Bett macht.«

»Aber das bezweifelst du.« Bartlett folgte ihm in den Aufzug. »Grozak?«

»Wir werden sehen.«

»Eine Falle?«

»Unwahrscheinlich. Er will mich umlegen, doch das Gold ist ihm noch viel wichtiger. Wahrscheinlich sucht er nach einem Lageplan oder sonstigen brauchbaren Informationen.«

»So was würdest du doch aber nie in deinem Hotelzimmer liegen lassen.«

»Das kann er nicht mit Sicherheit wissen.« Trevor blieb vor seiner Zimmertür stehen und zog seine Pistole. »Warte hier.«

»Kein Problem. Falls du umgebracht wirst, muss schließlich jemand die Polizei verständigen. Diese Pflicht übernehme ich gerne. Aber falls es doch das Zimmermädchen ist, legt man uns vielleicht nahe, die Unterkunft zu wechseln.«

»Es ist nicht das Zimmermädchen. Da drin brennt kein Licht.«

»Dann sollte ich vielleicht –«

Trevor trat die Tür auf, glitt ins Zimmer und warf sich auf den Boden.

Kein Schuss. Keine Bewegung.

Er kroch hinters Sofa und wartete, bis seine Augen sich an die Dunkelheit gewöhnt hatten.

Nichts.

Er schaltete die Lampe auf dem Tischchen neben dem Sofa an.

Es war niemand zu sehen.

»Darf ich reinkommen?«, fragte Bartlett. »Ich fühle mich ein bisschen einsam hier draußen auf dem Flur.«

»Warte noch einen Augenblick. Ich will mich vergewissern …« Er sah erst im Schrank, dann im Bad nach. »Okay, kannst reinkommen.«

»Sehr schön. Es war übrigens interessant, wie du durch die Tür gestürmt bist wie Clint Eastwood in einem Dirty-Harry-Film.« Vorsichtig betrat Bartlett das Zimmer. »Aber ich frage mich doch, warum ich hier meinen kostbaren Hals riskiere, anstatt gemütlich in London zu sitzen.« Er blickte sich um. »Scheint alles in Ordnung zu sein. Fängst du womöglich an, weiße Mäuse zu sehen? Vielleicht hat das Gerät, das du immer in der Hosentasche mit dir rumträgst, einen Kurzschluss.«

»Vielleicht.« Trevor suchte in allen Schubladen. »Nein. Jemand hat meine Sachen durchwühlt.«

»Wie kommst du darauf? Scheint doch alles an Ort und Stelle zu sein.«

»Ich weiß es einfach.« Er ging ins Bad. Der Kulturbeutel stand fast genauso da, wie er ihn hingestellt hatte.

Fast.

Mist.

Er öffnete den Reißverschluss. Das Lederetui war noch da. Es war genauso schwarz wie der Boden der Kulturtasche, womöglich hatte er es übersehen.

»Trevor?«

»Bin gleich da.« Langsam öffnete er das Etui und betrachtete zuerst die Zeitungsausschnitte, dann die Fotos. Sie schaute ihn mit dem herausfordernden Blick an, den er so gut kannte. Vielleicht hatte Grozak die Fotos nicht entdeckt. Und wenn doch, hatte er vielleicht deren Bedeutung nicht erkannt.

Aber konnte er es riskieren, auf diese Vermutung hin ihr Leben aufs Spiel zu setzen?

Er eilte ins Zimmer, nahm die Reisetasche aus dem Schrank und riss den Boden heraus.

Der Zeichenblock war weg.

Verdammter Mist!

Harvard University

»Hey, ich dachte, du paukst fürs Examen.«

Jane blickte von ihrem Zeichenblock auf, als ihre Mitbewohnerin Pat Hershey ins Zimmer gestürmt kam. »Ich brauchte eine Verschnaufpause und beim Zeichnen kann ich mich am besten entspannen.«

»Schlafen wäre auch eine Alternative.« Pat lächelte. »Und wenn du dir gestern nicht die halbe Nacht als Kindermädchen um die Ohren geschlagen hättest, müsstest du heute nicht so viel pauken.«

»Mike musste einfach mit jemandem reden«, sagte Jane. »Er macht sich in die Hose vor Angst, er könnte durchs Examen fallen und alle enttäuschen.«

»Dann sollte er lieber lernen, anstatt sich an deiner Schulter auszuweinen.«

Jane wusste, dass Pat Recht hatte, am Abend zuvor hatte sie selbst ein paarmal beinahe die Geduld verloren. »Er ist es gewohnt, mit Problemen zu mir gelaufen zu kommen. Wir kannten uns schon als Kinder.«

»Und du bist zu weichherzig, um ihn abzuweisen.«

»Ich bin nicht weichherzig.«

»Nur Leuten gegenüber, die dir etwas bedeuten. Mir zum Beispiel hast du schon ein paarmal aus der Klemme geholfen, seit wir uns das Zimmer teilen.«

»Ach, das war doch nichts Besonderes.«

»Für mich schon.« Pat trat zu Jane und betrachtete die Zeichnung. »Ach Gott, er schon wieder.«

Jane ignorierte die Bemerkung. »Und? Bist du gut gelaufen?«

»Eine Meile mehr als sonst.« Pat ließ sich in den Sessel fallen und begann, ihre Laufschuhe auszuziehen. »Du hättest mitkommen sollen. Allein zu laufen macht mir nur halb so viel Spaß. Ich hätte es sehr genossen, dich abzuhängen.«

»Keine Zeit.« Mit drei energischen Strichen beendete Jane die Zeichnung. »Ich hab dir doch gesagt, ich musste für die Abschlussklausur in Chemie pauken.«

»Stimmt, das hast du mir gesagt.« Pat grinste. »Stattdessen erwische ich dich schon wieder dabei, wie du deinen Traumprinzen zeichnest.«

»Glaub mir, er ist kein Traumprinz.« Jane klappte den Zeichenblock zu. »Und auch keiner, den du deinen Eltern vorstellen würdest.«

»Ein schwarzes Schaf? Wie aufregend.«

»Nur in Seifenopern. Im richtigen Leben machen die bloß Ärger.«

Pat verdrehte die Augen. »Du redest schon wie eine übersättigte Frau von Welt. Du bist gerade mal einundzwanzig, Himmelherrgott.«

»Ich bin nicht übersättigt. Das sind nur Leute, die nicht genug Fantasie besitzen, um ihr Leben interessant zu gestalten. Aber ich kenne den Unterschied zwischen reizvoll und mühselig.«

»Mit dieser Art von mühselig könnte ich leben, wenn sie so hübsch verpackt wäre. Der Typ sieht ja wirklich umwerfend aus. Eine Mischung aus Brad Pitt und Russell Crowe. Das musst du doch selber auch so sehen, sonst würdest du ihn ja nicht dauernd zeichnen.«

Jane zuckte die Achseln. »Er ist interessant. Jedes Mal, wenn ich ihn zeichne, entdecke ich was Neues in seinem Gesicht. Deswegen kann ich mich so gut damit ablenken.«

»Diese Zeichnungen sind wirklich toll. Ich verstehe gar nicht, warum du nicht mal ein vollständiges Porträt von ihm malst. Das wäre bestimmt noch viel besser als das Porträt von der alten Frau, für das du den Preis bekommen hast.«

Jane lächelte. »Ich glaube kaum, dass die Preisrichter das auch so sehen würden.«

»Ich will das Bild ja nicht schlecht machen. Das Porträt war erstklassig. Andererseits ist sowieso alles erstklassig, was du machst. Eines Tages wirst du noch mal berühmt werden.«

Jane schnaubte verächtlich. »Vielleicht, wenn ich so alt werde wie Grandma Moses. Ich bin viel zu praktisch veranlagt. Ich hab einfach nicht das Zeug für eine Künstlerin.«

»Dauernd machst du dich über dich selbst lustig, aber ich habe dich arbeiten sehen. So vollkommen versunken …« Sie legte den Kopf schief. »Weißt du, ich habe mich schon öfter gefragt, warum du nicht sehen willst, dass du eine fantastische Zukunft vor dir hast. Anfangs wusste ich keine Antwort, aber schließlich kam ich drauf.«

»Ach ja? Da bin ich ja mal gespannt.«

»Sei nicht so sarkastisch. Ich hab schließlich auch ein bisschen Menschenkenntnis. Mir ist klar geworden, dass du dich aus irgendeinem Grund nicht traust, nach den Sternen zu greifen. Vielleicht glaubst du, du hättest es nicht verdient.«

»Hä?«

»Ich will ja nicht behaupten, du hättest kein Selbstvertrauen. Aber ich meine, du bist dir deiner Begabung nicht so bewusst, wie du es sein solltest. Himmel, du hast einen der bedeutendsten Wettbewerbe gewonnen. Das müsste dir doch etwas sagen.«

»Es sagt mir, dass den Preisrichtern mein Stil gefallen hat. Kunst ist sehr subjektiv. Wenn andere Leute in der Jury gesessen hätten, wäre ich vielleicht noch nicht mal unter die ersten drei gekommen.« Sie zuckte die Achseln. »Was auch in Ordnung gewesen wäre. Ich male, was und wen ich will. Es macht mir Freude. Ich muss nicht immer die Beste sein.«

»Wirklich nicht?«

»Nein, wirklich nicht, Miss Freud. Also halt dich da raus.«

»Meinetwegen.« Pat betrachtete immer noch die Zeichnung. »Du hast gesagt, er ist ein alter Freund?«

Freund? Auf keinen Fall. Dafür war die Beziehung zwischen ihnen zu flüchtig gewesen. »Nein, ich habe gesagt, ich hab ihn vor Jahren mal gekannt. Wolltest du nicht eigentlich duschen gehen?«

Pat lachte in sich hinein. »Bin ich dir mal wieder zu nahe getreten? Tut mir Leid, ich bin machmal ein Trampel. Liegt daran, dass ich in einer Kleinstadt aufgewachsen bin.« Sie stand auf und streckte sich. »Aber du musst zugeben, dass es mir meistens gelingt, mich zu beherrschen.«

Jane schüttelte lächelnd den Kopf. »Ja, wenn du schläfst.«

»Na ja, es scheint dich aber nicht allzu sehr zu stören. Wir teilen uns jetzt schon seit zwei Jahren ein Zimmer und du hast mir noch nie Gift in den Kaffee geschüttet.«

»Noch ist nicht aller Tage Abend.«

»Ach, du hast dich längst an mich gewöhnt. Außerdem finde ich, dass wir uns gegenseitig ziemlich gut ergänzen. Du bist verschlossen, fleißig, diszipliniert und verantwortungsbewusst, ich bin offen, faul, verwöhnt und unbeständig.«

»Deswegen kommst du ja auch auf keinen grünen Zweig mit deinem Studium.«

»Aber du spornst immer wieder meinen Ehrgeiz an, deshalb suche ich mir keine Zimmergenossin, die genauso eine Partybiene ist wie ich.« Sie zog sich das T-Shirt aus. »Außerdem hoffe ich, dass dieser Traumprinz irgendwann hier aufkreuzt, damit ich ihn verführen kann.«

»Da muss ich dich leider enttäuschen. Der wird hier nicht aufkreuzen. Wahrscheinlich erinnert er sich nicht mal mehr an mich, und für mich ist er nichts weiter als ein interessantes Gesicht.«

»Ich würde schon dafür sorgen, dass er mich nicht vergisst. Wie hieß er noch gleich?«

Jane grinste. »Mr. Wonderful, wie sonst?«

»Nein, mal ehrlich. Ich weiß, du hast es mir schon mal gesagt, aber ich –«

»Trevor. Mark Trevor.«

»Ja, genau.« Pat ging ins Bad. »Trevor ...«

Jane betrachtete ihren Zeichenblock. Seltsam, dass Pat sich plötzlich wieder auf Trevor einschoss. Eigentlich respektierte sie ihre Privatsphäre, und nachdem sie ziemlich dicht gemacht hatte, als Pat ihr das letzte Mal mit ihren Fragen nach Trevor auf die Nerven gegangen war, hatte sie nicht wieder davon angefangen.

»Zerbrich dir nicht den Kopf.« Pat steckte den Kopf aus der Badezimmertür. »Ich kann bis in die Dusche hören, wie sich die kleinen Zahnrädchen in deinem Hirn drehen. Wahrscheinlich wird mir nichts anderes übrig bleiben, als einen kräftigen Kerl für dich aufzutreiben, der dich mal ordentlich durchvögelt, damit du dich endlich wieder entspannst. Du lebst in letzter Zeit wie eine Nonne. Und dieser Trevor scheint mir ein geeigneter Kandidat zu sein.«

Jane schüttelte den Kopf.

»Sturkopf«, schmollte Pat. »Na gut, dann vergessen wir Trevor, und ich sehe mich unter den Jungs auf dem Campus nach einem talentierten Burschen für dich um.« Damit verschwand sie wieder im Bad.

Trevor vergessen? Das war ziemlich unwahrscheinlich, dachte Jane. Seit vier Jahren versuchte sie schon, ihn aus ihren Gedanken zu verbannen, und hin und wieder war ihr das sogar gelungen. Aber er war ständig im Hintergrund präsent und lauerte darauf, sich wieder in ihr Bewusstsein zu drängen. Aus diesem Grund hatte sie vor drei Jahren angefangen, sein Gesicht zu zeichnen. Wenn eine Zeichnung fertig war, konnte sie ihn für eine Weile vergessen und sich wieder auf ihr Leben konzentrieren.

Und sie führte ein gutes Leben, interessant und ausgefüllt und auf keinen Fall leer. Sie brauchte ihn nicht. Sie erreichte die Ziele, die sie sich setzte, und er spukte nur deshalb immer noch in ihrer Erinnerung herum, weil die Zeit, die sie miteinander verbracht hatten, unter so dramatischen Umständen verlaufen war. Für Pat mochten schwarze Schafe aufregend sein, aber sie hatte eine behütete Kindheit gehabt, und sie ahnte gar nicht, wie viel –

Janes Handy klingelte.

Jemand folgte ihr.

Jane spähte über ihre Schulter.

Niemand zu sehen.

Zumindest niemand Verdächtiges. Ein paar Studenten, die sich einen netten Abend machen wollten, schlenderten über die Straße und beäugten eine junge Frau, die gerade aus dem Bus gestiegen war. Sonst niemand. Kein Mensch interessierte sich für sie. Wahrscheinlich wurde sie allmählich paranoid.

Von wegen. Sie hatte noch immer den Instinkt eines Straßenkindes, auf den konnte sie sich verlassen. Jemand war ihr gefolgt.

Also gut, es konnte irgendjemand sein. In dieser Gegend gab es jede Menge Kneipen, die von den Studenten der nahe gelegenen Uni frequentiert wurden. Vielleicht hatte jemand bemerkt, dass sie allein war, er hatte sich kurz überlegt, ob sie als Beute in Frage käme, dann aber das Interesse verloren und sich in eine Kneipe verdrückt.

Genau das hatte sie auch vor.

Sie warf einen Blick auf die Neonreklame vor ihr. *The Red Rooster*? Typisch Mike. Wenn er sich schon unbedingt besaufen wollte, hätte er sich wenigstens einen Laden aussuchen können, dessen Besitzer ein bisschen mehr Fantasie besaß.

Aber das war wohl zu viel verlangt. Selbst unter normalen Umständen war Mike weder wählerisch noch kritisch. Im Moment war er offenbar derart in Panik, dass er in jede Kneipe gehen würde, Hauptsache es gab genug Bier. Normalerweise hätte sie ihn einfach seine eigenen Fehler machen und daraus lernen lassen, aber sie hatte Sandra versprochen, sich ein bisschen um ihn zu kümmern.

Und der Junge war erst achtzehn, verdammt. Sie würde ihn also da rausholen, zurück ins Studentenheim bringen und dafür sorgen, dass er wieder nüchtern wurde, damit sie ihm den Kopf waschen konnte.

Als sie die Tür öffnete, schlugen ihr die verbrauchte Luft und der Lärm der überfüllten Kneipe entgegen. Sie ließ ihren Blick über die Köpfe schweifen, bis sie Mike und seinen Zimmergenossen Paul Donnell an einem Tisch im hinteren Teil des Raums entdeckte. Aus der Entfernung wirkte Paul noch ziemlich nüchtern, aber Mike war offensichtlich komplett abgefüllt und konnte nur noch mit Mühe aufrecht sitzen.

»Hallo, Jane.« Paul stand auf. »Was für eine Überraschung. Ich dachte, du würdest dich nicht in Kneipen rumtreiben.«

»Tue ich auch nicht.« Und für Paul war es auch durchaus keine Überraschung, dass sie plötzlich da stand. Er hatte sie vor einer halben Stunde angerufen, um ihr zu sagen, Mike sei deprimiert und dabei, sich voll laufen zu lassen. Doch wenn er seine Freundschaft mit Mike nicht gefährden wollte, indem er so tat, als wüsste er von nichts, war's ihr recht. Paul war ihr noch nie sonderlich sympathisch gewesen. Er war ihr zu glatt, zu cool, aber immerhin war er allem Anschein nach um Mike besorgt. »Ich treibe mich nur in Kneipen rum, wenn Mike sich wieder mal zum Idioten macht. Komm schon, Mike, verschwinden wir von hier.«

Mike schaute sie mit trüben Augen an. »Geht nicht. Ich bin immer noch nüchtern genug, um denken zu können.«

»Das glaube ich dir aufs Wort.« Sie wandte sich an Paul. »Bezahl du die Rechnung, wir warten draußen vor der Tür auf dich.«

»Ich gehe nirgendwohin«, sagte Mike. »Hier geht's mir gut. Paul hat mir versprochen, wie ein Hahn zu krähen, wenn ich noch ein paar Bier trinke. Wie ein roter Hahn ...«

Paul hob die Brauen und schüttelte den Kopf. »Tut mir Leid, dass ich dir das zumute«, sagte er zu Jane. »Wir wohnen ja erst seit ein paar Monaten zusammen im Studentenheim, er wollte einfach nicht auf mich hören. Aber er redet die ganze Zeit von dir, deswegen dachte ich, es macht dir nichts aus, wenn –«

»Schon okay. Ich bin's gewöhnt. Wir sind zusammen aufgewachsen, und ich kümmere mich schon um ihn, seit er sechs ist.«

»Ihr seid nicht verwandt?«

Sie schüttelte den Kopf. »Er wurde von der Mutter der Frau adoptiert, die mich aufgenommen hat. Er ist wirklich in Ordnung, wenn er nicht gerade so depressiv drauf ist, aber manchmal möchte ich ihn einfach nur schütteln.«

»Nimm ihn nicht so hart ran, er ist völlig mit den Nerven runter.« Paul stand auf und ging zum Tresen. »Ich zahle dann mal.«

Ihn nicht zu hart rannehmen? Wenn Ron und Sandra Fitzgerald ihn nicht dauernd mit Samthandschuhen angepackt hätten, hätte Mike nicht vergessen, was er auf der Luther Street gelernt hatte. Dann wäre er jetzt besser in der Lage, sich in der realen Welt durchzuschlagen, dachte Jane entnervt.

»Bist du sauer auf mich?«, fragte Mike missmutig. »Sei nicht sauer, Jane.«

»Natürlich bin ich sauer auf –« Er schaute sie an wie ein begossener Pudel, sie brachte es nicht fertig, den Satz zu Ende zu sprechen. »Mike, warum tust du dir das an?«

»Sauer auf mich. Und enttäuscht.«

»Hör zu, ich bin nicht enttäuscht, weil ich weiß, dass du das alles schon wieder in den Griff kriegst. Komm, lass uns irgendwohin gehen, wo wir reden können.«

»Wir können hier reden. Ich geb dir einen aus.«

»Mike. Ich –« Es hatte keinen Zweck. Mit Überredungskunst war Mike nicht beizukommen. Sie musste ihn einfach irgendwie aus diesem Schuppen rausbringen. »Los, aufstehen«, kommandierte sie und packte ihn am Arm. »Und zwar jetzt gleich. Sonst trage ich dich hier raus. Du weißt, das schaff ich. Also?«

Mike starrte sie entsetzt an. »Das würdest du mir nicht antun. Die würden mich hier alle auslachen.«

»Ist mir scheißegal, ob diese Versager dich auslachen. Die sollten alle für ihre Prüfungen büffeln, anstatt sich die Birne voll zu knallen. Und dasselbe gilt für dich.«

»Alles zwecklos.« Er schüttelte betrübt den Kopf. »Ich falle sowieso durch. Ich hätte nie aufs College gehen sollen.

Ron und Sandra hatten Unrecht. Ivy-League-Unis sind eine Nummer zu groß für mich.«

»Du wärst nie aufgenommen worden, wenn die nicht der Meinung wären, dass du das Zeug dazu hast. Auf der High School warst du verdammt gut, und hier schaffst du es auch, wenn du dich anstrengst.« Sie seufzte, als sie merkte, dass sie überhaupt nicht zu ihm durchdrang. »Okay, darüber reden wir später. Und jetzt steh auf.«

»Nein.«

»Mike.« Sie beugte sich hinunter, damit sie ihm direkt in die Augen sehen konnte. »Ich habe Sandra versprochen, mich um dich zu kümmern. Und das bedeutet, ich werde nicht zulassen, dass du dein erstes Semester im Vollrausch verbringst oder im Gefängnis landest, weil du gegen das Alkoholverbot für Jugendliche verstoßen hast. Hast du etwa schon mal erlebt, dass ich ein Versprechen nicht gehalten habe?«

Er schüttelte den Kopf. »Aber du hättest so was nicht versprechen zu brauchen. Ich bin schließlich kein kleines Kind mehr.«

»Dann benimm dich auch nicht so. Du hast noch zwei Minuten, bis ich dich packe und über der Schulter hier raustrage.«

Seine Augen weiteten sich und er sprang auf. »Verdammt, Jane, ich lasse mich nicht –«

»Halt die Klappe.« Sie packte ihn am Arm und bugsierte ihn in Richtung Ausgang. »Im Moment bin ich nicht besonders gut auf dich zu sprechen. Ich hab morgen eine Prüfung, und bloß weil ich meine Zeit für diesen Blödsinn hier vergeude, muss ich bis morgen früh über meinen Büchern hocken.«

»Wieso denn?«, fragte Mike. »Du bist doch sowieso in allen Fächern ein Ass. Manchen Leuten ist es gegeben und manchen nicht.«

»Red nicht solchen Quatsch, das ist doch nur ein Vorwand, damit du dich gehen lassen und rumfaulenzen kannst.«

Er schüttelte den Kopf. »Ich hab mit Paul darüber gesprochen. Es ist einfach nicht fair. Du bist ein Naturtalent. In ein paar Monaten machst du deinen Abschluss und Eve und Joe werden stolz auf dich sein. Ich kann von Glück reden, wenn ich's überhaupt bis zur Zwischenprüfung schaffe.«

»Hör auf mit dem Schwachsinn.« Sie öffnete die Tür und schob ihn nach draußen. »Du wirst nicht mal das erste Semester überstehen, wenn du nicht bald die Kurve kriegst.«

»Das hat Paul auch gesagt.«

»Dann hättest du besser auf ihn hören sollen.« Als Paul aus der Kneipe kam, fragte sie: »Wo steht sein Auto?«

»Um die Ecke in der Seitenstraße. Hier war kein Parkplatz mehr frei, als wir kamen. Brauchst du Hilfe?«

»Nicht, solange er laufen kann«, erwiderte sie mürrisch. »Ich hoffe, du hast ihm die Autoschlüssel abgenommen.«

»Was wäre ich sonst für ein Freund?« Er nahm die Schlüssel aus der Hosentasche und reichte sie ihr. »Soll ich dein Auto zurück zum Campus fahren?«

Sie nickte, nahm ihre Schlüssel aus der Handtasche und gab sie ihm. »Mein Wagen steht zwei Straßen weiter. Ein brauner Toyota Corolla.«

»Sie hat zwei Jobs gleichzeitig gemacht und so lange gespart, bis sie sich das Auto kaufen konnte«, sagte Mike kopfschüttelnd. »Jane ist einfach unglaublich. Die großartige Jane. Sie ist die Beste. Hab ich dir das schon mal erzählt, Paul? Alle sind stolz auf Jane ...«

»Komm jetzt.« Sie zog ihn am Arm. »Ich zeig dir gleich, was unglaublich ist. Sei froh, wenn ich dich nicht erst mal verprügle, bevor ich dich zurück ins Wohnheim bringe. Wir sehen uns in eurem Zimmer, Paul.«

»Alles klar.« Paul machte sich auf den Weg die Straße hinunter.

»Großartige Jane ...«

»Halt die Klappe. Ich lass mir nicht die Schuld dafür in die Schuhe schieben, dass du nicht aus der Hüfte kommst. Ich helf dir gern, aber die Verantwortung für dein Leben trägst du selbst.«

»Weiß ich.«

»Im Moment weißt du überhaupt nichts. Hör zu, Mike, wir sind beide auf der Straße aufgewachsen, aber wir hatten Glück. Man hat uns eine Chance gegeben, es zu was zu bringen.«

»Aber ich bin nicht klug genug. Paul hatte Recht ...«

»Du redest nur Müll.« Sie gingen in die dunkle Seitenstraße. Jane entriegelte das Auto per Fernbedienung und bugsierte Mike in Richtung Beifahrertür. »Du kannst dich ja nicht mal daran erinnern, dass –«

Ein Schatten. Eine dunkle Gestalt sprang mit erhobenem Arm auf sie zu.

Instinktiv schob sie Mike weg und duckte sich.

Schmerz!

In der Schulter, nicht am Kopf, wohin der Schlag gezielt hatte.

Sie fuhr herum und trat ihren Angreifer in den Bauch.

Mit einem Grunzen knickte er zusammen.

Sie trat ihm in die Weichteile und registrierte mit Befriedigung seinen Aufschrei. »Du Scheißkerl!« Sie ging auf ihn zu. »Kannst du nicht –«

Eine Kugel pfiff an ihrem Ohr vorbei.

Mike schrie auf.

Großer Gott. Sie hatte nicht gesehen, dass der Mann eine Pistole hatte.

Nein, ihr Angreifer krümmte sich immer noch vor Schmerzen. Es war noch jemand in der dunklen Straße.

Und Mike sank auf die Knie.

Sie musste ihn so schnell wie möglich von hier wegbringen.

Sie riss die Wagentür auf und schob ihn auf den Beifahrersitz.

Als sie um den Wagen herum zum Fahrersitz rannte, stürzte eine zweite schattenhafte Gestalt auf sie zu.

Noch ein Schuss.

»Bring sie nicht um, du Idiot! Tot nützt sie uns überhaupt nichts.«

»Der Junge ist womöglich schon tot. Ich will keine Zeugen.«

Die Stimme kam von vorne.

Sie musste ihn blenden.

Sie schaltete die Scheinwerfer samt Fernlicht ein und ließ den Motor an.

Und duckte sich, als eine weitere Kugel die Windschutzscheibe durchschlug.

Mit quietschenden Reifen setzte sie rückwärts aus der Straße und trat das Gaspedal durch.

»Jane …«

Als sie einen Blick auf Mike warf, blieb ihr fast das Herz stehen. Seine Brust war blutüberströmt.

»Alles in Ordnung, Mike. Ich bringe dich in Sicherheit.«

»Ich … will nicht sterben.«

»Wir fahren sofort in die Notaufnahme. Du wirst nicht sterben.«

»Ich hab Angst.«

»Ich nicht.« Das war gelogen. Sie hatte schreckliche Angst, aber die durfte sie sich nicht anmerken lassen. »Es gibt keinen Grund, Angst zu haben. Du wirst das durchstehen.«

»Warum?«, flüsterte er. »Warum haben die – Wollten die Geld? Du hättest es ihnen geben sollen. Ich will nicht sterben.«

»Die haben nicht nach Geld gefragt.« Sie schluckte. Bloß nicht heulen. Sie musste anhalten und versuchen, die Blutung zu stoppen. Dann würde sie ihn auf schnellstem Weg ins Krankenhaus bringen. »Halt durch, Mike. Vertrau mir. Du schaffst das schon.«

»Versprich es ... mir.« Er sackte in sich zusammen. »Ich will nicht ...«

»Ms MacGuire?«

Ein Arzt?

Jane schaute den großen, etwa vierzigjährigen Mann an, der in der Tür des Wartezimmers stand. »Wie geht es ihm?«

»Tut mir Leid. Ich bin kein Arzt. Ich bin Detective Lee Manning. Ich muss Ihnen ein paar Fragen stellen.«

»Später«, erwiderte sie knapp. Wenn sie doch nur aufhören könnte zu zittern. Gott, hatte sie eine Angst. »Ich warte darauf, dass –«

»Die Ärzte kümmern sich um Ihren Freund. Es ist eine komplizierte Operation. Es wird noch eine Weile dauern, bis sie herkommen, um mit Ihnen zu reden.«

»Das hat man mir auch gesagt, aber er ist jetzt schon seit Stunden im OP, verdammt. Seit sie ihn da reingefahren haben, hat keiner ein einziges Wort mit mir geredet.«

»Das Personal hier hat alle Hände voll zu tun.« Er kam auf sie zu. »Und ich fürchte, wir brauchen eine Aussage von Ihnen. Sie haben jemanden eingeliefert, der eine Schusswunde erlitten hat, wir müssen herausfinden, was passiert ist. Je länger wir warten, umso größer wird die Wahrscheinlichkeit, dass der Täter davonkommt.«

»Ich habe denen alles gesagt, was passiert ist, als ich meinen Freund hier ins Krankenhaus gebracht habe.«

»Erzählen Sie es mir noch einmal. Sie haben ausgesagt, dass es sich Ihrer Meinung nach nicht um einen Raubüberfall gehandelt hat?«

»Jedenfalls wollten die kein Geld von mir. Sie wollten – Ich weiß nicht, was sie wollten. Einer hat irgendwas gesagt wie: ›Tot nützt uns das Mädchen nichts‹. Wahrscheinlich hat er mich damit gemeint.«

»Vergewaltigung?«

»Keine Ahnung.«

»Möglich. Oder wollten die Sie vielleicht entführen? Sind Ihre Eltern wohlhabend?«

»Ich bin Vollwaise, aber Eve Duncan und Joe Quinn haben mich bei sich aufgenommen, als ich noch ein Kind war. Joe ist Polizist, wie Sie, aber er besitzt etwas Geld. Eve ist Gesichtsrekonstrukteurin und arbeitet vorwiegend für karitative Organisationen.«

»Eve Duncan ... Ich habe schon von ihr gehört.« Er drehte sich um, als ein Mann mit einem dampfenden Styroporbecher Kaffee das Wartezimmer betrat. »Das ist Sergeant Ken Fox. Er meinte, Sie könnten ein bisschen Koffein gebrauchen.«

»'n Abend, Ma'am.« Fox reichte ihr den Becher mit einem höflichen Lächeln. »Der ist schwarz, aber wenn Sie wollen, hole ich Ihnen gern einen mit Milch.«

»Machen Sie einen auf guter Bulle, böser Bulle? Vergessen Sie's.« Aber den Kaffee nahm sie an. Sie brauchte ihn. »Wie gesagt, ich wurde von einem Bullen großgezogen.«

»Das war sicherlich Ihr Glück heute Abend«, sagte Manning. »Kaum zu glauben, dass Sie es geschafft haben, denen zu entkommen.«

»Glauben Sie, was Sie wollen.« Sie trank einen Schluck Kaffee. »Kriegen Sie lieber raus, ob Mike durchkommen wird. Die Krankenschwestern haben versucht, mich mit allen möglichen nichts sagenden Floskeln zu trösten, und ich weiß nicht, ob ich ihnen glauben soll. Aber mit Ihnen werden sie reden.«

»Sie nehmen an, dass er gute Chancen hat.«

»Nur Chancen?«

»Ihm wurde in den Brustkorb geschossen und er hat eine Menge Blut verloren.«

»Ich weiß.« Sie befeuchtete ihre Lippen. »Ich hab versucht, die Blutung zu stoppen.«

»Das haben Sie sehr gut gemacht. Die Ärzte sagen, Sie hätten ihm womöglich das Leben gerettet. Woher wussten Sie, was Sie zu tun hatten?«

»Ich hab vor drei Jahren eine Ausbildung zur Rettungssanitäterin gemacht. Das kann man immer brauchen. Manchmal begleite ich meine Freundin Sarah Logan, die mit Spürhunden arbeitet, in Katastrophengebiete.«

»Sie scheinen ja alle möglichen Talente zu besitzen.«

Sie zuckte zusammen. »War das sarkastisch gemeint? Das kann ich im Moment wirklich nicht gebrauchen. Ich weiß, Sie tun nur Ihre Pflicht, aber lassen Sie mich in Frieden.«

»Ich wollte Sie nicht einschüchtern.« Manning verzog das Gesicht. »Gott, sind Sie abweisend.«

»Auf meinen Freund ist geschossen worden. Ich glaube, ich habe ein Recht, abweisend zu sein.«

»Hören Sie, wir gehören zu den Guten.«

»Das ist manchmal schwer auseinander zu halten.« Sie warf ihm einen kühlen Blick zu. »Außerdem haben Sie mir noch gar nicht Ihren Ausweis gezeigt. Lassen Sie mal sehen.«

»Tut mir Leid.« Er zog seine Marke aus der Brusttasche. »Mein Fehler. Zeigen Sie ihr Ihren Ausweis, Fox.«

Jane sah sich die Ausweise genau an, bevor sie sie zurückgab. »Also gut, bringen wir es hinter uns. Ich werde später eine offizielle Aussage machen, aber jetzt sage ich Ihnen schon mal, was Sie unbedingt wissen müssen. Es war zu dunkel in der Straße, um den ersten Mann zu erkennen, der auf mich losgegangen ist. Aber als ich die Scheinwerfer eingeschaltet habe, konnte ich den Mann, der auf Mike geschossen hat, genau sehen.«

»Würden Sie ihn wiedererkennen?«

»Darauf können Sie Gift nehmen.« Sie biss sich auf die Lippe. »Kein Problem. Den werde ich nie wieder vergessen. Lassen Sie mir ein paar Stunden Zeit, um das hier durchzustehen, dann mache ich Ihnen eine Zeichnung von ihm.«

»Sie sind Künstlerin?«

»Ich bin Kunststudentin. Und Porträts sind meine Spezialität. Ich habe schon öfter Phantomzeichnungen für die Polizei in Atlanta angefertigt und die haben sich noch nie beschwert.« Sie trank noch einen Schluck Kaffee. »Wenn Sie mir nicht glauben, können Sie ja Ihre Kollegen dort anrufen.«

»Ich glaube Ihnen«, sagte Fox. »Die Zeichnung wird uns eine große Hilfe sein. Aber Sie haben den Mann nur einen Augenblick lang gesehen. Da ist es schwierig, sich an Einzelheiten zu –«

»Ich erinnere mich genau.« Sie lehnte sich erschöpft auf ihrem Stuhl zurück. »Hören Sie, ich tue alles, womit ich Ihnen helfen kann. Ich will, dass dieser Scheißkerl geschnappt wird. Ich hab keine Ahnung, was zum Teufel das alles zu bedeuten hat, aber Mike hat das nicht verdient. Und ich bin in meinem Leben schon einigen Leuten begegnet, die es verdient gehabt hätten, erschossen zu werden.« Sie schauderte. »Aber nicht Mike. Könnten Sie vielleicht mal nachfragen, ob es schon etwas –«

»Es gibt nichts Neues.« Mit grimmigem Gesicht betrat Joe Quinn den Warteraum. »Ich habe mich sofort erkundigt, als ich angekommen bin.«

»Joe!« Sie sprang auf und lief auf ihn zu. »Gott sei Dank bist du da. Die Krankenschwestern sagen mir überhaupt nichts. Die behandeln mich wie ein kleines Kind.«

»Nicht zu fassen. Wissen die denn nicht, dass du auf die hundert zugehst?« Er umarmte sie kurz, dann wandte er sich an die beiden Polizisten. »Detective Joe Quinn. Die Oberschwester hat mir gesagt, Sie sind von der örtlichen Polizei?«

Manning nickte. »Mein Name ist Manning, das ist Sergeant Fox. Natürlich müssen wir der jungen Dame ein paar Fragen stellen. Das werden Sie verstehen.«

»Ich würde sagen, Sie lassen sie jetzt erst mal in Ruhe. Sie steht doch nicht unter Verdacht, oder?«

Manning schüttelte den Kopf. »Falls sie auf ihn geschossen hat, dann hat sie anschließend alles unternommen, um ihn zu retten.«

»Sie beschützt ihn schon ihr Leben lang. Es ist undenkbar, dass sie auf ihn geschossen hat. Lassen Sie ihr ein bisschen Zeit, um sich von dem Schreck zu erholen, dann wird Sie Ihnen zur Verfügung stehen.«

»Das hat sie uns bereits gesagt«, erwiderte Manning. »Wir wollten uns gerade verabschieden, als Sie kamen. Wir tun nur unsere Arbeit.«

Jane hatte keine Lust mehr, sich weiter mit den beiden Polizisten abzugeben. »Wo ist Eve, Joe? Und wie bist du so schnell hergekommen?«

»Nach deinem Anruf habe ich ein Privatflugzeug gechartert und bin auf schnellstem Weg mit Eve hergekommen. Sandra ist unterwegs hierher aus New Orleans, wo sie gerade Urlaub macht. Eve ist am Flughafen geblieben, um sie in Empfang zu nehmen und herzubringen. Sandra ist mit den Nerven am Ende.«

»Ich hab ihr versprochen, auf Mike aufzupassen.« Ihre Augen füllten sich mit Tränen. »Ich hab's vermasselt, Joe. Ich weiß nicht, was passiert ist. Alles ist schief gelaufen.«

»Du hast getan, was du konntest.«

»Ja, aber ich hab's nicht verhindern können.«

»Mag sein, Sandra hatte dennoch kein Recht, dir eine solche Verantwortung aufzubürden.«

»Sie ist Eves Mutter. Sie liebt Mike. Und ich liebe ihn auch, Joe. Ich hätte sowieso auf ihn aufgepasst.«

»Wir warten in der Eingangshalle«, sagte Sergeant Fox. »Lassen Sie uns wissen, wann Sie so weit sind, dass Sie eine Aussage machen können, Ms MacGuire.«

»Moment. Ich komme mit«, sagte Joe. »Ich möchte mich mit Ihnen über die Ermittlungen unterhalten.« Er wandte sich an Jane. »Ich bin gleich wieder da. Ich möchte mir den bisherigen Ablauf schildern lassen, danach werde ich noch mal versuchen, etwas über Mikes Zustand in Erfahrung zu bringen.«

»Ich komme mit.«

Er schüttelte den Kopf. »Du bist ganz durcheinander, das ist nicht zu übersehen. Die werden nur versuchen, dich zu beschwichtigen. Lass mich das machen. Ich komme so schnell wie möglich zurück.«

»Ich will nicht hier rumsitzen und –« Sie unterbrach sich. Er hatte Recht. Sie wischte sich die Tränen mit dem Handrücken fort. Verdammt, sie konnte gar nicht mehr aufhören zu weinen. »Beeil dich, Joe.«

»Mach ich.« Er hauchte ihr einen Kuss auf die Stirn. »Du hast nichts falsch gemacht, Jane.«

»Das stimmt nicht«, erwiderte sie zitternd. »Ich habe ihn nicht beschützt. Nichts könnte schlimmer sein.«

Zwei

Also, was wissen Sie über diese Scheißkerle?«, fragte Joe, nachdem sie das Wartezimmer verlassen hatten. »Irgendwelche Zeugen, die gesehen haben, wie sie abgehauen sind?«

Manning schüttelte den Kopf. »Bisher hat sich niemand gemeldet. Wir wissen nicht mal, ob es nur zwei Täter waren.«

»Großartig.«

»Hören Sie, wir tun unser Bestes. Das hier ist eine College-Stadt, die Eltern sämtlicher Studenten werden uns im Nacken sitzen, sobald sie von diesem Vorfall erfahren.«

»Zu Recht.«

»Ms MacGuire hat angeboten, von dem Gesicht des einen Täters eine Zeichnung anzufertigen. Glauben Sie, dass sie brauchbar sein wird?«

Joe nickte knapp. »Wenn sie den Mann gesehen hat, dann wird die Zeichnung Ihnen helfen. Sie ist verdammt gut.«

Fox hob eine Braue. »Kann es sein, dass Sie voreingenommen sind?«

»Allerdings. Voll und ganz. Trotzdem entspricht das, was ich sage, der Wahrheit. Ich habe sie schon Leute zeichnen sehen, die sie nur kurz und in extremen Stresssituationen gesehen hat, trotzdem stimmten die Porträts bis ins Detail.«

»Wir haben bisher noch kein überzeugendes Motiv. Besitzen Sie so viel Geld, dass jemand in Versuchung kommen könnte, Ms MacGuire zu entführen?«

»Ich bin kein Rockefeller, aber ich bin nicht unvermögend.« Er zuckte die Achseln. »Wer zum Teufel kann schon sagen, für wie viel Geld einer ein Verbrechen begeht? Ich habe schon Drogensüchtige erlebt, die für zehn Dollar ihrer Mutter die Kehle durchgeschnitten hätten.« Er warf einen Blick auf seine Uhr. Eve müsste inzwischen mit ihrer Mutter unterwegs zum Krankenhaus sein. Gott, er hätte ihnen so gern Hoffnung gemacht. »Was ist mit Reifenspuren? Irgendwelche DNA?«

»Die Forensiker gehen gerade noch mal mit dem Läusekamm über den Tatort.« Manning warf einen Blick über die Schulter auf die Tür zum Wartezimmer. »Sie ist eine hartgesottene junge Dame.«

»Darauf können Sie sich verlassen.« Hartgesotten, loyal und liebevoll, und sie hatte schon genug in ihrem Leben durchgemacht, sie hatte es nicht verdient, dass ihr so etwas passierte, verdammt.

»War Sie Ihr Pflegekind?«

Joe nickte. »Sie war zehn, als sie zu uns kam. Davor ist sie in mindestens einem Dutzend Kinderheimen gewesen und praktisch auf der Straße aufgewachsen.«

»Aber bei Ihnen hat sie doch dann ein recht behütetes Leben geführt.«

»Ganz so behütet nun auch wieder nicht, wenn man bedenkt, dass sie jahrelang jeden Schülerjob angenommen hat, den sie kriegen konnte, um für ihr Studium zu sparen. Jane nimmt nichts an, was sie nicht bezahlen kann.«

»Ich wünschte, dasselbe könnte ich von meinem Sohn behaupten«, bemerkte Fox stirnrunzelnd. »Sie kommt mir ...

irgendwie bekannt vor. Sie erinnert mich an jemanden. Irgendwas an ihrem Gesicht.«

O Gott. Nicht schon wieder. »Sie haben Recht. Sie ist ausgesprochen hübsch.« Joe wechselte das Thema. »Was uns auf ein anderes mögliches Motiv bringt. Versuchte Vergewaltigung? Oder Zwangsprostitution?«

»Wir lassen gerade bei der Sitte alles überprüfen –«

»Verdammter Mist.« Die Aufzugtüren hatten sich geöffnet und Joe sah, wie Eve und Sandra gerade in den Korridor traten. »Hören Sie, Mike Fitzgeralds Mutter ist gerade gekommen. Ich muss sie und Eve zu Jane ins Wartezimmer bringen. Aber ich habe Jane versprochen, mich nach Mikes Zustand zu erkundigen. Würden Sie sich eine von den Krankenschwestern schnappen und mal sehen, ob Sie was aus ihr rausquetschen können?«

»Sicher, ich übernehme das«, sagte Manning. »Gehen Sie nur und kümmern Sie sich um Ihre Familie.«

»Ein zäher Hund. Einen Moment lang hatte ich fast das Gefühl, einem Verhör unterzogen zu werden. Ich weiß nicht, ob ich mich auf Ermittlungen konzentrieren könnte, wenn meine eigene Familie betroffen wäre«, sagte Manning, als er mit Fox zum Schwesternzimmer ging. »Und es ist nicht zu übersehen, dass ihm das Mädchen am Herzen liegt.«

»Stimmt.« Fox war immer noch nachdenklich. »Er beschützt sie wie ein Wolf. Wie hieß noch mal ihre –« Plötzlich schnippte er mit den Fingern. »Eve Duncan!«

»Wie?«

»Sie sagte, ihre Pflegemutter heißt Eve Duncan.«

»Und?«

»Jetzt weiß ich, an wen sie mich erinnert.«

»An Eve Duncan?«

»Nein, vor ungefähr einem Jahr hab ich auf dem Discovery Channel mal eine Sendung über eine Gesichtsrekonstruktion gesehen, die Eve Duncan angefertigt hat. Sie hatte das Gesicht einer Schauspielerin rekonstruiert, die vor zweitausend Jahren in den Ruinen von Herkulaneum unter der Vulkanasche begraben worden war. Jedenfalls nahm man an, dass es sich um diese Frau handelte, aber es wurde auch was von irgendeiner groß angelegten Ermittlungsaktion erwähnt, und zwar im Zusammenhang mit ...« Er schüttelte den Kopf. »Ich kann mich nicht mehr erinnern. Vielleicht lese ich das noch mal nach. Ich weiß nur, dass die Geschichte damals einen Riesenwirbel verursacht hat.«

»Du kommst vom Thema ab. Wolltest du mir nicht sagen, an wen Jane MacGuire dich erinnert?« Manning sah ihn verwundert an.

»Nein, ich komme nicht vom Thema ab. Es war die Rekonstruktion. Sie sieht genauso aus wie die tote Frau, deren Gesicht Eve Duncan rekonstruiert hatte.« Fox legte die Stirn in Falten, als er versuchte, sich an den Namen zu erinnern. »Cira.«

Cira.

Auch Manning hatte den Namen schon einmal gehört. Er erinnerte sich dunkel an einen Zeitungsartikel, in dem nebeneinander eine Statue und die Rekonstruktion abgebildet gewesen waren. »Was du nicht sagst! Dann ist Eve Duncan vielleicht gar nicht so gut wie ihr Ruf –« Er brach ab, als die Tür des Operationssaals sich öffnete und zwei in Grün gekleidete Ärzte heraustraten. »Sieht aus, als bräuchten wir niemanden auszuquetschen. Die Operation ist offenbar beendet.«

Sandra sah furchtbar aus, dachte Jane, als die drei ins Wartezimmer kamen. Eingefallen, blass und zwanzig Jahre älter als noch vor einem Monat, als sie sich das letzte Mal gesehen hatten.

»Ich verstehe das nicht.« Sandra schaute Jane vorwurfsvoll an. »Was ist denn passiert?«

»Ich habe dir doch erklärt, was passiert ist«, sagte Eve und legte Sandra eine Hand auf den Arm. »Jane weiß auch nicht mehr als wir.«

»Aber sie muss mehr wissen. Sie war doch dabei«, entgegnete Sandra gepresst. »Was zum Teufel hattest du überhaupt mit meinem Sohn in der dunklen Seitenstraße hinter der Kneipe zu suchen? Du müsstest doch wissen, dass sich in solchen Gegenden alle möglichen Drogensüchtige und Verbrecher rumtreiben!«

»Beruhige dich, Sandra«, sagte Eve. »Sie kann dir das bestimmt erklären. Es ist ja schließlich nicht ihre Schuld, dass –«

»Es ist mir egal, wessen Schuld es ist. Ich will Antworten.« Tränen liefen ihr über die Wangen. »Und sie hat mir versprochen, dass sie –«

»Ich hab's versucht.« Janes Hände ballten sich zu Fäusten. »Ich konnte doch nicht wissen – Ich dachte, ich hätte das Richtige getan, Sandra.«

»Er ist doch noch ein Junge«, schluchzte Sandra. »Mein Junge. Er ist von dieser schrecklichen Mutter zu mir gekommen und *mein* Kind geworden. Mein Junge. Das hätte ihm nicht passieren dürfen. Das hätte uns nicht passieren dürfen.«

»Ich weiß«, erwiderte Jane mit zittriger Stimme. »Ich liebe ihn doch auch. Er ist für mich immer wie ein kleiner Bruder gewesen. Ich habe versucht, mich um ihn zu kümmern.«

»Du hast dich um ihn gekümmert«, sagte Joe. »Sandra ist verzweifelt, sonst würde sie sich daran erinnern, wie oft du ihm aus der Patsche geholfen hast.«

»Du redest, als wäre er ein schlechter Junge«, entgegnete Sandra. »Er benutzt vielleicht nicht immer seinen Kopf, aber so sind Jungs nun mal –«

»Er ist ein wunderbarer Junge.« Jane trat auf Sandra zu. Am liebsten hätte sie sie in den Arm genommen und getröstet, aber Sandra wurde plötzlich ganz steif. »Er ist intelligent und lieb und er –«

»Quinn?« Manning erschien in der Tür. »Die Operation ist beendet, Doktor Benjamin ist auf dem Weg hierher, um mit Ihnen zu reden. Wir melden uns dann später wieder bei Ihnen.«

Jane fiel auf, dass der Detective nur Joe anschaute und darauf bedacht war, mit niemand anderem Blickkontakt aufzunehmen.

O Gott.

»Mike?«, flüsterte Sandra. »Mike?« Sie hatte Mannings Verhalten auf dieselbe Weise gedeutet wie Jane und ihre Augen weiteten sich vor Schreck.

»Der Arzt wird gleich hier sein.« Manning wandte sich hastig ab und ging an dem Arzt vorbei, der gerade kam.

Doktor Benjamins Gesichtsausdruck war ernst und mitfühlend – und traurig.

»Nein«, flüsterte Jane. »Nein, nein, nein!«

»Es tut mir Leid«, sagte der Arzt. »Ich kann Ihnen gar nicht sagen, wie Leid es –«

Sandra schrie.

»Er ist tot, Trevor«, sagte Bartlett. »Der Junge ist auf dem OP-Tisch gestorben.«

»Verdammt.« In einer ohnehin schon schwierigen Situation war das Schlimmste eingetreten. »Wann?«

»Vor zwei Stunden. Sie haben gerade das Krankenhaus verlassen. Jane sah furchtbar aus.«

Trevor fluchte vor sich hin. »Sind Quinn und Eve bei ihr?«

»Ja, sie sind im Krankenhaus eingetroffen, kurz bevor der Junge gestorben ist.«

Dann hatte Jane wenigstens Beistand und Schutz. »Weißt du, wann die Beerdigung stattfinden wird?«

»Himmel, es ist doch gerade erst passiert. Und du hast mir eingeschärft, ich soll sie beobachten, aber auf keinen Fall Kontakt zu ihr aufnehmen.«

»Finde raus, wann die Beerdigung ist.«

»Willst du etwa daran teilnehmen?«

»Weiß ich noch nicht.«

»Soll ich zum MacDuff's Run zurückkommen?«

»Nein, verdammt. Bleib, wo du bist, und behalt sie im Auge. Sie ist jetzt mehr denn je in Gefahr.«

»Glaubst du, dass Grozak dahintersteckt?«

»Sieht ganz danach aus. Wäre sonst ein unwahrscheinlicher Zufall. Sie waren hinter Jane her und der Junge ist ihnen in die Quere gekommen.«

»Traurige Sache«, sagt Bartlett bedrückt. »Ich kann dir gar nicht sagen, wie Leid es mir tut, dass ich das nicht verhindern konnte. Mit so was hab ich einfach nicht gerechnet. Es ging alles so schnell. Sie ist mit dem Jungen in der Seitenstraße verschwunden, und ehe ich mich's versah, kam der Wagen rückwärts wieder rausgerast.«

»Es ist nicht deine Schuld. Wir waren uns ja nicht mal sicher, dass Grozak sie im Visier hat. Du hattest schließlich nichts Verdächtiges bemerkt.«

»Traurige Sache«, wiederholte Bartlett. »Das Leben ist so kostbar, und er war noch so jung.«

»Genau wie Jane. Und ich will nicht, dass sie Grozak in die Finger gerät. Pass auf sie auf.«

»Du weißt, dass ich das tue. Aber gegen Typen wie Grozak habe ich keine Chance, falls die Situation sich zuspitzt. Ich bin zwar nicht auf den Kopf gefallen, aber auch nicht als Kampfmaschine ausgebildet. Du solltest entweder Brenner schicken oder selber herkommen.«

»Brenner ist in Denver.«

»Dann bleibt dir wohl keine Wahl, oder?«, fragte Bartlett. »Du wirst mit ihr Kontakt aufnehmen und ihr reinen Wein einschenken müssen.«

»Und damit Grozak wissen lassen, dass er genau richtig getippt hat? Auf keinen Fall. Womöglich hat er diese Leute nur auf einen vagen Verdacht hin nach Harvard geschickt. Ich werde nichts unternehmen, was ihn womöglich darauf bringt, dass Jane etwas mit Ciras Gold zu tun haben könnte.«

»Das war aber ein äußerst brutales Vorgehen auf einen vagen Verdacht hin. Er hat immerhin Mike Fitzgerald getötet.«

»Für Grozak ist das normal. Ich habe schon erlebt, wie er einem Mann die Kehle durchgeschnitten hat, bloß weil der ihm aus Versehen auf die Füße getreten war. Er ist der bösartigste Typ, dem ich je über den Weg gelaufen bin. Aber dieser Anschlag wurde eigentlich zu stümperhaft durchgeführt. Wer auch immer für den Tod des Jungen verantwortlich ist, hat sich viel zu tief in die Karten gucken lassen. Ich tippe auf Leonard, und ich wette, dass Grozak den Mord nicht wollte. Bestimmt hat Leonard es vermasselt.«

»Dann wird er sich jetzt vielleicht zurückziehen, wo Jane auf der Hut ist und unter dem Schutz ihrer Familie steht.«

»Vielleicht.« Trevor hoffte, dass Bartlett Recht hatte, konnte sich jedoch nicht darauf verlassen. »Vielleicht aber auch nicht. Bleib an ihr dran.« Er legte auf und lehnte sich in seinem Sessel zurück. Er hatte so sehr gehofft, dass der Junge es überleben würde. Nicht nur weil er ein unschuldiges Opfer war, sondern auch weil Jane nicht schon wieder einen Schicksalsschlag gebrauchen konnte. Sie hatte als Slum-Kind so viele schlimme Erfahrungen gemacht, dass es für ein ganzes Leben reichte. Nicht dass sie je über ihre Kindheit gesprochen hätte. In der kurzen Zeit, die sie miteinander verbracht hatten, war kein Raum gewesen, um gegenseitiges Vertrauen zu entwickeln. Nicht einmal für eine normale menschliche Beziehung. Andererseits war nichts an ihrer Begegnung vor vier Jahren normal gewesen. Er hatte diese Zeit als stimulierend, erschreckend, irritierend und ... sinnlich in Erinnerung. Ja, verdammt, sinnlich. Lange unterdrückte Erinnerungen kamen wieder hoch und sein Körper reagierte, als stünde Jane vor ihm.

Er musste sich unbedingt wieder in den Griff bekommen. Gerade jetzt war der denkbar ungünstigste Zeitpunkt, um Sex ins Spiel kommen zu lassen. Nicht nur für ihn selbst, sondern auch für Jane MacGuire.

Je weiter er sie von sich fern halten konnte, umso größer war ihre Chance, am Leben zu bleiben.

»Sie schläft.« Eve kam aus dem Hotelzimmer in den Aufenthaltsraum. »Der Arzt hat ihr ein so starkes Beruhigungsmittel verabreicht, dass er damit einen Elefanten ins Land der Träume schicken könnte.«

»Das Problem ist nur, dass der Schock sie dann ein zweites Mal treffen wird, wenn sie aufwacht«, sagte Jane. »Ich wusste, dass sie es sehr schwer nehmen würde, aber ich hätte nicht gedacht, dass sie völlig zusammenbricht. Sie kam mir immer so stark vor wie du, Eve.«

»Sie ist stark. Sie hat ihre Drogensucht überwunden, sie hat mir damals beigestanden, als Bonnie ermordet wurde. Sie hat sich ein ganz neues Leben aufgebaut und anschließend die Scheidung von Ron überlebt.« Eve rieb sich die Schläfen. »Aber der Tod eines Kindes ist so schlimm, dass man daran zugrunde gehen kann. Ich selbst wäre beinahe daran zugrunde gegangen.«

»Wo ist Joe?«

»Er trifft Vorbereitungen für die Beerdigung. Sandra will Mikes Leichnam nach Atlanta überführen lassen. Wir reisen morgen ab.«

»Ich komme mit. Bleibst du heute Nacht bei ihr?«

Eve nickte. »Ich möchte gern bei ihr sein, wenn sie aufwacht. Womöglich schläft sie nicht so gut, wie wir hoffen.«

»Oder sie kriegt Albträume«, fügte Jane müde hinzu. »Andererseits ist wach zu sein ja schon ein Albtraum. Ich kann es immer noch nicht fassen, dass das passiert ist. Ich kann einfach nicht glauben, dass Mike –« Ihr versagte die Stimme. Als sie sich wieder gefangen hatte, fuhr sie fort: »Manchmal ergibt alles einfach keinen Sinn. Er hatte sein ganzes Leben noch vor sich. Warum hat er bloß –« Sie brach erneut ab. »Verdammt, ich hab ihn angelogen. Er hatte solche Angst. Ich hab ihm gesagt, er soll mir vertrauen, ich würde dafür sorgen, dass alles gut wird. Und er hat mir geglaubt.«

»Und das hat ihn getröstet. Du konntest doch nicht wissen, dass es eine Lüge war. In gewisser Weise war es eher ein Flehen.« Eve lehnte sich in ihrem Sessel zurück. »Ich bin froh, dass du bei ihm warst. Wenn Sandra erst mal anfängt, ihren Schmerz zu überwinden, wird sie auch dankbar dafür sein. Sie weiß, wie sehr Mike dich gemocht hat, wie sehr du für ihn da warst.«

»Vielleicht hat er das ganz anders empfunden ... Als ich gestern in die Kneipe kam, um ihn da rauszuholen, hat er ein paar Dinge gesagt, die – Mike war nicht besonders selbstsicher und ich hab ihn machmal ganz schön hart rangenommen.«

»Aber die meiste Zeit bist du ganz wunderbar mit ihm umgegangen. Also hör auf, dir den Kopf darüber zu zerbrechen, was hätte gewesen sein können. Dieses Spiel kann man nicht gewinnen. Erinnere dich lieber an die guten Zeiten.«

»Das fällt mir im Moment ziemlich schwer. Ich kann an nichts anderes denken als daran, dass dieser Dreckskerl Mike erschossen hat. Vielleicht war es meine Schuld. Ich hab ganz instinktiv reagiert, als der Typ auf mich losgestürzt ist. Wenn ich mich nicht gewehrt hätte, hätten die uns vielleicht einfach nur ausgeraubt. Mike hat mich gefragt, warum ich dem Mann nicht mein Geld gegeben hab. Aber der hat gar kein Geld von mir verlangt. Andererseits, wenn ich ihm Gelegenheit gegeben hätte –«

»Du hast gesagt, der andere Mann hätte seinem Komplizen zugeraunt, sie müssten das Mädchen schnappen. Das klingt nicht so, als wären die auf Geld aus gewesen.«

»Nein. Du hast Recht. Ich bin ganz wirr im Kopf.« Müde schob sie ihren Stuhl zurück und stand auf. »Vielleicht hatten die vor, mich zu vergewaltigen oder zu entführen, wie Manning meinte. Woher zum Teufel soll ich das wissen?« Sie ging zur Tür. »Ich gehe ins Wohnheim und packe meine Sachen. Wir sehen uns morgen früh. Ruf mich an, falls du mich brauchst.«

»Ich möchte nur eins: Dass du dich an die guten Zeiten mit Mike erinnerst.«

»Ich werd's versuchen.« Sie blieb an der Tür stehen und schaute Eve an. »Weißt du, an was ich mich am deutlichsten erinnere? Als wir noch Kinder waren, ist Mike von zu Hause ausgerissen und versteckte sich ein paar Straßen weiter in einer Gasse. Seine Mutter war Prostituierte, und du weißt ja, wie schlimm es jedes Mal für Mike war, wenn sein Vater nach Hause kam. Ich hab ihm tagsüber was zu essen gebracht, und abends hab ich mich aus dem Haus geschlichen, um ihm da draußen ein bisschen Gesellschaft zu leisten. Er war ja erst sechs, und er hatte Angst im Dunkeln. Er hatte überhaupt ganz oft Angst. Aber wenn ich bei ihm war, ging es ihm besser. Dann hab ich ihm Geschichten erzählt und dann ist er –« Gott, sie hatte schon wieder einen Kloß im Hals. »Dann ist er eingeschlafen.« Sie öffnete die Tür. »Und jetzt wird er nie wieder aufwachen.«

»Sie können da nicht hin, Trevor«, sagte Venable scharf. »Sie wissen ja nicht mal, ob es Grozak war.«

»Es war Grozak.«

»Das wissen Sie nicht mit Bestimmtheit.«

»Ich bitte Sie nicht um Ihre Erlaubnis, Venable. Ich hab Ihnen gesagt, was Sie zu tun haben, und ich komme Ihnen entgegen, indem ich Sie darüber informiere, dass es ein Problem gibt. Wenn ich entscheide, dass es das Beste ist, bin ich weg.«

»Es geht mir mehr um das, was Sie dort vorhaben. Warum auf den vagen Verdacht hin handeln, dass es Grozak gewesen sein könnte? Manchmal glaube ich, Sabot hat Recht, wenn er behauptet, dass Grozak das unmöglich allein durchziehen kann. Er ist brutal und durchtrieben, trotzdem ist er ein kleiner Fisch.«

»Wie gesagt, ich gehe davon aus, dass Thomas Reilly die Finger im Spiel hat. Und das ändert die Situation grundlegend.«

»Aber das sind alles theoretische Schlussfolgerungen. Sie haben keinerlei Beweise. Und die Kleine ist nicht wichtig. Sie können nicht alles aufs Spiel setzen und –«

»Machen Sie Ihren Job. Wer oder was wichtig ist, entscheide immer noch ich.« Damit legte er auf.

Gott, Venable konnte einem das Leben echt schwer machen. Am liebsten hätte Trevor ihn in Bezug auf Jane im Dunkeln gelassen, aber das ging nicht. Bei einer derart komplizierten Operation einen der Beteiligten über irgendetwas im Unklaren zu lassen war leichtsinnig, wenn nicht glatter Selbstmord. Selbst wenn es nicht um die Entscheidung ginge, ob er seine Arbeit hier am MacDuff's Run vernachlässigte, musste er sicherstellen, dass Venable ihm den Rücken freihielt.

Er stand auf und ging den Korridor hinunter zu dem Büro, in dem Mario arbeitete. Mario hatte sich bereits ins angrenzende Schlafzimmer zurückgezogen. Ohne Licht zu machen durchquerte Trevor das Büro und trat vor die Statue von Cira, deren Gesichtszüge vom Mondlicht beschienen wurden. Er konnte nie genug davon bekommen, die Figur zu betrachten. Die hohen Wangenknochen, die feinen Augenbrauen, die ein bisschen an die von Audrey Hepburn erinnerten, die sanft geschwungenen Lippen. Eine schöne Frau, deren Attraktivität eher in ihrer Stärke und ihrer Persönlichkeit lag als in ihren Gesichtszügen.

Jane.

Bei dem Gedanken, wie wütend es sie machen würde, wenn sie wüsste, dass er sie mit Cira verglich, musste er lächeln. Sie sträubte sich schon so lange dagegen. Und eigentlich stimmte es auch gar nicht. Zwar gab es eine gewisse Ähnlichkeit, doch seit er Jane kennen gelernt hatte, dachte er nicht mehr an Cira, wenn er die Statue betrachtete, sondern an Jane, die lebendige, vor Energie sprühende, intelligente und sehr direkte Jane.

Sein Lächeln verschwand. Ihre Direktheit konnte ihr jetzt zur Gefahr werden. Sie kannte nur eine Art, zu reagieren, jedes Problem packte sie ohne Zögern an und ließ sich durch kein Hindernis aufhalten. Sie würde sich nicht damit zufrieden geben, einfach abzuwarten, bis die Polizei Mike Fitzgeralds Tod aufgeklärt hatte.

Zärtlich streichelte er die Wange der Statue. Sie fühlte sich glatt und kühl an. Er wünschte, er könnte immer noch Cira in der Figur sehen.

Glatt und kalt.

Ohne Leben …

Sein Handy klingelte. Venable?

»Hallo, Trevor, hier spricht Thomas Reilly.«

Trevor erstarrte.

»Wir sind uns noch nicht begegnet, aber ich denke, Sie haben von mir gehört. Wir haben ein gemeinsames Interesse. In Herkulaneum wären wir uns in den vergangenen Jahren mehrmals beinahe über den Weg gelaufen.«

»Was wollen Sie von mir, Reilly?«

»Das, was wir beide wollen. Aber ich werde es bekommen, weil ich es mehr will als jeder andere. Ich habe Erkundigungen über Sie eingezogen und festgestellt, dass Sie eine weiche Seite haben, einen gewissen Idealismus, den ich Ihnen gar nicht zugetraut hätte. Ich könnte mir sogar vorstellen, dass Sie bereit wären, mir das Gold einfach zu überlassen.«

»Träumen Sie weiter.«

»Selbstverständlich würde ich Ihnen einen großzügigen Anteil überlassen.«

»Wie großzügig? Und was ist mit Grozak?«

»Unglücklicherweise stellt mein Freund Grozak sich manchmal ein bisschen tollpatschig an, weshalb ich den Eindruck habe, dass ich Unterstützung gebrauchen kann.«

»Mit anderen Worten, Sie wollen ihn reinlegen.«

»Das liegt bei Ihnen. Ich verhandle mit jedem, der mir geben kann, was ich haben will. Wahrscheinlich werde ich Grozak sogar sagen, dass ich zu Ihnen Kontakt aufgenommen habe, um seinen Ehrgeiz ein wenig anzustacheln.«

»Sie wollen das Gold.«

»Ja.«

»Ich habe es noch nicht. Und wenn ich es hätte, würde ich es Ihnen nicht geben.«

»Ich würde sagen, Sie haben ziemlich gute Aussichten, es zu finden. Aber das Gold ist nicht alles, was ich haben will.«

»Die Cira-Statue. Die kriegen Sie nicht.«

»O doch, ich werde sie in meinen Besitz bringen. Sie gehört mir. Sie haben Sie mir vor der Nase weggeschnappt, als ich sie von dem Händler kaufen wollte. Ich werde alles in meinen Besitz bringen.«

»Alles?«

»Ich bin an noch etwas anderem interessiert. Ich mache Ihnen ein Angebot ...«

»Das war Joe Quinn«, sagte Manning, nachdem er aufgelegt hatte. »Er hat vom Flughafen aus angerufen. Er verlangt Personenschutz für Jane MacGuire, wenn sie nach der Beerdigung wieder zur Uni geht.«

»Und? Wirst du das beantragen?«, fragte Fox und lehnte sich in seinem Stuhl zurück.

»Klar, werde ich das.« Manning schüttelte den Kopf. »Aber nachdem das Budget mal wieder gekürzt wurde, wird der Captain mir den Kopf abreißen, wenn ich ihm keinen überzeugenden Grund nennen kann. Können wir irgendwas von dem, was du im Internet rausgefunden hast, mit dem Fall in Verbindung bringen?«

»Vielleicht. Mal sehen ...« Fox beugte sich vor und tippte einen Zugangscode in den Computer. »Als wir vom Krankenhaus zurückgekommen sind, habe ich diesen Zeitungsartikel runtergeladen. Er ist sehr interessant, aber ich glaube nicht, dass wir darin eine Verbindung zu jemandem finden, der unter Mordverdacht steht. Es sei denn, wir reden über Gespenster.« Er lud den Artikel auf den Bildschirm, dann drehte er den Laptop um, damit Manning den Text lesen konnte. »Offenbar hatte der Vater dieses Serienmörders Aldo Manza einen Narren an einer Schauspielerin gefressen, die vor zweitausend Jahren bei dem Vulkanausbruch, der Herkulaneum und Pompeji zerstört hat, ums Leben gekommen ist. Der Mann war Archäologe, und er war sich nicht zu schade, einen illegalen Handel mit Kunstgegenständen zu betreiben. Aber er hat in den Ruinen von Herkulaneum eine Statue von dieser Schauspielerin gefunden, die übrigens Cira hieß.«

»Und?«

»Aldo selbst hatte auch einen Tick. Er konnte keine Frau am Leben lassen, die irgendeine Ähnlichkeit mit dieser Cira-Statue hatte. Er hat gezielt nach solchen Frauen gesucht, und wenn er sie gefunden hat, dann hat er ihnen zuerst die Gesichtshaut abgezogen und sie dann getötet.«

»Was für ein perverses Schwein. Und du meinst, Jane MacGuire sieht dieser Cira ähnlich?«

Fox nickte. »Sie ist ihr wie aus dem Gesicht geschnitten. Deswegen hat Aldo versucht, sie zu töten.«

»Hat er ihr aufgelauert?«

»Ja, aber Eve Duncan und Joe Quinn haben den Spieß umgedreht. Sie haben ihm in den unterirdischen Gängen in Herkulaneum eine Falle gestellt. Eve Duncan hat das Gesicht von einem der Skelette rekonstruiert, die man im Hafen von Herkulaneum gefunden hatte, und dann haben sie in Fachzeitschriften fingierte Berichte veröffentlicht, denen zufolge es sich um den Schädel von Cira handelte. Aldo ist darauf reingefallen und so konnten sie ihn ausschalten.«

»Er ist tot?«

»Mausetot. Wie sein Vater.«

»Irgendwelche Angehörigen, die auf Rache aus sein könnten?«

»Meinst du nicht, die wären längst aktiv geworden? Das alles ist doch schon vier Jahre her.«

Manning runzelte die Stirn. »Vielleicht«, murmelte er vor sich hin, während er den Artikel las. Alles stimmte mit dem überein, was Fox ihm erzählt hatte, aber eine Zeile erregte seine Aufmerksamkeit. »Hier werden Duncan, Quinn und das Mädchen erwähnt. Außerdem ein Mann namens Mark Trevor. Wer ist das?«

Fox schüttelte den Kopf. »Ich habe noch mehr Artikel gefunden, er wird in einigen davon erwähnt. Doch keiner von denen, die an der Aktion beteiligt waren, wollte eine Aussage über ihn machen. Er war auf jeden Fall dabei, hat sich jedoch verdrückt, bevor die Polizei oder irgendein Journalist ihn befragen konnte. In einem Artikel steht was von Hinweisen auf eine kriminelle Vergangenheit.«

»Aber aus unerfindlichen Gründen schützt Quinn diesen Mann.«

»Das habe ich nicht gesagt. Er redet einfach nicht über ihn.«

»Aber wenn dieser Trevor irgendwas mit dem Tod von Mike Fitzgerald zu tun hat, verstehe ich nicht, warum Quinn uns nicht auf seine Spur bringt. Quinn will das Mädchen um jeden Preis schützen. Ist Trevor bei der Polizei aktenkundig?«

»Möglich.«

»Was soll das heißen? Ja oder nein.«

»Irgendwie komme ich nicht in die richtige Datenbank rein. Ich fliege jedes Mal raus.«

»Merkwürdig. Versuch's weiter.«

Fox nickte und drehte den Laptop wieder zu sich. »Aber du hast gesagt, Quinn würde Trevor nicht schützen, wenn er ihn im Verdacht hätte, etwas mit dem Mord zu tun zu haben. Warum soll ich also meine Zeit mit ihm vergeuden?«

»Weil immer noch die Möglichkeit besteht, dass Quinn uns außen vor halten und diesem Trevor eigenhändig die Kehle durchschneiden will.«

»Quinn ist Polizist, Herrgott noch mal. Das würde er doch nie tun.«

»Ach nein? Wie würdest du reagieren, wenn deine Tochter betroffen wäre, Fox?«

Haus am See
Atlanta, Georgia

»Was machst du denn hier draußen auf der Veranda?«, fragte Eve, als sie die Stufen heraufkam. »Es ist mitten in der Nacht.«

»Ich konnte nicht schlafen.« Jane bugsierte ihren Hund Toby aus dem Weg, damit Eve sich neben sie auf die oberste Stufe setzen konnte. »Ich dachte, du übernachtest bei Sandra.«

»Das hatte ich auch vor, aber dann ist Ron gekommen, da hab ich mich ein bisschen überflüssig gefühlt. Sie mögen vielleicht geschieden sein, aber sie haben Mike beide geliebt. Ich bin froh, dass er bei ihr ist.«

Jane nickte. »Ich weiß noch, wie er Mike früher immer mit zum Angeln genommen hat. Kommt er morgen auch zur Beerdigung?«

»Heute«, korrigierte Eve. »Wahrscheinlich. Ist Joe schon schlafen gegangen?«

»Ja. Er hatte nicht mit dir gerechnet. Du solltest auch zusehen, dass du ein bisschen Schlaf bekommst. Es wird ein anstrengender Tag.« Sie schaute zum See hinüber. »Ein Albtraum von einem Tag.«

»Für dich auch. Für dich hat der Albtraum angefangen, als du Mike aus dieser Kaschemme rausgeholt hast.« Sie holte tief Luft. »Sag mal, träumst du eigentlich immer noch von Cira?«

Jane schaute sie verblüfft an. »Wie bitte? Wie kommst du denn plötzlich darauf?«

Eve zuckte die Achseln. »Albträume. Ist mir einfach so in den Sinn gekommen.«

»Ausgerechnet jetzt? Seit vier Jahren hast du mich nicht mehr nach meinen Albträumen gefragt.«

»Das bedeutet nicht, dass ich nicht daran gedacht hätte. Ich hielt es nur einfach für besser, zu vergessen, was damals passiert ist.«

»Das ist leichter gesagt als getan.«

»Offensichtlich«, erwiderte Eve trocken. »Seit du in Harvard bist, hast du an drei archäologischen Exkursionen nach Herkulaneum teilgenommen.«

Jane streichelte Tobys Kopf. »Du hast kein einziges Mal versucht, mich davon abzuhalten.«

»Damit hätte ich einer Sache, von der ich mir wünschte, dass du sie vergisst, zu große Bedeutung beigemessen. Trotzdem fand ich es schrecklich, dass du diese Reisen unternommen hast. Ich wollte nicht, dass du deine Jugend mit einer Besessenheit vergeudest.«

»Das ist keine Besess – Na ja, vielleicht doch. Ich weiß nur, dass ich mir über Cira Gewissheit verschaffen muss. Ich will wissen, ob sie bei diesem Vulkanausbruch umgekommen ist oder ob sie überlebt hat.«

»Warum? Das alles ist zweitausend Jahre her, Herrgott noch mal.«

»Du weißt, warum. Sie hatte mein Gesicht. Oder ich habe ihr Gesicht. So oder so.«

»Und du hast schon von ihrem Gesicht geträumt, bevor du überhaupt wusstest, dass sie je existiert hat.«

»Wahrscheinlich hab ich irgendwann mal was über sie gelesen.«

»Wofür du nie eine Bestätigung gefunden hast.«

»Das heißt nicht, dass ich nicht vielleicht doch irgendwo mal was über Cira gelesen habe.« Sie verzog das Gesicht. »Auf jeden Fall ist mir diese Erklärung angenehmer als irgendein Blödsinn über parapsychologische Fähigkeiten.«

»Du hast meine Frage nicht beantwortet. Hast du in letzter Zeit von ihr geträumt?«

»Nein. Bist du jetzt zufrieden?«

»Zum Teil.« Eve schwieg einen Moment. »Hast du Kontakt mit Mark Trevor?«

»Was ist das? Ein Verhör?«

»Nein, das bin ich, die dich liebt und versucht, sich zu vergewissern, dass es dir gut geht.«

»Es geht mir gut. Und ich habe nicht mehr mit Mark Trevor gesprochen, seit er vor vier Jahren aus Neapel verschwunden ist.«

»Ich dachte, du wärst ihm vielleicht auf einer von diesen Exkursionen über den Weg gelaufen.«

»Der würde doch nicht auf allen vieren im Dreck rumkriechen und mit ein paar Studenten nach antiken Scherben suchen. Der weiß genau, wo die Schriftrollen begraben liegen, verdammt noch mal!« Trevor war in den Schmuggel von römischen Antiquitäten verwickelt gewesen, als ein zwielichtiger Professor und dessen Sohn Aldo Kontakt zu ihm aufgenommen hatten. Die beiden hatten in einem Tunnel, der von der Villa des Julius Precebio, einem einflussreichen Bürger der Stadt, wegführte, eine Bibliothek entdeckt. Und diese Bibliothek enthielt mehrere bronzene Röhren mit wertvollen Schriftrollen, die den Vulkanausbruch, bei dem die Stadt und die Villa zerstört worden waren, unbeschadet überdauert hatten. Auf vielen der Schriftrollen hatten sich Lobeshymnen auf Julius' Geliebte Cira gefunden, eine gefeierte Schauspielerin am Theater von Herkulaneum. Aldo und sein Vater hatten den Tunnel gesprengt, um alle zu töten, die von der Entdeckung wussten, unter ihnen auch Trevor. Aber Trevor war dem Anschlag entkommen. »Trevor war derjenige, der den Fundort nach der Sprengung getarnt hat. Er will um jeden Preis verhindern, dass jemand den Tunnel findet, bevor er die Kiste mit dem Gold da rausgeholt hat, die Julius in den Schriftrollen erwähnt.«

»Vielleicht hat er sie ja schon gefunden.«

»Vielleicht.« Diese Frage hatte Jane sich schon oft gestellt, trotzdem hatte sie weitergesucht. »Aber ich habe so ein Gefühl ... Ich weiß auch nicht. Ich muss weitersuchen, verdammt. Ich müsste diejenige sein, die die Rollen findet. Ich hätte es verdient. Schließlich war ich diejenige, der dieser Schweinehund das Gesicht zerfetzen wollte, weil ich aussehe wie Cira.«

»Warum hast du Trevor dann nicht dazu gebracht, dir zu sagen, wo die Rollen sind?«

»Der Versuch, Trevor zu irgendwas zu überreden, ist von vornherein zum Scheitern verurteilt. Er will das Gold, und er ist der Meinung, dass er ein Recht darauf hat, weil sein Freund Pietro in diesem Tunnel ums Leben gekommen ist. Außerdem – wie hätte ich ihn denn finden sollen, wenn nicht mal Interpol ihn aufstöbern kann?«

»Ich dachte eher, dass er Kontakt zu dir aufgenommen hätte, als du in Italien warst.«

»Nein, hat er nicht.« Während der ersten Exkursion, an der Jane teilgenommen hatte, hatte dieser irrationale Gedanke sie unablässig verfolgt. Immer wieder hatte sie nach ihm Ausschau gehalten, immer wieder hatte sie geglaubt, seine Stimme zu hören, damit gerechnet, ihm hinter der nächsten Ecke irgendwo über den Weg zu laufen. »Warum sollte er versuchen, mit mir in Kontakt zu bleiben? Ich war damals erst siebzehn, viel zu jung, um für ihn interessant zu sein.«

»Du warst eine Siebzehnjährige mit der Lebenserfahrung einer Dreißigjährigen«, erwiderte Eve. »Trevor ist nicht blind.«

»Du würdest dich wundern.«

»Bei Trevor würde ich mich über gar nichts wundern. Der Mann ist einzigartig.«

Jane fiel auf, dass Eve das beinahe liebevoll gesagt hatte. »Du mochtest ihn.«

»Er hat nicht nur mir das Leben gerettet, sondern auch Joe und dir. Es ist schwer, jemanden nicht zu mögen, dem man so viel verdankt. Aber das bedeutet nicht, dass ich gutheiße, was er tut. Er ist vielleicht überdurchschnittlich intelligent und hat zweifellos ein einnehmendes Wesen, aber er ist ein Schmuggler, ein Hochstapler und weiß der Himmel, was noch alles.«

»Ja, da hast du allerdings Recht. Außerdem hat er vier Jahre Zeit gehabt, um Gott weiß was für Schandtaten zu verüben.«

»Zumindest nimmst du ihn nicht in Schutz.«

»Das fehlte gerade noch. Er ist wahrscheinlich der klügste Mann, dem ich je begegnet bin, und er könnte Steine zum Weinen bringen. Aber abgesehen davon ist er mir ein Rätsel. Er kennt sich mit jeder Art von Gewalt aus und neigt dazu, die größten Risiken einzugehen. Diese Qualitäten sind nicht gerade dazu geeignet, ihn einer starrköpfigen, praktisch veranlagten Frau wie mir sympathisch zu machen.«

»Frau ...« Eve schüttelte traurig den Kopf. »Für mich bist du immer noch ein Mädchen.«

»Dann soll es auch so bleiben.« Jane legte ihren Kopf an Eves Schulter. »Ich werde für dich sein, was immer du willst.«

»Ich möchte nur, dass du glücklich bist.« Sie hauchte Jane einen Kuss auf die Stirn. »Und dass du dein Leben nicht damit vergeudest, einer Frau hinterherzujagen, die seit zweitausend Jahren tot ist.«

»Ich werde mein Leben schon nicht vergeuden. Ich will nur ein paar Antworten auf ein paar Fragen haben.«

Eve schwieg eine Weile. »Vielleicht hast du Recht. Vielleicht war es dumm von mir, die Vergangenheit begraben zu wollen. Vielleicht wäre es besser gewesen, dich deinen Weg gehen zu lassen.«

»Hör auf, dich mit Selbstvorwürfen zu quälen. Du hast nie ein Wort dazu gesagt, wenn ich nach Herkulaneum gefahren bin.«

Eve blickte auf den See hinaus. »Nein, ich habe nie ein Wort dazu gesagt.«

»Es ist ja schließlich auch nicht so, als würde ich mich mit nichts anderem als mit Cira beschäftigen. Ich habe mehrere Kunstpreise gewonnen, ich habe Sarah mehrmals bei ihren Rettungseinsätzen begleitet und ich lerne ausgiebig für die Uni.« Sie lächelte. »Und ich habe meine Zeit nicht mit nichtsnutzigen Schönlingen wie Mark Trevor vergeudet. Ich bin ein Goldmädchen.«

»Ja, das bist du wirklich.« Eve stand auf. »Und so soll es auch bleiben. Wir unterhalten uns morgen nach der Beerdigung.« Sie ging zur Tür. »Wir sollten jetzt beide schlafen gehen. Ich habe Sandra gesagt, dass wir sie um elf abholen.«

»Ja, ich komme gleich nach. Ich möchte noch ein bisschen mit Toby hier draußen bleiben.« Sie umarmte ihren Hund. »Gott, Toby fehlt mir so, wenn ich in Harvard bin.« Sie seufzte. »Warum ist das alles ausgerechnet jetzt hochgekommen, Eve?«

»Ich weiß es nicht.« Sie öffnete die Fliegengittertür. »Mike. Dieser grauenhafte Mord. Wahrscheinlich hat mich das alles an Aldo erinnert, an seine fixe Idee mit Cira, an all die grausamen Morde ... und daran, wie er dir nachgestellt hat. Und der Mord an Mike könnte auch etwas mit dir zu tun haben.«

»Vielleicht auch nicht. Bisher wissen wir nichts Genaues.«

»Nein, da hast du Recht.« Die Tür schloss sich hinter Eve.

Seltsam, dass Eve den Mord an Mike mit dem Albtraum in Herkulaneum in Verbindung gebracht hatte. Oder vielleicht war es auch gar nicht so seltsam. Sie, Joe, Eve und Trevor hatten gemeinsam dafür gekämpft, dieses Monster Aldo unschädlich zu machen, und anschließend versucht, das alles zu vergessen. Aber wie sollte man die Erinnerung an eine solch schreckliche Erfahrung einfach so hinter sich lassen können? Damals waren sie und Trevor einander so innig verbunden gewesen, als hätten sie sich schon seit Jahren gekannt. Und weder seine undurchsichtige Vergangenheit noch seine Rücksichtslosigkeit und sein Egoismus hatten dabei eine Rolle gespielt. Sie hatte sich einzig und allein von ihrem Selbsterhaltungstrieb leiten lassen, während

Trevors Handlungsmotive Gier und Rachegelüste gewesen waren. Dennoch waren sie zusammengekommen und gemeinsam hatten sie Aldo ausgeschaltet.

Nicht mehr an ihn denken. Das Gespräch mit Eve hatte all diese Erinnerungen wieder wachgerufen. Normalerweise verdrängte sie Trevor aus ihrem Bewusstsein und dachte nur an ihn, wenn ihr danach war. Auf diese Weise behielt sie die Kontrolle, was ihr in seiner Gegenwart nie gelungen war.

Aber was hätte man anderes erwarten können? Sie war damals ja erst siebzehn gewesen und er fast dreißig und mit allen Wassern gewaschen. In Anbetracht des emotionalen Chaos, in das sie geraten war, hatte sie sich Trevor gegenüber verdammt gut gehalten.

Sie stand auf und ging zur Tür. Nicht an Trevor und Cira denken. Sie gehörten nicht mehr zu ihrem Leben. Sie musste sich auf ihre Familie konzentrieren und Kraft für den bevorstehenden Tag sammeln.

Drei

Sie hasste Beerdigungen, dachte Jane benommen, als sie auf den Sarg hinunterblickte. Wer glaubte, eine solche Veranstaltung wäre eine Art Katharsis, musste verrückt sein. Sie empfand nichts als Schmerz und Trauer und das Ritual verschaffte ihr nicht die geringste Linderung. Während der drei Tage seit dem sinnlosen Mord hatte sie sich innerlich von Mike verabschiedet. Hier war sie nur Sandra zuliebe.

Und Sandra wirkte, als würde sie jeden Augenblick zusammenbrechen, als würde sie nichts und niemanden um sich herum wahrnehmen. Eve stand neben ihr, doch selbst das war Sandra wahrscheinlich nicht bewusst. Mehrere von Mikes Freunden standen um das Grab herum. Jane kannte einige von ihnen: Jimmy Carver, Denise Roberts und Paul Donnell. Auch ihre Zimmergenossin Pat war für das Begräbnis nach Atlanta gekommen und sie wirkte so ernst, wie Jane sie noch nie erlebt hatte. Trotzdem schön, dass sie da war. Schön, dass sie alle da waren.

In wenigen Minuten würden sie den Friedhof verlassen. Aber die Minuten schienen eine Ewigkeit zu dauern.

Schließlich war es doch vorbei.

Jane trat vor und warf eine Rose auf den Sarg.

»Kann ich irgendwas tun?«, fragte Pat, als Jane sich vom

Grab abwandte. »Ich muss eigentlich zurück an die Uni, aber wenn du mich brauchst, mach ich einfach blau.«

Jane schüttelte den Kopf. »Fahr nur. Ich komm schon klar. Wir sehen uns morgen oder übermorgen.«

Pat zog ein Gesicht. »Ich hätt's mir denken können. Du brauchst doch nie jemanden. Wenn ich mal in der Klemme sitze, bist du immer sofort zur Stelle, aber Gott bewahre, dass du dir helfen lässt, wenn ich mal versuche, dir einen Gefallen zu tun. Ist dir schon mal in den Sinn gekommen, dass es mich freuen würde, auch mal auf der Geberseite zu sein?«

»Du ahnst gar nicht, wie viel du mir schon gegeben hast.« Jane schluckte. »Ich hätte es dir längst sagen sollen. Manchmal fällt es mir schwer ... Als ich dich kennen gelernt hab, war ich so ernst und pflichtbewusst, dass ich mir gar nicht vorstellen konnte, wie es wäre, sich einfach mal zu entspannen und zu amüsieren. Du hast mir beigebracht, dass es kein Verbrechen ist, das Leben zu genießen, und dass man selbst in den absurdesten Situationen seinen Spaß haben darf.«

Pat lächelte. »Du meinst wie damals, als wir mit dem Auto im Schnee stecken geblieben sind, nachdem du mich aus einer Kneipe rausholen musstest, weil ich zu viel getrunken hatte? Da war es mit dem Spaß nicht weit her, du hast mir die Hölle heiß gemacht.«

»Das hattest du verdient. Aber selbst an dieses Fiasko denke ich irgendwie gern zurück. Wir haben bescheuerte Lieder gesungen und stundenlang geredet, während wir darauf warteten, dass endlich jemand kommt, um uns aus der Bredouille zu retten. Es ... hat mein Leben bereichert. Du hast mein Leben bereichert.«

Pat antwortete nicht gleich. »Ich fürchte, dazu fällt mir nichts mehr ein. Ich mache besser, dass ich hier wegkomme, bevor ich noch in Tränen ausbreche.« Sie umarmte Jane flüchtig. »Wir sehen uns morgen.«

Jane schaute ihr nach. Im persönlichen Umgang war Pat fast so unbeholfen wie sie. Seltsam, dass sie in dieser Hinsicht beide die gleiche Schüchternheit an den Tag legten, wo sie sonst so verschieden waren. Jane hatte Pat überrascht mit dem, was sie gesagt hatte, aber die Worte waren ihr in dieser traurigen Situation einfach herausgerutscht. Sie hatte einen guten Freund verloren und wünschte, sie hätte ihm gesagt, wie viel er ihr bedeutete, als sie noch Gelegenheit dazu gehabt hatte. Diesen Fehler würde sie nicht noch einmal begehen.

»Jane.« Paul Donnell trat mit blassem Gesicht auf sie zu. »Es tut mir Leid. Ich bin noch nicht dazu gekommen, mit dir zu sprechen, aber ich wollte dir bloß – Ich kann dir gar nicht sagen, wie sehr ich es bedaure, dass ich euch an dem Abend nicht zum Auto begleitet habe. Ich habe nur nicht damit gerechnet – Ich hoffe, du gibst mir nicht die Schuld an dem, was –«

»Ich gebe niemandem die Schuld außer dem Dreckskerl, der Mike erschossen hat. Wie hättest du denn ahnen sollen, dass so was passieren würde?«

Er nickte. »Stimmt. Trotzdem bedaure ich es – Ich habe Mike gemocht. Ich habe nie gewollt, dass ihm etwas zustößt, und ich wollte dir nur sagen, dass ich –« Er wandte sich ab. »Ich wollte dir einfach sagen, dass es mir Leid tut.«

Jane blickte ihm hinterher. Er war wirklich tief betroffen, so betroffen, dass er die aalglatte Fassade fallen ließ, mit der er sich sonst schützte. Vielleicht waren Paul und Mike enger befreundet gewesen, als sie bemerkt hatte. Oder vielleicht hatte Paul Schuldgefühle, weil er nicht da gewesen war, als Mike ihn gebraucht hatte. Dann kam ihr ein Gedanke. Vielleicht war es auch –

»Komm, Jane.« Joe nahm ihren Arm. »Ich bringe dich nach Hause.«

»Okay.« Dann schüttelte sie den Kopf. »Nein, ich muss

zum Flughafen. Ich werde mich von Sandra verabschieden, danach will ich zurück nach Harvard. Ich muss dort unbedingt noch was erledigen.«

»Jane, nimm dir ein paar Tage frei. Du brauchst –«

»Nein, es ist wichtig.« Sie wandte sich ab. »Ich komme schon zurecht, Joe.«

»Von wegen. Ich sehe dir doch an, dass es dir nicht gut geht. Hör zu, Sandra ist völlig verzweifelt. Aber sie gibt dir nicht wirklich die Schuld. Das wäre doch vollkommen absurd.«

»Doch, sie gibt mir die Schuld«, sagte Jane traurig. »Im Moment gibt sie jedem und allem die Schuld. Sie kann es nicht mal ertragen, mich anzusehen. Ich weiß, dass sie mir nicht wehtun will. Sie kann nichts dafür. Ihre Welt steht auf dem Kopf. Du und Eve, ihr müsst sie trösten, und es ist besser, wenn ich nicht dabei bin.«

»Sandra ist nicht die Einzige, die Trost braucht«, murmelte Joe. »Du brauchst uns, verdammt.«

»Ich habe euch doch. Ihr seid immer bei mir.« Sie rang sich ein Lächeln ab. »Dazu braucht ihr nicht im selben Zimmer zu sein oder mir die Hand zu halten. Aber ich glaube, Sandra braucht im Moment genau das. Ich rufe euch an, sobald ich im Studentenheim angekommen bin. Okay?«

»Nein. Aber ich schätze, ich werde mich damit zufrieden geben müssen. Wie ich dich kenne, gibst du sowieso nicht nach.« Seine Kiefermuskeln spannten sich. »Aber ich lasse dich nicht ohne Begleitung zurückfahren. Ich habe jemanden zu deinem Schutz angeheuert, der dich im Auge behalten wird, bis Manning rausfindet, aus welchem Grund ihr angegriffen wurdet. Der Mann erwartet dich im Studentenheim.«

»Meinetwegen. Wenn es dich beruhigt.«

»Ja, das beruhigt mich allerdings.« Er hielt ihr die Wagentür auf. »Ich werde nicht zulassen, dass jemand dir etwas antut.«

Es war zu spät. Jemand hatte ihr bereits etwas angetan. Sie konnte nicht vergessen, wie Mike blutend im Auto neben ihr gelegen und sie angefleht hatte, ihm zu helfen.

Sie spürte, wie ihr die Tränen in die Augen traten. Nicht jetzt. Bloß nicht anfangen zu heulen.

Die Zeit für Tränen war vorbei.

»Paul.«

Paul Donnell, der gerade in das Studentenheim gehen wollte, in dem er wohnte, zuckte zusammen und drehte sich um. »Jane?« Er lächelte. »Was machst du denn hier? Ich dachte, du wolltest noch in Atlanta bleiben. Kann ich was für dich tun?«

»Ja, ich glaube schon.« Sie hielt ihm die Beifahrertür auf. »Steig ein.«

Sein Lächeln verschwand. »Ich fürchte, du erwischst mich in einem ungünstigen Augenblick. Ich hab noch viel zu tun, weil ich den ganzen Tag in Atlanta war und mich nicht auf meine Seminare vorbereiten konnte. Vielleicht können wir uns morgen treffen.«

»Los, steig schon ein«, wiederholte sie. »Versuch nicht, irgendwelche Spielchen mit mir zu spielen, Paul. Du kannst entweder mit mir reden oder mit der Polizei. Was ist dir lieber?«

»Das klingt ja wie eine Drohung. Es reicht mir, dass ich einen Freund verloren habe, ich brauch jetzt nicht auch noch deine –«

»War er dein Freund? Kommt es öfter vor, dass du deine Freunde verrätst, Paul?«

Er leckte sich die Lippen. »Ich weiß nicht, wovon du redest.«

»Soll ich es dir erklären? Soll ich aussteigen und es dir

ins Gesicht schreien, damit jeder auf dem Campus es hören kann? Glaub ja nicht, dass ich bluffe. Mike hat dir bestimmt erzählt, dass ich nicht gerade schüchtern bin.«

Paul schwieg einen Moment lang. »Ja, allerdings.«

»Er hat dir eine Menge Dinge erzählt, weil er dir vertraut hat. Jeder, den er für einen Freund hielt, konnte ihn ausnutzen.«

»Ich war sein Freund. Ich lasse mir von dir nicht –«

Jane öffnete die Fahrertür und war drauf und dran auszusteigen.

»Nein!« Paul kam um das Auto herum. »Wenn du nicht vernünftig sein willst, muss ich halt –«

»Ich bin nicht vernünftig.« Kaum war er eingestiegen, verriegelte sie die Türen. »Ich bin wütend auf dich und will ein paar Antworten von dir«, blaffte sie ihn an und fuhr los.

»Du hast keinen Grund, wütend auf mich zu sein.« Er schluckte. »Was wirfst du mir eigentlich vor?«

»Ich glaube, dass du Mike reingelegt hast.« Ihre Hände umklammerten das Steuerrad. »Ich glaube, du hast ihn so lange bearbeitet, bis er vollkommen depressiv war und du mit ihm machen konntest, was du wolltest. Ich glaube, du hast ihn erst betrunken gemacht und mich dann angerufen. Ich glaube, du wusstest, dass in dieser Gasse jemand auf uns wartete.«

»Schwachsinn. Hör zu, ich weiß, dass Mike an dem Abend viel dummes Zeug geredet hat, aber er war sturzbetrunken.«

»Genau das habe ich auch gedacht, bis ich mich nach der Beerdigung gefragt habe, warum du so nervös warst. Und da ist es mir wie Schuppen von den Augen gefallen. In der Straße vor der Kneipe gibt es jede Menge Parkuhren. Wieso habt ihr in der Seitenstraße geparkt, wo ihr damit rechnen musstet, abgeschleppt zu werden?«

»Als wir ankamen, war kein Parkplatz mehr frei.«

»Als ich heute vom Flughafen kam, bin ich auf direktem Weg zum Red Rooster gefahren und hab den Barmann gefragt. Der hat mir gesagt, dass die Kneipe anfangs ziemlich leer war und es in der Straße davor jede Menge freie Parkplätze gab, als er um sieben Uhr seine Schicht angetreten hat. Ihr beide seid um Viertel nach sieben im Red Rooster angekommen, stimmt's?«

»Weiß ich nicht mehr so genau.«

»Aber der Barmann konnte sich erinnern.«

»Halt an. Ich muss mir das nicht anhören.«

»Doch, das musst du.« Sie hielt trotzdem am Straßenrand und schaltete den Motor ab. »Sprich mit mir. Wer hat dich dafür bezahlt, dass du Mike reingelegt hast?«

»Niemand.«

»Hast du es getan, weil du sauer auf ihn warst?«

»Natürlich nicht.«

»Dann fangen wir noch mal von vorne an.«

»Ich hatte nichts mit dem Überfall zu tun.«

»Von wegen.« Sie sah ihm direkt in die Augen. »Du machst dir vor Angst in die Hose. Heute Morgen auf dem Flughafen konnte ich es regelrecht riechen. Du hast nicht getrauert. Du hast mir was vorgespielt, aus Angst, jemand könnte die Wahrheit rauskriegen.«

Er wich ihrem Blick aus. »Die Polizei war aber anderer Meinung.«

»Die werden sie revidieren, sobald ich mit denen rede. Ich bin die Tochter eines Polizisten. Mir werden sie glauben. Die werden auf mich hören, wenn ich ihnen sage, sie sollen dich noch mal genau unter die Lupe nehmen.«

»Die werden nichts finden. Ich bin schließlich kein jugendlicher Straftäter. Ich komme aus einer angesehenen Familie.«

»Und ich komme aus einem der schlimmsten Viertel in Atlanta, wo sich Huren und Zuhälter und Kleinkriminelle rumtreiben. Deswegen weiß ich ganz genau, wann ich Abschaum vor mir habe.«

»Lass mich aussteigen.«

»Sobald du mir sagst, wer dich bezahlt hat und warum.«

Er presste die Lippen zusammen. »Du bist doch bloß eine Frau. Ich könnte dich jederzeit zwingen, diese Tür aufzumachen. Ich verzichte darauf. Ich versuche nur, dich zu besänftigen.«

»Ich bin eine Frau, die von einem Polizisten und ehemaligen SEAL großgezogen wurde, einem Mann, der großen Wert darauf gelegt hat, dass ich mich selbst verteidigen kann. Joe hat mir immer gesagt, vergeude keine Zeit, wenn du angegriffen wirst. Geh davon aus, dass der andere dich töten will, und verhalte dich entsprechend, indem du ihn zuerst tötest.«

»Du bluffst.«

»Ich sag dir nur, wie's aussieht. Du bist derjenige, der eine Drohung ausgesprochen hat. Ich will nur Antworten auf meine Fragen.«

»Vergiss es. Glaubst du etwa, ich wüsste nicht, dass du sofort damit zur Polizei rennen würdest?«, schrie er. »Außerdem war es nicht meine Schuld. Nichts war meine Schuld.«

Der erste Riss in seinem Panzer. »Das wird dir keiner glauben, wenn du nicht zur Polizei gehst und ein Geständnis ablegst.«

»Ein Geständnis? Verbrecher legen ein Geständnis ab. Ich habe nichts verbrochen. Ich konnte doch nicht wissen –« Plötzlich lag Panik in seinem Blick. »Und ich werde der Polizei sagen, dass du lügst, falls du denen sagst, ich hätte –«

»Was konntest du nicht wissen?«

Er schwieg. Aber sie spürte seine Angst. Sie hatte ihn fast so weit. Jetzt nicht locker lassen. »Was du getan hast, nennt sich Beihilfe zum Mord. Die werden dich in eine Zelle sperren und den Schlüssel wegwerfen. Oder gibt es in diesem Staat die Todesstrafe?«

»Elende Schlampe!«

Aha. Viel fehlte nicht mehr. »Ich fahre auf direktem Weg zur Polizei. Sie werden dich wahrscheinlich in wenigen Stunden verhaften. Wenn du mir sagst, was ich wissen will, halte ich mich zurück, bis du dich selber stellst, dann kannst du noch versuchen, dich rauszureden.«

»Es war nicht meine Schuld. Es sollte überhaupt nichts passieren. Die haben gesagt, sie wollten bloß mit dir reden, aber du würdest dich stur stellen.«

»Wer wollte mit mir reden?«

Er antwortete nicht.

»Wer?«

»Weiß ich nicht. Irgendein Leonard ... keine Ahnung.«

»War Leonard sein Vorname oder sein Nachname?«

»Ich hab dir doch gesagt – Ich habe keine – Sein Nachname. Wenn es sein richtiger Name war.«

»Warum zweifelst du daran?«

»Anfangs hab ich nicht daran gezweifelt – Ich wollte nicht, dass Mike stirbt – Ich wollte nicht, dass irgendjemand was zustößt.«

»Weißt du, wie dieser Leonard mit Vornamen heißt?«

Er schwieg eine Weile. »Ryan.«

»Wie hieß der andere?«

»Keine Ahnung. Der hat sich mir nicht vorgestellt. Nur Leonard hat mit mir geredet.«

»Wo hast du dich mit ihnen getroffen?«

»Ich hab mich nicht mit denen getroffen. Vor ein paar Wochen saß ich in einer Kneipe, da haben sie sich neben mich gesetzt und mich angesprochen. Ich brauchte das Geld, und sie haben mir versichert, dass nichts Schlimmes passieren würde. Ich sollte nur dafür sorgen, dass du in diese Gasse kommst, damit sie mit dir reden können.«

»Und das war ganz einfach, nicht wahr? Weil Mike sich so leicht manipulieren ließ. Du konntest ihn jederzeit nach deiner Pfeife tanzen lassen.«

»Ich mochte Mike. Ich wollte ihm nicht wehtun.«

»Du hast ihm aber wehgetan. Erst hast du es geschafft, dass er sich wie ein Versager fühlt, und dann hast du ihn in die Falle laufen lassen.«

»Ich brauche das Geld. Harvard ist verdammt teuer und meine Eltern können die Studiengebühr kaum aufbringen. Ich führe ein Leben wie ein Almosenempfänger.«

»Hast du schon mal versucht, dir einen Job zu besorgen?«

»So wie du?«, fragte er säuerlich. »Du bist ja immer so perfekt. Genau das konnte Mike an dir nicht ausstehen.«

Sie durfte sich nicht anmerken lassen, wie sehr sie das traf. »Wie finden wir diesen Ryan Leonard?«

Paul zuckte die Achseln. »Keine Ahnung. Sie haben mir die Hälfte von dem Geld gegeben, als ich zugesagt habe, dass ich es machen würde, und nachdem ich sie angerufen hatte, um ihnen zu sagen, dass ich dich an dem Abend ins Red Rooster locken würde, haben sie die andere Hälfte in einem Umschlag in mein Postfach gelegt. Seitdem hab ich nichts mehr von ihnen gehört.«

»Hast du den Umschlag noch?«

Er nickte. »Ich hab das Geld noch nicht ausgegeben. Es ist immer noch in dem Umschlag. Nachdem Mike – ich hab mich noch nicht mal getraut, es zur Bank zu bringen. Ich hatte Angst, es könnte verdächtig wirken, falls die Polizei mich vernehmen würde. Aber da steht keine Adresse drauf. Es ist nur ein weißer Umschlag ohne Anschrift.«

»Wo hast du ihn?«

»In meinem Zimmer.«

»Wo?«

»In meinem Lehrbuch für englische Literatur.«

»Und hast du an dem Abend den anderen Mann gesehen?«

»Ja, das hab ich dir doch gesagt. Warum?«

»Weil ich nur einen gesehen hab. Ich brauche die Beschreibung von dem anderen.«

»Jetzt?«

»Nein, nicht jetzt.« Mehr konnte sie im Moment nicht verkraften. Sie entriegelte die Tür. »Los, steig aus. Ich gebe dir zwei Stunden, um zur Polizei zu gehen und zu versuchen, sie von deiner Unschuld zu überzeugen. Wenn du abhaust, hetze ich sie dir auf den Hals.« Ihre Lippen spannten sich. »Und ich selbst werde mich ebenfalls an deine Fersen heften.«

»Ich bin doch kein Idiot. Ich werde mich stellen. Nicht, dass ich Angst vor dir hätte. Es ist einfach das Vernünftigste.« Er stieg aus. Seine Angst war ein wenig verebbt, er brachte sogar ein halbwegs verwegenes Lächeln zustande. »Mir wird schon nichts passieren. Vielleicht brauche ich mich nur als Zeuge zur Verfügung zu stellen. Alles spricht für mich. Ich bin jung und intelligent, und die werden sich einfach sagen, dass ich ein ganz normaler junger Mann bin, der eine Situation falsch eingeschätzt hat.«

Ihr wurde übel. Womöglich würde er sogar Recht behalten. »Sag mir eins, Paul. Wie viel haben Sie dir bezahlt?«

»Zehntausend, als ich zugesagt hab, dass ich es mache. Und noch mal zehn, nachdem ich die ganze Sache eingefädelt hatte.«

»Und du hast dich gar nicht gefragt, warum es denen so viel Geld wert war, mit mir zu reden?«

»Das ging mich nichts an. Wenn die so viel Kohle locker machen konnten –« Er brach ab, als er ihrem Blick begegnete. »Du kannst mich mal.« Er drehte sich auf dem Absatz um und ging.

Gott, was für ein großspuriger Scheißer. Am liebsten hätte sie Gas gegeben und diesen Widerling über den Haufen gefahren. Er hatte seinen Freund verraten, und jetzt dachte er an nichts anderes als daran, seinen eigenen Hals zu retten. Sie legte den Kopf aufs Lenkrad und versuchte, ihre Fassung wiederzugewinnen.

Dann ließ sie den Motor an und nahm ihr Handy aus der Tasche. Joe ging nach dem zweiten Läuten an den Apparat.

»Du musst etwas für mich tun.« Sie schaute Paul nach, der gerade um die Ecke bog. »Paul Donnell wird sich in den nächsten Stunden der Polizei stellen.«

»Wie bitte?«

»Er hat Mike in eine Falle gelockt. Für zwanzigtausend Dollar hat er sich bereit erklärt, dafür zu sorgen, dass Mike mit mir in diese Gasse neben der Kneipe geht.« Sie unterbrach ihn, als er anfing zu fluchen. »Angeblich haben die ihm gesagt, sie wollten nur mit mir reden. Das hat er akzeptiert und keine Fragen gestellt. Es war ihm einfach scheißegal.«

»Dieser Hurensohn.«

»Er sagt, der Mann, der ihm das Geld gegeben hat, hieß Ryan Leonard, mehr weiß er angeblich nicht über den Typen. Von dem anderen Mann wüsste er nicht mal den Namen, aber er hat ihn gesehen und kann ihn mir beschreiben. Ich möchte, dass du Manning anrufst und ihm sagst, er soll sich den Mann beschreiben lassen, bevor Paul auf die Idee kommt, das als Druckmittel zu benutzen. Das traue ich dem nämlich glatt zu.«

»Alles klar. Sonst noch was?«

»Sag ihm, er soll Paul nicht mit Samthandschuhen anfassen.« Ihre Stimme zitterte. »Er hat vielleicht nicht abgedrückt, aber er ist mitschuldig an Mikes Tod. Ich will nicht, dass er ungeschoren davonkommt.«

»Ich kann mich nur wundern, dass du ihn zum Reden gebracht hast.«

»Ich auch. Aber er hatte Angst und das hab ich ausgenutzt. Ich fahre jetzt zu ihm ins Studentenheim und lass mir den Umschlag mit dem zweiten Geldbetrag geben, den er von diesem Leonard erhalten hat. Mir ist gerade der Gedanke gekommen, dass er versuchen könnte, ein doppeltes Spiel zu spielen und das Geld für seine Verteidigung zu benutzen.«

»Überlass das der Polizei. Vielleicht finden die Fingerabdrücke auf dem Umschlag.«

»Ich werde vorsichtig damit umgehen. Aber die Polizei ist zu sehr an Gesetze gebunden. Es könnte viel zu lange dauern, bis die einen Durchsuchungsbefehl für sein Zimmer kriegen, und ich will um jeden Preis verhindern, dass er das Geld behält. Ich muss jetzt Schluss machen, Joe. Ich melde mich wieder bei dir.« Bevor er etwas entgegnen konnte, legte sie auf.

Sie fuhr los, wendete und fuhr in Richtung Studentenwohnheim.

Schlampe. Flittchen.

Paul Donnell kochte vor Wut, als er die Straße hinuntereilte.

Selbstbewusste Frauen hatte er noch nie ausstehen können und Jane MacGuire war ein Musterbeispiel für die Sorte Frauen, die er verabscheute. Wirklich Pech, dass Leonard sie in dieser Gasse nicht erwischt hatte.

Er musste seine Wut irgendwie loswerden. Wenn er mit der Polizei redete, musste er den Anschein erwecken, als wäre er zutiefst betrübt. Er musste einen ehrlichen Eindruck machen und so tun, als würde er sich vor lauter Schuldgefühlen am liebsten zerfleischen. Wenn er wollte, konnte er äußerst überzeugend sein, und jetzt war sein schauspielerisches Talent gefragt. Zu oft hatte er gelesen, wie sehr ein Gerichtsurteil vom ersten Eindruck abhing, den jemand bei der Polizei machte. Er würde sich sehr respektvoll geben, aber von vornherein klarstellen, dass man ihm geraten hatte, einen Anwalt zu konsultieren.

Genau, das war die richtige Strategie. Aber Anwälte waren teuer, und er hatte nicht vor, sich auf einen Pflichtverteidiger zu verlassen. Er würde sich den besten Anwalt leisten, und dafür konnte er –

Scheinwerfer.

Er drehte sich um. Nein, das Miststück war ihm nicht gefolgt. Das Auto, dessen Scheinwerfer die ruhige Wohnstraße erhellten, war viel größer als ihres. Er beschleunigte seine Schritte. Er musste sich beeilen und auf schnellstem Weg zum Polizeirevier gehen, damit diese Schlampe ihm nicht zuvorkam. Dieser Frau würde er zutrauen, dass sie –

Licht. Er war völlig in Licht getaucht. Ein Motor heulte auf.

Was zum Teufel ...

Jane parkte vor dem Studentenwohnheim und sprang aus dem Wagen.

Es dürfte nicht allzu schwierig sein, in Pauls Zimmer zu gelangen, dachte sie, während sie auf die Treppe zueilte. Sie hatte Mike häufig besucht, und falls einer der Sicherheitsleute sie ansprechen sollte, konnte sie behaupten, sie hätte etwas in seinem Zimmer vergessen. Wenn das nicht klappte, konnte sie immer noch –

»Jane.«

Sie erstarrte. Nein. Ihre Fantasie ging schon mit ihr durch – das konnte er nicht sein.

Langsam drehte sie sich um.

Trevor.

Er trug Jeans und einen dunkelgrünen Pullover und sah noch genauso aus wie vor vier Jahren, als sie sich am Flughafen von ihm verabschiedet hatte.

Er lächelte. »Hallo. Lange nicht gesehen. Haben Sie mich vermisst?«

Ihre Erstarrung löste sich auf der Stelle. Arrogantes Arschloch. »Kein bisschen. Was tun Sie hier?«

Sein Lächeln verschwand. »Glauben Sie mir, ich hätte es vorgezogen, mich von Ihnen fern zu halten. Aber das war unmöglich.«

»Die letzten vier Jahre ist es Ihnen aber ganz gut gelungen.« Das hätte sie nicht sagen sollen. Es klang vorwurfsvoll, und dass er denken könnte, es würde sie auch nur im Geringsten interessieren, ob er sie vergaß oder nicht, war das Letzte, was sie wollte. »Genau wie mir. Schnee von gestern.«

»Ich wünschte, das könnte ich ebenfalls behaupten.« Seine Lippen spannten sich. »Wir müssen miteinander reden. Mein Wagen steht gleich um die Ecke. Kommen Sie mit.«

Sie rührte sich nicht von der Stelle. »Später. Ich muss erst noch was erledigen.«

Er schüttelte den Kopf. »Jetzt sofort.«

Sie nahm die ersten Stufen nach oben. »Scheren Sie sich zum Teufel.«

»Wenn Sie mich begleiten, werden Sie mehr erfahren als aus dem Umschlag in Donnells Zimmer.«

Sie zuckte zusammen und drehte sich langsam zu ihm um. »Woher wissen Sie, dass ich vorhatte –«

»Kommen Sie schon.« Er ging zur Ausgangstür. »Ich werde Bartlett sagen, er soll das Wohnheim im Auge behalten und dafür sorgen, dass Donnell nicht zurückkommt, um das Geld zu holen.«

»Bartlett ist hier?«

»Er wartet im Wagen.« Er warf einen Blick über die Schulter. »Ich weiß ja, dass Sie Bartlett vertrauen, auch wenn Sie mir nicht vertrauen.«

Sie versuchte einen klaren Kopf zu bekommen. »Sie wissen, dass mein Freund Mike getötet wurde?«

»Ja, das tut mir Leid. Sie haben sich wohl sehr nahe gestanden.«

»Und woher wissen Sie, was heute Abend mit Donnell passiert ist?«

»Ich hatte Bartlett beauftragt, Ihren Wagen mit einer Wanze auszustatten.«

»Wie bitte?«

»Und ebenso Ihr Zimmer.« Er lächelte. »Macht Sie das wütend genug, jetzt mit mir zu kommen und mich zurechtzustauchen?«

»Allerdings.« Sie kam die Treppe wieder herunter. »Darauf können Sie Gift nehmen.«

»Gut.« Er trat auf die Straße hinaus. »Dann kommen Sie endlich, Sie haben fünf Minuten Zeit, um mir Ihre Meinung zu sagen.«

Die Meinung sagen? Sie hätte ihm am liebsten den Hals umgedreht. Er hatte sich kein bisschen geändert. Total von sich eingenommen, ganz der Coole und jederzeit bereit, notfalls über Leichen zu gehen.

»Sie verfluchen mich innerlich«, murmelte er. »Ich kann es regelrecht spüren. Sie sollten mir Zeit geben, mich zu erklären, bevor Sie einen Wutanfall kriegen.«

»Sie haben mir gerade gesagt, dass Sie mein Auto verwanzt haben.«

»Ich hatte nur die besten Absichten.« Er blieb vor einem blauen Lexus stehen. »Bartlett, ich muss mit ihr reden. Behalt das Wohnheim im Auge und gib mir Bescheid, falls Donnell auftaucht.«

»Selbstverständlich«, erwiderte Bartlett, während er ausstieg. »Freut mich, Sie wiederzusehen. Nur schade, dass es unter solch unglücklichen Umständen geschieht.«

»Da haben Sie allerdings Recht. Ich habe soeben erfahren, dass Sie meinen Wagen und mein Zimmer verwanzt haben.«

Bartlett warf Trevor einen vorwurfsvollen Blick zu. »Musstest du ihr das unbedingt verraten?«

»Ja. Geben Sie ihm Ihre Wagenschlüssel, Jane. Dann hat er es ein bisschen bequemer auf seinem Spähposten.«

Sie wollte schon protestieren, als sie Bartletts warmherzige, dunkle Augen gewahrte, die sie stets an Pu den Bären erinnert hatten. Es war zwecklos, sich über Bartlett aufzuregen, der hatte schließlich nur auf Trevors Befehl hin gehandelt. Sie warf ihm die Autoschlüssel zu. »Das hätten Sie nicht tun dürfen, Bartlett.«

»Ich hielt es für das Beste. Aber vielleicht habe ich mich geirrt.«

»Sie haben sich geirrt.« Sie stieg auf den Beifahrersitz. »Und lassen Sie Donnell auf keinen Fall ins Haus, falls er zurückkommt.«

»Sie wissen, dass es mir nicht liegt, Gewalt anzuwenden, Jane.« Und mit ernster Miene fügte er hinzu: »Aber ich werde Sie sofort benachrichtigen.«

Sie sah ihm nach, während Trevor hinter dem Steuer seines Wagens Platz nahm. »Sie hätten ihn da nicht mit reinziehen dürfen. Er ist kein Verbrecher.«

»Woher wollen Sie das wissen? Er ist jetzt schon seit vier Jahren bei mir. Vielleicht habe ich ihn ja längst korrumpiert.«

»Nicht jeder ist korrumpierbar.« Doch Trevors mit Intelligenz gepaarte Anziehungskraft, der sie selbst damals erlegen war, konnte kaum jemand widerstehen. Er war ein Rattenfänger, der jedem einreden konnte, Schwarz wäre Weiß. Während der Wochen, die sie gemeinsam verbracht hatten, hatte sie hautnah mitbekommen, wie er die widrigsten Umstände zu seinem Vorteil hinbog, und seine Fähigkeit, andere um den Finger zu wickeln, kannte sie nur allzu gut. »Und Sie mögen Bartlett. Sie würden ihn überhaupt nicht mehr respektieren, wenn Sie es geschafft hätten, einen Jasager aus ihm zu machen.«

Trevor lachte in sich hinein. »Da haben Sie Recht. Aber die Gefahr besteht nicht, dass er zum Jasager werden könnte. Dazu hat er zu viel Charakter.«

»Wie haben Sie ihn dazu gebracht, mein Auto zu verwanzen?«

»Ich habe ihm erklärt, dass es Ihrer Sicherheit dient.« Sein Lächeln veschwand. »Ich habe allerdings nicht damit gerechnet, dass Sie Donnell auflauern würden. Das hätte gefährlich werden können. Ein verzweifelter Mann ist unberechenbar.«

»Er hatte Angst. Ich habe es ihm ganz deutlich angesehen.«

»Verängstigte Männer neigen dazu, blind um sich zu schlagen.«

»Das hat er nicht getan, und es ist vorbei. Die Sache geht Sie nichts an.« Sie schaute ihn an. »Oder etwa doch? Sie haben behauptet, Sie könnten mir mehr sagen, als ich in dem Briefumschlag finden würde. Also, schießen Sie los.«

»Der andere Mann heißt wahrscheinlich Dennis Wharton. Jedenfalls arbeitet der normalerweise mit Leonard zusammen.«

»Woher wissen Sie das?«

»Er ist mir früher schon mal über den Weg gelaufen.«

»Und warum haben Sie der Polizei nicht gesagt, dass Sie wissen, wer Mike getötet hat?«

»Ich wollte nicht, dass die Typen die Flucht ergreifen.«

»Warum nicht?«

»Ich will sie mir selbst schnappen«, erwiderte er ruhig. »Die Polizei arbeitet nicht immer besonders effizient. Ich wollte nicht das Risiko eingehen, dass Leonard und Wharton noch eine Chance kriegen, Ihnen etwas anzutun.«

»Sie glauben also, sie werden es versuchen?«

»Wenn die Situation es erlaubt, ja. Die Polizei kommt nicht vom Fleck. Ich möchte wetten, dass die beiden mindestens noch einen Versuch unternehmen, bevor jemand anders geschickt wird, um Sie zu erledigen.«

»Geschickt von wem?«

Er schüttelte den Kopf. »Wirklich, Jane, ich kann Ihnen nicht alles sagen. Dann hätte ich nichts mehr, was ich als Faustpfand verwenden könnte.«

»Warum waren die hinter mir her?«

»Sie betrachten Sie als einen nützlichen Aktivposten in dem Spiel.«

»Spiel?« Sie ballte die Hände zu Fäusten. »Das war kein Spiel. Mike ist dabei ums Leben gekommen.«

»Das tut mir Leid«, sagte Trevor leise. » Ich glaube nicht, dass das geplant war. Das war ein Unfall.«

»Das ist auch kein Trost. Und woher wissen Sie, was die vorhatten? Was haben Sie damit zu tun?«

»Alles. Wahrscheinlich bin ich an allem schuld.«

»Wie bitte?«

»Ich hätte eher kommen sollen. Ich hatte gehofft, ich hätte mich geirrt und die Sache würde nicht außer Kontrolle geraten, also habe ich Bartlett geschickt. Aber ich hätte herkommen, Sie am Kragen packen und mitnehmen sollen.«

»Das ergibt für mich alles keinen Sinn. Worum geht es überhaupt?«

»Um Cira.«

Jane erstarrte. »Wie bitte?«

»Oder, genauer gesagt, um Ciras Gold.«

Sie sah ihn verblüfft an.

»Eine zweitausend Jahre alte mit Gold gefüllte Büste. Die Antiquität wäre für sich genommen schon außergewöhnlich wertvoll. Die Tatsache, dass Julius Precebio sie seiner Mätresse Cira vermacht hat, würde den Reiz des Geheimnisvollen noch erhöhen.«

»Haben Sie sie gefunden?«

»Nein, aber ich bin ihr auf der Spur. Unglücklicherweise gibt es Leute, denen das zu Ohren gekommen ist und die jetzt nach einer Schwachstelle bei mir suchen.« Er neigte ihr den Kopf zu. »Und nun glauben sie, sie gefunden zu haben.«

»Mich?«

»Wen sonst?«

»Wie sollten die auf die Idee kommen –«

Er wandte sich ab. »Ich wette, die gehen davon, dass Sie meine Achillesferse sind.«

»Warum?«

»Vielleicht wegen unserer gemeinsamen Vergangenheit? Was wir damals in Herkulaneum erlebt haben, wurde schließlich ausgiebig in den Medien breitgetreten.«

»Das ist doch absolut lächerlich. Sie haben keine Achillesferse.«

Er zuckte mit den Schultern. »Wie gesagt, sie suchen eine Schwachstelle. Ich habe nie behauptet, sie hätten sie gefunden. Aber ich wollte ihre Vermutung auch nicht bestätigen, indem ich herkam, deshalb habe ich Bartlett an meiner Stelle geschickt.«

»Und die haben Mike benutzt, um mich zu kriegen«, folgerte Jane ausdruckslos. »Und dieses verdammte Gold.«

»Ja.«

»Zur Hölle mit ihnen.« Sie schwieg einen Moment. »Und mit Ihnen auch.«

»Tja, ich dachte mir schon, dass Sie das so sehen würden. Aber ich kann mich jetzt nur noch um Schadensbegrenzung bemühen.«

»Der Schaden ist längst angerichtet.«

»Oder es geht gerade erst los. Diese Leute haben Mike Fitzgerald benutzt, um an Sie heranzukommen. Womöglich versuchen sie jetzt, jemand anderen zu benutzen, der Ihnen nahe steht.«

Sie sah ihn entsetzt an. »Eve? Joe?«

»Zum Beispiel. Für die beiden würden Sie alles tun, nicht wahr?«

»Niemand wird den beiden etwas antun«, erwiderte sie trotzig.

»Dann sollten Sie sie nach Möglichkeit ganz aus dieser Geschichte raushalten. Verschwinden Sie von hier und gehen irgendwohin, wo Sie in Sicherheit sind.«

»Und wo sollte das sein?«, fragte sie sarkastisch.

»Bei mir. Ich biete Ihnen Sicherheit und bin die Sorge los, dass Sie tausend Meilen weit weg sind.«

»Ihre verdammten Sorgen interessieren mich einen Scheißdreck. Und für meine Sicherheit kann ich selbst sorgen. Sie hätten niemals –« Sie unterbrach sich, weil ihr Handy klingelte. Sie warf einen Blick auf das Display. »Das ist Joe.«

»Donnell ist tot«, sagte Joe. »Und die Polizei will mit dir reden.«

»Tot?« Sie erstarrte. »Wovon redest du? Er kann nicht tot sein.« Sie bemerkte, wie Trevor sich neben ihr anspannte. »Ich hab ihn vor einer knappen Stunde noch gesehen.«

»Wo?«

»Er ist ungefähr sechs Kilometer von hier entfernt in einer Seitenstraße aus meinem Auto ausgestiegen.« Sie versuchte, sich an den Namen der Straße zu erinnern. »Ich weiß nicht mehr, welche es war. Ich habe nicht darauf geachtet.«

»Donnell wurde in der Justine Street überfahren. Der Fahrer hat sich aus dem Staub gemacht. Ein Zeuge hat vom Fenster seiner Wohnung aus beobachtet, wie ein heller Wagen auf den Gehweg gefahren ist und Donnell überrollt hat.«

»Also kein Unfall?«

»Unwahrscheinlich. Nachdem Donnell bereits am Boden lag, hat der Fahrer zurückgesetzt und ihn nochmals überfahren.«

»Hat der Zeuge sich das Kennzeichen gemerkt?«

»Nein. Der junge Mann war angetrunken und reichlich neben der Spur. Wir können von Glück reden, dass er noch in der Lage war, die Polizei anzurufen und zu berichten, was er gesehen hat. Wo bist du? Ich werde dich von Manning abholen lassen, damit du eine Aussage machen kannst.«

Jane war immer noch fassungslos. »Sie haben ihn umgebracht.«

»Genau davon wirst du Manning überzeugen müssen.«

»Er wurde von einem hellen Wagen überfahren. Du fährst einen hellen Toyota Corolla. Donnell hatte dir gegenüber zugegeben, dass er mitschuldig an Mikes Tod war. Du bist gerade von der Beerdigung deines Freundes gekommen und warst verständlicherweise wütend.«

»Aber du hast doch Manning angerufen und ihm gesagt, dass Donnell sich stellen wollte.«

»Und dass du befürchtet hast, er würde ungeschoren davonkommen. Rechne doch mal eins und eins zusammen, Jane. Wäre es nicht nachvollziehbar, dass du deine Meinung geändert hast und noch mal zurückgefahren bist, um Selbstjustiz zu üben?«

»Nein.« Plötzlich fiel ihr ein, wie sie dieses blasierte Arschloch vor lauter Wut am liebsten überfahren hätte. »Ich mag ja in Versuchung gewesen sein, aber ich bin keine Idiotin.«

»Und wir werden die Zuständigen davon überzeugen müssen, dass du es nicht warst. Es wird vielleicht ein wenig dauern, aber das kriegen wir schon hin. Ich schicke einen Anwalt zur Dienststelle und komme in ein paar Stunden nach.«

»Mein Gott, glaubst du tatsächlich, dass die mir einen Mord anhängen werden?«

»Jedenfalls will ich es auf keinen Fall darauf ankommen

lassen, also will ich lieber vorbereitet sein. Wo bist du jetzt?«

»Vor Donnells Studentenwohnheim.«

»Bleib da.« Joe legte auf.

Wie gelähmt schaltete sie das Handy ab.

»Donnell ist tot?«, fragte Trevor.

»Der Täter hat Fahrerflucht begangen. Ein heller Wagen.« Sie schüttelte den Kopf. »Das ist verrückt. Joe glaubt, die könnten mich für die Täterin halten.«

»Nein.« Trevor ließ den Motor an und fuhr los. »Das wird nicht passieren.«

»Wo wollen Sie hin? Joe hat gesagt, ich soll hier warten, bis Manning –«

»Und ganz sicher hat er auch die besten Absichten, aber ich werde nicht zulassen, dass man Sie einsperrt, und sei es nur für kurze Zeit. Es gibt zu viele Möglichkeiten, an einen Häftling heranzukommen.« Er hielt neben Janes Wagen an, in dem Bartlett saß. »Steig aus. Wir fahren zum Flughafen.«

»Den Teufel werden wir tun«, blaffte Jane ihn an. »Ich fahre nirgendwo mit Ihnen hin.«

»Sie fahren zum Flughafen«, sagte Trevor, als Bartlett auf die Rückbank sprang. »Danach können Sie machen, was Sie wollen. Aber ziehen Sie mal die Möglichkeit in Betracht, dass die Donnell umgebracht haben, um einen potenziellen Zeugen zu eliminieren. Dann dämmert Ihnen vielleicht, was hier gespielt wird. Mike Fitzgerald und Paul Donnell sind tot, dabei waren sie nur Randfiguren. Eigentlich sind die hinter Ihnen her. Und wenn Sie sich in die Nähe von Eve und Joe begeben, landen die ebenfalls auf der Abschussliste. Wie wollen Sie die beiden beschützen, wenn Sie eingesperrt sind?«

»Es ist doch überhaupt noch nicht gesagt, dass ich eingesperrt werde. Die brauchen doch nur meinen Wagen zu untersuchen, um festzustellen, dass er nicht beschädigt ist.«

»Aber sie werden ihn vielleicht erst mal für eine gründliche Untersuchung dabehalten. Und bis alles geklärt ist, wird man auch Sie festhalten. Wollen Sie das Risiko eingehen? Denken Sie darüber nach.« Er trat das Gaspedal durch. »Wenn wir am Flughafen ankommen, möchte ich wissen, wie Sie sich entschieden haben.«

Vier

Das soll der Flughafen sein?« Jane zog verwundert die Augenbrauen hoch, als Trevor auf eine Nebenstraße außerhalb Bostons abbog und neben einem riesigen Hangar hielt.

»Ich habe nicht behauptet, dass es der Hauptflughafen ist.« Trevor stieg aus dem Wagen. »Aber ich garantiere Ihnen, dass dies hier ein sehr privater Flugplatz ist.«

»Mit anderen Worten, Sie sind illegal hier.«

»Das war notwendig. Als feststand, dass mir nichts anderes übrig blieb als herzukommen, musste das schnell und unbeobachtet vonstatten gehen.«

»Sie mussten nicht herkommen. Das war Ihre eigene Entscheidung.«

»Stimmt, es geht immer um Entscheidungen.« Er schaute sie an. »Und haben Sie Ihre schon getroffen?«

»Nein.« Aber sie stieg langsam aus dem Wagen aus. »Ich glaube nicht, dass man mich verhaften wird. Wahrscheinlich haben Sie mir diesen ganzen Stuss nur deshalb erzählt, damit ich tue, was Sie wollen. Manning würde vermutlich nur meine Aussage aufnehmen und mich wieder gehen lassen.«

»Möglich.«

»Ich werde Brenner sagen, dass wir gleich abheben können«, sagte Bartlett, sprang aus dem Wagen und lächelte ihr zu. »Auf Wiedersehen, Jane. Ich hoffe, Sie werden sich nicht dafür entscheiden, uns zu verlassen. Sie haben mir sehr gefehlt.«

Sie sah ihm schweigend nach, als er über das Rollfeld zu dem startbereiten Learjet rannte. Bis zu diesem Augenblick war ihr gar nicht bewusst gewesen, dass sie Bartlett auch vermisst hatte. Klein, pummelig, mit einem herzerwärmenden Lächeln und mit seiner irgendwie naiven Lebensfreude war er einzigartig. »Hat er je wieder geheiratet?«

»Nein, vielleicht hat er sich gesagt, drei Mal reicht.« Trevor lächelte. »Vielleicht hat er ja auch die ganze Zeit auf Sie gewartet. Er hat Sie immer gemocht.«

»Da würde ich mich wohl in einer langen Reihe anstellen müssen. Alle Frauen haben was für ihn übrig. Selbst Eve.«

»Wie geht's Eve?«

»Nicht besonders gut. Mikes Tod hat sie sehr mitgenommen, aber jetzt muss sie sich erst mal um ihre Mutter kümmern. Ansonsten ist sie ganz die Alte.« Jane konnte ihren Blick nicht von dem Flugzeug abwenden. Bartlett war schon eingestiegen, und im Cockpit konnte sie schwach zwei Leute ausmachen. »Wer ist Brenner? Der Pilot?«

»Ja, unter anderem. Er ist ein Australier, den ich mit an Bord geholt habe, damit er mir ein paar Dinge erleichtert.«

»Arbeitet er für Sie?«

»Gott, nein. Der arrogante Scheißkerl arbeitet nur für sich selbst. Aber in seiner unendlichen Weisheit hat er beschlossen, mir bei dieser Geschichte das Ruder zu überlassen.«

»Welche Geschichte?«

Er beantwortete die Frage nicht. »Kommen Sie jetzt mit mir?«

»Wohin?«

»Nach Aberdeen.«

»Was?« Sie riss verblüfft die Augen auf. »Nach Schottland?«

Er deutete ein Lächeln an. »Haben Sie etwa erwartet, wir würden nach Neapel fliegen?«

»Sie haben doch gesagt, Sie wären Ciras Gold auf der Spur. Die Büste befand sich in einem Tunnel außerhalb von Herkulaneum.«

»Dort fliegen wir vielleicht anschließend noch hin. Jetzt geht's erst mal nach Aberdeen.«

»Warum?«

»Kommen Sie mit?«

»Antworten Sie mir.«

Er schwieg.

»Verdammt noch mal. Mike musste sterben, weil Sie hinter diesem Gold her sind. Ich hab ein Recht darauf, zu erfahren, was hier gespielt wird.«

»Aber dann bekomme ich möglicherweise nicht das, was ich von Ihnen will. Und Sie wissen doch, was für ein Egoist ich bin.«

»Allerdings. Aber warum sollte ich Ihnen irgendetwas geben, das Sie haben wollen?«

»Weil Sie wissen, dass ich Sie am Leben halten will?«

»Ich weiß überhaupt nichts mehr über Sie. Es ist schon zu lange her.«

»Das stimmt.« Er neigte nachdenklich den Kopf. »Dann vielleicht, weil ich Ihnen etwas geben kann, wonach Sie schon lange suchen?«

»Das Gold interessiert mich nicht.«

»Ich weiß.« Er lächelte. »Aber Sie würden etwas dafür geben, einen Blick auf Precebios Schriftrollen werfen zu können, die wir in dem Tunnel in der Nähe seiner Villa entdeckt haben. Und das sollten Sie tun. Sie würden begeistert davon sein.«

Sie erstarrte. »Die Schriftrollen?«

»Deswegen sind Sie doch nach Herkulaneum zurückgefahren, stimmt's? Sie haben nicht an den Grabungen in der Stadt selbst teilgenommen, sondern am Rand von Herkulaneum, auf dem Land. Waren Sie enttäuscht, als Sie den Tunnel nicht finden konnten?«

»Enttäuscht ja, aber nicht überrascht. Sie hatten mir ja erzählt, dass nach dem Stolleneinsturz, den Sie so gut getarnt hatten, niemand mehr den Tunnel finden konnte.« Ihr Tonfall klang geistesabwesend, während sie seinen Gesichtsausdruck musterte. »Sie sind noch einmal dorthin zurückgekehrt und haben sich bis zur Bibliothek vorgegraben?«

Er nickte. »Und dabei habe ich Precebios Schriftrollen gefunden, auf denen es um Cira geht.«

Sie war wie elektrisiert. »Alle?«

»Ja, alle. Ungefähr die Hälfte hatte ich schon gelesen, bevor die Explosion den Einsturz verursachte. Der Rest musste sehr sorgfältig konserviert werden, um sie vor Schäden zu schützen, bevor ich dazu kam, sie übersetzen zu lassen.«

»Aber Sie haben sie übersetzen lassen?«

Er lächelte. »Ja.«

»Und was stand darin?«

»Lesen Sie sie selbst.« Er drehte sich um und ging zum Flugzeug. »Sie enthalten einige Überraschungen ...«

»Lügen Sie mich an?«

Er schaute sie über die Schulter hinweg an. »Vermutlich habe ich Ihr Misstrauen verdient. Sie wissen, dass ich im Notfall selbst vor Lügen nicht zurückschrecke. Das gehört alles zum Spiel.«

»Belügen Sie mich?«

Er sah ihr in die Augen und sein spöttisches Lächeln verschwand. »Sie nicht, Jane. Sie würde ich nie belügen.« Er stieg ins Flugzeug.

»Sie ist ein harter Brocken.« Bartlett kam aus dem Cockpit. »Kommt sie mit?«

»Ja, sag Brenner, er soll die Maschine starten.«

Bartlett warf einen skeptischen Blick auf Jane, die immer noch neben dem Wagen stand. »Sie rührt sich aber nicht von der Stelle.«

»Sie wird schon kommen.«

»Wieso bist du dir da so sicher?«

Er war sich keineswegs sicher. Bei jemandem, der so eigenwillig war wie Jane, konnte man sich nie sicher sein. Er hatte sein Bestes getan, um sie zu überreden, aber sein Erfolg hing davon ab, wie gut er sie durchschaute. »Ich habe ihr ein Angebot gemacht, das sie nicht ablehnen konnte. Sie will Mike Fitzgeralds Mörder, und sie weiß, dass ich ihr etwas dazu sagen kann, was ihr neu ist. Und sie will unbedingt in Erfahrung bringen, was auf diesen Schriftrollen steht. Diese beiden Leckerbissen habe ich ihr vor die Nase gehalten.«

»Und wenn du dich irrst? Wenn sie sich einfach umdreht und weggeht?«

Trevors Lippen spannten sich. »Dann gehe ich hinter ihr her, schlage sie bewusstlos und schleppe sie ins Flugzeug. Sie kommt also in jedem Fall mit.«

Bartlett pfiff leise durch die Zähne. »Ich möchte nicht in deiner Haut stecken, wenn sie dann aufwacht.«

»Ich auch nicht. Aber ich lasse sie auf keinen Fall hier, wo ich sie nicht beschützen kann. Es gibt mittlerweile zu viele Unbekannte, mit denen wir rechnen müssen.«

»Joe Quinn kann sie beschützen.«

»Und er wird es auch versuchen, doch bei ihm kommt Eve an erster Stelle. Jane muss absolute Priorität haben.«

Bartlett wandte den Blick von Jane ab und sah Trevor neugierig an. »Du hast noch ein paar andere Dinge, die ganz oben auf deiner Prioritätenliste stehen. Ich wundere mich, dass du glaubst –«

»Da kommt sie.« Trevor wandte sich vom Fenster ab und lief ins Cockpit. »Besser, sie sieht mich nicht, bis wir in der Luft sind. Aus irgendeinem Grund bin ich für sie ein rotes Tuch, am Ende überlegt sie es sich noch anders, wenn sie ins Flugzeug steigt. Schließ die Tür hinter ihr, mach es ihr gemütlich und versuch sie ein bisschen zu besänftigen.«

»Rotes Tuch?«, murmelte Bartlett. »Und ich dachte immer, ich wäre der Einzige, der hinter deiner charmanten Fassade die Bestie erkennt, die du in Wirklichkeit bist.«

»Besänftige sie einfach.« Trevor zog die Tür zum Cockpit hinter sich zu.

»Sie haben sich also doch entschlossen, mit uns zu kommen. Großartig. Ich bin froh, dass ich nicht allein sein muss auf so einem langen Flug.« Bartlett strahlte, als er die Tür hinter Jane schloss und verriegelte. »Nehmen Sie Platz und schnallen Sie sich an. Brenner wird jeden Moment –«

»Wo ist Trevor?«

»Vorn bei Brenner. Er hat mich gebeten, es Ihnen gemütlich zu machen.« Er zwinkerte ihr zu. »Und Sie zu besänftigen. Es war ihm ganz wichtig, dass ich Sie besänftige.«

Sie konnte weiß Gott ein bisschen Beruhigung gebrauchen. Sie war nervös und verunsichert und wusste absolut nicht, ob sie das Richtige tat. Dieser verfluchte Trevor hatte sie in die Knie gezwungen, er hatte jede ihm zur Verfügung stehende Waffe eingesetzt, um ihr seinen Willen aufzuzwingen. Und jetzt war sie in einem Flugzeug unterwegs nach Schottland, ohne Joe oder Eve Bescheid gegeben zu haben, wohin sie unterwegs war und warum.

Weil ihr der Grund selbst nicht klar war, verdammt.

Aber sie würde jede Gelegenheit ergreifen, mehr über Mikes Tod herauszufinden.

Und sie wollte diese Schriftrollen sehen. Jahrelang hatte sie danach gesucht und jetzt befanden sie sich in Trevors Händen.

Vielleicht hatte Trevor ja Recht damit, dass Donnells Tod sie in größte Gefahr brachte.

Aber vielleicht auch nicht, womöglich nutzte er nur die Umstände aus, um sie in die gewünschte Richtung zu treiben.

Ach zum Teufel! Sie würde es herausfinden. Aber zuallererst musste sie wie ein verantwortungsbewusster Mensch handeln, anstatt sich aus dem Staub zu machen wie ein verängstigter Schmetterling. Sie holte ihr Handy hervor. »Ich fahre nirgendwohin, ohne Eve und Joe Bescheid zu geben.«

»Unbedingt. Das wäre unbesonnen. Ich bin sicher, dass Sie noch Zeit dazu haben, bevor wir abheben.«

»Die Zeit nehme ich mir.« Sie wählte Eves Nummer. »Habe ich dich geweckt?«

»Nein. Joe hat mich vor zehn Minuten angerufen. Was zum Teufel ist überhaupt los, Jane?«

»Ich weiß es nicht genau, aber ich kann es im Moment nicht riskieren, verhaftet zu werden. Sag Joe, dass ich Manning meine Aussage später zuschicke.«

»So geht das aber nicht, Jane.«

»Im Moment kann ich nicht anders.« Sie schwieg einen Augenblick. »Ich bin vielleicht auf einer Spur, die mich zu Antworten führt. Dafür ist es besser, wenn ich meinen eigenen Weg gehe.«

»Du machst mir Angst. Was hast du vor?«

»Ich bin auf etwas gestoßen, dem ich auf den Grund gehen muss.«

»Aber doch nicht allein, verdammt.«

»Ich bin nicht allein.«

»Umso schlimmer. Ich möchte Namen, deinen Aufenthaltsort und den Grund, warum du plötzlich so ausweichend bist.«

Wie viel konnte sie ihr anvertrauen? Eve würde sich verpflichtet fühlen, Joe einzuweihen, und Joe war Polizist, der seine Dienstvorschriften hatte. Also gut, sie würde ihr genug erzählen, um ihr ihre Sorgen zu nehmen, aber keine Einzelheiten.

»Vielleicht kann ich rausfinden, wer Leonards Auftraggeber ist und wo er steckt.«

»Wie denn?«

»Ich glaube, ich kenne jemanden, der die ganze Sache durchschaut.«

»Jane.«

»Ich weiß. Ich weiß. Tut mir Leid. Es muss frustrierend sein, dir anzuhören, wie ich hier herumstottere und nach Worten suche –«

»Wer ist bei dir?«

Jane überlegte einen Augenblick. Ach, zum Teufel. »Trevor.«

»Mist.«

»Eigentlich sollte dich das beruhigen. Du weißt, dass Trevor weiß, was er tut.«

»Er ist ein geschickter Seiltänzer, was nicht heißt, dass du es überlebst, wenn du ihm folgst.«

»Ich folge ihm nicht. Ich will einfach nur rausfinden –« Sie musste es kurz machen. »Ich ruf dich an, wenn wir an unserem Zielort angekommen sind. Mach dir keine Sorgen, Eve. Ich mach schon keine Dummheiten. Ich werde vorsichtig sein.«

»Das Wort kommt doch in Trevors Wortschatz gar nicht vor. Ich möchte mit ihm reden.«

»Er ist beschäftigt. Ich rufe dich in sechs, sieben Stunden wieder an. Ich muss jetzt Schluss machen.« Sie schaltete das Handy aus.

»Wenn ich richtig verstanden habe, hält sie Trevor nicht gerade für einen geeigneten Begleiter«, bemerkte Bartlett. »Das kann ich ihr wirklich nicht verübeln.«

»Ich auch nicht.« Jane nahm Platz und schnallte sich an. »Okay, Bartlett, Sie können jetzt anfangen, mich zu besänftigen. Erzählen Sie mir doch mal, warum Sie immer noch mit Trevor zusammen sind.«

Er lächelte. »Er hat mir genug Geld in Aussicht gestellt, dass ich mich auf eine Südseeinsel zurückziehen kann.«

»Auf einer Insel würden Sie es doch gar nicht aushalten. Dazu sind Sie viel zu sehr Stadtmensch.«

Er nickte. »Das war auch nur ein Vorwand. Mir gefällt das Leben mit Trevor einfach. Buchhalter in London zu sein war nicht so prickelnd.«

»Kriminell zu sein ist also prickelnd?«

»Ich bin nicht kriminell.« Er dachte darüber nach. »Oder vielleicht bin ich es doch, aber es kommt mir nicht so vor. Ich ziehe mit Trevor durch die Weltgeschichte und erledige hin und wieder ein paar Dinge, um die er mich bittet. Das macht mich natürlich zum Komplizen, aber ich tue eigentlich nichts Schlechtes, soweit ich das sehen kann. Ich füge niemandem Schaden zu.«

Als das Flugzeug in Richtung Startbahn rollte, verspürte Jane einen Anflug von Panik. Sie musste sich beruhigen. Sie hatte ihre Entscheidung getroffen. »Was ist mit diesem Brenner? Tut der auch nichts Böses?«

Bartlett lächelte. »Das müssen Sie ihn schon selbst fragen. Er ist Australier. So auf den ersten Blick wirkt er kein bisschen lebensbedrohlich. Er spricht nicht über das, was er für Trevor tut, aber ich vermute, dass er mal ein ziemlich hartgesottener Bursche gewesen ist.«

»Genau wie Trevor. Gleich und Gleich gesellt sich gern.«

»Mag sein. Soweit ich weiß, waren die beiden gemeinsam als Söldner in Kolumbien.«

»Tatsächlich?« Ihr Blick wanderte zur Tür des Cockpits. »Interessant.«

»Ich fand es aufschlussreich. In jüngster Zeit tut sich Trevor sehr schwer damit, sich auf jemanden einzulassen, aber als junger Mensch war er zweifellos offener.

»Offen?« Jane schüttelte den Kopf. »Doch nicht Trevor.«

»Vielleicht war das der falsche Begriff?« Bartlett überlegte. »Nein, ich glaube, ich –«

»Hallo.« Ein großer flachsblonder Mann von Mitte dreißig stand plötzlich in der Tür zum Cockpit. »Ich bin Sam Brenner, und ich konnte der Versuchung nicht widerstehen, mal einen Blick auf Sie zu werfen. Willst du uns nicht vorstellen, Bartlett?«

»Jane MacGuire«, sagte Bartlett. »Und ich bin überrascht, dass Trevor Ihnen gestattet, sich ihr vorzustellen, Brenner.«

»Ich konnte ihn davon überzeugen, dass es besser für sie ist, sowohl die Vorteile als auch die Nachteile an der Situation zu kennen. Gehen Sie nach vorn und leisten Sie Trevor ein bisschen Gesellschaft, mein Freund.«

Bartlett warf Jane einen Blick zu. »Ihre Entscheidung.«

Jane musterte Brenners Gesicht. Er war braun gebrannt und hatte unglaublich blaue Augen. Sein Gesicht war etwas zu lang, Nase und Mund waren zu groß, als dass man ihn als schön hätte bezeichnen können, aber seine Augenbrauen waren geschwungen wie die von Peter Pan.

Er lächelte, und sein australischer Akzent kam noch deutlicher durch, als er fragte: »Inspektion bestanden?«

»Erst wenn Sie mir sagen, wer eigentlich im Augenblick die Maschine fliegt.«

Er lachte in sich hinein. »Trevor. Er ist zwar kein so ein erfahrener Pilot wie ich, aber er schlägt sich ganz gut. Außerdem wollte er etwas zu tun haben, das ihn daran hindert, Ihnen gegenüberzutreten. Und anstatt daneben zu sitzen und Däumchen zu drehen, fand ich es reizvoller, hierher zu kommen und meine Neugierde zu befriedigen.«

»Neugier?«

»Ich glaube, ich werde im Moment nicht gebraucht.« Bartlett stand auf und ging in Richtung Cockpit. »Ich komme nachher wieder und besorge Ihnen was zu essen.«

»Tun Sie das.« Brenner ließ sich auf den Sitz fallen, von dem Bartlett soeben aufgestanden war. »Rufen Sie mich, wenn Trevor sich langweilt.«

»Der wird sich schon bemerkbar machen«, erwiderte Bartlett trocken. »Und er wird noch schneller hier auftauchen, wenn er den Eindruck hat, dass Sie Jane auf die Nerven gehen.«

»Da bin ich ganz anderer Meinung.« Brenner streckte die Beine vor sich aus. »Ich glaube, er ist zu dem Schluss gekommen, dass es Zeit ist, mit Phase zwei zu beginnen. Ihre Aufgabe war es, die junge Dame zu besänftigen und es ihr gemütlich zu machen, ich übernehme jetzt den Part, von der Lady auf die Probe gestellt und eingeschüchtert zu werden. Trevor weiß, dass Diskretion ein Fremdwort für mich ist.«

»Neugier?«, wiederholte Jane, als sich die Tür hinter Bartlett geschlossen hatte.

»Daran müssten Sie doch gewöhnt sein nach all der öffentlichen Aufmerksamkeit, die Ihnen vor vier Jahren zuteil wurde.«

»Sie wissen davon?«

»Nicht aus erster Hand. Ich saß während des ganzen Trubels in Bangkok im Gefängnis, und als ich mich endlich befreit hatte, war Ihre Geschichte schon wieder Schnee von gestern. Erst nachdem ich vor einem Jahr bei Trevor eingestiegen bin, habe ich von Ihrer Existenz erfahren.«

»Hat Trevor von mir gesprochen?«

Er schüttelte den Kopf. »Kein Wort. Aber als er mich nach Neapel geschickt hat, um die Schriftrollen zu holen, ließ Bartlett hin und wieder eine Bemerkung fallen, daraufhin habe ich ein bisschen recherchiert.«

Sie schwieg eine Weile. »Die Schriftrollen. Haben Sie die?«

»Nein, Trevor hat sie. Ich war nur der Kurier.«

»Und wo sind sie jetzt?«

Er lächelte. »So indiskret bin ich nun auch wieder nicht.« Er musterte sie. »Sie sehen wirklich aus wie die Statue von Cira. Aber natürlich sind Sie viel schöner.«

»Blödsinn. Hat Trevor alle Rollen?«

»Das müssen Sie ihn selbst fragen. Ich habe ihm alles gebracht, was ich holen sollte, und für gewöhnlich ist er ziemlich gründlich. Mein Auftrag lautete, die Rollen aus Italien rauszuschmuggeln, bevor die Regierung sie konfiszieren konnte.«

»Weil er davon ausging, dass darin das Versteck des Goldes beschrieben sein könnte?«

»Möglich.«

»Und war es so?«

Brenner lächelte.

»Spielen Sie keine Spielchen mit mir«, sagte sie unterkühlt. »Davon habe ich schon genug bei Trevor. Gehen Sie doch lieber wieder nach vorn und fliegen die Scheißkiste.«

»Autsch.« Sein Lächeln verschwand. »Tut mir Leid. Ich gebe zu, dass ich Sie ein bisschen auf die Probe stellen und sehen wollte, wie weit Sie sich provozieren lassen. Das ist wohl meine angeborene Neugier.«

»Ihre angeborene Neugier können Sie sich sonst wohin schieben.«

»Das habe ich schon mal gehört und es kam nicht über derart attraktive Lippen.« Er ließ einen Moment verstreichen. »Nach allem, was Trevor mir erzählt hat, machen Sie ziemlich schwere Zeiten durch. Sie haben es nicht verdient, sich mit einem Scheißkerl wie mir rumplagen zu müssen.«

»Da haben Sie allerdings Recht.«

Er lachte in sich hinein. »Dann können wir ja Waffenruhe schließen.«

»Ich befinde mich nicht im Kriegszustand mit Ihnen. Sie gehen mir voll am Arsch vorbei.«

»Aber Sie mir nicht. Ich lebe mit Ihnen auf dem MacDuff's Run, seit Trevor die Hütte gemietet hat.«

»Wie bitte?«

»Nun ja, nicht mit Ihnen, sondern mit Ciras Statue. Aber die Ähnlichkeit ist bemerkenswert.«

»Das ist nur eine Ähnlichkeit. Das bin nicht *ich*.«

»Okay, okay. Ich wollte Sie nicht ärgern. Sie sind in dieser Hinsicht ein bisschen empfindlich, stimmt's?«

»Ja, das bin ich allerdings. Das ist mein gutes Recht. Aber vielleicht haben Sie ja bei Ihren ›Recherchen‹ nicht so tief gegraben. Was haben Sie über mich und Cira herausgefunden?«

»Aus den Zeitungsartikeln im Internet? Dass ein Serienkiller Frauen ermordet und verstümmelt hat, die einer Statue ähnlich sahen. Dabei handelte es sich um die Statue einer Schauspielerin namens Cira, die der Star von Herkulaneum war zu der Zeit, als der Vesuv ausbrach. Dass dieser Killer Sie für die Reinkarnation von Cira hielt und Ihnen nach dem Leben trachtete. Der Rest handelte hauptsächlich davon, wie er dingfest gemacht und getötet wurde. Es hat mich allerdings gewundert, dass es so wenige Fotos von Ihnen in all den Artikeln gab. Ich habe mich gefragt, wie Ihre Familie es geschafft hat, das Hauptinteresse immer wieder auf Cira zu lenken und Sie dabei im Hintergrund verschwinden zu lassen.«

»Sie haben getan, was sie konnten. Eve und Joe sind äußerst clever, aber das Jahr danach war ziemlich hart für mich.« Sie setzte ein sardonisches Lächeln auf. »Aber wie Sie vorhin so schön sagten, danach war ich Schnee von gestern. Gott sei Dank.« Sie kam noch einmal auf etwas zurück, was er vor einer Weile gesagt hatte. »Trevor bewahrt die Cira-Statue am MacDuff's Run auf? Liegt das in Schottland?«

Brenner nickte. »Ja. Die Statue ist wirklich ein künstlerisches Meisterwerk. Selbst ein Kulturbanause wie ich weiß das zu schätzen. Ich kann verstehen, warum Trevor sie um jeden Preis in seinen Besitz bringen wollte.«

»So sehr, dass er bereit war, mit einem Sammler zu verhandeln, der sie illegal gekauft hatte«, erwiderte sie trocken. »Und ich wäre mir nicht so sicher, dass er sie wegen ihres künstlerischen Werts haben wollte. Er ist wie alle Männer. Er ist besessen von Cira.«

»Der Frau mit Ihrem Gesicht.« Brenner lächelte dünn. »Eine interessante Verbindung.«

»Es gibt keine Verbindung. Sie ist seit zweitausend Jahren tot, und ich bin noch ziemlich lebendig. Warum hat Trevor Sie nach Neapel geschickt, anstatt selbst hinzufahren?«

»Das Pflaster dort war ein bisschen zu heiß für ihn.«

»Die italienische Polizei? Haben die den Tunnel gefunden, in dem Trevor die Schriftrollen entdeckt hat?«

Brenner schüttelte den Kopf. »Nein, er hatte den Eingang zu gut getarnt, aber einer der Wissenschaftler, die Trevor bei der Übersetzung der Texte geholfen haben, hat nicht dichtgehalten. Er hat versucht, die Rollen an den höchsten Bieter zu verscherbeln, und bis Trevor dahinterkam, hatte er den falschen Leuten schon ein bisschen zu viel erzählt. Offenbar war das Gold an herausragender Stelle in den Rollen erwähnt.«

»Ja, das hat Trevor mir erzählt. Wer waren denn diese ›falschen Leute‹?«

»Trevor hat sich im Laufe der Jahre einige Feinde gemacht«, erwiderte Brenner ausweichend. »Ich bin sicher, er wird das noch mit Ihnen besprechen.«

»Aber Sie werden es nicht tun?«

»Nicht jetzt. Ich muss Trevor noch etwas übrig lassen. Nach all den Jahren werden Sie eine Menge nachzuholen haben.« Er stand auf. »Vielleicht sollte ich ihn lieber ablösen, bevor Sie alles aus mir rausquetschen.«

»Ich habe überhaupt nichts aus Ihnen rausgequetscht. Sie haben mir genau das gesagt, was Sie mir sagen wollten. Was ich Ihrer Meinung nach wissen sollte. Was ich nach Trevors Meinung wissen sollte. Habe ich Recht?«

Er grinste. »Na ja, Trevor meinte, ich sollte Ihnen lieber nicht erzählen, dass ich mich in Cira verliebt habe. Er dachte, das würde Ihnen gar nicht gefallen.«

»Warum sollten Sie anders sein?«, erwiderte sie müde. »Offenbar war Cira die Femme fatale der Antike. Ich nehme an, Sie haben auch einige der Übersetzungen gelesen, in denen sie beschrieben wird.«

»Sie muss ausgesprochen rassig gewesen sein. Sie schien im Bett ebenso talentiert gewesen zu sein wie auf der Bühne.«

»Das heißt nicht, dass sie eine Prostituierte war. Sie wurde als Sklavin geboren und hat getan, was sie tun musste, um zu überleben.«

»Eben noch haben Sie betont, Sie hätten überhaupt nichts mit ihr gemein. Und jetzt nehmen Sie sie in Schutz.«

»Natürlich nehme ich sie in Schutz. Schließlich war es nicht ihre Schuld, dass sie in eine Welt geboren wurde, in der Sex eine der wenigen Waffen war, die einer Frau aus den unteren Schichten zur Verfügung standen. Sie war stark und intelligent und sie hätte eigentlich mehr verdient, als dass lüsterne Chauvis wie Sie nach ihr lechzen.«

»Gut gekontert.« Er lächelte ihr über die Schulter zu, während er zum Cockpit ging. »Das hat sie nun davon, dass sie sich zur Legende gemacht hat. Sie sollten von ihrem Beispiel lernen.«

»Keine Sorge. Wie gesagt, wir haben nichts miteinander gemein.«

»Nun, mir sind über die ähnlichen Gesichtszüge hinaus noch ein paar Gemeinsamkeiten aufgefallen. Sie sind intelligent; Sie sind eindeutig nicht schwach. Und Sie biegen die Dinge gern so hin, dass sie Ihnen in den Kram passen.« Er öffnete die Tür zum Cockpit. »Und wenn man bedenkt, wie viel öffentliche Aufmerksamkeit Ihnen im Internet und in den Medien mittlerweile zuteil wird, sind Sie ebenfalls auf dem besten Weg, zur Legende zu werden.«

»Das ist doch Schwachsinn. Ich habe nicht das geringste Bedürfnis –«

Er hatte die Tür schon hinter sich geschlossen, also lehnte sie sich erschöpft in ihrem Sitz zurück. Brenner irrte sich. Sie wollte klare und ehrliche Verhältnisse und hasste es, im Rampenlicht zu stehen. Sie war nicht wie Cira, die die Herzen und das Denken sowohl ihres Publikums als auch der Menschen in ihrem Umkreis mühelos manipuliert hatte. Ja, sie konnte Cira gut verstehen, aber das hieß nicht, dass sie sich je genauso verhalten würde. Und das versuchte sie jedem klar zu machen seit dem Tag, an dem dieser hirnrissige Killer sich in den Kopf gesetzt hatte, dass sie so etwas wie die moderne Reinkarnation der Frau war, die sein Vater angebetet und er selbst verabscheut hatte. Sie hatte angenommen, das läge alles hinter ihr, doch jetzt war es wieder da. Gott, wie satt sie das alles hatte.

»Trevor«, wiederholte Joe. »Wohin zum Teufel ist er mit ihr unterwegs?«

»Ich habe dir alles gesagt, was ich weiß«, erwiderte Eve. »Das ist die große Frage. Und die zweite lautet: Was hat Trevor mit der ganzen Geschichte zu schaffen?«

»Das interessiert mich nicht die Bohne. Wichtig ist einzig und allein, dass er sich von Jane fern hält. Verdammt, ich hatte angenommen, er wäre für immer aus ihrem Leben verschwunden.«

»Ich nicht. Es gab zu viele offene Fragen, als sie von Herkulaneum aufgebrochen ist. Aber ich hatte gehofft, es würde noch ein paar Jahre dauern.«

»Was für offene Fragen? Es war alles erledigt. Wir haben den Mörder gefasst, und Jane führt ein normales Leben.«

»Zumindest hatte es den Anschein.«

»Du sprichst in Rätseln. Sag mir, was du denkst.«

»Ich wollte nicht in Rätseln sprechen. Ich versuche nur zu sagen, dass wir bei unserem verzweifelten Versuch, Jane von diesem Albtraum fern zu halten und ihr ein normales Leben zu ermöglichen, vielleicht einige Dinge übers Knie gebrochen haben. Vielleicht haben wir einen Fehler begangen.«

»Unsinn«, erwiderte Joe tonlos. »Ich hätte nie zugelassen, dass sie in Italien nach diesen Schriftrollen sucht, wenn ich gewusst hätte, dass sich dieser Trevor ebenfalls in Europa herumtreibt. Sie ist zwar ziemlich vernünftig, aber es war nicht zu übersehen, dass er für sie eine neue Erfahrung darstellte und sie faszinierte. Er ist der reinste Hypnotiseur, ich wollte nicht, dass sie auf die Idee kommt, ihm zu folgen.«

Eve erinnerte sich daran, etwas in der Art zu Jane gesagt zu haben. Das Schicksal hatte Trevor und Jane einander allzu nah gebracht, und gegen Ende hatte Eve den Eindruck gewonnen, dass Jane sich selbst der Gefahr bewusst gewesen war. »Nun, jetzt ist sie ihm gefolgt. Sie meinte, sie würde uns in sechs, sieben Stunden wieder anrufen.« Sie schwieg eine Weile. »Es geht schon wieder um Cira, Joe. Um Cira und das verdammte Gold. Und jetzt sind Mike und dieser Donnell wegen des Goldes umgebracht worden.«

»Wir haben noch keine Beweise dafür, dass es da einen Zusammenhang gibt.«

»Warum sonst sollte Trevor nach all den Jahren plötzlich wieder auf der Bildfläche erscheinen? Er ist doch schon immer hinter dem Gold her gewesen. Und er hat Leonard als Köder benutzt, damit Jane mit ihm kommt. Es *gibt* einen Zusammenhang.«

»Dann werden wir ihn auch finden. Ich werde Interpol anrufen und sehen, ob die irgendwas über Trevor aus der jüngsten Zeit haben. Sie hat gesagt, sie würde in sechs, sieben Stunden wieder anrufen? Welcher Ort liegt so weit von Boston weg? Neapel?«

»Gott, ich hoffe nicht.«

»Bartlett hat mir erzählt, dass Sie vor dem Start mit Eve telefoniert haben.« Trevor trat aus dem Cockpit und ging auf Jane zu. »Und dass Sie mich erwähnt haben. Das wird sie ja sehr gefreut haben.«

»Nein, aber ich konnte sie nicht völlig im Dunkeln lassen, außerdem dachte ich, soll sie es doch ruhig wissen …« Sie zuckte die Achseln. »Vielleicht war es ein Fehler. Sie weiß genau, wie rücksichtslos Sie sind, und ohne es zu wollen, hält sie mich manchmal für ein hilfloses Kind.«

»Nein, das tut sie nicht. Aber sie beschützt die Menschen, die sie liebt, und mir hat sie nie wirklich vertraut. Deshalb bin ich überrascht, dass Sie mich überhaupt erwähnt haben.«

»Sie vertraut Ihnen – wenn auch in Grenzen.«

»Weil sie eine kluge Frau ist.« Er nahm neben ihr Platz. »Sie hat schon zu viel erlebt, um Außenstehende nah genug an sich heranzulassen, dass sie sie verletzen könnten.«

»Sie irren sich. Jedes Mal, wenn sie an einer neuen Gesichtsrekonstruktion arbeitet, erlebt sie den Schmerz aufs Neue.«

»Das ist etwas anderes. Das ist ihre Arbeit, ihre Berufung. Sie und Joe sind ihr Leben, und sie würde alles tun, um Sie zu beschützen und Ihnen ein glückliches, sicheres Leben zu ermöglichen.«

»Das ist ja nichts Ungewöhnliches.«

»Das behaupte ich auch nicht. Ich bewundere Eve und wir haben eine Menge gemeinsam.«

»Da würde sie Ihnen bestimmt widersprechen«, entgegnete Jane trocken. »Und ich auch.«

»Ach, ich weiß nicht.« Ihre Blicke trafen sich. »Ich habe Sie auch schon einmal beschützt.«

Plötzlich blieb ihr die Luft weg und ihr wurde ganz heiß. Verdammt, sie hatte gedacht, sie hätte das hinter sich. Nein, das würde sie nicht zulassen. »Himmel, kennt Ihre Arroganz denn überhaupt keine Grenzen? Soll ich Ihnen etwa mein Leben lang dafür dankbar sein, dass Sie die arme minderjährige Lolita vor ihrer eigenen Begierde geschützt haben?«, fragte sie mit zusammengebissenen Zähnen. »Sie wollten mich nicht? Gut so. Ich hätte Sie auch nicht gewollt, wenn ich mehr Erfahrung besessen hätte. Wahrscheinlich sind Sie auch noch stolz darauf, dass Sie mich vor mir selbst beschützt haben. Ich war damals zwar erst siebzehn, aber nicht bescheuert, und ich hatte das Recht auf eine eigene Entscheidung. Sie haben mich behandelt, als wäre ich ein Kind ohne –«

»Hören Sie auf.« Er hob eine Hand, um ihren Redeschwall zu stoppen. »Wie kommen Sie darauf, dass ich das gemeint habe, als ich sagte, ich hätte Sie beschützt? Schließlich habe ich Aldo davon abgehalten, Sie zu töten.«

Sie blinzelte. »Oh.« Dann musterte sie sein ausdrucksloses Gesicht und knurrte: »Sie lügen. Das haben Sie nicht gemeint.«

»Aber ich hätte es meinen können.« Er lächelte verschlagen. »Und es war die einzige Möglichkeit, Ihre Schimpftirade zu entschärfen.«

»Sie haben überhaupt nichts entschärft, und ich –« Aber

der clevere Scheißkerl hatte genau das getan. Der Schmerz und die Wut, die die Erinnerungen wachgerufen hatten, waren wieder verebbt. »Ich habe jedes Wort genauso gemeint, wie ich es gesagt habe, und ich bin froh, dass es endlich raus ist.«

»Sehr gut. Ist Ihnen noch gar nicht in den Sinn gekommen, dass genau das meine Absicht gewesen sein könnte? Wir können keine eiternde Wunde gebrauchen, die jeden Moment aufzubrechen droht, wir haben genügend andere Probleme, die gelöst werden müssen.«

»Was für eine abscheuliche Metapher. Und Sie schmeicheln sich nur selbst damit. Ich hatte keine eiternde Wunde.«

»Vielleicht habe ich nicht von Ihnen geredet.«

Schon wieder diese Hitze. Gott, was war denn bloß mit ihr los?

Sie musste sich von seinem Anblick losreißen. »Versuchen Sie nicht, mich reinzulegen. Ich weiß, wie wichtig es Ihnen ist, alles unter Kontrolle zu haben, aber das wird Ihnen diesmal nicht gelingen, Trevor. Also geben Sie es auf, mich manipulieren zu wollen, und sagen Sie mir endlich, warum Sie so großen Wert auf meine Gesellschaft legen.«

»Das habe ich Ihnen bereits gesagt. Um eine weitere Waffe zu eliminieren, die gegen mich verwandt werden könnte.«

»Von wem?«

Er antwortete nicht.

»Ich bin mit Ihnen gekommen, weil ich keine unmittelbare Alternative gesehen habe, wie ich an das gelangen kann, was ich haben will. Aber wenn Sie mich im Dunkeln lassen, werde ich mich bei der nächsten Gelegenheit abseilen.«

Er nickte. »Ich hatte gehofft, mir bliebe noch ein bisschen Zeit, aber ich wusste, dass es früher oder später dazu kommen würde.«

»Sie liegen verdammt richtig. Wer ist es?«

»Ein extrem unangenehmer Zeitgenosse namens Rand Grozak.«

»Unangenehm? Inwiefern?«

»Mord, Schmuggel, Drogen, Prostitution. Er wildert in allen möglichen Bereichen, um das zu kriegen, was er will.«

»Und was hat er mit Mikes Tod zu tun?«

»Leonard arbeitet für ihn. Ich glaube nicht, dass Grozak ihn beauftragt hatte, Mike Fitzgerald umzubringen. Das war ein Patzer. Es war ein Entführungsversuch, und Sie waren als Opfer auserkoren.«

»Warum? Und kommen Sie mir nicht wieder mit Ihrer Achillesferse. Wenn dieser Grozak Sie so gut kennt, wie Sie behaupten, dann weiß er auch, dass Sie nicht leicht zu beeinflussen sind.«

»Es wärmt mir das Herz, wie gut Sie mich durchschauen«, murmelte er. »Aber vielleicht spürt Grozak eine andere, sensiblere Seite meiner Persönlichkeit.«

»Warum hatte er es auf mich abgesehen?«, wiederholte sie.

»Er will Ciras Gold und sucht einen Ansatzpunkt. Wahrscheinlich geht er davon aus, dass Sie wissen, wo es sich befindet.«

»Das ist doch bescheuert. Warum sollte er das annehmen? Sie sind doch derjenige, der seit Jahren danach sucht. Sie haben die Schriftrollen gefunden.«

»Vielleicht glaubt er, ich hätte Ihnen Informationen zukommen lassen. Vor vier Jahren waren wir zusammen in Herkulaneum. Seither haben Sie dreimal an archäologischen Exkursionen teilgenommen. Da ist es doch nahe liegend, anzunehmen, dass Sie auch hinter dem Gold her sind.«

»Nicht jedem ist Geld wichtiger als Wissen.«

»Davon werden Sie Grozak kaum überzeugen können. Seine Welt besteht nur aus Geld.«

»Ebenso wie Ihre.«

»Zugegeben, ich habe eine gewisse Schwäche für Geld. Es

ist nicht mein Lebensinhalt, aber es fasziniert mich.« Seine Lippen spannten sich. »Doch im Gegensatz zu Grozak halte ich mich an die Regeln.«

»Sie können mich mal. Das Leben ist doch kein Brettspiel. Und falls Sie so denken, sind Sie genauso übel wie Grozak.«

»Nein, das bin ich nicht. Ich versichere Ihnen, wenn Sie ihn erst mal kennen lernen, werden Sie mir zustimmen.«

»Ich habe nicht vor, ihn kennen zu lernen. Ich will ihn hinter Gittern sehen.« Sie blickte ihm in die Augen. »Und ich werde Joe anrufen und ihm Grozaks Namen verraten, sobald wir in Schottland sind.«

»Das habe ich mir gedacht. Deshalb wollte ich Ihnen ein bisschen Zeit geben, sich zu beruhigen und wieder zur Vernunft zu kommen.«

»Die Polizei einzuschalten ist vernünftig.«

»Vernünftig ja, aber bei jemandem wie Grozak nicht besonders effektiv. Er geht der Polizei schon seit Jahren durch die Lappen, darin ist er verdammt geschickt. Sie wollen doch nicht, dass er alle Aktivitäten abbläst und untertaucht, bloß weil er Ärger wittert.«

»Genauso wenig will ich, dass der Schweinehund, der Mike auf dem Gewissen hat, frei herumläuft.«

»Sie sind die Tochter eines Polizisten. Sie wissen, wie hoch der Prozentsatz von Mördern ist, die nie gefasst werden. Und die wenigsten haben so gute Kontakte und Leute, die sie schützen, wie Grozak.«

»Er wird nicht davonkommen.«

»Das habe ich nicht behauptet. Das kann ich mir auch gar nicht leisten. Er stellt eine Gefahr dar und muss eliminiert werden.« Die kühle Gelassenheit, mit der er die Worte aussprach, ließ sie erschauern. So wie Trevor gewöhnlich alles herunterspielte, vergaß sie manchmal, wie gefährlich er sein konnte.

»Und wie wollen Sie das bewerkstelligen?«

»Er will meinen Tod und er will das Gold. Da er beides nicht haben kann, lasse ich ihn nah genug an mich heran, um selbst zuzuschlagen.« Er lächelte. »Ich schlage sehr effektiv zu, Jane.«

»Das glaube ich Ihnen aufs Wort.« Sie wandte sich von ihm ab. »Aber ich bin immer noch nicht davon überzeugt, dass ich eher Ihnen als der Polizei vertrauen sollte.«

»Soll ich Ihnen einen Grund geben? Sie werden es tun, weil ich dafür sorgen werde, dass es sich für Sie lohnt.«

»Ich will das Gold nicht.«

»Das hatten wir schon geklärt. Ich weiß, was Sie wollen.« Er beugte sich zu ihr hinüber, und seine Stimme bekam einen samtweichen Klang. »Und ich werde es Ihnen geben. Alles, was auch immer Sie wollen.«

Als sie ihn anschaute, war sie wie elektrisiert von der Intensität und dem Charisma in seinem Gesichtsausdruck. Genau diesen Ausdruck hatte sie hunderte Male gezeichnet, sie kannte jede Linie um seinen Mund, den sanften Schwung seiner Lippen, das Blau seiner Augen, die eiskalt sein konnten, dann wieder warm wie das tropische Meer. Im Moment waren sie ausgesprochen warm. Er konnte doch nicht meinen – Nein, natürlich nicht. Mit einiger Mühe riss sie sich von seinem Anblick los. »Die Schriftrollen. Davon reden Sie doch.«

»Tatsächlich?« Er lächelte schwach. »Natürlich. Wovon sonst?« Er langte in seine Jackentasche. »Ich habe Ihnen ein Geschenk mitgebracht.«

In seiner offenen Hand lag ein geschliffener blauer Stein.

»Es ist einer der Lapissteine von den bronzenen Behältern für die Schriftrollen. Nicht besonders schön, aber ich dachte, Ihnen könnte er gefallen.«

Zweitausend Jahre alt.

Sie streckte ihre Hand aus und berührte zaghaft den Lapis. »So alt ... Sie hätten ihn nicht aus seiner Fassung lösen sollen.«

»Das habe ich auch nicht. Er ist rausgefallen, als wir die Röhre geöffnet haben.« Seine Hand berührte die ihre, als er ihr den Lapis reichte.

Sie zuckte zusammen und hatte Mühe, die Hand ruhig zu halten. Gott, er hatte sie nur leicht gestreift, und doch hatte sie das Gefühl, als hätte sich zwischen ihnen ein Hochspannungsfeld aufgebaut. Als sie aufsah, bemerkte sie, wie er ihr Gesicht musterte. »Und ich hatte Recht, er ist bei Ihnen besser aufgehoben.«

»Ist das ein Bestechungsversuch?«

»Eher ein Versprechen. Ich verspreche Ihnen, Sie die Schriftrolle lesen zu lassen, die sich in der dazugehörigen Röhre befand, wenn Sie mir ein bisschen Zeit lassen, die Schatzkiste zu finden und Grozak ins Jenseits zu befördern.«

»Nur diese Rolle?«

Er lachte in sich hinein. »Gott, sind Sie unmäßig. Nein, ich werde Sie alle Rollen lesen lassen. Aber diese ist besonders interessant und ich denke, Sie werden sie ebenso aufregend finden wie ich.«

Mit klopfendem Herzen betrachtete sie den Lapis. »Warum? Was ist an dieser Rolle anders?«

»Cira selbst hat sie geschrieben.«

Sie blickte erschrocken auf. »Was?«

»Cira. Die anderen wurden von Julius Precebio und seinen Schreibern verfasst, aber diese eine stammt eindeutig von Cira.«

»Mein Gott.«

»Nur ein wenig Zeit«, sagte er nachdrücklich. »Bleiben Sie bei mir. Lassen Sie mich für Ihre Sicherheit sorgen. Sie wollen Grozak? Sie werden ihn bekommen. Sie wollen die Schriftrollen lesen? Sie werden Gelegenheit dazu erhalten. Sie können nur gewinnen.«

Ihre Entschlossenheit wankte mit jedem Wort, das er aussprach. Sie musste ihn von sich wegschieben, nachdenken. Sie spürte genau, wie sie in seinen Bann geriet.

Nur ein wenig Zeit.

Er hatte sie nicht um eine unwiderrufliche Beteiligung gebeten.

Sie können nur gewinnen.

Gott, sie wusste nicht, ob er Recht hatte, doch plötzlich wusste sie, dass sie es herausfinden würde.

Sie lehnte sich in ihrem Sitz zurück. »Zwei Tage. Ich gebe Ihnen zwei Tage, Trevor.«

Fünf

Überall herumfliegende Felsbrocken.

Schmerz.

Blut!

Sie würde nicht in diesem höllischen Tunnel sterben, dachte Cira benommen vor Schmerz. Sie mussten fast am Ende des Durchgangs sein. Jetzt würde sie nichts mehr aufhalten. Nur noch einen kurzen Moment, dann würde sie –

»Lauf.« Cira hörte Antonio fluchen, als er sie am Arm packte und den Tunnel entlangzerrte. »Du kannst dich später bemitleiden.«

Bemitleiden?, dachte sie empört. War es etwa Selbstmitleid, wenn sie kurz stehen blieb, weil sie blutete und kaum noch Luft bekam? Die Wut brachte ihr Blut in Wallung und jagte es durch die Adern bis in die schweren, kalten Beine.

Sie rannte.

Um sie herum stürzten Felsbrocken herab.

Hitze.

Keine Luft.

Dunkelheit ohne Luft.

Antonios Hand, die sie in der Dunkelheit hielt.

Dunkelheit?

Nein, es war jetzt nicht mehr so dunkel.

Und da weiter vorn ... Licht?

Sie fasste wieder Mut und lief schneller.

Antonio lachte vor sich hin, während er neben ihr herlief. »Ich hab dir doch gesagt, ich bringe dich hier raus.«

Ihn nicht ansehen. »Ja, wenn ich aufhöre, mich selbst zu bemitleiden«, sagte sie schroff. »Aber am Ende wäre ich auch allein hinausgelangt.«

»Darf ich dich darauf hinweisen, dass wir nicht viel Zeit haben?«, fragte Antonio. »Gib zu, dass es richtig war, mir zu vertrauen.«

Sie kamen dem Licht immer näher. Sie waren fast in Sicherheit. Wenn man überhaupt von Sicherheit reden konnte, während die Welt um einen herum in Schutt und Asche versank, dachte sie grimmig. »Nein, ich vertraue dir nicht. Ich weiß nur, dass du genauso hier rauswillst wie ich. Du könntest mich immer noch im Stich lassen. Das hast du schon einmal getan.«

»Ich habe einen Fehler gemacht. Ich war hungrig und arm und –«

»Ehrgeizig.«

»Ja, ehrgeizig. Bist du das etwa nicht? Willst du etwa behaupten, du hättest nicht mit Zähnen und Klauen gekämpft, um aus der Gosse zu kommen und dir deinen Platz zu sichern?«

»Aber ich habe kein Geld angenommen, um dich zu verlassen. Wir wollten fliehen und gemeinsam ein neues Leben aufbauen«, erwiderte sie verbittert. »Du hast mich verlassen.«

»Ja, das stimmt, ich habe dich verlassen. Julius hat mich vor die Alternative gestellt, entweder ich verschwinde gegen Geld aus Herkulaneum, oder er jagt mir ein Messer zwischen die Rippen, falls ich bei dir bleiben wollte. Ich habe mich für das Geld entschieden.« Er verstärkte den Griff um ihre Hand. »Aber ich bin zurückgekommen.«

»Weil du noch mehr Gold wolltest. Du wolltest die Schatztruhe, die Julius mir geschenkt hat. Oder vielleicht auch nur den Hungerlohn, den er bereit war dir zu zahlen, falls du ihm meinen Kopf liefertest.«

»Ich wollte dich«, entgegnete er. »Und ich war gewillt, zu betrügen und zu lügen und meinen Hals zu riskieren, um dich zu bekommen.«

»Und das Gold.«

»Ja, aber ich hätte dich auch ohne das Gold genommen.« Er zog eine Grimasse. »Bei den Göttern, was für eine Beichte. Ich hätte nie gedacht, dass mir diese Worte je über die Lippen kommen würden.«

Sie schaute ihn an, und selbst in dem Dämmerlicht konnte sie erkennen, wie schön er war, wie perfekt sein Körper und sein Gesicht waren. Er war der berühmteste Schauspieler, der je auf der Bühne von Herkulaneum gestanden hatte, und jede Frau im Publikum hatte ihn begehrt. Aber es waren seine Intelligenz und sein Wagemut, die Cira von Anfang an in seinen Bann gezogen hatten. Alle anderen Liebhaber hatte sie stets in der Hand gehabt, aber nie war es ihr gelungen, Macht über Antonio zu haben. Vielleicht hatte sie sich gerade wegen seiner Unberechenbarkeit zu ihm hingezogen gefühlt. Doch in diesem Augenblick war sein Gesichtsausdruck ernst und seine Worte klangen aufrichtig.

Nicht auf ihn hören. Er hatte sie verraten. Er würde sie erneut verraten.

»Ich werde dich von hier wegbringen«, sagte er. »Sollte Julius versuchen, mich aufzuhalten, werde ich ihn töten. Wenn du das Gold zurücklassen willst, werde auch ich es nicht anrühren.« Er starrte finster vor sich hin. »Auch wenn du eine Närrin sein müsstest, es zurückzulassen. Und ich müsste ein noch größerer Narr sein, mir einzureden, dass es mir nichts bedeutet. Es bedeutet uns beiden etwas. Es bedeutet Freiheit und die Chance zu –«

Irgendjemand stand am Ende des Tunnels, seine Umrisse hoben sich gegen das Licht ab!

»Was gibt's?« Er runzelte die Stirn und folgte ihrem Blick. Er erstarrte und blieb wie angewurzelt stehen. »Julius?«

»Du weißt, dass er es ist, verdammt. Du hast mich direkt zu ihm geführt.«

Wut. Enttäuschung. Trauer.

Die Wut konnte sie ertragen, aber nicht die Trauer. Was für eine Närrin sie bloß gewesen war. Sie hätte ihm fast wieder geglaubt. Würde sie nie dazulernen?

»Ihr Scheißkerle.« Sie sprang vor und langte nach dem Griff von Antonios Schwert. »Ich werde nicht zulassen, dass ihr –«

»Jane, aufwachen.«

Sie musste weg von Antonio. Und zusehen, dass sie an Julius vorbeikam, der immer noch am Ende des Tunnels stand.

»Jane, verdammt noch mal.« Jemand schüttelte sie. »Machen Sie die Augen auf.«

»Julius ...«

Ihre Augenlider öffneten sich träge.

Trevor.

»Ich dachte, Sie träumen nicht mehr von Cira«, sagte er grimmig. »Das war ein schrecklicher Albtraum.«

Sie ließ ihren Blick durch das Flugzeug schweifen und versuchte, einen klaren Kopf zu bekommen. Richtig. Trevor. Mike war tot, und sie waren unterwegs nach Schottland. Jane schüttelte den Kopf, um wieder klar denken zu können. Was hatte Trevor gesagt? Irgendetwas über Cira ... Sie richtete sich in ihrem Sitz auf. »Ich habe schon seit vier Jahren nicht mehr von Cira geträumt.«

»Dann war das wohl ein Traum vom Schlaraffenland. Sie waren völlig verängstigt.«

»Ich war nicht verängstigt.« Es war Cira, die Angst gehabt hatte und wütend war. Cira, die glaubte, betrogen zu werden. Ach verflixt, sie musste aufhören, so ein Zeug zu denken. Es war ihr eigener Traum gewesen und jedes dadurch ausgelöste Gefühl war ihr eigenes, nicht das einer seit Ewigkeiten toten Schauspielerin. »Woher wissen Sie überhaupt, dass ich von Cira geträumt habe? Habe ich ihren Namen gerufen?«

»Nein, Julius' Namen. Und weil Julius Precebio der Schurke in dem Stück war, muss es sich um einen Traum von Cira gehandelt haben.«

»Sehr logisch.« Sie atmete tief durch. »Ich denke, es ist ganz natürlich, dass ich von Cira geträumt habe. Mit Ihrem Gerede über die Schriftrollen und das Gold, das sie versteckt hat, haben Sie mir das alles wieder in Erinnerung gebracht.«

»Offenbar brauchte ich nicht sehr tief zu graben«, erwiderte er trocken. »Sie müssen doch die ganze Zeit an sie gedacht haben. Warum hätten Sie sich sonst die Mühe gemacht, an diesen archäologischen Exkursionen teilzunehmen?« Er stand auf. »Ich bringe Ihnen einen Kaffee. Sie sehen aus, als könnten Sie welchen gebrauchen.«

Das konnte sie wirklich, dachte sie, während sie ihm nachschaute, wie er zu der kleinen Bordküche im hinteren Teil des Flugzeugs ging. Wie immer war der Traum von Cira ausgesprochen realistisch gewesen und sie hatte Mühe, wieder in die Wirklichkeit zurückzukehren. Am liebsten wäre sie wieder abgetaucht, um Ciras Geschichte zu Ende zu träumen.

Du bist verrückt, schalt sie sich selbst. Komm wieder zu dir. Es war nur ein Traum.

»Schwarz, oder?« Trevor stand neben ihr und reichte ihr einen Styroporbecher. »Es ist lange her, dass ich Ihnen einen Kaffee gemacht habe.«

Aber er erinnerte sich noch daran, wie sie ihn am liebsten trank. Es gab nicht viel, woran Trevor sich nicht erinnerte. Wie Eve gesagt hatte, er war unglaublich intelligent, mit einem IQ weit jenseits des Durchschnitts, und dieses verblüffende Gedächtnis gehörte einfach dazu. »Ja, schwarz.« Sie nippte an ihrem Kaffee. »Wie lange dauert es noch, bis wir landen?«

»Ungefähr eine Stunde.«

»Dann habe ich länger geschlafen, als ich dachte.«

»Sie hatten es nötig. Sie haben einen fürchterlichen Tag hinter sich.« Er nahm wieder neben ihr Platz. »Zu schade, dass Sie keine angenehmen Träume hatten. Aber die Träume von Cira sind wohl nie besonders angenehm, stimmt's?«

»Das würde ich so nicht sagen. Sie haben mir doch mal erzählt, dass Sie auch von Cira geträumt haben, nachdem Sie das erste Mal in den Schriftrollen gelesen hatten, und dass Ihre Träume sehr anregend waren.«

Er lachte vor sich hin. »Na und? Ich bin ein Mann. Was haben Sie erwartet?«

»Ein bisschen Respekt vor einer Frau, die in einer Zeit, in der die Verhältnisse ihr nicht die geringste Chance ließen, ihr Bestes versucht hat.«

»Ich respektiere sie. Aber diese Schriftrollen, die Julius über sie verfasst hat, waren so erotisch wie das Kamasutra. Sie werden es selbst sehen, sobald Sie sie lesen.« Er hob den Becher an die Lippen. »Sie haben mir nie von Ihren Träumen erzählt.«

»Doch, das habe ich.«

»Nicht viel jedenfalls. Sie befindet sich in einer Höhle oder einem Tunnel und flieht, es ist heiß und sie kriegt keine Luft. Ist das die Nacht, als der Vesuv ausgebrochen ist?«

»Wahrscheinlich. Die Bedingungen müssen ganz ähnlich gewesen sein.« Sie schaute auf ihren Kaffee. »Und wenn die Träume durch etwas ausgelöst wurden, das ich irgendwo gelesen habe, dann wäre es nahe liegend, dass der Vulkanausbruch darin eine Rolle gespielt hat. Schließlich handelt es sich um das berühmteste Ereignis, das zu jener Zeit stattgefunden hat.«

»Aber Sie konnten weder in irgendwelchen Geschichtsbüchern noch in anderen Quellen einen Hinweis auf Cira finden?«

»Das heißt noch lange nicht, dass es keinen gibt. Schon als kleines Mädchen war ich ein Bücherwurm. Es könnten ein oder zwei Zeilen gewesen sein, die sich mir eingeprägt haben und später –«

»Schon gut, schon gut, ich will mich nicht mit Ihnen streiten. Es gibt zu viele abstruse Geschehnisse auf dieser Welt, als dass ich irgendetwas in Frage stellen würde. Ihre Erklärung erscheint mir durchaus plausibel.«

Sie hatte abwehrend geklungen, fiel ihr auf, aber sie musste sich Trevor gegenüber nicht rechtfertigen. »Wenn Sie eine bessere zu bieten haben, nur zu. Seit vier Jahren suche ich nach einer logischen Antwort und habe immer noch keine gefunden. Das ist einer der Gründe, warum ich diese Schriftrollen lesen möchte. Vielleicht gibt es darin etwas, was eine Erinnerung auslöst.«

»Vielleicht.« Er lächelte. »Aber vielleicht sind Sie einfach nur fürchterlich neugierig auf Cira. Bevor Sie Herkulaneum verließen, haben Sie mir erzählt, Sie müssten herausfinden, ob sie den Vulkanausbruch überlebt hat.«

»Darüber werden die Schriftrollen mir wohl kaum Auskunft geben.«

»Aber sie könnten Sie auf die richtige Spur setzen.«

Sie sah ihn überrascht an. »Und? Tun sie das?«

»In ein paar Tagen werden Sie es selbst herausfinden.«

»Ich könnte Sie erwürgen. Und wenn Sie mich reinlegen, werden Sie noch den Tag bereuen, an dem Sie geboren wurden.«

»Das würde ich nie wagen. Sie würden mich doch ohnehin durchschauen.« Er stand auf. »Ich werde mal nach vorn gehen und Brenner ein wenig entlasten. Dann können Sie sich ein bisschen von mir erholen.«

»Und meine Fragen für mich behalten?«

»Heben Sie sie einfach für später auf.« Er blickte auf sie hinunter. »Ich lasse Sie nicht absichtlich im Dunkeln tappen, Jane. Ich habe eine Menge zu tun, und wenn ich vom anderen Ende der Welt aus für Ihre Sicherheit sorgen müsste, würde mich das fürchterlich aufhalten.«

»Also rücken Sie die Informationen nur häppchenweise heraus, damit meine Neugier nicht nachlässt und ich schön dahin mitkomme, wo sie mich haben wollen.«

»Ich werde alles tun, was diesen Zweck zu erfüllen verspricht.«

»Dann spucken Sie wenigstens eins aus: Warum fahren wir nach Schottland anstatt nach Herkulaneum?«

»Ich nehme an, Brenner hat Ihnen gesagt, dass es in Italien für mich zurzeit etwas ungemütlich ist.«

»Weil Sie ihn angewiesen haben, mir das zu sagen. Ich glaube nicht, dass es für Sie eine große Rolle spielt, ob Grozak hinter Ihnen her ist. Es verschafft Ihnen höchstens noch einen zusätzlichen Kick. Sie treiben sich doch auf der ganzen Welt herum und weigern sich standhaft, ein solides Leben zu führen.«

»Stimmt, nur leider sind die meisten Leute in meiner Umgebung anders gestrickt. Ich muss deren Gefühle in Betracht ziehen und verantwortlich handeln.«

»Verantwortlich?«

»Ich kann sehr verantwortungsbewusst sein, wenn mir daran gelegen ist.« Ihre Blicke trafen sich. »Das ist der Grund, warum ich Sie abgeholt habe. Sie sind mir wichtig.«

Jedes Wort, jede Nuance, jeder Zug seines Mienenspiels drückte Sinnlichkeit aus. Und ihr Körper reagierte darauf. Ihre Handflächen kribbelten und ihre Brüste waren plötzlich ganz empfindlich. Selbst ihr Puls begann zu rasen, bemerkte sie frustriert.

Scheißkerl. Sie würde den Blick nicht abwenden, verdammt. Er wusste genau, was in ihr vorging. Er hatte es darauf angelegt. Sie musste es ignorieren und ihm standhalten. »Ich hatte noch gar nichts mit dieser Geschichte zu tun, als Sie sich Ihre Operationsbasis in Schottland eingerichtet haben. Also, für wen fühlen Sie sich dann verantwortlich? Für Bartlett etwa?«

Eine ganze Weile musterte er ihren trotzigen Gesichtsausdruck, dann lächelte er. »Wissen Sie eigentlich, dass es auf der ganzen Welt niemanden gibt wie Sie? Gott, wie haben Sie mir gefehlt.«

Sie musste sich zusammenreißen, um nicht dahinzuschmelzen. Es war verrückt. Sie waren mindestens einen halben Meter voneinander entfernt, trotzdem hatte sie das Gefühl, als würden sie sich berühren. »Also, für Bartlett?«, wiederholte sie.

»Für Bartlett und Mario.«

»Wer ist Mario?«

»Mario Donato, ein weiterer unschuldiger Zuschauer, der für mich am MacDuff's Run ein paar Arbeiten erledigt.«

»Wenn er für Sie arbeitet, kann er nicht unschuldig sein.«

»Na ja, zumindest relativ. Er ist der Übersetzer, der an den restlichen Schriftrollen arbeitet. Ich musste jemand anderen dafür finden, nachdem Dupoi mich an Grozak verraten hatte.«

»Es überrascht mich, dass Sie die Rollen überhaupt von ihm zurückbekommen haben.«

»Da ich von Natur aus nicht besonders vertrauensselig bin, hatte ich ein Auge auf Dupoi. Beim ersten Anzeichen dafür, dass er sie verscherbeln wollte, bin ich zu ihm hin und habe mir die Rollen wiedergeholt.«

Ihre Augen verengten sich zu Schlitzen. »Er hat Sie betrogen. Was haben Sie mit ihm angestellt?«

»Nichts. Ich habe ihm kein Haar gekrümmt.« Er neigte den Kopf. »Sie glauben mir nicht?«

»Warum sollte ich? Ich weiß, dass Sie Jahre geopfert haben und tausende Kilometer gereist sind, um sich an dem Mörder zu rächen, der vor vier Jahren hinter mir her war. Sie würden jemanden, der Sie verraten hat, nicht einfach davonkommen lassen.«

»Aber genau das habe ich getan.« Er schwieg einen Augenblick. »Allerdings habe ich es danach so aussehen lassen, dass der Scheißkerl in Wirklichkeit versucht hatte, Grozak reinzulegen. Ich fand, die Bestrafung sollte dem Verbrechen angemessen sein. Soweit ich weiß, war Grozak ziemlich sauer und hat sich ausgiebig Zeit gelassen, den Burschen in seine Einzelteile zu zerlegen.«

Sein Gesichtsausdruck jagte ihr einen eiskalten Schauer über den Rücken. Er gab sich lässig, doch gerade unter dieser Lässigkeit verbarg sich eine unbändige Grausamkeit.

»Sie sollten keine Fragen stellen, auf die Sie die Antworten nicht ertragen«, erklärte er, als er ihre Reaktion bemerkte. »Denn ich werde Ihnen immer die Wahrheit sagen. Zumindest soweit ich das kann. Und solange ich damit nicht das Vertrauen eines anderen breche. Ich werde Sie jedoch niemals belügen, wenn ich es irgendwie verhindern kann. Das ist ein ziemlich großes Geschenk von einem Betrüger wie mir, aber Sie könnten es als äußerst unangenehm empfinden.« Damit wandte er sich um und verschwand in Richtung Cockpit. »Schade. Leben Sie damit.«

»Sieht aus wie eine Kulisse aus *Macbeth*«, murmelte Jane vor sich hin, als der Wagen auf die riesige Burg zufuhr, die hoch über dem Meer auf einer Felsenklippe thronte. »Ausgesprochen finster.«

»Aber die sanitären Anlagen sind ganz modern«, wandte Bartlett ein. »Man kommt mit der düsteren Stimmung ganz gut zurecht, wenn man jeden Tag heiß duschen kann.«

»Da hast du Recht«, sagte Trevor. »Über die Annehmlichkeiten eines funktionierenden Heißwasserbereiters lässt sich eine Menge sagen. Aber deshalb habe ich MacDuff's Run nicht gemietet.«

»Sondern?«, fragte Jane.

»Aus einer ganzen Reihe von Gründen. Es ist ein interessantes Anwesen. Es wurde im Jahre 1350 von Angus MacDuff errichtet, dessen Familie sich einer faszinierenden Geschichte rühmen kann. Leider ist den MacDuffs seit einigen Jahren das Glück nicht mehr so hold, so dass sie gezwungen sind, die Burg zu vermieten. Sie ist abgelegen, leicht zu verteidigen, und wir können kommen und gehen, ohne dass neugierige Nachbarn Fragen stellen. Die Leute im Dorf kümmern sich lieber um sich selbst.« Er warf einen kurzen Blick zu Brenner hinüber, der am Steuer saß. »Allerdings ist Brenner in letzter Zeit mehr in der Gegend herumgefahren als ich. Ich hatte die Schriftrollen an verschiedenen Orten versteckt, nachdem ich sie Dupoi abgenommen hatte, und Brenner musste große Vorsicht walten lassen, als er sie nach und nach in die Burg geholt hat.«

»Sie meinen geschmuggelt.«

»Jane zieht es vor, die Dinge beim Namen zu nennen«, murmelte Brenner. »Ich persönlich spreche lieber von Trevors Rettungsaktion.«

»Ich glaube kaum, dass die italienische Regierung das ebenso sehen würde.« Sie wandte sich zu Trevor um. »Und was haben Sie getrieben, während Brenner mit dieser Rettungsaktion beschäftigt war?«

»Ich? Na ja, ich habe hier die Zeit damit verbracht, ein bisschen zu recherchieren und Mario im Auge zu behalten.«

»Den Übersetzer? Trauen Sie dem auch nicht?«

»Das habe ich nicht gesagt. Er braucht eine gewisse Führung.« Er nahm sein Handy hervor und wählte eine Nummer. »Wir sind bald am Run, James. Ist alles in Ordnung? ... Gut. Wir reden nachher.« Zu Brenner gewandt sagte er: »Wir werden immer noch überwacht, aber seit meiner Abreise hat Grozak sich nicht mehr gerührt. Das kann sich natürlich jeden Augenblick ändern, wenn er erst erfährt, dass Jane hier ist. Kümmer dich darum, dass die Wachleute auf ihren Posten sind.«

Brenner nickte. »Ich dreh eine Runde, sobald ich euch rausgelassen habe.«

»Wachleute?« Jane ließ den Blick über das Gelände schweifen. »Ich sehe niemanden.«

»Wenn Sie sie sehen könnten, würde ich sie auf der Stelle feuern.« Trevor lächelte, als sie das Tor passierten und vor der massiven Eingangstür der Burg hielten. »Sie werden mehrere Einheimische antreffen, die die Burg selbst bewachen, aber die Wachleute draußen im Gelände sind Ex-Marines, die darauf spezialisiert sind, nicht gesehen zu werden, bis es zu spät ist.«

»Und das alles, um Grozak von Ihnen fern zu halten«, sagte sie betont langsam. »Es wirkt ein bisschen ... übertrieben. Meinen Sie, er ist so wild auf die Schriftrollen?«

»Ich glaube, er will das, wohin die Schriftrollen ihn führen könnten. Insofern ist der Aufwand keineswegs übertrieben.« Er sprang aus dem Wagen und reichte ihr eine Hand, um ihr beim Aussteigen zu helfen. »Kommen Sie rein und –« Er unterbrach sich und schaute über ihren Kopf hinweg. »Sieh mal einer an, ich glaube, Sie werden gleich MacDuff kennen lernen«, murmelte er. »Ich hoffe, Sie wissen die Ehre zu schätzen.«

Sie drehte sich um und folgte seinem Blick. Ein großer muskulöser Mann schritt quer über den Burghof auf sie zu. Er war Mitte dreißig, hatte einen dunklen Teint und helle

Augen, doch in dem Zwielicht konnte Jane nicht erkennen, ob sie blau oder grau waren. Seine dunklen Haare waren zurückgekämmt, irgendwie erinnerte er sie an jemanden ... Nein, sie wusste nicht, an wen. Er trug eine legere Hose, dazu einen Pullover mit rundem Ausschnitt, doch an seinem Auftreten war nichts Lässiges. Er wirkte, als wäre er auf der Hut. Jeder Muskel seines Körpers drückte Wachsamkeit aus. »Wer ist das?«

»Der Burgherr. Der Earl of Cranought, Herrscher über MacDuff's Run. John Angus Brodie Niall ... die anderen Namen habe ich vergessen.« Trevor lächelte, als der Mann zu ihnen trat. »Legen Sie Wert darauf, die Liste zu vervollständigen, MacDuff?«

»Nicht unbedingt. Ein Name ist nur ein Etikett.« Er sah Jane durchdringend an. »Wer ist sie? Ich hatte Ihnen doch gesagt, dass Sie meine Zustimmung brauchen für jeden, den Sie –« Seine Lippen spannten sich, als er sie näher musterte. »Verdammt, das ist Jane MacGuire. Ich will sie nicht hier haben. Noch ein Grund mehr für Grozak, sich auf dieses Haus –«

»Es ist mir egal, ob Sie sie hier haben wollen«, schnitt Trevor ihm das Wort ab. »Sie ist hier und sie bleibt hier. Ende der Debatte. Ich werde sie keinen Gefahren aussetzen, nur um diesen verdammten Steinhaufen zu schützen, den Sie Ihr Zuhause nennen.«

»Tatsächlich?« MacDuff's Gesichtsausdruck veränderte sich nicht, doch Jane spürte die Kälte, die er verströmte. »Das war nicht unsere Abmachung, Trevor.«

»Dann lege ich noch was drauf.«

»Was ich nicht annehmen muss. Tun Sie, was immer Sie wollen, außerhalb dieser Mauern, aber erwarten Sie nicht von mir, dass –«

»Hören Sie mit der albernen Streiterei auf«, fuhr Jane dazwischen. »Ich werde höchstens ein, zwei Tage hier bleiben.

Und ich bin diejenige, die entscheidet, ob ich bleibe oder gehe.« Sie blickte MacDuff in die Augen. »Sie sind äußerst unhöflich, und ich bin es leid, dass Sie beide mich behandeln, als wäre ich gar nicht hier.«

Er sah sie einen Moment lang an, dann lächelte er schmallippig. »Sie haben Recht, ich bin ein Flegel und ein Langweiler. Bitte vielmals um Vergebung. Sie sind zweifellos hier, das ist ja der Stein des Anstoßes.« Sein Lächeln verschwand, als er sich an Trevor wandte. »Zwei Tage kann ich tolerieren. Danach verhandeln wir neu.« Er drehte sich auf dem Absatz um und entfernte sich in die Richtung, aus der er gekommen war.

»Nicht gerade ein freundlicher Empfang«, bemerkte Jane trocken. »Und ich will verdammt sein, wenn ich es jemals zulasse, für irgendjemanden der Stein des Anstoßes zu sein.«

»Ich hatte gehofft, er würde Sie ebenso ignorieren wie uns. Aber ich hätte mir denken können, dass er aufpasst wie ein Luchs. Wahrscheinlich wusste er in dem Moment, als wir aus dem Flugzeug stiegen, dass ich jemanden mitbringe.«

»Und woher?«

»MacDuff kennt jeden in Schottland, er gilt hier als eine Art Volksheld.«

»Rob Roy ist er nicht«, bemerkte sie spöttisch

»Nein, aber er hat vor fünfzehn Jahren bei den Olympischen Spielen die Goldmedaille im Bogenschießen gewonnen, anschließend hat er sich dem 45. Kommando der Royal Marines angeschlossen und später jede Menge Tapferkeitsmedaillen eingeheimst. Hier in Schottland wird einem Mann, der Mut im Kampf beweist, noch Respekt entgegengebracht. Primitiv, aber ehrlich.«

Sie zog die Augenbrauen hoch. »Und Sie haben keinen Respekt vor ihm?«

Er lächelte. »Nur, wenn es mir nicht schadet. MacDuff kann unglaublich arrogant sein. Ist wohl ganz natürlich. Schließlich ist er der Burgherr und jeder hier in der Gegend katzbuckelt vor ihm.«

»Das ist wahr.« Bartlett verdrehte die Augen. »Der Burgherr und der liebe Gott. Und ich bin mir nicht sicher, wer von beiden mehr Einfluss hat. Ohne seine Zustimmung tun seine Leute nichts, um das ich sie bitte.«

»Seine Leute?«

»MacDuff hat darauf bestanden, die Wachen innerhalb des Burggeländes selbst zu stellen. Er mag vielleicht knapp bei Kasse sein, doch auf die Loyalität seiner alten Kumpel aus Marinezeiten kann er nach wie vor zählen. Für ihn würden sie sogar ohne Bezahlung arbeiten, wenn er sie darum bäte«, sagte Trevor. »Ich habe ihm seinen Willen gelassen, mir aber vorbehalten, die Leute zu überprüfen. Die sind in Ordnung. Alles zähe Burschen.«

»Ihm seinen Willen gelassen? Das klingt irgendwie nicht nach Ihnen. Er hat Grozak erwähnt. Wie viel weiß er von dem, was vor sich geht?«

»So viel, wie er wissen muss. Er hat ein gewisses begründetes Interesse daran.«

»Was für ein Interesse?«

»Das müssen Sie ihn schon selbst fragen. Er hat mir ein Angebot gemacht und ich habe es angenommen. Eine seiner Bedingungen war, dass ich mit niemandem darüber rede.«

»Und eine der Vergünstigungen war die Überlassung der Burg.«

»Für eine saftige Summe. MacDuff hat ein kleines Vermögen von mir verlangt, aber ich hätte sogar noch mehr gezahlt. Wie gesagt, dieser Ort ist für meine Zwecke ideal. Es hat sich gelohnt, dafür ein bisschen zu verhandeln.« Er nahm ihren Arm. »Kommen Sie, ich stelle Ihnen Mario vor.«

»In der Zwischenzeit sehe ich nach, ob Ihr Zimmer schon fertig ist.« Bartlett ging die Treppe hinauf. »Wir mögen zwar heißes Wasser haben, aber weil Trevor auf keinen Fall Fremde ins Haus lassen will, gibt es kein Zimmermädchen. Ich habe vor meiner Abreise ein Zimmer ausgesucht und hergerichtet, mittlerweile dürfte es allerdings wieder voller Staub sein und –«

»Moment mal«, unterbrach Jane ihn. »Soll das heißen, Sie haben mit mir gerechnet?«

»Mit Ihnen gerechnet?« Bartlett schüttelte den Kopf. »Bei Ihnen kämen wir nie auf die Idee, mit irgendetwas fest zu rechnen. Aber Trevor meinte, es bestünde die Möglichkeit, und ich wollte auf keinen Fall, dass Sie sich hier nicht wohl fühlen.« Er öffnete die Tür. »Sie haben gar nichts zum Anziehen mitgebracht, ich werde gleich morgen früh nach Aberdeen fahren und mich darum kümmern. Fürs Erste werde ich alle unsere Kleiderschränke durchwühlen und sehen, ob ich etwas für Sie finden kann.«

»Ich fahre selbst nach Aberdeen.«

»Nein«, entgegnete Trevor. »Überlassen Sie das Bartlett. Das macht ihm Spaß, außerdem hat er ein Händchen für Damengarderobe. Nach drei Ehefrauen ist er der reinste Experte auf diesem Gebiet.«

»Allerdings«, sagte Bartlett. »Sie waren alle drei sehr liebenswürdig. Und sie haben großen Wert auf modische Kleidung gelegt. Ich werde Sie nicht enttäuschen, Jane.« Mit diesen Worten verschwand er in die Burg.

Sie wandte sich zu Trevor um und fragte ihn kühl: »Sie haben ihm also gesagt, es sei durchaus möglich, dass Sie mich hierher bringen würden.«

»Soll ich das etwa leugnen? Die Möglichkeit bestand immer. Aber ehrlich gesagt hatte ich gehofft, dass es nicht nötig sein würde.«

»Und ich wollte auf keinen Fall hierher kommen.«

»Aber jetzt sind wir nun mal hier.« Er öffnete die Tür. »Also lassen Sie uns das Beste daraus machen.« Dann fügte er sanft hinzu: »Und das könnte doch sehr schön sein, Jane. Wir müssen uns einfach ein bisschen bemühen.«

»Das Einzige, worum ich mich bemühen werde, ist, herauszufinden, ob dieser Grozak Mikes Mörder ist, um ihm dann die Schlinge um den Hals zu legen.« Sie sah sich in der riesigen Eingangshalle um, die bei weitem nicht so trostlos war, wie das Äußere der Burg vermuten ließ. Teppiche auf den Steinböden sorgten für eine warme Atmosphäre, und sowohl über der geschwungenen Treppe als auch an der gegenüberliegenden Wand hingen verschossene Gobelins. Überhaupt schienen alle Wände in der Burg mit Gobelins bedeckt zu sein. »Und wo steckt dieser Mario?«

»Hier bin ich. Darf ich mich vorstellen? Mario Donato, zu Ihren Diensten.« Ein junger dunkelhaariger Mann kam mit eiligen Schritten die Treppe herunter. Er sah gut aus, hatte volle Wangen und war vermutlich Anfang zwanzig. Er lächelte beflissen. »Bartlett hat mir gesagt, dass Sie da sind.« Er blieb auf dem Treppenabsatz stehen. »Gütiger Gott, es ist wahr. Sie sind Cira.«

»Nicht im Entferntesten. Ich bin Jane MacGuire.«

»Und ich bin ein Trottel«, sagte er entschuldigend, als er auf sie zutrat. »Verzeihen Sie mir, ich hatte nicht die Absicht, Sie zu beleidigen. Ich konnte gar nicht erwarten, Sie kennen zu lernen. Ich war gerade damit beschäftigt, die Schriftrollen zu lesen und mir Trevors Statue anzusehen, und dann kam ich die Treppe herunter und sah Sie da stehen und es war, als ob –« Er machte ein gequältes Gesicht. »Ich bin ein Idiot. Es muss Ihnen ziemlich auf die Nerven gehen, wenn die Leute Ihnen dauernd sagen, wie sehr Sie der Statue ähneln.«

»Allerdings.« Aber Mario war jung und nett und sein Patzer tat ihm wirklich Leid. »Andererseits bin ich in diesem Punkt wahrscheinlich empfindlicher, als ich es sein sollte.« Sie lächelte. »Und wenn Sie so vertieft sind in Cira, ist Ihr Vergleich ja auch verständlich.«

»Danke.« Er drehte sich zu Trevor um. »Ich habe nur noch vier Rollen vor mir. In ein paar Tagen müsste die Übersetzung komplett sein.« Seine dunklen Augen funkelten. »Und es ist noch eine von Cira dabei.«

»Noch eine?«, fragte Jane. »Wie viele Rollen von Cira haben Sie denn gefunden?«

»Bisher war es nur eine.« Er lächelte. »Und diese ist erheblich interessanter als die Rollen von Julius Precebio. Cira muss eine unglaubliche Frau gewesen sein. Sie war erst siebzehn, als sie diese Texte verfasst hat, als Sklavin geboren, dennoch hat sie es geschafft, schreiben zu lernen. Dabei konnten sogar die meisten Frauen aus höheren Schichten weder lesen noch schreiben. Sie war intelligent, verdammt intelligent.« Er wandte sich wieder zu Trevor um. »Ich habe nach dem Hinweis gesucht, auf den Sie mich angesprochen hatten. Aber bisher bin ich auf nichts gestoßen. Vielleicht in den letzten Rollen.«

»Oder auch nicht«, entgegnete Trevor. »Wenn Sie was finden, lassen Sie es mich umgehend wissen.« Und zu Jane gewandt sagte er: »Gehen Sie doch mit Mario, er kann Ihnen Ihr Zimmer zeigen. Ich muss noch ein paar Anrufe erledigen. Um sechs gibt's Abendessen. Wir kochen und spülen abwechselnd.«

»MacDuff auch?«

»Nein, der wohnt nicht hier in der Burg. Ich habe ihm angeboten hier zu bleiben, aber er ist in eine Wohnung über den Stallungen gezogen, als wir uns hier eingerichtet haben. Mario oder Bartlett wird Ihnen den Speisesaal zeigen. Bei unserer Ankunft sah es darin aus wie an König Artus' Hof, aber Bartlett ist es gelungen, den Raum beinahe gemütlich zu gestalten.« Er wandte sich zum Gehen. »Wir haben Sie während der nächsten Tage nicht für den Küchendienst eingeteilt. Danach stehen Sie mit auf dem Dienstplan.«

»Ich werde sicherlich nicht länger als ein paar Tage hier bleiben«, rief sie ihm nach. »Ich habe Ihnen nichts versprochen, Trevor.«

Er lächelte ihr über die Schulter hinweg zu. »Aber Sie haben gestrahlt wie ein Honigkuchenpferd, als Mario über Ciras Schriftrollen gesprochen hat. Ich kann wohl davon ausgehen, dass Sie wenigstens bleiben, bis Sie alles gelesen haben.« Er öffnete eine in die Wandpanele eingelassene Tür. »Und Mario ist noch nicht fertig mit seiner Übersetzung. Er arbeitet sehr langsam und akribisch. Wir sehen uns beim Abendessen.«

»Er hat Recht, wissen Sie«, sagte Mario ernst, nachdem sich die Tür hinter Trevor geschlossen hatte. »Manchmal bin ich übertrieben sorgfältig, andererseits trage ich eine große Verantwortung. Ich arbeite nur mit Kopien der Originalrollen, aber die Übersetzung ist sehr wichtig. Die Texte sind Teil der lebendigen Geschichte.«

»Und Sie müssen Trevor geben, wofür er Sie bezahlt hat.«

Seine Miene verfinsterte sich. »Ich kann Ihren Zynismus verstehen. Ich nehme Geld für meine Arbeit, aber das ist nicht der Grund, warum ich hier bin. Haben Sie eine Ahnung, wie selten ich die Chance bekomme, eine solche Arbeit für jemanden zu machen? Ich habe gerade erst mein Studium abgeschlossen und noch keinerlei Berufspraxis. Diesen Job wollte ich unbedingt, ich habe dafür gekämpft. Schließlich war ich nicht der Einzige, der sich darum beworben hat. Trevor hat alles Mögliche von mir verlangt, von einer Bestätigung, dass ich keine direkten Angehörigen habe, bis hin zu einer Probeübersetzung einer der Rollen. So ein Projekt läuft einem nur einmal im Leben über den Weg.«

»Und Sie könnten dafür im Gefängnis landen.«

»Trevor hat mir versprochen, mich zu beschützen und dafür zu sorgen, dass das nicht passiert. Der Auftrag ist das Risiko wert.« Er rang sich ein Lächeln ab. »Und dass Sie hier sind, macht die ganze Sache noch aufregender. Vielleicht kann ich Sie ja davon überzeugen, dass ich es ehrlich meine, wenn ich sage, dass ich es nicht wegen des Geldes mache.«

»Warum ist Ihnen das so wichtig?«

»Sie sind ungefähr in meinem Alter. Trevor und die anderen sind ... eben anders. Ich fühle mich hier manchmal etwas einsam. Ich dachte, vielleicht –«

Er war sympathisch, unsicher, und irgendwie erinnerte er sie an Mike. Warum sollte sie ihn vor den Kopf stoßen? Im Moment fühlte sie sich selbst ziemlich verunsichert, und er war der Einzige, der zumindest ein bisschen verletzlich wirkte. Sie lächelte. »Trevor ist wirklich anders. Und ich verstehe, warum Sie beide nicht die besten Freunde sind. Nach dem Essen würde ich mir gerne ansehen, wo Sie arbeiten. Zeigen Sie es mir?«

»Es ist mir eine Ehre.« Er strahlte über das ganze Gesicht. »Als ich herkam, meinte Trevor, ich könnte mir irgendein Zimmer aussuchen. Ich habe mir die Suite ausgesucht, wo Trevor die Statue von Cira aufbewahrte. Ich freue mich schon jetzt darauf, Sie mit ihr in einem Raum zu sehen.« Hastig fügte er hinzu: »Obwohl ich sicher bin, dass mir eine ganze Menge Unterschiede auffallen werden, wenn ich Sie beide mal nebeneinander sehe.«

»Das will ich doch hoffen.« Sie wandte sich zur Treppe. »Zeigen Sie mir jetzt mein Zimmer, damit ich mich ein bisschen frisch machen kann?«

»Sie sind nicht begeistert.« Jock runzelte besorgt die Stirn, als MacDuff den Stall betrat. »Stellt ihre Anwesenheit ein Problem für Sie dar?«

»Ach, ich weiß nicht«, erwiderte MacDuff mit finsterer Miene. »Nein, ich bin wirklich nicht begeistert. Es passt mir nicht, dass sie hier ist.«

»Ihre Anwesenheit macht Sie nervös.« Jock schaute zur Burg hinüber. »Wollen Sie, dass sie verschwindet?«

»Ich habe dir gesagt, dass ich –« Er unterbrach sich, als ihm klar wurde, was Jock gemeint hatte. Wenn er nicht Acht gab, würde Jock sich auf seine Weise um Jane MacGuire kümmern, um ihn von seinem »Problem« zu befreien. Normalerweise wägte er seine Worte in Jocks Gegenwart besser ab, und dass er beinahe den Fehler begangen hatte, den Jungen auf die kleine MacGuire loszulassen, zeigte nur, wie aufgebracht er war. »Ich werde das schon regeln, Jock. Es ist kein ernsthaftes Problem.«

»Sie macht Sie nervös.«

»Nein, eigentlich nicht.« Gott, ihm war im Moment überhaupt nicht danach, den Jungen zu beschwichtigen. Er war wütend und genervt und hätte am liebsten jemanden verprügelt. Doch er musste sich zusammenreißen. Er hatte die Verantwortung für Jock übernommen und das gehörte eben dazu. Er klopfte dem Jungen auf die Schulter. »Vielleicht kann sie uns sogar helfen«, sagte er langsam und deutlich. »Sie heißt Jane MacGuire. Kannst du dich noch daran erinnern, dass ich dir im Internet ein Foto von ihr gezeigt habe?«

Jock dachte darüber nach und kramte in seinem Gedächtnis. Dann lächelte er. »Cira. Sie sieht aus wie Cira. Genauso wie die Statue, die Trevor mitgebracht hat.«

»Richtig.« Er musste den Jungen ablenken. Das war normalerweise nicht schwierig, solange Jocks Neugier noch nicht geweckt war. »Ich habe Hunger. Ist das Essen schon fertig?«

Jock runzelte unsicher die Stirn. »Nein. Haben Sie mir gesagt, ich soll was zu essen machen?«, fragte er und lief auf die Treppe, die zur Wohnung führte. »Tut mir Leid. Wird sofort erledigt.«

»Das hat keine Eile.«

»Aber Sie haben Hunger«, erwiderte Jock. »Sie haben mir gesagt, Sie –«

»Ich kann warten.« MacDuff stieg ebenfalls die Treppe hinauf. »Wir können zusammen etwas kochen.«

»Wirklich?« Jock strahlte. »Zusammen? Das wäre schön.« Sein Lächeln verschwand. »Aber Sie müssen mir nicht helfen. Wollen Sie nicht lieber wieder zu Angus gehen? Ich möchte Sie nicht belästigen.«

»Du belästigst mich nicht. Ich brauche eine Pause. Was geht am schnellsten?«

»Frischer Lachs.« Jock zog die Stirn kraus. »Oder vielleicht ein Steak. Ich muss erst mal nachsehen, was wir überhaupt dahaben.«

»Tu das.«

Das Ablenkungsmanöver hatte funktioniert. Wenn MacDuff Glück hatte, würde Jane MacGuire die Nacht überleben, ohne dass er eingreifen musste.

Sechs

Als Mario wenige Minuten später für Jane die Tür zu dem großen Schlafzimmer öffnete, stand Bartlett am Fenster. »Ich wollte nur kurz ein bisschen lüften«, sagte er, während er die schweren Samtvorhänge zurückzog und das Fenster öffnete. »Machen Sie wieder zu, wenn Sie schlafen gehen, hier kann es ziemlich zugig werden. Ich hoffe, es ist Ihnen nicht zu feucht und kalt.«

»Nicht schlecht.« Jane schaute sich in dem Zimmer um. Es war recht gemütlich eingerichtet, mit Perserteppichen auf dem Boden, einem Schreibtisch und einem Sessel. An der Wand gegenüber dem Bett hing einer der anscheinend obligatorischen Gobelins. Doch beherrscht wurde der Raum auf geradezu furchterregend majestätische Weise von einem riesigen Himmelbett mit Samtvorhängen, die zu denen am Fenster passten. »Darin soll ich schlafen?«

»Man schläft gar nicht schlecht darin«, sagte Mario und kicherte. »Ich hab auch so eins in meinem Zimmer und zuerst hab ich genauso darauf reagiert. Aber die Matratze ist ausgesprochen bequem, sie stammt auf keinen Fall aus dem vierzehnten Jahrhundert.«

Jane verzog das Gesicht. »Na, wenn Sie das sagen. Ich bin in einem Slum aufgewachsen, da bin ich nicht an Betten gewöhnt, die fast so groß sind wie die Wohnungen meiner Pflegefamilien.«

»Sie haben ein eigenes Bad«, verkündete Bartlett stolz und deutete mit einer Kinnbewegung auf eine Tür. »MacDuffs Vater hat ein paar von den Schlafzimmern in sehr praktische Arbeitszimmer umgewandelt.«

Sie lächelte. »Sie haben ja einen regelrechten Tick mit modernen Sanitäranlagen. Nicht, dass ich was gegen ein schönes Bad hätte. Nach der langen Reise sehne ich mich nach einer Dusche.«

»Dann lassen wir Sie jetzt am besten allein.« Mario ging zur Tür. »Soll ich Sie abholen, wenn das Abendessen aufgetragen ist?«

»Ich finde den Weg schon –« Er wirkte so enttäuscht, dass sie sich korrigierte: »Das wäre sehr nett.«

»In Ordnung.« Er strahlte sie an. »Ich fühle mich geehrt«, sagte er und verließ das Zimmer.

»Der ist ja hin und weg«, bemerkte Bartlett. »Was mich keineswegs wundert.«

»Er ist nicht der Typ, von dem ich erwarten würde, dass er für Trevor arbeitet«, sagte Jane. »Wie ist Trevor an ihn geraten?«

»Über die Universität von Neapel. Eigentlich wollte er akademische Kreise meiden, doch nachdem Dupoi versucht hatte, ihn übers Ohr zu hauen, entschloss er sich, das Risiko einzugehen. Da Grozak sich eingeschaltet hatte, konnte er es sich nicht leisten, nach einem freiberuflichen Übersetzer zu suchen. Also holte er von mehreren Geschichtsstudenten Bewerbungen ein. Schließlich heuerte er Mario an und brachte ihn mit hierher, wo er ihn unter Kontrolle hat.«

»Er hat was davon gesagt, dass er ihn im Auge behalten muss.« Sie schüttelte den Kopf. »Aber es kommt mir sehr unwahrscheinlich vor, dass Mario eine ernste Gefahr darstellen könnte.«

»Nein, es verhält sich eher so, dass Mario in Gefahr wäre, wenn wir ihn nicht beschützen würden. Trevor wollte nicht riskieren, dass jemand dem Jungen die Kehle durchschneidet.«

»Aber er hat keine Skrupel, ihn zu benutzen.«

»Mario hat von Anfang an gewusst, dass er ein Risiko eingeht. Trevor hat ihm reinen Wein eingeschenkt.« Bartlett ging zur Tür. »Im Badezimmerschrank finden Sie was zum Anziehen. Wenn ich sonst noch etwas für Sie tun kann, rufen Sie mich. Auf dem Schreibtisch liegt eine Karte mit meiner Handynummer. Ich hoffe, Sie werden sich hier wohl fühlen. Ich habe mein Bestes getan.«

»Danke. Ich werde mich bestimmt wohl fühlen.«

Er lächelte, als er die Tür öffnete. »Würde mich freuen. Vielleicht bin ich auch ein bisschen hin und weg.« Er lachte in sich hinein, als sich ihre Augen weiteten. »Auf rein platonischer Ebene. Als ich Sie im zarten Alter von siebzehn Jahren kennen lernte, haben Sie meinen brüderlichen Beschützerinstinkt geweckt. Ich fürchte, daran hat sich nichts geändert. Und das ist auch gut so. Mein Leben ist in letzter Zeit viel zu interessant, als dass ich mich in ein unwägbares Abenteuer stürzen wollte. Wir sehen uns beim Abendessen.«

Nachdem die Tür sich hinter ihm geschlossen hatte, trat sie ans Fenster und schaute hinunter in den Burghof. Im gegenüberliegenden Gebäude waren einige Fenster erleuchtet. Die Wohnung über den Stallungen, die MacDuff bezogen hatte? Der Mann war so seltsam wie alles in dieser Burg, und es gefiel ihr nicht, wie Trevor sich über ihn ausschwieg. Sie war müde und verwirrt und empfand alles um sich herum als unwirklich. Was zum Teufel hatte sie überhaupt hier zu suchen?

Was war nur los mit ihr? Sie wusste genau, warum sie hier war und was sie hier wollte. Es war einfach alles so schnell gegangen, dass sie keine Zeit gehabt hatte, es zu verarbeiten. Donnells Tod, Trevors Auftauchen und die unerwartete Reise in eine mittelalterliche schottische Burg, weit weg von allem, was ihr vertraut war, all das hatte sie aus dem Gleichgewicht geworfen.

Aber sie konnte eine Verbindung zu etwas Vertrautem herstellen, und das würde sie tun. Sie trat an den Nachttisch, auf dem das Telefon stand. Wenige Minuten später ging Eve an den Apparat. Gott, wie gut es tat, ihre Stimme zu hören.

»Hier ist Jane. Tut mir Leid, dass ich dich nicht sofort angerufen habe. Wir mussten vom Flughafen aus ziemlich weit fahren.«

»Geht es dir gut?«

»Ja.«

»Von welchem Flughafen redest du? Und wo zum Teufel steckst du?«

Wie viel durfte sie Eve erzählen? Beim letzten Mal hatte sie sich auf Ausflüchte verlegt, aber das würde sie nicht noch einmal tun. Eve und Joe bedeuteten ihr eine ganze Menge, sie würde die beiden nicht belügen. »Ich bin in Schottland, in einer Burg in Aberdeen, die sich Macduff's Run nennt.«

»Schottland?«, wiederholte Eve. »Joe hat dich in Italien vermutet.«

»Ich dachte auch erst, wir würden nach Italien fliegen. Aber zurzeit scheint Trevor seine Angelegenheiten lieber aus der Ferne zu regeln. In Italien ist das Pflaster offenbar zu heiß für ihn.«

»Das kann ich mir vorstellen.« Eve überlegte. »Womöglich ist das Pflaster in anderen Ländern ebenfalls zu heiß für ihn. Joe hat sich bei Scotland Yard erkundigt, was Trevor in letzter Zeit so getrieben hat.«

»Und?«

»Nichts. Es hieß, die Informationen seien streng geheim.«

Jane runzelte die Stirn. »Was zum Teufel hat das denn zu bedeuten?«

»Das weiß Joe auch nicht. Vielleicht hält Scotland Yard den Daumen drauf. Oder Interpol. Womöglich ist er in eine extrem üble Sache verwickelt oder hat jemandem auf die Füße getreten, der die Macht besitzt, alle öffentlichen Informationskanäle zu blockieren. So oder so macht es mich äußerst nervös.«

Jane machte es ebenfalls nervös. »Aber das ergibt doch keinen Sinn.«

»Es ergibt genug Sinn, um Joe dazu zu bringen, dass er wie ein Verrückter versucht, Zugang zu diesen geheimen Unterlagen zu erlangen. Und es ergibt ebenfalls genug Sinn, um dich dazu zu bringen, auf schnellstem Weg nach Hause zu kommen.«

»Noch nicht.«

»Jane –«

»Ich fühle mich nicht bedroht. Trevor lässt die Burg von Sicherheitsleuten bewachen.«

»Und wer schützt dich vor Trevor?«

»Ich.« Sie holte tief Luft. »Und ich muss hier bleiben. Hier kann ich rausfinden, was ich wissen muss. Sag Joe, er soll einen Typen namens Rand Grozak überprüfen. Trevor sagt, das ist der Mann, von dem Leonard den Auftrag hatte, mich in dieser Gasse zu kidnappen.«

»Und warum sollte er dich kidnappen?«

»Ich bin mir noch nicht ganz sicher. Vielleicht wegen Ciras Gold. Ach, ich weiß es nicht. Deswegen muss ich noch ein paar Tage hier bleiben.«

»Das gefällt mir nicht.«

»Es wird schon alles gut gehen. Ich rufe euch jeden Tag an.«

»Das will ich hoffen.« Eve seufzte. »MacDuff's Run?«

»Es ist eine Burg an der Küste. Aber kommt ja nicht auf die Idee, hier aufzukreuzen. Wie gesagt, ich bin hier in Sicherheit.«

»Blödsinn. Trotzdem werden wir erst aktiv, wenn du dich nicht jeden Tag meldest.«

»Das wird nicht passieren. Gute Nacht, Eve.«

»Gib auf dich Acht.« Eve legte auf.

Gib auf dich Acht. Gut gemeinte Worte. Jane fühlte sich allein und weit weg von den beiden Menschen, die sie mehr liebte als alles andere auf der Welt. Eves Stimme zu hören hatte ihr gut getan, aber es hatte ihr auch bewusst gemacht, wie fern die beiden waren.

Sie durfte sich nicht gehen lassen. Sie hatte eine Aufgabe zu bewältigen. Schließlich war sie nicht von Vampiren umgeben. Bartlett war da, Brenner wirkte auch nicht besonders gefährlich, und Mario war ein richtig netter Kerl. MacDuff war ein ziemlich unangenehmer Zeitgenosse, aber der hatte offenbar beschlossen, sie zu ignorieren, solange sie ihm keinen Ärger machte. Wenn es hier einen Vampir gab, dann war es Trevor. Ja, der Vergleich passte. Schon seit Jahren beschäftigte er ihre Fantasie.

Und das war schon viel zu lange.

»Trevor ist zurück auf MacDuff's Run«, sagte Pinker, als Grozak das Gespräch entgegennahm. »Er ist heute am späten Nachmittag zusammen mit Bartlett, Brenner und einer Frau dort eingetroffen.«

Scheiße. »Mit einer jungen Frau?«

»Anfang zwanzig. Hübsch, rotbraunes Haar. Sie kennen sie?«

Grozak fluchte vor sich hin. »Jane MacGuire. Ich hab dem Idioten von Leonard gleich gesagt, dass er zu weit gegangen ist. Seit er diesen Fitzgerald getötet hat, versucht er, seinen Arsch zu retten. Gestern Abend ist er völlig durchgedreht und hat Paul Donnell auch noch umgelegt. Darauf musste Trevor natürlich reagieren.«

»Was soll ich also tun?«

Grozak überlegte. »Ich kann nicht riskieren, dass Leonard der Polizei in die Fänge gerät, und er hat einen Fehler zu viel gemacht. Liquidieren Sie ihn.«

»Ich soll die Burg also nicht weiter beobachten?«

»Wenn Sie nicht genau so ein Idiot sind wie Leonard, wird der Auftrag Sie nicht lange aufhalten.«

»Was ist mit Wharton?«

»Das überlasse ich Ihnen. Er ist Leonards Partner, aber er wird sich schon einen neuen suchen. Falls er Ihnen in die Quere kommt, werde ich mich nicht mit Ihnen anlegen, wenn Sie ihn ebenfalls aus dem Weg schaffen. Anschließend kommen Sie sofort zurück, beobachten weiter die Burg und warten ab. Mehr tun Sie doch sowieso nicht.« Grozak legte auf und lehnte sich in seinem Sessel zurück. Vielleicht war das alles gar nicht so schlecht. Trevor hatte Jane MacGuire unter seine Fittiche genommen, doch zumindest war Joe Quinn nicht in der Nähe, um sie zu beschützen. Grozak hatte seine eigenen Leute um MacDuff's Run herum in Stellung gebracht, vielleicht würde sich ja zufällig eine Gelegenheit ergeben, sich das Mädchen zu schnappen.

Nein, was sollte das? Nur Narren und Schwächlinge verließen sich auf den Zufall. Er würde seine grauen Zellen aktivieren und einen Plan entwerfen, wie man dem Zufall auf die Sprünge helfen konnte. Wenn er Jane MacGuire nicht zu fassen bekam, dann würde er Trevor eben von einer anderen Seite angreifen.

Aber Reilly würde natürlich anderer Meinung sein. Der war nur an dem Gold und an dem Mädchen interessiert. Bekloppter Scheißkerl. Hockte breit und arrogant wie ein Siamkater auf seinem Anwesen, gab Befehle und kommandierte ihn herum.

Und Grozak blieb nichts anderes übrig, als seine Befehle zu befolgen, verdammt.

Er warf einen Blick auf den Kalender auf seinem Schreibtisch. Achter Dezember. Noch vierzehn Tag bis zum zweiundzwanzigsten, dem Ultimatum, das Reilly ihm gesetzt hatte. Würde es ihm gelingen, die Operation zu verzögern, wenn Reilly seine Pläne nicht rechtzeitig verwirklichen konnte?

Nein, der Gang der Dinge war nicht mehr aufzuhalten. Die richtigen Leute waren bestochen, der Sprengstoff aus dem Nahen Osten war unterwegs. Es war seine große Chance und er wollte verdammt sein, wenn er sich diese Chance durch die Lappen gehen ließ. Reilly hatte ihm von Anfang an klar gemacht, dass er sich Trevor persönlich vorknöpfen und ihn, Grozak, im Regen stehen lassen würde, falls er versagte.

Aber dazu würde es nicht kommen. Jeder hatte irgendeinen Schwachpunkt und Reillys Schwachpunkte waren seine Machtgier und seine Besessenheit von Ciras Gold. Wenn es Grozak gelang, diese Schwäche auszunutzen, würde er am Ende derjenige sein, der Macht über Reilly hatte.

Doch dafür musste er Jane MacGuire in seine Gewalt bringen.

Zum Glück hatte er noch eine andere Möglichkeit, Trevor den Teppich unter den Füßen wegzuziehen. Aber mit Versagern wie Leonard würde er sich nicht länger herumplagen. Er brauchte jemanden mit starken Nerven, einen Mann, der Grips genug besaß, um sich an Anweisungen zu halten.

Wickman. Einem kaltblütigeren Menschen war er noch nie begegnet, und Wickman würde alles tun, wenn die Bezahlung stimmte. Für die würde Grozak schon sorgen. Solange Reilly ihm im Nacken saß, hatte er keine Chance.

Die Zeit lief ihm davon.

»Hat es Ihnen geschmeckt?«

Jane hatte gerade über etwas gelacht, das Mario gesagt hatte, und begegnete Trevors Blick, als sie sich umdrehte. Er hatte sie während des ganzen Abendessens beobachtet, dachte sie entnervt. Die ganze Zeit hatte sie es gespürt. Sie kam sich schon vor wie unter einem Mikroskop.

»Warum hätte es mir nicht schmecken sollen? Es war sehr lecker«, sagte sie und lehnte sich auf ihrem Stuhl zurück. »Wer hat denn heute gekocht?«

»Ich.« Brenner grinste. »Seit ich diesen Job übernommen habe, habe ich ein außerordentliches Talent in Sachen Kochkunst entwickelt. Dabei stand nichts davon in meiner Stellenbeschreibung, als Trevor mich angeheuert hat.« Er warf Trevor einen verschlagenen Blick zu. »Vielleicht bin ich zu gut geworden. Ich ziehe in Erwägung, ein kleines Schlangengulasch zuzubereiten, wenn ich das nächste Mal mit Küchendienst an der Reihe bin.«

»Meinetwegen«, sagte Trevor. »Solange du selbst davon isst. Aber das wage ich zu bezweifeln. Wenn ich mich recht erinnere, habe ich, als wir in Kolumbien halb am Verhungern und darauf angewiesen waren, uns von dem zu ernähren, was wir jagen und sammeln konnten, das exotische Zeug wesentlich besser vertragen als du.« Er lächelte. »Weißt du noch, wie Garcia mit dieser Python ankam?«

Brenner verzog das Gesicht. »Von der Python hätte ich ja noch essen können, aber nachdem ich gesehen hab, was sich in ihrem Magen befand, ist mir der Appetit vergangen.«

Die beiden Männer verband offenbar eine tiefe Freundschaft. Diese Seite an Trevor hatte Jane bisher nicht gekannt. In Brenners Gegenwart wirkte er wesentlich entspannter. Jünger ...

»Ich finde das Thema bei Tisch ziemlich unpassend«, bemerkte Mario stirnrunzelnd. »Am Ende hält Jane uns noch für Barbaren.«

»Sind wir das denn nicht?« Trevor hob die Brauen. »Sie und Bartlett mögen vielleicht zivilisiert sein, aber Brenner und ich benehmen uns gelegentlich wie Dschungelbewohner.« Dann sagte er zu Jane: »Aber er hat Recht. Tut mir Leid, wenn ich Ihnen mit meiner Grobheit den Appetit verdorben habe.«

»Sie haben mir nicht den Appetit verdorben.«

Trevor wandte sich lächelnd an Mario. »Sehen Sie? Sie brauchten ihr nicht zu Hilfe zu eilen. Sie ist kein zartes Pflänzchen.«

»Aber sie ist eine Dame«, entgegnete Mario. »Und wir sollten sie mit Respekt behandeln.«

Trevors Lächeln verschwand. »Wollen Sie mir vorschreiben, wie ich mit unserem Gast umzugehen habe, Mario?«

Brenner sprang auf. »Ich hole den Kaffee. Es gibt keinen Nachtisch, aber eine Käseplatte. Kommen Sie, Bartlett, helfen Sie mir, alles auf den Tisch zu bringen.«

Bartlett schaute zuerst Trevor, dann Mario an. »Vielleicht sollte ich lieber bleiben und –« Dann stand er achselzuckend auf und folgte Brenner in die Küche.

»Sie haben meine Frage nicht beantwortet«, sagte Trevor zu Mario.

Mario zuckte zusammen, als er die Kühle hinter Trevors freundlichem Ton wahrnahm. Er errötete und reckte das Kinn vor. »Es war nicht in Ordnung.«

Jane spürte, dass er Angst vor Trevor hatte. Verständlich. Im Augenblick wirkte Trevor verdammt einschüchternd. Aber ob Mario sich vor ihm fürchtete oder nicht, der Junge ließ sich nicht von seiner Meinung abbringen, und Trevor war offenbar nicht in der Stimmung, sich tolerant zu geben. »Ich möchte keinen Kaffee.« Sie schob ihren Stuhl zurück. »Sie hatten mir versprochen, mir Ihr Arbeitszimmer zu zeigen, Mario.«

Erleichtert ergriff Mario den Rettungsring, den sie ihm

zugeworfen hatte. »Selbstverständlich«, sagte er und sprang auf. »Ich muss ohnehin wieder an die Arbeit.«

»Ja, tun Sie das«, sagte Trevor. »Sie können Jane Ihr Arbeitszimmer später noch zeigen. Vielleicht überlegt sie es sich ja noch einmal und bleibt zum Kaffee bei uns. Wir wollen doch nicht, dass Sie von der Arbeit abgelenkt werden.« Er schaute Jane an. »Und von Jane lässt sich jeder Mann leicht ablenken.«

Mario wirkte verunsichert. »Aber sie wollte –«

»Sie wollte Sie bestimmt nicht bei der Arbeit stören.« Trevor schaute sie an. »Nicht wahr, Jane?«

Offenbar wollte er nicht, dass sie Mario begleitete, und er nutzte die Verunsicherung des jungen Mannes aus, um sie davon abzuhalten. Es funktionierte sogar, verdammt. Sie wollte Mario nicht in Schwierigkeiten bringen, bloß weil sie sich über Trevor ärgerte und ihm lieber die Stirn bieten würde. »Nein, natürlich nicht. Ich werde zum Kaffee bleiben.« Sie lächelte Mario freundlich an. »Gehen Sie nur. Wir sehen uns später.«

»Wie Sie möchten.« Mario schien hin und her gerissen zwischen Enttäuschung und Erleichterung. »Es würde mir große Freude bereiten, Ihnen meine Arbeit zu zeigen, wann immer Sie wollen. Vielleicht morgen?«

Sie nickte. »Morgen. Nicht vielleicht.«

Er schenkte ihr ein strahlendes Lächeln und ging.

Kaum hatte er den Speisesaal verlassen, sprang sie auf. »Ich gehe.«

»Kein Kaffee?«

»Diese Genugtuung verschaffe ich Ihnen nicht.« Sie funkelte Trevor wütend an. »Sind Sie stolz auf sich?«

»Nicht besonders. Es war zu leicht.«

»Weil Sie ein Tyrann sind.«

»Im Allgemeinen nicht. Aber ich war genervt. Während des ganzen Essens habe ich Sie beide beobachtet, wie Sie miteinander geredet und herumgekichert haben, das hat sich auf meine Stimmung ausgewirkt. Ich hatte mich einigermaßen unter Kontrolle, bis er angefangen hat, mich zu belehren.«

»Mario ist doch noch ein halbes Kind. Der hat gegen Sie keine Chance.«

»Er ist älter als Sie.«

»Sie wissen genau, was ich meine.«

»Dass er ein Sensibelchen ist und ein Träumer.« Ihre Blicke begegneten sich. »Und einige seiner Träume handeln von Cira. Wenn Sie hier auf MacDuff's Run jemanden finden wollen, der Sie nicht mit Cira vergleicht, dann kommen Sie zu mir.«

»Blödsinn. Für Sie sind wir doch ein und dieselbe Person.«

Er schüttelte den Kopf. »Das habe ich nie behauptet. Diesen Schluss haben Sie selbst gezogen. In dem Augenblick, als ich Sie zum ersten Mal gesehen habe, wusste ich sofort, wer und was Sie für mich sind.« Er ließ einen Moment verstreichen. »Und das war nicht Cira.«

Plötzlich wurde ihr wieder ganz heiß. Verdammt, es ärgerte sie, dass sie so auf ihn reagierte. Es führte nur dazu, dass sie sich verwirrt fühlte und schwach. Eben war sie noch wütend auf ihn gewesen und jetzt – Sie war immer noch wütend, verflixt. »Es war unfair, wie Sie mit ihm umgegangen sind. Mario ist ein netter Kerl.«

»Das weiß ich. Und Sie mögen nette Kerle.« Seine Mundwinkel zuckten. »Vielleicht ist genau das mein Problem. Ich war noch nie ein netter Kerl.« Er stand auf. »Keine Sorge, ich werde mich schon wieder mit Mario versöhnen. Es war nur ein Gefühlsausbruch. Ich mag den Jungen.«

»So haben Sie sich aber nicht benommen.«

»Eigentlich schon. Im Vergleich zu dem, wie mir zumute war, habe ich mich sehr zurückgehalten. Aber wenn ich

Sie verletzt habe, sollte ich mich vielleicht entschuldigen. Wenn Sie hinter Mario herlaufen und sein Seelchen trösten wollen, werde ich Sie nicht aufhalten.«

»Welch ein Opfer.«

»Sie haben ja keine Ahnung.« Er schaute sie lange an. »Ich schätze, dies ist der falsche Augenblick, Sie zu bitten, mit mir ins Bett zu gehen.«

Sie erstarrte. »Wie bitte?«

»Dachte ich's mir.« Er drehte sich um und ging zur Tür. »Es ist noch zu früh, außerdem sind Sie fuchsteufelswild auf mich. Aber ich dachte, ich erwähne es einfach schon mal, damit Sie sich an den Gedanken gewöhnen, dass es unvermeidlich ist. Ich habe noch einiges zu tun. Ich empfehle mich und begebe mich an die Arbeit.« Er lächelte ihr über die Schulter hinweg zu. »Da ich Sie von meiner Anwesenheit erlöse, können Sie also bleiben und Ihren Kaffee genießen. Wir sehen uns morgen früh.«

Seine Worte hatten ihr die Sprache verschlagen. Sie konnte ihm nur stumm nachschauen, gefangen in einem emotionalen und gedanklichen Chaos.

»Aha, anscheinend haben wir Ihnen genug Zeit gelassen, die Situation zu klären«, sagte Bartlett, als er mit der Käseplatte hereinkam. »Ich hoffe, es hat keine Gewaltanwendung gegeben?«

»Nein«, erwiderte sie abwesend. »Mario ist wieder an seine Arbeit gegangen.«

»Sehr weise. Junge Männer neigen dazu, jeden Konkurrenten herauszufordern, aber ich dachte eigentlich, Mario wäre klug genug, sich nicht mit Trevor anzulegen.«

»Mario ist ein netter Junge.«

»Wenn er ein Junge wäre, hätte Trevor weniger Probleme mit ihm.« Er stellte die Käseplatte auf dem Tisch ab. »Ich sehe mal nach, wo Brenner mit dem Kaffee bleibt. Ich dachte, er wäre gleich hinter mir.«

»Nicht für mich. Ich möchte keinen Kaffee.« Jane ging zur Tür. »Ich glaube, ich gehe auf mein Zimmer. Es war ein langer Tag.«

»Ja, das stimmt allerdings. Vielleicht ist es das Beste. Schlaf hilft immer, wenn man einen klaren Kopf bekommen will.«

»Ich habe einen klaren Kopf, Bartlett.« Das war gelogen. In ihrem Kopf herrschte ein heilloses Durcheinander und es gelang ihr nicht, die Erinnerung an Trevors Worte zu verscheuchen. Nein, sie sollte sich eingestehen, dass sie *ihn* nicht aus ihren Gedanken verscheuchen konnte. Seit dem Augenblick, als er vor ihrem Studentenheim aufgetaucht war, wurde die sexuelle Spannung zwischen ihnen immer intensiver, auch wenn sie die ganze Zeit versucht hatte, sie zu ignorieren. Sie war da, also musste sie sich damit auseinander setzen.

»Das freut mich«, sagte Bartlett freundlich. »Sie wirken ein bisschen durcheinander. Kann ich irgendetwas für Sie tun?«

»Nein, danke.« Sie rang sich ein Lächeln ab und wandte sich zum Gehen. »Gute Nacht, Bartlett.«

»Träumen Sie schön.«

Am liebsten wollte sie überhaupt nicht träumen. Nicht von Cira und ihrer verdammten Flucht durch den Tunnel, und nicht von Trevor, der ihre Gedanken viel zu sehr beherrschte, seit er vor vier Jahren in ihr Leben getreten war.

Gott, sie hatte sich solche Mühe gegeben, ihn aus ihrer Erinnerung zu verbannen. Und als ihr das nicht gelungen war, hatte sie versucht, mit der Erinnerung zu leben und ihr die Macht über sie zu nehmen. Sie hatte sich schon eingebildet, es hätte funktioniert.

Von wegen. Er hatte sie noch nicht einmal berührt, dennoch verzehrte sich ihr Körper nach ihm …

Nein, sie brauchte ihn nicht. Sie würde es nicht so weit kommen lassen, dass sie ihn brauchte. Das Wort allein ließ auf Schwäche schließen, und sie war nicht schwach. Sie brauchte überhaupt niemanden.

Sie ging die Treppe hinauf. Sie würde in ihr Zimmer gehen und erst mal heiß duschen. Dann würde sie Eve anrufen und mit ihr reden, danach würde sich das Durcheinander schon auflösen.

Sie machte sich etwas vor. Um sich zu beruhigen, brauchte sie mehr als ein Gespräch mit einem geliebten Menschen. Sie musste damit umgehen wie mit jedem Problem, dem sie begegnete. Sie musste sich ihm stellen, es sich zu Eigen machen und sich so davon befreien.

»Ich bringe dir deinen Kaffee, Trevor«, sagte Bartlett, als er die Bibliothek betrat. »Wo Brenner sich schon die Mühe gemacht hat, welchen aufzubrühen, muss ihn jemand trinken, sonst ist er am Ende noch eingeschnappt.«

»Na, das wollen wir doch nicht.« Trevor sah zu, wie Bartlett das Tablett auf dem Schreibtisch abstellte. »Zwei Tassen?«

»Ich hab meinen auch noch nicht getrunken. Wir waren alle zu sehr damit beschäftigt, auf Zehenspitzen herumzuschleichen, um deiner schlechten Laune zu entgehen.« Er füllte die Tassen. »Dieser Auftritt war unter deiner Würde.«

»Ich bin heute schon genug belehrt worden, Bartlett.«

»Er wollte Jane nur beeindrucken. In jeder anderen Situation hättest du seine Worte einfach ignoriert. Der Junge ist dir nicht gewachsen.«

»Das weiß ich.« Er trank einen Schluck Kaffee. »Sonst hätte ich ihn noch ganz anders zusammengestaucht. Ich war schlicht sauer.«

Bartlett nickte. »Das grünäugige Monster. Es war erfrischend zu erleben, wie dir mal jemand die Leviten liest. Es hat mich sehr amüsiert.«

»Das glaube ich dir aufs Wort. Und jetzt mach, dass du hier rauskommst. Venable hat angerufen, während wir beim Abendessen saßen, ich muss ihn zurückrufen.«

»Sobald ich meinen Kaffee ausgetrunken habe.« Bartlett lehnte sich in seinem Sessel zurück. »Du hast dich ziemlich ungeschickt angestellt. Es war doch abzusehen, dass Jane Mario in Schutz nehmen würde. So ist sie nun mal.«

»Soll ich mir jetzt schon von einem Mann Ratschläge geben lassen, der dreimal geschieden wurde? Ich halte dich in diesem Bereich für absolut unqualifiziert, Bartlett.«

»Ich konnte vielleicht keine Frau auf Dauer halten, aber ich hatte nie Probleme, mir eine anzulachen.«

»Ich habe nicht vor, mir Jane ›anzulachen‹. Hast du je erlebt, dass ich Lust gehabt hätte, mich mit einer Beziehung zu belasten?«

»Also, dass Lust in dieser Geschichte eine große Rolle spielt, ist mir vollkommen klar. Nachdem du vier Jahre darauf gewartet hast, sie wiederzusehen, ist das durchaus verständlich.«

»Du spinnst, Bartlett.«

Er schüttelte den Kopf. »Ich weiß, dass du seit Herkulaneum andere Frauen gehabt hast. Diese Laura hat mir besonders gefallen. Sie hat mich an meine –«

»Raus!«

Bartlett lächelte und trank seinen Kaffee aus. »Bin schon weg. Ich wollte dir nur meine durch große Lebenserfahrung gewonnene Weisheit nicht vorenthalten. Du scheinst es heute Abend nötig zu haben. Andererseits hat es mich eigentlich gewundert, wo du doch sonst mit allen Wassern gewaschen bist. Ich kam mir ausnahmsweise richtig überlegen vor, bis ich anfing, Mitleid mit Jane zu haben.«

»Die kann auf sich selbst aufpassen.« Trevors Mundwinkel zuckten. »Oder glaubst du etwa, sie ist zu jung, um zu wissen, was sie will? Dass sie besser bedient wäre mit einem idealistischen Grünschnabel wie Mario?«

»Das habe ich nicht gesagt.« Bartlett stand auf. »Aber ich habe dich schon oft genug erlebt, wenn du zum Angriff übergehst. Wenn du dich einmal entschieden hast, bist du nicht mehr aufzuhalten. Du hast Jane Jahre an Erfahrung voraus, und das könnte –«

»Ich bin vierunddreißig«, sagte Trevor mit zusammengebissenen Zähnen. »Ich bin kein *Methusalem.*«

Bartlett lachte in sich hinein. »Dachte ich's mir, dass dich das piesacken würde. Dann gehe ich jetzt.«

»Mistkerl.«

»Das war die Strafe dafür, dass du dich beim Abendessen zum Idioten gemacht hast. Ich genieße meine Mahlzeiten, und alles, was meine Verdauung stört, läuft Gefahr, ausgemerzt zu werden.« Er ging zur Tür. »Denk daran, wenn du das nächste Mal auf die Idee kommst, einen jüngeren Mann mit deiner schlechten Laune zu traktieren.«

Bevor Trevor antworten konnte, hatte Bartlett die Tür hinter sich zugezogen.

Hurensohn, verdammter. Würde er ihn nicht so sehr mögen, würde er ihn von einem der Burgtürme werfen. Was immer noch passieren konnte, wenn Bartlett nicht aufhörte mit seinen Sticheleien. Aber ganz offensichtlich war seine Gemütslage zurzeit ziemlich labil, sonst hätte er sich den idiotischen Auftritt mit Mario verkniffen. Bartlett hatte Recht, er hatte sich äußerst ungeschickt verhalten. Dabei rühmte er sich gern seiner Geschicklichkeit im Umgang mit Menschen.

Und in dem Gespräch mit Jane hatte er sich ebenso dumm angestellt. Er hätte seine Distanz wahren sollen, ihr Zeit lassen, sich wieder an ihn zu gewöhnen.

Nein, verdammt. Sie brauchte sich nicht an ihn zu gewöhnen. Es war, als wären sie nie getrennt gewesen. Und in ihrer Gegenwart konnte er das nicht verleugnen. Er war nicht Bartlett, und er konnte nicht –

Sein Telefon klingelte. Venable.

»Es ist noch nicht in meinem Besitz«, erklärte Trevor, bevor Venable etwas sagen konnte. »Vielleicht in ein paar Tagen. Mario arbeitet gerade wieder an einer Rolle, die Cira verfasst hat.«

»Und was ist, wenn dabei auch nichts rauskommt?«, fragte Venable ungehalten. »Wir müssen allmählich in die Gänge kommen.«

»Das werden wir. Aber wenn wir auf eine bessere Fährte stoßen, werden wir entsprechend handeln. Wir haben noch etwas Zeit.«

»Nicht mehr viel. Am liebsten würde ich nach Aberdeen kommen, mir die Rollen holen und –«

»Wenn Sie das versuchen, werden Sie nur noch Asche vorfinden.«

»Das würden Sie nicht riskieren. Diese Schriftrollen sind unbezahlbar.«

»Für Sie. Wenn ich sie erst einmal gelesen habe, bedeuten sie mir nichts mehr. In der Hinsicht bin ich ein echter Banause.«

Venable fluchte vor sich hin.

»Ich glaube, ich lege jetzt auf. Ich musste mir heute Abend schon genug Vorwürfe anhören. Sobald ich etwas Konkretes habe, melde ich mich wieder.«

»Nein, warten Sie. Wir haben heute einen Anruf von dieser Jane MacGuire abgefangen. Sie hat mit Eve Duncan telefoniert.«

»Und?«

»Sie hat ihr von Grozak berichtet, vom MacDuff's Run, alles.«

»Das war nicht anders zu erwarten. Die beiden stehen sich sehr nahe.«

»Sie hätten sie nicht auf die Burg mitnehmen sollen.«

»Sagen Sie mir nicht, was ich zu tun habe, Venable.«

Er legte auf. In zwei Minuten würde Venable zurückrufen, sich entschuldigen und ihm erklären, es wäre der Zeitdruck, der ihn so reizbar machte.

Venable konnte ihn mal. Er war kein schlechter Kerl, aber allmählich ging er Trevor reichlich auf die Nerven. Er hatte Angst, und er fürchtete, Trevor könnte die ganze Sache vermasseln.

Er hatte im Verlauf des Abends schon einiges vermasselt, dachte Trevor reumütig. Doch er hatte es satt, alles, was er tat und sagte, zu analysieren. Er hatte sich sein Leben lang auf seine Instinkte verlassen und genau so würde er auch mit dieser Situation umgehen.

Er trat ans Fenster. Der Mond stand hell am Himmel und tauchte Klippen und Meer in ein silbriges Licht. Wie oft mochte Angus MacDuff hier gestanden, aufs Meer hinausgeblickt und an die nächste Reise, den nächsten Überfall, das nächste Spiel gedacht haben?

Das Spiel.

Er drehte sich um und ging zur Tür. Er musste für einen klaren Kopf sorgen, seine Prioritäten sortieren, und er wusste, wo.

Auf dem Turnierplatz.

Jane duschte ausgiebig, bevor sie sich eins von Bartletts übergroßen Flanellhemden überzog und sich in das überdimensionale Bett legte.

Sie musste schlafen. Sie musste Trevor und die Szene beim Abendessen vergessen. Er war ein Meister der Manipulation, und wer konnte schon sagen, was er mit der Ankündigung bezweckt hatte, er wolle mit ihr ins Bett. Vielleicht begehrte er sie tatsächlich, vielleicht nutzte er aber auch sein Wissen über ihr Begehren aus, damit sie tat, was er wollte.

Am besten benahm sie sich, als wäre das alles nie passiert, dann konnte sie sich auf ihre eigenen Ziele konzentrieren.

Aber das lag nicht in ihrer Natur. Es widerstrebte ihr, klein beizugeben und das Dynamit zu ignorieren, das er ihr vor die Füße geworfen hatte. Sie würde sich mit ihm auseinander setzen müssen, auch wenn sie sich keineswegs darauf freute.

Gott, war ihr heiß. Die schweren Samtvorhänge in ihrem Zimmer waren regelrecht erdrückend. Vielleicht war sie auch nur so erregt, dass es ihr zu warm vorkam. Es spielte keine Rolle. Sie brauchte frische Luft ...

Nacht ohne Luft.

Nein, das war der Traum. Ciras Traum.

Sie stand auf, zog die Vorhänge zurück und öffnete das Fenster.

Das Mondlicht erhellte den uralten Burghof unter ihr.

Uralt? Verglichen mit den Ruinen von Herkulaneum war diese Burg überhaupt nicht alt. Dennoch kam sie ihr alt vor, wenn sie an die vergleichsweise jungen Vereinigten Staaten dachte und an Atlanta, die Stadt, in der sie aufgewachsen war. MacDuff's Run hatte etwas Gespenstisches, das sie in den Ruinen von Herkulaneum nicht empfunden hatte. In Herkulaneum zwang einen das Gewicht der Jahrtausende, den Untergang der Stadt und den Tod ihrer Einwohner zu akzeptieren. Hier jedoch konnte man sich immer noch vorstellen, dass die Schotten, die einst hier gelebt hatten, über die Straße, die zur Burg führte, marschiert kämen oder durch das Tor stürmten, um –

Jemand stand vor der Tür zu den Stallungen und schaute zu ihrem Fenster herauf.

MacDuff?

Nein, dieser Mann war schlank, beinahe hager, und soweit sie es erkennen konnte, war er nicht dunkelhaarig, sondern blond. Das konnte nicht MacDuff sein. Doch die Körpersprache des Mannes ließ eindeutig auf Kraft und Tatendrang schließen.

Der Mann erstarrte. Offenbar hatte er irgendetwas oder irgendjemanden auf den Stufen zum Haupteingang entdeckt. Im nächsten Moment zog er sich in den Stall zurück. Wen mochte er gesehen haben?

Trevor.

Jane sah ihn auf das Tor zugehen. Selbst nach all den Jahren würde sie ihn jederzeit an seinem Gang erkennen. Die Autos standen alle im Burghof, doch er ging an ihnen vorbei.

Wo zum Teufel wollte er hin?

Offenbar war sie nicht die Einzige, die sich das fragte. Ein Mann in einer Windjacke trat aus dem Schatten, als Trevor näher kam. Vielleicht einer der Wachmänner, von denen Trevor gesprochen hatte? Die beiden wechselten ein paar Worte, dann ging Trevor durch das Tor, während der Wachmann sich wieder in den Schatten zurückzog.

Das Gelände außerhalb des Schlosses war zerklüftet und unwegsam, nicht gerade einladend für einen Spaziergang. Wollte Trevor sich womöglich mit jemandem treffen? Wenn ja, dann musste dieser Jemand bereits eingetroffen sein, denn es waren keine Lichtkegel von Autoscheinwerfern zu sehen.

Und wieso ging er ohne Begleitschutz nach draußen, wo er ihr doch erklärt hatte, das wäre zu gefährlich? Wenn Grozak es wirklich auf ihn abgesehen hatte, wäre ein nächtlicher Spaziergang ohne Bodyguard ein selbstmörderisches Unterfangen.

Angst packte sie. Doch sie schob sie sofort beiseite. Trevor ging sie nichts an, um ihn brauchte sie sich weiß Gott keine Sorgen zu machen. Wenn er blöd genug war, allein im Dunkeln da draußen herumzukraxeln, dann war das seine Sache. Er konnte auf sich selbst aufpassen.

Und sie würde nicht am Fenster stehen bleiben, um sich zu vergewissern, ob er wohlbehalten zurückkehrte. Sie schloss das Fenster, zog die Vorhänge zu, legte sich ins Bett und zog sich die Decke über den Kopf.

Schlafen. Sich keine Sorgen um den arroganten Scheißkerl machen. Nicht an ihn denken.

Aber wo zum Teufel war er hingegangen?

Sieben

Ich habe Ihnen eine großartige Garderobe besorgt«, verkündete Bartlett, als Jane am nächsten Morgen die Treppe herunterkam. »Na ja, großartig ist vielleicht übertrieben, schließlich gibt es in dem Kaff nur ein paar Läden. Ich habe Ihnen also keine Ballkleider und samtene Schultertücher gekauft, sondern Hosen und Kaschmirpullover. Allerdings sind sie von ausgesuchter Qualität. Andererseits muss ich gestehen, dass Sie in unseren Sachen wesentlich besser aussehen, als wir das jemals von uns behaupten konnten.«

»Aber sicher doch.« Sie rümpfte die Nase, als sie die zu weiten Jeans und den Troyer betrachtete, die sie gerade trug. »Ich weiß Ihr Kompliment zu schätzen, aber ich kann es kaum erwarten, etwas anzuziehen, über das ich nicht dauernd stolpere. Haben Sie mir auch einen Zeichenblock mitgebracht?«

Bartlett nickte. »Den zu besorgen war schon eine etwas größere Herausforderung. Ich habe schließlich einen Laden entdeckt, wo es zumindest eine kleine Auswahl gab.«

»Ich kann mich nur wundern, dass Sie so früh am Morgen überhaupt etwas bekommen konnten. Es ist doch erst kurz nach neun.«

»Die Dame, der die Damenboutique gehört, hatte Erbarmen mit mir und hat den Laden früher aufgemacht. Wahrscheinlich habe ich einen ziemlich verlorenen Eindruck gemacht, als ich mir die Nase an ihrem Schaufenster plattgedrückt habe. Nette Frau.«

Jane konnte sich gut vorstellen, wie die nette Frau dahingeschmolzen war, als Bartlett vor ihrem Geschäft stand. »Danke, dass Sie sich die Mühe gemacht haben. Sie hätten sich nicht so zu beeilen brauchen.«

»Keine Frau macht gern einen unvorteilhaften Eindruck, und die meisten Frauen verbinden modische Kleidung mit Selbstwertgefühl. Natürlich sind Sie nicht wie die meisten Frauen, aber ich dachte mir, es könnte nicht schaden.« Er ging zur Tür. »Ich hole die Sachen aus dem Wagen.«

»Moment.«

Er drehte sich zu ihr um. »Brauchen Sie noch etwas?«

Sie schüttelte den Kopf. »Gestern Abend habe ich jemanden vor dem Stall stehen sehen. Blond, dünn, jungenhaft. Wissen Sie vielleicht, wer das war?«

»Jock Gavin. Einer von MacDuffs Angestellten. Er wohnt in einem kleinen Zimmer über dem Stall und hängt dauernd an MacDuffs Rockzipfel. Netter Bursche. Sehr still. Scheint ein bisschen unterbelichtet zu sein. Er hat Sie doch hoffentlich nicht belästigt?«

»Nein, ich habe ihn nur vom Fenster aus gesehen. Er schien sich für irgendetwas zu interessieren, was in der Burg vor sich ging.«

»Wie gesagt, Jock ist nicht ganz richtig im Kopf. Weiß der Teufel, was er dort draußen getrieben hat. Falls er Ihnen auf die Nerven geht, sagen Sie mir Bescheid, dann werde ich ihn mir vorknöpfen.«

Sie schaute ihm lächelnd nach, als er in den Burghof hinauseilte. Was für ein liebenswürdiger Mann er war, dachte sie. Es gab nicht viele Menschen, die so fürsorglich waren wie Bartlett.

»Ach Gott, Bartlett hat wieder zugeschlagen.«

Ihr Lächeln verschwand, als sie sich zu Trevor umwandte. »Wie bitte?«

Er tat so, als müsste er sich schütteln. »Nur eine Bemerkung. Ich wollte Bartlett nicht beleidigen. Im Gegenteil, ich bewundere die Macht, die er auf Frauen ausübt.«

»Er ist ein liebenswürdiger, fürsorglicher Mann.«

»Und ich kann ihm nicht das Wasser reichen. Aber nachdem ich so viele Jahre zusammen mit dem Mann verbracht habe, weiß ich mich in mein Schicksal zu fügen.« Er schaute zu Bartlett hinüber. »Warum war er so darauf bedacht, Sie vor Jock Gavin zu schützen? Hat der Junge Sie etwa angesprochen?«

»Nein. Ich habe nur gesehen, wie er gestern Abend die Burg angestarrt hat, und wollte wissen, wer er ist.«

»Ich werde MacDuff bitten, Jock von Ihnen fern zu halten.«

»Ich habe kein Problem damit, wenn der arme Kerl mich anspricht. Ich wollte nur wissen, wer er ist.«

»Jetzt wissen Sie's ja. Wie wär's mit Frühstück?«

»Ich habe keinen Hunger.«

Er fasste sie am Ellbogen. »Dann gibt's eben Saft und Kaffee.« Als er spürte, wie ihre Armmuskeln sich unter seinem Griff anspannten, sagte er barsch: »Himmelherrgott, ich werde Sie schon nicht vergewaltigen. Sie brauchen sich nicht vor mir zu fürchten.«

»Ich fürchte mich nicht.« Das stimmte. Angst war nicht der Grund, warum sie sich sträubte. Mist, das war ihr alles zu viel. Sie riss sich von Trevor los. »Aber fassen Sie mich nicht an.«

Er trat einen Schritt zurück und hob die Hände. »So besser?«

Nein, denn sie hätte seine Hände am liebsten wieder gespürt, verflixt. »Ja, perfekt.« Sie drehte sich um und ging in Richtung Küche.

Er holte sie ein, als sie gerade den Kühlschrank öffnete. »Es ist nicht perfekt«, sagte er leise. »Sie sind kratzbürstig wie ein Stachelschwein, und ich – na ja, reden wir lieber nicht über meinen Zustand. Aber es würde uns beiden besser gehen, wenn wir uns halbwegs vertragen würden.«

»Ich habe mich in Ihrer Gegenwart noch nie wohl gefühlt.« Sie nahm einen Karton Orangensaft aus dem Kühlschrank. »Und etwas anderes haben Sie auch nie beabsichtigt. Um sich in der Gegenwart eines anderen entspannt und wohl zu fühlen, muss man ihn gut kennen, und Sie sind nicht bereit, sich irgendjemandem gegenüber preiszugeben. Sie wollen nur an der Oberfläche dahingleiten und sich ab und zu mal ein bisschen abkühlen.«

»Mich abkühlen?« Seine Mundwinkel zuckten. »Ist das ein Euphemismus für das, was ich vermute?«

»Interpretieren Sie es, wie Sie wollen.« Sie füllte ein Glas mit Orangensaft. »Es läuft auf dasselbe heraus. Sie hätten es gern ordinär? Kein Problem, das können Sie haben. Straßenkinder kennen jede schmutzige Bezeichnung, die es dafür gibt. Wie Sie Mario gegenüber bereits treffend sagten: Ich bin kein zartes Pflänzchen.«

»Nein, das sind Sie weiß Gott nicht. Sie ähneln eher dieser Schlingpflanze, die in Georgia wächst. Prachtvoll, stark, robust, und wenn man sie ließe, würde sie die ganze Welt erobern.«

Sie trank einen Schluck von ihrem Saft. »Kudzu? Das ist ein scheußliches Unkraut.«

»Das auch. Äußerst lästig.« Er lächelte. »Weil man bei Ihnen nie weiß, womit man rechnen muss. Ich hatte erwartet, dass Sie heute Morgen als Erstes auf mich losgehen würden. Sie können es nicht ausstehen, wenn irgendetwas nicht offen auf den Tisch kommt. Aber Sie greifen nicht an. Sie ziehen sich zurück. Ich muss Sie regelrecht aus der Reserve locken.« Er musterte sie. »Ich schätze, ich habe Sie wirklich tief getroffen. Sie sind noch nicht so weit. Sie schinden Zeit.«

Gott, er kannte sie wirklich zu gut. »Sie haben mich nicht tief –« Sie schaute ihm in die Augen. »Doch, Sie haben mich getroffen. Das wollten Sie ja auch. Sie können es nicht ausstehen, wenn Sie nicht alles unter Kontrolle haben, und Sie wollten mich aufs Glatteis führen. Sie wollten mich manipulieren.«

»Warum sollte ich?«

»Um zu verhindern, dass ich Ihnen Fragen stelle, und um es sich einfach zu machen, haben Sie versucht, mich abzulenken mit –«

»Mit Sex?« Er schüttelte den Kopf. »Daran ist nichts einfach. Sie wollen Fragen stellen? Schießen Sie los.«

Sie holte tief Luft. »Joe meint, Sie sind in eine ganz üble Sache verwickelt. Stimmt das?«

»Ja.«

»Aber Sie werden mir nicht verraten, worum es sich handelt?«

»Irgendwann werde ich es Ihnen verraten. Sonst noch Fragen?«

Sie antwortete nicht gleich. »Wo sind Sie gestern Abend hingegangen, als Sie die Burg verlassen haben?«

Er hob die Brauen. »Sie haben mich gesehen?«

»Ja. Wo sind Sie hingegangen?«

»Zum Turnierplatz.«

»Wie bitte?«

»Am besten, Sie sehen sich das selbst an. Ich nehme Sie mal mit, wenn Sie wollen.«

»Wann?«

»Heute Abend nach dem Essen. Ich muss den ganzen Tag arbeiten.«

»Woran arbeiten Sie denn?«

»Ich recherchiere.«

»Das sagten Sie bereits. Ich nehme an, Sie studieren die Schriftrollen.«

Er nickte. »Unter anderem. Ich versuche, die Puzzlestücke zusammenzufügen.«

»Was für Puzzlestücke?«

»Wenn ich das Bild zusammengesetzt habe, werde ich es Ihnen erklären.«

Ihre Hände ballten sich zu Fäusten. »Und womit soll ich mich bis dahin beschäftigen?«

»Erkunden Sie die Burganlage, gehen Sie spazieren, zeichnen Sie, telefonieren Sie mit Eve und erzählen Sie ihr, was für ein Schurke ich bin.«

»Ach, Sie wissen also, dass ich mit Eve telefoniert habe?«

»Sie haben mir eben erzählt, Joe hätte herausgefunden, was für ein schlimmer Übeltäter ich bin.«

Richtig, das hatte sie gesagt. »Aber ich habe nicht behauptet, Eve hätte Sie einen Schurken genannt.«

»Das wird sie wohl auch nicht getan haben. Sie mag mich nämlich, wenn auch widerstrebend. Aber ich schätze, sie fühlte sich verpflichtet, ihr Misstrauen zum Ausdruck zu bringen.« Er musterte sie. »Ich versichere Ihnen, dass ich Ihr Gespräch nicht belauscht habe. Es ist mir egal, was Sie Eve und Joe erzählen.«

Sie glaubte ihm. »Ich bin hergekommen, weil ich Antworten will. Wenn ich die nicht bekomme, werde ich nicht länger hier bleiben. Zwei Tage, Trevor.«

»Ist das ein Ultimatum?«

»Darauf können Sie Gift nehmen.« Ihre Lippen bebten. »Finden Sie diese Redensart nicht anregend? Sie stehen doch auf Risiko. Sie lieben es, auf dem Hochseil zu balancieren. Vier Jahre lang haben Sie sich als Kartengeber in einem Casino durchgeschlagen, stimmt's?«

»Ich finde Sie immer anregend. Kommen Sie heute Abend mit mir zum Turnierplatz?«

»Ja. Ich will Antworten und es ist mir egal, wie ich sie kriege.« Sie stellte ihr Glas in die Spüle. »Und deswegen werde ich weder spazieren gehen noch die Burganlage erkunden.« Sie ging zur Tür. »Ich gehe jetzt zu Mario, vielleicht ist der ja ein bisschen kommunikativer.« Über die Schulter hinweg schaute sie ihn voller Genugtuung an. »Wollen wir darauf wetten, Trevor?«

»Ich wette nicht.« Ihre Blicke begegneten sich. »Aber ich möchte Sie darauf aufmerksam machen, dass ich entsprechend handeln werde, sollte er sich auch nur des geringste Fehlverhalten leisten.«

Ihr Lächeln verschwand. Scheißkerl. Er wusste genau, womit er sie abschrecken konnte. »Und was, wenn ich Ihnen sage, dass mir das egal ist?«

»Das wäre gelogen.« Dann fügte er barsch hinzu: »Na, gehen Sie schon. Sie haben von mir bekommen, was Sie wollten. Mario wird sich freuen, Sie zu sehen.«

Ja, sie hatte ihn zu der gewünschten Reaktion provoziert, empfand aber keinerlei Triumph. Sie hatte vorgehabt, es ihm heimzuzahlen, ihn zu ärgern, seine kühle, glatte Fassade aufzubrechen. Das war ihr gelungen, doch er hatte ihren Sieg in ein Patt verwandelt.

»Was hatten Sie denn erwartet?«, fragte Trevor, der sie unverwandt ansah. »Ich bin keiner von den Milchbubis, mit denen Sie sich in Harvard amüsieren. Wenn Sie um einen hohen Einsatz spielen, müssen Sie damit rechnen, dass man Ihren Bluff durchschaut.«

Sie wandte sich ab und ging hinaus in die Eingangshalle. »Das war kein Bluff.«

»Ich möchte Ihnen nur geraten haben, dass es einer war«, murmelte er leise hinter ihr her, als sie die Treppe hochging. Nicht umdrehen. Er durfte nicht sehen, wie sehr seine Drohung sie irritierte. Sie empfand eine Erregung, ein prickelndes Bewusstsein von Ungewissheit und Gefahr, wie sie es noch nie erlebt hatte. War das Trevors Hochseil? War es das, was er empfand, wenn er –

Nicht darüber nachdenken. Sie würde von Mario erfahren, was sie wissen wollte, ohne den Jungen in Schwierigkeiten zu bringen, und später am Abend würde sie mehr über Trevor erfahren.

Der Turnierplatz ...

Nein, nicht an Trevor denken. Die Erregung unterdrücken. Sie musste sich auf Mario und Cira konzentrieren.

»Halten Sie Jock Gavin von Jane fern«, sagte Trevor, als MacDuff ans Telefon ging. »Ich will ihn nicht in ihrer Nähe sehen.«

»Er wird ihr nichts tun.«

»Nicht, wenn Sie dafür sorgen, dass er nicht näher als hundert Meter an sie herankommt. Sie hat ihn gestern Abend gesehen und sich nach ihm erkundigt.«

»Ich werde ihn nicht einsperren wie ein Tier. Er ist ein zwanzigjähriger Junge.«

»Der beinahe einen meiner Wachleute getötet hätte, weil er dachte, er wäre eine Gefahr für Sie.«

»Der Mann hat Jock erschreckt. Er hätte nicht in den Stall gehen sollen. Ich habe Ihnen klipp und klar gesagt, dass das der einzige Ort in der ganzen Burg ist, zu dem Sie keinen Zutritt haben.«

»Aber Sie haben mir nicht erzählt, dass Sie dort einen Tiger als Haustier halten. Er hat James innerhalb von zwei Sekunden eine Schlinge um den Hals gelegt, und wenn Sie nicht eingegriffen hätten, wäre James drei Sekunden später tot gewesen.«

»Es ist ja nicht so weit gekommen.«

»Und Jock wird Jane MacGuire kein Haar krümmen. Sie

hat einen verdammt guten Instinkt. Wenn sie sich nach ihm erkundigt hat, muss sie gespürt haben, dass da irgendwas nicht stimmte.«

»Ich werde mich darum kümmern.«

»Tun Sie das. Sonst werde ich es tun.« Er legte auf.

Verfluchter Mist.

MacDuff steckte sein Handy in die Tasche und ging quer durch den Stall zu der Töpfereiwerkstatt, die Jock sich in einem Nebenraum eingerichtet hatte. »Ich habe dir doch gesagt, du sollst dich von ihr fern halten, Jock.«

Jock blickte verblüfft von der Gardenie auf, die er gerade in einen Tontopf pflanzte. »Cira?«

»Sie ist nicht Cira. Sie ist Jane MacGuire. Ich habe dir gesagt, dass sie mich nicht stört. Hast du gestern Abend versucht, zu ihr zu gehen?«

Jock schüttelte den Kopf.

»Wieso hat sie dich dann gesehen?«

»Die haben ihr das Zimmer gegeben, das normalerweise Sie benutzen. Ich hab sie am Fenster stehen sehen.« Er runzelte die Stirn. »Das hätten sie nicht tun sollen. Das ist Ihr Zimmer.«

»Ich habe kein Problem damit. Mir ist es egal, wo ich schlafe.«

»Aber Sie sind der Burgherr.«

»Hör zu, Jock: Es ist mir egal.«

»Mir aber nicht.« Er betrachtete die Gardenie. »Das ist eine ganz besondere Gardenie aus Australien. Im Katalog stand, sie kann große Kälte und starken Wind überstehen. Glauben Sie, das stimmt?«

MacDuff hatte einen Kloß im Hals, als er den Jungen ansah. »Es könnte stimmen. Ich habe schon manche Kreaturen unglaubliche Not und Grausamkeit überstehen sehen.«

Vorsichtig berührte Jock eins der weißen Blütenblätter. »Aber das ist eine Blume.«

»Dann werden wir uns einfach überraschen lassen müssen, nicht wahr?« Er holte tief Luft. »Deine Mutter hat wieder angerufen. Sie möchte dich sehen.«

»Nein.«

»Du tust ihr weh, Jock.«

Er schüttelte den Kopf. »Ich bin nicht mehr ihr Sohn. Ich will sie nicht weinen sehen.« Er schaute MacDuff an. »Ich gehe nur zu ihr, wenn Sie mir sagen, dass ich hingehen muss.«

MacDuff schüttelte resigniert den Kopf. »Nein, befehlen werde ich es dir nicht.« Dann fügte er hinzu: »Aber ich befehle dir, dich von Jane MacGuire fern zu halten. Versprich es mir, Jock.«

Der Junge antwortete nicht gleich. »Als sie da am Fenster stand, konnte ich nur eine Art ... Schatten sehen. Sie stand ganz gerade, den Kopf hoch erhoben. Sie hat mich an eine Schwertlilie oder eine Narzisse erinnert ... Es hat mich traurig gemacht, mir vorzustellen, sie zu zerbrechen.«

»Du brauchst nichts und niemanden zu zerbrechen, Jock. Halt dich von ihr fern. Versprich es mir.«

»Wenn Sie es befehlen, halte ich mich von ihr fern.« Er nickte. »Ich verspreche es.« Er betrachtete seine Gardenie. »Ich hoffe, sie überlebt den Winter. Wenn ja, könnten Sie sie nächstes Frühjahr meiner Mutter schenken?«

Gott, manchmal konnte das Leben richtig beschissen sein. »Ja, vielleicht.« MacDuff wandte sich ab. »Ich glaube, darüber würde sie sich freuen.«

Jane erblickte die Statue in dem Moment, als sie Marios Arbeitszimmer betrat.

Die Statue stand auf einem Sockel vor dem Fenster, wo sie vom hellen Sonnenlicht bestrahlt wurde.

»Ist sie nicht fantastisch?« Mario stand vom Schreibtisch auf und trat auf Jane zu. »Kommen Sie ein bisschen näher.

Sie ist perfekt.« Er nahm sie an der Hand und führte sie zu der Statue. »Aber vielleicht wissen Sie das ja selbst. Haben Sie sie schon mal gesehen?«

»Nein. Bisher kannte ich nur Fotos.«

»Es wundert mich, dass Trevor sie Ihnen nicht gezeigt hat. Sie kennen ihn doch schon lange, nicht wahr?«

»Irgendwie schon. Aber es hat sich nie eine passende Gelegenheit ergeben«, antwortete sie abwesend, den Blick auf Ciras Gesicht geheftet. Selbst für sie war die Ähnlichkeit nicht zu übersehen, doch im Moment war sie zu sehr von der Vorstellung beeindruckt, dass der Künstler Cira leibhaftig begegnet war. Vielleicht hatte sie ihm vor zweitausend Jahren sogar Modell gestanden. Und doch wirkte die Statue nicht alt, Ciras Gesichtsausdruck war so modern wie auf einem Foto aus dem *People Magazine*. Sie blickte entschlossen in die Welt hinaus, wach, intelligent, mit einer Andeutung von Humor im Schwung ihrer Lippen, was sie unglaublich lebendig wirken ließ. »Ja, Sie haben Recht. Sie ist fantastisch. Es heißt, es wurden zahlreiche Statuen von Cira hergestellt, aber diese hier muss die schönste sein.«

»Der Meinung ist Trevor ebenfalls. Er hütet sie wie seinen Augapfel. Zuerst wollte er mich noch nicht mal hier in diesem Zimmer arbeiten lassen, aber ich habe ihm gesagt, dass ich die Inspiration brauche.« Mario lächelte spitzbübisch. »Es war ein echter Sieg für mich. Bei Trevor gelingt mir das nicht oft.«

Es war seltsam, hier zu stehen und das Gesicht zu betrachten, das ihr Leben in vielerlei Hinsicht auf den Kopf gestellt hatte. Die Träume, die Begebenheit vor vier Jahren, die sie um ein Haar das Leben gekostet hätte. Und jetzt schloss sich der Kreis um Cira. Seltsam und faszinierend. Jane riss sich von dem Anblick los. »Und, fühlen Sie sich inspiriert?«

»Nein, aber es hat mir Freude gemacht, sie zu betrachten, wenn ich den ganzen Tag an ihrer Rolle gearbeitet hatte. Es war beinahe, als würde sie mit mir sprechen.« Er runzelte die Stirn. »Aber habe ich nicht im Internet gelesen, dass Ms Duncan eine Rekonstruktion von einem Schädel angefertigt hat, die der Statue von Cira sehr ähnlich sieht?«

»Nein, das war reiner Medienrummel. Sie hat eine Rekonstruktion von einem Schädel aus der Zeit gemacht, aber die sah Cira überhaupt nicht ähnlich.«

»Mein Fehler. Wahrscheinlich war ich so vertieft in die Übersetzung ihres Texts, dass ich nicht richtig aufgepasst habe.«

»Ihr Text«, wiederholte Jane. »Ich wusste gar nicht, dass es Schriftrollen mit Texten von ihr gibt, bis Trevor mir auf dem Weg hierher davon erzählt hat. Vorher hat er nur von Texten über Cira gesprochen.«

»Die beiden befanden sich in einer separaten Truhe, die im hinteren Teil der Bibliothek in der Wand eingeschlossen war. Trevor sagt, er hätte sie vorher noch nicht gesehen, und bei dem Vulkanausbruch im Tunnel könnte die Wand eingestürzt sein. Er meint, sie hätte versucht, sie zu verstecken.«

»Ja, wahrscheinlich. Als sie Julius' Geliebte war, hat er bestimmt keinen Wert darauf gelegt, dass sie sich mit intellektuellen Dingen beschäftigte. Er war nur an ihrem Körper interessiert.«

Er lächelte. »Das geht eindeutig aus den Texten hervor, die er über sie verfasst hat. Würden Sie gern ein paar davon lesen?«

»Wie viele sind es denn?«

»Zwölf. Aber vieles wiederholt sich. Er war völlig in Cira vernarrt und hatte offenbar eine Vorliebe für Pornografisches.«

»Und was ist mit Ciras Texten?«

»Die sind interessanter, aber weniger anregend.«

»Was für eine Enttäuschung. Kann ich sie lesen?«

Er nickte. »Trevor hat mich gestern Abend angerufen und mir erlaubt, Sie Ihnen zu lesen zu geben. Er meinte, die würden Sie am ehesten interessieren.« Er deutete auf einen Sessel in der Ecke des Zimmers. »Ich bringe Ihnen die Übersetzung der ersten Rolle. Da in der Ecke haben Sie gutes Licht.«

»Ich könnte sie mit in mein Zimmer nehmen.«

Er schüttelte den Kopf. »Als ich angefangen habe, für Trevor zu arbeiten, musste ich ihm versprechen, weder die Rollen noch die Übersetzungen jemals aus den Augen zu lassen.«

»Hat er Ihnen erklärt, warum?«

»Er sagte, die Texte seien unglaublich wichtig und meine Arbeit sei gefährlich, weil ein Mann namens Grozak hinter den Rollen her ist.«

»Mehr nicht?«

»Mehr wollte ich nicht wissen. Warum sollte ich neugierig sein? Worüber Trevor und Grozak sich streiten, interessiert mich nicht. Mir sind nur die Schriftrollen wichtig.«

Das konnte sie gut verstehen. Seine dunklen Augen leuchteten, und in der Art, wie er die Schriftrolle in den Händen hielt, lag eine unglaubliche Zärtlichkeit. »Trevor hat sicherlich das Recht, bestimmte Regeln aufzustellen, was die Handhabung seiner Schriftrollen betrifft, trotzdem wäre ich an Ihrer Stelle ein bisschen neugieriger gewesen.«

»Aber Sie sind nicht ich. Ihr Leben unterscheidet sich wahrscheinlich sehr von meinem. Ich bin in Norditalien in einem Dorf in der Nähe eines Klosters aufgewachsen. Als kleiner Junge habe ich im Klostergarten gearbeitet und später in der Bibliothek. Ich habe auf Händen und Knien die Böden geschrubbt, bis meine Knie blutig waren, und am Ende der Woche haben die Padres mir erlaubt, eine Stunde in den Büchern zu schmökern.« Seine Augen leuchteten bei der Erinnerung. »Sie waren so alt. Das Leder der Einbände war ganz weich. Den Geruch, der aus den alten Folianten kam, werde ich mein Lebtag nicht vergessen. Und die handgeschriebenen Bücher ...« Er schüttelte den Kopf. »Das waren Kunstwerke von außergewöhnlicher Schönheit. Es hat mich zutiefst beeindruckt, wie klug und gebildet die Priester waren, die sie geschrieben haben. Daran sieht man doch, dass die Zeit eigentlich keine Rolle spielt, nicht wahr? Ob gestern oder vor tausend Jahren, wir gehen durchs Leben, und manche Dinge ändern sich, während andere immer gleich bleiben.«

»Wie lange haben Sie für das Kloster gearbeitet?«

»Bis ich fünfzehn war. Eine Zeit lang wollte ich unbedingt Priester werden, aber dann hab ich die Mädchen entdeckt.« Mario schüttelte wehmütig den Kopf. »Ich habe gesündigt und bin in Ungnade gefallen. Die Padres waren sehr enttäuscht von mir.«

»Ich bin sicher, Sie haben nur lässliche Sünden begangen.« Sie musste an die holprigen Straßen denken, in denen sie aufgewachsen war, wo die Sünde zum täglichen Leben gehört hatte. »Aber Sie haben Recht, meine Kindheit war ganz anders als Ihre.«

»Das bedeutet jedoch nicht, dass wir keine angenehmen Stunden miteinander verbringen können. Bleiben Sie doch noch ein bisschen.« Er lächelte sie an. »Es wird ganz aufregend für mich sein, Sie da sitzen zu sehen, während Sie lesen, was Cira geschrieben hat. Und auch seltsam. Ich werde mich fühlen, als wäre sie selbst –« Er unterbrach sich errötend. »Aber jetzt, da Sie neben der Statue stehen, fallen mir natürlich die Unterschiede auf. Eigentlich sehen Sie ihr gar nicht so –«

»Lügner.« Sie musste lächeln. »Ist schon in Ordnung, Mario.«

»Gut.« Er atmete erleichtert auf. »Kommen Sie, setzen

Sie sich.« Vorsichtig ging er den Stapel Papiere auf seinem Schreibtisch durch. »Ich habe die Texte zuerst aus dem Lateinischen ins Italienische und dann ins Englische übersetzt. Dann habe ich noch einen zweiten Durchgang gemacht, um mich zu vergewissern, dass mir keine Fehler unterlaufen sind.«

»Meine Güte.«

»Trevor wollte es so, aber ich hätte es ohnehin nicht anders gehandhabt.« Er brachte ihr eine dünne Mappe, die mehrere Blätter enthielt. »Ich wollte sie mit mir sprechen hören.«

Behutsam nahm sie die Blätter entgegen. »Und? Hat sie mit Ihnen gesprochen?«

»O ja«, sagte er leise, als er zurück an seinen Schreibtisch ging. »Ich brauchte nur zuzuhören.«

Auf der Titelseite stand nur *Cira*.

Cira.

Verflixt, es machte sie tatsächlich nervös, Ciras Worte zu lesen. Sie lebte schon seit Jahren mit Ciras Bild und ihrer Lebensgeschichte, aber ihre echten Gedanken zu lesen, war etwas ganz anderes. Es ließ Cira … wirklich erscheinen.

»Stimmt was nicht?«, fragte Mario.

»Nein, alles in Ordnung.« Sie richtete sich auf und blätterte um.

Also gut, sprich mit mir, Cira. Ich höre.

Luzern, Schweiz

»Darf ich an Ihrem Tisch Platz nehmen? Alle anderen Tische scheinen besetzt zu sein.«

Eduardo blickte von seiner Zeitung auf und sah den Mann an, der eine Tasse Espresso in der Hand hielt. Er nickte. »Man muss früh herkommen, um einen Tisch zu ergattern. Von hier aus hat man eine fantastische Aussicht auf den See.« Er schaute auf den Vierwaldstätter See hinaus, der im Sonnenlicht glitzerte. »Andererseits ist der Anblick immer großartig, egal von wo aus.« Er faltete seine Zeitung zusammen, um Platz zu machen. »Regelrecht herzerwärmend.«

»Ich bin zwar zum ersten Mal hier, stimme Ihnen jedoch zu.«

»Sie sind Tourist?«

»Ja.« Er lächelte. »Sie scheinen ein Einheimischer zu sein. Wohnen Sie hier in Luzern?«

»Seit ich im Ruhestand bin. Ich teile mir in der Stadt eine Wohnung mit meiner Schwester.«

»Und Sie können jeden Morgen herkommen und diese Pracht genießen. Was für ein Glückspilz Sie sind.«

Eduardo verzog das Gesicht. »Einen schönen Anblick kann man nicht essen. Bei meiner kleinen Rente kann ich mir nicht mehr als eine Tasse Kaffee und ein Croissant leisten, um den Tag zu beginnen.« Er schaute wieder auf den See hinaus. »Aber vielleicht bin ich ein Glückspilz. Sie haben Recht, Schönheit nährt die Seele.«

»Kennen Sie Luzern gut?«

»Es ist eine kleine Stadt. Da gibt es nicht viel zu kennen.«

Der Mann beugte sich vor. »Dann kann ich Sie vielleicht dazu überreden, mir ein paar schöne Ecken zu zeigen? Ich bin nicht reich, aber ich wäre bereit, Sie für Ihre Mühe zu bezahlen.« Er zögerte. »Wenn es Sie nicht beleidigt, mein Geld anzunehmen.«

Eduardo trank einen Schluck von seinem Kaffee und dachte darüber nach. Der Mann war höflich, drückte sich gepflegt aus und trat nicht so großspurig auf wie viele der Touristen, die in Scharen in Luzern einfielen. Vielleicht war er Lehrer oder Beamter, denn seine Kleidung war lässig und nicht teuer. Offenbar wusste er, dass den Armen ihr Stolz wichtig war. Er war respektvoll, und die zurückhaltende Neugier, mit der er ihn betrachtete, schmeichelte ihm.

Warum sollte er sein Angebot nicht annehmen? Ein bisschen zusätzliches Kleingeld konnte er immer gebrauchen, und es würde ihm Spaß machen, eine Aufgabe zu haben. Seine Tage waren lang und zogen sich endlos hin, der Ruhestand war nicht das, was er erwartet hatte. Mittlerweile konnte er verstehen, warum manche alten Leute sich einfach aufgaben und allmählich immer schwächer wurden, wenn sie keinen Grund mehr hatten, morgens aufzustehen. Er nickte langsam. »Ich denke, das ließe sich machen. Was interessiert Sie denn besonders, Herr ...«

»Oh, verzeihen Sie, wie unhöflich von mir. Darf ich mich vorstellen?« Er lächelte. »Mein Name ist Ralph Wickman.«

Actos, der Schreiber, der mir diese Pergamentrolle gegeben hat, sagt, ich soll nichts schreiben, wovon ich nicht möchte, dass Julius es liest, und er hat mir geraten, sehr vorsichtig zu sein.

Ich bin es leid, vorsichtig zu sein. Und vielleicht ist es mir inzwischen gleichgültig, ob Julius das liest und sich darüber ärgert. In letzter Zeit erscheint mir mein Leben trostlos, und ich ertrage es nicht, dass er meinen Geist ebenso erdrückt wie meinen Körper. Ich kann mich mit niemandem unterhalten, aus Angst, Julius könnte dem Betroffenen Schaden zufügen, doch vielleicht finde ich eine Möglichkeit, dir diese Schriftrolle zu schicken, Pia. Er weiß nichts von dir, es dürfte also ungefährlich sein. Seit er herausgefunden hat, dass Antonio mein Geliebter ist, beobachtet Julius mich unablässig. Manchmal frage ich mich, ob er wahnsinnig ist. Er sagt, er sei wahnsinnig vor Liebe zu mir, doch weiß ich, dass er nur sich selbst liebt. Nachdem er Antonio bestochen hatte, damit er mich verlässt, dachte er, ich würde demütig zu ihm zurückgekrochen kommen und mich wieder unter sein Joch begeben.

Ich werde mich von keinem Mann zur Sklavin machen lassen. Sie interessieren sich einzig und allein für das, was sich zwischen meinen Beinen befindet, und für das Gold, das durch ihre Hände geht. Also habe ich Julius gesagt, dass er meinen Körper wiederhaben kann, wenn der Preis hoch genug ist. Warum auch nicht? Ich habe es mit Liebe probiert, und Antonio hat mich verraten. Aber eine Truhe voller Gold könnte dafür sorgen, dass wir bis ans Ende unserer Tage in Sicherheit leben können.

Zuerst wurde er wütend, doch schließlich hat er mir das Gold gegeben. Er sagte, ich müsse die Truhe in einer gut bewachten Kammer im Tunnel aufbewahren, damit er jederzeit feststellen könne, ob ich unseren Vertrag breche und ihn mitsamt dem Gold verlasse. Ich weiß, dass er hoffte, er würde meiner überdrüssig werden und könnte dann das Gold wieder an sich bringen. Aber er wird meiner nicht überdrüssig werden. Dafür werde ich schon sorgen. Wenn es etwas gibt, das ich gelernt habe, dann ist es, einen Mann zu befriedigen.

Und er wird nicht über das Gold verfügen. Es gehört mir. Ich habe mich schon mit den Männern unterhalten, die die Truhe bewachen. Es wird nicht mehr lange dauern, bis ich sie auf meiner Seite habe.

Und dann musst du mir helfen, Pia. Mein Diener Dominic wird das Gold zu dir bringen, zusammen mit einem Brief, in dem ich dir erkläre, was du damit tun sollst. Anschließend muss er Herkulaneum verlassen und sich auf dem Land verstecken, bevor Julius herausfindet, dass er mir geholfen hat. Ich habe ihm gesagt, dass er Leo mitnehmen muss, denn wenn ich Julius erst einmal verlassen habe, wird er jeden töten, der mir nahe steht. Für ihn wird es keine Rolle spielen, dass Leo noch ein Kind ist. Wie gesagt, er ist wahnsinnig.

Auch du musst dich verstecken. Ich werde Dominic bitten, von dir in Erfahrung zu bringen, wo ich dich finden kann, und mir die Nachricht zukommen zu lassen.

Ich hoffe, ich finde eine Möglichkeit, dir diesen Brief zu schicken. Ich weiß nicht, ob es ratsam ist, dir die Zeilen zukommen zu lassen, damit du vorbereitet bist, oder ich besser Dominic mit dem Gold zu dir schicke. Ich werde bald eine Entscheidung treffen müssen.

Mit meinen Worten möchte ich dich berühren und dir meine Liebe senden, für den Fall, dass wir uns nicht mehr wiedersehen. Ich fürchte, dass diese Gefahr tatsächlich besteht.

Unsinn. Es wird alles gut werden. Ich werde mich von Julius nicht unterjochen lassen. Tu einfach, was ich dir gesagt habe.

Deine Cira.

Großer Gott, Janes Hände zitterten. Sie holte tief Luft, um ihre Fassung wiederzugewinnen.

»Eindrucksvoll, was?« Mario schaute sie an. »Sie war eine großartige Frau.«

»Ja, das war sie.« Jane betrachtete die Seiten. »Offenbar ist sie zu dem Schluss gelangt, dass es zu riskant war, den Brief abzuschicken. Sie arbeiten gerade an einem weiteren Text von ihr?«

Er nickte. »Ich habe gerade mit der Übersetzung angefangen.«

»Dann wissen wir also nicht, ob es ihr gelungen ist, vor dem Vulkanausbruch die Truhe mit dem Gold in Sicherheit zu bringen?«

»Nein, noch nicht.«

»Wissen wir denn, wer Pia war?«

Er schüttelte den Kopf. »Offenbar eine Frau, die ihr nahe stand. Vielleicht eine Schauspielerin vom Theater, mit der sie befreundet war?«

»Trevor hat mir gesagt, dass sie nach allem, was man aus Julius' Texten schließen kann, weder Verwandte noch enge Freunde hatte. Dominic, ein ehemaliger Gladiator, war ihr einziger Diener, und sie hat ein Straßenkind bei sich aufgenommen.«

Mario nickte. »Leo.«

»Einen Namen hat Trevor nicht erwähnt. Wahrscheinlich war es dieser Leo. Aber wer zum Teufel war Pia?«

»Es ist durchaus möglich, dass Julius nicht so viel über Cira wusste, wie er gern glauben wollte.«

Das stimmte. Cira wollte nicht, dass Julius irgendetwas außer ihrem Körper von ihr kannte.

Als Mario ihren frustrierten Gesichtsausdruck bemerkte, hob er die Brauen und sagte achselzuckend: »Tut mir Leid. Wie gesagt, ich habe gerade erst mit der Übersetzung begonnen.«

Aber sie wollte es unbedingt wissen.

»Ich kann Sie verstehen«, sagte Mario. »Ich bin ebenso neugierig wie Sie. Aber eine Übersetzung braucht Zeit. Es geht nicht nur darum, die Worte zu entschlüsseln, ich muss auch die Nuancen einfangen. Ich muss sehr sorgfältig vorgehen, damit sich keine Fehler einschleichen. Trevor legt großen Wert darauf, dass die Übersetzung keine Fehlinterpretation zulässt.«

»Und wir wollen Trevor schließlich nicht enttäuschen.« Sie nickte resigniert. »Also gut, ich kann warten.« Sie zog die Nase kraus. »Wenn auch mit Ungeduld.«

Mario nahm lachend eine Mappe von seinem Schreibtisch und stand auf. »Hätten Sie Lust, ein paar von Julius' Texten zu lesen?«

»Sicher. Es könnte interessant sein, zu erfahren, wie er über Cira gedacht hat. Aber nach allem, was Sie mir erzählt haben, glaube ich kaum, dass ich irgendwelche Überraschungen in den Texten finden werde.« Sie nahm die Mappe entgegen und machte es sich wieder in ihrem Sessel bequem. »Und vielleicht haben Sie heute Nachmittag wieder ein bisschen von Cira für mich?«

Er schüttelte den Kopf. »Ich habe Probleme mit diesem Text. Die Schriftrolle ist nicht so gut erhalten wie die erste, weil die Röhre, in der sie sich befand, leicht beschädigt war.«

Sie durfte sich nicht frustrieren lassen. Ciras Brief an Pia hatte ihr nicht nur bestätigt, dass Cira einen starken Charakter besaß, er hatte ihr auch ganz neue Einsichten ermöglicht und Informationen geliefert. Auch Julius' Texte konnten sich als interessant erweisen, außerdem hatte sie sowieso nichts Wichtiges zu tun bis nach dem Abendessen, wenn Trevor ihr wie versprochen den Turnierplatz zeigen würde. Sie seufzte. »Na gut, dann werde ich einfach hier bleiben und Ihnen als Inspiration dienen, damit Sie ein bisschen schneller arbeiten.«

Acht

Nachdem sie sich durch vier von Julius' Texten gearbeitet hatte, erhob sie sich und legte Jane den Rest zurück auf Marios Schreibtisch. »Gott, war der Typ ein geiler Bock.«

Mario lachte in sich hinein. »Reicht's Ihnen?«

»Vorerst. Er lässt sich eigentlich nur über ihre bemerkenswerten körperlichen Vorzüge aus. Ich versuch's später noch mal. Aber jetzt brauche ich erst mal eine Pause. Ich gehe in den Hof runter, um ein bisschen zu zeichnen.« Sie lächelte. »Dann komme ich zurück und gehe Ihnen noch ein bisschen auf die Nerven.«

»Ich freue mich schon darauf«, erwiderte er. Seine Stimme klang geistesabwesend. Offenbar war er wieder in seine Übersetzung vertieft.

Sie wünschte, sie könnte sich genauso begeistern wie Mario, dachte sie, als sie das Zimmer verließ. Nachdem sie jahrelang dem Tag entgegengefiebert hatte, an dem sie Julius' Schriftrollen zu lesen bekommen würde, war die Lektüre eine herbe Enttäuschung gewesen. Die Einzelheiten über Ciras Leben kannte sie bereits aus Trevors Erzählungen, und Julius' sexuelle Fantasien fand sie abstoßend und für Cira demütigend. Jane konnte es kaum erwarten, Ciras zweiten Text zu lesen.

Nun, sie würde sich noch ein bisschen gedulden müssen. Also sollte sie Cira am besten für eine Weile vergessen und sich um ihre eigene Arbeit kümmern. Auf diese Weise würde die Zeit schneller vergehen, bis sie sich wieder genug erholt hatte, um sich erneut mit Julius' Pornografie herumzuplagen.

Eine Stunde später saß sie auf dem Brunnenrand und machte gerade die letzten Striche einer Zeichnung von den Mauerzinnen. Langweilig. Die Burg war ja ganz interessant und konnte sich zweifellos einer ereignisreichen Geschichte rühmen, aber sie fand einfach nichts, woran sie sich festbeißen konnte. Das Gemäuer bestand aus Stein und Mörtel und –

Die Stalltür öffnete sich. »Du bist schon wieder sauer, stimmt's?«

Sie schaute den Mann an, der in der Stalltür stand. Nein, kein Mann. Er war ein Junge von vielleicht neunzehn, zwanzig Jahren.

Gott, und dieses Gesicht.

Schön. Man konnte ihn ebenso wenig als »gut aussehend« bezeichnen wie man diesen Ausdruck für eine klassische griechische Statue verwendete. Seine zerzausten blonden Haare umrahmten perfekte Gesichtszüge und graue Augen, die sie mit einer Art verwirrter Naivität betrachteten. Genau, Bartlett hatte ihr gesagt, Jock Gavin sei ein bisschen unterbelichtet, er sei wie ein Kind.

»Bist du immer noch sauer auf den Burgherrn?«, fragte er stirnrunzelnd.

»Nein.« Selbst die in Falten gelegte Stirn konnte seiner Schönheit keinen Abbruch tun. Sie verlieh dem Gesicht höchstens mehr Charakter. »Ich bin auf niemanden sauer. Und MacDuff kenne ich eigentlich gar nicht.«

»Du warst sauer, als du gekommen bist. Das habe ich genau gesehen. Du hast ihn nervös gemacht.«

»Er hat mich auch nicht gerade beglückt.« Er blickte sie immer noch stirnrunzelnd an, und sie begriff, dass sie nicht zu ihm durchkam. »Es war ein Missverständnis. Verstehst du, was ich damit meine?«

»Natürlich. Aber manchmal sagen Leute nicht die Wahrheit.« Sein Blick fiel auf ihren Zeichenblock. »Du hast was gezeichnet. Ich hab dich gesehen. Was ist es?«

»Die Mauerzinnen.« Sie drehte den Block so, dass er die Zeichnung sehen konnte. »Aber das Bild ist mir nicht gut gelungen. Eigentlich macht es mir keinen Spaß, leblose Dinge abzubilden. Ich zeichne lieber Menschen.«

»Warum?«

Sie zuckte die Achseln. »Weil sie Leben verkörpern. Gesichter verändern sich, sie altern und sehen von Jahr zu Jahr anders aus.«

Er nickte. »Wie Blumen.«

Sie lächelte. »Manche Gesichter, die ich gezeichnet habe, hatten keinerlei Ähnlichkeit mit einer Blume. Aber du hast Recht, es ist dasselbe Prinzip. Magst du Blumen?«

»Ja.« Er schwieg einen Moment. »Ich habe eine neue Pflanze, eine Gardenie. Ich wollte sie im Frühling meiner Mutter schenken, aber jetzt könnte ich ihr auch ein Bild davon schenken, nicht wahr?«

»Wahrscheinlich würde sie sich mehr über die Blume freuen.«

»Aber die Blume könnte sterben.« Ein Schatten legte sich über sein Gesicht. »Ich könnte sterben. Manchmal sterben Dinge.«

»Du bist noch jung«, sagte Jane sanft. »Normalerweise sterben junge Menschen nicht, Jock.« Aber Mike war gestorben und er war ebenso jung gewesen wie dieser schöne Knabe. Einer spontanen Eingebung folgend, sagte sie: »Ich könnte deine Blume für dich zeichnen, dann könntest du deiner Mutter trotzdem die echte Pflanze schenken.«

Seine Miene hellte sich wieder auf. »Würdest du das tun? Wann könntest du es machen?«

Sie warf einen Blick auf ihre Uhr. »Jetzt gleich. Ich habe noch etwas Zeit. Es wird nicht lange dauern. Wo ist die Pflanze?«

»In meinem Garten.« Er trat zur Seite und machte eine einladende Geste in Richtung Stall. »Komm mit, ich zeig sie dir –« Plötzlich verschwand sein Lächeln. »Aber es geht nicht.«

»Warum nicht.«

»Ich habe dem Burgherrn versprochen, mich von dir fern zu halten.«

»Ach, du lieber Himmel.« Sie musste daran denken, wie Bartlett und Trevor sich darüber verständigt hatten, dass dafür gesorgt werden müsse, dass der Junge sie nicht belästigte. Offenbar hatten sie MacDuff darauf angesprochen, obwohl sie ihnen erklärt hatte, es störe sie nicht, wenn der Junge sie ansprach. Jetzt, wo sie ihn kennen gelernt hatte, kam sie sich regelrecht abwehrend vor. »Das ist schon in Ordnung, Jock.«

Er schüttelte den Kopf. »Ich hab's ihm versprochen.« Er überlegte. »Aber wenn ich vorausgehe und du mir folgst, dann bin ich ja nicht wirklich in deiner Nähe, oder?«

Sie lächelte. Er mochte vielleicht ein kindliches Gemüt besitzen, aber er war keinesfalls so unterbelichtet, wie Bartlett glaubte. »Also gut, dann achte darauf, dass du dich von mir fern hältst.« Sie ging auf den Stall zu. »Ich gehe einfach hinter dir her.«

»Warum sind die Boxen denn alle leer?«, rief Jane, als sie Jock durch den Stall folgte. »Hat MacDuff denn keine Pferde?«

Jock schüttelte den Kopf. »Er hat sie verkauft. Er kommt nicht mehr oft hierher.« Inzwischen hatte er die Tür am

Ende des Stalls erreicht. »Das ist mein Garten«, sagte er und öffnete die Tür. »Die Pflanzen stehen alle in Töpfen, aber der Burgherr sagt, ich kann sie später draußen in die Erde setzen.«

Sie folgte ihm hinaus ins Sonnenlicht. Blumen. Der kleine, mit Kopfsteinen gepflasterte Innenhof war so voll gestellt mit Töpfen und Vasen, in denen Blumen aller Arten und Farben blühten, dass man kaum einen Fuß dazwischen setzen konnte. Ein Glasdach machte den kleinen Hof zu einem perfekten Gewächshaus. »Warum nicht jetzt?«

»Er weiß noch nicht, wo wir wohnen werden. Er sagt, es ist wichtig, Pflanzen zu pflegen.« Er zeigte auf einen Blumentopf. »Das da ist meine Gardenie.«

»Sie ist wunderschön.«

Er nickte. »Und sie kann den kalten Winterwind überstehen.«

»Was für ein Glück.« Sie schlug ihren Zeichenblock auf. »Ist die Gardenie deine Lieblingsblume?«

»Nein, ich mag sie alle.« Er runzelte die Stirn. »Außer Flieder. Flieder mag ich nicht.«

»Warum nicht? Flieder hat doch prächtige Blüten, und ich glaube, der gedeiht hier in der Gegend ganz gut.«

Er schüttelte den Kopf. »Ich mag Flieder nicht.«

»Ich schon. Wir haben eine Menge Flieder bei uns zu Hause.« Sie begann zu zeichnen. »Die Blüten an deiner Gardenie hängen ein bisschen. Könntest du sie hochbinden, bis ich fertig bin?«

Er nickte, langte in seine Hosentasche und zog eine lederne Schnur heraus. Einen Augenblick später stand die Gardenie aufrecht in ihrem Topf. »Ist es so recht?«

Sie nickte abwesend, während ihr Bleistift über das Papier flog. »So ist es besser ... Du kannst dich solange auf den Hocker an deiner Töpferbank setzen, wenn du willst. Es wird noch ein bisschen dauern, bis ich fertig bin.«

Kopfschüttelnd zog Jock sich ans hintere Ende des Innenhofs zurück. »Nein, das ist zu nah. Ich hab's dem Burgherrn versprochen.« Er betrachtete die Schnur, die die Gardenie hielt. »Aber er weiß, dass ich eigentlich gar nicht in deine Nähe zu kommen brauche. Es gibt so viele Möglichkeiten …«

»Was zum Teufel tun Sie hier?«

Als Jane sich umdrehte, stand MacDuff in der Tür. »Wonach sieht es denn aus?« Sie wandte sich wieder ihrer Zeichnung zu und stellte sie mit einigen wenigen Strichen fertig. Dann riss sie das Blatt ab und reichte es Jock. »Hier. Besser kriege ich es nicht hin. Ich hab dir ja gesagt, dass ich lieber Menschen zeichne.«

Jock stand stocksteif da, den Blick auf MacDuff fixiert. »Ich halte mich von ihr fern. Ich habe mein Versprechen nicht gebrochen.«

»Doch, das hast du. Du weißt genau, was ich mit fern halten gemeint habe.« Er riss Jane die Zeichnung aus der Hand und warf sie dem Jungen zu. »Ich bin sehr enttäuscht von dir, Jock.«

Der Junge war am Boden zerstört und Jane spürte, wie sie wütend wurde. »Himmelherrgott, ich könnte Sie glatt ohrfeigen! Kommen Sie auf den Teppich. Ich habe ihm angeboten, seine Blume zu zeichnen. Er hat überhaupt nichts getan.«

»Verdammter Mist.« MacDuff schaute Jock unverwandt an. »Halten Sie die Klappe und machen Sie, dass Sie hier rauskommen!«

»Nein.« Sie ging zu der Gardenie und band sie vorsichtig los. »Ich gehe erst, wenn Sie sich bei ihm für Ihre Grobheit entschuldigen.« Sie reichte Jock die lederne Schnur. »Die ist jetzt nicht mehr nötig. Ich hoffe, deiner Mutter gefällt das Bild.«

Schweigend starrte Jock die Schnur in seiner Hand an. »Wirst du ihm wehtun?«

»MacDuff? Am liebsten würde ich ihm den Hals umdrehen.« Sie hörte MacDuff etwas vor sich hin murmeln. »Er hat kein Recht, dich so zu behandeln, und du solltest ihm eine runterhauen, wenn er es tut.«

»Nein, das könnte ich nicht.« Eine ganze Weile betrachtete er die Zeichnung, dann steckte er langsam die Schnur ein. »Und du darfst das auch nicht tun. Ich muss aufpassen, dass ihm niemand wehtut.« Er warf noch einen Blick auf das Bild, dann erhellte ein Lächeln sein Gesicht. »Danke.«

»Gern geschehen.« Sie erwiderte sein Lächeln. »Wenn du mir danken willst, kannst du mir einen Gefallen tun. Ich würde dich gern zeichnen. Und ich verspreche dir, dass das Bild viel besser wird als das von der Gardenie.«

Jock schaute unsicher zu MacDuff hinüber.

Nach kurzem Zögern nickte MacDuff langsam. »In Ordnung, Jock. Aber nur, solange ich anwesend bin.«

»Ich will Sie nicht dabei haben, MacDuff.« Als sie sah, dass Jock wieder die Stirn in Falten legte, seufzte sie resigniert. Es hatte keinen Sinn, den Jungen zu verunsichern. MacDuff schien ihn ziemlich gut unter der Fuchtel zu haben. »Also gut.« Sie drehte sich um und ging zur Tür. Zeit, dass sie zu Cira und Julius zurückkam und weg von diesem schönen Jungen und dem Mann, der ihn vollkommen unter Kontrolle zu haben schien. »Wir sehen uns morgen, Jock.«

»Moment.« MacDuff folgte ihr an den Boxen vorbei zum Ausgang. »Ich möchte mit Ihnen reden.«

»Aber ich nicht mit Ihnen. Es gefällt mir nicht, wie Sie den Jungen behandeln. Wenn er ein Problem hat, dann besorgen Sie ihm Hilfe, anstatt ihn zu maßregeln.«

»Er bekommt Hilfe von mir.« Er ließ einen Augenblick

verstreichen. »Aber vielleicht können Sie ihm auch helfen. Er hat eben anders reagiert, als ich erwartet hatte. Es könnte ... hilfreich für ihn sein.«

»Wie ein Mensch behandelt zu werden anstatt wie ein Roboter? Ja, das würde ich allerdings als hilfreich bezeichnen.«

MacDuff überhörte ihren Sarkasmus. »Für Sie gelten dieselben Regeln wie für ihn. Wenn Sie ihn zeichnen, bin ich dabei. Keine Ausnahme.«

»Sonst noch was?«

»Wenn Sie Trevor davon erzählen, wird er es nicht zulassen. Er wird annehmen, dass Jock Ihnen etwas zuleide tut. Er weiß, dass der Junge labil ist.« Ihre Blicke begegneten sich. »Es stimmt. Er könnte Ihnen etwas zuleide tun.«

»Er hat sich mir gegenüber äußerst höflich und freundlich verhalten.«

»Glauben Sie mir, es bedarf nur eines Auslösers.«

Sie dachte über das nach, was sich eben in dem kleinen Innenhof abgespielt hatte. »Und der Auslöser sind Sie. Jock hat sich in den Kopf gesetzt, Sie um jeden Preis zu beschützen. Sie sollten sich bemühen, ihm das auszureden, dann –«

»Glauben Sie etwa, das hätte ich nicht längst versucht?«, entgegnete MacDuff barsch. »Aber er hört einfach nicht auf mich.«

»Und warum nicht? Sie machen auf mich nicht den Eindruck, als hätten Sie den Schutz nötig.«

»Ich habe ihm einen Gefallen getan, deshalb fühlt er sich zu Dank verpflichtet. Ich hoffe, dass sich das mit der Zeit geben wird.«

Kopfschüttelnd erinnerte sie sich daran, was Jock für ein Gesicht gemacht hatte, als MacDuff ihm gesagt hatte, er sei von ihm enttäuscht. Der Junge war MacDuff vollkommen ergeben. Er war total abhängig von ihm. »Darauf können Sie womöglich lange warten.«

»Ich habe Zeit«, sagte MacDuff heiser. »Jedenfalls werde ich nicht zulassen, dass man ihn in eine Anstalt steckt, wo eine Bande von Ärzten alles Mögliche mit ihm anstellt, wo er Leuten ausgeliefert ist, die sich einen Scheißdreck darum scheren, was in ihm vorgeht. Ich werde ihn nicht im Stich lassen.«

»Bartlett meinte, er wäre ein Junge aus dem Dorf, und Jock hat von seiner Mutter gesprochen. Hat er noch mehr Angehörige?«

»Zwei jüngere Brüder.«

»Und seine Familie ist nicht bereit, ihm zu helfen?«

»Er lässt es nicht zu.« Dann fügte er ungehalten hinzu: »Ich verlange nicht viel von Ihnen. Ich sorge für Ihre Sicherheit. Besuchen Sie ihn einfach ab und zu, reden Sie mit ihm. Sie haben eben selbst gesagt, Sie würden ihn gern zeichnen. Haben Sie es sich schon wieder anders überlegt, weil es gefährlich werden könnte? Ja oder nein?«

Sie hatte schon genug um die Ohren, auch ohne dass sie sich bereit erklärte, dem armen Jungen zu helfen. Ja, sie wollte ihn zeichnen, aber weitere Komplikationen konnte sie im Moment nicht gebrauchen. Sie konnte sich kaum vorstellen, dass Jock tatsächlich so labil und gefährlich war, wie MacDuff behauptete, aber wenn der Alte es für nötig hielt, sie zu warnen, musste irgendetwas an der Sache dran sein. »Warum ich?«

MacDuff hob die Schultern. »Ich weiß nicht. Er hat Trevors Statue von Cira gesehen und angefangen, mich mit Fragen zu löchern, was Trevor hier macht. Er ist sehr neugierig. Also habe ich im Internet ein paar Nachforschungen über Cira angestellt, und da bin ich auf Ihre Geschichte gestoßen.«

Schon wieder Cira. »Und Jock glaubt, ich wäre Cira?«

»Nein, er ist nicht dumm. Er hat nur ein paar Probleme. – Na ja, hin und wieder wirft er Sie und Cira schon durcheinander.«

Und MacDuff war offenbar ebenso entschlossen, den Jungen zu beschützen und zu verteidigen wie umgekehrt. Zum ersten Mal empfand sie einen Anflug von Sympathie und Verständnis für den Alten. MacDuff kümmerte sich nicht nur aus reinem Pflichtgefühl um den Jungen. »Sie mögen ihn.«

»Ich habe ihn aufwachsen sehen. Seine Mutter war meine Haushälterin und er ist von klein auf hier in der Burg ein und aus gegangen. Er ist nicht immer so gewesen. Als Kind war er fröhlich und glücklich und –« Er unterbrach sich. »Ja, ich mag Jock. Werden Sie es tun oder nicht?«

Sie nickte langsam. »Ich tue es. Aber ich weiß nicht, wie lange ich hier sein werde.« Sie verzog das Gesicht. »Und offenbar ist Ihnen meine Anwesenheit hier nicht recht.«

»Die Situation ist auch ohne Sie schon kompliziert genug.« Dann fügte er ernst hinzu: »Aber es ist gut, dass Sie mir von Nutzen sein werden.«

Sie sah ihn entgeistert an. »Ich gehöre nicht zu Ihnen und ich lasse mich nicht benutzen von –« Er lächelte, und plötzlich merkte sie, dass er gescherzt hatte. »Ich werd verrückt, kann es sein, dass ich da ein Anzeichen für Humor entdecke?«

»Sagen Sie Trevor nichts davon. Man muss immer auf der Hut sein. Werden Sie ihm sagen, dass Sie Jock zeichnen wollen?«

»Mal sehen. Wenn mir danach ist.« Aber sie wusste, was er meinte. Sie war vor Trevor auf der Hut, seit er wieder in ihr Leben getreten war. »Aber es geht ihn eigentlich nichts an.«

»Da wird er anderer Meinung sein. Er hätte Sie nicht hergebracht, wenn Sie ihn nichts angingen.« Er hielt ihr die

Stalltür auf. »Wenn Sie morgen nicht herkommen, werde ich Bescheid wissen.«

Der Mistkerl hatte genau das gesagt, was sie auf jeden Fall dazu bringen würde, ihr Vorhaben in die Tat umzusetzen. Er war fast genauso gut im Manipulieren wie Trevor, dachte sie beinahe amüsiert. Warum irritierte sie das nicht so wie bei Trevor? »Ich werde morgen früh um neun hier sein.«

»Ich … danke Ihnen.« Ihre Blicke begegneten sich. »Und ich zahle meine Schulden immer zurück.«

»Gut.« Sie wandte sich zum Gehen. »Gut, dass Sie mir von Nutzen sein werden, MacDuff.«

Sie hörte ein überraschtes Lachen hinter sich, drehte sich jedoch nicht um. Wahrscheinlich war es ein Fehler, sich mit Jock Gavin einzulassen. Er ging sie nichts an. Keine Zeichnung war das Risiko wert, von dem MacDuff gesprochen hatte.

Scheiß drauf. Waisenkinder und schwerfällige Typen waren offenbar ihr Untergang. Es war noch nie ihre Art gewesen, eine Situation zu meiden, bloß weil sie schwierig wurde. Das lag ihr nicht. Wenn es ein Fehler war, dann war es ihr Fehler, und sie würde damit leben.

War das auch Ciras Haltung gewesen, als sie diesen kleinen Jungen namens Leo bei sich aufgenommen hatte?

Jock Gavin war nicht Leo und sie war nicht Cira. Es brachte nichts, solche Vergleiche anzustellen. Sie sollte lieber wieder zu Mario gehen, vielleicht konnte sie ihn dazu bringen, dass er ein bisschen schneller an Ciras Text arbeitete.

Als sie die Eingangshalle betrat, wurde sie von Bartlett erwartet, der sie besorgt ansah. »Ich habe Sie zusammen mit dem Jungen in den Stall gehen sehen. Sie waren ziemlich lange da drin. Alles in Ordnung?«

»Kein Problem. Er war sehr nett zu mir.« Sie zeigte ihm

den Zeichenblock, den sie unter dem Arm trug. »Ich habe nur eine kleine Zeichnung angefertigt.«

Bartlett schüttelte vorwurfsvoll den Kopf. »Sie hätten nicht in den Stall gehen dürfen. Trevor hat uns allen verboten, den Stall zu betreten. Das ist MacDuffs Territorium.«

»Da MacDuff mich nicht rausgeworfen hat, nehme ich an, dass er nichts gegen meine Anwesenheit einzuwenden hatte.« Sie ging die Treppe hinauf. »Ich muss wieder zu Mario. Wir sehen uns später.« Auf dem Treppenabsatz drehte sie sich noch einmal um. Bartlett stand noch immer da und schaute ihr betrübt nach. »Es ist alles in Ordnung, Bartlett«, sagte sie. »Machen Sie sich nicht solche Sorgen.«

Er rang sich ein Lächeln ab und nickte. »Ich werde mir Mühe geben.« Er wandte sich ab. »Aber es ist mir schon leichter gefallen. Je älter ich werde, umso mehr wird mir bewusst, um wie vieles auf der Welt man sich Sorgen machen muss. Aber davon verstehen Sie nichts. Wenn man so jung ist wie Sie, hält man sich noch für unsterblich.«

»Da irren Sie sich. Ich habe mich noch nie für unsterblich gehalten, nicht mal als Kind. Ich habe schon immer gewusst, dass man kämpfen muss, um zu überleben.« Sie ging weiter die Treppe hoch. »Aber ich bin nicht bereit, auch nur eine Minute meines Lebens damit zu vergeuden, dass ich mir Sorgen mache, es sei denn, ich habe gute Gründe.«

»Darf ich eintreten, Trevor?«, fragte MacDuff, nachdem er die Tür zur Bibliothek geöffnet hatte. Er nickte Bartlett zu, der neben dem Schreibtisch stand. »Nachdem Sie unten im Hof gestanden und das Stallgebäude angestarrt haben wie Don Quichotte eine Windmühle, dachte ich, Sie würden als Nächstes zu mir gerannt kommen.« Er ließ sich in den Besuchersessel fallen und lächelte Trevor an. »Aber ich will Ihnen die Mühe ersparen, nach mir zu suchen. Schließlich sind Sie ein viel beschäftigter Mann.«

»Sie hatten versprochen, den Jungen von Jane fern zu halten«, erwiderte Trevor kalt. »Schaffen Sie ihn gefälligst von hier fort.«

MacDuffs Lächeln verschwand. »Jocks Zuhause ist bei mir. Wenn man das noch ein Zuhause nennen kann.«

»Ich denke, ich lasse Sie beide lieber allein«, sagte Bartlett und ging zur Tür. »Ich lege mich nie mit Windmühlen an, MacDuff. Allerdings bin ich der Meinung, dass Don Quichottes Edelmut seine Narretei bei weitem in den Schatten stellt.«

Nachdem Bartlett die Tür hinter sich zugezogen hatte, wiederholte Trevor: »Schaffen Sie Jock von hier fort. Sonst tue ich es.«

MacDuff schüttelte den Kopf. »Nein, das werden Sie nicht tun. Sie brauchen mich. Wenn er geht, gehe ich ebenfalls.«

»Versuchen Sie nicht, mich zu bluffen.« Seine Augen verengten sich zu Schlitzen. »Womöglich sind Sie nicht mal in der Lage, mir zu helfen. Wenn es Mario gelingt, alle Texte zu übersetzen, finde ich das Gold vielleicht auch ohne Sie. Woher zum Teufel soll ich wissen, ob Sie überhaupt einen brauchbaren Hinweis haben? Das kann genauso gut ein Schwindel sein.«

»Geben Sie mir, was ich haben will, dann werden Sie es rausfinden.«

»Blutrünstiger Bastard.«

»Ach ja, das bin ich tatsächlich. Aber das hätte Ihnen doch klar sein müssen, als Sie gesehen haben, was ich aufzugeben bereit bin, um meine Chance zu bekommen.« Er lehnte sich in seinem Sessel zurück und schaute sich in der Bibliothek um. »Es ist schon komisch, hier im Besuchersessel zu sitzen, anstatt auf dem Platz, den Sie jetzt eingenommen haben. Das Leben geht manchmal seltsame Wege, meinen Sie nicht?«

»Sie weichen vom Thema ab.«

»Nur ein kleiner Umweg.« Er sah Trevor an. »Ich habe ihm gesagt, er soll sich von ihr fern halten, aber es hat nicht funktioniert. Es wird nicht wieder vorkommen.«

»Er wird sich von nun an von ihr fern halten?«

»Nein, aber ich werde stets zugegen sein.« Er hob eine Hand, als Trevor ihn unterbrechen wollte. »Sie will ihn zeichnen. Ich habe sie vor ihm gewarnt. Ich bin mir zwar nicht ganz sicher, ob sie mir geglaubt hat, doch das spielt keine Rolle, solange ich dabei bin, um notfalls einzugreifen.«

»Das werde ich nicht zulassen.«

»Dann reden Sie mit ihr und fordern Sie auf, es bleiben zu lassen.« Er legte den Kopf schief. »Wenn Sie glauben, dass es etwas nützt.«

»Verdammter Hurensohn.«

»Meine Mutter war tatsächlich eine Hure, ich fasse die Bemerkung also nicht als Beleidigung auf.« Er erhob sich. »Ich werde dafür sorgen, dass Jane ihn im Burghof zeichnet, dann können Sie noch jemanden Ihres Vertrauens abstellen, um die beiden im Auge zu behalten. Natürlich ist mir klar, dass ich das nicht sein werde.« Kopfschüttelnd ließ er seinen Blick noch einmal durch die Bibliothek schweifen. »Seltsam ...«

»Ich hoffe, es dreht Ihnen den Magen um, mich hier sitzen zu sehen«, sagte Trevor mit zusammengebissenen Zähnen.

MacDuff hob die Brauen. »Aber nein, ich definiere mich nicht über dieses Gebäude. Ob ich es liebe? Von ganzem Herzen. Allerdings muss ich mich nicht hier aufhalten. Ich trage es in mir.« Er lächelte. »Sie machen eine gute Figur in diesem Sessel, Trevor. Ein echter Burgherr. Genießen Sie's.« Sein Lächeln verschwand, als er sich umdrehte und zur Tür ging. »Falls Sie sich entschließen sollten, sich aus der Sache herauszuhalten, wäre ich Ihnen dankbar. Zum ersten Mal, seit ich Jock gefunden habe, hat er positiv auf einen Menschen reagiert, abgesehen von mir. Ich glaube, sie tut ihm gut. Und das reicht mir.«

»Ich bin nicht bereit –«

Aber MacDuff war bereits verschwunden.

Trevor atmete tief durch und versuchte, seine Wut zu unterdrücken. Er brauchte MacDuff, verdammt. Noch bis vor kurzem hatte er ihn nur halbwegs ernst genommen, aber je mehr er über MacDuffs Aufenthalte in Herkulaneum erfuhr, umso mehr gelangte er zu der Überzeugung, dass der alte Schotte die Lösung sein könnte.

Oder bluffte MacDuff? Möglich, aber das Risiko konnte Trevor nicht eingehen. Er musste sämtliche Aspekte noch einmal in aller Ruhe abwägen. MacDuff würde nicht wollen, dass Jane etwas zustieß. Das lag nicht in seinem Interesse. Er hatte versprochen, jedes Mal zugegen zu sein, wenn Jane sich mit Jock traf, und Trevor war davon überzeugt, dass er sein Wort halten würde. Allerdings würde er Brenner bitten, Jock im Auge zu behalten.

Verflucht, das Problem wäre leicht zu lösen, wenn er zu Jane gehen und ihr erklärten könnte, dass diese Porträtsitzungen inakzeptabel waren. Aber diese Möglichkeit kam nicht in Frage.

Wenn sie, obwohl MacDuff sie vor Jock gewarnt hatte, entschlossen war, sich mit dem Jungen zu treffen, dann würde es nichts nützen, wenn Trevor sich einschaltete. Sie würde tun, was sie für richtig hielt, und jeden Einwand, den er vorbrachte, in den Wind schlagen.

Andererseits war sie meist nicht sturer, als die Vernunft es gebot. Also musste er Munition sammeln. Er musste Argumente finden, die sie davon überzeugen würden, dass es vernünftig war, sich von dem Jungen fern zu halten. Bis dahin würde er Maßnahmen zu ihrem Schutz ergreifen und versuchen, sich nicht allzu offensichtlich einzumischen.

Munition sammeln. Er nahm sein Telefon und wählte Venables Nummer. »Ich möchte Sie um einen Gefallen bitten. Ich brauche Informationen.«

Jane war immer noch bei Mario, als Trevor um Viertel nach acht an die Tür von dessen Arbeitszimmer klopfte. Ohne auf eine Reaktion zu warten, trat er ein. »Es widerstrebt mir, Sie zu unterbrechen, Jane«, sagte er sarkastisch. »Aber ich kann nicht zulassen, dass Sie Mario noch länger von seiner Arbeit ablenken.«

»Sie hat mich nicht abgelenkt«, sagte Mario hastig. »Ihre Gegenwart beruhigt mich.«

»Ach ja? Erstaunlich. Bartlett hat mir erzählt, dass sie heute Nachmittag in die Küche gegangen ist und für Sie beide eine Kleinigkeit zu essen geholt hat. Sie müssen eine Seite an ihr entdeckt haben, die Sie mir bisher noch nicht gezeigt hat.«

»Jeder reagiert auf jeden anders«, sagte Jane. »Ich wollte Mario nicht von der Arbeit abhalten.«

Mario grinste. »Weil sie unbedingt will, dass ich den Text, an dem ich im Moment arbeite, möglichst schnell fertig stelle.«

Jane nickte wehmütig lächelnd. »Ich hatte gehofft, Sie würden sich beeilen, damit Sie mir morgen etwas zu lesen geben können.«

»Wie gesagt, ich habe Probleme mit diesem Text. Es fehlen ganze Worte, da muss ich manchmal raten. Aber vielleicht lasse ich mir auch extra viel Zeit, damit ich ab und zu aufschauen und Ihnen beim Lesen zusehen kann.«

»Das möchte ich Ihnen nicht geraten haben«, bemerkte Trevor.

»War nur ein Scherz«, sagte Mario. »Es läuft ganz gut, Trevor.«

»Irgendwelche Hinweise?«

»Noch nicht.«

»Hinweise worauf?«, wollte Jane wissen.

»Auf das Gold. Worauf sonst?«, sagte Trevor. »Wenn Sie Ciras ersten Brief gelesen haben, sollten Sie wissen, dass Zweifel daran bestehen, dass sich das Gold tatsächlich in dem Tunnel befand. Möglicherweise ist es ihr gelungen, es irgendwo anders zu verstecken.«

»Und wenn, dann haben Sie Pech.«

»Es sei denn, ich finde einen Hinweis darauf, wo sie es versteckt hat.«

»Sie meinen, wo Pia es versteckt hat.«

»Wer ist Pia?«

Er zuckte die Achseln. »Wenn Sie den Brief gelesen haben, wissen Sie so viel wie ich.« Ihre Blicke begegneten sich. »Sie wollten doch mit mir zum Turnierplatz gehen. Haben Sie es sich anders überlegt?«

»Nein. Warum sollte ich?«

»Sie scheinen so fasziniert zu sein von Mario und seinen Übersetzerkünsten.« Er wandte sich zum Gehen. »Los, kommen Sie.«

»Moment.« Er wartete nicht, sondern war schon auf halbem Weg den Flur entlang. »Ciao, Mario. Wir sehen uns morgen früh.«

Als sie Trevor einholte, war er bereits auf der Treppe. »Sie sind extrem unhöflich.«

»Ich weiß. Ich habe Lust, unhöflich zu sein. Das ist ein Vergnügen, das ich mir hin und wieder gönne.«

»Manchmal frage ich mich, wie irgendjemand Sie ertragen kann.«

»Niemand muss mich ertragen. Es ist jedermanns Recht, mich zum Teufel zu schicken.«

»Da haben Sie allerdings Recht.« Sie blieb auf der Treppe stehen. »Scheren Sie sich zum Teufel.«

Er schaute sie über die Schulter hinweg an. »Damit habe ich gerechnet. Sie dürfen mich nicht allzu sehr behandeln wie –« Er brach ab. Dann lächelte er. »Ich bin ein ungehobelter Mistkerl, stimmt's?«

»Ja.«

»Und Sie haben heute Ihr Bestes getan, um mich zu provozieren.« Er verzog das Gesicht. »Ich habe es Ihnen leicht gemacht. Sie wussten genau, wo Sie mich treffen konnten. Ich bin immer stolz auf mein Selbstbewusstsein gewesen, aber Ihnen ist es gelungen, es zu unterminieren. Ich war tatsächlich eifersüchtig auf Mario.« Er hob abwehrend eine Hand, als sie etwas sagen wollte. »Und erzählen Sie mir nicht, es war nicht Ihre Absicht, es mir heimzuzahlen. Sie sind frustriert über die ganze Situation hier und Sie wollten dafür sorgen, dass ich ebenfalls frustriert bin. Nun, Sie haben Ihr Ziel erreicht. Wir sind quitt. Friede?«

Nein, sie waren nicht quitt, aber sie war froh, für eine Weile die Spannungen zwischen ihnen ignorieren zu können. Die vergangenen vierundzwanzig Stunden waren unerträglich gewesen. »Ich würde Mario nie benutzen, um Ihnen irgendwas heimzuzahlen. Ich spiele nicht mit den Gefühlen anderer Menschen. Ich mag Mario.«

»Oh, das glaube ich Ihnen. Aber Sie haben offenbar nichts dagegen, mich ein bisschen zu verunsichern. Ich habe Ihnen eine Schwäche gezeigt und Sie haben sich sofort darauf gestürzt. Vielleicht wollten Sie mich unbewusst dafür bestrafen, dass ich dumm genug war, Sie vor vier Jahren abzuweisen.«

Sie befeuchtete ihre Lippen. »Darüber möchte ich jetzt nicht reden. Nehmen Sie mich jetzt mit zum Turnierplatz oder nicht?«

Er nickte und wandte sich zur Tür um. »Gehen wir.«

Am Tor wurden Sie von einem Wachmann angehalten, genauso, wie Jane es am Abend zuvor beobachtet hatte, als Trevor die Burg verlassen hatte. »Jane, das ist Patrick Campbell. Wir gehen nur kurz zum Turnierplatz, Pat. Alles ruhig heute Abend?«

Campbell nickte. »Douglas hat vor drei Stunden irgendetwas beobachtet, das seinen Verdacht erregt hat, allerdings ziemlich weit von der Burg entfernt.« Er nahm sein Handy aus der Jackentasche. »Ich gebe Ihren Sicherheitsleuten in der Umgebung Bescheid, die sollen die Augen offen halten.«

»Tun Sie das.« Trevor fasste Jane am Ellbogen und bugsierte sie durch das Tor. »Wir gehen um die Burg herum zu den Klippen. Es ist ein etwa zehnminütiger Spaziergang.« Er blickte zum Himmel hinauf. »Wir haben Vollmond. Der müsste eigentlich für genug Licht sorgen ...«

Nachdem sie um die Ecke gebogen waren und auf den Klippenrand zugingen, sah Jane zunächst nichts als das Meer, das sich bis zum Horizont erstreckte. »Was soll das? Wo bringen Sie mich –«

Sie waren auf dem Hügel angekommen und unter ihnen lag eine ebene, grasbewachsene Fläche, die bis an die Klippe reichte und sich entlang der gesamten hinteren Burgmauer erstreckte. Der Rasen war perfekt gepflegt und an jedem Ende der lang gestreckten Grasfläche lagen mehrere Reihen dicker Felsbrocken.

»MacDuff's Run«, sagte Trevor. »Der Turnierplatz.«

»Was zum Teufel ist das? Es sieht aus wie ein Platz, auf dem sich früher die Druiden versammelt haben.«

»Ja, es war ein Versammlungsplatz. Angus MacDuff hatte eine Leidenschaft für sportliche Wettkämpfe. Er war eine Art Räuberbaron und ein Verehrer von jeder Demonstration von Macht. Seine Burg wurde im Jahre 1350 fertig gestellt, gleich im darauf folgenden Frühjahr hat er die ersten Scottish Games in dieser Gegend veranstaltet.«

»Vor so langer Zeit?«

Trevor schüttelte den Kopf. »Im Jahr 844 hat Kenneth MacAlpine, der König der Schotten, ein dreitägiges Turnier veranstaltet, um seine Soldaten zu beschäftigen, während er vor der Schlacht gegen die Pikten auf ein gutes Omen wartete. Malcolm Canmore, der 1058 den Thron bestieg, hielt regelmäßig Turniere ab, um die besten und stärksten Schotten für seine Elitetruppe auszusuchen.«

»Ich dachte immer, die Spiele hießen Highland Games.«

»Die MacDuffs stammen aus den Highlands, ich nehme also an, sie haben die Turniertradition mit hierher gebracht. Nach den Berichten in ihrer Chronik waren die Spiele der Höhepunkt des Jahres. Es gab Wettkämpfe in allen möglichen Disziplinen – Curling, Ringen, Wettlauf und irgendwelche merkwürdigen einheimischen Sportarten. Alle jungen Männer, die im Dienst der MacDuffs standen, nahmen daran teil.« Er lächelte Jane an. »Hin und wieder waren sogar Frauen unter den Wettkämpfern. Zum Beispiel wird von einer Fiona MacDuff berichtet, die an den Wettrennen teilnehmen durfte. Sie hat zwei Jahre hintereinander den ersten Platz gewonnen.«

»Und daraufhin wurden natürlich Frauen von den Spielen ausgeschlossen, wie?«

Er schüttelte den Kopf. »Nein, sie wurde schwanger und hat aus eigenem Entschluss aufgehört.« Er blieb neben einem der Felsbrocken am Ende der Rasenfläche stehen. »Setzen Sie sich. Ich nehme an, später haben die Leute sich Stühle mitgebracht, um bei den Wettkämpfen zuzusehen, aber das hier sind die ursprünglichen Sitzgelegenheiten.«

Sie setzte sich auf den Stein neben ihm. »Warum kommen Sie hier raus?«

»Es gefällt mir hier.« Er schaute über den Platz hinweg

zu den Felsbrocken am anderen Ende hinüber. »Ein guter Ort, um einen klaren Kopf zu bekommen. Hier fühle ich mich zu Hause. Ich glaube, es hätte mir gefallen, Angus MacDuff kennen zu lernen.«

Als sie sein Profil betrachtete, konnte sie sich das gut vorstellen. Der Wind, der vom Meer her wehte, blies ihm die Haare aus der Stirn, und seinen Mund umspielte wieder dieser Hauch von Verwegenheit. Er kniff die Augen zusammen, als versuchte er, den Schwierigkeitsgrad des nächsten Wettbewerbs abzuschätzen. Sie konnte sich lebhaft vorstellen, wie er hier saß, mit dem Burgherrn scherzte und sich auf seinen Einsatz bei den Wettkämpfen vorbereitete. Gott, sie wünschte, sie hätte ihren Zeichenblock dabei. »In welcher Disziplin wären Sie denn gern angetreten?«

»Ich weiß nicht. Laufen, vielleicht Curling ...« Er wandte sich ihr zu und sah sie mit spitzbübisch funkelnden Augen an. »Vielleicht wäre ich auch besser dazu geeignet gewesen, auf alle Wettkampfergebnisse Wetten anzunehmen. Ich bin ganz sicher, dass bei diesen Spielen immer viel gewettet wurde.«

Sie erwiderte sein Lächeln. »Das wäre bestimmt das richtige Betätigungsfeld für Sie gewesen.«

»Vielleicht hätte ich auch beides machen können. Ich hätte mich sicherlich zu Tode gelangweilt, wenn ich nur einmal im Jahr hätte Wetten abschließen können.«

»Gott, was für eine schreckliche Vorstellung.« Sie wandte sich ab. »Mit so etwas hatte ich nicht gerechnet, als Sie mich mit hierher genommen haben.«

»Das weiß ich. Wahrscheinlich haben Sie erwartet, mit einem weiteren meiner vielen kriminellen Unternehmen konfrontiert zu werden.«

»Oder mit irgendwas, das mit Grozak zu tun hat. Warum haben Sie mir nichts gesagt?«

»Weil ich Sie hierher führen wollte«, antwortete er. »Ich

mag diesen Ort und ich wollte, dass es auch Ihnen hier gefällt.«

Er sagte die Wahrheit und es gefiel ihr hier, verflixt. Es war, als würde dieser Ort alle Dinge auf ihre wesentliche Bedeutung zurückführen. Sie konnte beinahe die Dudelsäcke hören und spüren, wie die Erde unter den Füßen der Läufer vibrierte. »Wäre es so schwer gewesen, mir das einfach so zu sagen?«

»Ja, verdammt. Sie können mich doch in letzter Zeit kaum ansehen, ohne gleich alle Schotten dichtzumachen. Und dann habe ich alles noch schlimmer gemacht, indem ich von Sex – Da, Sie verkrampfen sich schon wieder. Sehen Sie mich an, verdammt. Das passt nicht zu Ihnen, Jane.«

»Woher wollen Sie das denn wissen? Sie haben mich vier Jahre lang nicht gesehen.« Aber sie zwang sich, sich umzudrehen und ihn anzuschauen. O Gott, sie wünschte sofort, sie hätte es nicht getan. Wie sollte sie jetzt wieder den Blick von ihm abwenden?

»Fällt schwer, nicht wahr? Mir auch.« Er betrachtete ihre Hand, die auf dem Stein lag. »Himmel, ich würde Sie so gern anfassen.«

Er fasste sie nicht an, aber es war, als täte er es. Ihre Handfläche kribbelte und erneut empfand sie diese seltsame Atemlosigkeit.

Sein Blick ruhte weiterhin auf ihrer Hand. »Sie haben mich einmal berührt. Sie haben Ihre Hand auf meine Brust gelegt und ich musste mich beherrschen, um Sie nicht in die Arme zu nehmen und an mich zu drücken. Es hätte mich beinahe umgebracht.«

»Das geschah Ihnen recht. Es war dumm, wie Sie sich verhalten haben.«

»Sie waren erst siebzehn.«

»Ich war alt genug, um zu wissen, was ich wollte.« Dann

fügte sie hastig hinzu: »Nicht, dass Sie so etwas Außergewöhnliches gewesen wären. Sie waren nur einfach der erste Mann, für den ich so etwas empfunden habe. Was das Thema Sex angeht, war ich damals noch ein bisschen hinterm Mond.«

»So haben Sie sich aber nicht aufgeführt. Ich dachte damals, Sie würden mir jeden Augenblick eine Ohrfeige geben.«

»Sie haben mich ein Schulmädchen genannt.«

»Um mich vor mir selbst zu schützen, habe ich versucht, Sie wütend zu machen.«

Sie war immer noch wütend – und erfüllt von Reue. »Armer Trevor.«

»Ich habe Ihnen wehgetan.«

»Unsinn. Ich lasse mich nicht verletzen. Glauben Sie etwa, Sie hätten mich so verletzt, dass ich keine anderen Beziehungen mehr eingehen konnte? Das können Sie sich abschminken.«

Er schüttelte den Kopf. »Sie haben mir beim Abschied gesagt, Sie würden so lange suchen, bis Sie einen besseren Mann finden als mich. Sie haben Ihr Wort gehalten.« Er schaute aufs Meer hinaus. »Clark Peters. Netter Junge, aber nach zwei Monaten wurde er allzu besitzergreifend. Tad Kipp, sehr klug und ehrgeizig, aber er mochte Ihren Hund nicht, als Sie ihn einmal mit zu Eve und Joe genommen haben. Jack Ledborne, Archäologieprofessor, der die zweite Grabung leitete, an der Sie teilgenommen haben. Er hat Ihnen nicht erzählt, dass er verheiratet war, und Sie haben ihn fallen gelassen wie eine heiße Kartoffel, nachdem Sie es rausgefunden hatten. Peter Brack, ein Cop und Hundeführer aus Quinns Bezirk. Der perfekte Partner. Ein Polizist und Hundenarr. Aber er muss irgendwas falsch gemacht haben, denn –«

»Was zum Teufel hat das alles zu bedeuten?« Sie konnte

es einfach nicht fassen. »Haben Sie mich etwa beobachten lassen?«

»Nur wenn ich es nicht selbst tun konnte.« Er schaute ihr in die Augen. »Und meistens konnte ich es selbst übernehmen. Soll ich fortfahren mit Ihrer kleinen schwarzen Liste? Oder soll ich Ihnen lieber erzählen, wie stolz ich war, als Sie den Mondale-International-Kunstpreis gewonnen haben? Ich habe versucht, das Bild zu kaufen, aber die Gemälde gehen fünf Jahre lang auf Tournee rund um die Welt.« Er lächelte. »Natürlich habe ich erwogen, es zu stehlen, doch dann habe ich mir gesagt, dass Sie das bestimmt nicht gutgeheißen hätten. Allerdings habe ich etwas anderes gestohlen, das Ihnen gehört.«

»Was denn?«

»Einen Zeichenblock. Sie haben ihn vor zwei Jahren im Metropolitan Museum auf einer Bank liegen lassen, als Sie zusammen mit Ihren Freunden in die Cafeteria gegangen sind. Ich habe darin geblättert und konnte einfach nicht widerstehen. Eigentlich wollte ich Ihnen den Block wieder zurückgeben, aber irgendwie hab ich's nie fertig gebracht.«

»Ja, ich erinnere mich daran, wie mir der Block abhanden gekommen ist. Ich war stinksauer.«

»Die Zeichnungen sahen gar nicht aus wie Skizzen für zukünftige Gemälde. Auf mich wirkten sie eher ... persönlich.«

Persönlich. Sie versuchte sich zu erinnern, ob irgendwelche Porträts von Trevor unter den Zeichnungen gewesen waren. Wahrscheinlich. »Warum?«, flüsterte sie. »Warum haben Sie das alles getan?«

»Als Sie aus Neapel weggefahren sind, haben Sie mir gesagt, es wäre nicht vorbei. Für mich war es auch nicht vorbei.« Seine Mundwinkel zuckten. »Gott, manchmal habe ich mir nichts sehnlicher gewünscht, als dass es vorbei wäre. Sie sind ein harter Brocken, Jane.«

»Warum haben Sie dann nicht –«

»Sie haben mir erklärt, ich hätte für die nächsten vier Jahre keinen Platz in Ihrem Leben. Ich wollte Ihnen die Chance geben, herauszufinden, ob das stimmte.«

»Und wenn ich es rausgefunden hätte?«

»Die Wahrheit? Ich bin kein Märtyrer. Dann wäre ich gekommen und hätte das kleine gemütliche Leben zerstört, das Sie sich eingerichtet hatten.«

»Was versuchen Sie mir zu sagen? Worauf wollen Sie hinaus?«

»Worauf ich hinauswill?« Seine Hand näherte sich ihrer bis auf zwei Zentimeter. Sie spürte, wie warm sie war. »Ich möchte so gern mit dir schlafen, dass es fast wie ein permanenter Schmerz ist. Ich respektiere dich. Ich bewundere dich. Du hast mir einmal vorgeworfen, ich wäre besessen von Cira, aber das ist nichts im Vergleich zu dem, was ich für dich empfinde. Es quält mich. Ich weiß nicht, ob es anhalten wird. Manchmal hoffe ich, dass es aufhört. Verstehst du jetzt, was ich meine?«

»Ja.« Sie hatte einen Kloß im Hals und räusperte sich. »Wenn es stimmt.«

»Es gibt eine Möglichkeit, zumindest den offenkundigsten Teil davon zu testen.«

Er berührte ihre Hand.

Ein Schauer lief ihr über den Rücken, aber kein kalter, sondern ein heißer.

Zu viel. Zu heftig.

Sie riss ihre Hand weg. »Nein.«

»Du möchtest es doch auch.«

Sie konnte ihn nicht belügen. Sie kam sich vor wie eine läufige Hündin. »Es geht zu schnell.«

»Nein, verdammt.«

»Und Sex ist – nicht alles. Ich weiß nicht mal, ob ich dir vertraue.«

»Du bist immer noch vor mir auf der Hut.«

»Aus gutem Grund.«

»Wirklich? Dein Freund ist tot. Machst du mich für seinen Tod verantwortlich?«

»Ich weiß nicht.«

»Doch, du weißt es. Ich möchte, dass zwischen uns alles klar und offen ist. Aus diesem Grund habe ich dich mit hierher genommen. Denk nach. Ich möchte, dass du eine Entscheidung triffst.«

»Mike könnte noch leben, wenn du nicht dermaßen hinter dem Gold her wärst und dich mit diesem Grozak eingelassen hättest.«

»Du machst mich also für den Dominoeffekt verantwortlich?«

»Nein, das nicht«, sagte sie erschöpft. »Oder vielleicht doch. Ich weiß es selbst nicht mehr. Ich weiß überhaupt nicht, was zum Teufel gespielt wird.«

»Ich hätte ihn gerettet, wenn ich gekonnt hätte. Ich wünschte, ich könnte die Zeit zurückdrehen.«

»Aber du würdest immer noch versuchen, an das Gold zu kommen, nicht wahr?«

Er schwieg eine Weile. »Ja. Ich will dich nicht belügen. Ich muss das Gold haben.«

»Warum? Du bist hochintelligent. Du hast das alles nicht nötig. Ich glaube noch nicht mal, dass dir das Gold irgendwas bedeutet. Wahrscheinlich ist es nur der Kitzel, nur das Spiel.«

»Da irrst du dich. Diesmal bedeutet es mir etwas. Wenn ich es bekomme, wird Grozak es nicht kriegen.«

»Rache?«

»Zum Teil. Rachegelüste sind dir auch nicht fremd, Jane.«

»Ja, das stimmt.« Sie stand auf. »Aber ich würde mich nicht rächen, indem ich einem Killer eine Kiste voller Gold abjage. Wir denken verschieden.«

»Manchmal ist es nicht nötig, zu denken.«

Schon wieder diese Hitze. »Für mich schon.«

»Wir werden sehen.« Er stand ebenfalls auf. »Aber ich warne dich. Falls du mich je wieder anfassen solltest wie damals, werde ich anders reagieren.« Er schaute zum Weg hinüber. »Und der gute Angus MacDuff würde mich sehr gut verstehen.«

Neun

Ich hab den Alten«, sagte Wickman, als Grozak ans Telefon ging. »Was soll ich mit ihm machen?«

Grozak grinste zufrieden. So was nannte man Effizienz. Wickman einzuschalten war richtig gewesen. Er hatte ihn erst vor ein paar Tagen angeheuert, und schon hatte er seinen Auftrag erledigt.

Allerdings noch nicht alles, wofür er bezahlt worden war.

»Hat er den Brief geschrieben?«

»Den habe ich.«

»Dann bringen Sie den Job zu Ende.«

»Wie?«

Grozak überlegte. Um die maximale Wirkung zu erzielen, musste die Methode Schock, Angst und Schrecken auslösen.

»Wie?«, wiederholte Wickman.

»Ich denke nach.«

Und dann kam ihm eine Idee.

»Ich habe Informationen über Grozak«, berichtete Joe Eve abends am Telefon. »Ein ganz schlimmer Hund.«

»Das haben wir schon aus dem geschlossen, was Jane von Trevor gehört hat. Irgendwelche Einzelheiten?«

»Nein. Das FBI hat seine Computerakte unter Verschluss genommen.«

»Wozu das?«

»Vielleicht aus demselben Grund, aus dem Interpol mir keine Einsicht in Trevors Akte gewährt hat.« Er holte tief Luft. »Und die CIA hat mich so schnell aus dem Internet geworfen, dass mir Hören und Sehen verging. Fünf Minuten später habe ich einen Anruf von meinem Chef erhalten, der wissen wollte, was zum Teufel ich mir dabei dächte, in Geheimmaterial herumzustöbern. Diese Internetseiten werden verdammt genau überwacht.«

Eve spürte, wie die Angst in ihr hochkroch. »Hast du denn überhaupt irgendwas rausgefunden?«

»Ich habe mir Grozaks Akte bei der örtlichen Polizei angesehen. Er wurde in Miami geboren und war der Polizei schon im Alter von dreizehn Jahren bekannt. Damals gehörte er einer ganz besonders brutalen Bande von Jugendlichen an. Die haben alle möglichen Verbrechen aus Hass verübt, von Vergewaltigung und Folter an einer jungen Schwarzen bis hin zur Zusammenrottung mit ein paar Nazis, mit denen sie einen jüdischen Ladenbesitzer krankenhausreif geprügelt haben. Mit vierzehn ist er in eine Erziehungsanstalt eingewiesen worden, nachdem er einen kubanischstämmigen Polizisten getötet hatte. Mit achtzehn wurde er auf Bewährung entlassen und ist untergetaucht. Das war vor zwanzig Jahren.«

»Wenn er von der CIA gesucht wird, dann hat er offenbar sein Betätigungsfeld auf die internationale Ebene ausgedehnt.« Eve schauderte. »Verbrechen aus Hass. Du hast Recht. Er muss ein ganz übler Zeitgenosse sein.«

»Anscheinend hegt er einen Groll auf die ganze Welt. Und sein psychologisches Profil deutete bereits darauf hin, dass es nur noch schlimmer werden würde.«

»Warum haben sie ihn dann entlassen?«

»Das liegt am System. Wir müssen jedem jugendlichen Mörder die Chance geben, noch einmal zu töten. So läuft das in Amerika.«

»Und wenn das stimmt, was Trevor sagt, dann hat er Mike auf dem Gewissen. Das ist nicht fair, verdammt.« Sie holte tief Luft. »Sollen wir Jane jetzt gleich anrufen?«

»Nein, erst wenn wir mehr wissen. Wenn sie erfährt, was Grozak als Jugendlicher verbrochen hat, hilft ihr das auch nicht weiter. Wir brauchen aktuelle Informationen. Und vielleicht werden wir die sogar von ihr bekommen. Ich glaube kaum, dass sie auf MacDuff's Run rumsitzt und Däumchen dreht.«

»Venable hat über das Festnetz angerufen«, sagte Bartlett, der aus der Bibliothek kam, als Jane und Trevor die Eingangshalle betraten. »Er meinte, er hätte dich auf dem Handy nicht erreichen können. Ich hab's übrigens auch vergeblich versucht.«

»Ich hatte es abgeschaltet. Ich wollte mir einfach mal eine Stunde lang meine Ruhe gönnen«, erwiderte Trevor. »Was Wichtiges?«

»Er wollte es mir nicht anvertrauen. Aber ich schätze, wir können getrost davon ausgehen, dass er alles, was er zu sagen hat, als wichtig erachtet.« Er wandte sich an Jane. »Sie haben gar nichts zu Abend gegessen. Soll ich Ihnen ein Sandwich machen?«

»Nein, ich habe keinen Hunger.« Sie ging in Richtung Treppe. »Ich lege mich ins Bett. Oder möchte mir jemand erklären, wer Venable ist?«

»Ein Mann, der unsere Befürchtungen in Bezug auf Grozak teilt«, antwortete Trevor. »Leider ist er sich noch unsicher, was er unternehmen soll.«

»Und du, bist du dir auch unsicher?«

»Nicht im Geringsten.« Er ging in Richtung Bibliothek.

»Aber es wird schwierig, wenn die Venables der Welt einem im Weg stehen.«

»Offenbar machst du es ihm nicht leicht, dich zu erreichen.« Sie blieb auf der dritten Stufe stehen. »Ich lasse mich nicht länger außen vor halten, Trevor. Ich habe es satt, im Dunkeln zu tappen. Du hast Cira benutzt, um mich von Grozak abzulenken, und ich habe es hingenommen, weil sie mir so viel bedeutet. Aber ich habe gesagt, ein paar Tage. Die sind vorbei.«

»Cira war nicht unbedingt ein Ablenkungsmanöver.« Er musterte ihren Gesichtsausdruck. »Aber du hast Recht, das geht jetzt schon zu lange so. Du musst endlich anfangen, mir zu vertrauen. Ich werde mir Mühe geben, dir dabei zu helfen.« Er lächelte. »Morgen.« Damit verschwand er in der Bibliothek.

Zum Glück hatte er die Herausforderung nicht angenommen, dachte sie müde. Ihre Gefühle lagen blank, sie war verwirrt und, ja, frustriert. Die Stunde mit Trevor auf dem Turnierplatz hatte eine Sturmflut von sexuellen Gefühlen in ihr ausgelöst. Auf dem Rückweg zur Burg hatte sie sich nur mit Mühe beherrschen können. Sie hatte die ganze Zeit seinen Körper gespürt, als er neben ihr hergegangen war. Was für eine Idiotie, so zu reagieren! Sie war schließlich nicht mehr das unerfahrene Mädchen, das sie vor vier Jahren gewesen war.

»Sie können ihm wirklich vertrauen«, sagte Bartlett ernst. »Trevor mag vielleicht ein bisschen launisch sein, aber er hat mich noch nie im Stich gelassen, wenn es darauf ankam.«

»Wirklich? Allerdings ist die Beziehung zwischen Ihnen und Trevor nicht ganz dieselbe wie die zwischen ihm und mir, nicht wahr? Gute Nacht, Bartlett.«

»Gute Nacht.« Er ging in Richtung Bibliothek. »Wir sehen uns morgen früh.«

Ja, morgen. Morgen früh würde sie als Allererstes zu Mario gehen und ein paar Stunden dort bleiben, um sich auf die Begegnung mit Trevor vorzubereiten. Die Stunden mit Mario waren entspannt und friedlich gewesen, und genau das brauchte sie. Jetzt würde sie schlafen gehen und alle Gedanken an Trevor und daran, wie sehr sie sich danach gesehnt hatte, ihn zu berühren, einfach ausblenden. Ihn berühren? Am liebsten hätte sie sich auf ihn gestürzt wie eine verdammte Nymphomanin. Aber einen größeren Fehler konnte sie gar nicht machen. Sie musste einen klaren Kopf bewahren und sie wusste nicht, ob ihr das gelingen würde, wenn sie sich auf eine sexuelle Beziehung mit Trevor einließ. So heftig hatte sie noch nie auf einen Mann reagiert, das Band zwischen ihnen war so stark wie vor vier Jahren. Sie konnte es sich nicht leisten, das Band noch intensiver werden zu lassen.

Also nicht daran denken, wie es sich angefühlt hatte, neben ihm auf dem Felsbrocken zu sitzen. Sie musste sich auf diesen Venable konzentrieren.

Trevor hatte gerade das Telefongespräch beendet, als Bartlett die Bibliothek betrat. Bartlett hob die Brauen. »Das ging ja schnell. Ich nehme an, Venable hat mal wieder überreagiert?«

»Vielleicht.« Trevor runzelte nachdenklich die Stirn. »Aber es ist mir lieber, wenn er überreagiert, als dass er auf seinem Arsch hockt und sich wie Sabot ins La-la-Land träumt.«

»Was wollte er denn?«

»Quinn versucht, an die CIA-Akten über Grozak heranzukommen. Das macht Venable nervös.« Er zuckte die Achseln. »Damit war zu rechnen. »Quinn ist ein ehemaliger FBI-Mann, und er hat Kontakte. Er wird eine Möglichkeit finden, die Informationen zu bekommen, die er haben will. Aber darum kümmere ich mich, wenn es so weit ist.«

»Und das ist alles, was Venable wollte?«

Trevor schüttelte den Kopf. »Er meinte, einer seiner Informanten in der Schweiz hätte von merkwürdigen Vorkommnissen in Luzern berichtet.«

»Im Zusammenhang mit Grozak?«

»Möglich.«

Bartlett legte den Kopf schief. »Aber es macht dich kribbelig.«

»Es macht mich immer kribbelig, wenn ich nicht weiß, was Grozak als Nächstes im Schilde führt.«

»Vielleicht hat Venables Informant irgendwas durcheinander geworfen.«

»Oder auch nicht.« Trevor lehnte sich in seinem Sessel zurück und dachte angestrengt nach. »Luzern ...«

»Jock wird sich am Brunnen mit uns treffen«, sagte MacDuff, als er über den Hof auf Jane zukam. »Wenn es Ihnen recht ist.«

»Mir ist es egal, wo wir uns treffen.« Sie setzte sich auf den Brunnenrand und schlug ihren Zeichenblock auf. »Wann kommt er denn?«

»In ein paar Minuten. Er gießt gerade seine Blumen.« MacDuff runzelte die Stirn. »Was machen Sie da?«

»Ich zeichne Sie. Ich vergeude nicht gern meine Zeit.« Ihr Bleistift flog über das Papier. »Sie haben ein sehr interessantes Gesicht. Harte Züge, bis auf die Lippen ...« Sie schattierte die Wangenknochen. »Ich habe die ganze Zeit das Gefühl, dass Sie mich an jemanden erinnern. Haben Sie mal die Fernsehserie *Highlander* gesehen?«

»Nein, das habe ich mir erspart.«

»Sie sehen aus wie der Schauspieler, der die Hauptrolle gespielt hat.«

»O Gott.«

»Er war sehr gut.« Sie lächelte verschmitzt, während sie sich fragte, wie weit sie ihn provozieren konnte. »Und hübsch, sehr hübsch.«

Er biss nicht an. »Sie sollen nicht mich, sondern Jock zeichnen.«

»Ich mache nur ein paar Lockerungsübungen. Das ist wie Gymnastik vor einem Rennen.« Sie schaute ihn an. »Übrigens, Trevor hat mich gestern Abend mit auf den Turnierplatz genommen.«

»Ich weiß.«

»Woher wissen Sie das?«

Er antwortete nicht.

»Ach ja, natürlich, Trevor hat mir gesagt, dass Sie überall Ihre Leute postiert haben.« Sie konzentrierte sich wieder auf die Zeichnung. »Es muss Ihnen schwer fallen, die Burg zu vermieten. Ich bin auf der Straße aufgewachsen und habe nie ein richtiges Zuhause gehabt. Aber gestern Abend hatte ich auf einmal das Gefühl, dass ich mir vorstellen könnte, wie es wäre. Und ich glaube, Trevor ging es so ähnlich. Deswegen ist er so gern auf dem Turnierplatz.«

MacDuff zuckte mit den Achseln. »Dann sollte er es genießen, solange er kann. Ich werde die Burg wieder übernehmen.«

»Wie denn?«

»Egal wie.«

»Trevor hat mir gesagt, Ihre Familie sei gezwungen, die Burg zu vermieten.«

»Dann werden wir sie auf diese Weise zurückbekommen, meinen Sie nicht?«

»Mit Ciras Gold?«

»Das Gold scheint uns ja wohl alle umzutreiben. Warum sollte ich da anders sein?«

»Ach, ist das der Grund, warum Sie wegen Grozak besorgt sind?«

»Hat Trevor das gesagt?«

»Er meinte, ich sollte Sie fragen.«

MacDuff deutete ein Lächeln an. »Freut mich, dass er Wort gehalten hat.«

»Mich nicht. Ich will wissen, was Sie mit dieser ganzen Geschichte zu tun haben. Geht es nur ums Gold?«

Er antwortete ausweichend. »Das Gold dürfte ausreichen, um jeden Mann zu motivieren, vor allem einen, der so dringend Geld braucht wie ich.« Er schaute an ihr vorbei. »Da kommt Jock. Bitte versuchen Sie, mich in seiner Gegenwart nicht zu beleidigen. Es wäre vorteilhafter für uns alle.«

Sie drehte sich um und sah den Jungen auf sich zukommen. Er lächelte sie erwartungsvoll an. Gott, dieses Gesicht ... Automatisch schlug sie ein neues Blatt auf ihrem Zeichenblock auf. »Guten Morgen, Jock. Hast du gut geschlafen?«

»Nein. Ich träume. Träumst du auch, Jane?«

»Manchmal.« Sie begann zu zeichnen. Konnte sie den gehetzten Ausdruck einfangen, der hinter diesem Lächeln lag? Und wollte sie das? Die Verletzlichkeit des Jungen war beinahe körperlich spürbar, sie in das Porträt einfließen zu lassen kam ihr beinahe übergriffig vor. »Hast du schlimme Träume?«

»Nicht so schlimme wie früher.« Er schaute MacDuff an. Als Jane die Hingabe in seinem Blick gewahrte, schüttelte sie ungläubig den Kopf. »Die Träume werden besser, Sir. Ehrlich.«

»Das will ich hoffen«, sagte MacDuff barsch. »Ich hab dir ja gesagt, das ist reine Willensanstrengung. Benutz deinen Willen.« Er setzte sich auf den Brunnenrand. »Und jetzt hör endlich auf, mir was vorzujammern, und lass sie dich zeichnen.«

»Ja, Sir.« Jock schaute Jane an. »Was soll ich denn machen?«

»Nichts«, sagte sie, ohne von ihrem Zeichenblock aufzublicken. »Verhalt dich einfach ganz natürlich. Sprich mit mir. Erzähl mir von deinen Blumen ...«

»Guten Morgen«, sagte Jane, als sie mit einem Tablett in Marios Arbeitszimmer kam. »Wie geht's?« Kopfschüttelnd betrachtete sie den Stapel Papiere auf seinem Schreibtisch. »Sieht so aus, als hätten Sie entweder die Nacht durchgearbeitet oder heute verdammt früh angefangen. So oder so können Sie sicherlich eine kleine Pause und ein kleines Frühstück gebrauchen.«

Er nickte. »Danke. Ich habe letzte Nacht wirklich nicht viel Schlaf bekommen, und wahrscheinlich hab ich ohnehin schon zu viel Kaffee getrunken.« Er nahm die Kaffeekanne. »Aber das heißt noch lange nicht, dass ich nicht noch eine Tasse trinke.«

Sie musterte ihn. »Gott, Sie stehen ja regelrecht unter Strom.«

»Es wird wieder interessant.« Er trank einen Schluck Kaffee. »Manchmal brüte ich stundenlang über Einzelheiten und dann plötzlich ergibt sich ein Bild.« Er strahlte. »Es ist wie der Augenblick, wenn sich im Theater der Vorhang hebt und das Stück beginnt. Aufregend ...«

»Das kann ich mir gut vorstellen.« Sie setzte sich in den Sessel in der Ecke. »Aber wenn Sie mir schon mit Theatervergleichen kommen, dann haben Sie zu viel Cira übersetzt.«

Er betrachtete die Statue am Fenster. »Zu viel Cira kann es gar nicht geben.« Sein Blick fiel auf die Fotokopie, die auf dem Schreibtisch lag. »Ich muss Trevor anrufen. Es kann sein, dass ich den Hinweis gefunden habe, auf den er wartet.«

»Ah, das Gold?«

»Ja, alles, was irgendwie mit dem Gold zu tun hat.« Er runzelte die Stirn. »Nein, ich warte, bis ich mit der Übersetzung fertig bin. Ich muss die Einschübe, die ich gemacht habe, noch einmal überprüfen. Ich muss mich vergewissern, dass –«

»Die Post.« Trevor stand in der Tür, mit einem kleinen Päckchen und zwei Briefen in der Hand. »Für Sie, Mario. Das wurde gerade von einem Boten abgegeben.« Er trat auf den Schreibtisch zu. »Wen kennen Sie in Luzern?«

Trevors Ton war ausdruckslos, aber Jane spürte seine Anspannung.

»Luzern?« Mario starrte auf die Post, die Trevor vor ihn auf den Schreibtisch gelegt hatte. »Für mich?«

»Das sagte ich doch.« Trevors Lippen spannten sich. »Machen Sie's auf.«

Jane lief ein kalter Schauer über den Rücken. Sie wusste, welch großen Wert Trevor auf Sicherheitsmaßnahmen legte. Das Ganze gefiel ihr nicht. Irgendetwas stimmte ganz und gar nicht. »Hast du das Päckchen überprüft?«

»Selbstverständlich«, erwiderte er, ohne den Blick von Mario abzuwenden. »Keine Bombe. Kein Schießpulver.«

»Warum willst du dann –« Sie brach ab, als sie sah, wie Mario den Brief öffnete.

»Aber vielleicht hat es ja eine Bombe gegeben«, murmelte Trevor.

Sie wusste genau, was er meinte. Als Mario den Brief überflog, zeichnete sich zuerst Verwirrung und dann Entsetzen in seinem Gesicht ab. »Ist irgendwas nicht in Ordnung, Mario?«

»Alles.« Er schaute auf. »Alles. Wie konnten Sie so etwas tun? Warum haben Sie mir die anderen Briefe nicht gegeben, Trevor?«

»Welche Briefe?«, wollte Trevor wissen.

»Ich muss das Band sehen.« Panisch riss Mario das Päckchen auf und nahm eine schwarze Videokassette heraus. »Wo finde ich einen Videorekorder?«

»In der Bibliothek«, sagte Trevor. »Ich komme mit und baue ihn für Sie auf.«

»Nein, das mache ich selbst«, sagte Mario mit zitternder Stimme. »Ich brauche Ihre Hilfe nicht.« Er stürzte aus dem Zimmer.

»Was ist passiert?«, fragte Jane und stand auf.

»Ich weiß es nicht, aber ich werde es herausfinden.« Trevor trat an den Schreibtisch und nahm den Brief.

Jane runzelte die Stirn. »Du brichst das Briefgeheimnis.«

»Zeig mich doch an.« Trevor war bereits dabei, den Brief zu lesen. »Ich habe so ein Gefühl, dass der Inhalt für mich bestimmt ist. Mario war – Verflucht!« Er drückte Jane den Brief in die Hand und rannte zur Tür. »Lies das. Dieser verdammte Hurensohn ...«

Jane las den Brief.

Mario,

warum antwortest du ihnen nicht? Sie haben dir einen Brief nach dem anderen geschickt und dir gesagt, was sie mit mir tun werden, wenn du deine Arbeit nicht einstellst. Blut muss dir doch mehr bedeuten als deine Arbeit. Auf was für eine schlimme Sache hast du dich da eingelassen, dass diese Männer mir das antun wollen?

Ich will nicht sterben. Antworte ihnen. Sag ihnen, dass du aufhörst.

Dein Vater,
Eduardo Donato

Unter dem handgeschriebenen Brief standen zwei mit der Maschine getippte Zeilen:

Da wir davon überzeugt sind, dass Sie die Briefe erhalten haben, ist unsere Geduld jetzt zu Ende. Wir werden Ihnen und Trevor zeigen, dass wir meinen, was wir sagen.

Das Video!

»Großer Gott.« Sie warf den Brief auf den Schreibtisch und rannte aus dem Zimmer.

Die Tür zur Bibliothek stand offen und beim Näherkommen hörte sie jemanden schluchzen.

»O Gott.«

Auf dem Fernsehbildschirm war nichts zu sehen, aber Mario stand zusammengekrümmt und mit zuckenden Schultern da. »*Santa Maria*. Großer Gott im Himmel.«

Trevor legte ihm tröstend die Hand auf die Schulter. »Es tut mir Leid, Mario.«

»Rühren Sie mich nicht an!« Mario riss sich von ihm los. »Die haben ihn abgeschlachtet. Sie haben zugelassen, dass sie ihn umgebracht haben.« Tränen liefen ihm über die Wangen. »Er war ein alter Mann. Er hat sein Leben lang hart gearbeitet, er hätte es verdient, seinen Lebensabend in Frieden zu verbringen. Er hat es nicht verdient zu –« Er schluckte. »Großer Gott, was haben sie ihm angetan.« Er schob sich an Jane vorbei und stürzte aus der Bibliothek. Sie hatte den Eindruck, dass er sie nicht einmal wahrgenommen hatte.

Jane starrte auf den flimmernden Bildschirm. Sie wollte die Antwort nicht hören, aber sie musste die Frage dennoch stellen: »Was haben sie mit ihm gemacht?«

»Sie haben ihn enthauptet.«

»Was?« Sie schaute Trevor an. »Enthauptet?«

»Barbarisch, nicht wahr?« Seine Mundwinkel zuckten. »Und sie haben es richtig theatralisch inszeniert und hinterher sogar den Kopf des alten Mannes vor die Kamera gehalten.«

Ihr wurde übel. Das war mehr als barbarisch, das war die Tat von Ungeheuern. Armer Mario. »Grozak?«

»Nicht persönlich. Der Henker trug eine Kapuze, aber er war größer und dünner.«

Sie rieb sich die Schläfen. Sie hatte nur noch das Bild vor Augen, das Trevor beschrieben hatte. »Er hat ... Briefe erwähnt.«

»Es gab keine Briefe. Dieser eine heute war der einzige Brief, der je für Mario abgegeben wurde, seit er hier auf der Burg eingetroffen ist.«

»Warum hat Grozak dann –«

»Um Sand ins Getriebe zu streuen«, sagte Trevor heiser. »Ich brauchte Mario als Übersetzer, und Grozak will mich stoppen oder zumindest den Fortgang der Arbeit verzögern, bis er etwas unternehmen kann. Wenn Mario glaubt, ich hätte ihm aus Eigennutz die Briefe seines Vaters vorenthalten, wird Grozak sein Ziel erreichen.«

»Er hat den alten Mann einfach so enthauptet, ohne irgendjemandem eine Chance zu geben, ein Lösegeld für ihn zu zahlen?«

»An Lösegeld ist er nicht interessiert. Solche Verhandlungen würden viel zu viel Zeit kosten, die hat Grozak nicht. Er will, dass Mario auf der Stelle mit der Übersetzung aufhört. Was er getan hat, war die schnellste und effektivste Methode, um das zu erreichen.«

»Sein Vater ...« Sie erinnerte sich an etwas, das Mario an dem Tag erwähnt hatte, als sie auf der Burg eingetroffen waren. »Er hat doch gesagt, er musste unterschreiben, dass er keine direkten Angehörigen habe. Er meinte, das wäre eine der Bedingungen für den Job gewesen.«

»Offenbar hat er gelogen. Dumm ...« Einen Augenblick lang war sein Gesichtsausdruck gequälter, als Marios gewesen war. »Er hat mir keine Chance gegeben. Ich hätte –« Er klappte sein Handy auf und tippte eine Nummer ein.

»Brenner, ich bin in der Bibliothek. Ich brauche dich sofort.« Er legte auf. »Mach, dass du rauskommst, Jane.«

»Warum?«

»Weil ich das Band noch einmal laufen lassen werde, sobald Brenner durch diese Tür kommt. Ich glaube kaum, dass du dir das ansehen willst.«

Sie starrte ihn entgeistert an. »Warum willst du dir das antun?«

»Brenner und ich kennen die meisten Killer, mit denen Grozak zusammenarbeiten könnte. Wenn wir uns das Band gründlich genug ansehen, könnten wir rausfinden, wer der Henker war.«

»Wie kannst du dir so was ansehen und –« Sie kannte die Antwort. Man konnte alles tun, wenn es sein musste. Aber sich dieses Band immer wieder anzusehen würde selbst für den Abgebrühtesten eine Zumutung darstellen. »Ist das denn unbedingt notwendig?«

»Ich werde nicht zulassen, dass Grozak kriegt, was er will, ohne dass er einen Preis dafür zahlt.« Als Brenner kam, wiederholte er erschöpft: »Los, mach, dass du rauskommst, Jane. Ich gebe dir Bescheid, falls wir irgendwas rausfinden.«

Sie zögerte.

»Du kannst eh nichts tun«, sagte Trevor. »Du würdest uns nur stören.«

Und er wollte nicht, dass sie das Band zu sehen bekam. Großer Gott, sie wollte es auch nicht sehen. Außerdem hatte er Recht, es würde nichts bringen. Sie drehte sich um und ging zur Tür. »Ich sehe mal nach Mario.«

Benommen vor Entsetzen durchquerte sie die Eingangshalle und stieg die Treppe hinauf. Sie hatte gewusst, dass Grozak ein übler Charakter war, aber so etwas überstieg ihre Vorstellungskraft. Die berechnende Kälte dieser Tat war unfassbar. Was für eine Kreatur war zu einer derart grausamen Tat fähig?

Wie erwartet, war Mario nicht in seinem Arbeitszimmer. Natürlich würde er es nicht ertragen, sich mit etwas zu konfrontieren, was den Tod seines Vaters verursacht hatte. Sie klopfte an die Tür des angrenzenden Schlafzimmers. »Mario?«

»Verschwinden Sie.«

Sie war in Versuchung, seinem Wunsch zu entsprechen. Wahrscheinlich brauchte er Zeit, um den Schock zu verarbeiten.

Nein, sie konnte ihn mit dem Schock und dem Entsetzen nicht allein lassen. Sie öffnete die Tür. Er saß in einem Sessel in der Ecke des Zimmers. Er weinte nicht mehr, aber er sah fürchterlich aus. »Ich werde nicht lange bleiben. Ich wollte Ihnen nur sagen, dass ich für Sie da bin, falls Sie mit jemandem reden wollen.«

»Ich brauche Sie nicht. Ich brauche niemanden.« Er sah sie vorwurfsvoll an. »Haben Sie von den anderen Briefen gewusst?«

»Es gab keine anderen Briefe«, sagte sie sanft. »Grozak will, dass Sie annehmen, es hätte diese Briefe gegeben, damit Sie Trevor die Schuld am Tod Ihres Vaters geben und aufhören, die Texte zu übersetzen.«

Er schüttelte den Kopf.

»Es ist wahr. Grozak ist ein Monster. Deswegen wollte Trevor unbedingt vermeiden, dass er einem seiner Leute wehtun kann.«

»Trevor hat zugelassen, dass dieser Grozak meinen Vater umbringt.«

»Sie haben mir selbst erzählt, Sie hätten Trevor versichert, dass Sie keine direkten Angehörigen mehr haben.«

Er wandte sich ab. »Sonst hätte er mir den Job nicht gegeben. Mir war klar, welche Erwartungen er hatte. Und es war keine richtige Lüge. Meine Mutter hat sich Jahre vor ihrem Tod von meinem Vater scheiden lassen. Danach ist er nach Luzern gezogen, ich hatte kaum noch Kontakt zu ihm.« Ihm versagte die Stimme. »Dabei habe ich ihn doch geliebt. Ich hätte ihn häufiger besuchen sollen. Doch immer war ich zu beschäftigt.« Er bedeckte sein Gesicht mit einer zitternden Hand. »Und ich habe zugelassen, dass Trevor ihn umbringt.«

»Grozak hat ihn umgebracht. Trevor wusste nicht mal, dass Ihr Vater existierte.«

»Die Briefe.«

Es hatte keinen Zweck, mit ihm zu streiten. Er war am Boden zerstört und von Trauer überwältigt. Dann musste sie an Trevors Gesichtsausdruck vor wenigen Minuten in der Bibliothek denken. »Hören Sie mir zu.« Sie kniete sich vor Mario und nahm die Hand von seinem Gesicht weg. »Sehen Sie mich an. Sie sind nicht fair, und das kann ich nicht zulassen. Ich glaube, Grozak hat es darauf angelegt, dass Sie Trevor für den Tod Ihres Vaters verantwortlich machen. Er hat Sie auf perfide Weise reingelegt und Sie gehen ihm auf den Leim.«

Mario schüttelte den Kopf.

»Sie suchen nach einem Schuldigen am Tod Ihres Vaters, und Trevor ist am leichtesten greifbar. Doch Sie irren sich. Der Tod Ihres Vaters ist eine schreckliche Tragödie, aber der einzige Schuldige ist Grozak.«

Mario sah sie verächtlich und ungläubig an. »Sie glauben Trevor? Sie trauen ihm tatsächlich?«

Sie schwieg. Wenn er ihr diese Frage einen Tag zuvor gestellt hätte, wäre sie sich nicht sicher gewesen, was sie ihm darauf hätte antworten sollen. Was hatte sich seither geändert?

Die Antwort darauf kam ihr mit untrüglicher Sicherheit. Das Entsetzen in Trevors Augen angesichts des grausamen Mordes hatte ihr alle Unsicherheit genommen, und zum ersten Mal, seit sie Trevor vor dem Studentenheim in Harvard wiedergesehen hatte, reagierte sie auf ihn instinktiv statt emotional.

»Ja«, sagte sie langsam. »Ich vertraue ihm.«

»Wickman?«, fragte Trevor, als er auf Pause drückte. »Die Größe stimmt.«

Brenner runzelte die Stirn. »Ich hatte eher an Rendle gedacht. Ich bin mir nicht sicher, ob Wickman so dünn ist. Aber du bist ihm häufiger über den Weg gelaufen als ich, stimmt's?«

»Zweimal. Einmal in Rom, einmal in Kopenhagen. Ein aalglatter Typ. Alles an ihm ist aalglatt. Wie er redet, wie er sich bewegt ...«

»Ja, ich erinnere mich. Aber Rendle ist dünner.«

»Körpergewicht kann sich immer wieder ändern. Seine Körpersprache zu ändern ist schon schwieriger.« Er ließ das Band zurücklaufen. »Aber du könntest Recht haben. Sehen wir es uns noch mal an.«

Brenner verzog das Gesicht. »Mit Vergnügen.«

Trevor konnte es ihm nachfühlen. Er hatte schon viele Abscheulichkeiten gesehen, doch der Anblick des verwirrten, entsetzten Gesichts des alten Mannes verursachte ihm Brechreiz. »Wir müssen rausfinden, mit wem wir es zu tun haben.«

»Und ihn dann umlegen.«

Trevor nickte knapp. »Vor allem, wenn es Wickman ist. Er ist gut, und ich will auf keinen Fall, dass er Jane oder sonst jemanden hier aufs Korn nimmt.« Er drückte die Starttaste, und Eduardos Gesicht erschien auf dem Bildschirm. »Und deswegen werden wir uns dieses Video ansehen, bis wir blind werden, wenn es sein muss. Wickman oder Rendle?«

Zehn

Sie sind immer noch in der Bibliothek«, sagte Bartlett, als Jane eine Stunde später die Treppe herunter kam. »Trevor hat mich angewiesen, Sie nicht reinzulassen. Ich habe ihn allerdings nicht gefragt, wie ich das bewerkstelligen soll angesichts der Tatsache, dass Sie auf dem Gebiet der Selbstverteidigung garantiert besser ausgebildet sind als ich.« Er legte die Stirn in Falten. »Aber das Wörtchen *Bitte* hat mich bisher meistens zum Ziel gebracht. Würden Sie mir bitte unnötigen Kummer ersparen und nicht da hineinstürmen?«

»Kein Problem. Ich brauche dieses Video nicht zu sehen, um zu wissen, mit wem wir es zu tun haben. Diese Leute haben auch meinen Freund Mike umgebracht.« Ein Schauer lief ihr über den Rücken. »Aber die Kaltblütigkeit, mit der Marios Vater hingerichtet wurde, ist wirklich unfassbar. Es ist ... barbarisch.«

Bartlett nickte. »Attila der Hunne fällt mir da ein. Trevor hat mir gesagt, dass Grozak bösartig ist, aber so etwas kann man sich erst vorstellen, wenn –«

»Ich brauche ein Flugzeug, Bartlett«, sagte Brenner, der gerade aus der Bibliothek kam. »Besorgen Sie mir einen Hubschrauber, der mich nach Aberdeen bringt, und sehen Sie zu, dass dort ein startbereiter Jet auf mich wartet.«

»Wird gemacht.« Bartlett ging zum Telefon auf dem Tischchen in der Eingangshalle. »Wo fliegst du denn hin?«

»Nach Luzern. Trevor und ich können uns nicht einigen, wer der Henker war. Ich will mich ein bisschen umsehen, vielleicht kann ich was Genaueres in Erfahrung bringen.« Er schaute Jane an. »Wie geht's Mario?«

»Nicht gut. Er ist am Boden zerstört. Was hatten Sie denn erwartet?«

»Ich hätte erwartet, dass er furchtbar wütend wäre, aber nicht, dass er zusammenbricht. Ich hätte erwartet, dass er sich mit mir um einen Platz in dem Flugzeug nach Luzern prügeln würde.«

»Er ist nicht Sie, Brenner.« Sie ging in Richtung Bibliothek. »Geben Sie ihm eine Chance.«

»Ich gebe ihm eine Chance, wenn er mir nicht damit kommt, Trevor wäre schuld am Tod seines Vaters«, erwiderte er kalt. »Falls er es doch tut, dann gnade ihm Gott.« Er wandte sich zum Gehen. »Trevor hat mich gebeten, die Wachen in Alarmbereitschaft zu versetzen, bevor ich abreise. Ruf mich, sobald du eine Bestätigung für den Hubschrauber hast, Bartlett.«

Bartlett telefonierte gerade und nickte nur.

Alles geriet in Bewegung. Bartlett legte seine übliche Effizienz an den Tag und Brenner war nicht länger der lässige Aussi, den sie im Flugzeug kennen gelernt hatte, dachte Jane. Er war ungeduldig, aggressiv und entschlossen, seinen Freund in Schutz zu nehmen. Sie konnte seine Reaktion verstehen, ihr ging es ähnlich wie ihm.

Die Tür zur Bibliothek stand offen und sie sah, wie Trevor gerade das Video in einen Umschlag schob. Er wirkte völlig ausgelaugt. Diesen Ausdruck grenzenloser Erschöpfung und Enttäuschung hatte sie noch nie bei ihm gesehen. Sie zögerte. »Alles in Ordnung?«

»Nein.« Er warf den Umschlag auf den Schreibtisch. »Mir

ist zum Kotzen zumute. Und ich frage mich, warum die menschliche Spezies sich nicht weit genug entwickelt hat, damit wir von Typen wie Grozak verschont bleiben.« Er schaute sie an. »Hat Mario dich davon überzeugt, dass ich ein kaltblütiger Schweinehund bin?«

»Sei nicht albern. Ich mag vielleicht manchmal ein weiches Herz haben, aber ich habe keine weiche Birne. Wie solltest du am Tod seines Vaters schuld sein? Grozak hat Mario eine fette Lüge aufgetischt.« Sie schluckte. »Und du wärst niemals fähig, die Kaltblütigkeit aufzubringen, Mario Briefe seines Vaters vorzuenthalten, nur damit er weiter an den Übersetzungen arbeitet.«

»Wirklich nicht?« Er hob die Brauen. »Bist du dir da ganz sicher?«

»Ja, ich bin mir sicher.« Sie runzelte die Stirn. »Und ich bin nicht hergekommen, um dich vor dir selbst in Schutz zu nehmen. Es hat mich schon genug Nerven gekostet, auf Mario einzureden, um ihn zur Vernunft zu bringen.«

»Und? Hattest du Erfolg?«

»Nein, er ist zu sehr damit beschäftigt, jedem außer sich selbst die Schuld am Tod seines Vaters zu geben, was wahrscheinlich verständlich ist.« Ihre Lippen spannten sich. »Aber irgendwann war es vorbei mit meiner Geduld und Diplomatie. Irgendwann ist mir der Kragen geplatzt und ich habe ihm gesagt, er solle gefälligst auf den Teppich kommen und der Wahrheit ins Auge blicken.«

Trevor zeigte ein schräges Lächeln. »Das klingt wirklich nicht nach Diplomatie.«

»Er hat kein Recht, dir die Schuld in die Schuhe zu schieben, auch wenn er noch so sehr unter Schock steht. Wenn du willst, dass er weiter an der Übersetzung arbeitet, wirst du ihn erst mal beruhigen müssen.«

»Nicht zu fassen. Du verteidigst mich tatsächlich.«

»Ich kann es einfach nicht ausstehen, wenn jemand zu

Unrecht zum Sündenbock gemacht wird. Darauf brauchst du dir nichts einzubilden.«

»Nichts würde mir ferner liegen.«

»Ich hoffe, dass ich es mir mit Mario nicht komplett verdorben habe. Er ist ein netter Kerl, und wenn wir ihm genug Zeit lassen, wird er sich seine Mitschuld vielleicht eingestehen und aufhören, dich für den Tod seines Vaters verantwortlich zu machen.«

»Ich weiß nicht, wie viel Zeit wir noch haben.«

»Wieso diese Eile?« Sie setzte sich in den Besuchersessel vor dem Schreibtisch. »Warum tötet Grozak den armen Mann, bloß um Zeit zu schinden?«

»Grozak und ich befinden uns in einer Art Wettlauf. Der Erste, der die Ziellinie erreicht, kriegt den Preis.«

Sie schüttelte den Kopf. »Schon wieder eins von deinen Spielchen? Und was ist der verdammte Preis?«

»Ursprünglich war es eine Truhe voller Gold.«

»Ursprünglich? Was soll das denn heißen?«

»Das soll heißen, dass der Preis am Ende womöglich wesentlich größer ist.«

»Red nicht so kryptisch daher. Gib mir eine klare Antwort.«

»Ich rede nicht kryptisch daher.« Er lehnte sich erschöpft in seinem Sessel zurück. »Ich habe dir gestern Abend gesagt, dass ich dir nichts mehr vorenthalte. Ich glaube, ich bin einfach müde.« Er zog eine Schublade auf, nahm eine Papierrolle heraus und breitete sie auf dem Schreibtisch aus. Es war eine Karte der Vereinigten Staaten von Amerika. »Du willst wissen, was der Preis ist?« Er zeigte auf Los Angeles. »Das ist ein Preis.« Er zeigte auf Chicago. »Das ist ein Preis.« Er tippte mit dem Zeigefinger auf Washington, D.C. »Und das könnte der allergrößte Preis sein.«

»Wovon redest du eigentlich?«

»Am dreiundzwanzigsten Dezember werden in zwei

Großstädten nukleare Sprengsätze gezündet. Ich habe noch nicht rausfinden können, in welchen. Aber die Explosionen werden gewaltig sein und durch den atomaren Fallout werden Tausende zu Tode kommen.«

Sie starrte ihn entsetzt an. »Elfter September«, flüsterte sie.

»Vielleicht noch schlimmer. Kommt drauf an, wie viele Kamikazepiloten daran beteiligt sind.«

»Kamikaze?«

»Die moderne Version von Kamikazepiloten: Selbstmordattentäter. Es funktioniert am besten, wenn der Mann, der die Bombe zündet, bereit ist, sein Leben zu opfern.«

»Moment mal. Redest du von Terroristen? Ist Grozak ein Terrorist?«

Trevor nickte. »Seit 1994. Nachdem Grozak sich eine Zeit lang als Söldner verdungen hatte, fand er schließlich seine Berufung. Im Lauf der Jahre hat er für mehrere Terroristengruppen gearbeitet, aus Vergnügen und fürs Geld. Er hatte von Kind an einen Hass auf jede irgendwie geartete Minorität, die Gott geschaffen hat, und bei den Terroristen konnte er seinen Hass voll in Gewalttätigkeit ausleben und auch noch Geld damit verdienen. Ich weiß, dass er im Sudan, im Libanon, in Indonesien und in Russland bei Anschlägen beteiligt war. Er ist gewieft. Er hat Kontakte. Und er hat keine Skrupel, den letzten Schritt zu tun.«

»Welchen letzten Schritt?«

»Viele Terroristen gehen bis an eine bestimmte Grenze, wenn das Risiko zu groß wird, ziehen sie sich zurück. Aber Grozak schafft sich ein Schlupfloch und macht einfach weiter.«

»Wenn er so gefährlich ist, warum hat die CIA ihn nicht längst ausgeschaltet?«

»Sie haben es mehrmals versucht, aber die haben zu wenig Leute, und Grozak steht auf ihrer Prioritätenliste nicht an erster Stelle. Die kriegen jede Woche hunderte von Hinweisen auf mögliche terroristische Gefahren. Wie gesagt, er ist gewieft. Bisher hat er sich bei seinen Anschlägen auf Ziele in Europa und Südamerika beschränkt. Er hat noch kein amerikanisches Ziel angegriffen, weder in den USA noch sonst wo – noch nicht.«

Noch nicht. Ein Schauer lief ihr über den Rücken. »Und warum ausgerechnet jetzt?«

»Ich glaube, er hat die ganze Zeit auf den richtigen Augenblick gewartet und inzwischen wichtige Kontakte geknüpft. Er hat schon lange einen Groll auf die USA und es stand außer Frage, dass er Amerika irgendwann aufs Korn nehmen würde. Die Frage war nur, wann.«

»Aber warum jetzt?«, fragte sie noch einmal.

»Es hat sich alles für ihn zusammengefügt. Er hat die nötigen Waffen, das nötige Geld, die nötigen Leute.« Seine Mundwinkel zuckten. »Oder sollte ich lieber sagen, das nötige Kanonenfutter? Das wäre wahrscheinlich treffender. Die wertvollsten Werkzeuge eines Terroristen sind Leute, die bereit sind, ihr Leben für die Sache zu opfern. Das hat sich am elften September gezeigt. Selbstmordattentäter gehen jedes Risiko ein, und wenn sie ihre Mission erfüllt haben, besteht keine Gefahr, dass sie jemals reden oder Spuren hinterlassen könnten, die zu ihren Auftraggebern führen. Andererseits wird es immer schwieriger, Fanatiker zu rekrutieren, die nicht im letzten Moment kneifen. Natürlich gibt es im Nahen Osten genug religiöse Eiferer, aber die werden von der CIA mit Argusaugen überwacht.«

»Und von Homeland Security.«

Trevor nickte. »Ich bin überzeugt, dass Grozak in Kauf nehmen würde, die halbe Welt auf den Fersen zu haben, wenn er dafür die Genugtuung bekommt, die USA in die Knie zu zwingen, aber ich glaube nicht, dass er bereit ist, zusätzliche Risiken einzugehen.«

»Das ist doch Wahnsinn. Er würde sich in einem Erdloch verkriechen müssen wie Saddam Hussein.«

»Er würde sich in einem vergoldeten Loch verkriechen, und er bildet sich tatsächlich ein, er könnte das alles aussitzen, bis der Staub sich gelegt hat. In der Welt des Terrorismus wäre er ein großer Held, er würde jede Menge Unterstützung bekommen.«

Sie schüttelte den Kopf. »Du sagst, er ist gewieft. Ich würde eher sagen, er ist wahnsinnig.«

»Er ist wirklich gewieft. Und voller Hass, Verbitterung und Selbstüberschätzung. Er wird sich nicht aufhalten lassen. Schließlich arbeitet er schon seit Jahren auf dieses Ziel hin.«

»Woher weißt du das?«

»Wir waren zusammen in Kolumbien. Ich wusste damals schon, dass er ein verdammter Hurensohn ist und keine Sympathie für die USA hegt. Er hat dauernd über die Schweine geflucht, die ihn ins Gefängnis gebracht haben. Es hat schon was Ironisches, dass die USA diesen abgrundtiefen Hass auf die amerikanische Regierung in ihm geweckt haben, indem sie ihn wegen seiner Verbrechen aus Hass eingesperrt haben. Aber damals war ich mehr daran interessiert, mir den Dreckskerl vom Hals zu halten, als mir über seine politischen Ansichten den Kopf zu zerbrechen. Bevor ich aus Kolumbien abgehauen bin, habe ich ihm den Arm gebrochen.« Er setzte eine gespielt nachdenkliche Miene auf. »Vielleicht ist das der Grund, warum er mich so verabscheut. Was meinst du?«

»Ja, das könnte ich mir gut vorstellen«, sagte Jane abwesend. »Woher weißt du, dass Grozak diesen Anschlag plant?«

»Ich kannte keine Details. Ich habe ihn über die Jahre im Auge behalten, weil der Typ ein rachsüchtiger Drecksack ist, und ich wusste, dass er mich irgendwann aufs Korn nehmen würde. Vor acht Monaten kamen die ersten Berichte über merkwürdige Aktivitäten von Grozak. Und vor einem halben Jahr habe ich einen Informanten aus Grozaks Kreisen erwischt, den ich überreden konnte, mir Einzelheiten zu verraten.«

»Überreden?«

»Na ja, ich habe ihn gewaltsam überredet, aber anschließend habe ich ihm genug Geld gegeben, um untertauchen zu können.«

Jane schwirrte der Kopf von allem, was Trevor ihr erzählt hatte. Und doch fürchtete sie, dass alles der Wahrheit entsprach. »Wie können wir ihn aufhalten?«

»Indem wir Ciras Gold finden.«

»Wie bitte?«

»Grozak braucht Selbstmordpiloten. Er steht in Verhandlungen mit Thomas Reilly, der sie ihm liefern soll. Verdammt, womöglich ist Reilly auch an Grozak herangetreten, was weiß ich? Reilly brauchte Macht, um zu bekommen, was er wollte, und es ist gut möglich, dass er Grozak manipuliert, um über ihn an das Gold zu gelangen.«

»Manipuliert?«

»Möglich, sogar wahrscheinlich. Reilly zieht es vor, im Hintergrund zu bleiben und die Fäden zu ziehen. Er ist auf einem totalen Egotrip und demonstriert gern, wie raffiniert er ist. Er hat jahrelang bei der IRA mitgemischt, später hat er für andere Terrororganisationen gearbeitet und ist nach Griechenland ausgewandert. Dann, vor fünf Jahren, hat er seine diversen Geschäfte aufgegeben und ist untergetaucht. Gerüchten zufolge ist er in den USA in den Untergrund gegangen.«

»Und wie könnte Reilly Grozak unterstützen?«

»Reilly hat ein spezielles Interesse, das ihn wertvoll macht. Er war ein hervorragender Psychologe, und er hatte ein Händchen dafür, irgendwelchen labilen Typen eine

Gehirnwäsche zu verpassen, bis sie alles taten, was er von ihnen verlangte. Die sind vor keiner Gefahr zurückgeschreckt, und ein paar von ihnen sind ums Leben gekommen, als sie in seinem Auftrag irgendwelche Bomben gelegt haben. Einem Gerücht zufolge hat er später in einem Terroristencamp in Deutschland Selbstmordpiloten ausgebildet. Ich weiß, dass er einmal mit den Al-Qaida-Leuten verhandelt hat.«

Sie erstarrte. »Al-Qaida?«

Er schüttelte den Kopf. »Nein, die haben mit dieser Sache nichts zu tun. Die machen keine gemeinsame Sache mit Nicht-Muslimen. Als Reilly denen vor Jahren seine Dienste angeboten hat, haben die ihn keineswegs mit offenen Armen empfangen. Und Grozak ist im Moment auch nicht daran interessiert, mit al-Qaida zusammenzuarbeiten. Damit würde er viel zu viel Aufmerksamkeit auf sich ziehen. Sein Augenmerk richtet sich eher auf eine andere von Reillys Nebenbeschäftigungen. Angeblich hat Reilly eine Mannschaft aus ehemaligen amerikanischen GIs zusammengestellt, die einen Groll auf die Vereinigten Staaten hegen und die er derzeit ausbildet.«

»Du meinst, denen er eine Gehirnwäsche verpasst.«

»Ganz genau. Dieses Potenzial ist für Grozak äußerst interessant. Amerikaner mit amerikanischen Papieren und einer amerikanischen Biografie, die bereit sind, ihr Leben zu opfern, um sich an der amerikanischen Regierung zu rächen.«

»Ich kann einfach nicht glauben, dass es solche Leute gibt.«

»Ja, ich hatte anfangs auch meine Zweifel. Bis Reilly mir einen Film geschickt hat, auf dem zu sehen ist, wie einer von diesen GIs sich vor der amerikanischen Botschaft in Nairobi selbst in die Luft jagt.« Er presste die Lippen zusammen. »Dabei hat Reilly darauf geachtet, dass der Typ weit genug von der Botschaft entfernt war und nicht genug Feuerkraft hatte, um ernsten Schaden anzurichten. Schließlich war es ja nur ein Werbefilm.«

»Und den hat er *dir* geschickt?«

»Er wollte mir einfach seine Macht demonstrieren, weil er Grozak nicht zutraut, dass er das Gold findet. Er meinte, wenn ich ihm Ciras Gold liefere, bläst er seinen Deal mit Grozak ab. Er würde mir sogar helfen, Grozak in eine Falle zu locken.«

Sie starrte ihn verwirrt an. »Aber du hast Ciras Gold nicht. Und wieso würde so ein Wichtigtuer wie Reilly sich überhaupt dafür interessieren?«

»Selbst Wichtigtuer haben ihre Schwächen. Reilly ist ein Antiquitätensammler und er hat eine besondere Schwäche für alles, was mit Herkulaneum zu tun hat. Ich bin ihm im Lauf der Jahre ein paarmal begegnet, als er versuchte, gestohlene Kunstgegenstände zu kaufen. Ich habe die Statue von Cira ergattert, bevor er sie in die Finger bekommen konnte, und darüber hat er sich fürchterlich aufgeregt. Der Mann weiß wahrscheinlich mehr über Herkulaneum als jeder Geschichtsprofessor. Er besitzt Briefe aus der Zeit, Logbücher, Dokumente, Versorgungslisten. Alles, was in irgendeiner Verbindung zu Herkulaneum steht. Seine Sammlung muss einfach umwerfend sein. Und er hat eine besondere Vorliebe für antike Münzen. Für das Gold aus Precebios Tunnel würde er sein letztes Hemd hergeben.«

»Woher weißt du das alles?«

»Dupoi hat mir eine Liste aller Leute zukommen lassen, an die er herangetreten ist, als er die Schriftrollen verkaufen wollte. Er meinte, Reilly habe auf der Liste der potenziellen Kaufinteressenten bei ihm an erster Stelle gestanden. Grozak hat er nicht kontaktiert, der stand erst an zweiter Stelle.« Er holte tief Luft. »Zu Dupois Überraschung hat Reilly ihm kein Angebot gemacht. Aber kurz nachdem Dupoi Reilly angesprochen hatte, ist Grozak aufgekreuzt, um mit ihm zu verhandeln.«

»Also hat Reilly Grozak geschickt.«

»Das nehme ich jedenfalls an. Aber ich hatte nicht damit gerechnet. Die Vorstellung, dass Reilly mit Grozak gemeinsame Sache machen könnte, hat mich verdammt nervös gemacht. Solange Grozak weder die Akteure noch das erforderliche Material beisammen hatte, war er ungefährlich. Aber ich wusste, dass Reilly ihm liefern kann, was ihm fehlt.«

»Mein Gott.«

»Nach dem, was Reilly mir später erzählt hat, wollte er Grozak im Austausch für Ciras Gold Selbstmordattentäter zur Verfügung stellen. Ich habe Reilly erklärt, Grozak hätte nicht die geringste Chance, ihm das Gold zu liefern, und ihm angeboten, es ihm zu beschaffen, wenn er sich dafür verpflichtete, den Deal mit Grozak abzublasen.«

Jane schüttelte ungläubig den Kopf. »Ihr seid doch beide verrückt. Keiner von euch hat das Gold.«

»Aber ich habe Reilly gesagt, ich wüsste, wo es ist. Dass ich es mit Hilfe der Schriftrollen finden würde, die ich Grozak vor der Nase weggeschnappt habe.«

»Und das hat er dir geglaubt?«

»Ich bin ein ziemlich guter Pokerspieler. Er hat mir bis zum zweiundzwanzigsten Dezember Zeit gegeben, ihm zu liefern, was er haben will. Wenn ich es nicht schaffe, zieht er den Deal mit Grozak durch. Und wer weiß? Vielleicht war es ja kein Bluff. Deswegen wollte ich, dass Mario den Text von Cira restlos übersetzt.«

»Und was ist, wenn er jetzt nicht mehr bereit ist, die Übersetzung fertig zu stellen?«

»Dann besorge ich mir einen anderen Übersetzer.«

»Aber es könnte immer noch sein, dass der Text keinen Hinweis darauf enthält, wo das Gold versteckt ist.«

»Das stimmt. Aber zumindest würde es mir Zeit geben, um mir etwas anderes einfallen zu lassen.«

»Mit einer potenziellen Katastrophe diesen Ausmaßes kannst du kein Risiko eingehen. Wir müssen die Behörden informieren.«

Er reichte ihr das Telefon. »Die Nummer ist einprogrammiert. Carl Venable, Spezialagent der CIA. Wenn du ihn anrufst, kannst du ihm auch gleich von Eduardo Donato erzählen. Ich bin noch nicht dazu gekommen.«

Sie starrte auf das Telefon. »Venable. Du arbeitest mit der CIA zusammen?«

»So viel wie möglich. Aber die sind sich uneinig. Sabot ist Venables Vorgesetzter, und er glaubt nicht, dass Grozak eine Gefahr darstellt. Er hält ihn für eine Nebenfigur und traut ihm weder zu, dass er die USA angreifen will, noch dass er in der Lage ist, eine Operation solchen Ausmaßes zu organisieren.« Er seufzte. »Und entweder Grozak oder Reilly hat sich ein Spiel ausgedacht, das Sabot in seiner Überzeugung bestätigt.«

»Ein Spiel?«

»Im Lauf des vergangenen Jahrs hat Grozak der CIA, dem FBI und Homeland Security mehrmals präzise Informationen über bevorstehende Attentate zugespielt. Die Verteidigungskräfte wurden alarmiert, es wurden Rettungsmannschaften losgeschickt, und dann passierte nichts. Natürlich waren alle stinkwütend über die Blamage. Und Sabot will sich auf keinen Fall schon wieder mit einem blinden Alarm zum Narren halten lassen. Daher nimmt er die Bedrohung nicht ernst.«

»Er hat sich also selbst außer Gefecht gesetzt.«

»Genau. Und von Reilly haben die schon seit Jahren keine Spur – es gibt nicht mal einen Beweis dafür, dass er überhaupt noch lebt.« Er schnaubte verächtlich. »Bis auf meinen Bericht über mein Gespräch mit Reilly, und ich stehe bei denen auch nicht gerade in dem besten Ruf.«

»Und Venable?«

»Ein nervöser Typ, der keine Lust hat, nach einem Attentat vor den Kongress zitiert zu werden und Fragen beantworten zu müssen. Der will sich lieber absichern. Sabot gewährt ihm eingeschränkte Vollmachten, um seinen eigenen Arsch zu retten, falls irgendwas schief geht. Gott, ich hasse Bürokratie.«

»Und Reilly ist nirgendwo aufzuspüren?«

»Bisher nicht. Ich habe Brenner schon mehrmals in die USA geschickt, um etwas über ihn in Erfahrung zu bringen. Ich vermute, dass er sich irgendwo im Nordwesten aufhält. Brenner ist zwei falschen Spuren nachgegangen, aber er meint, dass er jetzt etwas Brauchbares entdeckt hat.«

»Reilly muss unbedingt gefunden werden.«

»Ich tue, was ich kann, Jane. Wir werden ihn finden. Aller guten Dinge sind drei. Beim dritten Versuch werden wir Glück haben.«

»Glück?«

»Tut mir Leid. Ich bin nun mal, wie ich bin. Ich versichere dir, dass ich mich diesmal nicht auf mein Glück verlasse.« Sein Gesicht nahm einen entschlossenen Ausdruck an. »Und auch wenn es mir fürchterlich gegen den Strich geht, das Gold rauszurücken – ich werde es tun, wenn es mir gelingt, die Truhe zu finden.«

»Das ist aber reichlich weit hergeholt.« Sie runzelte die Stirn. »Und ich kann mir einfach nicht vorstellen, dass Grozak auf die Hoffnung hin, Reillys Unterstützung zu bekommen, den Termin für den Anschlag hinauszögert.«

»Er braucht Reilly. Wenn er dessen Unterstützung nicht bekommt, muss er den Anschlag auf unbestimmte Zeit aufschieben, und nachdem er das Ganze jahrelang geplant hat, brennt er darauf, seine Pläne endlich in die Tat umzusetzen. Er will als Superhirn angesehen werden, als jemand, der die Macht hat, die Welt aus den Angeln zu heben.«

»Aber die Chance, dass wir das Gold finden, ist doch äußerst gering.«

»Das weiß Grozak aber nicht.« Trevor nahm einen samtenen Beutel aus der Schreibtischschublade. »Er ist davon überzeugt, auf der richtigen Fährte zu sein.« Er warf Jane den Beutel zu. »Das habe ich damals zusammen mit den Schriftrollen an Dupoi geschickt und ihn gebeten, das Alter und den Wert schätzen zu lassen.«

Langsam öffnete sie den kleinen Beutel und schüttete den Inhalt in ihre Hand. Vier Goldmünzen. Ihre Augen weiteten sich. »Du hast die Truhe gefunden?«

Er schüttelte den Kopf. »Nein, aber ich habe diese antiken Münzen aufgetrieben und konnte sie erwerben. Ich dachte mir, sie wären ein guter Köder.«

Staunend betrachtete sie das Gesicht, das in die Münzen geprägt war. »Bist du sicher, dass die aus Ciras Zeit stammen?«

»Das Gesicht auf den Münzen stellt Vespasianus Augustus dar, der zum Zeitpunkt des Vulkanausbruchs römischer Kaiser war. Dupoi hat sie untersuchen lassen und laut Gutachten stammen sie aus dem Jahr 78 nach Christus. Der Vulkanausbruch ereignete sich 79 nach Christus.« Dann fügte er hinzu: »Dupoi hat die Münzen als echte Artefakte aus Herkulaneum beglaubigt. Natürlich wollte er wissen, wo ich sie gefunden hatte und ob es noch mehr davon gebe. Ich habe ihm von der Truhe erzählt.«

»Wie bitte?«, sagte sie verblüfft. »Das war eine Falle. Du hast ihm die Information mit Absicht gegeben, weil du wusstest, dass er dich an Grozak verraten würde.«

Trevor zuckte die Achseln. »Die Chancen standen jedenfalls nicht schlecht. Ich hatte gehört, dass Grozak auf der Suche nach allem war, was irgendwie mit Herkulaneum zu tun hat, und er war besonders scharf auf Artefakte, die mit Cira in Verbindung gebracht werden können. Diese Geschichte vor vier Jahren hat zwar eine Menge Wirbel verursacht, aber ich konnte mir nicht erklären, warum Grozak sich plötzlich für diese Dinge interessierte, wo er doch selbst gar kein Sammler ist. Damals wusste ich noch nicht, dass er sich mit einem Partner zusammengetan hatte.«

»Reilly.«

Er nickte. »Nur eine Vermutung, aber sie hat mich nachdenklich gemacht.«

»Und nachdem du von Dupoi die Rollen und die Münzen zurückbekommen hattest, musste Grozak sich an dich halten, um zu kriegen, was er wollte. Du brauchtest Dupoi als Köder und um die Münzen als echt zu beglaubigen. Genauso hast du es von Anfang an geplant.« Sie schüttelte den Kopf. »Du bist ja noch raffinierter, als ich dachte.«

»Aber diesmal kämpfe ich auf der Seite der Guten. Das dürfte dich doch freuen.«

»Ich habe viel zu viel Angst, um mich über irgendwas zu freuen.« Sie schüttelte sich. »Und dann hast du dich an die CIA gewandt?«

»Nicht sofort.« Er ließ einen Augenblick verstreichen. »Ich habe ein Problem mit dem ganzen altruistischen Gefasel. Deswegen habe ich erst ein bisschen recherchiert. Immerhin bestand die Möglichkeit, dass Grozak auch diesmal nicht in der Lage sein würde, sein Vorhaben in die Tat umzusetzen. Aber dann ist Reilly im Hintergrund aufgetaucht, und da wusste ich, was die Stunde geschlagen hatte.« Er zuckte mit den Schultern. »Die Gelegenheit war einfach zu verlockend, um sie nicht beim Schopf zu ergreifen. Ich könnte mir Grozak vom Hals schaffen, bevor er eine Gelegenheit findet, mich umzulegen. Ich könnte die Welt retten.« Er lächelte. »Und wenn ich alles richtig mache, könnte ich sogar am Ende immer noch das Gold bekommen. Wie hätte ich da widerstehen können?«

»Gute Frage«, murmelte sie. Sie betrachtete den Umschlag, der das Videoband enthielt. »Das ultimative Hochseil.«

Sein Lächeln verschwand. »Aber ich wollte nicht, dass du in die Sache hineingezogen wirst. Glaube mir, wenn ich die Möglichkeit gehabt hätte, dich in einem Kloster einzusperren, bis das alles ausgestanden ist, ich hätte es getan.«

»In einem Kloster?«

»Na ja, das wäre vielleicht ein bisschen extrem. Aber falls es dir entgangen sein sollte, ich bin verdammt eifersüchtig, was dich betrifft.«

»Ich lasse mich nirgendwo einsperren.« Sie schaute ihn an. »Und ich werde nicht zulassen, dass Eve oder Joe dasselbe passiert wie Marios Vater.«

»Nachdem mir klar war, dass du in Gefahr geraten könntest, habe ich Venable sofort aufgefordert, die beiden rund um die Uhr zu bewachen.«

»Aber du bist nicht gerade beeindruckt von der Effizienz der CIA.«

»Ich habe ihm angedroht, die ganze CIA dafür büßen zu lassen, falls einem von den beiden auch nur ein Haar gekrümmt wird. Wie gesagt, Grozak ist ein verdammt nervöser Typ.«

»Ich werde sie trotzdem warnen.«

»Wie du willst.«

Dann kam ihr noch ein Gedanke. »Auf welche Weise werden die wohl vorgehen? Auf welche speziellen Ziele haben sie es abgesehen?«

»Das weiß ich nicht. Ich kann von Glück reden, dass ich überhaupt so viele Informationen bekommen habe. Ich bezweifle, dass irgendjemand außer Grozak über Einzelheiten Bescheid weiß.« Er nahm ihr das Telefon wieder ab. »Wenn du Venable nicht anrufst, dann tue ich es. Ich möchte nicht, dass seine Leute Brenner in die Quere geraten, wenn er in Luzern ankommt.«

»Brenner meinte, du glaubst zu wissen, wer der Mörder ist.«

»Ralph Wickman. Brenner tippt auf Tom Rendle. Ich könnte mich irren, das glaube ich aber nicht. Brenner will sich ein bisschen umhören, vielleicht findet er jemanden, der eine Ahnung hat, was als Nächstes geplant ist.«

»Besteht denn Hoffnung, dass ihm das gelingt?«

»Kaum. Aber es kann nicht schaden, alle Möglichkeiten auszuloten. Falls Wickman für Grozak arbeitet, müssen wir ihn im Auge behalten.«

Ein Schauer lief ihr über den Rücken. »Der Mann muss ein Monster sein.«

»Ja. Aber kein größeres als der Mann, der ihn angeheuert hat.« Trevor nahm zwei Fotos aus seiner Schreibtischschublade und legte eins davon vor Jane auf den Tisch. »Grozak.« Das Foto zeigte das Gesicht eines Mannes von etwa Mitte vierzig. Er sah nicht schlecht aus, auch konnte sie nichts Ungewöhnliches an ihm entdecken. »Wenn er keinen Handlanger damit hätte beauftragen können, hätte Grozak das Schwert ohne mit der Wimper zu zucken eigenhändig geführt. Und er hätte es genossen.« Trevor warf das zweite Foto auf den Tisch. »Thomas Reilly.« Reilly war älter, vielleicht Mitte fünfzig, und hatte beinahe aristokratische Züge, eine lange Nase und dünne, wohl geformte Lippen. »Und in gewisser Weise wirkt Grozak neben Reilly wie ein Waisenknabe.« Er nahm das Telefon in die Hand. »Willst du mit Venable sprechen?«

Sie stand auf. »Warum sollte ich?«

»Um dich zu vergewissern, dass ich dir die Wahrheit gesagt habe.«

»Du hast mir die Wahrheit gesagt.«

»Woher willst du das wissen?«

Sie lächelte. »Weil du mir verprochen hast, mich niemals zu belügen.«

»Himmel, ein Durchbruch.«

»Außerdem, wenn du vorhättest, Venable zu täuschen, würde dir das nicht schwer fallen. Ich habe dich schon oft genug in Aktion gesehen.«

»Schade, jetzt hast du's verdorben.«

»Tja, damit wirst du wohl leben müssen.« Sie überlegte. »Wer weiß von Venable?«

»Nur Bartlett, Brenner und MacDuff. Glaubst du etwa, ich würde es an die große Glocke hängen, dass ich mit der CIA zusammenarbeite? Je mehr Leute von etwas wissen, umso größer ist die Gefahr, dass irgendwo ein Leck entsteht.«

»Eve und Joe werden jedenfalls davon erfahren.«

»Dann kann ich ihnen nur raten, darüber Stillschweigen zu bewahren.«

»Du weißt, dass du dich auf die beiden verlassen kannst.« Sie ging zur Tür. »Erledige deinen Anruf. Ich muss zurück zu Mario.«

»Warum?«

»Weil ich nicht zulassen werde, dass er dir die Schuld am Tod seines Vaters gibt und sich vor der Welt verkriecht, um seine Wunden zu lecken. Dafür ist es viel zu wichtig, dass er diese Schriftrollen übersetzt. Und ich werde dafür sorgen, dass er es tut.«

Trevor hob die Brauen. »Welche Entschlusskraft.«

»Da hast du verdammt Recht.« Sie schaute ihm in die Augen und öffnete die Tür. »Ich bin Amerikanerin, Trevor. Und niemand wird eine Stadt, ein Dorf oder irgendein Kaff in meinem Land in die Luft sprengen. Nicht, wenn ich es verhindern kann. Spiel deine Spielchen, solange du mir nicht damit in die Quere kommst. Aber für mich ist das kein Spiel. Wir werden Grozak zur Strecke bringen.«

»Ich hab Ihnen doch gesagt, ich will Sie nicht hier haben«, sagte Mario, als Jane sein Zimmer betrat. »Sie haben kein Herz.«

»Aber ich habe einen Verstand und den benutze ich. Was hundertmal besser ist als das, was Sie hier veranstalten.« Sie setzte sich ihm gegenüber auf einen Stuhl. »Ich würde viel lieber rücksichtsvoll und geduldig mit Ihnen umgehen, aber dazu haben wir keine Zeit. Ich kann nicht mit ansehen, wie Sie in Selbstmitleid versinken. Es wartet zu viel Arbeit auf Sie.«

»Ich arbeite nicht mehr für Trevor.«

»Also gut, dann arbeiten Sie für sich selbst. Lassen Sie nicht zu, dass dieser Dreckskerl, der Ihrem Vater das angetan hat, ungeschoren davonkommt.«

»Trevor ist schuld, dass das passiert ist.«

Sie musterte ihn. »Das glauben Sie doch selbst nicht.« Dann fügte sie energisch hinzu: »Und Sie glauben auch nicht, dass der Mann, der Ihren Vater enthauptet hat, dafür verantwortlich ist, dass das passieren konnte.«

»Natürlich glaube ich das.«

»Nein.« Sie musste es aussprechen. Grausam oder nicht. Es musste heraus, sonst würde Mario nie aufhören, vor der Wahrheit davonzulaufen. »Sie glauben, dass es Ihre Schuld ist. Sie sagen sich, Sie hätten diesen Job nie annehmen dürfen. Oder wenn doch, dann hätten Sie Trevor zumindest von Ihrem Vater erzählen sollen.«

»Nein!«

»Vielleicht stimmt das alles, aber das müssen Sie selbst rausfinden. Sie dachten, Ihr Vater würde nicht in Gefahr geraten. Haben Sie sich da gezielt etwas vorgemacht? Das kann ich nicht beurteilen. Ich weiß nur, dass Ihr Vater tot ist, und Sie sollten seinen Tod lieber rächen, anstatt hier in Ihrem Zimmer zu hocken und jedem in Reichweite die Schuld zu geben, einschließlich sich selbst.«

»Machen Sie, dass Sie rauskommen«, blaffte er mit bebender Stimme. »Das sind lauter Lügen.«

»Es ist die Wahrheit.« Sie stand auf. »Und ich halte Sie für Manns genug, der Wahrheit ins Auge zu sehen. Ich gehe nach nebenan, setze mich in den Sessel in der Ecke, wo ich einen guten Blick auf die Statue von Cira habe, und warte, bis Sie rauskommen und Ihre Arbeit wieder aufnehmen.«

»Ich werde nicht kommen.«

»Sie werden kommen. Weil es das einzig Sinnvolle ist. In diesem ganzen Chaos gibt es nicht vieles, was richtig ist, aber Sie haben die Chance, das Richtige zu tun.« Sie ging zur Tür. »Wenn Sie finden, was Trevor sucht, werden die Mörder, die Ihren Vater auf dem Gewissen haben, nicht davonkommen.«

»Lügen ...«

Sie öffnete die Tür. »Ich warte.«

Als Marios Tür sich vier Stunden später öffnete, saß Jane immer noch in dem Sessel.

Er blieb in der Tür stehen. »Sie geben wohl niemals auf, was?«

»Nicht, wenn mir etwas wichtig ist. Und im Moment könnte mir nichts wichtiger sein.«

»Warum? Damit Trevor bekommt, was er haben will?«

»In diesem Fall sollten wir das alle wollen.« Sie ließ einen Augenblick verstreichen. »Und zu Ihrem eigenen Besten ist es wichtig, dass Sie sich Klarheit verschaffen. Auch wenn es wehtut.«

»Das tut es allerdings.« Er kam auf sie zu. »Scheren Sie sich zum Teufel, Jane.« Seine dunklen Augen füllten sich mit Tränen. »Zum Teufel mit Ihnen.« Er sank vor ihr auf die Knie und vergrub das Gesicht in ihrem Schoß. »Ich werde Ihnen niemals verzeihen.«

»Das macht nichts.« Sie streichelte ihm zärtlich über die Haare. »Es wird alles gut werden, Mario.«

»Nein, das wird es nicht.« Er hob den Kopf, und die Verzweiflung in seinem Gesicht versetzte ihr einen Stich. »Weil ich lüge. Nicht Ihnen werde ich niemals verzeihen. Ich ... habe ihn umgebracht.«

»Nein, das haben Sie nicht. Grozak hat ihn umgebracht.«

»Ich hätte – Trevor hat mir von vornherein gesagt, dass der Job gefährlich sein würde, aber ich wollte nicht glauben, dass irgendjemand außer mir in Gefahr geraten könnte. Ich war egoistisch. Ich wollte es nicht glauben. Ich konnte mir einfach nicht vorstellen, dass jemand zu so etwas fähig wäre.« Tränen liefen ihm übers Gesicht. »Und jetzt hat mein Vater den Preis dafür bezahlt. Ich bin ein Idiot gewesen. Ich hätte –«

»Schsch.« Sie legte ihm einen Finger auf die Lippen. »Sie haben einen Fehler gemacht und damit werden Sie leben müssen. Aber Grozak trägt die Schuld am Tod Ihres Vaters, und auch das müssen Sie akzeptieren.«

»Das fällt mir schwer.« Er setzte sich auf den Boden und drückte die Augen fest zu. »Ich habe das Gefühl, dass ich bestraft werden müsste.«

Die Strafe hatte ihn bereits ereilt, dachte Jane. Mit derselben Leidenschaft, mit der er zuvor Trevor verflucht hatte, verfluchte er jetzt sich selbst. »Dann machen Sie sich an die Arbeit. Blenden Sie ihre Schuldgefühle aus. Ich habe mich auch schuldig gefühlt, als mein Freund Mike umgebracht wurde. Tagelang habe ich mich damit gequält, was ich alles anders hätte machen können, um zu verhindern, was passiert ist. Aber am Ende muss man diese Gedanken wegschieben und weiterleben. Manchmal überfällt es einen mitten in der Nacht, trotzdem kann man nichts anderes tun, als es durchzustehen und daraus zu lernen.«

Er öffnete die Augen. »Ich benehme mich wie ein Kind.

Das haben Sie nicht verdient.« Er rang sich ein Lächeln ab. »Aber ich bin froh, dass Sie da sind.«

»Ich auch.«

Er schüttelte den Kopf, als wollte er wieder klare Gedanken fassen, und stand auf. »Und jetzt machen Sie, dass Sie rauskommen. Ich brauche erst mal eine Dusche.« Seine Mundwinkel zuckten. »Ist es nicht seltsam, wie man instinktiv ahnt, dass eine Körperreinigung auch die Seele reinigt?«

»Soll ich wieder herkommen?«

»Vorerst nicht. Ich komme später nach unten und rede mit Trevor.« Sein Blick wanderte hinüber zum Schreibtisch. »Aber ich muss mich wieder an die Arbeit machen. Es wird mir nicht leicht fallen. Ich werde immer daran denken müssen, warum – Vielleicht schaffe ich nur ein paar Zeilen, das wäre zumindest ein Anfang. Haben Sie das mal gesagt? Man muss wieder auf das Pferd steigen, das einen abgeworfen hat?«

Sie nickte.

»Ein guter Spruch.« Er wandte sich ab. »Ich fühle mich, als hätte das Pferd mir alle Knochen gebrochen. Aber Grozak hat mich nicht gebrochen und er wird mich nicht brechen. Mein Herz vielleicht ... Doch Herzen heilen wieder, nicht wahr?«

»Ich denke schon.«

Er drehte sich zu ihr um. »Erst überhäufen Sie mich mit all den Weisheiten und dann sind Sie sich beim wichtigsten Punkt nicht sicher? Man merkt, dass Sie keine Italienerin sind.«

Gott sei Dank, er fing wieder an zu scherzen. Der Schmerz war noch nicht überwunden, doch er war nicht mehr so schrecklich am Boden zerstört. Sie lächelte. »Ja, das ist ein großer Nachteil.«

»Ja, das stimmt, aber den werden Sie auch noch aus dem Weg räumen.« Dann fügte er hinzu: »Danke, Jane.«

Ohne eine Antwort abzuwarten, verschwand er in seinem Zimmer.

Langsam erhob sie sich. Sie hatte Mario dahin gebracht, wo sie ihn haben wollte, doch die Erfahrung war für sie beide schmerzhaft gewesen. Und sie hatte in den letzten Minuten etwas in Mario entdeckt, das sie überraschte. Es war, als wäre sie Zeuge einer Wiedergeburt geworden, eines plötzlichen Erwachsenwerdens …

Sie wusste es nicht genau. Vielleicht hatte sie es sich auch eingebildet. In dem emotionalen Zustand, in dem sie sich befand, würde sie gar nichts mehr wundern. Es kam nur selten vor, dass der Charakter eines Menschen sich so schnell änderte.

Aber Veränderungen wurden auch selten durch Schrecken und Entsetzen ausgelöst.

Andererseits, hatte dasselbe Entsetzen nicht auch dazu geführt, dass sie sich über ihre Haltung gegenüber Trevor klar geworden war? Das Leben um sie herum verschob sich und Grozak und Reilly zogen die Fäden.

Das musste aufhören.

Elf

Wie geht es ihm?«, fragte Trevor, als sie zehn Minuten später in die Bibliothek kam. »Will er mir immer noch den Hals umdrehen?«

»Nein.« Sie zog eine Grimasse. »Inzwischen zerfleischt er sich selbst vor lauter Schuldgefühlen. Aber du kriegst, was du willst. Er wird heute Abend weiter an der Übersetzung arbeiten.«

»Du musst ihn verhext haben.«

Sie schüttelte den Kopf. »Ich hab ihm nur die Wahrheit gesagt, allerdings glaube ich, er wäre auch von selbst drauf gekommen, wenn wir ihm ein bisschen mehr Zeit gelassen hätten. Ich denke, du wirst feststellen, dass er sich ... verändert hat.«

»Inwiefern?«

Sie zuckte die Achseln. »Ich weiß nicht. Aber ich glaube, ich werde nicht wieder in Versuchung kommen, ihn als ›netten Jungen‹ zu bezeichnen. Du kannst dir selbst ein Urteil bilden. Er wird später nach unten kommen, um mit dir zu reden.« Sie wechselte das Thema. »Hast du von Venable was über Wickman erfahren?«

»Er wird sich wieder bei mir melden. Er hat jemanden zu Eduardo Donatos Schwester geschickt, und die hat gesagt, dass sie ihren Bruder seit gestern Morgen nicht mehr gesehen hat. Eduardo hat sie offenbar angerufen, um ihr zu sagen, er habe einen Job als Fremdenführer angenommen, und zwar für einen Touristen, den er in einem Café kennen gelernt habe.«

»Hat er ihr den Namen des Touristen genannt?«

Trevor schüttelte den Kopf. »Er wurde mitten im Gespräch unterbrochen und hat aufgelegt.«

»Kommen wir über Venable an ein Foto von diesem Wickman ran?«

»Bestimmt. Bisher ist es ihm noch nicht gelungen, eine Akte über ihn zu finden. Wickman scheint ein unsichtbarer Mann zu sein. Aber ich werde Brenner in das Café schicken, vielleicht kriegt er von einem der Kellner eine Beschreibung.«

Sie schwieg eine Weile. »Ich könnte was Besseres beisteuern.«

Er wusste sofort, was sie meinte. »Nein, kommt überhaupt nicht in Frage.«

»Wenn mir jemand den Mann beschreibt, kann ich eine Zeichnung anfertigen. Und da ich Wickman noch nie gesehen habe, würde die Zeichnung dir sofort sagen, was du wissen willst.«

»Dann werde ich Brenner die Fragen stellen und dir die Antworten per Telefon zukommen lassen.«

»So funktioniert das nicht. Der Zeuge muss dabei sein, wenn ich an der Zeichnung arbeite, damit er mir weitere Informationen zu den Gesichtszügen geben kann.« Ihre Lippen spannten sich. »Und ich will nicht tatenlos hier rumsitzen, während Brenner seine Zeit mit dem Versuch vergeudet, den Mann zu identifizieren, wenn ich das viel schneller bewerkstelligen kann.«

»In Luzern rumzulaufen ist zu gefährlich für dich. Hier kann ich dich beschützen.«

»Ich werde nicht in Luzern rumlaufen. Ich werde in ein einziges Café gehen, und wahrscheinlich wirst du sowieso dafür sorgen, dass Brenner mich am Flughafen abholt. Kannst du mir einen Hubschrauber nach Aberdeen besorgen und dort ein Privatflugzeug mit einem Piloten, dem du vertraust?«

»Ich könnte es. Aber ich werde es nicht tun.«

»Doch, das wirst du. Du weißt ganz genau, dass ich so oder so nach Luzern fliegen werde.« Sie drehte sich auf dem Absatz um. »Ich gehe in mein Zimmer und packe ein paar Sachen und meinen Zeichenblock ein.«

»Welchen Teil von Nein hast du eigentlich nicht verstanden?«

»Den Teil, der einen Befehl enthielt, der gegen den guten Menschenverstand verstößt. Ruf Brenner an und sag ihm, dass ich komme. Wenn nicht, finde ich auch allein zu diesem Café.«

Mario ging gerade über den Korridor, als Jane aus ihrem Zimmer kam und in Richtung Treppe wollte. Stirnrunzelnd betrachtete er die Reisetasche, die sie bei sich trug. »Wo wollen Sie denn hin?«

»Ich hab was zu erledigen. Heute Abend oder morgen früh bin ich wieder zurück.«

»Was müssen Sie denn erledigen?«

Sie zögerte, unsicher, wie er auf den wahren Grund reagieren würde. »Ich fliege nach Luzern, um eine Zeichnung vom Mörder Ihres Vaters anzufertigen, falls ich eine gute Beschreibung von ihm bekommen kann.«

»Ist das möglich?«

Sie nickte. »Ich bin sehr gut. Ich hab ein Händchen für Porträtzeichnungen.«

»Dann hat ihn also jemand gesehen?«

»Vielleicht. Ihr Vater war in dem Café ziemlich bekannt, und –«

Mario machte kehrt. »Ich komme mit.«

»Nein.«

»Das ist bestimmt gefährlich. Was ist, wenn der Typ sich noch da rumtreibt? Ich lasse nicht zu, dass Sie das Risiko eingehen. Mein Vater wurde ermordet und er hat niemandem etwas –«

»Nein, Sie werden hier viel dringender gebraucht.« Als er protestieren wollte, fügte sie hastig hinzu: »Ich brauche Sie nicht. Brenner wird mich begleiten.«

Er schwieg eine Weile, dann zog er verächtlich die Mundwinkel nach unten. »Sie brauchen mich nicht, verstehe. Ich wäre Ihnen keine große Hilfe, stimmt's? Ich sollte mich lieber mit Büchern beschäftigen, denn wenn es ums wirkliche Leben geht, bin ich zu nichts zu gebrauchen. Nie hätte ich mir träumen lassen, dass ich mal gegen jemanden wie Grozak würde kämpfen müssen.« Er holte tief Luft. »Sind Sie in Brenners Begleitung auch wirklich in Sicherheit?«

»Ja, daran habe ich keinerlei Zweifel. Bis später, Mario.« Sie eilte die Treppe hinunter, bevor er erneut protestieren konnte. Trevor stand an der Eingangstür. »Hast du Brenner angerufen?«, fragte sie ihn.

»Habe ich, und ich werde dich begleiten.« Er hielt ihr die Tür auf. »Bartlett hat einen Hubschrauber bestellt. Er wird in wenigen Minuten hier landen.«

»Nein.«

»Wie bitte?«

»Nein.« Sie wiederholte seine eigenen Worte: »Welchen Teil von Nein hast du eigentlich nicht verstanden? Du wirst mich nicht begleiten. Du willst nur mitkommen, um mich zu beschützen, und das kann Brenner genauso gut. Du hast mir gesagt, eine deiner wichtigsten Aufgaben hier auf der Burg wäre es, Mario zu beschützen. Nun, das ist im Moment wichtiger denn je.«

»Und was ist mit deinem Schutz?«

»Grozak scheint seine Strategie geändert und Mario zu seiner Hauptzielscheibe erklärt zu haben. Ein Grund mehr, für seine Sicherheit zu sorgen.« Als sie seinen Gesichtsausdruck sah, fügte sie mit Nachdruck hinzu: »Ich habe Mario überredet, sich wieder an die Arbeit zu machen, das will ich nicht umsonst getan haben. Es ist wichtig, dass er diesen Text so schnell wie möglich übersetzt. Einer von uns beiden muss hier bleiben, um ihn zu unterstützen und ihm Mut zuzusprechen. Und ich fliege nach Luzern.« Sie öffnete die Tür. »Versuch nicht, mich aufzuhalten, Trevor.«

»Ich würde nicht im Traum daran denken«, erwiderte er sarkastisch. »Du würdest mich wahrscheinlich aus dem Hubschrauber werfen.«

»Ganz genau.«

»Und ich würde erst recht nicht im Traum auf die Idee kommen, das Feuer zu löschen, das ich entfacht zu haben scheine.«

»Das würde dir eh nicht gelingen.« Sie schaute ihm in die Augen. »Du wurdest in Johannesburg geboren und hast dich dein Leben lang überall auf der Welt herumgetrieben. Ich weiß nicht, ob du dich als Kosmopolit verstehst oder als Heimatlosen. Aber eins sage ich dir: Ich habe eine Heimat und ich beschütze, was mir lieb und teuer ist. Du hast also verdammt Recht, wenn du glaubst, dass ein Feuer in mir brennt. Wir werden alles tun, um mein Land und mein Volk vor Grozak zu schützen, egal was es kostet.«

»O Gott, eine Patriotin.«

»Und ich schäme mich nicht dafür, wie sehr du dich auch über mich lustig machst.«

»Ich mache mich nicht über dich lustig, ich beneide dich.« Er wandte sich ab. »Geh schon. Steig in den Hubschrauber, bevor ich mich wieder an das Video von Eduardo Donato erinnere. Ich kümmere mich um Mario.«

Wenige Minuten später sah Trevor den Hubschrauber aufsteigen und nach Osten übers Meer abdrehen. Seine Hände ballten sich zu Fäusten. Verdammt, am liebsten würde er Cookson, den Piloten, anrufen und ihm sagen, er solle Jane zurückbringen. Stattdessen rief er Brenner an. »Sie ist unterwegs. Cookson hat gerade abgehoben. Ich will sie innerhalb von vierundzwanzig Stunden wieder hier sehen. Wenn ihr irgendwas zustößt, dreh ich dir den Hals um.«

»Du kannst es ja mal versuchen.« Brenner seufzte. »Ich werde schon auf sie aufpassen, Trevor.«

»Wenn Sie dich lässt. Sie ist fuchsteufelswild und von heiligem Patriotismus beseelt.«

»Was für eine Mischung!«, erwiderte Brenner trocken. »Das können ja interessante vierundzwanzig Stunden werden.« Er legte auf.

Interessant? Trevor schaute dem Hubschrauber nach, der immer kleiner wurde. Das war nicht der Ausdruck, den er benutzt hätte. Es würde verdammt –

»Ist sie weg?«

Als Trevor sich umdrehte, stand Mario hinter ihm, den Blick auf den Hubschrauber gerichtet, der am Horizont verschwand. Er nickte knapp. »Sobald sie die Zeichnung fertig hat, kommt sie wieder zurück.«

»Ich wollte sie begleiten.«

»Ich auch. Aber sie wollte nichts davon wissen.«

Mario deutete ein Lächeln an. »Sie ist eine sehr willensstarke Frau.« Dann wurde er ernst. »Wurde mein Vater schon gefunden?«

»Nein.«

Ein kalter Schauer lief ihm über den Rücken. »Die Vorstellung, dass dieser Mörder seinen Leichnam einfach wegwirft wie einen Sack Müll, dreht mir den Magen um.« Er holte tief Luft. »Haben Sie der Polizei das Video vorgespielt?«

»Nein, aber ich schicke es heute noch den Behörden zu.« Er sah dem Jungen in die Augen. »Wenn Sie mir noch immer nicht trauen, können Sie gern selbst mit der Polizei reden.«

Mario schüttelte den Kopf. »Ich brauche nicht mit denen zu reden.« Dann fügte er verlegen hinzu: »Es tut mir Leid, dass ich – Ich hätte diesem Schwein nicht glauben dürfen, als er geschrieben hat, dass Sie – Nein, eigentlich habe ich ihm gar nicht geglaubt. Ich konnte nur den Gedanken nicht ertragen, dass –«

»Vergessen Sie's. Das ist doch verständlich.«

»Das kann ich nicht vergessen. Ich habe die Augen vor der Wahrheit verschlossen, weil sie mir nicht gefiel. Ich habe mich in mein Schneckenhaus verkrochen, wie ich es mein Leben lang getan habe.« Seine Lippen spannten sich. »Aber damit ist nun Schluss.«

Trevors Augen verengten sich. »Wollen Sie auf irgendwas hinaus?«

»Ja. Jane wollte mich nicht mitkommen lassen, weil sie weiß, dass Brenner sie besser beschützen kann.« Er runzelte die Stirn. »Ich bin dem Leben außerhalb meines Elfenbeinturms nicht gewachsen. Das muss sich unbedingt ändern. Ich möchte kein hilfloser Wicht sein, der den Kopf in den Sand steckt.«

»Sie sind kein Wicht.«

»Aber Grozak hält mich dafür. Er hat meinen Vater ermordet, damit ich tue, was er will. Und er wird auch Jane töten, wenn er kann, stimmt's?«

»Lieber würde er sie lebend erwischen. Aber, ja, verdammt, er wird nicht zögern, sie zu töten, wenn es ihm nützt.«

»Sehen Sie, ich muss Ihnen die Fragen stellen, die ich Ihnen hätte stellen sollen, als ich hierher gekommen bin. Damals wollte ich nichts wissen, was mich hätte beunruhigen und mich von der Arbeit ablenken können.« Er schüttelte den Kopf. »Gott, was bin ich für ein Narr gewesen ...«

»Sie brauchten nichts zu wissen. Ihre Aufgabe bestand allein darin, die Texte zu übersetzen. Meine Aufgabe bestand darin, Sie zu beschützen.«

»Und jetzt habe ich noch eine andere Aufgabe für Sie. Ich habe meinen Vater nicht beschützt, aber ich kann seinen Tod rächen.«

»Nein, das erledigen wir.«

Mario lächelte traurig. »Weil Sie glauben, dass ich nicht den Mumm habe, es selbst zu tun. Doch ich werde Sie eines Besseren belehren. Ich mag vielleicht ein Idiot sein, doch ich habe keine Angst.«

»Das sollten Sie aber, verdammt.« Trevor sah ihn stirnrunzelnd an. »Wenn Sie Rache wollen, dann übersetzen Sie den Text.«

»Das werde ich, keine Frage. Es hängt allerdings von Ihnen ab, wie schnell ich es mache.«

»Kann es sein, dass ich da einen Erpressungsversuch wittere?«

»Nein, nein, ich möchte nur einen Handel vorschlagen. Es gibt gewisse Dinge, die ich lernen muss.«

»Zum Beispiel?«

»Ich kenne mich überhaupt nicht im Umgang mit Waffen aus. Das können Sie mir bestimmt beibringen.«

»Mario –«

»Pistolen. Das dürfte nicht viel Zeit in Anspruch nehmen.«

Trevor musterte ihn. Jane hatte Recht. Mario war dabei, sich zu verändern, erwachsen zu werden. »Sie scheinen das ja wirklich ernst zu meinen.«

»Außerdem möchte ich etwas über Selbstverteidigung lernen.«

»Ich habe keine Zeit, um Ihnen einen Kurs in –« Er unterbrach sich, als Mario entschlossen das Kinn vorreckte. Gott, er konnte den Jungen verstehen. An seiner Stelle hätte er selbst genauso gehandelt. Aber er war nie in einer solchen Lage gewesen. Er konnte sich an keine Zeit erinnern, in der sein Leben nicht auf die eine oder andere Weise vom Kampf ums nackte Überleben geprägt gewesen wäre. Elfenbeintürme waren ein Mythos. »Also gut, zwei Stunden pro Tag. Ich werde auf dem Turnierplatz einen Schießstand einrichten. Die restliche Zeit werden Sie sich der Arbeit an den Texten widmen.« Er hob eine Hand, als Mario etwas sagen wollte. »Und MacDuff ist mir was schuldig. Ich werde ihn bitten, Ihnen ein bisschen Karate beizubringen. Mehr ist nicht drin, Mario.«

»Können wir gleich heute anfangen?«

»Meinetwegen.«

»Das wär's fürs Erste. Nur noch eins.«

»Sie strapazieren meine Geduld.«

»Es gibt etwas, das ich wissen muss. Ich finde, ich habe ein Recht, das zu wissen, und ich hätte Sie von Anfang an danach fragen sollen. Warum ist Grozak hinter den Schriftrollen her? Warum hat er meinen Vater ermordet?«

Trevor nickte. Mario war ein zu unsicherer Kandidat, man konnte ihn nicht in alles einweihen, aber er hatte es verdient, wenigstens das Wichtigste zu erfahren. »Sie haben Recht. Es ist nicht fair, Sie im Dunkeln zu lassen.« Er ging auf die Tür zu. »Kommen Sie rein, dann setzen wir uns mit einem Drink in die Bibliothek. Sie werden ihn brauchen – es ist eine hässliche Geschichte.«

»Sie haben Trevor ganz schön genervt«, sagte Brenner, als er Jane am Flughafen abholte. »Er hat mir schwere Körperverletzung angedroht für den Fall, dass ich nicht gut auf Sie aufpasse.«

»Dann passen Sie halt auf mich auf. Soviel ich weiß, sind

Sie selbst Experte in Sachen schwere Körperverletzung.« Sie wechselte das Thema. »Haben Sie schon mit den Kellnern in dem Café gesprochen?«

Er nickte. »Vormittags ist der Laden immer ziemlich voll. Offenbar haben sie viele Stammkunden wie Donato, die jeden Morgen ins Café kommen. Aber Albert Dengler, der Mann, der an dem Morgen hinter dem Tresen stand, meint, sich ganz gut an den Mann erinnern zu können, der bei Donato am Tisch gesessen hat. Das Café ist so eine Art Starbucks und Dengler stand hinterm Tresen, als er sich einen Kaffee geholt hat. Ich habe ihm lieber keine Einzelheiten erzählt, nur dass Donato verschwunden ist.«

»Arbeitet er heute oder müssen wir zu ihm nach Hause?«

Brenner warf einen Blick auf seine Uhr. »Er müsste in anderthalb Stunden seine Schicht antreten.«

»Okay, gehen wir.«

»Zu Befehl, Ma'am.« Er hielt ihr die Beifahrertür seines Mietwagens auf. »Sonst noch Wünsche?«

»Sie können dafür sorgen, dass er genug Zeit hat, um mir eine ausreichend genaue Beschreibung zu liefern.«

»Ich werde mein Bestes tun.« Brenner lächelte. »Das dürfte kein Problem sein. Wenn nötig, übernehme ich seine Schicht. Natürlich kann ich nicht dafür garantieren, dass ich den Unterschied zwischen einem Caffè latte und einem Caffè mocha kenne. Aber ich werde so viel Charme versprühen, dass keiner was merkt.«

»Hauptsache, Sie machen Dengler nicht so nervös, dass er sich nicht konzentrieren kann.«

»Er kommt mir nicht vor wie ein nervöser Typ. Und wenn doch, dann raucht er zurzeit seine Lieblingssorte.«

»Ach Gott. Drogen?«

»Marihuana. Der Geruch, der ihn umgibt, ist unverkennbar. Und er wirkte sehr entspannt.«

»Hoffentlich nicht zu entspannt, um sich auf Einzelheiten zu konzentrieren.«

»Tja, wenn er das Zeug regelmäßig raucht, wird er kein besonders gutes Erinnerungsvermögen haben. Es wird sich zeigen, wie brauchbar er ist.« Er ließ den Wagen an. »Aber wenn er stoned ist, dann wird er Ihnen bestimmt alle Zeit geben, die Sie brauchen.«

»Meistens hat er da drüben gesessen.« Dengler deutete mit einer Kinnbewegung auf einen Tisch vor dem schmiedeeisernen Geländer an der Terrasse mit Blick auf den See. »Ein netter alter Herr. Immer sorgfältig gekleidet. Nicht wie manche von den Jugendlichen, die hier rumhängen. Denen muss ich noch sagen, dass sie Schuhe tragen sollen. Man sollte meinen, sie wüssten, was sich –«

»Haben Sie Donato vorher schon mal mit dem anderen Mann zusammen gesehen?«

Dengler schüttelte den Kopf. »Er war immer allein. Nein, einmal ist er mit einer Frau gekommen.« Er legte die Stirn in Falten. »Ende fünfzig, graue Haare, ein bisschen füllig.«

Donatos Schwester, dachte Jane. »Wann war das?«

Dengler zuckte die Achseln. »Ich weiß nicht. Vielleicht vor einem halben Jahr.«

Die Beschreibung, die er ihr von dem anderen Mann gab, war gut – hervorragend, wenn man bedachte, wie kurz er ihn gesehen hatte. Was den unverkennbaren Geruch anging, der an ihm hing, hatte Brenner Recht behalten, doch offenbar rauchte Dengler das Zeug nicht regelmäßig, sonst hätte er kein so gutes Gedächtnis.

»Ist Ihnen an dem Mann, der sich zu Donato an den Tisch gesetzt hat, irgendetwas Ungewöhnliches aufgefallen?«

Dengler überlegte. »Er war groß und dünn. Lange Beine. Er schien nur aus Beinen zu bestehen.«

»Nein, ich meine das Gesicht.«

»Nichts Ungewöhnliches«, erwiderte er nachdenklich. »Große Augen. Braun, glaube ich.«

»Keine Narben?«

Er schüttelte den Kopf. »Er wirkte ein bisschen blass, so als würde er viel in Innenräumen arbeiten.« Er betrachtete den Zeichenblock, der vor ihr lag. »Können Sie wirklich eine Zeichnung von ihm machen?«

»Wenn Sie mir helfen.«

»Klar, helfe ich Ihnen. Der Job hier ist total langweilig. Das ist das erste Mal seit einem Monat, dass mir was Interessantes passiert.« Er machte ein gequältes Gesicht. »Na ja, das klingt vielleicht ein bisschen gefühllos. Ist ja nicht so, als wollte ich nicht dazu beitragen, dass der alte Herr gefunden wird. Wie gesagt, er war sehr nett, von ihm kam nie ein unfreundliches Wort. Sie sagten, er ist verschwunden. Ist er etwa einem Verbrechen zum Opfer gefallen?«

Dem schlimmsten Verbrechen, das man sich vorstellen konnte, dachte Jane, als sie sich an Donatos Hinrichtung erinnerte. »Das werden wir wissen, sobald wir ihn gefunden haben.«

»Sind Sie von der Polizei?«

»Nein, ich bin mit der Familie befreundet.« Das stimmte sogar. »Seine Angehörigen machen sich große Sorgen. Aber ich werde die Zeichnung selbstverständlich der Polizei übergeben, wenn sie fertig ist und man den Mann gut erkennen kann.«

»Sie scheinen sich Ihrer Sache sehr sicher zu sein.«

Sie lächelte ihn an. »Klar. Sie sind zweifellos ein intelligenter Mann mit einem ausgezeichneten Erinnerungsvermögen. Wenn wir gut zusammenarbeiten, kriegen wir das schon hin.«

»Sie schmeicheln mir.« Plötzlich musste er lächeln. »Aber das gefällt mir. Wo fangen wir an?«

Sie nahm ihren Bleistift. »Mit der Form des Gesichts. Wir

brauchen einen Rahmen. Wie sah es aus? Breit? Rund? Kantig?«

»Na, sind Sie bald fertig?« Brenner trat zu ihr an den Tisch. »Sie arbeiten jetzt schon seit über vier Stunden an dem Porträt.«

Sie blickte nicht von ihrer Zeichnung auf. »Ich möchte mir möglichst sicher sein.« Sie fügte ein paar Schattierungen an der linken Wange ein. »Es ist gar nicht so einfach, stimmt's, Albert? So viele Möglichkeiten ...«

»Lassen Sie sie in Frieden«, sagte Dengler. »Wir tun unser Bestes.«

Wir.

Brenner unterdrückte ein Lächeln. Offenbar hatte sie Dengler so um den Finger gewickelt, dass er sich und Jane schon als Team betrachtete. Es überraschte ihn, denn bisher kannte er nur die raue, zurückhaltende Seite von Jane MacGuire. Es war interessant, zu beobachten, wie geschickt sie mit Dengler umging. Sie verfügte zweifellos über eine Menge Talente. »Tut mir Leid.« Er wandte sich zum Gehen. »Ich wollte nur mal nach dem Rechten sehen. Ich gehe dann mal wieder an den Tresen und putze die Kaffeemaschine oder mache mich sonst wie nützlich.«

»Moment.« Jane schraffierte die Haare des Mannes auf der Zeichnung. »Etwa so, Albert?« Sie drehte den Block so, dass Dengler besser sehen konnte. »Ist das der Mann?«

Dengler starrte auf das Porträt. »Mein Gott.«

»Ist er das?«

Dengler nickte, dann lächelte er stolz. »Wie ein Foto. Wir haben's geschafft.«

»Keine weiteren Änderungen?«

»Sie haben seine Haare dünner gezeichnet. Der Rest war vorher schon perfekt.«

»Heißt das, ich brauche keinen Caffè latte mehr zu machen?«, fragte Brenner.

»Er ist sich sicher.« Sie reichte Brenner die Zeichnung. »Wer ist das?«

»Sie hat ihn hundertprozentig getroffen«, sagte Brenner, als Trevor ans Telefon ging. »Du hattest Recht. Es ist nicht Rendle, sondern Wickman.«

»Gut. Ist sie auf dem Rückweg?«

»Wir werden gleich das Café verlassen. Sie unterhält sich noch mit Dengler. Nachdem die Zeichnung fertig war, hat sie den Burschen noch mindestens eine halbe Stunde lang so gelobt, dass er sich schon vorkommt wie Graf Koks. Sie meinte, wenn man schon jemanden benutzen muss, dann hat derjenige es wenigstens verdient, sich beim Abschied gut zu fühlen.« Er schaute zu ihr hinüber. »Sie ist ... interessant.«

»Setz sie ins Flugzeug und sorg dafür, dass sie auf schnellstem Weg wieder hierher zurückkommt. Euch ist niemand gefolgt?«

»Ich bin kein Amateur. Ich werde sie schon sicher auf den Heimweg bringen. Dann sehe ich mich noch ein bisschen um, rede mit ein paar Kontaktleuten und sehe mal, was ich über Wickman in Erfahrung bringen kann. Aber ich nehme kaum an, dass er sich noch in der Gegend aufhält.«

»Versuch es in Rom. Dort bin ich ihm mal über den Weg gelaufen.«

»Womöglich ist er inzwischen bei Grozak.«

»Wir müssen trotzdem so viel wie möglich über ihn wissen. Wenn er derjenige ist, der die Drecksarbeit für Grozak erledigt, dann müssen wir ihn ausschalten.« Er überlegte. »Aber bevor du Luzern verlässt, versuch was darüber rauszufinden, wo sich Donatos Leichnam befinden könnte.«

»Ist das wichtig? Der Mann ist tot.«

»Es ist wichtig. Mario trauert um seinen Vater. Er muss ihn irgendwo begraben können.«

»Also gut, ich kümmere mich darum. Wenn Venable dir sagen konnte, dass sich hier in Luzern schon vor dem Mord an Donato etwas abgespielt hat, dann müsste es hier ein paar Quellen geben, die ich anzapfen kann. Aber ich dachte, du wolltest, dass ich zurück nach Colorado fliege. Andererseits kann ich nicht behaupten, ich hätte schon was über Reilly in Erfahrung gebracht.«

»Gib Donato zwölf Stunden. Dann kannst du nach Colorado fliegen.«

»In Ordnung. Wirst du Mario trotz allem weiterhin unter Kontrolle halten können?«

»Kontrolle? Keine Ahnung. Jedenfalls hat er sich wieder an die Arbeit gemacht. Ich lasse mich überraschen. Sieh zu, dass du die Leiche von dem Alten findest.«

Kurz nach neun Uhr abends traf Jane auf der Burg ein.

Kaum war sie aus dem Hubschrauber gesprungen, reichte sie Trevor die Zeichnung. »Brenner sagt, es ist Wickman.«

Er warf einen Blick auf das Porträt und nickte. »Nachdem Brenner mir bestätigt hatte, dass es Wickman ist, habe ich sofort bei Venable angerufen, aber ich werde ihm auch noch die Zeichnung zufaxen. Das hast du fantastisch hingekriegt.«

Sie schüttelte sich. »Er sieht so vollkommen normal aus. Wie ein Lehrer oder ein Bankangestellter. Unvorstellbar, dass er einen so grausamen Mord begehen konnte.«

»Genau das macht ihn für seine Kunden so wertvoll. Er ist ein Durchschnittstyp. Wer würde so einen schon für Jack the Ripper halten?« Er fasste sie am Ellbogen und bugsierte sie in Richtung Eingang. »Komm. Du brauchst etwas zu essen, bevor du dich ins Bett legst. Du siehst ziemlich mitgenommen aus.«

»Ich hab im Flugzeug ein bisschen was gegessen. Brenner hat mir ein Stück Kuchen und ein Sandwich aus dem Café eingepackt. Er meinte, das wäre das Mindeste, was sie ihm für die harte Arbeit hinter dem Tresen geben könnten. Wie geht's Mario?«

»Er verwandelt sich in einen Terminator.«

»Wie bitte?«

»Heute Nachmittag habe ich zwei Stunden damit zugebracht, ihm beizubringen, wie man mit einer Pistole umgeht. Ich habe ihm gesagt, wenn er nicht unbedingt ein Scharfschütze werden will, soll er vorerst von Gewehren die Finger lassen. Er hat meinen Rat angenommen, aber ich weiß nicht, wie lange ich ihn bremsen kann.«

»Wozu will er denn –« Sie wusste die Antwort schon. »Nein, Trevor, das kannst du nicht machen. Das wäre genauso, als würdest du einem Kind ein Schießeisen in die Hand drücken.«

»Da bin ich mir nicht sicher. Er hat Talent.« Er schaute sie an, als sie die Tür öffnete. »Wir haben einen Handel abgeschlossen. Er macht die Übersetzungen fertig, dafür bilde ich ihn zum Terminator aus.«

»Das ist nicht witzig.«

»Das finde ich auch nicht. Aber er ist nicht davon abzubringen. Du hast mir gesagt, ich soll dafür sorgen, dass Mario weiter seine Arbeit macht, und das tue ich. Morgen früh fängt MacDuff an, ihm Karate beizubringen.«

»MacDuff hat sich tatsächlich dazu bereit erklärt?«

»Widerstrebend. Aber er war mir noch was schuldig.« Er folgte ihr in die Eingangshalle. »Denk doch mal drüber nach. Würdest du an Marios Stelle nicht dasselbe tun?«

»Einen Mann jagen, der Menschen enthauptet?« Sie atmete tief durch. Ja, keine Frage, sie würde den Mord rächen wollen und den Täter jagen. Aber Mario war so zartbesaitet, es fiel ihr schwer, ihn mit Gewalt in Verbindung zu bringen. »Wo ist er?«

»In seinem Arbeitszimmer. Stör ihn nicht, Jane.« Seine Mundwinkel zuckten. »Und das sage ich nicht, weil ich eifersüchtig darauf bin, dass er bei dir einen Stein im Brett hat. Wir haben eine Abmachung getroffen und er muss seinen Teil einhalten. Das weißt du ebenso gut wie ich. Wir haben zu wenig Zeit, um Spielchen zu spielen.«

»Ich spiele nicht. Nichts könnte mir im Moment ferner liegen.« Sie ging die Treppe hinauf. Gott, war sie müde. »Aber ich werde Mario heute Abend nicht stören. Morgen ist auch noch früh genug.«

Sie spürte Trevors Blick in ihrem Rücken. »Du brauchst mich nicht im Auge zu behalten. Ich hab dir gesagt, ich werde Mario heute Abend nicht mehr stören. Ich gehe in mein Zimmer und lege mich ins Bett.«

»Es macht mir Spaß, dich im Auge zu behalten. Dazu brauche ich keinen Vorwand.«

Sie zuckte zusammen, dann ging sie weiter die Treppe hoch. Nein, sie würde ihm den Gefallen nicht tun. Nicht jetzt. Es stand zu viel auf dem Spiel, als dass sie es sich leisten konnte, sich ablenken zu lassen. »Gute Nacht, Trevor.«

»Ich werde gut schlafen, jetzt wo du wieder hier bist und dich nicht in der Schweiz rumtreibst.«

»Rumtreiben? Ich –« Als sie sich umdrehte, war er schon unterwegs in Richtung Bibliothek. Ach ja, er wollte Venable die Zeichnung zufaxen. Sie hatte ihren Job erledigt und er würde den Rest übernehmen. Darauf mussten sie sich konzentrieren. Grozak unschädlich zu machen war viel wichtiger als die Gefühle, die sie zueinander hinzogen. Sie hatten vor vier Jahren gut zusammengearbeitet und das konnten sie auch jetzt wieder tun.

Sie mussten es wieder tun.

»Sie weiß, wer ich bin«, sagte Wickman, als er das Hotelzimmer betrat. »Sie hat in dem Café ein verdammt gutes Porträt von mir gezeichnet.«

»Haben Sie einen Fehler gemacht?« Grozak hob die Brauen. »Ich habe Ihnen gesagt, dass ich keine Schludrigkeiten dulde, Wickman. Woher wissen Sie, dass sie eine Zeichnung angefertigt hat?«

»Ich schludere nicht. Ich bin noch mal zurückgefahren, um die Zeugen zu liquidieren. Aber sie war schon vor mir da gewesen. Sam Brenner war bei ihr, sonst hätte ich sie sofort aus dem Weg geräumt.«

»Aber Sie haben sie nicht aus dem Weg geräumt.« Grozak lächelte. »Und jetzt weiß Trevor, wer Sie sind. Was für eine Schande. Sie werden ihn schon aus reinem Selbsterhaltungstrieb eliminieren müssen. Eigentlich bräuchte ich Sie noch nicht mal zu bezahlen.«

»Sie würden es nicht wagen, mich übers Ohr zu hauen, Grozak.« Wickmans Gesicht war ausdruckslos. »Ich habe einen Job erledigt, und zwar zu Ihrer Zufriedenheit. Um die Aufräumarbeiten werde ich mich schon kümmern.«

»Wenn ich Sie darauf hinweise, dass wir jetzt ein gemeinsames Ziel haben, bedeutet das nicht, dass ich Sie übers Ohr haue.« Dann fügte er hinzu: »Sie lieben diese selbstgefälligen Amerikaner doch ebenso wenig wie ich. Helfen Sie mir, denen eine Lektion zu erteilen.«

Geiziger Mistkerl, dachte Wickman verächtlich. Er hatte schon mehr Leute wie Grozak kennen gelernt, die vor lauter Hass nicht mehr über den Tellerrand blicken konnten. »Ich habe kein anderes Ziel, als so viel Geld wie möglich zu verdienen, bevor ich mich aus dem Geschäft zurückziehe.«

»Wenn es mir gelingt, diese Sache durchzuziehen, werden meine muslimischen Freunde mir reichlich Mittel zur Verfügung stellen für zukünftige Projekte. Wir könnten teilen.«

»Ich will mit niemandem teilen. Ich will mein Geld im Voraus.«

Es war nicht zu übersehen, dass Grozak das nicht gefiel. »Sie haben den Job noch nicht beendet.«

»Soll ich Ihnen etwa Donatos Kopf bringen? Tut mir Leid. Der liegt auf dem Grund eines Moors in der Nähe von Mailand.«

»Donato interessiert mich nicht. Was ist mit Trevor?«

»Erst wenn Sie mich bezahlen.«

Grozak funkelte ihn wütend an, dann nahm er einen Umschlag aus seiner Schreibtischschublade und warf ihn Wickman zu. »Hier ist die Hälfte.«

Wickman zählte die Geldscheine. »Wollen Sie auch Trevors Kopf?«

»Vielleicht später. Zuerst will ich, dass Sie sich die Frau schnappen. Und zwar lebend. Ich brauche sie.«

»Wozu?«

»Das geht Sie nichts an. Sie brauchen nur zu wissen, dass ich die Frau lebend haben will, und Trevor muss noch mit mir reden können, bevor er stirbt.«

»Worüber?«

»Es könnte sein, dass er mich zu etwas führen kann, was ich brauche.«

Geld?, fragte sich Wickman im Stillen. Möglich. Aber bei Fanatikern wie Grozak konnte es sich genauso gut um eine Wasserstoffbombe handeln. Dennoch würde er sich das merken. »Das erhöht das Risiko für mich. Schnell und sauber ist besser. Das wird Sie mehr Geld kosten.«

Grozak fluchte leise vor sich hin, dann nickte er. »Sie werden Ihr Geld bekommen. Aber nicht jetzt. Es ist wirklich nicht leicht, die Summen zusammenzukratzen, die Sie verlangen. Ich habe alles, was ich besitze, in dieses Projekt investiert.«

»Holen Sie es sich von Reilly.«

»Reilly geizt mit allem außer mit Leuten, die ich für meine Einsätze brauche.«

Wickman überlegte, ob er Grozak noch weiter drängen sollte, entschied sich jedoch dagegen. Er hatte noch nie Probleme gehabt, seinen Auftaggebern das Geld aus der Tasche zu ziehen, sobald er einen Job für sie erledigt hatte. Es überraschte ihn immer wieder, wie schnell sie klein beigaben, wenn er ihnen seine ganze Aufmerksamkeit widmete. »Aber wenn Sie die Frau haben wollen, müssen Sie mir schon etwas an die Hand geben, womit ich arbeiten kann. Erzählen Sie mir alles, was Sie über sie wissen.«

Zwölf

Schön, dass Sie wieder da sind«, sagte Bartlett, als er Jane am folgenden Morgen im Korridor traf. »Ich habe mir Sorgen um Sie gemacht.«

»Brenner hat mich begleitet. Ich musste in die Schweiz fahren.«

Er nickte ernst. »Trevor hat es mir erklärt.«

»Haben Sie Mario irgendwo gesehen? Er ist nicht in seinem Zimmer.«

»Soweit ich weiß, ist er mit MacDuff auf dem Turnierplatz. Möchten Sie frühstücken?«

»Später«, erwiderte sie geistesabwesend und ging zur Tür. »Ich möchte mit Mario reden.«

Für den Weg durch das Tor und um die Burg herum zum Turnierplatz benötigte sie zehn Minuten.

Einige Meter von den Felsen entfernt blieb sie stehen, als sie Mario und MacDuff entdeckte. Trotz der Kälte bewegten sich beide mit nacktem Oberkörper und waren völlig verschwitzt. MacDuff brachte Mario durch einen gezielten Tritt gegen die Beine zu Fall.

Mario fluchte und rappelte sich wieder hoch. »Noch einmal.«

»Sie werden nicht genug Zeit haben, viel mehr zu lernen«, sagte MacDuff grimmig. »Höchstens, wie man fällt, ohne sich zu verletzen. Und das wird Ihnen nicht helfen, am Leben zu bleiben.«

»Noch mal«, wiederholte Mario und stürzte sich auf ihn.

MacDuff warf Mario über die Hüfte und setzte sich rittlings auf ihn. »Geben Sie's auf. Das dauert noch Wochen. Besorgen Sie sich lieber eine Knarre.«

»Aber ich lerne.« Mario starrte wütend zu ihm hoch. »Ich lerne bei jedem Fall etwas dazu. Noch mal.«

MacDuff stieß einen Fluch aus.

»Er ist wütend.« Als Jane sich umdrehte, stand Jock hinter ihr. Stirnrunzelnd fixierte er die beiden Männer. »Er könnte dem Burgherrn wehtun.«

»Mario? Ziemlich unwahrscheinlich.« Sie sah zu, wie MacDuff Mario losließ, der daraufhin sofort aufsprang. »Um MacDuff mache ich mir keine Sorgen. Eher um Mario. Er könnte –«

Sie verstummte, als Mario den Kopf senkte und ihn MacDuff in den Bauch rammte. MacDuff stöhnte auf und ging japsend in die Knie. »Verdammt, das habe ich Ihnen nicht beigebracht. Sie sollen nicht – Nein!«

Urplötzlich stand Jock hinter Mario und hatte ihn im Würgegriff. Alles war so blitzschnell gegangen, dass Jane völlig perplex war.

Aber MacDuff war bereits zur Stelle und schlug Jock auf den Arm, mit dem er Mario festhielt. »Hör auf, Jock. Lass ihn los.«

Jock rührte sich nicht.

»Jock.«

Langsam ließ Jock Mario los. »Sie hätten mich machen lassen sollen. Er hätte Ihnen wehtun können.«

»Er will mir nicht wehtun. Wir haben nur etwas ausprobiert. Das ist ein Spiel.«

»Das ist kein Spiel. Er hat Ihnen einen Schlag in den Magen versetzt. Dabei kann man die Rippen derart brechen, dass sie ins Herz eindringen.«

»Solche Tricks kennt er überhaupt nicht.« MacDuff sprach langsam, geduldig. »Er hat keine Ahnung vom Kämpfen. Deshalb will ich ihm ja was beibringen.«

»Warum?«

»Was soll das?« Mario starrte Jock verwirrt an.

MacDuff beachtete ihn nicht und fixierte Jock weiterhin mit seinem durchdringenden Blick. »Jemand hat seinen Vater ermordet. Er muss lernen, sich selbst zu schützen.«

Jocks Blick wanderte zu Mario. »Sie meinen, er will jemanden töten?«

»Um Himmels willen, nicht mit bloßen Händen. Ich habe dir doch bereits erklärt, dass er nur lernen will, sich selbst zu schützen.«

Jock runzelte die Stirn. »Er könnte Sie verletzen. Ich zeige ihm, was er wissen muss.«

»Kommt nicht in Frage. Du könntest dich vergessen. Und zum hundertsten Mal: Ich bin vielleicht nicht so gut wie du, aber ich bin absolut in der Lage, auf mich selbst aufzupassen.«

»Das weiß ich.«

»Dann geh jetzt wieder in den Stall.«

Jock schüttelte den Kopf und stapfte zu den großen Felsen am Ende des Turnierplatzes hinüber. »Ich bleib noch hier sitzen und guck zu.«

MacDuff schaute ihn resigniert an, dann drehte er sich zu Mario um. »Kommen Sie um zwei Uhr wieder her. Jetzt ist kein günstiger Zeitpunkt.«

Nach kurzem Zögern las Mario sein Hemd vom Boden auf. »Um zwei.« Er zog eine Grimasse, als er an Jane vorbeiging. »Merkwürdig. Verdammt merkwürdig.«

Sie war vollkommen seiner Meinung, war jedoch so fasziniert von dem, was sich zwischen Jock und MacDuff abspielte, dass Mario längst um die Burgmauer herum verschwunden war, als ihr einfiel, dass sie eigentlich nur hergekommen war, um mit ihm zu reden.

»Ich kann mich nicht daran erinnern, Sie hierher gebeten zu haben«, sagte MacDuff, während er sich den Schweiß von Brust und Armen wischte. »Was wollen Sie hier?«

»Ich wollte Mario überreden, mit dem Blödsinn aufzuhören.«

»Es wäre kein Blödsinn, wenn die Zeit nicht so knapp wäre. Es ist sogar vernünftig. Sein Bedürfnis nach Rache ist absolut verständlich.« Sein Blick wanderte in die Richtung, in die Mario verschwunden war. »Und er wird sogar ganz gut werden, wenn er lange genug überlebt. Sein letzter Angriff hat mich kalt erwischt.«

»Mich hat Jock kalt erwischt.« Sie schaute zu dem Jungen hinüber, der völlig reglos in einiger Entfernung auf den Felsen saß. Als er ihren Blick bemerkte, strahlte er übers ganze Gesicht. Sie konnte nicht glauben, dass dasselbe Gesicht noch einen Moment zuvor, als sein Arm um Marios Hals lag, kalte Entschlossenheit ausgedrückt hatte. Sie musste sich einen Ruck geben, um sein Lächeln zu erwidern, dann wandte sie sich wieder MacDuff zu. »Er hätte ihn umgebracht, stimmt's?«

»Ja.« Er zog sich einen Pullover über. »Innerhalb weniger Sekunden. Jock ist sehr schnell.«

Sie schüttelte fassungslos den Kopf. »Ich würde es nicht glauben, wenn ich es nicht mit eigenen Augen gesehen hätte – Er wirkt so gutmütig.«

»Oh, das ist er auch. Wenn er nicht gerade einen Mord begeht.«

Ihre Augen weiteten sich angesichts der Verbitterung in seiner Stimme. »Mord? Aber er war doch nur sauer, weil er dachte, Mario würde Sie verletzen.«

Er antwortete nicht.

»So war es doch, oder?«

Er schwieg eine Weile und zuckte dann die Achseln. »Er war nicht verärgert. Er war im Einsatz, und diesmal ging es um mich.«

»Wie bitte?«

»Er fühlt sich verpflichtet, für meine Sicherheit zu sorgen. Ich habe ihm das irgendwann einmal zugestanden, weil ich nicht wusste, ob ich ihn würde am Leben halten können, ohne ihm ein Ziel zu geben. Jetzt ist er stärker und ich versuche ihn wieder davon abzubringen. Aber das ist gar nicht so einfach.«

»Ihn am Leben halten«, wiederholte sie.

»Er hat dreimal versucht, sich das Leben zu nehmen, nachdem ich ihn von diesem Scheißkerl Reilly weggeholt habe.«

Reilly. Der Mann, um den sich alles drehte, um dessen Gunst Trevor mit Grozak stritt.

»Sie haben wohl schon von Reilly gehört.« MacDuff schaute Jane mit zusammengekniffenen Augen an. »Hat Trevor Ihnen von ihm erzählt?«

Sie nickte. »Aber er hat mir nichts von einer Verbindung zwischen Reilly und Jock oder Ihnen erzählt.«

»Er weiß nichts von der Verbindung zu Jock. Er weiß lediglich, dass ich Reilly ebenfalls zu fassen kriegen will.« Er schaute zu Jock hinüber. »Und zwar tot.«

»Und warum erzählen Sie das ausgerechnet mir?«

»Weil Jock Sie mag und weil Sie bereit sind, ihm zu helfen. Ich dachte, ich könnte ihn unter Kontrolle halten, aber irgendwann bin ich vielleicht mal nicht in der Nähe, dann wäre es gut, wenn Sie ein bisschen über ihn wüssten, damit Sie ihn lenken können. Ich will Sie da nicht blind hineinlaufen lassen.«

»Ist er ... verrückt?«

»Nicht mehr, als wir alle es wären, wenn wir das durchgemacht hätten, was er hinter sich hat. Er blendet bestimmte Dinge einfach aus; in manchen Momenten wird er regelrecht kindlich. Aber es geht ihm von Tag zu Tag besser.«

»Welche Dinge versucht er denn zu verdrängen?«

MacDuff antwortete nicht gleich. »Ich weiß, dass er mindestens zweiundzwanzig Menschen getötet hat. Wahrscheinlich waren es aber noch viel mehr. Das ist die einzige Erinnerung, die er sich erlaubt.«

»Mein Gott.«

»Es war nicht seine Schuld«, sagte MacDuff barsch. »Wenn Sie ihn als Jungen gekannt hätten, würden Sie das verstehen. Er war ein absoluter Wildfang, hatte jedoch ein freundliches Gemüt. Schuld ist Reilly, dieser verfluchte Hurensohn.«

»Er kann doch nicht älter als neunzehn sein«, flüsterte sie.

»Zwanzig.«

»Und wie ...?«

»Wie gesagt, er war ziemlich wild. Mit fünfzehn ist er von zu Hause abgehauen, um es allen zu zeigen. Ich weiß nicht, wann und wo er Reilly über den Weg gelaufen ist. Doch vor nicht allzu langer Zeit kam seine Mutter zu mir und bat mich, ihren Sohn zurück nach Hause zu holen. Er steckte in einem Heim in Denver, Colorado. Die Polizei hatte ihn an einem Highway in der Nähe von Boulder aufgegriffen. Ohne Papiere. Und sie konnten nichts aus ihm herausbringen. Er war schon zwei Wochen in dem Heim, bevor er das erste Mal den Mund aufgemacht hat. Er wollte Stift und Papier, um seiner Mutter zu schreiben. Einen Abschiedsbrief. Sie war völlig durchgedreht, als sie zu mir kam und mich anflehte, ihn nach Schottland zu holen. Sie hatte Angst, er könnte sich das Leben nehmen.«

»Warum hat sie ihn nicht selbst hergebracht?«

»Ich bin der Burgherr. Die Leute sind es gewohnt, sich in

Notfällen an mich zu wenden.«

»Und warum ist sie nicht zu Ihnen gekommen, als er von zu Hause abgehauen ist?«

»Damals war ich im Ausland. Ich war in Neapel, um Geld für die Burg aufzutreiben.« Er presste die Lippen zusammen. »Ich hätte hier sein sollen. Beinahe wäre ich zu spät gekommen. Als ich im Krankenhaus eintraf, hatte er sich schon ein Rasiermesser geschnappt und war dabei, sich die Pulsadern aufzuschneiden. Er war kaum noch zu retten.«

»Was haben Sie getan?«

»Na, was glauben Sie denn wohl? Er war einer meiner Leute. Ich habe eine Hütte in den Bergen gemietet und dort einen ganzen Monat mit ihm verbracht. Ich habe ihn gehalten, wenn er getobt und geheult hat. Ich habe mit ihm geredet, bis er angefangen hat, mit mir zu sprechen.«

»Hat er Ihnen erzählt, was mit ihm passiert war?«

MacDuff schüttelte den Kopf. »Nur Bruchstücke. Seine Gedanken kreisten ständig um Reilly, aber er war sich nie ganz sicher, ob er Gott oder Satan in ihm sehen sollte. Was auch immer er für Jock dargestellt haben mag, er beherrschte und bestrafte ihn. Und er hatte absolute Kontrolle über Jock.«

»Gehirnwäsche? Trevor hat mir berichtet, dass Reilly das mit den GIs gemacht hat.«

»Offenbar hat er diesmal tiefenpsychologische Experimente durchgeführt. Wie macht man aus einem gutmütigen Jungen wie Jock einen Killer? Drogen? Schlafentzug? Folter? Hypnose? Indem man seine Gefühle ausnutzt? Oder eine Mischung aus all dem? Reilly hat Jock in allen Formen des Tötens ausgebildet und dann mit Aufträgen losgeschickt. Es muss ziemlich schwierig gewesen sein, bei einer solchen Mordserie die Kontrolle über Jock zu behalten. Reilly ist verflucht clever.«

»Und ein Monster.«

»Zweifellos. Und Monster haben kein Recht, am Leben zu bleiben. Aber das wird er auch nicht mehr lange. Ich habe mit Trevor eine Abmachung getroffen. Ich kriege Reilly. Alles andere interessiert mich nicht.«

Jane kam ein Gedanke. »Warum Jock? Das ist doch ein eigenartiger Zufall, dass Reilly sich ausgerechnet ihn aussucht.«

»Das war absolut kein Zufall. Ich habe nie ein Geheimnis daraus gemacht, dass ich auf der Suche nach Ciras Gold bin. Diese Geschichte im Internet hat mich genauso neugierig gemacht wie andere Leute auch. Der Schatz am Ende des Regenbogens. Die Antwort auf meine Gebete. Ich habe in den vergangenen drei Jahren fünf Reisen nach Herkulaneum unternommen und irgendwie muss Reilly Wind davon bekommen haben. Trevor meint, Reilly beobachtet jeden mit Argusaugen, der das Gold möglicherweise vor ihm finden könnte. Er ist regelrecht besessen von diesen Goldmünzen, und wahrscheinlich wollte er herausfinden, ob ich etwas Wichtiges in Erfahrung gebracht habe. Jock ist in der Burg ein und aus gegangen, bevor er auf die Idee kam, abzuhauen und die Welt zu erobern. Wen hätte Reilly besser ausfragen können?« Seine Lippen spannten sich. »Wahrscheinlich hat er ihn irgendwo aufgespürt, um ihm ein paar entscheidende Fragen zu stellen; und als Jock ihm keine befriedigenden Antworten geben konnte, hat er sich den Jungen auf andere Weise zunutze gemacht.«

»Und jetzt machen Sie Jagd auf Reilly. Konnte Jock Ihnen irgendetwas über ihn erzählen?«

»Nicht viel. Immer wenn er sich erinnerte, überfielen ihn Krämpfe, und er fing an, vor Schmerzen zu schreien. Ein kleines posthypnotisches Geschenk von Reilly. Inzwischen geht es ihm besser, aber seit jenem ersten Monat habe ich es nicht noch einmal versucht, ihn nach Reilly zu fragen.

Ich will abwarten, bis er wieder gesund ist. Wenn das überhaupt passiert.«

»Schließlich haben Sie sich mit Trevor zusammengetan. Warum?«

»Ich war einer von denen, die Dupoi benachrichtigt hat, als er versuchte, Trevor hereinzulegen. Jeder in Herkulaneum wusste, dass ich interessiert war, und Dupoi dachte, ich hätte genügend Geld, um den Preis hochzutreiben.« Er verzog das Gesicht. »Ein großer Irrtum. Aber von Dupoi habe ich genug über Trevor und seine Geschichte erfahren, um zu dem Schluss zu gelangen, dass wir die gleichen Ziele haben könnten – und die nötigen Kontakte, um Reilly aufzuspüren.« Er sah Jane direkt in die Augen. »Und? Fürchten Sie sich jetzt vor Jock?«

Sie drehte sich kurz zu Jock um. »Ein bisschen schon.«

»Dann hab ich's wohl vermasselt. Ich dachte, Sie würden es verstehen.«

»Zweiundzwanzig Morde zu verstehen ist schwer.«

»Wenn er ein Killer im Auftrag Ihrer Regierung gewesen wäre, würden Sie das akzeptieren. In manchen Kreisen würde man ihn als Helden feiern.«

»Sie wissen genau, dass dieses Argument nicht zieht. Es tut mir Leid für ihn, aber ich begreife einfach nicht, wie Reilly ihn dermaßen für seine Zwecke gefügig machen konnte.« Sie straffte die Schultern. »Also werde ich es auch nicht versuchen. Ich werde einfach akzeptieren, dass es passiert ist.«

»Heißt das, Sie wollen sich von ihm abwenden?«

»Ach, Sie können mich mal. Er ist schließlich nicht mein Problem.« Was würde sie tun? Jock berührte und beschäftigte sie, seit sie ihn das erste Mal gesehen hatte. Diese Horrorgeschichte schockierte sie, gleichzeitig empfand sie tiefes Mitleid mit dem Jungen. »Ich weiß noch nicht, was ich tun werde.« Aber wie auch immer sie sich entschied, sie musste den Tatsachen ins Gesicht blicken. Sie überquerte den Turnierplatz und ging entschlossen auf Jock zu.

Er schaute sie mit großen Augen an, als sie näher kam. »Er hat dir von mir erzählt, stimmt's? Und jetzt willst du mich nicht mehr zeichnen.«

»Wie kommst du darauf?«

»Weil ich ein Scheusal bin«, sagte er schlicht. »Jetzt siehst du es, nicht wahr?«

Zum Teufel noch mal. Wieder empfand sie dieses herzzerreißende Mitleid. »Du bist kein Scheusal. Du hast nur scheußliche Dinge getan. Aber du wirst nie wieder so etwas tun.«

»Vielleicht doch. Er hat gesagt, ich bin so. Dass ich nichts anderes tun kann.«

»Wer? Reilly?«

»Manchmal glaube ich ganz fest, dass er Recht hat. Es ist so einfach, und ich muss nicht nachdenken.«

»Nein, er hat nicht Recht. MacDuff wird dir das bestätigen.«

Er nickte. »Das sagt er mir auch immer.«

»Und ich sage es dir auch.« Sie schaute ihm in die Augen. »Also hör auf, dummes Zeug zu reden, und vergiss dieses Arschloch.« Sie wandte sich zum Gehen. »Wir treffen uns in einer Stunde im Hof. Ich muss die Zeichnung fertig stellen.«

Sie hatte ihm nur den kleinen Finger gereicht und sie konnte immer noch einen Rückzieher machen. Als sie den Pfad um die Burgmauer herum erreichte, drehte sie sich noch einmal um. MacDuff hatte sich auf den Felsen neben Jock gesetzt und redete schnell und leise auf den Jungen ein. Jock nickte, aber er konnte den Blick nicht von Jane abwenden.

Und dann lächelte er. Ein Lächeln voller Trauer, Wissen und Hoffnung, verdammt.

Sie seufzte. Sie hatte keine Wahl.

»Ist dir jemand gefolgt?«, fragte Reilly Chad Norton, als der ihm das Päckchen reichte.

»Nein. Ich war vorsichtig, aber mir ist niemand gefolgt, und ich habe die Schachtel auf einen Peilsender hin untersucht. Alles okay.« Norton schaute Reilly Lob heischend an.

Reilly wusste nicht recht, wie er sich entscheiden sollte. Lob oder Schelte? Das war stets ein heikler Balanceakt bei den Subjekten, die er sich für tägliche Arbeiten im Haus hielt. Man hätte meinen sollen, es wäre eine leichte Aufgabe, doch Nähe konnte den Befehlseffekt abstumpfen lassen. In diesem Fall war wohl eine Mischung angebracht. »Du hast zu lange gebraucht. Du hast mich warten lassen.«

Norton erstarrte und Reilly sah die Panik in seinen Augen. »Ich wollte mich beeilen, habe mich aber nicht getraut zu rasen. Sie haben mir gesagt, ich soll auf keinen Fall Aufmerksamkeit auf mich ziehen.«

»Aber ich habe dir nicht gesagt, du sollst den halben Tag brauchen.« Das reichte. Einmal kurz die Peitsche spüren lassen, dann ein bisschen Salbe auf die Wunde streichen. Er lächelte Norton an. »Vermutlich bist du nur deswegen so vorsichtig gewesen, weil du um meine Sicherheit besorgt warst. Im Großen und Ganzen hast du deine Sache gut gemacht.«

Norton atmete erleichtert auf. »Ich habe mir Mühe gegeben. Das tue ich immer.« Er schwieg einen Augenblick. »Bin ich besser als Gavin?«

Reilly hob die Augenbrauen. »Kim hat geredet.«

Norton schüttelte den Kopf. »Sie hat nur gesagt, ich würde nie so gut werden wie – Sie meinte, Jock Gavin war für Sie was ganz Besonderes.«

»Ja, das war er wirklich. Aber du bist auch etwas Besonderes. Nächste Woche darfst du die Post abholen.«

Reilly gab Norton mit einer Handbewegung zu verstehen, dass er entlassen war, und wandte sich der Schachtel zu. »Und richte Kim von mir aus, Sie soll dir heute Abend eine größere Ration geben.«

»Danke.«

Als die Tür hinter Norton ins Schloss fiel, musste Reilly über dessen Vorfreude lächeln. Die Extraration Kokain sorgte verlässlich für die beabsichtigte Mischung aus Glücksgefühl und Erregung und bisher hatte er noch keinen gleichwertigen Ersatz dafür gefunden. Er hatte schon mehrfach eine Kombination aus posthypnotischer Suggestion und verschiedenen Arten des Entzugs angewandt, um seinen Versuchskaninchen einzureden, er hätte ihnen harte Drogen verabreicht. In manchen Fällen hatte der Trick sogar funktioniert, doch die kurzlebige Wirkung hatte ihn nicht zufrieden gestellt. Zu schade. Sowohl Genuss als auch Schmerz in höchster Intensität hervorrufen zu können würde ihm den ultimativen Kick verschaffen. Dann würde er sich fühlen, als wäre er Gott.

Aber er durfte nicht allzu enttäuscht sein. Andere Menschen so zu beherrschen, als wären sie Sklaven und er der Meister, war regelrecht berauschend. Natürlich hatte Grozak keine Vorstellung von den komplizierten und aufwändigen Methoden, die Reilly einsetzte, um die erwünschten Ergebnisse zu erzielen. Er hielt die Testpersonen für geistig minderbemittelt, und anfangs hatte Reilly tatsächlich mit diesem Perönlichkeitstyp experimentiert. Schon bald jedoch hatte ihn das gelangweilt und er war dazu übergegangen, sich schwierigere Fälle vorzunehmen. Aus diesem Grunde hatte er auch Norton ausgewählt, nachdem Jock Gavin ihm entwischt war. Er wollte beweisen, dass es ihm gelingen würde, jeden Widerstand zu brechen, auch wenn Gavin ein Fehlschlag gewesen war.

Kein völliger Fehlschlag, sagte er sich. Der Junge mochte

zusammengebrochen sein, aber seine grundsätzliche Konditionierung war offenbar erhalten geblieben. Wenn nicht, würde es inzwischen in ganz Montana und Idaho nur so wimmeln von Homeland-Security- und CIA-Leuten, die ihm auf den Fersen waren. Anfangs hatte er noch Grozak beauftragt, Jock im Auge zu behalten, nachdem MacDuff den Jungen mit nach Schottland genommen hatte, doch nach einer Weile hatte er sich wieder beruhigt. Letztlich konnte er selbst Jocks Furcht als positives Resultat verbuchen, denn sie hatte bewiesen, wie unerschütterlich seine Konditionierung war. Jock würde eher sterben, als ihn zu verraten. Reilly hoffte fast, der Junge würde es versuchen. Das wäre der ultimative Triumph.

»Norton hat gesagt, du hättest ihm eine Extraration Kokain bewilligt.« Kim Chan stand im Türrahmen. »Das ist ein Fehler. Bei Jock bist du nie so weich gewesen.«

»Jock war ein anderer Fall. Den musste ich an die Kandare nehmen. Norton stellt kein Problem dar.« Er lehnte sich in seinem Sessel zurück. »Und du unterläufst seine Ausbildung, indem du ihn mit Jock vergleichst. Ich habe nichts dagegen, wenn du dein Missfallen mir gegenüber äußerst, aber tu das keinem anderen gegenüber.«

Kims Wangen röteten sich. »Aber es stimmt. Ein bisschen Schmerz, und Norton klappt zusammen. Der Typ widert mich an.«

»Das hält dich allerdings nicht davon ab, ihm Schmerzen zuzufügen.« Er lächelte. »Und solange du nicht so weit bist, misch dich gefälligst nicht in meine Arbeit ein.« Und mit warnendem Unterton fügte er hinzu: »Du vergisst, dass du nicht meine Partnerin bist. Du arbeitest für mich. Und wenn du mir zu sehr auf die Nerven gehst, stecke ich dich wieder in den Puff in Singapur, wo ich dich aufgegabelt habe.«

»Das wirst du nicht tun. Du brauchst mich.«

»Ich brauche so eine wie dich nicht. Du bist nicht einzigartig. Wenn du nicht so geschludert hättest, hätte ich Jock vielleicht nicht verloren.«

»Das kannst du mir nicht anlasten. Du bist derjenige, der –« Sie unterbrach sich, als sie seinen Blick bemerkte. Er konnte sehen, wie sie mit ihrer Wut und Empörung kämpfte, doch wie erwartet gab sie schließlich klein bei. »Es war nicht meine Schuld«, murmelte sie. »Ich hatte ihn vollkommen unter Kontrolle, wenn er bei mir war.« Sie wandte sich ab. »Ich werde Norton die Extraration geben, aber ich halte es für einen Fehler.«

Und sie wusste, dass sie ebenfalls einen Fehler gemacht hatte, dachte Reilly. Sie war arrogant gewesen, als er sie ausgesucht hatte, und diese Arroganz hatte er über die Jahre immer wieder in Schach halten müssen. Er war versucht gewesen, sie ebenfalls auszubilden, doch damit hätte er womöglich ihre dominanten Neigungen zerstört, die ihr größtes Kapital darstellten.

Aber sie hatte Recht: Norton war nicht Jock Gavin. Er war zwar ein herausragender Student an der University of Colorado gewesen, Vorsitzender der Studentenvertretung und Star der Basketballmannschaft, was alles zusammengenommen zu dieser typisch jugendlichen Überheblichkeit geführt hatte, die ihn eine Zeit lang für Reilly so interessant gemacht hatte.

Doch damit war jetzt Schluss. Reilly würde ihn bald loswerden und jemand anderen finden müssen, der sein Interesse reizte. Es wurde zunehmend schwieriger, diese Langeweile zu vermeiden. Als Selbstmordattentäter würde Norton nicht zu gebrauchen sein, denn diese Typen mussten eine gewisse grundsätzliche Verbitterung mitbringen, und sie benötigten eine konzentrierte Ausbildung, die Monate in Anspruch nahm. Die Ausbildung, die er Norton hatte angedeihen lassen, war für die Katz. Sobald er einen Ersatz zur

Hand hatte, würde er Kim anweisen, ihm eine Überdosis zu verpassen.

Er öffnete die Schachtel und entfernte vorsichtig die schützende Plastikverpackung.

Er seufzte vor Wonne. Wunderschön …

Als Jane den Burghof betrat, kam Trevor ihr entgegen. »Bartlett sagte mir, dass du Mario gefolgt bist. Hast du mit ihm gesprochen?«

Sie schüttelte den Kopf. »Nein, aber mit MacDuff. Er hat mir erzählt, du hättest mit ihm ausgemacht, ihm Reilly zu überlassen.«

»Ach ja? Und was hältst du davon?«

»Es ist mir vollkommen egal, wer Reilly erledigt, Hauptsache, der Dreckskerl verschwindet von der Erdoberfläche. Und MacDuff scheint einen guten Grund zu haben, seinen Tod zu wünschen. Reilly muss ja wirklich ein widerliches Schwein sein.«

»Das hatte ich dir schon gesagt.«

»Stimmt, aber MacDuff hat mir eine Kostprobe geliefert und von Jock berichtet. Reilly scheint bestens zu Grozak zu passen.« Sie sah ihn forschend an. »MacDuff hat behauptet, du wüsstest nichts von Jocks Beziehung zu Reilly, aber das kann ich mir kaum vorstellen.

»Ich hatte einen Verdacht und hab Venable darauf angesetzt, um zu sehen, ob sich dafür eine Bestätigung finden lässt. Er hat sich aber noch nicht bei mir gemeldet.« Er lächelte dünn. »Ist jetzt auch nicht mehr notwendig. Reilly hat also Jock eine Gehirnwäsche verpasst und ihn ausgebildet?«

»Und ihn damit fast in den Wahnsinn getrieben. Jock hat schon mehrmals versucht, sich das Leben zu nehmen.«

»Was natürlich sofort deinen Beschützerinstinkt für den armen Kerl weckt.« Trevors Lächeln verschwand. »Er ist zwar ein Opfer, aber ein Opfer, das zum Killer ausgebildet und noch dazu psychisch labil ist. Halt dich von ihm fern, Jane.«

Sie schüttelte den Kopf. »Glaubst du etwa, dasselbe hätte ich mir nicht auch schon gesagt? Aber es hat nicht funktioniert. Ich kann ihn nicht sich selbst überlassen. Er wurde erst durch diesen Scheißkerl verroht. Er hat Hilfe verdient.«

»Dann lass MacDuff ihm helfen.«

»Er versucht es ja.« Sie schwieg einen Moment lang. »MacDuff meint, dass Jocks Gedächtnis bei allem streikt, was irgendwie mit Reilly zu tun hat. Gleichzeitig ist er sicher, dass er eine Menge weiß. Wenn wir dieses Wissen anzapfen könnten ...«

»Das wird MacDuff längst versucht haben.«

»Hat er auch. Aber es war anscheinend noch zu früh. Vielleicht könnte es bei jemandem klappen, der einen anderen Zugang zu ihm findet.«

Trevor fluchte vor sich hin. »Wenn du diese Erinnerungen wachrufst, riskierst du, dass er dir das Genick bricht. Er ist vollkommen unberechenbar.«

»Ich würde Jock nicht absichtlich verletzen.« Sie überlegte. »Aber diese Erinnerungen mit sich herumzutragen tut ihm auch nicht gut. Wenn ich ihn irgendwie dazu bringen könnte, sich der Realität zu stellen, ohne dass er wieder einen Rückfall –«

»Nein, verdammt!«

»Du hast mir nichts zu verbieten.« Sie sah ihn wütend an. »Du kannst das Gold nicht finden und Brenner findet Reilly nicht. Ich werde nicht zulassen, dass Grozak genügend Zeit findet, von Reilly zu bekommen, was er haben will.« Sie überquerte den Hof in Richtung Burgtor. »Wenn Jock uns helfen kann, dann werde ich alles daran setzen, ihn zum Reden zu bringen. Ich reiße mich nicht darum. Ich fürchte, ich könnte die Fortschritte zunichte machen, die

MacDuff bereits mit Jock erzielt hat. Also lass dir gefälligst was einfallen und liefere mir einen Grund, den armen Jungen in Frieden zu lassen.«

Sie spürte Trevors Blick im Rücken, als sie die Burg betrat. Wenn sie daran dachte, wie sie Jocks Vergangenheit und Charakter beschrieben hatte, drehte sich ihr der Magen um. Dieser »arme Junge« hatte eine ganze Menge Menschenleben auf dem Gewissen und hätte Mario beinahe das Genick gebrochen. Dennoch konnte sie nichts als Mitleid mit ihm empfinden.

Sie musste dieses Gefühl überwinden. Es erforderte Härte und eine gewisse Rücksichtslosigkeit, Jock dazu zu verhelfen, dass er sich an den Horror erinnerte, den er durchgemacht hatte. Zwar würde es ihr wehtun, aber das war nichts im Vergleich dazu, wie schmerzhaft es für Jock werden würde.

Doch es führte kein Weg daran vorbei. Es stand zu viel auf dem Spiel, als dass sie nicht wenigstens den Versuch wagen wollte.

Nach dem Öffnen der Schachtel, die Norton ihm gebracht hatte, ließ Reilly zwei Stunden verstreichen. Dann rief er Grozak an. »Wie sieht's aus, Grozak? Irgendwelche Fortschritte?«

»Allerdings«, erwiderte Grozak misstrauisch. »Warum fragen Sie?«

»Weil ich hier vor einem alten Buch über antike Münzen sitze, das ich einem Händler in Hongkong abgekauft habe. Es kursieren Gerüchte über eine bestimmte Münze, daraufhin habe ich mir dieses Buch kommen lassen, um mehr darüber in Erfahrung zu bringen. Wussten Sie, dass eine der Münzen, die Judas für den Verrat an Jesus kassiert hat, angeblich immer noch existiert? Können Sie sich vorstellen, wie viel diese Münze heute wert wäre?«

»Nein. Das interessiert mich nicht.«

»Es sollte Sie aber interessieren. Es heißt, die Münze wurde von einem gefangenen Sklaven, der zum Gladiator ausgebildet werden sollte, nach Herkulaneum gebracht. Ist Ihnen bekannt, dass Cira einen ehemaligen Gladiator zum Diener hatte? Wäre es nicht denkbar, dass dieser Mann ihr die Münze übergeben hat, um sie in sicherer Aufbewahrung zu wissen? Dass sie vielleicht sogar in dieser Goldtruhe gelandet ist?«

»Worauf wollen Sie hinaus? Das sind doch alles bloß Märchen.«

»Mag sein. Aber ich dachte, Sie sollten wissen, wie unglücklich ich wäre, wenn ich auch nur die geringste Chance hätte, an die Münze zu gelangen, und darum betrogen würde. Was gibt's Neues von Ciras Truhe?«

»Ich arbeite daran.«

»Und Sie haben es nicht geschafft, mir Jock Gavin vom Hals zu schaffen. Das gehörte auch zu unserer Vereinbarung. Der Junge weiß zu viel.«

»Sie haben mir doch selbst versichert, dass er keine Gefahr darstellt, selbst wenn er sich noch an alles erinnert.«

»Es besteht ein Restrisiko. Und Risiken gehe ich nicht ein. Finden Sie eine Möglichkeit, ihn aus dem Weg zu räumen.«

»Sie scheinen ja nicht besonders überzeugt zu sein von der Wirksamkeit Ihrer Methoden.«

»Sie haben keine Ahnung, wovon Sie reden. Sie machen sich absolut keine Vorstellung von dem, wozu ich fähig bin.« Er ließ einen Moment verstreichen. »Sie haben mir Jane MacGuire versprochen. Ich habe mir ein Foto von ihr angesehen, die Ähnlichkeit mit Cira ist in der Tat frappierend. Jane MacGuire hier zu haben wäre so, als wäre Cira wieder zum Leben erwacht.«

»Und?«

»Aus dem, was Sie mir über sie berichtet haben, schließe ich, dass sie jung, intelligent und durchsetzungsfähig ist. Wie Cira. Was für eine Herausforderung für einen Mann mit meinen Fähigkeiten.«

»Wollen Sie sie konditionieren?«

»Darauf könnte es hinauslaufen, aber ich hoffe eigentlich nicht. In erster Linie bin ich an Informationen interessiert. Frauen sind schwer zu konditionieren. Die meisten brechen, bevor sie sich verbiegen. Doch Jane MacGuire ist womöglich anders.«

»Welche Art Informationen wollen Sie aus ihr rausholen?«

»Über das Gold. Es geht doch nur um das Gold, nicht wahr?«

»Wenn sie irgendetwas darüber wüsste, hätte sie längst versucht, es in ihren Besitz zu bringen.«

»Wahrscheinlich weiß sie mehr darüber, als ihr bewusst ist. In den letzten vier Jahren war sie dreimal in Herkulaneum. Sie ist Trevors Vertraute. Und es besteht kein Zweifel daran, dass sie seit Jahren von Cira fasziniert ist. Wie sollte es auch anders sein? Die beiden sind praktisch Zwillinge.«

»Das heißt noch lange nicht, dass sie weiß, wo Ciras Gold versteckt ist.«

»Einen Versuch ist es wert. Vielleicht hat sie unbewusst irgendwelche Informationen aufgeschnappt. Sie glauben gar nicht, wie häufig ich schon bei Versuchspersonen auf Dinge gestoßen bin, die der Betreffende ohne meine Hilfe nie über sich erfahren hätte.«

»Und Sie glauben, Sie können es aus dieser MacGuire rausquetschen?«

»Ich kann alles ans Licht zerren, was sie je gewusst hat. Meine Methode ist zwar gefährlich und kann dazu führen, dass die Person nie wieder zu einer normalen Verhaltensweise zurückfindet. Doch selbst wenn sie mir nur den geringsten Hinweis auf das Gold liefert, ein Fragment, lohnt sich der Aufwand.« Er schwieg einen Augenblick lang. »Es sei denn, Sie ersparen mir diesen Ärger, indem Sie mir die Truhe liefern. Ich höre allerdings ein bisschen zu viel Eifer aus Ihren Fragen heraus.«

»Die Dinge entwickeln sich nicht so wie erhofft.« Grozak holte tief Luft. »Was ist, wenn ich die Frau erwische, aber noch Zeit brauche, um das Gold zu liefern?«

Reillys Hand umklammerte das Telefon. »Das gefällt mir gar nicht.«

»Keine Sorge, ich bin dem Gold auf der Spur«, sagte Grozak hastig. »Ich hab noch ein paar Trümpfe im Ärmel. Aber es wird wahrscheinlich nicht vor dem Zweiundzwanzigsten klappen. Ich könnte Ihnen eine Anzahlung geben und das Gold nach dem Attentat liefern.«

Verdammt, für wie blöd hielt der Mann ihn eigentlich? »An einer Anzahlung bin ich nicht interessiert. Ich habe mehr Geld, als ich ausgeben kann, und falls ich noch mehr haben will, brauche ich nur einen meiner Männer loszuschicken, um es zu besorgen. Ich will Ciras Gold. Ich möchte es sehen und anfassen.«

»Das werden Sie auch. Nur später.«

»Dann sind Sie womöglich längst untergetaucht. Was sollte Sie daran hindern, Ihr Wort zu brechen, nachdem ich meinen Teil der Abmachung eingehalten habe?«

»Nach dem Anschlag werde ich natürlich eine Weile untertauchen müssen. Aber ich bin nicht so bescheuert, Sie täuschen zu wollen. Sie bräuchten mir doch bloß einen Ihrer Zombies auf den Hals zu hetzen.«

Reilly überlegte. Diese Möglichkeit hatte er auch schon in Betracht gezogen. Wenn man sich auf jemanden wie Grozak einließ, musste man auf alles gefasst sein. »Stimmt. Ich könnte eine Verzögerung bei dem Gold akzeptieren, wenn

Sie mir dafür die Frau bringen. Aber nur eine Verzögerung, Grozak.«

»Und Sie werden mir die Männer am Tag des Anschlags liefern?«

»Ich arbeite mit Ihnen zusammen. Sie werden Ihre Leute ein paar Tage vor dem Anschlag bekommen. Dann haben Sie Zeit, sie genauestens zu instruieren. Allerdings werden die Männer erst auf einen Anruf von mir hin in Aktion treten. Das werde ich unmittelbar vor dem Anschlag erledigen, wenn ich die Frau bekomme.« Es war an der Zeit, den Anreiz zu verstärken. »Wenn Sie mir die Frau nicht liefern, werde ich Trevor anrufen und ihm für die entsprechende Gegenleistung Ihren Kopf auf einem Silbertablett servieren.«

»Sie bluffen. Trevor wird Ihnen die Frau niemals ausliefern.«

»Wer weiß. Für eine Judasmünze würden manche Leute jede Frau opfern. Sie nicht?«

»Ich bin nicht Trevor.«

Darüber konnte Reilly nur froh sein. Sich mit Trevor herumzuschlagen war erheblich schwieriger, und der Mann ließ sich nicht manipulieren wie Grozak. »Wir werden sehen. Es ist ja noch fraglich, ob die Lieferung klappt. Lassen Sie es mich wissen, wann ich mit ihr rechnen kann, damit wir uns auf einen Ort für die Übergabe einigen können.« Er legte auf.

Hatte er genügend Druck ausgeübt?

Vielleicht. Notfalls würde er ihn einfach verstärken müssen.

Er stand auf und trat an das Regal, in dem mehrere unbezahlbar wertvolle Münzen aus allen Epochen der Antike ausgestellt waren. Jahrelang hatte er sämtliche Artefakte aus Ägypten, Herkulaneum und Pompeji gehortet, die er sich beschaffen konnte, doch seine besondere Leidenschaft waren Münzen. Selbst in der damaligen Zeit hatten sie schon Macht symbolisiert.

Was für ein Zeitalter musste das gewesen sein, dachte Reilly. In dieser goldenen Epoche der Geschichte hätte er leben sollen, in einer Zeit, als ein Mann nicht nur das eigene Leben, sondern auch das anderer Menschen mit rücksichtsloser Effizienz gestalten konnte. Dazu war auch er geboren. Nicht, dass er in der heutigen Zeit keine Gelegenheit gehabt hätte, sein Talent zu entfalten. Doch damals gehörten Sklaven zum täglichen Leben und deren Meister wurden bewundert und geachtet. Leben und Tod der Sklaven hingen einzig und allein von den Launen ihrer Besitzer ab.

Cira war als Sklavin geboren und dennoch nie bezwungen worden.

Er hätte sie bezwungen. Er hätte eine Möglichkeit gefunden, ihren Willen zu brechen, selbst ohne die Hilfsmittel, die ihm jetzt zur Verfügung standen. Was für ein großartiges Versuchsobjekt hätte sie abgegeben, dachte er wehmütig. Eine Frau von solcher Charakterstärke unter seine absolute Kontrolle zu bringen wäre die absolute Krönung seines Schaffens gewesen.

Aber Jane MacGuire war ebenfalls eine charakterstarke Frau. Er hatte in den Zeitungsberichten gelesen, wie der Killer, der ihr nachgestellt hatte, von ihr in die Falle gelockt worden war. Nicht viele Frauen wären ein solches Risiko eingegangen und in der Lage gewesen, einen derartigen Plan in die Tat umzusetzen.

Die Geschichte hatte ihn völlig fasziniert und ihre Ähnlichkeit mit Cira hatte seine Fantasie zusätzlich angeheizt. In jüngster Zeit malte er sich immer wieder genüsslich aus, wie er sie verhörte. Allerdings verschmolzen Jane MacGuire und Cira in den Szenen, die vor seinem geistigen Auge abliefen, jedes Mal zu ein und derselben Person.

Plötzlich kam ihm ein Gedanke und er grinste unwillkürlich. Er musste Jane MacGuire dazu bringen, dass sie sich tatsächlich für Cira hielt. Eine bessere Möglichkeit, ihre Gedanken und ihre Erinnerung bis auf den Grund zu erforschen, gab es nicht. Diese Möglichkeit würde er noch genauer ausloten ...

Dreizehn

Woran denkst du, Jock?« Janes Bleistift huschte über den Skizzenblock. »Du bist meilenweit weg.«

»Ich habe mich gefragt, ob du sauer auf mich bist«, erwiderte Jock ernst. »Der Burgherr ist sauer. Er sagt, ich hätte heute Morgen nicht versuchen sollen, ihn vor diesem Mario zu beschützen.«

»Da hat er Recht. Mario hat nichts Unrechtes getan, und du kannst doch nicht einfach jemanden töten.« Gott, wie vereinfachend das klang. »Wäre MacDuff nicht dazwischengegangen, hättest du etwas Schreckliches getan.«

»Das weiß ich – manchmal.« Jock runzelte die Stirn. »Wenn ich darüber nachdenke. Aber wenn mich etwas beunruhigt, dann kann ich nicht denken, dann tu ich's einfach.«

»Und du machst dir Sorgen um MacDuff.« Sie schaute wieder auf ihre Skizze. »Um was machst du dir sonst noch Sorgen?«

Er schüttelte stumm den Kopf.

Sie durfte ihn nicht zu sehr bedrängen. Ein paar Minuten lang zeichnete sie schweigend. »Mario ist sehr traurig. Es war nicht MacDuff, dem er wehtun wollte.«

»Das hat der Burgherr mir auch gesagt. Er möchte den

Mann bestrafen, der mit –«, der Name kam ihm nur schwer über die Lippen, »– Reilly zusammenarbeitet.«

»Ja. Und nicht nur ihn, sondern auch Reilly. Darüber solltest du froh sein. Möchtest du nicht auch, dass Reilly bestraft wird?«

»Ich will nicht über ihn reden.«

»Warum nicht?«

»Ich darf nicht über ihn reden. Mit niemandem.«

Ein Teil dieser verdammten Hirnwäsche schien immer noch zu funktionieren. »Du solltest eigentlich tun können, was du willst.«

Ein Lächeln huschte über sein Gesicht. »Außer Mario töten.«

Gütiger Himmel, ein Anflug von Sarkasmus. Als ihre Blicke sich kurz trafen, lag in seinen Augen nichts Kindliches. »Außer jemanden töten, der unabsichtlich etwas Falsches tut. Aber niemand darf Macht über deine Gedanken haben oder dir verbieten, deine Meinung frei zu äußern.«

»Reilly.« Wieder musste er sich überwinden, den Namen auszusprechen. »Reilly hat die Macht.«

»Dann musst du dich gegen ihn wehren.«

Er schüttelte den Kopf.

»Warum nicht? Du müsstest ihn doch eigentlich verabscheuen.«

Er sah sie an.

»Tust du das etwa nicht?«

»Das darf ich nicht.«

»Tust du es nicht?«

»Doch.« Er schloss die Augen. »Manchmal. Ganz schlimm. Es tut weh. Wie ein Feuer, das nicht ausgehen will. Als der Burgherr mich geholt hat, habe ich Reilly nicht gehasst. Aber in letzter Zeit – überkommt mich immer dieses Gefühl, es verbrennt mich.«

»Weil es dich wieder daran erinnert, was er dir angetan hat.«

Er öffnete die Augen und schüttelte den Kopf. »Ich will mich nicht daran erinnern. Das tut weh.«

»Wenn du dich dagegen sträubst, dich zu erinnern, wenn du uns nicht sagst, wo wir Reilly finden können, dann wird er noch mehr Menschen wehtun und töten. Dann ist es deine Schuld.«

»Es tut weh.« Er stand auf. »Ich muss in meinen Garten zurück. Wiedersehen.«

Hilflos sah sie ihm nach, als er davonstapfte. War sie überhaupt zu ihm durchgedrungen? Sie rief ihm nach. »Ich bin mit meiner Zeichnung noch nicht fertig. Um fünf bin ich wieder hier.«

Er verschwand im Stall, ohne zu antworten.

Ob er herkommen würde?

»Sie haben ihn verwirrt.« MacDuff trat aus dem Stall und kam auf sie zu. »Sie sollten ihm helfen und ihn beruhigen, nicht ihn noch mehr aufwühlen.«

»Es wird ihm helfen, wenn er sich an diesen Scheißkerl erinnert. Ich bin sicher, dass Sie das genauso sehen. Sie haben mir selbst gesagt, dass Sie versucht haben, ihm Informationen über Reilly zu entlocken.«

»Wobei nichts herausgekommen ist.«

»Vielleicht war es noch zu früh.«

»Vielleicht sind die Wunden aber auch so tief, dass er stirbt, wenn er daran rührt.«

»Es werden Menschen sterben, verdammt noch mal.«

»Ich vertraue darauf, dass Trevor Reilly findet, bevor es dazu kommt.«

»Einige wenige Worte von Jock wären wahrscheinlich schon hilfreich.«

»Womöglich weiß er nicht einmal, wo Reilly sich derzeit aufhält. Nachdem ich Jock damals aufgegabelt hatte, habe ich es mit allem versucht, selbst mit Hypnose. Doch damit habe ich ihn nur in Panik versetzt. Das wird wohl eine der ersten mentalen Barrieren sein, die Reilly Jock eingeflößt hat.«

»Und wenn er es doch weiß?« Sie klappte ihren Zeichenblock zu. »Und wenn er uns den Weg weisen könnte und wir nicht einmal versuchen, ihm die Information zu entlocken?« Sie hielt MacDuffs Blick stand. »Einen Augenblick lang habe ich etwas in seinem Gesichtsausdruck gesehen – ich glaube, er könnte sich ändern und vielleicht ... wieder zurückkommen.« Sie zuckte frustriert die Achseln. »Himmel, ich will ihm doch nicht wehtun. Warum sträuben Sie sich so dagegen, dass ich es versuche?«

»Weil er vielleicht noch nicht reif dafür ist zurückzukommen.« Er schaute zum Stall hinüber. »Ich habe solche Momente auch schon bei ihm erlebt. Es ist, als würde die Sonne an einem düsteren Tag durch die Wolken brechen. Aber was geschieht, wenn er zurückkommt, bevor er es verkraften kann? Er ist ein Killer, gegen den Rambo wie ein Waisenkind dastehen würde. Eine Zeitbombe, die jeden Moment hochgehen kann.«

»Er liebt Sie. Sie könnten ihn doch unter Kontrolle halten.«

»Wirklich? Es freut mich, dass Sie da so zuversichtlich sind.« Er musterte sie. »Und unbarmherzig. Ich hätte es wissen müssen. Frauen sind einfach gnadenloser.«

»Gott, wie abgedroschen. Ich bin nicht unbarmherzig. Oder vielleicht doch. Ich weiß nur, dass ich nicht zulassen werde, dass diese Scheißkerle meinen Leuten etwas antun.« Sie wandte sich ab. »Ihnen und Trevor sind ganz andere Dinge wichtig als mir. Werden Sie mich daran hindern, mit Jock zu sprechen?«

Er antwortete nicht gleich. Dann sagte er langsam: »Nein, Sie können es versuchen. Aber seien Sie vorsichtig. Wenn

Sie die Bombe zum Explodieren bringen, wird das kein Vergnügen.«

Sie würde vorsichtig sein, dachte sie auf dem Weg zurück in die Burg. Nicht nur, um sich selbst zu schützen, sondern auch um den armen gequälten Jungen nicht vollends in den Wahnsinn zu treiben. Alles, was sie über Reilly hörte, machte sie wütend und krank. Grozak war ja schon ein übles Subjekt, aber dieser Verbrecher, der den Menschen das Gehirn umdrehte und ihren Willen brach und Massenvernichtung plante, war noch ein ganz anderes Kaliber.

Fahr zur Hölle, Reilly.

»Es gefällt Ihnen nicht, was ich tue«, sagte Mario, als Jane fünf Minuten später in sein Arbeitszimmer trat. »Aber es ist notwendig, Jane. Ich fühle mich hilflos gegenüber diesen Leuten. Das muss sich ändern.«

»Ich werde mich nicht mit Ihnen streiten.« Sie setzte sich in den Sessel in der Ecke. »Ich kann wirklich nachvollziehen, wie Sie sich fühlen. Trotzdem sollten Sie sich nicht einbilden, Sie könnten es mit diesen Leuten aufnehmen. Es dauert lange, bis man sich im Umgang mit Waffen und im Kampfsport richtig auskennt. So viel Zeit haben Sie nicht. Es geht alles viel zu schnell.«

»Ich kann zumindest damit anfangen. Vielleicht nützt es ja was. Sie werden mich nicht vom Gegenteil überzeugen. Ich kann manchmal ein richtiger Dickschädel sein.« Plötzlich grinste er. »MacDuff hat ihn schon zu spüren bekommen. Ich glaube, damit hatte er überhaupt nicht gerechnet.«

Sie erwiderte sein Lächeln. »Nein, das glaube ich auch.« Sie hatte ihm ihre Meinung gesagt und war damit offensichtlich auf taube Ohren gestoßen. Sie würde das Thema vorerst auf sich beruhen lassen und später vielleicht noch einmal darauf zurückkommen. Auch wenn es wahrscheinlich nichts nützen würde. »Wie kommen Sie mit der Übersetzung voran?«

»Langsam.« Er betrachtete den Stapel Papier vor sich. »Ich bin die ganze Zeit viel zu sehr abgelenkt.«

»Das kann ich verstehen. Aber vielleicht ist die Übersetzung unsere einzige Chance, diesen Horror zu verhindern.«

»Wer's glaubt, wird selig.« Er blickte zu ihr auf. »Zweitausend Jahre sind eine lange Zeit. Einen verborgenen Schatz zu finden wäre doch wie im Märchen. Halten Sie das wirklich für möglich?«

»Ich halte alles für möglich.«

»Das ist aber eine Verallgemeinerung.«

Sie überlegte. Normalerweise war sie pragmatisch und zynisch, doch tief in ihrem Innern hatte sie nie daran gezweifelt, dass das Gold noch irgendwo existierte. Vielleicht lag das ja an den Träumen, die sie seit Jahren verfolgten. Oder daran, dass Cira ihr so lebendig erschien und somit auch das Gold real wurde. »Glauben Sie, dass diese Rollen tatsächlich von Cira geschrieben wurden?«

»Ja.«

»Und wie groß war die Chance, dass sie jemals in diesem Tunnel gefunden wurden? Das ist doch schon für sich genommen ein Märchen.«

Er lächelte. »Da haben Sie vermutlich Recht.«

»Darauf können Sie Gift nehmen.«

»Zurück an die Arbeit.« Er wandte sich wieder der Schriftrolle zu. »Machen Sie, dass Sie rauskommen. Ich muss mich konzentrieren.«

Sie hob die Brauen. »Vorher habe ich Sie nicht bei der Arbeit gestört.«

»Doch, aber ich habe mich gern ablenken lassen. Jetzt nicht.« Sein Lächeln verschwand. »Für mich hat diese ganze Sache mehr von einer Gruselgeschichte als von einem

Märchen, aber ich möchte, dass es zumindest teilweise ein Happy End gibt. Ich melde mich bei Ihnen, wenn ich irgendwas finde.«

Er gab sich geschäftsmäßig, regelrecht kurz angebunden, und wirkte um Jahre älter als der junge Mann, als den sie ihn kennen gelernt hatte. Der Verlust seines jungenhaften Eifers machte sie ein bisschen traurig. »Okay.« Sie stand auf. »Es ist sowieso an der Zeit, dass ich Eve und Joe anrufe und sie auf den neuesten Stand bringe. Eigentlich wollte ich das schon gestern tun, aber nach meiner Rückkehr aus Luzern war ich einfach zu erschöpft.«

»Erzählen Sie denen alles?«

»Natürlich. Wir brauchen jede Hilfe, die wir kriegen können. Joe hat Kontakte im ganzen Land. Vielleicht kann er ja die Behörden wachrütteln und sie veranlassen, alles in ihrer Macht Stehende zu unternehmen, um Grozak und Reilly aufzuspüren.«

Mario schüttelte den Kopf. »Nach dem, was Trevor mir erzählt hat, ist das unwahrscheinlich. Es gibt keine Beweise. Keinerlei Hinweise von den üblichen Informanten. Und außer Venable hört Trevor niemandem zu.«

»Joe wird zuhören.« Sie trat zur Tür. »Eve wird zuhören. Und ich habe lieber die beiden mit im Boot als irgendwelche Behörden.«

»O Gott«, murmelte Joe, als Jane ihren Bericht beendet hatte. »Was für ein Riesenchaos.«

»Wenn wir die Katastrophe verhindern wollen, müssen wir entweder Grozak oder Reilly ausfindig machen. Du kennst doch eine Menge Leute. Es müsste doch eine Möglichkeit geben, die beiden zu finden und auszuschalten, bevor die ihre Pläne in die Tat umsetzen können. Das *darf* einfach nicht passieren.«

»Da hast du absolut Recht«, sagte Eve am anderen Apparat. »Und es wird nicht passieren. Wir werden von hier aus daran arbeiten. Joe hat immer noch eine Menge Kontakte zum FBI. Ich werde John Logan anrufen und sehen, ob er nicht ein paar Register ziehen kann.« Nach kurzem Schweigen fuhr sie fort: »Komm nach Hause, Jane.«

»Das geht nicht. Hier kann ich mich wenigstens nützlich machen. Vielleicht gelingt es mir, ein paar Informationen aus Jock rauszuholen.«

»Vielleicht aber auch nicht.«

»Ich muss es zumindest versuchen. Hier spielen sich die entscheidenden Dinge ab. Sollte es mir nicht gelingen, einen Durchbruch bei Jock zu erzielen, besteht immer noch die Möglichkeit, dass wir in Ciras Schriftrollen einen Hinweis auf das Gold entdecken. Das könnte genauso wichtig sein, weil Trevor dann eine Verhandlungsgrundlage mit Reilly hätte.«

»Scheißkerl. Die Vorstellung, mit diesem Widerling zu verhandeln, ist mir ein Gräuel.«

»Mir auch, aber wir müssen nach jedem Strohhalm greifen.«

»In dieser Schriftrolle steht doch, dass Cira versuchen wollte, das Gold aus dem Tunnel zu schaffen. Wenn ihr das gelungen ist, wird es noch schwerer zu finden sein.«

»Es sei denn, es steht etwas darüber drin, wo diese Pia es versteckt hat.«

»Und wenn es nicht unter dem Lavagestein liegt, das die Stadt unter sich begraben hat«, sagte Joe.

»Auf jeden Fall brauchen wir einen Durchbruch.« Jane schwieg einen Moment. »Etwas geht mir die ganze Zeit nicht aus dem Kopf. Diese Geschichte mit Cira und den Träumen und dem Gold ist völlig abstrus. Es ist beinahe, als würde sie uns alle verfolgen. Vielleicht versucht Cira ja zu verhindern –« Sie unterbrach sich und stieß einen Seufzer aus. »Himmel, ich fange schon an rumzuspinnen. Diese ständige Anspannung macht mich ganz kirre. Ruft mich an, sobald ihr wisst, was ihr unternehmen könnt.«

»Lass dich nicht entmutigen«, sagte Joe. »Die Bösen siegen nicht immer. Und diesmal werden wir es verhindern. Wir müssen einfach so lange am Ball bleiben, bis wir eine Möglichkeit finden, sie zu vernichten. Ich melde mich wieder.«

»Ich hätte nie gedacht, dass es so schlimm stehen könnte«, flüsterte Eve, als sie auflegte. »Und mir gefällt es überhaupt nicht, dass Jane sich im Zentrum des Geschehens befindet. Es ist mir egal, dass dieser Junge ihr Leid tut. Wenn sie ihn zu sehr bedrängt, explodiert er am Ende noch. Wir wissen doch beide, wie schnell ein geübter Killer töten kann.«

»Dazu wird es hoffentlich nicht kommen. Jane hat Recht, es gibt tatsächlich zwei Möglichkeiten. Vielleicht finden sie ja Ciras Gold und können Reilly dazu bringen, dass er Grozak abserviert.« Er zog die Augenbrauen zusammen. »Obwohl ich mich lieber nicht auf eine derart vage Vermutung verlassen möchte.«

Eve schwieg nachdenklich. »Womöglich ist es gar nicht so weit hergeholt.«

Joe sah sie fragend an. »Was meinst du?«

Sie wandte sich ab. »Alles ist möglich. Könnte doch sein, dass Mario bei der Übersetzung einen Hinweis darauf entdeckt, wo sich das Gold befindet.«

»Das glaubst du doch selbst nicht.« Joe musterte Eves Gesichtsausdruck. »Und ich kann mir nicht vorstellen, dass du dich von solchen Wunschvorstellungen leiten lässt.«

»Da irrst du dich. Ich wünsche mir von ganzem Herzen, dass sie das Gold finden. Und zwar möglichst bald.« Sie nahm das Telefon und wählte John Logans Nummer. Der Anrufbeantworter schaltete sich ein und Eve bat um Rückruf. »Ich versuch's noch mal, sobald ich zurück bin.« Sie ging zur Haustür. »Ich mache mit Toby eine Runde um den See. Ich muss ein bisschen Dampf ablassen.« Sie pfiff nach dem Hund. »Seit Jane weg ist, ist er ganz trübsinnig. Kannst du es jetzt gleich mal in Washington versuchen?«

»Bin schon dabei.« Er klappte sein Handy auf. »Du hast Recht, wir haben nicht viel Zeit.«

»Außerdem wäre es dir lieber, wenn sie Reilly ausfindig machten und den Scheißkerl einfach liquidierten, anstatt mit ihm zu verhandeln.«

»Darauf kannst du dich verlassen. Wenn er das Gold erst mal hat, taucht er unter und wartet auf seine Chance, wieder auf der Bildfläche zu erscheinen. Davon bin ich fest überzeugt.«

»Stimmt.« Aber Jane könnte vielleicht Zeit gewinnen, diesen Albtraum unbeschadet zu überleben. »Ich bin bald wieder zurück.«

Die Fliegengittertür knallte hinter ihr zu und sie eilte die Verandastufen hinunter. Toby rannte schon vor ihr her den Weg entlang. Sie ließ ihn laufen. Er brauchte Bewegung und sie brauchte ein bisschen Zeit zum Nachdenken.

Verflucht noch mal, hatte sie eine Angst. Was zum Teufel sollte sie tun? Sie konnte nichts tun. Joe hatte Recht, es war nahezu unmöglich, das Gold zu finden.

Oder auch nicht. Es konnte doch sein –

Gebell.

Toby stand mitten auf dem Weg und bellte irgendetwas zwischen den Bäumen an. Er hatte die Ohren aufgestellt, saß auf den Hinterbeinen und bellte immer schriller.

»Toby. Komm her.«

Er kümmerte sich nicht um sie, verdammt. Es konnte durchaus vorkommen, dass ein Bär oder ein Puma aus den Hügeln herunterkam und in der Gegend umherstreifte. Sie wollte nicht, dass Toby sich ins Gebüsch stürzte und möglicherweise verletzt wurde.

»Toby!«

Er machte Anstalten, in den Wald zu laufen.

Sie rannte hinter ihm her und packte ihn am Halsband. »Ganz ruhig, da ist nichts.«

Aber da war sehr wohl etwas.

Ihre Nackenhaare stellten sich auf.

Sie riss Toby zurück, als er lospreschen wollte. »Ab! Nach Hause!« Erleichtert stellte sie fest, dass er kehrtmachte und zurück zum Haus lief.

Und Eve blieb ihm auf den Fersen. Albern, solches Herzklopfen zu haben. Vielleicht war es ja gar kein gefährliches wildes Tier gewesen. Toby war nicht gerade der klügste Hund der Welt. Es konnte ebenso gut ein Käuzchen oder ein Opossum gewesen sein.

Doch erst als sie die Veranda erreichte, konnte sie wieder ruhiger atmen. Sie ließ sich auf die oberste Stufe sinken und Toby setzte sich neben sie. »Ich muss Jane sagen, dass du noch mal einen Kurs in Gehorsam brauchst«, flüsterte sie, als sie ihn an sich drückte. »*Komm her* heißt nicht *Auf mit Gebrüll.* Du hättest übel zugerichtet werden können, alter Junge.«

Anstatt sie anzusehen, starrte er wie gebannt in Richtung Weg.

Ein Schauer lief ihr über den Rücken. Alles nur Einbildung.

Der Weg war leer. Nichts rührte sich.

Nichts und niemand.

Dennoch konnte sie sich einfach nicht beruhigen. Sie stand auf und trat an die Eingangstür. Sie war noch gar nicht dazu gekommen, über das nachzudenken, was sie sich vorgenommen hatte, aber es ließ sich nicht aufschieben. »Alles in Ordnung. Ich geh rein und mach uns eine Tasse Kakao. Du kriegst ein Leckerchen, auch wenn du es nicht verdient hast.«

Jane musste lächeln, als sie den Hörer auflegte. Immer wenn sie mit Eve und Joe telefoniert hatte, fühlte sie sich besser. Es war ihr gar nicht bewusst gewesen, wie verzweifelt und entmutigt sie bis eben noch gewesen war. In den wenigen Minuten des Gesprächs war es den beiden gelungen, ihr etwas von ihrer Kraft abzugeben.

Es klopfte an der Tür. Trevor trat ein, bevor sie reagieren konnte. »Du bekommst bald Besuch«, sagte er grimmig. »Venable hat mich soeben angerufen, er schäumt vor Wut.«

»Warum?«

»Dein Telefongespräch mit Eve und Joe hat ihm überhaupt nicht gefallen. Verstoß gegen Sicherheitsvorschriften, Einmischung in CIA-Angelegenheiten und Bedrohung nationaler Interessen.«

»Wie bitte?« Dann begriff sie. »Hat er etwa mein Telefon angezapft?«

»Ja. Verdammt, er hat sogar mein Telefon angezapft. Und zwar mit meiner ausdrücklichen Erlaubnis. Es beruhigt ihn, und es gibt immer Möglichkeiten, zu vermeiden, dass er mithört.« Er verzog das Gesicht. »Ich habe ihm gesagt, es ist mir egal, was du Eve und Joe erzählst, aber offenbar hast du Venable mit irgendwas nervös gemacht. Worum hast du Joe gebeten?«

»Ich hab ihm gesagt, er soll alle Behörden einschalten, damit wir bei der Suche nach Reilly und Grozak Unterstützung erhalten.«

»Dann wundert mich gar nichts mehr. Die staatlichen Stellen können es überhaupt nicht leiden, wenn man sich in ihre Angelegenheiten einmischt.«

»Deren Pech.«

»Ganz meiner Meinung.« Er wies auf die Tür. »Wollen wir runtergehen und ihm das sagen? Er müsste jeden Moment hier sein.«

»Gott, der muss ja wirklich sauer sein.« Stirnrunzelnd ging sie an ihm vorbei. »Und ich kann es nicht leiden, wenn mein Telefon abgehört wird, verdammt noch mal.«

»Sag das ihm, nicht mir.«

»Du hast mir nichts davon erzählt.«

»Ich fand, dass du schon verunsichert genug warst.« Er ging ihr voran die Treppe hinunter. »Und ich wollte, dass du hier bleibst. Es war mir wichtig.«

»Aber jetzt sagst du es mir.«

»Zum jetzigen Zeitpunkt würde dich nicht mal die Explosion einer Wasserstoffbombe von hier wegbringen. Du steckst schon viel zu tief in der Sache drin.« Er warf ihr einen Blick über die Schulter zu. »Hab ich Recht?«

Verdammt, er hatte Recht. Wie sie Eve und Joe gesagt hatte, hier war der einzige Ort, wo sie sich nützlich machen konnte. »Stimmt, ich stecke viel zu tief drin«, pflichtete sie ihm bei. »Aber das heißt noch lange nicht, dass ich deswegen bereit bin, mich mit so einem Blödsinn abzufinden.«

»Ich weiß. Deshalb lasse ich Venable herkommen und die Karten auf den Tisch legen.« Am Treppenabsatz drehte er sich zu ihr um. »Auch um dich davon zu überzeugen, dass Venable wirklich existiert und dass ich dir über meine Zusammenarbeit mit ihm die Wahrheit sage.«

»Ich habe nicht angenommen, dass du lügst.«

»Vielleicht nicht bewusst. Aber möglicherweise im tiefsten Innern? Du weißt, dass ich manchmal zu ziemlich ausgefuchsten Täuschungen greife. Du sollst auf jeden Fall wissen, dass ich dir gegenüber vollkommen ehrlich bin.« Er wandte sich um und öffnete die Tür zum Burghof. »Frag Venable alles, was du willst.« Er lächelte. »Da er dich allerdings mittlerweile für ein Sicherheitsrisiko hält, wird er dir wahrscheinlich keine Antwort geben.«

Als Carl Venable aus dem Hubschrauber stieg, wirkte er auf Jane ganz und gar nicht wie der nervöse Typ, den Trevor ihr beschrieben hatte. Er war ein massiger, rothaariger Mann mit grauen Schläfen, und von weitem strahlte er Selbstbewusstsein und Autorität aus.

Doch die gerunzelte Stirn und seine ruckartigen Bewegungen straften diesen Eindruck Lügen, als er näher kam. »Ich hatte Ihnen gesagt, Sie sollten sie nicht herbringen«, fuhr er Trevor an. »Sabot ist stinksauer. Er hat mir angedroht, mich von dem Fall abzuziehen.«

»Das wird er nicht tun. Natürlich wird Quinn einigen Staub aufwirbeln, aber auf Sie lässt er nichts kommen. Sabot wird viel zu sehr damit beschäftigt sein, seine Position zu rechtfertigen, um Ihnen den Teppich unter den Füßen wegzuziehen.«

»Wenn Sie das sagen.« Er wandte sich an Jane. »Sie haben überhaupt keine Ahnung, was für ein Chaos Sie angerichtet haben. Das wird es doppelt so schwer für uns machen, irgendetwas Vernünftiges auf die Beine zu stellen. Quinn wird sich garantiert an Homeland Security wenden, und das bedeutet, dass wir denen gegenüber Rechenschaft ablegen müssen. Damit könnten Sie unsere Chancen, Grozak zu erwischen, endgültig zunichte gemacht haben.«

»Bisher haben Sie ja noch keine allzu großen Erfolge vorzuweisen«, erwiderte Jane trocken. »Und wenn wir damit einen weiteren elften September verhindern können, ist es mir egal, ob ich Ihnen Ihre Arbeit erschwert habe. Vergessen Sie's. Ich werde tun, was ich für richtig halte.«

Venable lief rot an. »Nicht, wenn ich Sie verhafte und als Zeugin zur Sache unter Arrest stelle.«

»Jetzt reicht's, Venable«, mischte sich Trevor ein. »Mir ist klar, dass Sie sauer sind, aber wir wissen beide, dass Sie das nicht tun werden.«

»Eigentlich sollte ich es tun. Es wäre für uns alle sicherer.

Vor allem für Ms MacGuire selbst. Reilly hätte keinen Zugriff auf sie. Sie haben mir doch selbst gesagt, dass er um sie verhandeln will. Und jetzt fängt sie auch noch an –«

»Ich habe Ihnen ebenfalls gesagt, Sie sollen gefälligst die Klappe halten über das, was Reilly gesagt hat, Sie Idiot«, fiel Trevor ihm wütend ins Wort. »Jetzt haben Sie's vermasselt.«

»Moment mal«, entfuhr es Jane. »Um was geht es hier?« Sie wirbelte zu Trevor herum. »Was für Verhandlungen?«

Trevor schwieg einen Moment lang, dann zuckte er die Achseln. »Als er mich angerufen hat, kam er mir mit einer Liste von Bedingungen, die ich erfüllen soll, wenn ich will, dass er seine Abmachungen mit Grozak sausen lässt.«

»Und was stand auf der Liste?«

»Das Gold, meine Statue von Cira – und du. Du standest ganz oben auf der Liste.«

»Warum?«

»Was glaubst du wohl? Ich habe dir erzählt, dass er wie besessen hinter allem her ist, was mit Herkulaneum zu tun hat, vor allem hinter Ciras Gold. Und wer könnte mehr mit Cira zu tun haben als du? Ihr Ebenbild. Er geht davon aus, dass du mehr weißt, als dir bewusst ist. Oder dass du es weißt, dich aber bedeckt hältst und nur auf eine passende Gelegenheit wartest, um dir das Gold unter den Nagel zu reißen.«

»Das ist doch völlig absurd.« Sie versuchte nachzudenken. »Und außerdem, wie will er mich denn dazu bringen, ihm irgendwas –« Plötzlich fiel es ihr wie Schuppen von den Augen. »Jock.«

»Bingo. Bewusstseinskontrolle. Er will dich dazu bringen, ihm deine Gedanken offen zu legen, damit er sie bis in den allerletzten Winkel erforschen kann«, erklärte Trevor. »Und nebenbei will er auch noch seine schmutzige Fantasie ausleben.«

Bei der Vorstellung lief es ihr eiskalt über den Rücken. »Dieses Schwein.«

»Ich habe ihm gesagt, dass es keinen Handel geben wird. Ich habe ihm das Gold angeboten, sollte ich es finden, und auch meine Statue, aber ich habe ihm klar gemacht, dass er auf dich verzichten muss.«

»Warum hast du mir nichts davon erzählt?«

»Er hätte es Ihnen sagen sollen«, bemerkte Venable. »Ich habe Trevor erklärt, dass wir es vielleicht benutzen könnten, um zu –«

»Und ich haben Ihnen geantwortet, dass das nicht in Frage kommt.«

Jane versuchte, den ersten Schrecken über die bedrohliche Vorstellung zu verdauen. »Venable hat Recht. Wir sollten jede Möglichkeit in Betracht –«

»Vergiss es«, fuhr Trevor sie an. »Ich wusste, dass du so reagieren würdest. Deshalb habe ich es dir auch nicht gesagt. Vor vier Jahren hätte ich dich beinahe verloren; das wird nicht noch einmal geschehen.«

»Damals hast nicht du die Entscheidung getroffen, sondern ich. Und heute ist es ebenfalls meine Entscheidung.«

»Reilly hat sich widerstrebend darauf eingelassen, das Gold und die Statue zu akzeptieren. Letztlich geht es ihm in erster Linie um das Gold. Es gibt keinen Grund, eine Entscheidung zu treffen.«

»Wir haben das Gold aber noch nicht.«

»Noch bleibt uns Zeit.« Er starrte Venable an. »Sie Vollidiot.«

»Es ist mir halt rausgerutscht«, erwiderte Venable. »Aber vielleicht hat es ja auch sein Gutes. Sie muss sich darüber im Klaren sein, dass jede ihrer Handlungen Auswirkungen für uns alle haben kann. Ich bin immer noch in Versuchung, sie mitzunehmen und –« Die letzten Worte schluckte er hinunter, stattdessen seufzte er müde. »Nein, ich werde es nicht tun. Aber zu unserer aller Sicherheit wäre es besser, wenn ich es täte.« Seine Lippen zuckten. »Einschließlich der Sicherheit von Joe Quinn und Eve Duncan.«

Sie erstarrte. »Was wollen Sie damit sagen?« Und zu Trevor gewandt: »Du hast mir versichert, sie würden rund um die Uhr beschützt.«

»Das werden sie auch«, entgegnete Trevor. »Hören Sie endlich auf, ihr Angst zu machen, Venable.«

»Ist es das, was Sie wollen?«, fragte sie.

»Duncan und Quinn stehen unter Schutz. Wir werden nicht zulassen, dass ihnen irgendetwas geschieht.« Venable zuckte die Achseln. »Unsere Agenten vor Ort haben soeben über äußerst verdächtige Vorkommnisse in der Nähe des Hauses berichtet.«

»Was für Vorkommnisse?«

Er hob abwehrend die Hände. »Nichts Konkretes.« Er wandte sich zum Hubschrauber um. »Ich muss zurück nach Aberdeen. Ich hätte gar nicht herkommen sollen. Eigentlich wollte ich ganz diplomatisch vorgehen, ich wollte Sie davon überzeugen, dass wir alles Erdenkliche unternehmen, und Sie bitten, Quinn und Duncan zurückzupfeifen.« Er verzog gequält das Gesicht. »Es hat nicht geklappt, mir ist einfach der Kragen geplatzt. Sabot wird einen solchen Ausrutscher weder verstehen noch dulden. Vielleicht sollte ich meine Kündigung einreichen. Seit diese Geschichte losgegangen ist, habe ich mich zu wenig an die Regeln gehalten. Ich hatte zu viel Angst.«

»Wieso Angst?«, fragte Jane.

»Wieso nicht? Ich habe eine Frau und vier Kinder. Ich habe drei Brüder, einen Vater im Altersheim und eine Mutter, die sich um uns alle kümmert. Wir wissen nicht, wo diese Bomben hochgehen sollen.« Er sah Jane an. »Vielleicht in Ihrer Heimatstadt Atlanta. Das ist eine große Stadt und ein bedeutender Knotenpunkt für den Luftverkehr. Würden

Sie nicht am liebsten nach Hause eilen und Ihre Angehörigen in der nächstgelegenen Höhle in den Bergen in Sicherheit bringen? Ich schon.«

Natürlich war sie in Versuchung. Seit Trevor ihr von Grozaks Plänen berichtet hatte, kämpfte sie gegen ihre Angst. »Eve und Joe würden nicht gehen.« Sie schaute Venable in die Augen. »Und Sie sind auch nicht nach Hause gefahren. Sie sind hier geblieben und wollen etwas bewegen.«

»Nach Trevors Meinung habe ich bisher nicht viel bewegt.« Er drehte sich seufzend um. »Aber ich werde es weiter versuchen, bis Sabot die Nase voll hat von mir und mich rausschmeißt. Machen Sie sich keine Sorgen, Ms MacGuire, Ihrer Familie wird nichts passieren. Das habe ich Trevor versprochen.« Er stieg in den Hubschrauber. »Ich rufe Sie an, Trevor.«

»Tun Sie das. Sie brauchen nicht jedes Mal persönlich vorbeizukommen, wenn Sie wütend sind. Ich werde mich ins Zeug legen, um zu verhindern, dass Grozak von der Beteiligung der CIA erfährt. Sind Sie inkognito hier?«

»Ich bin kein Amateur. Der Hubschrauber ist auf den Namen der Herculaneum Historical Society gemietet. Könnte sein, dass Grozak hellhörig wird und glaubt, Sie hätten das Gold gefunden und jemanden hergeholt, der die Echtheit der Münzen bestätigt. Von Aberdeen fliege ich direkt weiter nach Neapel. Zufrieden?«

»Nein. Zufrieden wäre ich, wenn Sie Ihre Klappe gehalten hätten.«

»Das war nicht möglich.« Sein Blick schweifte zu Jane hinüber. »Sie haben einen Sack Flöhe geöffnet. Sie glauben gar nicht, wie schnell und wie hart die Leute von Homeland Security zuschlagen, wenn sie sich erst einmal zum Handeln entschlossen haben. Das wird vielleicht eher ein symbolischer Akt sein, weil sie derselben Meinung sind wie Sabot, und Grozak für ziemlich ungefährlich halten. Aber es dürfte reichen, um Ihre Tarnung auffliegen zu lassen. Wahrscheinlich komme ich zu spät, ich wollte es jedoch wenigstens versucht haben.« Die Tür des Hubschraubers schloss sich hinter ihm.

Trevor warf Jane einen Blick zu. »Du hast ihm gar keine Fragen über mich gestellt.«

»Dazu bin ich gar nicht gekommen. Außerdem habe ich nie gesagt, dass ich ihm Fragen stellen wollte. Das war deine Idee.«

»Was für einen Eindruck hast du von ihm?«

»Er wirkt traurig. Und sehr menschlich. Ich glaube, er gibt sich jede erdenkliche Mühe.«

»Das tun wir doch alle.« Trevor begleitete sie ins Haus. »Und ich würde mich sehr freuen, wenn du ein wenig von der Toleranz, die du Venable gegenüber an den Tag legst, auch mir entgegenbrächtest.«

»Du hättest mir sagen sollen, was Reilly von dir verlangt.«

»Nein, das hätte ich nicht. Ich will mir das Leben nicht unnötig schwer machen. Und diesmal wäre es wirklich unnötig gewesen.«

»Aber ich bin diejenige, die der Gefahr ausgesetzt ist. Immer wenn ich glaube, wir würden zusammenarbeiten, stelle ich fest, dass du mir schon wieder etwas verheimlichst. Verdammt noch mal, ich verstehe einfach deine Gedankengänge nicht.«

Er lächelte. »Dann schöpf doch den Rahm von der Oberfläche ab. Ich garantier dir, es lohnt sich.«

Wieder durchströmte sie die vertraute Hitze, als sie ihn ansah. Zwar stand er lässig da, doch in diesem Lächeln lag nichts Beiläufiges. Es war intim, sinnlich und teuflisch verführerisch. Wie konnte sie zulassen, dass er ihr das antat? Verdammt, dieses Kribbeln tauchte einfach aus dem Nichts auf. Eben war sie noch aufgebracht gewesen, geradezu empört, und im nächsten Moment empfand sie diese starke körperliche Reaktion. »Ich bin doch kein Schaumlöffel. Wie stellst du dir das vor?«

»Ich werde es dir zeigen. Auf dem Gebiet bin ich Fachmann.« Er musterte ihren Gesichtsausdruck. »Wie wär's mit jetzt gleich?«

»Das ist nicht ... meine Art.« Sie ging mit eiligen Schritten zur Treppe. »Ich muss mit Mario sprechen, und um fünf bin ich mit Jock im Hof verabredet.«

»Er wirkte ziemlich aufgebracht nach eurem Gespräch heute Vormittag. Vielleicht kommt er gar nicht.«

»Hast du uns beobachtet?«

»Brenner war nicht da, und MacDuff vertraue ich zwar, aber der hat seine eigenen Probleme. Also habe ich euch natürlich beobachtet. Und heute Nachmittag werde ich es wieder tun.«

»Ich glaube nicht, dass Jock mir etwas zuleide tun würde.«

»Ich gehe lieber auf Nummer sicher.« Er schwieg einen Moment lang. »Heute Abend nach dem Essen will ich zum Turnierplatz. Ich möchte dich gern dort haben. Wirst du kommen?«

»Ich weiß noch nicht. Eigentlich bin ich nach wie vor wütend auf dich.«

»Aber es ist noch etwas anderes im Spiel, hab ich Recht?« Er sah ihr durchdringend in die Augen, und plötzlich war seine Stimme heiser vor Verlangen. »Ich will es so sehr. So sehr, dass ich mich von dir fern halten muss, um nicht über dich herzufallen. Ich werde dich also erwarten.« Er steuerte die Bibliothek an. »Ich bin übrigens auch verdammt menschlich, Jane. Komm hin und überzeug dich selbst.«

Es war Viertel nach fünf, als Jock auf dem Hof auftauchte.

»Du bist gekommen.« Sie versuchte, ihre Erleichterung zu verbergen, als sie den Zeichenblock aufschlug. »Freut mich.«

»Der Burgherr hat mir gesagt, ich soll kommen.« Er runzelte die Stirn. »Ich selbst wollte es nicht.«

»Weil ich dich durcheinander gebracht habe?« Sie fing an zu zeichnen. »Ich hatte nicht vor, dich –« Sie unterbrach sich und fuhr dann fort: »Ich habe dir nicht die Wahrheit gesagt. Ich wollte, dass du dir Sorgen machst, Jock. Wir alle machen uns Sorgen, warum sollte es dir anders ergehen? Wir müssen diesen Mann aufhalten, der dir wehgetan hat. Es ist deine Aufgabe, uns zu helfen.«

Er schüttelte den Kopf.

»Glaubst du etwa, es ist vorbei? Es ist nicht vorbei, Jock. Reilly wird sehr vielen anderen Menschen etwas antun, weil du den Kopf in den Sand steckst. Wenn er es tut, wird es deine Schuld sein.«

»Ist nicht meine Schuld.«

»Doch, ist es.« Verzweifelt versuchte sie, zu ihm durchzudringen. »Und er will nicht nur Fremden etwas antun. Es wird ihn wütend machen, wenn er erfährt, dass MacDuff versucht ihn aufzuhalten. Willst du zulassen, dass Reilly dem Burgherrn etwas antut?«

Er wandte sich ab. »Ich werde den Burgherrn beschützen. Niemand wird ihm etwas zuleide tun.«

»Das wird MacDuff nicht wollen. Er hat sich vorgenommen, Reilly zu finden und zu töten. Wegen dem, was er dir angetan hat. MacDuff ist stark und entschlossen. Du wirst ihn nicht davon abhalten können. Im Grunde deines Herzens weißt du das. Die einzige Möglichkeit, für seine Sicherheit zu sorgen, besteht darin, dass wir Reilly vernichten, bevor er uns vernichten kann. Aber dazu müssen wir wissen, wo er steckt.«

»Ich weiß nicht, wo er ist.«

»Ich glaube doch.«

»Nein. Ich weiß es nicht.« Seine Stimme war angespannt. »Hör auf, darüber zu reden.«

»Erst wenn du mir sagst, wo Reilly ist.«

»Ich kann dafür sorgen, dass du damit aufhörst.« Er machte einen Schritt auf sie zu und griff mit der Hand in seine Tasche. »Es ist ganz einfach. Ich weiß, wie das geht.«

Sie erstarrte. Die Schlinge. Er langte nach der Schlinge. Sie musste sich zwingen, nicht vor ihm zurückzuweichen. »Ich bin sicher, dass du eine Menge Methoden kennst, einen Feind zum Schweigen zu bringen, aber ich bin nicht dein Feind, Jock.«

»Du hältst deinen Mund nicht. Du nervst mich.«

»Und das ist ein Grund zu töten? Ist es das, was Reilly dir beigebracht hat? Befolgst du immer noch seine Befehle?«

»Nein! Ich bin abgehauen. Ich wusste, dass es böse war, aber ich konnte nicht aufhören.«

»Du hast noch immer nicht aufgehört. Du lässt es immer weiterlaufen. Und bald wird es MacDuff das Leben kosten.«

»Das wird es nicht.« Sein Gesicht war bleich, und mittlerweile stand er direkt vor ihr. »Das wird nicht passieren.«

»Doch. Es sei denn, du hilfst ihm.«

Sein Gesicht war schmerzverzerrt. »Ich kann nicht«, flüsterte er. »Er ist immer da und redet mit mir. Ich kann ihn nicht abschalten.«

»Versuch es.« Sie trat auf ihn zu und legte ihm sanft die Hand auf den Arm. »Versuch es doch wenigstens, Jock.«

Er schüttelte ihre Hand ab, die Panik spiegelte sich in seinem Blick. »Sei still. Ich halte es nicht aus, dir zuzuhören.«

»Weil Reilly dir gesagt hat, dass du es nicht darfst? Weil er dir befohlen hat, jeden zu töten, der dich nach ihm fragt?«, rief sie hinter ihm her, als er in Richtung Stall lief. »Begreifst du denn nicht, wie falsch es ist, ihn damit durchkommen zu lassen?«

Wortlos verschwand er im Stall.

Sie holte tief Luft. Das war knapp gewesen. Sie wusste nicht, wie groß die Gefahr tatsächlich gewesen war, dass er ihr die Schlinge um den Hals legte, aber so genau wollte sie es lieber nicht wissen. War es das wert gewesen? Hatte sie ihn dazu gebracht nachzudenken, oder würde er ihre Worte einfach ausblenden? Sie konnte nur abwarten.

Vielleicht hätte sie ihn nicht so bedrängen sollen. Eigentlich war es gar nicht ihre Absicht gewesen, die Worte waren einfach so aus ihrem Mund gesprudelt. Auf der Suche nach einer Möglichkeit, das Grauen aufzuhalten, geriet sie allmählich in Panik. Und Jock war ihr einziger Ansatzpunkt.

»Mein Gott, was hattest du vor? Du hast mit deinem Leben gespielt?«

Als sie sich umdrehte, sah sie Trevor über den Hof auf sie zukommen. »Das Risiko war nicht so groß. Du hast doch Wache gestanden, und ich bin sicher, MacDuff wäre so schnell wie Superman aus dem Stall angerannt gekommen, wenn Jock mich angefasst hätte.«

»Es wäre vielleicht zu spät gewesen«, erwiderte er. »Als wir das erste Mal herkamen, habe ich ihn einmal gegenüber einem meiner Männer in Aktion erlebt. Er war verflucht schnell.«

»Na ja, es ist ja nichts passiert.« Sie ging an ihm vorbei und eilte zur Treppe. »Mit der Betonung auf *nichts*. Ich bin mir nicht mal sicher, dass er sich überhaupt daran erinnern wird, mit mir gesprochen zu haben. Reilly hat ihn immer noch im Griff.«

»Dann wirst du doch sicherlich nichts dagegen haben, nicht mehr mit ihm zu sprechen.«

»Und ob ich was dagegen habe. Ich muss ihn weiter bearbeiten.«

Seine Hände ballten sich zu Fäusten. »Den Teufel wirst du tun. Ich würde dich am liebsten durchschütteln, bis du zu Verstand kommst.«

»Dann sieh du lieber zu, dass du dich selbst besser im Griff hast. Wenn du mich anfasst, fängst du dir eine. Ich werde tun, was ich für richtig halte.« Sie schlug die Eingangstür hinter sich zu. Sie war nicht in der Stimmung, sich mit ihm zu streiten. Von der Begegnung mit Jock war sie immer noch zittrig. Sie hatte ihre ganze Kraft aufbieten müssen, stehen zu bleiben anstatt zurückzuweichen. Als MacDuff ihr von der tödlichen Energie des Jungen berichtet hatte, war ihr dieser Gedanke wenig glaubhaft erschienen. Doch die Schwingungen, die Jock während der vergangenen Minuten ausgesandt hatte, waren unmissverständlich gewesen. Er mochte ja so schön sein wie Luzifer vor dem Sündenfall, trotzdem war er eine gequälte Seele, und er war äußerst gefährlich.

Dennoch stand außer Frage, dass sie es erneut versuchen würde. Jock war labil, aber auch verletzbar. Und er hatte ihr nichts getan. Er war zwar kurz davor gewesen, doch den letzten Schritt hatte er nicht getan. Wer konnte schon wissen, wie schwer es ihm gefallen war, sich zurückzuhalten? Reilly hatte Jocks Verstand schreckliche Dinge angetan, die immer noch wirksam waren.

Ihre Angst legte sich allmählich, und als sie die Treppe hinaufging, durchströmte sie ein fast schon leichtsinniger Optimismus. Sie hatte etwas bewegt, obwohl sie sich fast genauso vor Grozak und Reilly fürchtete wie Jock. Es musste eine Möglichkeit geben, die Situation umzudrehen. Eve und Joe würden nicht untätig herumsitzen. Es war ihr gelungen, bei Jock ein kleines Stück weiterzukommen. Und Eve und Joe würden nicht abwarten, bis das Schlimmste passierte.

Sie würde duschen und sich dann mit ihrer Zeichnung von Jock beschäftigen. Danach würde sie vielleicht noch bei Mario reinschauen.

Ich werde zum Turnierplatz gehen. Ich möchte dich dahaben.

Sie war zurückgeschreckt, als Trevor sie gebeten hatte, zum Turnierplatz zu kommen. Warum? Eigentlich war sie immer stolz auf ihr Selbstbewusstsein und ihre Verwegenheit gewesen. Doch seit sie hergekommen war, hatte sie sich benommen wie ein absoluter Feigling. Es wurde allmählich Zeit, dass sie sich in den Griff bekam und begann, sich wieder normal zu verhalten. Diese Entscheidung verursachte ihr ein erregendes Gefühl. Der Gedanke an Trevor, wie er dort im Mondlicht vor ihr gestanden hatte, wie der Wind in seinen Haaren gespielt hatte, die Erinnerung an dieses angedeutete Lächeln, das sie ihn mit den wilden, ursprünglichen Schotten hatte vergleichen lassen, erfüllte sie mit einer Mischung aus Anspannung und Vorfreude.

Ich möchte dich dahaben …

Vierzehn

Ich habe mich gefragt, ob du kommen würdest.« Trevor erhob sich von dem Felsbrocken, auf dem er gesessen hatte. »Ich hätte darauf gewettet, dass du nicht kommst.«

»Die Entscheidung ist mir nicht leicht gefallen.« Jane ging auf ihn zu. Er trug Jeans und ein dunkles T-Shirt, das im Mondlicht schwarz wirkte. Er sah jünger aus, weniger hart, verletzlicher. Aber war Trevor je verletzlich? »Es hat mir nicht gefallen, dass du mir Reillys Angebot verschwiegen hast. Das alles hat mich ziemlich verwirrt.«

»Und jetzt bist du nicht mehr verwirrt?«

»Zumindest schon deutlich weniger.« Sie ließ ihren Blick über die schroffen Felsen wandern, die den Turnierplatz umgaben. »Warum wolltest du heute Abend herkommen?«

Er lächelte. »Jedenfalls nicht, um mich zu beruhigen. Willst du die Wahrheit wissen? Dieser Ort hat eine unglaubliche Atmosphäre. Man kann sich Angus und Fiona und ihre schottischen Kumpane direkt leibhaftig vorstellen. Ich bin eben ein machtgeiler Typ, und als wir das letzte Mal hier waren, habe ich gespürt, dass du auf die Schwingungen hier reagierst. Und was dich betrifft, brauche ich jede Hilfe, die ich kriegen kann.«

Sie spürte, wie ihr heiß wurde. »Wirklich?«

Trevor wurde ernst und sah sie forschend an. »Etwa nicht?«

»Als wenn du dir je über irgendetwas im Unklaren wärst.« Sie trat einen Schritt näher. »Und wenn's ums Wesentliche geht, ist dir doch Atmosphäre völlig schnuppe.«

Er zuckte zusammen. »Und was ist das Wesentliche?«

»Die Erkenntnis, dass das Leben sehr kurz sein kann. Dass der Tod überall lauert und dass man nie wissen kann, wann –« Sie schaute ihm in die Augen. »Ich werde nicht auf ein Vergnügen verzichten, bloß weil es sich vielleicht im falschen Augenblick anbietet. Der richtige Augenblick ist immer hier und jetzt.«

»Der richtige Augenblick für was?«

»Möchtest du, dass ich es ausspreche?« Sie näherte sich ihm, bis sie sich beinahe berührten. Ihr brach der Schweiß aus, als sie die Wärme spürte, die von seinem Körper ausging. »Ich wollte schon mit dir schlafen, als ich siebzehn war. Aber du warst dumm und zurückhaltend und hast mich vier Jahre lang zappeln lassen. Ich will immer noch mit dir schlafen, und diesmal wird es passieren, das schwöre ich dir.« Sie legte ihm eine Hand auf die Brust. Ein Schauder überlief ihn, und sie empfand ein berauschendes Gefühl von Macht. »Oder?«

»Ja, verdammt.« Er legte eine Hand über ihre. »Ich hab dir gesagt, ich würde dich nicht wieder abweisen, falls du mich noch einmal berührst.«

Sie spürte sein Herz unter ihrer Hand schlagen, spürte, wie es immer schneller pochte. Verflucht, sie spürte dieses Pochen in ihrem eigenen Körper. Es war, als wären sie bereits vereint. Sie lehnte sich an ihn, bis ihrer beider Hände ihre Brüste berührten. Großer Gott, sie schmolz dahin. »Wo?«

»Hier«, murmelte er, während er sein Gesicht in ihrem

Nacken vergrub. »Hinter den Steinen. Es ist mir egal, wo.« Seine Zunge fühlte sich warm an auf ihrer Haut. »Wo du willst.«

Ihr Puls raste. Am liebsten hätte sie ihn dort, wo sie standen, zu Boden gerissen, ihn an sich gezogen und verschlungen. Sie ließ die Arme um seine Schultern gleiten. »Hier«, flüsterte sie. »Du hast Recht. Es spielt keine Rolle.«

Er erstarrte und schob sie von sich. »Doch, es spielt eine Rolle.« Sein Atem ging schwer und seine Augen funkelten in dem angespannten Gesicht. »Ich will nicht, dass MacDuff oder einer der Wachmänner uns überrascht. Nachdem ich so lange auf diesen Augenblick gewartet habe, machen zehn Minuten auch keinen Unterschied. Geh in dein Zimmer. Ich komme gleich nach.«

Sie stand da und starrte ihn benommen an. »Wie bitte?«

»Steh nicht da rum. Ich verspreche dir, dass das meine letzte Anwandlung von Edelmut ist. Danach gibt's kein Halten mehr.« Seine Lippen spannten sich. »Und falls du es dir anders überlegst und deine Tür abschließt, werde ich sie eintreten.«

Sie rührte sich nicht. Sie wusste nicht, ob sie noch zehn Minuten warten konnte, und sie wusste, dass sie ihn mit einer gezielten Berührung dahin bringen konnte, wo sie ihn haben wollte.

»Ich will, dass das erste Mal richtig wird«, sagte er heiser. »Los, beweg dich!«

Also gut, sie würde nachgeben und tun, was er von ihr wollte. Alles, was er wollte. Vielleicht hatte er Recht. Im Moment hatte ihr Körper die Oberhand und setzte ihren Verstand außer Gefecht. Sie drehte sich um und rannte über den Turnierplatz auf die Burg zu.

Jock sah, wie das Licht in Janes Zimmer anging. Erst vor wenigen Minuten hatte er sie durch das Tor und über den Hof rennen sehen und sich gefragt, ob er ihr folgen sollte.

Kurz darauf hatte Trevor den Hof überquert, und das hatte ihn erst recht alarmiert. Trevor hatte so einen entschlossenen Gesichtsausdruck gehabt. Würde er ihr wehtun? Jock nahm seine Schlinge und machte sich auf den Weg.

»Komm zurück, Jock.«

Als er sich umdrehte, stand MacDuff in der Stalltür. »Er wird ihr wehtun.«

»Nein. Höchstens, wenn sie es so will.« MacDuff lächelte. »Und das glaube ich nicht.«

»Sein Gesicht ...«

»Ich habe sein Gesicht gesehen. Es ist nicht das, was du denkst. Im Leben geht es nicht immer nur ums Töten und Wehtun. Weißt du das denn nicht mehr?«

Jock überlegte, dann nickte er. »Sex?«

»Allerdings.«

Ja, Jock erinnerte sich daran, wie er wild und genüsslich gevögelt hatte. Erst mit Megan aus dem Dorf und später mit anderen Mädchen, die er kennen gelernt hatte, als er in der Welt herumgezogen war.

Und dann Kim Chan in Reillys Haus.

Hastig schob er die Erinnerung an sie beiseite. »Und Jane möchte es?«

»Er wird sie nicht zwingen, Jock.« MacDuff schaute ihn nachdenklich an. »Macht es dir etwas aus?«

»Nicht, wenn er ihr nicht wehtut.« Er legte den Kopf schief. »Dachten Sie, es würde mir was ausmachen?«

»Du magst sie. Es war nur so ein Gedanke.«

»Ich ... mag sie.« Er runzelte die Stirn. »Aber manchmal ... tut sie mir auch weh. Sie redet auf mich ein und bohrt und bohrt, und dann hätte ich die größte Lust, sie zu knebeln.«

»Aber du hast keine Lust, ihr eine Schlinge um den Hals zu legen, nicht wahr?«

Er schüttelte den Kopf. »Das würde ich nicht tun. Aber nachdem ich von ihr weggegangen bin, habe ich immer noch gehört, was sie gesagt hat. Ich höre es immer noch.«

»Vielleicht ist es dann an der Zeit zuzuhören.«

»Sie wollen auch, dass ich mich erinnere.«

»Willst du es tief im Innern nicht auch?«

Vier acht zwei. Vier acht zwei.

Nicht jetzt. Alles ausblenden. Sonst würde der Burgherr sehen, wie sehr er litt, und dann würde er sich Sorgen machen.

Aber der Burgherr würde das alles nicht verstehen, dachte Jock verzweifelt. Er ahnte nichts von den Ketten und von den Qualen, die er jede Nacht durchlitt. Und Jock wollte auch nicht, dass er etwas davon wusste. »Sie hat gesagt ... Sie würden nicht länger warten. Sie meinte, Sie würden versuchen, sich Reilly auch ohne meine Hilfe zu schnappen.«

»Wenn es sein muss.«

»Tun Sie das nicht«, flüsterte Jock. »Bitte.«

MacDuff wandte sich ab. »Komm und hilf mir beim Abwasch. Ich habe zu tun.«

»Reilly wird –«

»Solange du mir nicht sagen kannst, was ich wissen will, möchte ich nichts über Reilly hören, Jock«, sagte MacDuff und verschwand im Stall.

Verzweifelt schaute Jock ihm nach. Erinnerungen an Tod und Schuld und Schmerz schwirrten ihm im Kopf herum und rissen das Narbengewebe auf, das sich über seinen Wunden gebildet hatte, seit MacDuff ihn aus Colorado zurück nach Schottland geholt hatte.

Vier acht zwei. Vier acht zwei.
Schmerz. Schmerz. Schmerz.

Trevor erschien im Türrahmen. »Du hast die Tür offen gelassen«, sagte er zu Jane.

»Ich wollte keinen Zweifel an meinen Absichten aufkommen lassen.« Sie hatte Mühe, das Zittern in ihrer Stimme zu unterdrücken. »Keine Schlösser. Keine verriegelten Türen. Und jetzt zieh dich aus und komm her zu mir. Ich will nicht die Einzige sein, die nackt ist, sonst fühle ich mich so verletzlich.« Sie schlug die Bettdecke zurück. »Verdammt, ich bin verletzlich. Ich werde dir nichts vormachen.«

»Gib mir eine Minute.« Er schloss die Tür und zog sich das Sweatshirt über den Kopf. »Ein paar Sekunden.«

Sein Körper war so schön, wie sie es erwartet hatte. Schmale Hüften, kräftige Beine und breite Schultern, in die sie am liebsten gleich ihre Nägel gegraben hätte. Sie würde ihn gern zeichnen. Nein, was für ein Blödsinn. Im Moment wollte sie nur eins von ihm. »Du bist zu langsam.«

»Sag mir das noch mal, wenn ich erst bei dir im Bett liege.« Er trat näher. »Ich werde mich bemühen, langsam zu machen. Aber ich kann dir nichts versprechen.«

Sie streckte ihm die Hand entgegen und zog ihn aufs Bett. »Ich will keine Versprechungen.« Sie umschlang ihn mit den Beinen und bäumte sich gegen ihn auf, als sie ihn spürte. »Ich will, dass du –«

Er bedeckte ihren Mund mit seinen Lippen, um ihren Aufschrei zu dämpfen, als er in sie eindrang. »Was willst du von mir? Das? Und das?« Er atmete schwer. »Sag's mir. Ich will, dass es gut für dich ist. Gott, ich tue alles, was du willst …«

Jane hauchte Trevor einen Kuss auf die Schulter und kuschelte sich an ihn. »Bist du etwa schon müde? Ich will gleich noch mal.«

»Müde?« Er lachte. »Stellst du meine Ausdauer in Frage? Ich denke, ich werde es schon mit dir aufnehmen können.« Zärtlich leckte er an ihrer Brust. »Jetzt gleich?«

»Sehr bald. Sobald ich wieder Luft kriege.« Sie starrte in die Dunkelheit. »Das war gut, nicht wahr?«

»Fantastisch. Wild. Wahnsinnig.«

»Ich hatte Angst, ich würde enttäuscht sein. Manchmal kann Vorfreude einem am Ende den Spaß verderben.«

»Und? Hast du dich hierauf gefreut?«

»Und ob.« Sie stützte sich auf einen Ellbogen und betrachtete ihn. »Ich habe versucht, mich dagegen zu wehren, aber wenn einem eine Tafel Schokolade vorenthalten wird, dann kann man irgendwann an nichts anderes mehr denken. Und jetzt kann ich meinen Hunger stillen.«

»Das würde ich dir nicht raten. Ich werde dafür sorgen, dass ich viel appetitlicher bin als eine Tafel Schokolade.« Er lächelte. »Und was hast du erwartet?«

»*Freude am Sex*, das Kamasutra.«

»Gott, was für eine Herausforderung.«

»Und? Kannst du sie erfüllen?«

»Allerdings.« Er rollte sich auf sie und schaute sie mit funkelnden Augen an. »Und du?«

Es war nicht Julius, der den Weg versperrte, erkannte Cira, als sie sich dem Ende des Tunnels näherte. Zum Glück war es nur ihr Diener Dominic.

»Dominic, was tust du hier? Du solltest doch die Stadt verlassen.«

»Die Herrin Pia schickt mich.« Als er an ihr vorbeischaute und Antonio erblickte, zuckte er zusammen. »Soll ich ihn töten?«

»Ich habe dir gesagt, dass ich dich nicht verraten habe, Cira.« Antonio trat neben sie und nahm ihr das Schwert aus der Hand. »Und jetzt lass uns zusehen, dass wir hier rauskommen.«

Dominic trat einen Schritt auf Antonio zu. »Er hat dich unglücklich gemacht. Soll ich ihn töten?«

Ein dumpfes Dröhnen erschütterte den Boden des Tunnels.

»Raus«, rief Antonio. »Ich lasse nicht zu, dass wir alle sterben wegen Dominics Mordlust.« Er packte Cira am Arm und zog sie in Richtung Ausgang. »Oder deiner.«

Dominic stellte sich ihm in den Weg.

»Nein, lass ihn, es ist alles in Ordnung«, sagte Cira. Wenige Augenblicke später gelangten sie ans Tageslicht, das wie Nacht wirkte. Rauch. Sie bekam kaum Luft. Entsetzt blieb sie stehen und starrte auf den Berg, der wie ein flammendes Schwert brannte und rot glühende Lava spie. »Später, Dominic. Wir müssen in die Stadt. Pia –«

»Deswegen hat sie mich geschickt«, sagte Dominic, während er hinter ihnen herlief. »Die Herrin Pia fürchtete, dass Julius sie entdeckt hat. Sie meint, dass ihr seit gestern jemand folgt. Ich soll dir sagen, dass sie dich auf dem Schiff erwartet.«

»Auf welchem Schiff?«, fragte Antonio.

»Es liegt weiter unten an der Küste vor Anker«, sagte Cira. »Ich habe Demonidas dafür bezahlt, dass er uns von hier fortbringt.«

»Wirklich?«

»Warum wunderst du dich? Ich bin schließlich keine Närrin. Julius wird keine Ruhe geben, wenn er erst einmal entdeckt, dass ich nicht mehr da bin. Ich muss aus Herkulaneum fliehen.«

»Ich wundere mich nur darüber, dass es dir gelungen ist,

jemanden zu finden, der dir hilft. Julius ist ein mächtiger Mann.«

»Aber es ist mir gelungen. Mit Pias Unterstützung. Demonidas erwartet mich.«

»Vielleicht«, sagte Antonio, während er die Lavaströme betrachtete, die an den Hängen des Vulkans herunterflossen. »Vielleicht ist er aber auch losgesegelt, als der Vulkan ausgebrochen ist.«

An diese Möglichkeit hatte Cira auch gedacht, als sie durch den Tunnel gelaufen waren. »Er ist sehr geldgierig, und ich habe ihm nur die Hälfte des Preises für die Überfahrt gezahlt. Er wird sich die Chance nicht entgehen lassen. Die Lava scheint nicht in die Richtung zu fließen, in der sein Schiff vor Anker liegt. Sie fließt direkt –« Entsetzt blieb sie stehen. »Direkt auf die Stadt zu.« Sie drehte sich zu Dominic um. »Wie lange ist es her, dass Pia dich losgeschickt hat?«

»Eine Stunde.«

»Und dann hat sie sich sofort auf den Weg zum Schiff gemacht?«

Dominic nickte, den Blick auf die Lava geheftet. »Ich sollte dir sagen, dass sie dich auf dem Schiff erwartet.«

Es kam ihr so vor, als wäre der Vulkan vor einer Ewigkeit ausgebrochen, doch eigentlich konnte es noch nicht sehr lange her sein. Pia hatte es bestimmt aus der Stadt hinaus geschafft.

»Möchtest du, dass ich losgehe und mich vergewissere?«

Sollte sie ihn in die brennende Falle schicken? Die tödliche Lava floss immer schneller. Dennoch würde sie es tun, wenn Pia …

Sie wandte sich ab. »Wenn jemand nachsehen geht, dann ich.«

»Nein!«, sagte Antonio. »Das wäre der reine Wahnsinn.

Du würdest noch nicht mal den Stadtrand erreichen, bevor –«

»Das geht dich nichts an.«

»Bei den Göttern, es geht mich mehr an, als du ahnst«, erwiderte er grimmig. »Was habe ich dir die ganze Zeit zu sagen versucht? Willst du, dass ich nach Pia suche? Ich wäre verrückt genug, um selbst das für dich zu tun.« Er schaute ihr in die Augen. »Befiehl es mir und ich gehe.«

Sie glaubte ihm. Er würde eher selbst gehen, als zuzulassen, dass sie ihr Leben aufs Spiel setzte.

Wieder bebte die Erde unter ihnen.

Cira riss ihren Blick von Antonio los und fragte Dominic: »Ist Leo bei Pia?«

»Nein, sie hat mich gestern Abend gebeten, ihn aufs Schiff zu bringen. Er ist bei Demonidas.«

Und Demonidas würde nur so gut mit dem Jungen umgehen, wie er seine Bezahlung einschätzte. Sie konnte nicht riskieren, dass er diesem Mann schutzlos ausgeliefert war. Sie musste einfach darauf vertrauen und beten, dass Pia die Stadt rechtzeitig verlassen hatte, wie sie es Dominic gesagt hatte. »Dann gehen wir jetzt zum Schiff.« Sie wandte sich vom Anblick der Stadt ab und rannte los. »Wir müssen uns beeilen.«

»Ich habe am Fuß des Berges zwei Pferde bereitgestellt«, rief Antonio, als er an ihr vorbeirannte. »Dominic?«

»Ich habe auch ein Pferd für sie mitgebracht«, sagte Dominic. »Ich hatte nicht damit gerechnet, dass du noch einmal zurückkommen würdest. Du hast –« Er blieb stehen, den Blick auf den Berg gerichtet, und fluchte vor sich hin. »Die Lava kommt in unsere Richtung.«

Er hatte Recht, dachte Cira.

Während der größte Teil der Lava auf die Stadt zuströmte, floss ein kleines, rot glühendes Rinnsal direkt auf Julius' Villa zu, genau in ihre Richtung.

»Uns bleibt noch genug Zeit, um die Pferde zu erreichen.« Antonio packte Ciras Hand. »Wir halten uns in Richtung Norden, dann umgehen wir den Lavastrom.«

Falls sie es schafften. Rauch und Lava schienen sie von allen Seiten einzukreisen.

Natürlich würden sie es schaffen, dachte Cira ungeduldig. Sie hatte es nicht so weit gebracht, um sich jetzt geschlagen zu geben. »Dann hör auf zu reden und bring uns zu den Pferden.«

»Ich versuche es ja, du anspruchsvolles Weibsstück.« Antonio zog sie unter ein paar Bäume. »Hol dein Pferd, Dominic. Lass den anderen Gaul frei. Gib ihm einen Klaps und schick ihn in Richtung Norden.«

Dominic verschwand in den Rauchschwaden.

Cira hörte die Pferde ängstlich wiehern und an ihrem Geschirr zerren.

Im nächsten Augenblick half Antonio ihr auf den Rücken eines der Pferde und drückte ihr die Zügel in die Hand. »Du reitest voran. Ich folge dir.«

»Wie ungewöhnlich zuvorkommend von dir.«

»Ich habe keine andere Wahl. Ich werde mich dicht hinter dir halten. Du würdest es fertig bringen, mich abzuhängen.« Er schaute ihr in die Augen. »Aber es wird dir nicht gelingen. Ich habe dich einmal verlassen, und das habe ich eingesehen. Wir gehören für immer zusammen, Cira.«

Für immer. Hoffnung und Freude mischten sich in ihre Angst. Sie trat dem Pferd in die Flanken, so dass es losgaloppierte. »Worte haben keine Bedeutung. Beweise es mir.«

Fassungslos hörte sie ihn hinter sich lachen. »Eine solche Bedingung würdest nur du stellen. Wir reden später darüber. Jetzt müssen wir erst mal dafür sorgen, dass wir diesem Inferno entkommen.«

Es war tatsächlich ein Inferno. Die Baumwipfel entlang der Straße hatten durch den Funkenflug schon Feuer gefangen. Sie warf einen Blick auf die Lavaströme, die an den Berghängen herunterflossen. Waren sie schon näher gekommen? Sie würden mindestens eine Meile weit reiten müssen, um der Lava zu entgehen. Sie konnte nur beten, dass sie nicht aufgehalten wurden, bevor sie ...

Ein brennender Baum stürzte vor ihnen auf den Weg! Ihr Pferd bäumte sich wiehernd auf. Sie spürte, wie sie aus dem Sattel glitt ...

»Antonio!«

Jane fuhr senkrecht aus dem Bett. »Nein!«

»Keine Angst.« Antonio legte ihr beruhigend eine Hand auf die Schulter. »Es ist alles gut.«

Nicht Antonio. Trevor. Nicht vor zweitausend Jahren. Hier. Jetzt.

»Alles in Ordnung?« Trevor zog sie zurück aufs Bett und drückte sie an seinen nackten Körper. »Du zitterst.«

»Es geht mir gut.« Sie befeuchtete ihre Lippen. »Ich hätte mit Albträumen rechnen müssen, nachdem du mir erzählt hast, was Reilly von mir will. Ich kann mir nichts Schlimmeres vorstellen als jemanden, der meine Gedanken und meinen Willen beherrscht. Allein daran zu denken, macht mich rasend. Cira wurde als Sklavin geboren. Wahrscheinlich habe ich mich mit ihr –«

»Immer mit der Ruhe. Atme tief durch. Du bist nicht Cira und Reilly wird dich nicht in die Finger kriegen.«

»Das weiß ich.« Sie schwieg einen Moment lang. »Tut mir Leid.«

»Dir braucht nichts Leid zu tun. Was für ein Albtraum war es denn?«

»Ich dachte, sie würde es schaffen, aber dann ist der Baum –«

»Cira?«

»Wer sonst? Es ist, als würde sie mich belagern.« Sie setzte eine belustigte Miene auf. »Oje, klingt das komisch. Irgendwie bin ich immer noch halb davon überzeugt, dass ich mal was über sie gelesen haben muss und dass ich deswegen immer wieder diese Träume habe.«

»Aber eben nur halb.«

»Ach, ich weiß auch nicht.« Sie kuschelte sich an ihn. »Sie wirken so real, es ist wie eine Geschichte, die immer weitergeht. Als versuchte sie, mir etwas zu sagen.« Sie stützte sich auf einen Ellbogen. »Du lachst mich ja gar nicht aus.«

»Das würde ich nie wagen.« Er lächelte. »Am Ende kommt noch Ciras Geist und streckt mich mit einem Blitzschlag nieder.« Er wurde wieder ernst. »Oder du würdest mich verlassen. Beides wäre eine Katastrophe.«

»Jetzt machst du Witze«, sagte sie verunsichert. Trevor schaute sie seltsam an. Sein Gesichtsausdruck war angespannt und zeigte keine Spur von Humor.

»Meinst du? Vielleicht hast du Recht.« Er zog sie wieder an sich und drückte seine Lippen an ihre Schläfe. »Du würdest sagen, es ist zu früh, und wahrscheinlich hättest du damit Recht. Aber ich will es einfach wissen.« Er umschlang sie noch fester, als er spürte, wie sie erstarrte. »Okay, ich höre auf, dich zu irritieren. Ich bin weiß Gott selbst aufgewühlt genug. Ich hatte mich auf einen verdammt guten Fick mit einer Frau gefreut, auf die ich schon seit Jahren scharf bin. Aber ich hatte nicht damit gerechnet –« Er brach ab. »Ich denke, wir sollten lieber das Thema wechseln. Würdest du mir vielleicht gern von deinem letzten Cira-Traum erzählen?«

Sie zögerte. Außer Eve hatte sie noch nie jemandem Einzelheiten aus ihren Träumen preisgegeben. Eve war nicht nur eine Art Alter Ego, sie hatte ebenfalls Geheimnisse, die sie nicht einmal Joe anvertraute, was Jane gut verstehen konnte. Sie war genauso verschlossen wie Eve, und es fiel ihr schwer, mit jemandem über diese Träume zu sprechen, die ihr so gar nicht wie Träume vorkamen.

»Ich kann verstehen, wenn du nicht darüber reden willst«, sagte Trevor ruhig. »Aber du sollst wissen, dass ich alles glauben werde, was du glaubst. Ich vertraue deinem Instinkt und deinem Urteilsvermögen. Alles andere kann mir gestohlen bleiben.«

Sie schwieg eine Weile. »Ich weiß selbst nicht, was ich glauben soll«, sagte sie zögernd. »Cira hat es aus dem Tunnel nach draußen geschafft. Antonio ist bei ihr. Und Dominic auch. Sie versuchen, ein Schiff zu erreichen, das an der Küste auf sie wartet. Cira hat Demonidas dafür bezahlt, dass er sie von Herkulaneum fortbringt.«

»Demonidas?«

»Er ist geldgierig. Sie glaubt, dass er auf sie warten wird, obwohl –« Sie schüttelte den Kopf. »Obwohl ihre Welt dem Untergang geweiht ist. Antonio ist sich da nicht so sicher.« Sie starrte in die Dunkelheit hinein. »Um sie herum steht alles in Flammen, sämtliche Zypressen am Wegesrand brennen. Eine davon ist vor Cira auf den Weg gestürzt. Sie fällt vom Pferd. Sie ruft nach Antonio ...« Jane schloss die Augen. »Das alles hört sich an wie eine Szene aus *Pauline lebt gefährlich*, stimmt's? Gott sei Dank gab es damals noch keine Eisenbahnschienen. Dann würde ich im Traum erleben, wie Cira gefesselt auf den Schienen liegt und eine Lokomotive auf sich zurasen sieht.«

»Selbst in dieser Situation würde Cira sich zu helfen gewusst haben«, sagte Trevor. »Demonidas ...«

Jane öffnete die Augen und schaute ihn an. »Was denkst du?«

»Nun, du hast bisher nichts über Cira gefunden, das du irgendwo aufgeschnappt haben könntest, bevor du angefangen hast, von ihr zu träumen. Demonidas ist eine neue Figur in dem Stück. Vielleicht handelt es sich um einen bekannten Kaufmann und Händler. Womöglich gelingt es uns, Cira über ihn auf die Spur zu kommen.«

Wir. Das Wort wärmte ihr das Herz. »Falls er wirklich existiert hat.«

»Sei nicht so pessimistisch. Solange nicht das Gegenteil bewiesen ist, existiert er für uns. Ich werde der Frage gleich morgen nachgehen. Vielleicht finde ich ja einen Hinweis auf ihn.«

»Das ist meine Aufgabe.«

»Dann machen wir es eben gemeinsam. Es gibt noch eine Menge Wege, die wir gemeinsam erkunden können.«

»Viel zu viele. Aber dazu haben wir im Moment keine Zeit. Nicht, solange Reilly und Grozak –«

»Ein bisschen Zeit haben wir. Und es könnte sich als wichtig erweisen. Wenn Cira vor Julius flieht, würde sie das ohne das Gold tun?«

Sie zuckte zusammen. »Nein.«

»Wäre es dann nicht logisch, dass das Gold auf dem Schiff war?«

»Ja.« Sie schluckte. »Du redest ja schon, als hätte es tatsächlich einen Demonidas gegeben.«

»Du hast gesagt, du würdest halbwegs glauben, dass sich das alles so zugetragen hat. Ich gehe einfach von dieser Annahme aus. Meinst du, du bist irgendwann in der Vergangenheit auf den Namen Demonidas gestoßen und hast ihn nun in eine Fantasiegeschichte eingewoben? Möglich wär's. Aber warum sollten wir dem Hinweis nicht nachgehen? Schaden kann's jedenfalls nicht.«

»Wir könnten wertvolle Zeit vergeuden, die wir nicht haben.«

»Ich habe dir gesagt, ich glaube, was du glaubst. Und ich

habe das Gefühl, dass du weit mehr, als du dir eingestehen willst, an die Existenz von Cira, Antonio und Demonidas glaubst. Du vertraust mir nur noch nicht genug.«

»Ich ... vertraue dir.«

Er lachte. »Das kam ja ziemlich lahm.« Er rollte sich auf sie. »Aber das macht nichts. Auf anderen Gebieten reagierst du dafür umso leidenschaftlicher. Ich werde einfach zusehen müssen, dass ich einen Durchbruch erziele.« Er schob ihre Beine auseinander und flüsterte: »Es gibt ja alle möglichen Arten von Durchbrüchen. Ich denke, wir können schon mal mit einem sehr interessanten anfangen.«

Mit klopfendem Herzen schaute sie ihn an. Er ahnte nicht, dass er in den letzten Stunden bereits einen entscheidenden Durchbruch erzielt hatte. Nicht den sexuellen, der sie bis ins Mark erschüttert hatte. Sie hatte alle Barrieren fallen lassen und ihm Zutritt zu einem Teil von ihr gewährt, den sie noch nie jemandem preisgegeben hatte. Sie fühlte sich mit ihm verbunden, wie ein Teil von ihm. Dass sie auch auf sexueller Ebene so gut harmonierten, war im Vergleich dazu beinahe nebensächlich.

Beinahe. Was war das überhaupt für ein Gedanke? Am Sex mit Trevor war nichts nebensächlich. Der Sex mit ihm war einfach umwerfend. Sie zog ihn an sich. »Ich stehe auf Durchbrüche«, sagte sie mit zitternder Stimme. »Zeig mir ...«

»Was machst du denn hier draußen?« Joe trat auf die Veranda und setzte sich neben Eve auf die oberste Stufe. »Es ist beinahe drei Uhr morgens. Machst du dir Sorgen?«

»Natürlich mache ich mir Sorgen.« Sie lehnte sich gegen ihn, als er ihr einen Arm um die Schultern legte. »Ich fürchte mich zu Tode. Das ist doch verständlich, oder? Unsere Politiker streiten sich immer noch darüber, wer für den elften September verantwortlich ist, und ich fürchte, dass nicht genug getan wird, um diesen durchgedrehten Grozak aufzuhalten.«

»Wir tun alles, was wir können. Hat John Logan sich schon bei dir gemeldet?«

Sie nickte. »Er fliegt nach Washington, um mit ein paar hohen Tieren bei Homeland Security zu reden. Er hat so viel Geld für den Wahlkampf gespendet, dass der Kongress auf ihn hören wird. Er meinte, er könnte zumindest erreichen, dass sie die Alarmstufe erhöhen. Morgen früh will er mich wieder anrufen.«

»Und ich habe mit dem FBI-Direktor telefoniert. Er war ziemlich zurückhaltend, aber ich hab ihm gesagt, wenn er nicht mit der CIA zusammenarbeitet, werde ich die Medien einschalten. Und jetzt hör auf, dich verrückt zu machen, Eve.«

»Ich mache mich nicht verrückt.« Sie verzog das Gesicht. »Ich drücke mich vor einer schweren Entscheidung. Aber es hat keinen Zweck. Ich werde wohl nicht daran vorbeikommen.«

»Wovon zum Teufel redest du?«

»Wir müssen alles tun, was in unserer Macht steht. Ich habe mir die ganze Zeit eingeredet, dass es keinen Zusammenhang gibt, aber das Risiko kann ich nicht eingehen.« Sie warf einen Blick auf ihre Uhr. »In Schottland ist es gerade acht Uhr. Wenn ich Jane jetzt anrufe, werde ich sie bestimmt nicht wecken.« Sie stand auf. »Ich gehe rein und setze Kaffee auf. Komm mit, dann können wir reden.«

»Das war Eve.« Jane legte langsam den Hörer auf. »Sie will sich heute Abend mit mir in Neapel treffen.«

»Wie bitte?« Trevor lehnte sich in seinem Stuhl zurück. »Kommt überhaupt nicht in Frage.«

Jane schüttelte den Kopf. »Ich muss hin. Eve bittet mich nie um etwas. Aber darum hat sie mich gebeten.«

»Warum?«

»Das weiß ich nicht. Sie hat nur gesagt, dass es wichtig ist. Wir treffen uns am Flughafen. Ihr Flieger landet um kurz nach sechs.« Sie runzelte die Stirn. »Gott, das macht mir Angst. Eve verlangt nie – Sie klang so –«

»Ich komme mit.«

Sie schüttelte den Kopf. »Nein. Sie will, dass ich allein komme.«

»Vergiss es. Sie würde dich nicht bitten, nach Neapel zu kommen, wenn sie wüsste, wie gefährlich es dort ist. Wird Quinn auch dort sein?«

»Nein.« Sie hob eine Hand, als Trevor etwas sagen wollte. »Sie hat gesagt, wenn du jemanden zu meinem Schutz mitschicken willst, ist das in Ordnung. Aber sie will nicht, dass sich jemand einmischt.«

»Ich werde mich nicht einmischen.«

Sie sah ihn skeptisch an.

»Okay, ich würde versuchen, mich nicht einzumischen.« Er schüttelte den Kopf. »Ich habe dich allein nach Luzern fliegen lassen. Aber diesmal werde ich dich nicht allein reisen lassen. Ich werde mich im Hintergrund halten. Ich werde mich als Chauffeur und Bodyguard betätigen. Ihr könnt mich einfach ignorieren.«

»Das wird mir schwer fallen. Was ist mit Brenner?«

»Er konnte nichts über Marios Vater in Erfahrung bringen. Ich habe ihn zurück nach Colorado geschickt.« Seine Lippen spannten sich. »Ich komme mit, Jane.«

Sie sah ihn frustriert an. »Aber Eve möchte nicht, dass du mitkommst.«

»Sie wird sich zähneknirschend damit abfinden müssen.« Er klappte sein Handy auf. »Ich fordere einen Hubschrauber an.« Dann fügte er hinzu: »Und anschließend rufe ich

Venable an und sage ihm, er soll sich zurückhalten und dafür sorgen, dass es am Flughafen von Neapel nicht von seinen Leuten wimmelt.«

Sie hatte Venable und die abgehörte Telefonleitung schon ganz vergessen. Lieber Trevor als die CIA. Außerdem musste sie sich eingestehen, dass sie sich wohler in ihrer Haut fühlte, wenn Trevor sie begleitete. »Also gut, aber sieh zu, dass du dich unsichtbar machst, verdammt. Ich sage Mario Bescheid, dass wir abreisen, dann gehe ich meine Sachen packen.«

Als der Hubschrauber eine Stunde später landete, stand MacDuff im Burghof. »Sie reisen ab?«

Jane nickte. »Wir fliegen nach Neapel. Aber wir sind heute Abend oder morgen früh wieder zurück. Wie geht es Jock?«

»Er ist still, sehr still. Er hat sich komplett in sich zurückgezogen.« Er machte ein besorgtes Gesicht. »Und er hatte letzte Nacht einen Albtraum. Ich hatte eigentlich gehofft, das wäre vorbei.«

»Meine Schuld?«

»Möglich. Oder meine. Wer weiß?« Er schaute zu Trevor hinüber, der gerade aus der Tür trat. »Aber vor allem Reillys. Warum Neapel?«

»Eve will sich dort mit mir treffen.«

»Eve Duncan.« Er überlegte. »Warum kommt sie nicht einfach her?«

»Das werde ich Ihnen sagen, sobald ich es weiß.« Sie ging auf den Hubschrauber zu. »Sagen Sie Jock, ich rede mit ihm, wenn wir zurückkommen. Sagen Sie ihm –« Sie wusste nicht recht, was sie ihm ausrichten lassen sollte. Sie bereute nicht, dass sie in ihn gedrungen war und womöglich alte Wunden aufgerissen hatte, denn es war unumgänglich gewesen. Es tat ihr nur Leid, dass das alles so schmerzhaft für ihn war. »Wiedersehen, MacDuff. Passen Sie gut auf ihn auf.«

»Das brauchen Sie mir nicht zu sagen.«

Sie lächelte. »Ich weiß.« Sie wiederholte, was er einmal zu ihr gesagt hatte: »Er ist einer Ihrer Leute.«

»Allerdings.« Damit wandte er sich ab.

Eve umarmte Jane, als sie durch die Zollkontrolle kam, dann warf sie Trevor einen kühlen Blick zu. »Was machen Sie denn hier?«

»Na, was glauben Sie wohl? Ich habe vor ein paar Tagen mit angesehen, wie ein Mann enthauptet wurde. Dieser Gefahr wollte ich Jane nicht aussetzen.« Er nahm Janes Tasche. »Aber ich habe ihr versprochen, mich im Hintergrund zu halten, solange Sie mich nicht brauchen.«

»Das muss Ihnen ja richtig schwer gefallen sein«, erwiderte Eve trocken.

»Ja, verdammt. Bringen wir es hinter uns.« Er reichte Eve einen Schlüsselbund und marschierte in Richtung Ausgang. »Ihr Mietwagen steht draußen. Ich folge Ihnen in einem zweiten Mietwagen. Oder wäre es möglich, das Gespräch mit Jane hier im Flughafen zu führen?«

Eve schüttelte den Kopf.

»Dachte ich's mir. Sonst hätten Sie sie wohl kaum nach Italien bestellt. Da Neapel der Herkulaneum am nächsten gelegene Flughafen ist, vermute ich mal, dass wir dorthin fahren.«

»Vermutungen sind selten zutreffend«, sagte Eve, während sie neben ihm herging. »Das ist einer der Gründe, warum ich Sie nicht dabeihaben wollte. Sie hören doch nie auf zu spekulieren, und ich kann es nicht gebrauchen, dass Sie mir dazwischenfunken. Sehen Sie? Ihre grauen Zellen haben schon angefangen zu arbeiten.« Sie drehte sich zu Jane um. »Wie geht es dir?«

»Was glaubst du wohl? Ich habe Angst. Ich bin verwirrt.

Es gefällt mir nicht, wenn man mich im Ungewissen lässt. Warum sind wir hier, Eve?«

»Weil ich nicht länger schweigen kann.« Sie schob Jane auf den Mietwagen zu, den Trevor ihnen zeigte. »Aber was ich dir zu sagen habe, muss ich dir zeigen.«

Fünfzehn

M*useo di Storia Naturale di Napoli.*

»Ein Naturkundemuseum?« Jane betrachtete das unscheinbare Gebäude, das in einer ebenso unscheinbaren Straße stand. »Eve, was zum Teufel machen wir –«

»Denk nach.« Eve schaltete den Motor ab. »Du bist noch nie hier gewesen, aber vor vier Jahren hat Trevor dieses Museum ausgesucht und den Kurator, Signor Toriza, um einen Gefallen gebeten.«

Jane starrte sie erschrocken an. »Der Schädel.«

»Der Schädel. Wir brauchten einen Schädel, um diesen wahnsinnigen Mörder in eine Falle zu locken, und Trevor hat sich aus diesem Museum hier einen ausgeliehen. Ich sollte eine Rekonstruktion anfertigen und dafür sorgen, dass sie der Statue von Cira ähnelte. Mich auf einen solchen Schwindel einzulassen ging mir vollkommen gegen den Strich, trotzdem habe ich es getan. Wir mussten Aldo schnappen, bevor er dich ermorden konnte.«

»Und es ist dir gelungen, ihn zu täuschen.«

Eve wandte sich ab. »Ja, es ist mir gelungen. Wir haben der Rekonstruktion den Namen Giulia gegeben und ich habe dafür gesorgt, dass sie Cira aufs Haar gleicht. Nachdem wir sie nicht mehr brauchten, habe ich wie versprochen eine echte Rekonstruktion angefertigt.« Sie stieg aus dem Wagen. »Komm, sehen wir sie uns an.«

»Aber ich habe sie doch schon gesehen«, sagte Jane, als sie Eve die Stufen hinauf zum Eingang folgte. »Die Zeitungen haben Fotos von der falschen und der echten Rekonstruktion gedruckt. Das hast du fantastisch hingekriegt.«

»Ja, das habe ich allerdings. Aber du hast die Rekonstruktion noch nie mit eigenen Augen gesehen.« Sie öffnete die Tür. »Deswegen sind wir hier.« Sie nickte einem kleinen, gut gekleideten Mann mit Halbglatze zu, der ihnen entgegenkam. »Guten Abend, Signor Toriza. Es ist sehr freundlich von Ihnen, dass Sie das Museum mir zuliebe noch geöffnet haben.«

»Es ist mir ein Vergnügen. Sie wissen, dass Sie nur anzurufen brauchen, und ich tue, was ich kann, um Ihnen zu helfen. Wir sind Ihnen sehr dankbar.«

»Nein, ich bin diejenige, die Ihnen zu Dank verpflichtet ist. Haben Sie alles vorbereitet?«

Er nickte. »Soll ich Sie begleiten?«

»Nein. Es wäre mir lieber, wenn Sie hier warten würden. Wir werden nicht lange brauchen.« Sie ging durch einen Korridor und bog nach rechts in einen großen Ausstellungsraum. Überall Vitrinen. Antike Kunstgegenstände, Schwerter, Steinfragmente und eine Vitrine, in der eine Reihe von Rekonstruktionen ausgestellt waren.

Jane schüttelte den Kopf. »Meine Güte, ich hätte nie gedacht, dass ein so kleines Museum eine solche Sammlung von Rekonstruktionen beherbergen könnte. Das sind ja mindestens acht oder –«

»Elf«, sagte Eve. »Sie ziehen die Touristen an, und das Museum braucht das Geld sehr dringend für die Spezialbehälter, in denen die Skelette aufbewahrt werden. Diese luftdichten Behälter sind sehr wichtig. Weil sie so teuer sind, gehen in Ägypten immer mehr Kunstgegenstände und Skelette verloren. In diesem Museum befinden sich mehrere Skelette, die aus dem Hafen von Herkulaneum geborgen wurden, doch Gesichtsrekonstruktionen machen das Ganze für Besucher anschaulicher.« Sie trat ans Ende der Vitrine. »Das ist Giulia.«

»Sie sieht genauso aus wie auf den Fotos.« Verwirrt betrachtete Jane die Rekonstruktion. Die junge Frau musste etwa Mitte zwanzig gewesen sein und hatte bis auf eine etwas zu breite Nase regelmäßige Gesichtszüge. Keine hässliche Frau, allerdings auch keine ausgesprochene Schönheit. »Was möchtest du mir zeigen?«

»Schuld.« Eve wandte sich von der Vitrine ab und ging auf eine Tür am Ende des Ausstellungsraums zu. »Komm. Ich möchte das hinter mich bringen.«

Langsam folgte Jane ihr durch den Raum. Schuld?

Eve öffnete die Tür und trat zur Seite, damit Jane vorausgehen konnte. »Gut. Toriza hat die Beleuchtung eingeschaltet. Das ist die Museumswerkstatt, die mir im Lauf der vergangenen Jahre sehr vertraut geworden ist.« Sie zeigte auf die Rekonstruktion, die mitten auf dem Arbeitstisch in einem Glaskasten stand. »Giulia.«

»Aber die Rekonstruktion von Giulia steht doch im Ausstellungsraum. Wie kann – Großer Gott.« Sie fuhr herum. »Cira?«

»Ich weiß es nicht.« Eve schloss die Tür und lehnte sich dagegen, den Blick auf die Rekonstruktion geheftet. »Auf jeden Fall sieht sie ihr sehr ähnlich. Aber wenn das Cira ist, dann war sie keine so außergewöhnliche Schönheit, wie allgemein angenommen wird. Die Züge sind weniger fein, nicht so regelmäßig wie die der Statue. Und Toriza sagt, ihr Skelett weist Spuren jahrelanger harter Arbeit auf. Möglicherweise vom Tragen schwerer Lasten.«

»Cira wurde als Sklavin geboren.« Jane konnte ihren Blick nicht von der Rekonstruktion abwenden. »Es könnte immerhin sein, dass sie –« Sie schüttelte den Kopf. »Das ist nicht Cira.«

»Glaubst du, es ist nur ein Zufall, dass sie Cira auf den ersten Blick so ähnlich sieht?«

Jane schaute Eve verwirrt an. »Ich weiß nicht. Vielleicht ist es –« Sie ließ sich auf den Stuhl neben dem Arbeitstisch sinken. »Aber das ist nicht die Cira, mit der ich seit vier Jahren lebe. Du hast ... mir den Boden unter den Füßen weggezogen.«

»Und wie sieht deine spontane Reaktion darauf aus?«

»Na ja, dass ich die Antworten finden muss ...«

»Genau damit habe ich gerechnet«, sagte Eve müde. »Anfangs dachte ich, wenn ich die Rekonstruktion so gelassen hätte, wie sie an dem Abend war, als wir aus Herkulaneum abgereist sind, würde deine Besessenheit in Bezug auf Cira endlich aufhören. Wenn du glaubtest, dass die Suche beendet wäre und feststünde, dass sie in dem Hafen gestorben ist, würdest du vielleicht aufhören, mehr über sie und das Gold, das Julius ihr gegeben hat, in Erfahrung bringen zu wollen.« Sie betrachtete das rekonstruierte Gesicht. »Die Ähnlichkeit war da, aber die Übereinstimmung war nicht vollkommen. Und ich wusste, dass diese Rekonstruktion dich noch mehr dazu antreiben würde, nach Antworten auf deine Fragen zu suchen. Sie würde dir noch mehr Gründe liefern, Ciras verdammten Tunnel zu erforschen.«

»Du ... hast mich belogen?« Jane konnte es nicht fassen. »Du bist die aufrichtigste Frau, die ich kenne. Du lügst niemals.«

»An dem Abend damals in Herkulaneum habe ich gelogen. Ich habe jede Ähnlichkeit mit Cira in der Rekonstruktion zerstört und sie noch einmal überarbeitet. Und diese Lüge habe ich ins Museum geschickt.«

»Warum?«, flüsterte Jane. »Mein Gott, damit hast du gegen dein eigenes Berufsethos verstoßen.«

»Es war ein zweitausend Jahre alter Schädel, verdammt.« Eve hatte Mühe, mit fester Stimme zu sprechen. »Du warst erst siebzehn und wolltest im darauf folgenden Jahr mit deinem Studium anfangen. Du hattest gerade eine grauenhafte Begegnung mit einem Wahnsinnigen hinter dir, der dir das Gesicht vom Schädel reißen wollte. Du hattest Albträume von Cira. Du warst erschöpft und verwirrt, und du musstest unbedingt fort von Herkulaneum und Zeit haben, zu genesen.«

»Du hättest mich nicht belügen dürfen.«

»Vielleicht nicht. Wahrscheinlich nicht. Aber ich habe mich dazu entschieden. Ich wollte dir die Chance geben, Cira und alles, was uns in Herkulaneum widerfahren war, zu vergessen.«

»Ohne mir die Wahl zu lassen. Ich war erst siebzehn, aber ich war kein Kind mehr, Eve.«

Eve zuckte zusammen. »Ich hatte immer vor, es dir später zu erzählen. Irgendwann einmal, wenn du Cira vergessen hättest. Aber du hast sie nicht vergessen. Selbst nachdem du mit deinem Studium angefangen hattest, hast du an diesen Ausgrabungsexkursionen nach Herkulaneum teilgenommen.«

»Und warum hast du mir das damals nicht gesagt?«

Eve schüttelte den Kopf. »Eine Lüge wird immer größer und irgendwann fängt sie an zu eitern. Wir sind immer vollkommen ehrlich miteinander umgegangen. Du hast mir immer vertraut. Und ich wollte dieses Vertrauen nicht zerstören.« Ihre Mundwinkel zuckten. »Und dann ist Reilly aufgetaucht und hat mir gesagt, Ciras Gold könnte verhindern, dass Grozak bekommt, was er haben will.«

»Was hat das denn hiermit zu tun?«

»Du hast dir die Vitrine im Ausstellungsraum nicht angesehen.«

»Ich habe die Rekonstruktionen gesehen.«

»Die so viel Aufmerksamkeit auf sich ziehen, dass die meisten Leute sich die anderen Ausstellungsstücke gar nicht erst ansehen. Im Hafen wurde ein kleiner Beutel mit Goldmünzen gefunden. Sie lagen in der Nähe von Giulias Skelett, doch nachdem sich gezeigt hatte, dass sie wahrscheinlich eine Arbeiterin war, ist man zu dem Schluss gelangt, dass die Münzen wahrscheinlich einem der vielen anderen gehört haben müssen, die damals ins Meer geflüchtet sind.«

»Mein Gott.« Sie drehte sich wieder zu der Rekonstruktion um. »Dann könnte das tatsächlich Cira gewesen sein.« Aber es passte alles nicht zusammen. Das war nicht Cira, das spürte sie einfach.

»Oder Toriza hatte Recht und das Gold gehörte ihr nicht.« Dann fügte sie hinzu: »Aber ich musste dir davon erzählen, weil ich nicht wollte, dass du in Julius' Tunnel oder in Ciras Theater nach dem Gold suchst, wenn es womöglich im Hafenbecken begraben liegt.«

»Wie hast du von dem Beutel mit den Münzen erfahren?«

»Oh, Signor Toriza und ich sind im Lauf der letzten vier Jahre dicke Freunde geworden. Man könnte sagen, wir tun einander häufig einen Gefallen.« Sie lächelte freudlos. »Ich konnte die Lüge nicht ertragen. Ich fühlte mich dem Museum gegenüber zur Wahrheit verpflichtet.« Sie deutete mit einer Kinnbewegung auf die Rekonstruktion. »Und ihr gegenüber. Ich hatte sie zu jemandem gemacht, der sie nicht war, und das war nicht fair. Ich musste sie nach Hause holen. Also bin ich im Sommer nach unserem Aufenthalt in Herkulaneum noch einmal hergeflogen und habe mit Toriza gesprochen. Wir haben eine Abmachung getroffen. Er hat mir erlaubt, eine neue Rekonstruktion von Giulia anzufertigen, und mir versprochen, sie erst öffentlich auszustellen, wenn ich ihm grünes Licht gebe.«

»Und die Rekonstruktion in der Vitrine?«

»Die enthält keinen echten Schädel. Es ist nur eine Büste, die genauso aussieht wie die Rekonstruktion, die ich zerstören musste. Nach all der Publicity konnten wir sie nicht einfach sang- und klanglos verschwinden lassen. Sie musste ausgestellt werden.«

»Es wundert mich, dass Signor Toriza bereit war, von seinen Prinzipien abzuweichen, indem er die Rekonstruktion geheim hielt.«

»Geld. Ich habe ihn gut bezahlt.« Eve zuckte die Achseln. »Nicht in bar. Mit dem Schweiß meines Angesichts. Wie gesagt, wir haben eine Abmachung getroffen.«

»Was für eine Abmachung?«

»Er hat mir alle paar Monate einen von seinen Schädeln geschickt, den ich dann rekonstruiert habe. Auf diese Weise ist er in den Besitz einer der weltbesten Sammlungen von Rekonstruktionen gekommen.«

»Wie hast du das bloß gemacht? Du bist doch so schon ständig überarbeitet.«

»Ich hatte gelogen. Also musste ich dafür zahlen.« Ihre Blicke begegneten sich. »Und ich würde es wieder tun. Denn solange ich kein Öl ins Feuer goss, bestand immer die Chance, dass du Cira vergessen und dich um dein Leben kümmern würdest. Das war ein paar Nachtschichten wert, um die Rekonstruktionen für Toriza anzufertigen.«

»Das waren mehr als ein paar Nachtschichten. Elf Rekonstruktionen. Wusste Joe Bescheid?«

Eve schüttelte den Kopf. »Meine Lüge. Mein Preis.« Sie holte tief Luft. »Was ist? Bist du sauer auf mich?«

Jane wusste nicht, was sie empfand. Sie war viel zu schockiert, um ihre Gefühle zu sortieren. »Nein, nicht ... sauer. Das hättest du nicht tun sollen, Eve.«

»Wenn ich nicht so erschöpft und voller Sorge um dich gewesen wäre, hätte ich vielleicht eine andere Entscheidung getroffen. Nein, ich will mich nicht rausreden. Ich habe dir vier Jahre Zeit gegeben, um dich von einer Obsession zu befreien und ein normales Leben zu führen. Weißt du, wie wertvoll das ist? Ich weiß es. Ich habe nie ein normales Leben geführt. Aber dir wollte ich dieses Geschenk geben.« Sie seufzte. »Ich weiß, dass du immer geglaubt hast, ich würde dich weniger lieben als Bonnie.«

»Ich hab dir gesagt, dass mir das nicht wichtig ist.«

»Doch, es ist dir wichtig. Ich habe dich nie weniger geliebt als Bonnie, nur auf andere Weise. Ich habe für dich gelogen, gegen mein Berufsethos verstoßen und bis zur Erschöpfung gearbeitet. Vielleicht weißt du jetzt, wie viel du mir bedeutest.« Sie hob resigniert die Schultern. »Vielleicht auch nicht.« Sie drehte sich um und öffnete die Tür. »Komm. Toriza will das Museum schließen.«

»Eve.«

Eve wandte sich zu ihr um.

»Du hättest es nicht tun sollen.« Sie befeuchtete ihre Lippen. »Aber es ändert nichts an meinen Gefühlen für dich. Nichts könnte daran etwas ändern.« Sie stand auf und trat auf Eve zu. »Woher soll ich wissen, was ich an deiner Stelle getan hätte?« Sie versuchte zu lächeln. »Wir sind uns so ähnlich.«

»Nicht wirklich.« Sie streichelte zärtlich Janes Wange. »Aber wir sind uns ähnlich genug, dass ich stolz und zufrieden bin. Seit du bei uns bist, erhellst du unser Leben mit einem warmen Licht. Ich konnte einfach den Gedanken nicht ertragen, dass dieses Licht verblassen könnte.«

Jane spürte, wie ihre Augen sich mit Tränen füllten, und sie nahm Eve in die Arme. »Was zum Teufel soll ich dazu sagen?« Sie drückte sie kurz an sich, dann trat sie einen Schritt zurück. »Okay, gehen wir. Darf ich Trevor davon erzählen?«

»Warum nicht? Wahrscheinlich geht seine Fantasie ohnehin schon spazieren. Da soll er doch lieber gleich die Wahrheit erfahren.« Sie wollte die Tür schließen.

»Warte.« Jane warf noch einen letzten Blick auf die Rekonstruktion auf dem Arbeitstisch. »Sie sieht ihr ähnlich, nicht wahr? Aber nicht ähnlich genug. Es gab so viele Statuen von Cira, doch keine davon hatte so ... grobe Züge. Sie könnte –« Sie drehte sich zu Eve um. »Du musst doch unglaublich genaue Messungen vornehmen, nicht wahr? Könnte es sein, dass du einen Fehler gemacht hast?«

»Glaubst du vielleicht, ich hätte mir nicht gewünscht, dass das nicht Cira ist? Eine genaue Übereinstimmung mit den Statuen hätte das Problem endgültig gelöst. Dann wärst du davon überzeugt gewesen, sie endlich gefunden zu haben, und es wäre endlich vorbei gewesen. Ich habe mit größter Sorgfalt gearbeitet. Ich habe die Rekonstruktion dreimal erneuert und jedes Mal sah sie so aus.« Sie schluckte. »Hast du schon mal die Möglichkeit in Betracht gezogen, dass die Künstler, die diese Statuen hergestellt haben, Cira glorifizieren wollten? Dass die echte Cira womöglich gar nicht so schön war wie die Bildnisse, die man von ihr gemacht hat?«

»Das könnte natürlich –« Sie schüttelte den Kopf. »Nein, das ist nicht –« Sie betrat den Ausstellungsraum und wartete, bis Eve die Tür geschlossen hatte. »Irgendetwas in mir sträubt sich dagegen.«

»Du lebst jetzt schon so lange mit dem mentalen Bild von Cira, dass du dich gegen jede Änderung sträuben würdest. Hab ich Recht?«

Jane nickte langsam. »Aber im Moment bin ich zu verwirrt, um zu entscheiden, was Wahrheit ist und was Einbildung.« Sie durchquerte den Ausstellungsraum. »Vielleicht ist es ja alles bloß Einbildung. Bis auf das Gold.

Das Gold ist real. Und darauf muss ich mich konzentrieren.«

»Deswegen habe ich dich gebeten, hierher zu kommen«, sagte Eve leise.

»Du sagst, im Hafenbecken wurde kein weiteres Gold gefunden?«

»Jedenfalls nicht in der Nähe der Skelette.«

»Nein, ich meine, keine Truhen in irgendwelchen Häusern in der Nähe?«

Eve schüttelte den Kopf. »Aber ein großer Teil von Herkulaneum liegt immer noch unter Lavagestein begraben. Ich hatte nur gehofft, dir einen Ansatzpunkt geben zu können oder einen Hinweis auf eine andere Stelle, wo ihr danach suchen könntet.«

»Danke. Das weiß ich.« Jane seufzte. »Ich hoffe bloß, dass das Gold nicht unter dem Lavagestein liegt.«

»Diese Möglichkeit musst du aber in Betracht ziehen.«

»Nein, verdammt. Wenn das Cira ist, dann hat sie vielleicht versucht, das Gold aus der Stadt zu schaffen. Vielleicht ist es ihr ja sogar gelungen.« Ihre Hände ballten sich zu Fäusten. »Aber sie ist es nicht. Ich *weiß* es einfach.«

»Nein, du weißt es nicht. Und das Gold ist zu wichtig für uns, wenn wir diese Schweinehunde aufhalten wollen, als dass wir uns auf Instinkte verlassen könnten.« Eve ging in Richtung Ausgang. »Damit würden wir uns ins eigene Fleisch schneiden. Das Gold war nie ein sicherer Faktor, auch wenn ich wünschte, es wäre so. Aber wir sollten allmählich zusehen, dass wir noch eine andere Lösungsmöglichkeit aus dem Hut zaubern.«

»Der Hafen«, murmelte Trevor, als sie dem Flugzeug nachschauten, in dem Eve saß. »Selbst wenn es da liegt, wird es verdammt schwierig werden, es zu bergen. Es wäre viel einfacher, wenn es sich in Julius' Tunnel befände.«

»Aber wir wissen, dass Cira versucht hat, das Gold aus dem Tunnel zu schaffen. Vielleicht ist es ihr ja wirklich gelungen.«

»Und dann soll sie es zum Hafen gebracht haben? Vielleicht war das nur ein Fluchtversuch. Vielleicht hat sie sich einen Beutel mit Münzen aus der Truhe geschnappt und ist damit in Richtung Meer geflohen.«

»Wieso hätte sie zum Hafen fliehen sollen? Julius hat sie beobachten lassen. Es wäre viel zu gefährlich für sie gewesen, zum –«

»Du redest ja schon, als wäre das Cira da in dem Museum.« Trevor schwieg einen Moment lang. »Du musst zugeben, dass die Wahrscheinlichkeit nicht gering ist. Eve hat Recht. Die Künstler, von denen die Statuen stammen, haben bestimmt versucht, sowohl Cira als auch Julius damit zu schmeicheln.«

»Ja, ich geb's zu.« Ihre Lippen spannten sich. »Es bleibt mir nichts anderes übrig.« Sie drehte sich um und ging auf den Ausgang für Privatflugzeuge zu. »Bis Mario mit der Übersetzung fertig ist und wir erfahren, was Cira zu sagen hat. Und was ist, wenn es keinen Hinweis darauf gibt, wo sie das Gold versteckt hat oder verstecken wollte? Eve hat Recht, wir können uns nicht auf das Gold verlassen. Die Chancen, dass wir es jemals finden, stehen schlechter denn je. Und das macht mir fürchterliche Angst.« Sie schaute Trevor an. »Lass uns zusehen, dass wir zurück auf die Burg kommen.«

»Ich habe mit Bartlett telefoniert. Er sagt, es hat sich nichts verändert. Also, kein Grund zur Eile.«

»Im Moment haben wir jeden Grund zur Eile, jede Minute ist wichtig.« Sie blickte zum Himmel, wo das Flugzeug mit Eve in den Wolken verschwunden war. »Eve sieht das genauso, sonst wäre sie nicht hergekommen, um sich mit mir zu treffen. Das ist ihr weiß Gott nicht leicht gefallen.«

»Es wundert mich, dass du nicht wütend auf sie bist. Sie hat dich belogen.«

»Sie hat es getan, weil sie mich liebt. Wie soll ich wütend auf sie sein, wo sie vor Schuldgefühlen vergeht?« Sie biss sich auf die Lippe. »Und ich liebe sie. Das ist das Wichtigste. Ich würde ihr alles verzeihen.«

»Das ist ein eindrucksvoller Freibrief.« Er öffnete die Tür. »Ich frage mich, was man tun muss, um einen solchen Freibrief zu bekommen.«

»Jahrelanges Vertrauen, Geben und Nehmen, das Wissen, dass sie immer für mich da sein wird, egal was passiert.« Sie warf ihm einen Seitenblick zu. »Hat es in deinem Leben jemals so einen Menschen gegeben?«

Er schwieg eine Weile. »Mein Vater. Wir waren ... Freunde. Als Junge habe ich mir nichts anderes gewünscht, als auf unserer Farm zu leben, die Felder zu bestellen und so zu werden wie er.«

»Ein Bauer? Das kann ich mir überhaupt nicht vorstellen.«

»Es hat mir Spaß gemacht, etwas zu pflanzen und wachsen zu sehen. Das machen doch alle Kinder gern.«

»Und jetzt macht es dir keinen Spaß mehr?«

Er schüttelte den Kopf. »Man steckt Herz und Seele in den Boden und in einem einzigen Augenblick kann alles zerstört werden.«

Sie schaute ihn nachdenklich an. Er hatte die Worte beinahe beiläufig ausgesprochen, aber sein Gesichtsausdruck war mehr als ernst. »Ist euch das passiert?«, fragte sie und fügte hastig hinzu: »Nein, antworte nicht, das geht mich nichts an.«

»Es macht mir nichts aus, darüber zu sprechen. Das ist alles lange her.« Er ging schneller. »In unserer Gegend gab es ein paar militante Rassisten, die meinen Vater hassten, weil er seine Arbeiter gut behandelte. Eines Nachts haben sie die Farm überfallen und unser Haus und die Felder abgebrannt. Sie haben sechzehn Arbeiter getötet, die versucht haben, sie zu verscheuchen. Dann haben sie meine Mutter vergewaltigt und ermordet und meinen Vater mit einer Mistgabel an einen Baum gespießt. Er ist einen langsamen, qualvollen Tod gestorben.«

»Mein Gott. Aber du hast überlebt.«

»O ja. Ich habe den Anführer der Bande gereizt, indem ich mit einem Messer auf ihn losgegangen bin, daraufhin haben sie mich gefesselt und gezwungen zuzusehen, wie sie ihr Blutbad anrichteten. Ich bin sicher, dass er vorhatte, mich später ebenfalls zu töten, aber bevor es dazu kam, sind Soldaten gekommen. Unsere Nachbarn hatten das Feuer und den Rauch gesehen und die Soldaten alarmiert.« Er trat zur Seite und ließ sie zuerst ins Flugzeug steigen. »Sie meinten, ich hätte Glück gehabt. Aber so habe ich mich in dem Augenblick überhaupt nicht gefühlt.«

»Lieber Himmel.« Jane konnte den Schmerz beinahe spüren und das Grauen der Szene sehen, des Entsetzen des Jungen, der gezwungen war mit anzusehen, wie seine Eltern abgeschlachtet wurden. »Sind die Täter jemals gefasst worden?«

Er schüttelte den Kopf. »Sie sind im Busch verschwunden und die Regierung hat nichts unternommen. Die wollten sich die schlechte Presse ersparen, die ein Gerichtsprozess verursacht hätte. Verständlich.«

»Das finde ich ganz und gar nicht.«

»Damals fand ich das auch nicht. Aus diesem Grund wurde ich auch als unerziehbar eingeschätzt, als ich ins Waisenhaus kam. Doch mit der Zeit habe ich mich an das Leben im Heim gewöhnt und gelernt, Geduld zu üben. Mein Vater hat immer zu mir gesagt, mit Geduld kommt man weit.«

»Nicht, wenn diese Mörder ungestraft davonkommen konnten.«

»Ich habe nicht gesagt, dass sie ungestraft davongekommen sind. Kurz bevor ich nach Kolumbien gegangen bin, ist der Anführer der Bande auf grausame Weise zu Tode gekommen. Jemand hat ihn gefesselt, kastriert und verbluten lassen.« Er lächelte. »Ist es nicht wunderbar, wie das Schicksal manchmal Dinge für uns regelt?«

»Wunderbar«, wiederholte sie leise und starrte ihn an. Niemals war ihr bewusster gewesen, wie lebensgefährlich Trevor sein konnte. Er wirkte so weltgewandt und gebildet, dass sie seine gewalttätige Vergangenheit ganz vergaß. »Und man hat nie rausgefunden, wer das getan hat?«

»Wahrscheinlich jemand, der eine alte Rechnung mit ihm zu begleichen hatte, hieß es. Aber man hat nicht besonders gründlich nach dem Täter gesucht. Angesichts der schwierigen politischen Situation damals wollte man nicht zu viel Staub aufwirbeln.« Er schlug die Tür zu. »Am besten, du schnallst dich schon mal an. Wir heben bald ab.«

Sie schaute ihm nach, als er ins Cockpit ging. In den letzten Minuten hatte sie so viel über Trevor erfahren wie nie zuvor. Sie war sich nicht sicher, ob das gut oder schlecht war. Jetzt, wo sie sich vorstellen konnte, was er als Junge durchgemacht hatte, würde sie ihn vielleicht nie wieder ansehen können, ohne sich daran zu erinnern. Ihr quoll das Herz über vor Mitleid.

»Nein.« Trevor schaute sie über die Schulter hinweg an und las ihre Gedanken. »Das ist es nicht, was ich von dir will. Ich will Sex, vielleicht sogar Freundschaft. Aber kein Mitleid. Ich bin kein Mike, den du trösten und beschützen musst. Du hast mir eine Frage gestellt und ich habe sie beantwortet, weil es nicht fair ist, dass ich mehr über dich weiß als du über mich. Jetzt sind wir quitt.« Damit verschwand er im Cockpit.

Nicht ganz quitt, dachte sie. Er wusste eine Menge über sie, aber sie hatte ihm noch nie etwas so Intimes und Schmerzvolles anvertraut wie die Geschichte, die er ihr eben erzählt hatte.

Nicht darüber nachdenken. Er wollte kein Mitleid und sie selbst würde sich es ebenfalls verbitten. Wie Trevor gesagt hatte, das war alles lange her, und der kleine Junge von damals war erwachsen geworden und hatte Zähne und Klauen bekommen.

MacDuff empfing sie, als sie im Burghof aus dem Hubschrauber stiegen. »War die Reise erfolgreich?«

»Ja und nein«, erwiderte Jane. »Kann sein, dass wir Cira gefunden haben.«

Er erstarrte. »Wie bitte?«

»In einem Museum in Neapel gibt es eine Gesichtsrekonstruktion, die ihr ähnelt. Ihr Skelett wurde im Hafenbecken gefunden. Und zwar zusammen mit einem Beutelchen voller Goldmünzen.«

»Interessant.«

Aber in seinem Gesichtsausdruck lag mehr als Interesse, dachte Jane. MacDuff wirkte wachsam und konzentriert und sie konnte beinahe hören, wie seine grauen Zellen arbeiteten.

»Wie groß ist die Ähnlichkeit denn?«, fragte er.

»Groß genug, um sie auf den ersten Blick für Cira zu halten«, sagte Trevor. »Das meinte Jane jedenfalls. Ich war zu der Privatbesichtigung nicht zugelassen. Die Rekonstruktion, die im öffentlichen Ausstellungsraum steht, ist die Fälschung, die Eve Duncan vor vier Jahren angefertigt hat.«

»Aber laut Aussage der Zeitungsberichte und auf den Fotos, die von dieser Rekonstruktion gemacht wurden, sah sie kein bisschen aus wie –« Er unterbrach sich. »Sie hat denen eine Fälschung untergeschoben?«

»Sie hat es getan, um mich zu schützen«, sagte Jane. »Sie hätte nie – Warum erkläre ich Ihnen das eigentlich?«

»Keine Ahnung«, erwiderte MacDuff. »Ich bin sicher, dass sie einen guten Grund hatte, so zu handeln.« Er überlegte. »Wie groß ist die Ähnlichkeit?«

»Wie Trevor schon sagte, auf den ersten Blick sieht sie …« Jane zuckte mit den Schultern. »Aber die Gesichtszüge sind weniger fein, es gibt kleine Unterschiede. Ich kann nicht glauben, dass es wirklich Cira ist. Jedenfalls noch nicht.«

»Es ist immer ratsam, jede neue Information erst einmal mit Skepsis zu betrachten und nicht hinzunehmen, bevor man alle Möglichkeiten ausgelotet hat«, sagte MacDuff.

»Und wenn die Truhe mit dem Gold in der Hafengegend versteckt wurde, wird es verdammt schwierig sein, sie zu bergen«, fügte Trevor hinzu.

MacDuff nickte. »Nahezu unmöglich, wenn man den Zeitfaktor mit einrechnet.« Er schaute Jane an. »Sie glauben also, das Gold könnte sich dort befinden?«

»Ich weiß es nicht. Die Goldmünzen … Ich will es nicht glauben, wage es aber auch nicht auszuschließen. Sie haben ja bereits den Zeitfaktor erwähnt. – Übrigens, wie geht es Jock?«

»Unverändert. Nicht besser, nicht schlechter.« Er zögerte. »Oder vielleicht nicht ganz unverändert. Ich habe das Gefühl, dass sich irgendetwas Seltsames in seinem Kopf abspielt.« Er ging in Richtung Stall. »Auf jeden Fall behalte ich ihn im Auge.«

»Er wirkt äußerst skeptisch«, sagte Jane zu Trevor, als sie auf den Eingang zur Burg zugingen. »Was mich ziemlich wundert, wo wir doch gerade den ersten soliden Hinweis auf Cira bekommen haben.«

»Wahrscheinlich ist er ihm nicht solide genug. Er möchte nicht, dass wir auf vage Vermutungen hin Zeit vergeuden. Er will Reilly.«

»Nicht dringender als wir.« Sie öffnete die Tür. »Ich gehe nach oben und schaue mal nach Mario. Wir sehen uns später.«

»Wo?«

Sie schaute ihn an.

»Dein Bett oder meins?«

»Du Nimmersatt.«

»Ich habe gelernt, keinen Fingerbreit von dem Territorium aufzugeben, das ich einmal erobert habe. Und letzte Nacht konnte ich unbestritten einen beträchtlichen Vorstoß verzeichnen.«

Beträchtlich war untertrieben. Allein sein Anblick verursachte ihr eine Gänsehaut. »Vielleicht sollten wir es ein bisschen gemächlicher angehen lassen.«

Er schüttelte den Kopf.

Warum war sie eigentlich so zögerlich? Das passte gar nicht zu ihr. Normalerweise war sie wagemutig und entscheidungsfreudig.

Weil es zu gut gewesen war. Sie hatte streckenweise völlig die Kontrolle verloren, und das machte ihr Angst. Unsinn. Sie hatte mit ihm geschlafen, weil ihr bewusst geworden war, wie schnell das Leben vorbei sein konnte, und sie keine Minute davon verpassen wollte. Sie hatte nach den Sternen gegriffen und war nicht enttäuscht worden. Jetzt in diesem Augenblick begehrte sie ihn genauso wie am Abend zuvor. Sogar noch mehr. Denn jetzt wusste sie, was sie erwartete. Und im Moment konnte sie eine Ablenkung von der besonderen Art, wie Trevor sie zu bieten hatte, weiß Gott gebrauchen.

»Dein Bett.« Sie ging die Treppe hinauf. »Aber ich weiß nicht, wie lange ich bei Mario bleiben werde.«

»Ich werde warten.« Er ging in Richtung Bibliothek.

»Und ich habe selbst einige Dinge zu erledigen.«

»Was denn?«

»Ich muss Brenner anrufen, um zu erfahren, ob er etwas Neues zu berichten hat.« Er lächelte sie an. »Und dann muss ich mich mit Demonidas beschäftigen. Bevor Eve heute Morgen angerufen hat, sind wir gar nicht dazu gekommen, ein bisschen zu recherchieren.«

»Wahrscheinlich hat er nie existiert«, erwiderte sie müde. »Das war doch nur ein Traum. Und wahrscheinlich handelt es sich bei dieser Giulia im Museum wirklich um Cira.«

Er schüttelte den Kopf. »Du bist hundemüde, sonst wärst du nicht so pessimistisch. Wir werden dem alten Demonidas eine Chance geben.« Dann verschwand er in der Bibliothek und schloss die Tür hinter sich.

Sie war wirklich hundemüde. Und entmutigt. Sie wollte nicht, dass das arme Mädchen im Museum Cira war. Doch die Übereinstimmung war nicht von der Hand zu weisen. Sie konnte nicht einfach die Augen davor verschließen, dass Giulia doch Cira sein könnte.

Aber Giulia war nicht *ihre* Cira, verdammt. Nicht die Frau, die seit vier Jahren in ihren Gedanken und in ihrer Fantasie herumgeisterte.

Also musste sie die Wahrheit herausfinden. Die Träume vergessen und Mario ein bisschen mehr Zeit lassen, um ihr die Fakten zu liefern, die sie brauchte.

»Irgendwelche Fortschritte?«, fragte Mario, als sie ohne anzuklopfen sein Arbeitszimmer betrat.

»Ein Skelett, das im Hafenbecken gefunden wurde und Cira ähnlich sieht.« Sie trat vor die Statue am Fenster. Die Entschlusskraft, der Humor und die Stärke, die dieses Gesicht ausstrahlte. Das war die Cira, die sie kannte. »Ich denke, sie könnte es sein. Aber was hatte sie in der Hafengegend zu suchen, wenn sie diese Rollen in dem Tunnel auf

Julius' Grundstück geschrieben hat?« Sie drehte sich zu Mario um. »Wie lange werden Sie für die Übersetzung noch brauchen?«

»Nicht mehr lange.« Er lehnte sich zurück und rieb sich die Augen. »Es ist mir gelungen, die meisten fehlenden Worte einzufügen. Häufig musste ich raten, aber inzwischen habe ich den Bogen raus.«

»Wann genau werden Sie fertig sein?«

»Drängen Sie mich nicht, Jane. Ich habe schon die Trainingsstunden mit Trevor und MacDuff aufgegeben, um ohne Unterbrechungen arbeiten zu können. Sie bekommen das Ergebnis so bald wie möglich.«

»Tut mir Leid.« Sie betrachtete wieder die Statue. »Können Sie denn jetzt schon sagen, ob der Text uns eine Hilfe sein wird?«

»Ich kann Ihnen sagen, dass der Text in Eile geschrieben wurde und sie vorhatte, den Tunnel noch am selben Tag zu verlassen.«

»Am Tag des Vulkanausbruchs –«

»Das wissen wir nicht. Der Text enthält kein Datum. Sie könnte ihn Tage vor dem Vulkanausbruch geschrieben haben. Es wäre durchaus möglich, dass sie sich am Tag der Katastrophe am Hafen aufgehalten hat.«

»Wahrscheinlich haben Sie Recht.« Bloß weil sie geträumt hatte, dass Cira während des Unglücks in dem Tunnel gewesen war, musste es noch lange nicht so gewesen sein. »Erwähnt sie etwas von dem Gold?«

»Nichts Definitives.«

»Oder von einem Schiff?«

Er sah sie neugierig an. »Nein. Warum?«

Sie würde Mario nichts über die Träume anvertrauen, die ihr selbst immer weniger konkret erschienen. »Wenn sie am Hafen war, muss sie dafür einen Grund gehabt haben.«

»Sie wollte überleben. Sie war im Theater und ist um ihr Leben gerannt.«

Die logische Antwort. Sie sollte sie akzeptieren, anstatt sich dagegen zu wehren und nach einer anderen Lösung zu suchen. Zugeben, dass die Frau aus dem Hafenbecken die Sackgasse war, als die Eve sie bezeichnet hatte. »Werden Sie morgen fertig?«

»Kann gut sein. Wenn ich heute Nacht durcharbeite.« Er lächelte müde. »Kein fürsorglicher Protest gegen meine Opferbereitschaft?«

»Das ist Ihre Entscheidung. Ich bin egoistisch genug, um es sofort wissen zu wollen. Sie können sich immer noch ausschlafen, wenn Sie die Übersetzung fertig haben.« Dann fügte sie ernst hinzu: »Ich glaube, tief im Innern habe ich immer daran geglaubt, dass wir das Gold finden würden, und jetzt treibe ich auf dem Ozean und suche verzweifelt nach einem Rettungsring. Ich weiß nicht, in welche Richtung ich mich wenden soll, und fühle mich vollkommen hilflos. Wir müssen diese Katastrophe verhindern, Mario.«

»Ich arbeite, so schnell ich kann.«

»Das weiß ich.« Sie ging zur Tür. »Ich komme morgen früh wieder.«

»Daran zweifle ich nicht.« Mario beugte sich wieder über seinen Schreibtisch. »Gute Nacht, Jane. Und schlafen Sie gut.«

Der sarkastische Unterton war ihr nicht entgangen. Sie konnte ihm keinen Vorwurf machen, obwohl es eigentlich nicht zu dem Mario passte, den sie bei ihrer Ankunft kennen gelernt hatte. Andererseits hatte der tragische Tod seines Vaters Mario verändert. Alles Jungenhafte und Weiche an ihm war verschwunden, und sie war sich nicht sicher, ob sie Mario noch wiedererkennen würde, wenn das alles ausgestanden war.

Hatte auch sie sich verändert? Wahrscheinlich. Mikes Tod und dieser Horror, der über ihnen hing wie ein Damoklesschwert, hatten sie bis ins Mark erschüttert. Und sie hatte noch nie in ihrem Leben so intensiven Sex gehabt wie mit Trevor.

Trevor.

Mit *intensiv* ließ sich das, was zwischen ihnen war, nicht beschreiben. Schon der Gedanke an ihn versetzte ihren Körper in Bereitschaft. Gott, wieso zerbrach sie sich den Kopf darüber, wie sehr sie oder sonst jemand dabei war, sich zu verändern. Niemand wusste, was morgen passieren würde. Sie mussten jeden Augenblick auskosten, solange sie noch die Chance dazu hatten.

Sein Schlafzimmer. Er hatte gesagt, er würde auf sie warten.

Aber sie war keine zehn Minuten bei Mario gewesen, und Trevor hatte die Dinge, die er sich vorgenommen hatte, wahrscheinlich noch nicht erledigt. Sie würde erst einmal duschen und dann zu ihm gehen.

Zu ihm gehen. Zu ihm ins Bett gehen. Mit klopfendem Herzen lief sie den Flur entlang. An den steinernen Wänden leuchteten elektrische Fackeln und warfen dreieckige Schatten an die gewölbte Holzdecke und auf die Gobelins, die an sämtlichen Wänden hingen. Die MacDuffs hatten offenbar eine große Vorliebe für Gobelins ...

Zu einer Verabredung in der alten Burg zu gehen war seltsam. Sie kam sich beinahe vor wie die Geliebte des alten MacDuff. Falls er eine Geliebte gehabt hatte. Die meisten Adeligen hatten Geliebte gehabt, doch vielleicht war Angus ja eine Ausnahme gewesen. Sie würde den jetzigen MacDuff morgen danach fragen.

Jane öffnete die Tür zu ihrem Zimmer. Im Dunkeln warf sie ihre Handtasche auf den Sessel neben der Tür und langte nach dem Lichtschalter.

»Nicht einschalten.«

Sie erstarrte.

»Keine Angst. Ich werde dir nichts tun.«

Jock.

Ihr Puls raste. Sie holte tief Luft und wandte sich der Zimmerecke zu, aus der seine Stimme gekommen war. Nur schwaches Mondlicht fiel durch das Fenster, und es dauerte einen Moment, bis sie ihn ausmachen konnte. Er saß auf dem Boden, die Knie mit den Armen umschlungen. »Was tust du hier, Jock?«

»Ich wollte mit dir reden.« Sie konnte erkennen, dass seine Hände sich zu Fäusten ballten. »Ich muss mit dir reden.«

»Kann das nicht bis morgen warten?«

»Nein.« Er schwieg einen Moment. »Ich war sauer auf dich. Was du gesagt hast, hat mir nicht gefallen. Eine Zeit lang wollte ich dir wehtun. Aber das hab ich dem Burgherrn nicht gesagt. Er würde wütend auf mich werden, wenn ich dir wehtäte.«

»Längst nicht so wütend wie ich.«

»Du könntest nicht mehr wütend werden, denn dann wärst du tot.«

Klang da eine Spur von schwarzem Humor in seinen Worten mit? Sie wusste es nicht, weil sie sein Gesicht nicht sehen konnte. »Heißt wehtun für dich automatisch töten, Jock?«

»Es läuft darauf hinaus. Es passiert so schnell …«

»Worüber wolltest du mit mir reden?«

»Rei – Reilly.« Er atmete tief durch und setzte noch einmal an. »Reilly. Es fällt mir schwer, über ihn zu sprechen. Er – will – nicht, dass – ich – es tue.«

»Aber du tust es trotzdem. Das bedeutet, dass du stärker bist als er.«

»Noch nicht. Eines Tages.«

»Wann?«

»Wenn er tot ist. Wenn ich ihn töte.« Er sprach die Worte kühl und sachlich aus.

»Du brauchst ihn nicht zu töten, Jock. Sag uns einfach, wo er ist, und wir sorgen dafür, dass die Polizei das übernimmt.«

Er schüttelte den Kopf. »Ich muss es selbst tun. Es muss sein.«

»Warum?«

»Wenn ich es nicht tue, wird der Burgherr versuchen, es für mich zu tun, darum. Er wird nicht warten, bis es jemand anders tut. Er ist ... wütend auf ihn.«

»Weil Reilly ein Verbrecher ist.«

»Ein Satan. Wenn es einen Satan gibt, dann ist es – Reilly.«

»Sag uns einfach, wo er ist.«

»Ich – weiß es nicht.«

»Du musst es doch wissen.«

»Jedes Mal, wenn ich daran denke, werde ich so durcheinander, dass ich – das Gefühl habe, dass mir der Kopf explodiert.«

»Versuch's.«

»Ich habe es gestern Abend versucht.« Er schwieg einen Augenblick. »Ich habe – Bilder gesehen. Bruchstücke. Mehr nicht.« Er überlegte. »Aber vielleicht – wenn ich zurückgehen würde ... Vielleicht könnte ich mich dann erinnern.«

»Zurück nach Colorado?«

»Nicht Colorado.«

»Da hat man dich aber gefunden.«

»Nicht Colorado. Weiter nördlich. Vielleicht ... Idaho?«

Ein Hoffnungsschimmer. »Soweit erinnerst du dich also? Wo in Idaho?«

Er schüttelte den Kopf. »Ich muss dahin zurück.«

Sie waren immerhin schon einen Schritt weitergekommen. »Dann fahren wir zusammen hin. Ich rede mit Trevor.«

»Jetzt gleich.«

»Heute Abend.«

Jock stand auf. »Wir müssen Reilly bald finden, sonst macht der Burgherr sich auf die Suche nach ihm. Er wird nicht mehr lange warten.«

»Wir reisen so bald wie möglich ab.« Stirnrunzelnd dachte sie darüber nach. »Aber niemand darf erfahren, dass du uns begleitest, sonst wird Reilly Gefahr wittern und die Flucht ergreifen.«

»Nein, das wird er nicht.«

»Warum nicht?«

»Wahrscheinlich weiß er längst, dass ich hier bin und dem Burgherrn überhaupt nichts erzählen kann. Er glaubt, er ist in Sicherheit.«

»Warum sollte er das glauben?«

»Weil er mir gesagt hat, ich werde sterben, wenn ich irgendjemandem sage, wo er ist.«

»Du meinst, er wird dich töten.«

»Nein, ich werde einfach sterben. Er hat gesagt, mein Herz würde aufhören zu schlagen und ich würde sterben.«

»Das ist doch verrückt.«

»Nein, ich habe selbst gesehen, wie es passiert ist. Reilly hat es mir – vorgeführt.« Er fasste sich an die Brust. »Ich habe gespürt, wie mein Herz zu rasen begann, und da wusste ich, dass es aufhören würde zu schlagen, wenn er es sagte.«

Gott, das klang ja wie Voodoo. »Das kann nur passieren, wenn du es glaubst. Nur, wenn du es zulässt. Wenn du stark bist, kann es nicht passieren.«

»Ich hoffe, dass ich stark genug sein werde. Ich muss Reilly töten, bevor er den Burgherrn tötet.« Er ging zur Tür.

»Einmal wollte ich sterben, aber der Burgherr hat mich nicht gelassen. Jetzt bin ich manchmal ganz froh, dass ich noch lebe. Manchmal vergesse ich sogar –« Er öffnete die Tür. »Ich komme morgen früh zu dir.«

»Warte. Warum bist du zu mir gekommen, anstatt zu MacDuff zu gehen?«

»Weil ich tun muss, was der Burgherr sagt. Er will sich Reilly allein schnappen, und wenn ich Reilly finden würde, würde er mich von ihm fern halten, weil er mich beschützen will. Du und Trevor, ihr werdet das nicht tun. Dann bekomme ich meine Chance.«

»Ich würde auch versuchen, dich zu beschützen, Jock.«

Seine Gestalt im Türrahmen hob sich dunkel gegen das schwache Flurlicht ab. »Nicht so wie er.« Dann war er verschwunden.

Erfüllt von einer Mischung aus Aufregung und Hoffnung blieb sie eine Weile da stehen. Es gab keine Garantie dafür, dass Jock sich an Reillys Unterschlupf erinnern würde, aber es war möglich. Er war dabei, zurückzukommen, und er erinnerte sich bereits, dass Reilly eher in Idaho als in Colorado war.

Seine Antwort auf ihre Frage, warum er sich an sie und nicht an MacDuff gewandt hatte, war so klar und eindeutig gewesen, dass sie sich gewundert hatte. Offenbar hatte er sich die Konsequenzen genau überlegt und zu einer Lösung gefunden. Wenn er schon so weit war, dann bestand wirklich Hoffnung.

Und nachdem er ihnen ein solches Geschenk gemacht hatte, würden sie unverzüglich handeln müssen. Erst vor einer halben Stunde hatte sie Mario gesagt, wie hilflos sie sich fühlte, seit in Frage stand, ob sie das Gold jemals finden würden. Nun, jetzt tat sich eine neue Möglichkeit auf, und sie mussten sie beim Schopf packen.

Aber allein der Versuch, Jock ohne Vorbereitung mit in

die USA zu nehmen und dorthin zu fahren, wo MacDuff ihn gefunden hatte, barg eine Menge Fallstricke. Sie würden jede Hilfe brauchen, die sie bekommen konnten.

Sie öffnete die Tür und ging hinunter in die Bibliothek, um mit Trevor zu reden.

Sechzehn

»Wir können nicht einfach kreuz und quer durch die USA fahren auf die vage Hoffnung hin, dass Jock Reilly finden wird«, sagte Trevor. »Grozak lässt die Burg überwachen. Sobald wir losfliegen, wird er sich an unsere Fersen heften. Dann wird er Reilly informieren und Reilly wird Grozak geben, was er haben will.«

»Jock meinte, Reilly würde sich seinetwegen keine Sorgen machen«, erwiderte Jane.

»Darauf möchte ich mich ungern verlassen. Jock ist immerhin trotz seiner Konditionierung die Flucht vor Reilly gelungen. Reilly müsste ein kompletter Egomane sein, wenn er sich absolut sicher wäre, dass Jock diesen Selbstzerstörungsbefehl niemals ignorieren würde.«

»So was kann tatsächlich funktionieren, nicht wahr?« Sie schüttelte den Kopf. »Nicht zu fassen. Das verstößt gegen jeden Selbsterhaltungstrieb.«

»Ich habe mal von Suizidexperimenten gehört, die die Nazis während des Zweiten Weltkriegs angeblich erfolgreich durchgeführt haben. Das Gehirn kann eine starke Waffe sein. Auf jeden Fall glaubt Jock, dass es passieren kann.«

»Und er ist bereit, sein Leben zu riskieren, um MacDuff

zu schützen.« Sie schwieg eine Weile. »Und wir werden zulassen, dass er es tut.«

»Um möglicherweise tausende Leben zu retten und nicht nur das von Jocks Burgherrn.«

»Ja, das weiß ich. Was glaubst du, warum ich hier bin? Deswegen muss es mir noch lange nicht gefallen.« Ihre Hände umklammerten die Sessellehnen. »Wie wollen wir also vorgehen? Wie kommen wir von hier weg, ohne dass Grozak Wind davon bekommt?«

»Nur unter großen Schwierigkeiten.«

»Wie?«

»Darüber muss ich mir noch ein paar Gedanken machen. Außerdem ist da noch Venable, der uns praktisch auf dem Schoß sitzt. Wir können ihn unmöglich einweihen, sonst besteht erst recht keine Chance, unsere Abreise geheim zu halten. Wir können es uns nicht leisten, dass irgendjemand was davon mitkriegt.«

»Der Mann gehört zur CIA, Herrgott noch mal. Die dürften doch in der Lage sein, eine geheime Operation durchzuführen.«

Er schaute sie schweigend an.

Nein, Jock hatte ihr vertraut, und sie wollte diese Verantwortung nicht an Fremde weiterreichen. »Okay. Schon eine Idee?«

»Vielleicht.« Er lehnte sich in seinem Sessel zurück. »Lass mich noch ein bisschen darüber nachdenken.«

»Können wir MacDuff benutzen?«

Trevor lächelte. »Die Vorstellung, dass man ihn benutzen könnte, würde er weit von sich weisen. Aber wir müssen ihn auf jeden Fall einweihen. Wir müssten Jock schon kidnappen, um ihn von seinem Burgherrn wegzubringen.«

»Da bin ich mir nicht so sicher. Er will MacDuff nicht in Reillys Nähe lassen.«

»Aber glaubst du im Ernst, MacDuff würde nicht Himmel und Hölle in Bewegung setzen, um uns zu finden, wenn wir eigenmächtig mit Jock einen Plan aushecken?«

»Nein, eigentlich nicht.«

»Außerdem habe ich in Bezug auf Reilly eine Abmachung mit MacDuff.«

»Reillys Kopf auf einem Silbertablett?«

»Sagen wir, ich habe ihm versprochen, ihm den Vortritt zu lassen, falls ich Reilly aufspüren sollte.« Er legte den Kopf schief. »In Anbetracht von Reillys Charakter hatte ich keine Skrupel, mich auf den Deal einzulassen.« Er nahm sein Telefon. »Tut mir Leid, dich zu wecken, Bartlett. Es gibt etwas Neues. Würdest du bitte in die Bibliothek kommen?« Er legte auf. »Erzähl Eve oder Quinn vorerst nichts davon, Jane.«

»Warum nicht?«

»Als ich eben mit Venable telefoniert habe, meinte er, seine Leute hätten gestern in der Nähe des Hauses am See ein unbekanntes elektronisches Signal aufgenommen. Es könnte sein, dass Grozak eine Möglichkeit gefunden hat, das Telefon der beiden anzuzapfen.«

»Na wunderbar«, sagte sie angewidert. »Das hat uns gerade noch gefehlt.«

»Wir werden schon eine Lösung finden. Womöglich können wir das sogar zu unserem Vorteil nutzen.« Er blickte zu Bartlett auf, der gerade die Bibliothek betrat. »Wir fliegen in die USA.«

»Soll ich einen Hubschrauber anfordern?«

»Noch nicht. Ich sage dir Bescheid. Niemand darf merken, dass wir verschwinden. Also werden wir den Hubschrauber wahrscheinlich in einiger Entfernung der Burg besteigen müssen. Diesmal müssen wir einen anderen Piloten anheuern. Wahrscheinlich Kimbrough. Er ist in Paris zu erreichen.«

»Wann brechen wir denn auf?«

»Du bleibst hier.«

Bartlett runzelte die Stirn. »Warum? Hier habe ich nichts zu tun. Ich langweile mich jetzt schon.«

»Ich könnte mir vorstellen, dass sich das bald ändern wird.« Er wandte sich an Jane. »Du solltest dich jetzt schlafen legen.«

Versuchte er, sie loszuwerden?

Trevor schüttelte den Kopf, als er ihre Gedanken erriet. »Morgen wird ein harter Tag. Du kannst bleiben, wenn du willst, aber ich werde nur ein paar routinemäßige Sicherheitsüberprüfungen durchführen und meine geschäftlichen Angelegenheiten mit Bartlett besprechen.« Er lächelte. »Ich verspreche dir, dass ich nirgendwo ohne dich hingehen werde.«

Sie stand auf. »Das würde ich dir auch nicht raten.« Sie ging zur Tür. »Wann willst du mit MacDuff reden? Ich möchte dabei sein.«

»Um acht?«

Sie nickte. »Dann bis um acht.«

Aber es war erst kurz nach sechs, als Bartlett am nächsten Morgen an ihre Tür klopfte. »Verzeihen Sie, dass ich Sie wecke«, sagte er höflich. »Aber MacDuff ist gerade wie ein wild gewordener Stier in die Bibliothek gestürmt, und Trevor hat mich gebeten, Sie zu holen.«

»Ich komme.« Sie sprang aus dem Bett und schnappte sich ihren Morgenmantel. »Ich will mir nur eben das Gesicht waschen.«

»Ich warte.« Als sie im Bad war, rief er durch die Tür: »Aber MacDuff scheint sehr ungeduldig zu sein. Anscheinend hat Jock beschlossen, ihn einzuweihen.«

»Das wundert mich nicht.« Sie trocknete sich das Gesicht ab, als sie aus dem Bad kam. »Ich weiß ja nicht, wie unberechenbar Jock vorher war, aber im Moment steckt er voller Überraschungen.«

»Nicht mehr als MacDuff«, murmelte Bartlett, als er hinter ihr hereilte.

Sie sah, was er meinte, als sie die Bibliothek betrat. MacDuff hatte sich vor Trevor aufgebaut wie der Zorn Gottes. Seine Augen funkelten wütend, als er zu ihr herumwirbelte. »Warum musste ich es von Jock erfahren? Wollten Sie mich ausschließen?«

»Ich habe es in Erwägung gezogen. Jock wollte Sie eigentlich nicht dabeihaben«, erwiderte sie trocken. »Aber Trevor meinte, Sie hätten eine Abmachung.«

»Wie ehrenhaft«, bemerkte MacDuff sarkastisch. »Soll ich ihm etwa dankbar sein? Unsere Abmachung lautet, dass Sie Reilly ausfindig machen. Und jetzt soll Jock ihn plötzlich für mich aufstöbern. Ich brauche Sie also überhaupt nicht.«

»Aber Jock wird Reilly nicht für Sie finden«, entgegnete Jane. »Er fürchtet um Ihr Leben. Er möchte, dass wir mitkommen.«

»Das hat er mir gesagt.« Er zog die Brauen zusammen. »Ich könnte ihn unter Druck setzen.«

»Wollen Sie das?«, fragte Trevor. »Sein Zustand ist äußerst labil. Sie könnten einen Zusammenbruch verursachen oder ihn in den Wahnsinn treiben.«

MacDuff antwortete nicht gleich. »Verdammt, ich will nicht, dass Sie mir dazwischenfunken.«

»Ihr Pech«, sagte Jane. »Sie sind nicht der Einzige, der diesen Schweinehund erledigen will. Jock will uns dabeihaben, und wir kommen mit.« Sie hielt seinem Blick stand. »Und Ihre Abmachung mit Trevor interessiert mich einen Scheißdreck. Offenbar wären Sie bereit, die Abmachung zu brechen, um uns loszuwerden.«

»Stimmt«, murmelte Trevor.

MacDuff starrte sie noch eine Weile wütend an, dann sagte er mit zusammengebissenen Zähnen: »Also gut. Wir fahren alle zusammen. Aber ich verspreche Ihnen nicht, dass wir auch zusammenbleiben werden. Wenn Jock mir sagt, wo ich Reilly finden kann, dann ziehe ich alleine los.«

»Ich würde vorschlagen, dass Sie uns fairerweise dieselbe Option einräumen«, konterte Trevor. »Vorerst sollten wir uns jedoch auf die Frage konzentrieren, wie wir hier unbemerkt rauskommen, bevor wir uns den Kopf darüber zerbrechen, was passiert, wenn wir Reilly aufgespürt haben.«

»Keine CIA«, sagte MacDuff trocken. »Nichts, was Reilly warnen und dazu verleiten könnte, etwas zu unternehmen, um uns aufzuhalten.«

»Keine Frage«, sagte Trevor. »Grozak lässt die Burg überwachen, gut möglich, dass er inzwischen auch unsere Telefonleitung angezapft hat. Deshalb können wir nicht einfach telefonisch einen Hubschrauber anfordern.«

»Nein, das geht nicht.« MacDuff drehte sich auf dem Absatz um. »Packen Sie Ihre Sachen und seien Sie in einer Stunde vor dem Stall.«

»Wie bitte?«

»Sie haben mich richtig verstanden.« MacDuff drehte sich noch einmal um. »Wenn wir aufbrechen müssen, dann werden wir es tun.«

»Ich habe doch gerade gesagt –«

»Wir brechen auf. Dies ist *meine* Burg, das ist *mein* Grund und Boden. Ich lasse mich von niemandem zum Gefangenen machen. Weder von Ihrer ehrenwerten CIA, noch von Grozak, noch von sonst jemandem.«

Jane zuckte zusammen, als die Tür hinter ihm ins Schloss krachte. »Er ist ein bisschen sauer, was? Aber er scheint kein Problem mit der Logistik zu haben. Glaubst du, er weiß eine Möglichkeit, wie wir hier rauskommen?«

»Offenbar meint er, eine Lösung gefunden zu haben. Es kann nichts schaden, wenn wir uns in einer Stunde am Stall einfinden und uns anhören, was er uns vorzuschlagen hat.« Er stand auf. »Los, beweg dich. Pack deine Sachen. Wir treffen uns in der Eingangshalle. Bestell Mario, er soll die Ohren steif halten und dass wir uns bei ihm melden.«

»Und was machst du in der Zwischenzeit?«

»Bartlett und ich haben uns ein kleines Ablenkungsmanöver ausgedacht.« Er lächelte Bartlett an. »Wir dürften noch genug Zeit haben, es durchzuführen.«

Sie ging zur Tür. »Ich weiß nicht, wie Mario das aufnehmen wird. Seit sein Vater ermordet wurde, gefällt es ihm überhaupt nicht mehr, in seinem Arbeitszimmer festzusitzen.«

»Tja. Neuerdings bist du ja diejenige, die hier die Verhandlungen führt.« Trevor bedeutete Bartlett einzutreten. »Mach ihm klar, dass es nicht anders geht.«

Beklommen ging sie die Treppe hinauf. Mario war wild entschlossen, seinen Vater zu rächen, und sie hatte nun die undankbare Aufgabe, ihm klar zu machen, dass er das vergessen und an seinem Schreibtisch hocken bleiben sollte. Das Einzige, was ihn bisher dazu gebracht hatte, seine Arbeit fortzusetzen, war das Versprechen, dass man ihm Gelegenheit verschaffen würde, seinen Rachefeldzug erfolgreich durchzuführen. Jetzt war seine Übersetzung fast fertig, und sie brachen ohne ihn auf.

Vor der Tür zu Marios Zimmer blieb sie stehen und holte tief Luft. Dann klopfte sie an.

»Nein«, erklärte Mario knapp. »Nein, verdammt, ich komme mit.«

»Mario, wir wissen nicht mal, wohin wir fahren oder ob wir Grozak oder Reilly überhaupt finden werden.«

»Aber Sie haben eine Spur.« Er stand auf. »Und das ist schon mehr als vorher.«

»Sie können uns nicht helfen.«

»Woher wollen Sie das wissen?« Er nahm das oberste

Blatt von dem Stapel auf seinem Schreibtisch und stopfte es sich in die Brusttasche. »Ich komme mit.« Den Rest des Stapels schob er in eine Schublade. »Keine Widerrede.«

»Ich werde dagegen stimmen. Und Trevor auch.«

»Wie Sie wollen.« Er klopfte mit der flachen Hand auf seine Brusttasche. »Aber Sie werden keinen Erfolg haben. Und Sie könnten sich die Chance vermasseln, die Übersetzung zu lesen, die ich soeben fertig gestellt habe.«

Sie erstarrte. »Sie sind fertig?«

Er nickte. »Und das Resultat ist äußerst interessant. Es gibt einige Überraschungen.«

»Hat sie das Gold erwähnt?«

»Allerdings.« Er drehte sich um. »Ich muss mir die Zähne putzen und mich duschen. Ich habe die ganze Nacht durchgearbeitet. Wir treffen uns vor dem Stall.«

»Mario, verdammt, was hat sie geschrieben?«

Er schüttelte den Kopf. »Eins habe ich aus dieser grauenvollen Geschichte gelernt, nämlich, dass man Waffen braucht, selbst gegen die Leute, die man für seine Freunde hält. Wir reden über Cira, sobald wir wissen, wo und wie wir Grozak oder Reilly erwischen können.«

»Wenn Sie uns sagen, wo das Gold zu finden sein könnte, dann haben wir vielleicht eine Möglichkeit, mit Reilly zu verhandeln.«

»Ich will nicht verhandeln. Ich will diesen Schweinehunden die Köpfe abhacken, so wie sie es mit meinem Vater gemacht haben.« Seine Kiefermuskeln spannten sich. »Ekelhaft, nicht? Die Padres würden jetzt anfangen, für meine Seele zu beten.« Er öffnete die Tür zu seinem Schlafzimmer. »Aber als mein Vater starb, war niemand da, der für seine Seele gebetet hat, stimmt's?«

»Das werden wir nicht hinnehmen, Mario. Unmöglich. Trevor wird Ihnen die Übersetzung abnehmen, ehe Sie wissen, wie Ihnen geschieht.«

»Wenn er sie findet. Bis Sie ihn geholt haben, werde ich sie so gut versteckt haben, dass selbst Sherlock Holmes sie nicht finden würde. Vielleicht werde ich sie sogar vernichten und später noch einmal neu schreiben.« Dann verschwand er in seinem Zimmer.

Erfüllt von einer Mischung aus Mitleid und Ärger starrte sie noch einen Augenblick lang hinter ihm her, dann ging sie hinaus. Er hatte seine Entscheidung getroffen und war entschlossen, ihnen Ciras Brief vorzuenthalten, um seinen Willen durchzusetzen. Im Grunde genommen konnte sie es ihm nicht verübeln. Wahrscheinlich hätte sie an seiner Stelle ähnlich gehandelt.

Als Jane und Trevor eine Stunde später auf den Hof traten, stand Jock vor der Stalltür. »Der Burgherr lässt ausrichten, dass er bald zurück sein wird.«

»Wo ist er?«

»Er musste mit den Wachleuten reden. Er meinte, es wäre wichtig.« Jock wandte sich an Jane. »Er ist nicht sauer auf mich. Ich dachte, er würde sauer auf mich sein, stattdessen ist er jetzt sauer auf dich. Tut mir Leid.«

»Das ist nicht deine Schuld. Er wird sich schon wieder beruhigen.« Sie sah, wie MacDuff entschlossen auf sie zukam. »Er ist genauso frustriert wie wir alle, und er hat dich sehr gern.«

»Gott, wie großzügig«, murmelte Trevor.

»Nicht großzügig, eher verständnisvoll. MacDuff mag ein harter Brocken sein, aber für Jock tut er alles, was er kann. Und zwar auf bewundernswerte Weise.«

»Ich werde ihn ebenfalls bewundern, wenn er es schafft, uns unbemerkt hier rauszubringen«, erwiderte Trevor. »Was meinst du, Jock? Wird er es schaffen?«

»Natürlich«, sagte Jock. »Ich hab meine Blumen gegossen, aber glaubst du, Bartlett könnte sie in ein paar

Tagen noch mal gießen, falls wir nicht vorher zurückkommen?«

»Das macht er bestimmt«, sagte Jane und wandte sich zum Gehen. »Ich laufe schnell zu ihm und sage ihm Bescheid.«

»Wo wollen Sie hin?«, wollte MacDuff wissen, der nur noch ein paar Schritte von ihnen entfernt war.

»Ich will Bartlett bitten, Jocks Blumen zu gießen.«

»Ich habe Patrick bereits darum gebeten«, sagte MacDuff. »Jocks Angelegenheiten gehen niemanden sonst etwas an.«

»Was hatten Sie mit den Wachleuten zu besprechen?«, fragte Trevor.

»Ich habe ihnen gesagt, sie sollen sich absolut normal verhalten. So als wären wir noch hier.«

»Können Sie sich auf die Männer verlassen?«

MacDuff warf ihm einen verächtlichen Blick zu. »Selbstverständlich. Das sind meine Leute. Sie haben den Befehl, niemanden in die Burg zu lassen.« Er reckte das Kinn vor. »Auch keinen, der behauptet, von der CIA zu sein.«

»Dagegen ist nichts einzuwenden. Ich habe Venable heute Morgen angerufen und ihm gesagt, dass er wahrscheinlich erst wieder in ein paar Tagen von mir hört. Außerdem habe ich ihm erklärt, dass Mario kurz davor ist, seine Übersetzung fertig zu stellen, und dass wir nichts unternehmen werden, bis wir wissen, ob es eine Möglichkeit gibt, das Gold zu finden.«

»Und was ist, wenn er Sie anruft?«

»Bartlett und ich haben gestern Abend ein Stimmenimitationsgerät präpariert. Er wird die Anrufe entgegennehmen.«

»Wovon redest du?«, fragte Jane.

»Von einem raffinierten kleinen Gerät, das man an das Telefon anschließt und das jede Stimme wie deine eigene klingen lässt.« Er lächelte. »Ich garantiere dir, dass es funktioniert. Es ist nicht das erste Mal, dass Bartlett sich am Telefon für mich ausgeben muss.«

»Das wundert mich überhaupt nicht«, erwiderte Jane. Dann holte sie tief Luft und sagte zu MacDuff: »Mario wird uns begleiten.«

»Von wegen.« Er wirbelte zu Trevor herum. »Was zum Teufel denken Sie sich dabei?«

»Ich habe nichts damit zu tun.« Trevor hob abwehrend die Hände. »Ich habe genauso reagiert wie Sie, aber Jane sagt, Mario hat die Übersetzung fertig gestellt und womöglich einen Hinweis auf das Gold gefunden. Aber wenn wir ihn nicht mitnehmen, will er die Information nicht rausrücken.«

»Ein Hinweis auf das Gold«, wiederholte MacDuff. »Glauben Sie, dass er die Wahrheit sagt?«

Jane nickte. »Aber sicher bin ich nicht. Er hat sich verändert. Könnte auch sein, dass er uns nur manipuliert, um seinen Willen durchzusetzen.«

»Um sich am Mörder seines Vaters zu rächen.« MacDuff schwieg nachdenklich. »Das Gold ist wichtig. Wenn Mario mit von der Partie ist, tragen Sie die Verantwortung dafür, dass er uns nicht in die Quere kommt, Trevor. Ich werde zu sehr mit Jock beschäftigt sein, um mich auch noch um Mario zu kümmern.«

»Mario ist kein Kind«, warf Jane ein. »Mit ihm kann man vernünftig reden.«

»So wie Sie es getan haben?«, fragte MacDuff sarkastisch.

»Das war etwas anderes. Wir wollten ihn nicht mitnehmen. Jeder von uns hätte genauso reagiert. Und mit dem Hinweis auf das Gold hat er einen Trumpf in der Hand. Dagegen konnte ich nichts ausrichten. Wie Sie selbst sagten, es ist wichtig.« Sie hielt seinem Blick stand. »Wie wichtig ist es Ihnen? Ich dachte, Sie wären ganz erpicht darauf, für Gerechtigkeit zu sorgen.«

»Ich bin kein Galahad. Ja, ich will Reilly haben.« Er warf einen Blick auf die Burg. »Aber Trevor hat mir einen Anteil von dem Gold versprochen, den ich dringend brauche. Und ich *werde* ihn bekommen.«

»Nicht, wenn wir uns mit Reilly handelseinig werden«, entgegnete Jane. »Wenn wir keine Möglichkeit finden, diesen Dreckskerl zu erwischen, werden wir mit ihm verhandeln. Und Ihre großartige Burg interessiert mich dabei einen Scheißdreck, MacDuff.«

»Die braucht Sie auch nicht zu interessieren«, sagte MacDuff. »Es reicht, wenn sie mich interessiert.« Mit einer Kinnbewegung deutete er auf Mario, der gerade die Stufen herunterkam. »Da kommt Ihr Gelehrter, der es nicht erwarten kann, den Superhelden zu spielen. Am liebsten würde ich die Information mit Gewalt aus ihm rausquetschen und ihn hier lassen. Und erzählen Sie mir nicht, dass Sie nicht genauso denken, Trevor.«

»Ich war kurz in Versuchung«, erwiderte Trevor. »Aber er ist wild entschlossen, und es würde ziemlich lange dauern, ihn so unter Druck zu setzen, dass er –«

»Nein«, sagte Jane.

MacDuff zuckte die Achseln. »Also gut, belassen wir es dabei. Aber sollte er uns Probleme bereiten, werden sich später noch Gelegenheiten ergeben, ihn auszuquetschen.« Er drehte sich um und öffnete die Stalltür. »Sagen Sie ihm, er soll sich in Bewegung setzen, wenn er uns begleiten will. Komm, Jock.«

Jane nickte Mario kurz zu, dann folgte sie MacDuff und Jock durch den Gang zwischen den Pferdeboxen. »Wo gehen wir hin?«

»In Angus' Geheimgang, stimmt's?«, fragte Jock.

»Ganz recht«, sagte MacDuff. »Und das ist ein hübscher

Geheimgang.« Er betrat die drittletzte Box. »Wenn man Schlamm und Modergeruch mag.« Er schob eine schwere Kiste und ein paar Sättel zur Seite, dann öffnete er eine Falltür. »Früher wäre der Gestank allerdings wesentlich penetranter gewesen. Angus hat stets dafür gesorgt, dass niemand Lust hatte, da unten herumzustöbern, und den Boden mit einer Schicht Dung bedeckt.«

»Wo führt diese Tür hin?« Trevor hatte sie eingeholt und spähte in die Dunkelheit hinunter. »Stufen ...«

»Sie führt in einem Bogen zu einer Tür am Fuß der Klippe.« MacDuff klappte eine Kiste auf und nahm eine von mehreren Taschenlampen heraus. »Nehmen Sie sich alle eine davon. Es gibt da unten kein Licht, und die Treppe ist zu gewunden, um sich auf einen Führer zu verlassen, der mit einer Taschenlampe vorausgeht. Außerdem sind die Stufen nass und glitschig.« Doch MacDuff nahm die Stufen sicher und behände. »Geben Sie Acht, dass Sie sich nicht den Kopf stoßen. Mein Urgroßvater war einmal ziemlich angetrunken, als er hier runterstieg, dabei ist er so schlimm gestürzt, dass er zwei Jahre lang nicht laufen konnte. Er war halb tot, als er es endlich geschafft hatte, zurück in den Stall zu kriechen.«

»War denn niemand bei ihm?«

»Natürlich nicht. Dieser Gang ist ein Familiengeheimnis, das vom Vater an den Sohn weitergegeben wird. Mein Urahn Angus hat ihn anlegen lassen, als die Festung errichtet wurde. Er wollte einen Fluchtweg, über den er ans Meer gelangen konnte, und es gibt noch einen zweiten Geheimgang, der in die Hügel außerhalb der Burgmauern führt. Dieser zweite Gang ermöglichte es ihm, seine Leute in den Rücken einer angreifenden Armee zu führen. Er lebte in einer gefährlichen Zeit und wollte auf alle Eventualitäten vorbereitet sein.«

»Das ist doch Jahrhunderte her.« Gott, waren die Stufen

glitschig, dachte Jane, während sie an der gewundenen Wand Halt suchte. Sie schienen endlos in die Tiefe zu führen ... »Und Sie behaupten, außer Ihnen weiß niemand davon?«

»Es gibt noch so etwas wie Ehre. Keiner von uns durfte mit irgendjemandem außerhalb der Familie darüber reden. Später war das natürlich nicht mehr so wichtig, aber wir sind eine Familie, die etwas auf Tradition hält.«

»Aber Jock kannte offenbar das Familiengeheimnis.«

»Erst seit ich ihn aus Colorado hergeholt habe. Und Jock würde eher sterben, als ein Geheimnis zu verraten, das ich ihm anvertraue. Noch zwei Meter, dann nach links. Dort biegt der Tunnel ab, der in die Hügel führt.«

Jane sah den Abzweig nach rechts, während sie sich wie angewiesen links hielt. »Wie weit ist es noch?«

»Nicht mehr weit. Aber hier werden die Stufen steiler. Seien Sie vorsichtig.«

»Und was machen wir, wenn wir das Meer erreichen?«, wollte Trevor wissen. »Schwimmen?«

»Angus war tatsächlich so fit, dass er die vier Meilen um die Landspitze herum schwimmen konnte, aber seine Nachfahren waren nicht ganz so sportlich. An einem getarnten Bootssteg am Fuß der Treppe liegt ein Motorboot. Wir werden statt des Motors die Ruder benutzen, aber wenn wir uns dicht an der Küste halten, dürften wir nicht länger als zwanzig Minuten brauchen, um einen sicheren Abstand zu erreichen.«

»Und dann?«, fragte Trevor.

»Ich denke, damit sollte mein Teil mehr oder weniger erledigt sein«, sagte MacDuff. »Colin, ein Mann aus dem Dorf, wird uns mit einem Auto erwarten und nach Aberdeen bringen. Ich nehme an, von dort aus können Sie für eine Transportmöglichkeit in die USA sorgen?«

»Ich werde Kimbrough in Paris anrufen, sobald wir im

Auto sitzen. Mit dem habe ich schon seit ein paar Jahren nicht mehr zusammengearbeitet, deswegen wird Grozak nicht so schnell auf ihn kommen.«

»Wie lange wird er brauchen, um herzukommen?«

»Wenn er frei ist, ein paar Stunden. Wenn nicht, rufe ich jemand anderen an.«

Jane hörte Mario hinter sich aufschreien und dann einen Fluch ausstoßen. »Verdammt, wie weit ist es noch, MacDuff? Ich hätte mir beinahe den Knöchel gebrochen.«

»Ihr Pech«, knurrte MacDuff. »Ungeladene Gäste haben kein Recht, sich zu beschweren.«

Weder Trevor noch Jane waren eingeladen worden, ihn und Jock zu begleiten. Jane fragte sich, ob MacDuff –

Dann hörte sie vor sich Wasser plätschern. »Was ist das?«

»Die unteren Stufen liegen bei Flut unter Wasser«, rief MacDuff, der schon um die nächste Biegung verschwunden war. »Ich werde durchs Wasser waten müssen, um an das Boot zu gelangen. Völlig ungefährlich.« Dann fügte er hinzu: »Höchstens ein paar Aale und Krabben, die mit der Flut reinkommen. Aber keine Sorge, Sie sind ja nicht barfuß.«

»Wie beruhigend.« Als sie um die Biegung kam, sah sie MacDuff und Jock vor sich. Sie standen bis zu den Hüften im Wasser und wateten zu einem schnittigen schwarz und cremefarben gestrichenen Boot, das an einem Metallpfosten vertäut war. Ein bisschen weiter draußen konnte sie eine schmale Öffnung ausmachen, wo es aufs Meer hinausging.

»Alles klar?«, fragte Trevor hinter ihr. Ihr war gar nicht bewusst geworden, dass sie stehen geblieben war.

Sie nickte und ging weiter, ihre kleine Reisetasche über der Schulter.

Nachdem sie drei weitere Stufen hinabgestiegen war, stand sie bibbernd bis zur Taille im kalten Salzwasser. Sie holte tief Luft und sah zu MacDuff und Jock hinüber, die im Begriff waren, ins Boot zu steigen.

Jock drehte sich zu ihr um und reichte ihr eine Hand. »Gib mir deine Tasche, dann helfe ich dir ins Boot.«

»Danke.« Sie warf ihm die Tasche zu und ließ sich dann von ihm hochziehen. MacDuff war dabei, zwei Ruder aus einer Kiste zu nehmen. »Du kennst dich hier unten ziemlich gut aus, Jock.«

»Der Burgherr hat mich mit hierher genommen, als wir nach Schottland zurückgekommen sind. Er musste hier unten etwas reparieren und wollte mich nicht allein lassen.«

Weil Jock suizidgefährdet gewesen war und MacDuff ihn nicht aus den Augen lassen wollte. »Du bist ihm bestimmt eine große Hilfe gewesen.«

»Ich hab mich bemüht«, antwortete Jock ernst. »Ich hab getan, was er mir aufgetragen hat, aber ich kannte mich nicht so gut aus wie der Burgherr und Angus. Es war Angus' Zimmer.«

»Zimmer?«

»All die Stufen und die Dunkelheit ... Ich hab mich verirrt. Ich war ganz durcheinander, und einmal musste der Burgherr mich aus dem Wasser ziehen.«

Verirrt? Was meinte er damit?

»Jock, ich brauche deine Hilfe«, rief MacDuff, worauf Jock sich ihm sofort zuwandte.

»Du bist ja klatschnass«, sagte Trevor, als er ins Boot kletterte. »Haben Sie ein paar Handtücher, MacDuff?«

»In der Kiste unter dem Steuer.« MacDuff reichte Trevor ein Ruder. »Sie kann sich später abtrocknen. Machen wir, dass wir wegkommen.«

»Ich kann rudern«, erklärte Mario, der inzwischen ebenfalls ins Boot geklettert war. »Ich war als Student in der Rudermannschaft.«

»Tun Sie sich keinen Zwang an. Verdienen Sie sich die

Überfahrt.« MacDuff gab ihm ein Ruder. »Sie werden allerdings feststellen, dass das Rudern hier etwas beschwerlicher ist.«

Trevor reichte Jane ein Handtuch. »Hier. Trockne dich ab. Wir können es uns nicht leisten, dass du krank wirst.«

»Keine Sorge.« Sie versuchte, ihre Kleider mit dem Handtuch ein bisschen trockenzureiben, und schnitt eine Grimasse. »Kein einziger Aal, MacDuff«, verkündete sie.

»Wirklich? Haben Sie ein Glück.«

»Hoffen wir, dass das Glück uns weiterhin hold bleibt.« Trevor machte das Boot los. »Bringen Sie uns hier raus, MacDuff.«

Kimbrough erwartete sie auf dem Flughafen außerhalb von Aberdeen, wo sie gelandet waren, nachdem Trevor Jane in Harvard abgeholt hatte. Er war klein, Mitte vierzig und gab sich geschäftsmäßig knapp. »Fertig zum Abflug«, sagte er zu Trevor. »Ich habe einen fingierten Flugplan nach New Orleans eingereicht. Wir werden in Chicago zum Tanken zwischenlanden müssen, aber wir dürften nicht länger als neun Stunden bis Denver brauchen.«

»Sehr gut.« Trevor wandte sich an MacDuff. »Sie sagten, Sie hätten ein Haus außerhalb von Denver gemietet, als Sie auf der Suche nach Jock waren. Glauben Sie, es könnte seiner Erinnerung auf die Sprünge helfen, wenn er sich in einer vertrauten Umgebung aufhält?«

»Keine Ahnung. Aber einen Versuch ist es wert. Wir müssen ja ohnehin irgendwo unterkommen. Ich werde die Vermietungsagentur anrufen, sobald wir in der Luft sind.«

»Das geht nicht. Man wird Ihre Stimme erkennen und sich an Sie erinnern. Wir dürfen nicht riskieren, dass man uns irgendwie –«

»Man wird sich an den Namen Daniel Pilton erinnern.

Glauben Sie, ich hätte riskiert, dass Reilly rausfindet, wohin ich Jock gebracht hatte?« Er winkte Jock und Mario herbei. »Los, einsteigen. Ich komme gleich nach.« Nachdem die beiden im Flugzeug verschwunden waren, sagte er grimmig: »Ich rechne damit, dass Jock zuklappt wie eine Auster, sobald wir in der Gegend eintreffen, in der Reilly sich aufhält.«

»Ist das nicht reine Zeitverschwendung?«, fragte Jane. »Jock meinte, dass Reilly nicht in Colorado ist. Er hat was von Idaho gesagt.«

»Aber wir wissen nicht, wo wir da mit der Suche anfangen sollen. Bisher hab ich noch nichts Konkretes aus ihm rausbekommen.« Seine Lippen spannten sich. »Glauben Sie mir, was Colorado angeht, ist er wesentlich weniger vage. Wenn Sie ihn in dem Monat erlebt hätten, nachdem ich ihn gefunden hatte, wüssten Sie, was ich meine.«

»Aber Sie sagten doch, er hätte keine Ahnung gehabt, was er überhaupt dort zu suchen hatte.«

»Ich habe ihn nicht besonders nachdrücklich gefragt. Doch was auch immer sich dort abgespielt hat, reichte aus, um ihn fast in den Wahnsinn zu treiben.« Er ging die Stufen hinauf. »Er war auch schon traumatisiert genug, ohne dass ich meinen Finger in diese Wunde gesteckt hätte.«

»Diesmal werden Sie es vielleicht tun müssen«, sagte Jane, die ihm folgte. »Wenn er sich nicht einmal daran erinnert, wie soll er sich dann an das erinnern, was vorher abgelaufen ist?«

»Gott, Sie kennen wirklich keine Gnade«, entgegnete MacDuff, als er ins Flugzeug stieg. »Und ich hatte gedacht, ich wäre gefühllos.«

War sie tatsächlich gnadenlos? Sie hatte die Worte ausgesprochen, ohne nachzudenken. Sie wollte das Beste für Jock. Sie würde ihm helfen, so gut sie konnte, aber Reilly zu finden war so wichtig, dass alles andere in den Hintergrund trat. Also war sie vielleicht so gnadenlos, wie MacDuff meinte.

»Der Mistkerl hat dich verletzt«, knurrte Trevor hinter ihr. »Gib nichts auf das, was er sagt.«

»Nein, er hat mich nicht verletzt.« Sie rang sich ein Lächeln ab. »Wahrscheinlich hat er Recht. Ich war noch nie sehr zartfühlend. Ich bin einfach nicht lieb und tolerant. Selbst mit Mike bin ich manchmal ziemlich hart umgesprungen, wenn er sich nicht so benommen hat, wie ich es wollte.«

»Himmel, hast du jetzt etwa Schuldgefühle?« Er legte ihr eine Hand auf die Schulter, bevor sie ins Flugzeug stieg. »Stimmt, du bist nicht lieb. Du bist verdammt intolerant. Manchmal hast du ein weiches Herz, aber nur für Hunde und für Eve und Joe.« Er schaute ihr in die Augen. »Aber du bist ehrlich und klug, und jedes Mal, wenn du lächelst, ist es für mich wie ein Sonnenaufgang.«

Einen Augenblick lang brachte sie kein Wort heraus. »Oh.« Sie wusste nicht, was sie sagen sollte. »Wie ... poetisch. Und ganz untypisch für dich.«

»Da gebe ich dir Recht.« Er lächelte. »Dann rücke ich meine Aussage ins rechte Licht, indem ich dir mitteile, dass du wahrscheinlich außerdem die schärfste Braut bist, die ich je im Bett hatte, und ich bin so primitiv, dass ich wünschte, du hättest den Durchbruch bei Jock nicht ausgerechnet an einem Abend erzielt, als ich vorhatte, dich nach Strich und Faden durchzuvögeln. Wie gefällt dir denn diese Offenheit?« Er bugsierte sie durch die Tür ins Flugzeug. »Fortsetzung folgt. Ich muss ins Cockpit und mit Kimbrough reden.«

»Ich muss Eve anrufen.«

»Damit habe ich gerechnet. Ich glaube, es ist sogar das Beste, wenn du die beiden anrufst. Weiß der Teufel, was sie unternehmen würden, wenn sie ein paar Tage lang nichts von dir hörten oder dich nicht erreichen könnten. Aber du darfst ihnen nicht sagen, was wir vorhaben und wohin wir unterwegs sind. Sag ihnen einfach, du bist in Sicherheit und meldest dich später wieder. Einverstanden?«

Jane überlegte. »Fürs Erste. Sie werden sich aufregen, auch wenn ich ihnen sowieso nicht viel erzählen könnte. Aber ich werde sie nicht lange über unsere Aktivitäten im Dunkeln lassen.«

»Ich hoffe bloß, dass das auch nicht nötig sein wird. Entweder wir erfahren von Jock, was wir wissen müssen, oder nicht. Aber warte mit dem Anruf, bis wir in Chicago gelandet sind.«

Sie schaute ihm nach, während sie neben Mario Platz nahm. Trevor war sehr liebevoll gewesen, was sie in dieser angespannten Situation wunderte. Ihre Beziehung beruhte zu einem großen Teil auf der sexuellen Anziehungskraft, die sie aufeinander ausübten. Selbst jetzt spürte sie, wie ihr Puls zu rasen begann, wenn sie zu ihm hinüberschaute. Doch in diesem Moment empfand sie mehr als diese animalische Hitze, jetzt war es auch Herzenswärme, die sie durchflutete. Sie riss sich von seinem Anblick los. »Sie sind so still, seit wir aufgebrochen sind.«

»Ich hab mir gesagt, es hat keinen Zweck, mich in die Gespräche einzumischen, wenn mir ohnehin niemand zuhören will.« Mario setzte eine frustrierte Miene auf. »Ich habe mich Ihnen als Begleiter aufgedrängt und fühle mich nicht willkommen. Also halte ich mich zurück und bemühe mich, meinen Beitrag zum Gelingen des Unternehmens zu leisten.«

»Beitrag?«, wiederholte Jane. »Ich hatte nicht den Eindruck, dass es Ihnen um ein gemeinsames Unternehmen ging.«

»Ich bin kein Idiot. Ich kenne meine Grenzen.« Er schaute zu Jock hinüber. »Aber seine Grenzen sind noch enger gezogen. Wir setzen eine Menge aufs Spiel auf die vage Möglichkeit hin, dass er das durchsteht.«

»Uns bleibt keine andere Wahl.« Sie sah ihn an. »Es sei denn, Sie geben uns etwas, um das wir verhandeln können.«

Mario schüttelte den Kopf. »Das verstehen Sie nicht. Ich bin nicht gefühllos. Auch ich will nicht, dass noch einmal so eine Katastrophe passiert wie am elften September. Aber ich will meine Chance, mich an diesen beiden Schweinen zu rächen.« Er lehnte sich in seinem Sitz zurück und schloss die Augen. »Ich werde jetzt ein bisschen schlafen. Also hören Sie auf zu quasseln. Sie können mich sowieso nicht umstimmen.«

»Ich werde so lange auf Sie einreden, wie ich will«, sagte sie. »Vielleicht sagen Sie sich ja in irgendeinem lichten Moment, dass es den Preis wert ist.«

Er antwortete nicht und öffnete auch nicht die Augen. Offenbar hatte er beschlossen, sie zu ignorieren.

Also gut, sollte er ruhig, dachte Jane. Sie würde Gelegenheit genug finden, ihm auf die Nerven zu gehen, wenn sie erst in Colorado waren. Der Gedanke entlockte ihr ein wehmütiges Lächeln. MacDuff hatte ihr vorgeworfen, Jock zu sehr bedrängt zu haben, und jetzt tat sie dasselbe mit Mario. Bestimmt hatte Trevor ihre Selbstzweifel mit seinen Worten verscheucht.

Nein, seine Worte hatten sie berührt, doch sie hatte sich so schnell wieder gefangen, weil das einfach in ihrer Natur lag. Unentschlossenheit war ihr stets zuwider gewesen. Man musste voranschreiten, nicht zurückgehen oder auf der Stelle treten. Etwas anderes kannte sie nicht.

Sollten MacDuff und Mario ihr den Buckel herunterrutschen. Sie würde tun, was sie immer getan hatte. Sie würde versuchen, die Welt nach ihren Vorstellungen zu gestalten. Es war die einzige Möglichkeit zu –

»Komm mit.« Trevor stand neben ihr. »Ich muss mit dir reden.«

»Warum sollte ich –« Als sie seinen Gesichtsausdruck bemerkte, brach sie ab und folgte ihm ins Cockpit. »Gibt's Probleme?«

»Vielleicht.« Seine Kiefermuskeln spannten sich. »Ich habe gerade einen Anruf von Venable bekommen. Er hat nur einen Satz gesagt und dann aufgelegt: ›Sorry, ich habe sie gewarnt.‹«

»Was soll das denn –«

»Ruf Eve an«, sagte er. »Auf der Stelle. Vielleicht weiß sie etwas.«

Sie wählte Eves Nummer. »Eve, hier ist Jane. Etwas Merkwürdiges ist –«

»Leg auf«, sagt Eve knapp. »Und macht, dass ihr da wegkommt. Joe hat gerade erfahren, dass Homeland Security den Fall übernommen hat und die CIA rausdrängt. Die wollen sich alle vorknöpfen, die sie auf MacDuff's Run finden, und euch alle verhören. Sie wollen die Ermittlungen selbst durchführen.«

»Mist. Das können sie doch nicht machen. Damit würden sie Grozak warnen, und uns wären die Hände gebunden.«

»Es wird so kommen. John Logan hat versucht, es ihnen auszureden, aber sie waren schon zu aufgescheucht. Die wollen auf keinen Fall dumm dastehen, indem sie nichts unternehmen. Leg auf. Unser Telefon wird abgehört, sie werden deinen Anruf zurückverfolgen.«

»Gut, dann werden sie ja schnell merken, dass wir nicht mehr auf der Burg sind. Sie werden einsehen, dass es sinnlos wäre, die Burg zu stürmen, um uns zu verhaften.«

»Sie wollen euch nicht verhaften, sie wollen euch nur ver–«

»Das läuft auf dasselbe heraus. Sie werden uns lahm legen. Und das können wir uns im Moment nicht leisten. Wir haben eine Chance, Eve.« Sie warf Trevor einen Blick zu. »Ich werde jetzt auflegen und Trevor bitten, euch anzurufen. Dann können sie auch seinen Anruf zurückverfolgen und feststellen, dass er nicht mehr auf MacDuff's Run ist. Versuch, jemanden bei Homeland Security zu erreichen. Sag ihnen, sie werden alles vermasseln.«

»Sie haben schon alles gehört, was du gesagt hast«, erwiderte Eve. »Und ich werde dafür sorgen, dass Joe es ihnen auf eine Weise klar macht, die sie am besten verstehen. Wenn sie einen Riesenbock schießen, stehen sie ganz schnell im Kreuzfeuer der Kritik. Vielleicht können wir sie von der Burg fern halten, aber verlass dich nicht darauf, dass sie nicht versuchen werden, dich zu finden. Pass auf dich auf.« Sie legte auf.

»Ruf sie an«, sagte Jane zu Trevor. »Homeland Security hat die Sache übernommen und ihr Telefon angezapft. Wir müssen versuchen, sie von MacDuff's Run fern zu halten.«

Trevor nickte und wählte die Nummer. Jane lehnte sich an die Wand und hörte zu, wie er ein paar Minuten lang mit Eve redete. Dann legte er auf. »Das dürfte reichen. Ich bin gleich wieder da.«

»Wo gehst du hin?«

»Ich werde MacDuff auffordern, seine Freunde im britischen Parlament in London anzurufen und sie zu bitten, die Straßen zu blockieren, damit die Leute von Homeland Security nicht an die Burg herankommen. Um auf britischem Boden zu operieren, brauchen sie eine Sondergenehmigung, und sie haben keine konkreten Beweise dafür, dass ein Verbrechen verübt wurde. Die Regierung wird nicht zulassen, dass man MacDuff etwas anhängt.«

»Stimmt. Du hast mir mal erzählt, dass MacDuff eine Art Volksheld ist.«

»Und das könnte sich jetzt als Trumpf erweisen.«

Sie beobachtete ihn, wie er zu MacDuff ging und mit ihm sprach. MacDuff nickte, nahm sein Telefon und tippte eine Nummer ein.

Einen Augenblick später war Trevor wieder bei Jane und öffnete die Tür zum Cockpit. »Jetzt müssen wir machen, dass wir von hier wegkommen. Gib mir dein Handy.« Sie reichte es ihm. »Ich werde Kimbrough anweisen, tief zu fliegen. Sobald wir über dem Atlantik sind, werden wir alle Handys aus dem Flugzeug werfen. Ich werde Brenner bitten, uns neue Satellitentelefone zu beschaffen, sobald wir in Colorado angekommen sind.«

»So genau können die unsere Handys orten?«

»Wir leben in einer Welt der Überwachungselektronik, und alle Geheimdienste benutzen Spähsatelliten. Die können fast jeden Punkt genau anpeilen. Wahrscheinlich haben sie uns schon geortet.« Dann sagte er zu Kimbrough: »Wir müssen los. Mach den Leuten im Tower ein bisschen Dampf.« Er schloss die Tür zum Cockpit und wandte sich wieder Jane zu. »Setz dich und schnall dich an.«

Sie nickte, rührte sich jedoch nicht von der Stelle. Sie fühlte sich wie benommen und versuchte zu begreifen, was das, was sie eben erfahren hatte, für sie alle bedeuten würde. »Könnten wir Venable dazu bringen, dass er denen alles erklärt, damit sie uns in Ruhe lassen?«

»Wahrscheinlich hat er sich schon den Mund fusselig geredet. Homeland Security verfügt über ungeheure Macht, und diese Leute sind nicht gerade dafür bekannt, dass sie mit anderen gut zusammenarbeiten.« Er verdrehte die Augen. »Und Venable hatte dich gewarnt.«

»Dann können wir also nicht mit Unterstützung von Seiten der CIA rechnen«, sagte sie langsam. »Und bei Homeland Security kennen wir niemanden. Wir haben also keine Möglichkeit, sie davon zu überzeugen, dass wir die Wahrheit sagen oder uns tun zu lassen, was wir für richtig halten. Wir sind also komplett auf uns selbst angewiesen.«

»Du sagst es.« Er hob die Brauen. »Andererseits ist das nichts Neues. Wir waren schon mal ganz auf uns selbst angewiesen.«

»Aber da hatten wir Venable als wichtigen Verbündeten. Da habe ich mich wohler gefühlt.«

»Wir werden versuchen, die CIA wieder ins Spiel zu bringen, sobald wir Reillys Schlupfloch gefunden haben.« Dann fügte er sarkastisch hinzu: »Natürlich könnten wir bei Homeland Security anrufen und darum bitten, dass ihre Leute uns am Flughafen in Empfang nehmen, wenn du lieber auf Jock verzichten und dich unter deren sichere Fittiche begeben möchtest.«

»Nein!«

»Hätte mich auch gewundert.« Er öffnete die Tür zum Cockpit. »Versuch ein bisschen zu schlafen. Ich muss Kimbrough sagen, dass er unseren Flugplan ändern muss. Wir werden nicht in Chicago, sondern in Detroit zum Tanken zwischenlanden, und ich werde Bartlett anrufen, um zu hören, ob es Eve gelungen ist, einen Sturm auf MacDuff's Run zu verhindern.

Siebzehn

Wenige Minuten vor ihrem Abflug aus Detroit telefonierte Trevor mit Bartlett.

»Bisher hat sich noch niemand auf MacDuff's Run blicken lassen, obwohl inzwischen mehrere Stunden vergangen sind. Also würde ich mal sagen, dass wir aufatmen können.«

»Gott sei Dank.«

»Bedank dich lieber bei Eve und ihrem Freund John Logan.« Er ging auf das wartende Flugzeug zu. »Aber das bedeutet nicht, dass sie nicht versuchen werden, uns ausfindig zu machen. Wir befinden uns widerrechtlich auf ihrem Territorium. Die werden nicht so kooperativ sein wie Venable.« Er seufzte. »Ich hätte nie gedacht, dass ich mal wehmütig an die Zusammenarbeit mit Venable zurückdenken würde.«

»Das liegt daran, dass Venable jemand war, den du unter Kontrolle hattest«, bemerkte Jane.

»Nein, das liegt daran, dass ich Respekt vor ihm hatte, ob du's glaubst oder nicht.« Er lächelte, als er ihr die Stufen hinauffolgte. »Und, ja, ich hatte ihn unter Kontrolle. Ich hoffe bloß, dass Sabot ihm keinen Ärger gemacht hat.«

Das Ferienhaus, das sich in einem Tal zwischen zwei Bergen an einen Hang schmiegte, verfügte über drei Schlafzimmer. Es gehörte zu einer kleinen Ferienhaussiedlung am Rand eines zugefrorenen Sees.

Jock stieg aus dem Mietwagen, den Blick auf die Haustür geheftet. »Ich erinnere mich an das Haus.«

»Das solltest du auch«, sagte MacDuff. »So lange ist es schließlich nicht her, dass wir hier waren.« Er schloss die Tür auf.

»Erinnerst du dich auch noch daran, wo du warst, als er dich gefunden hat?«, fragte Jane, als sie aus dem Wagen stieg.

»Ärzte.« Langsam stieg er die Stufen zur Veranda hinauf. »Die haben überhaupt nichts verstanden. Die wollten mich nicht – Blut ... Die haben mich ans Bett gefesselt und wollten mich nicht tun lassen, was ich tun musste.«

»Weil es falsch war«, sagte Jane. »Sich das Leben zu nehmen ist falsch.«

Er schüttelte den Kopf.

»Lass ihn in Frieden«, sagte Trevor, nachdem er und Mario aus dem Auto gestiegen waren. »Lass ihm erst mal Zeit, sich einzugewöhnen.«

Jane nickte. »Ich hab ihn ja nicht gedrängt.« Sie verdrehte die Augen. »Na ja, zumindest war das nicht meine Absicht. Das kam irgendwie spontan.«

»Jock und ich werden uns das Zimmer gleich neben dem Esszimmer teilen«, sagte MacDuff über die Schulter hinweg. »Am Ende des Flurs ist ein Zimmer mit einem Schrankbett und daneben eins mit einem Doppelbett. Einigen Sie sich untereinander, wer wo schläft.«

»Wieso sind wir überhaupt hier?«, fragte Mario. »Verdammt, wir können uns doch jetzt nicht gemütlich in diesem kleinen Ferienhaus einrichten! Wann fangen wir denn an, etwas zu unternehmen?«

»Heute Abend.« MacDuff bedachte ihn mit einem kühlen Blick. »Jock muss sich ausruhen und etwas essen. Danach machen wir uns auf den Weg.«

»Tut mir Leid«, murmelte Mario. »Ich bin halt ein bisschen nervös.« Er ging an MacDuff und Jock vorbei ins Haus. »Ich nehme das Schrankbett. Wir sehen uns später.«

»Geh ins Wohnzimmer und mach Feuer im Kamin, Jock«, sagte MacDuff. Nachdem Jock im Haus verschwunden war, wandte MacDuff sich wütend an Jane und Trevor. »Das wird nicht funktionieren. Mario ist nervös? Und was ist mit Jock? Er ist so schon durcheinander genug, soll er sich jetzt auf Schritt und Tritt von einem Komitee ausfragen lassen? Fahren Sie doch alle zurück nach Schottland und überlassen Sie ihn mir.«

»Das entspricht nicht Jocks Wünschen«, sagte Jane. Aber sie konnte MacDuff verstehen. Die Situation auf der Veranda hatte auch sie erschüttert. Es war klar, dass Jock sich an den Selbstmordversuch im Obdachlosenheim erinnerte und dass ihn das verwirrte. »Was hatten Sie denn für heute Abend geplant?«

»Jock wurde auf einer Straße außerhalb von Boulder von der Polizei aufgegriffen. Ich werde ihn dorthin bringen und losschicken.«

»Sie werden nicht bei ihm bleiben?«

»Ich werde ihn nicht aus den Augen lassen. Aber ich möchte, dass er sich allein fühlt.«

»Und mir werfen Sie vor, ich wäre gnadenlos?«

»Das ist etwas anderes. Er ist einer von –«

»Ihren Leuten«, beendete Trevor den Satz für ihn. »Dann ist also alles vergeben und vergessen?«

»Fragen Sie ihn«, erwiderte MacDuff. »Das hätten er und ich allein durchziehen sollen. Sie alle sind Außenstehende.«

»Aber Jock möchte diese spezielle Außenstehende dabeihaben.« Trevor zeigte auf Jane. »Und da es sich nur um einen vorbereitenden Ausflug handelt, bleibe ich freiwillig hier und sorge dafür, dass Mario keine Schwierigkeiten macht, wenn Sie Jane mitnehmen.«

MacDuff antwortete nicht gleich. »Sie überraschen mich. Ich hätte mehr Widerstand von Ihnen erwartet.«

»Warum? Es ist kein schlechter Plan. Sie wollen Jocks Erinnerung wecken, und zu viele Zuschauer würden ihn bei seiner Konzentration stören. Mario ist ein Problem. Die einzige Gefahr in dieser Situation dürfte von Jock ausgehen, aber solange Sie dabei sind, dürfte Jane in Sicherheit sein.« Ihre Blicke begegneten sich. »Hauptsache, Sie kommen nicht auf die Idee, mich aus dem Spiel zu werfen, sobald wir in Reillys Nähe sind.«

MacDuff zuckte die Achseln und verschwand im Haus.

»Ich wundere mich auch«, sagte Jane ruhig. »Normalerweise reißt du dich nicht um den Job des Babysitters.«

»Ich wollte dir nur beweisen, wie vernünftig und aufopferungsvoll ich sein kann.«

Sie sah ihn skeptisch an.

»Willst du die Wahrheit hören?« Er wurde ernst. »Seit wir in Aberdeen ins Flugzeug gestiegen sind, habe ich ein ungutes Gefühl. Diese ganze Geschichte könnte jeden Augenblick nach hinten losgehen.«

»Aber wir handeln, endlich geschieht etwas.«

»Ich weiß. Deswegen komme ich MacDuff jetzt ein bisschen entgegen, um mich für später seiner Kooperation zu vergewissern. Wenn ihr heute Abend unterwegs seid, versuche ich mal, Mario dazu zu überreden, dass er uns etwas über Ciras Brief erzählt. Vielleicht jage ich ihm ein paar Holzsplitter unter die Fingernägel. – Keine Sorge, war nur ein Scherz.« Er gab ihr einen kurzen, leidenschaftlichen Kuss. »Sei vorsichtig mit Jock. Er mag vielleicht willig sein zu helfen, aber er könnte auch ganz unerwartet durchdrehen.«

»Erinnerst du dich an irgendetwas, Jock?« Jane, die neben ihm auf dem Rücksitz saß, konnte seine Anspannung deutlich spüren. Seit zwei Stunden waren sie nun schon unterwegs, doch erst seit wenigen Minuten zeigte Jock leichte Veränderungen. Sie schaute aus dem Fenster. Sie befanden sich in einem dicht besiedelten Außenbezirk von Boulder, und die Häuser, an denen sie vorbeifuhren, schienen aufgeteilt in Golfersiedlungen und andere Wohnbezirke für Wohlhabende. »Bist du hier schon mal gewesen?«

Er starrte stur vor sich hin und schüttelte heftig den Kopf.

»Wie weit ist es noch bis zu der Stelle, wo die Polizei ihn aufgelesen hat?«, fragte sie MacDuff.

»Zehn, zwölf Kilometer. Nahe genug, um zu Fuß dorthin zu gelangen.« Er schaute Jock an. »Auf jeden Fall zeigt er eine Reaktion. Er hat wie erwartet dichtgemacht.« Plötzlich hielt er am Straßenrand. »Mal sehen, ob wir ihn ein bisschen öffnen können. Steig aus, Jock.«

Jock schüttelte den Kopf.

»Er hat schreckliche Angst«, flüsterte Jane.

»Los, steig aus, Jock«, wiederholte MacDuff mit schneidender Stimme. »Wird's bald!«

Schwerfällig legte Jock eine Hand auf den Türgriff. »Bitte …«

»Mach schon. Du weißt genau, warum du hier bist.«

Jock stieg aus. »Zwingen Sie mich nicht dazu.«

MacDuff gab Gas und fuhr los.

Als Jane sich nach Jock umdrehte, brach ihr fast das Herz. »Er steht einfach nur da. Er versteht überhaupt nichts mehr.«

»Er versteht sehr wohl«, sagte MacDuff barsch. »Wenn nicht, kann ich ihm nur raten, dass er es bald kapiert. Das muss ein Ende haben. Sie wollen, dass Jock die Welt rettet. Ich möchte nur, dass er sich selbst rettet. Und das schafft er nicht, indem er den Kopf in den Sand steckt. Das ist seine große Chance, und so wahr mir Gott helfe, ich werde dafür sorgen, dass er sie ergreift.«

»Ich wollte ja gar nicht mit Ihnen streiten.« Jane riss sich von Jocks Anblick los. »Wie lange werden wir ihn da draußen rumlaufen lassen?«

»Eine halbe Stunde. Wir fahren bis zur nächsten Abfahrt und kehren wieder um.«

»Eine halbe Stunde kann lang sein.«

»Endlos lang.« Er gab Gas. »Und sie kann ihn den Verstand kosten.«

»Ich sehe ihn nicht.« Panisch suchte Jane mit den Augen beide Seiten der Straße ab. MacDuff fuhr zum dritten Mal langsam die Straße entlang, auf der sie Jock abgesetzt hatten, sie konnten jedoch noch immer keine Spur von ihm entdecken. »Wo steckt er nur?«

»Er könnte in eine der anderen Siedlungen gelaufen sein. Auf dem Weg hierher sind wir durch mehrere hindurchgefahren. Wir machen noch einmal kehrt, dann suchen wir ihn –«

»Da ist er!« Jane hatte eine Gestalt entdeckt, die im Straßengraben hockte. »O Gott. Hoffentlich hat ihn kein Auto angefahren oder –« Sie sprang aus dem Wagen, als MacDuff mit quietschenden Reifen hielt. »Jock, bist du –«

»Vier acht zwei.« Jock blickte nicht zu ihr hoch, sondern starrte vor sich hin in die Dunkelheit. »Vier acht zwei.«

»Ist er verletzt?« MacDuff kauerte sich neben sie und leuchtete dem Jungen mit der Taschenlampe ins Gesicht. »Jock, was ist passiert?«

Jock schaute ihn mit starrem Blick an. »Vier acht zwei.«

MacDuff betastete Jocks Arme und Beine. »Ich glaube nicht, dass er von einem Auto angefahren wurde. Keine sichtbaren Verletzungen.«

»Ich glaube, seine Verletzung ist verdammt sichtbar.«

Jane hatte Mühe, mit fester Stimme zu sprechen. »Mein Gott, was haben wir getan?«

»Wir hatten keine andere Wahl.« MacDuff packte Jock an den Schultern und zwang ihn, ihm in die Augen zu sehen. »Wir sind bei dir, Jock. Jetzt kann dir nichts mehr passieren. Du brauchst keine Angst zu haben.«

»Vier acht zwei.« Plötzlich krümmte er sich vor Schmerzen und presste die Augen ganz fest zu. »Nein! Ich kann es nicht. Klein. Zu klein. Vier acht zwei.«

»Mein Gott«, flüsterte Jane.

MacDuff reichte ihr die Taschenlampe. »Wir müssen ihn zurück ins Haus bringen.« Er nahm Jock auf die Arme. »Sie fahren. Ich setze mich mit ihm nach hinten. Wer weiß, was er als Nächstes tut.«

»Ich habe keine Angst. Herrgott noch mal, sehen Sie denn nicht, wie er sich quält?«

»Sie fahren«, wiederholte er und richtete sich auf. »Wenn es ein Risiko gibt, dann nehme ich es auf mich.«

Weil Jock einer von seinen Leuten war. An der besitzergreifenden Art, wie er Jock hielt, erkannte sie, dass es zwecklos war, mit ihm zu streiten. Und sie wollte nichts lieber, als Jock auf schnellstem Weg zurück zum Haus zu bringen.

482.

Der Strahl der Taschenlampe, die MacDuff ihr gegeben hatte, fiel auf die Stelle, wo Jock im Graben gesessen hatte.

482. Die Ziffern waren tief in die Erde geritzt. Immer und immer wieder. 482. 482. 482.

»Jane.«

Sie blickte auf, als MacDuff sie rief, und rannte zum Wagen.

»Wie geht es ihm?«, fragte Mario, als sie aus Jocks Zimmer kam.

»Ich weiß nicht.« Sie drehte sich noch einmal zur Tür

um. »Sieht aus, als leide er unter Krampfzuständen. Der Ärmste.«

»Es mag an meiner religiösen Erziehung liegen, aber es fällt mir schwer, mit einem Mörder Mitleid zu empfinden.« Seine Lippen spannten sich. »Und wenn man's sich recht überlegt: Wenn er für Reilly gearbeitet hat, dann ist er ein Mörder wie die.« Er hob eine Hand. »Ich weiß. Ich bin hier in der Minderheit. Aber bei mir findet er weder Verständnis noch Vergebung.«

»Dann sollten Sie sich besser von MacDuff fern halten«, sagte Trevor. »Er ist im Moment ziemlich reizbar.«

Mario nickte. »Ich habe kein Interesse daran, ihn gegen mich aufzubringen. Vielleicht gelingt es ihm ja tatsächlich, irgendetwas aus Jock herauszuholen.« Er ging in Richtung Küche. »Ich setze eine Kanne Kaffee auf.«

»Vier acht zwei«, wiederholte Trevor, den Blick auf Jocks Zimmer geheftet. »Sagt er das noch immer?«

Jane nickte. »Wie ein Mantra.«

»Aber er hat erst damit angefangen, als ihr ihn dort auf diesem Straßenabschnitt abgesetzt habt. Hat MacDuff versucht, ihm irgendwelche Fragen zu stellen?«

»Noch nicht. Hättest du das getan?«

»Nein, wahrscheinlich nicht. Wir wollen den Jungen schließlich nicht fertig machen.«

»Es ist traurig, dass wir uns den Kopf darüber zerbrechen, was wir brauchen, anstatt darüber, was Jock braucht.« Sie bremste ihn, als er den Mund öffnete, um etwas zu entgegnen. »Ich weiß«, sagte sie. »Es ist unumgänglich. Und ich bin diejenige, die dafür plädiert hat, es zu versuchen. Trotzdem bricht es mir das Herz, ihn so leiden zu sehen.«

»Dann hast du die Wahl. Entweder machst du weiter, bis wir einen Durchbruch erzielen, oder du machst einen Rückzieher und lässt ihn in sein Schneckenhaus zurückkriechen.

Vielleicht wird es ihm in ein paar Jahren besser gehen. Vielleicht aber auch nicht. Und könntest du mit den Folgen leben, wenn du so lange abwarten würdest?«

»Nein.«

»Dachte ich's mir.« Er wandte sich zum Gehen. »Aber du wirst besser gewappnet sein, wenn du weißt, womit er sich herumquält. Ich arbeite dran.«

»Vier acht zwei?«

Er nickte. »Ich bin kein Meister im Trösten, aber man gebe mir ein abstraktes Problem, und ich bin in meinem Element. Ich habe mir genau notiert, was Jock deinen Angaben nach heute Abend gesagt hat, und ich werde versuchen rauszufinden, was es mit seiner Besessenheit hinsichtlich dieser Zahl auf sich hat. Das Rätsel wird nicht leicht zu knacken sein. Vier acht zwei. Das kann alles Mögliche sein: die Kombination für ein Zahlenschloss, etwas von einem Nummernschild, ein Code für eine Alarmanlage, ein Passwort für einen Computer –«

»Verstehe«, fiel Jane ihm ins Wort. »Und wenn du mir noch mehr Möglichkeiten aufzählst, werde ich noch deprimierter, als ich es jetzt schon bin. Also, mach dich einfach an die Arbeit.«

Er nickte. »Ich fange mit dem Einfachsten an und gehe dann die anderen Möglichkeiten durch.« Zärtlich legte er ihr eine Hand auf den Arm. »Geh in die Küche und trink eine Tasse Kaffee. Du siehst aus, als könntest du eine gebrauchen.«

»Ja, vielleicht mach ich das.« Seine warme Hand hatte etwas Beruhigendes und Tröstendes, und am liebsten hätte sie ihn gar nicht gehen lassen. »Und MacDuff werde ich auch eine bringen. Er wird vorerst nicht von Jocks Seite weichen. Er kümmert sich um ihn wie eine Mutter um ihr Baby. Seltsam, mit anzusehen, wie ein harter Typ wie MacDuff so mütterliche Gefühle entwickelt.«

»Er mag das Beste gewollt haben, als er Jock heute auf der Straße ausgesetzt hat, aber in solchen Situationen macht man sich immer auch ein bisschen schuldig. Ich melde mich bei dir, sobald ich ein paar Möglichkeiten gefunden habe.«

»Wach auf.«

Als Jane verschlafen die Augen aufschlug, hockte Trevor neben ihrem Sessel und streichelte ihr zärtlich die Wange. »Was …«

»Wach auf.« Er lächelte. »Kann sein, dass ich was gefunden habe. Keine Garantie, aber einen Versuch ist es wert.«

Sie streckte sich in ihrem Sessel und schüttelte den Kopf, um klar denken zu können. »Was ist einen Versuch wert?«

»Vier acht zwei. Ich hab ein bisschen mit Telefonkurzwahlnummern rumgespielt und anschließend mit den Adressen weitergemacht. Du hast gesagt, Jock ist erst ausgeflippt, als ihr durch die Straße gefahren seid, die zwei Siedlungen voneinander trennt. Ich habe mir übers Internet eine Straßenkarte besorgt. In einer der beiden Siedlungen gibt es ein Haus mit der Hausnummer vier acht zwei.« Er reichte ihr einen Ausdruck. »Lilac Drive Nummer vier acht zwei.«

Vor Aufregung bekam sie Herzklopfen, doch sie bemühte sich, die Ruhe zu bewahren und logisch zu denken. »Das könnte reiner Zufall sein.«

»Ja.«

Zum Teufel mit der Logik. Sie würde sich nicht selbst die Hoffnung rauben. »Könnte das Reillys Adresse sein?«

Trevor schüttelte den Kopf. »Laut Internet wohnen in dem Haus Matthew und Nora Falgow mit ihrer Tochter Jenny. Falgow ist Gewerkschaftsführer, der Mann hat einen makellosen Ruf.« Er gab ihr noch ein Blatt. »Das ist ein

Foto von den dreien. Es wurde bei der letzten Gewerkschaftswahl aufgenommen. Ein süßes Mädchen.«

Jane nickte abwesend, während sie das Foto betrachtete. Die Falgows waren etwa Mitte vierzig. Ein attraktives Paar mit einem reizenden blonden Mädchen von etwa vier oder fünf Jahren. Falgows Lebenslauf war so blitzsauber, wie Trevor gesagt hatte, und enthielt nicht den geringsten Hinweis auf irgendwelche subversiven Aktivitäten. »Keine Verbindung zu Reilly …«

»Vielleicht. Vielleicht aber auch nicht.« Trevor setzte sich auf den Boden. »Versuch dich an alles zu erinnern, was Jock heute Abend gesagt hat. Und lass dir alles noch mal von verschiedenen Gesichtspunkten aus durch den Kopf gehen.«

Sie schaute ihn an. Dann begriff sie, worauf er hinauswollte, und ein eiskalter Schauer lief ihr über den Rücken.

Sie durfte jetzt kein Feigling sein. Sie musste sich der Situation stellen. Schließlich hatte sie von Anfang an gewusst, dass es nicht angenehm werden würde. Alles, was mit Reilly zu tun hatte, war korrupt und hässlich.

Sie holte tief Luft und betrachtete noch einmal das Foto der Falgows.

»Ist er wach?«, fragte Jane MacDuff, während sie Jock anschaute. Jocks Augen waren geschlossen, doch die Anspannung in seinen Muskeln zeigte deutlich, dass er alles andere als entspannt war.

»Ja, er ist wach«, sagte MacDuff. »Er reagiert nicht, wenn ich ihn anspreche, ist aber nicht katatonisch, und er weiß, dass ich mit ihm rede.«

»Darf ich es versuchen?«

»Bitte sehr.«

»Würden Sie uns allein lassen?«

MacDuffs Augen verengten sich. »Das würde Trevor nicht gefallen.«

»Himmelherrgott, der Junge ist doch vollkommen hilflos.«

»Das könnte sich blitzschnell ändern.« Er warf einen Blick auf das Blatt Papier in ihrer Hand. »Warum wollen Sie mit ihm allein sein?«

»Trevor hat möglicherweise eine Erklärung für vier acht zwei gefunden. Jock liebt Sie, und das stürzt ihn in innere Konflikte. Mich liebt er nicht. Mir könnte es gelingen, zu ihm durchzudringen.«

MacDuff starrte immer noch auf den Computerausdruck. »Ich will das sehen.«

»Nachher.«

MacDuff schwieg eine Weile. »Weiß Trevor, was Sie vorhaben?«

»Er weiß nicht, dass ich Sie bitte, uns allein zu lassen. Er ist mit Mario draußen auf der Veranda.«

»Und Sie wollen natürlich nicht, dass ich mich zu ihnen geselle.« Langsam stand er auf. »Ich werde vor der Tür warten. Falls Sie irgendein Anzeichen von Aggression bemerken, rufen Sie sofort. In dreißig Sekunden könnte alles vorbei sein.«

»Bisher habe ich ihn nur aggressiv werden sehen, wenn er meinte, Sie beschützen zu müssen. Ich werde mich bemühen, ihm keinen Anlass zu der Annahme zu geben, dass ich eine Gefahr für Sie darstelle.«

»Wir haben ihm den Boden unter den Füßen weggezogen. Womöglich ist er wieder in einem ähnlichen Zustand wie damals, als ich ihn aus diesem Krankenhaus geholt habe.«

»Sehr beruhigend.«

»Mir liegt nichts daran, Sie zu beruhigen. Es kann tödlich enden, wenn man sich zu sicher fühlt.« Er öffnete die Tür. »Rufen Sie mich, wenn Sie mich brauchen.«

Sie fühlte sich alles andere als behaglich. Als sie dastand

und diesen hübschen Jungen betrachtete, empfand sie eine Mischung aus Trauer, Wut und Entsetzen. »Jock, kannst du mich hören?«

Keine Antwort.

»Du kannst mir ruhig antworten. Ich glaube, dass du gehört und verstanden hast, was ich mit MacDuff besprochen habe.«

Keine Antwort.

Sie setzte sich auf die Bettkante. »Vier acht zwei.«

Seine Muskeln verkrampften sich noch mehr.

»Lilac Drive. Fliederweg. Du hast mir mal gesagt, du magst keinen Flieder. Solche schönen Blüten. Damals habe ich nicht verstanden, warum du sie nicht magst.«

Seine Hände auf der Bettdecke waren zu Fäusten geballt.

»Lilac Drive Nummer vier acht zwei.«

Sein Atem ging schneller.

»Vier acht zwei, Jock.«

Inzwischen hatte er angefangen zu keuchen, und Jane sah, dass sein Puls raste. Doch er öffnete nicht die Augen, verdammt. Sie musste ihn so schockieren, dass er aus seinem Schneckenhaus herauskam.

»Du hast immer wieder gesagt: ›Klein, zu klein.‹ In dem Haus im Lilac Drive wohnt ein kleines Mädchen. Ein hübsches Mädchen mit rosigen Wangen und blonden Locken. Sie heißt Jenny. Sie ist vier Jahre alt.«

Er begann, den Kopf hin und her zu werfen. »Nein, drei …«

»Wahrscheinlich weißt du das besser als ich.« Sie ließ einen Augenblick verstreichen. Er war noch nicht so weit. Also gut, sie würde ihm einen harten Schlag versetzen. Egal wie. »Du hast das Mädchen getötet.«

»Nein!« Er riss die Augen auf. »Sie war klein. Sie war viel zu klein.«

»Aber du bist zu dem Haus gegangen, um sie zu töten.«

»Vier acht zwei. Vier acht zwei. Vier acht zwei.«

»Reilly hat dir die Adresse genannt und dir gesagt, was du tun sollst. Du bist ins Haus eingedrungen und in ihr Zimmer gegangen. Es war nicht schwer, du warst topfit. Und dann hast du getan, was Reilly dir aufgetragen hatte.«

»Nein.« Seine Augen flackerten. »Hör auf, das zu sagen. Ich sollte sie töten, aber ich konnte es nicht. Sie war so klein. Ich hab es versucht, aber ich konnte sie – nicht anfassen.«

»Aber du tust doch immer, was Reilly dir sagt. Ich glaube, du lügst mich an.«

»Halt den Mund.« Er packte sie mit beiden Händen am Hals. »Ich habe es nicht getan. Ich habe es nicht getan. Ganz falsch. Reilly hat mir gesagt, ich soll es tun, aber ich konnte es nicht.«

Sie spürte, wie er mit jedem Wort fester zudrückte. »Lass mich los, Jock.«

»Halt die Klappe, halt die Klappe.«

»Was war falsch, Jock? Dass du das kleine Mädchen nicht getötet hast? Oder dass Reilly dir gesagt hat, du sollst es tun?« Was tat sie da eigentlich? Sie sollte lieber nach MacDuff rufen. Jock drückte ihre Kehle inzwischen so fest zu, dass sie nur noch krächzen konnte. Nein, sie war zu nah dran. »Du weißt die Antwort. Sag sie mir.«

»Reilly – hat – immer – Recht.«

»Blödsinn. Wenn er an dem Abend Recht gehabt hätte, dann hättest du die kleine Jenny getötet. An dem Abend ist dir bewusst geworden, was für ein Monster er ist und wie viele schreckliche Dinge er dich hatte tun lassen. Aber als du von dem Haus weggegangen bist, war es vorbei. Seine Macht über dich mag immer noch wirksam sein, aber du gehörst ihm nicht mehr.«

Tränen liefen über Jocks Wangen. »Nein, es ist nicht vorbei. Es ist niemals vorbei.«

»Okay, vielleicht ist es noch nicht vorbei.« Gott, sie wünschte, er würde seine Hände von ihrem Hals nehmen. Sie durfte nichts sagen, was ihn dazu brachte, ihr das Genick zu brechen. »Aber als du von dem Haus im Lilac Drive Nummer vier acht zwei weggegangen bist, hast du angefangen, dich von Reilly zu lösen. Er hat keine Macht mehr über dich. Jetzt ist es nur noch eine Frage der Zeit.«

»Nein.«

»Jock, es ist die Wahrheit. MacDuff und ich haben beide gemerkt, dass du dabei bist, dich zu verändern, dass du immer stärker wirst.«

»Der Burgherr?« Er schaute ihr in die Augen. »Das hat er gesagt? Lügst du mich an? Du hast gelogen, als du gesagt hast, ich hätte das kleine Mädchen getötet.«

»Mir ist nichts anderes eingefallen, wie ich dich aus deiner Starre lösen konnte. Ich musste dich mit dem konfrontieren, was du getan hast. Oder vielmehr mit dem, was du nicht getan hast. Als du Reillys Macht durchbrochen hattest, hast du dich beinahe genauso schuldig gefühlt, wie du dich nach dem Mord an dem Kind gefühlt hättest.«

»Nein, ich konnte es nicht tun.«

»Ich weiß, dass du es nicht konntest. Aber ich musste dich schockieren, um dich dazu zu bringen, dass du mit mir redest. Und ich hab es geschafft, stimmt's?«

»Ja.«

»Und du weißt, dass ich es dir zuliebe getan habe. Stimmt's?«

»Ich … glaube, ja.«

»Würdest du dann bitte die Hände von meinem Hals nehmen? MacDuff und Trevor wären auf uns beide wütend, wenn sie reinkommen und sehen würden, dass du versuchst, mich zu erwürgen.«

Er betrachtete seine Hände, die immer noch ihre Kehle umklammerten, als gehörten sie ihm nicht. Langsam ließ er sie los und sank aufs Bett. »Ich glaube ... sie wären vor allem wütend auf mich.«

Konnte es sein, dass da eine Spur von Humor mitklang? Sein Gesicht war ausdruckslos und seine Augen waren immer noch mit Tränen gefüllt, doch die rohe Gewalt war aus seinem Ausdruck gewichen. Jane atmete tief durch und rieb sich den Hals. »Und zu Recht. Es gibt so etwas wie Verantwortlichkeit.« Sie setzte sich auf den Stuhl neben dem Bett. »Nicht nur für dich. Reilly wird sich wegen einer Menge verantworten müssen.«

»Nicht ... der Burgherr. Meine Schuld. Alles meine Schuld.«

»Das Wichtigste ist, dass wir ihn zu fassen kriegen.«

»Nicht der Burgherr.«

»Dann musst du dich zwingen, dich zu erinnern, wo Reilly steckt, damit wir uns auf seine Fährte setzen können.«

»Ich versuch's ...«

»Nein, du musst es tun, Jock. Deswegen haben wir dich hierher gebracht. Deswegen lassen wir dich durch diese Hölle gehen. Glaubst du, wir würden das tun, wenn wir eine andere Möglichkeit hätten, deinem Gedächtnis auf die Sprünge zu helfen?«

Er schüttelte den Kopf. »Ich bin müde. Ich möchte schlafen.«

»Versuchst du, dem Gespräch mit mir auszuweichen, Jock?«

»Vielleicht.« Er schloss die Augen. »Ich weiß nicht. Ich glaube nicht. Ich muss mit ihm allein sein.«

Sie spürte, wie sie eine Gänsehaut bekam. »Mit wem?«

»Reilly«, flüsterte er. »Er ist immer bei mir, weißt du. Ich versuche, ihm zu entkommen, aber er ist immer da. Ich fürchte mich davor, ihn anzusehen oder ihm zuzuhören, aber ich muss es tun.«

»Nein, das musst du nicht.«

»Du verstehst das nicht ...«

»Ich verstehe, dass er dir auf die schlimmstmögliche Weise seinen Willen aufgezwungen hat. Aber jetzt ist er nicht mehr da.«

»Wenn er nicht mehr da wäre, würdest du jetzt nicht versuchen, mir beim Erinnern zu helfen. Solange er lebt, wird er mich nicht in Frieden lassen.« Er wandte sich ab. »Geh weg, Jane. Ich weiß, was du von mir willst, und ich werde versuchen, es dir zu geben. Aber du kannst mir nicht helfen. Entweder ich kann es tun oder ich kann es nicht.«

Sie stand auf. »Soll ich MacDuff reinschicken?«

Er schüttelte den Kopf. »Ich möchte nicht, dass er mich so sieht. Reilly macht mich schwach. Ich ... schäme mich.«

»Du brauchst dich nicht zu schämen.«

»Doch. Bis an mein Lebensende. Meine Seele ist schwarz, sie wird nie wieder rein sein. Aber MacDuff will mich nicht sterben lassen. Ich habe es versucht, aber er hat mich zurückgeholt. Wenn ich also nicht sterben kann, dann muss ich ... stark sein.« Seine Stimme wurde heiser. »Aber es ist so verdammt schwer.«

Sie zögerte. »Bist du ganz sicher, dass ich nicht bleiben soll und –« Er schüttelte den Kopf. »Also gut, ruh dich ein bisschen aus.« Sie ging zur Tür. »Wenn du mich brauchst, ich bin für dich da. Ruf mich einfach.«

»Sie sind ja nicht sehr lange da drin gewesen.« MacDuff erhob sich von seinem Stuhl, als sie die Tür hinter sich schloss.

»Nicht?« Ihr selbst war es wie eine Ewigkeit vorgekommen. »Lange genug.«

»Braucht er mich?«

»Wahrscheinlich. Aber er will Sie nicht sehen. Er will im Moment niemanden sehen. Und ich glaube nicht, dass er in akuter Gefahr schwebt.«

Sein Blick fiel auf das Blatt Papier in ihrer Hand. »Irgendeine Reaktion?«

»Allerdings. Aber ob es reicht, um seine Erinnerung an Reilly wachzurufen, weiß ich nicht. Von jetzt an muss alles von ihm kommen. Er scheint ... sich verändert zu haben.«

»Inwiefern?«

Sie runzelte nachdenklich die Stirn. »Vorher hat er mich an diese Schriftrolle erinnert, an der Mario gearbeitet hat. In dem Text fehlten Wörter und Satzfragmente, die Mario mit einigem Geschick einfügen musste, damit der Gesamttext einen Sinn ergab. Ich glaube, an diesem Punkt ist Jock auch angelangt.«

»Dann müssen Sie ihn ordentlich erschüttert haben.« Seine Kiefermuskeln spannten sich. »Ich will das Papier in Ihrer Hand sehen.«

»Ich möchte, dass Sie es sehen.« Sie ging in Richtung Küche. »Ich erzähle Ihnen alles bei einer Tasse Kaffee. Die brauche ich jetzt.«

»Das glaube ich Ihnen. Knöpfen Sie sich die Bluse bis oben hin zu.«

»Wie bitte?«

»Versuchen Sie, die blauen Flecken an Ihrem Hals zu verbergen. Ich möchte nicht, dass Trevor auf Jock losgeht.«

Sie befühlte ihren Hals. »Er hat mir nicht wehgetan. Nicht sehr. Und er wollte mich nicht –«

»Erzählen Sie das Trevor. Sie leben, und wenn Sie zu dumm waren, um zu tun, was ich Ihnen gesagt habe, dann haben Sie ein paar blaue Flecken verdient.« Er setzte sich an den Küchentisch. »Und jetzt klären Sie mich über vier acht zwei auf.«

Vier acht zwei. Zu klein. Zu klein.

Sie ist böse. Sie ist ein Kind des Teufels. Töte sie.

Kind. Kind. Kind. Jock spürte, wie ihn das Wort regelrecht zerriss, wie es aus ihm herausschrie.

Es spielt keine Rolle. Tu deine Pflicht. Ohne deine Pflicht bist du nichts. Wenn du versagst, bin ich enttäuscht von dir. Du weißt, was das bedeutet.

Schmerz. Einsamkeit. Dunkelheit.

Und Reilly lauerte in der Dunkelheit. Jock konnte ihn nie sehen, doch er wusste, dass er da war. Er brachte Angst. Er brachte Schmerz.

Vier acht zwei. Töte das Kind. Geh zu dem Haus. Es ist noch nicht zu spät. Wenn du es tust, werde ich dir verzeihen.

»Nein!« Jock riss die Augen auf. Sein Herz pochte wie wild. Er würde sterben. Reilly hatte ihm gesagt, er würde sterben, wenn er ihn jemals verraten oder ihm den Gehorsam verweigern würde, und jetzt war es so weit. »Ich bin nicht gestorben, als ich das kleine Mädchen nicht getötet habe. Du kannst mir nichts antun.«

Stirb.

Sein Herz wurde immer größer, schwoll an, bis er keine Luft mehr bekam.

Stirb.

Er konnte spüren, wie er sich auflöste, immer kälter wurde, wie er starb …

Schwäche. Schande. Nicht lebenswert.

Stirb.

Wenn er starb, wenn ihn diese Schande umbrachte, dann würde der Burgherr auch sterben. Er würde versuchen, Reilly umzubringen, und er, Jock, würde nicht da sein, um ihn zu schützen.

Stirb.

Nein, ich werde *nicht* sterben.

Stirb.

Er konnte Reilly jetzt deutlicher sehen. Wie er im Schatten herumlungerte. Kein Geist. Kein Geist. Ein Mann.

Stirb. Hör auf zu kämpfen. Dein Herz ist dabei, zu bersten. Es wird bald aufhören zu schlagen. Du willst, dass es aufhört.

Reilly wollte, dass es aufhörte zu schlagen. Und Jock wollte nicht mehr tun, was Reilly ihm befahl. Dieser Weg führte in die Schande.

Nicht in Panik geraten. Konzentrier dich darauf, den Schmerz zu beherrschen. Verlangsame deinen Herzschlag.

Stirb.

Du kannst mich mal.

»Jock.« MacDuff rüttelte ihn an der Schulter. »Antworte mir. Verdammt, Jane hat mir gesagt, es geht dir gut. Ich hätte nie –«

Langsam öffnete Jock die Augen. »Es ist nicht – Ich werde nicht sterben.«

MacDuff atmete erleichtert auf. »Jeder muss sterben.« Er zauste das blonde Haar des Jungen. »Aber du hast noch viele Jahre vor dir.«

»Das habe ich nicht geglaubt. Reilly wollte nicht –« Auf seinem Gesicht lag ein Ausdruck des Staunens. »Aber es spielt keine Rolle, was er will, oder? Ich kann tun, was ich will.«

»Du kannst nicht von einem hohen Dach springen.« MacDuff räusperte sich. »Aber alles, was vernünftig ist, kannst du tun.«

»Er wartet immer noch auf mich. Aber er kann mir nicht mehr wehtun, wenn ich es nicht zulasse.«

»Genau das versuche ich dir schon lange klar zu machen.«

»Ja ...« Er legte den Kopf zur Seite. »Ich möchte noch ein bisschen schlafen. Ich bin so müde ... Er wollte nicht aufhören. Aber ich habe ihm nicht nachgegeben.«

»Sehr gut.« MacDuff schluckte. »Kannst du mir sagen, wo er ist?«

»Noch nicht. Ich sehe Bilder, aber es gibt keinen Zusammenhang. Und vielleicht ist er ja gar nicht mehr dort. Er hält sich häufig an anderen Orten auf.«

»Idaho?«

Jock nickte. »Ich denke immer noch, dass es Idaho ist.«

»Wo?«

Er antwortete nicht sofort. »In der Nähe von Boise.«

»Bist du sicher?«

»Nein. Manchmal hat Reilly mir Erinnerungen an Dinge eingeflößt, die nie passiert sind. Aber als ich ihm zum ersten Mal begegnet bin, habe ich in einem Skiort in der Nähe von Boise in einem Sportgeschäft gearbeitet. Er hat mir einen Job angeboten, und wir sind in eine Kneipe in der Stadt gegangen. Nach dem dritten Bier bin ich bewusstlos geworden. Das nehme ich jedenfalls an. Danach gab es nur noch Reilly.«

»Wie hieß der Skiort?«

Jock überlegte. »Powder Mountain.«

»Und die Kneipe?«

»Harrigan's.« Er zog die Stirn kraus. »Aber ich habe Ihnen ja gesagt, manchmal weiß ich nicht, was wirklich war und was –«

»Ich werde das überprüfen.« MacDuff stand auf. »Ich gebe dir Bescheid. Versuch einfach weiter, dich zu erinnern.«

»Mehr kann ich nicht tun.« Jock lächelte freudlos. »Ich werde diese Erinnerungen nicht los. Es wirbelt alles im Kreis, mit Reilly im Zentrum.«

»Wir müssen so viel wie möglich über ihn wissen.«

»Ich versuch's. Aber es steht zu viel im Weg. Straßensperren ...«

»Spring einfach drüber.« MacDuff wandte sich zum Gehen. »Du schaffst das.«

»Ich weiß«, antwortete Jock ruhig. »Aber vielleicht nicht rechtzeitig.«

Noch vor einer Woche hätte MacDuff es nicht für möglich gehalten. Aber dass Jock sich plötzlich Gedanken über Konsequenzen machen konnte, erfüllte ihn mit Mut und Hoffnung, und Jock war so normal, wie er ihn nicht mehr erlebt hatte, seit er ihn als Jungen kennen gelernt hatte. »Unsinn. Ich habe großes Vertrauen in dich.«

»Wirklich?«

»Glaubst du, ich hätte das alles mit dir zusammen durchgestanden, wenn ich kein Vertrauen zu dir hätte?« Er lächelte ihm über die Schulter hinweg zu. »Tu, was du zu tun hast. Sieh zu, dass ich stolz auf dich sein kann, Junge.«

»Dazu ist es zu spät. Aber ich werde tun, was ich tun muss.« Er schloss die Augen. »Es könnte ein bisschen dauern.«

»Wir lassen dir Zeit.«

»Gut. Er kommt mir immer wieder in die Quere. Ich kann nicht richtig sehen ...«

»Das wird sich ändern. Lass einfach alles an dich heran.«

Achtzehn

Und?«, fragte Trevor, als MacDuff aus dem Zimmer kam. »Wissen wir nun, wo wir Reilly finden?«

»Vielleicht. Jock meint immer noch, es muss Idaho sein. Wo ist Jane?«

»Mit Mario in der Küche. Wo in Idaho?«

»Er ist sich nicht sicher.« Er ging in Richtung Küche. »In der Nähe von Boise. Ich werde jetzt nicht noch mal in ihn dringen. Machen Sie allen klar, dass ich nicht will, dass irgendjemand Jock drangsaliert.«

»Darf ich Sie daran erinnern, dass Sie es waren, der ihn verrückt gemacht hat?«

»Mit Janes Unterstützung.«

»Für meinen Geschmack übertreibt sie es ein bisschen mit der Unterstützung. Ich habe die blauen Flecken an ihrem Hals gesehen.«

»Und? Hat sie sich beklagt?«

»Sie meinte, das sei es wert gewesen. Da bin ich anderer Meinung.«

»Das wären Sie nicht, wenn Sie Jock gerade erlebt hätten. Er ist dabei, ins normale Leben zurückzukehren.«

»Gut für ihn. Das ist es trotzdem nicht wert.« Trevor ging voraus in die Küche, wo Mario und Jane am Tisch saßen.

»MacDuff sagt, dass Jock Boise für Reillys möglichen Aufenthaltsort hält.«

»Wirklich?«, fragte Mario begierig. »Wo genau?«

»Er ist sich nicht sicher. Man kann nicht von ihm erwarten, dass er sich an alles auf einmal erinnert.«

»Können Sie nicht mit ihm reden und ihn ein bisschen unter Druck setzen?«

»Nein. Er tut, was er kann. Ich will nicht, dass er einen Rückfall erleidet.«

»Wie hat er reagiert?«, fragte Jane.

»Zögerlich. Wie ein Kleinkind, das die ersten Schritte wagt.« MacDuff lächelte. »Und schon fast so normal, dass es einfach unglaublich war.«

»Dann müsste er uns doch bald genauere Informationen geben können«, meinte Mario.

»Halten Sie sich zurück«, sagte Trevor. »Das hoffen wir alle.«

»Wie lange wird es noch dauern?«, wollte Jane wissen.

MacDuff zuckte mit den Schultern. »So lange, wie er braucht.«

»Das ist inakzeptabel.« Mario runzelte die Stirn. »Was ist, wenn Grozak und Reilly rauskriegen, was wir vorhaben? Und selbst wenn nicht, haben wir nur noch eine Woche. Grozak könnte –«

»Ich werde ihn nicht unter Druck setzen«, erklärte MacDuff. »Und Sie werden das ebenfalls bleiben lassen.«

»Ich will ihm ja nicht wehtun, aber wir müssen –« Mario warf frustriert die Hände in die Luft, als er MacDuffs Blick begegnete. »Schon gut.« Er verließ das Zimmer.

»Er hat Recht«, sagte Trevor. »Wir können nicht rumsitzen und Däumchen drehen, bis die Zeit Jocks Wunden heilt.«

»Wir werden sehen. Vielleicht finden wir einen Kompromiss.« MacDuff trat an die Anrichte und schenkte sich Kaffee ein. »Ich werde Jock nicht ins Verderben stürzen, bloß weil Mario es nicht abwarten kann, seinen Vater zu rächen. Ein paar Tage haben wir noch. Seine Erinnerung wird schon zurückkommen.«

»Und wir können nicht riskieren, dass Mario auf eigene Faust irgendwas unternimmt und unsere Tarnung auffliegen lässt«, sagte Trevor.

»Das wird er nicht.« Jane stand auf. »Ich rede mit ihm.«

»Tun Sie das«, sagte MacDuff. »Halten Sie ihm das Händchen. Ich werde es jedenfalls nicht tun.« Er warf Trevor einen Blick zu. »Und ich glaube kaum, dass Trevor sich darum reißt.«

»Zumindest brauche ich mir keine Sorgen zu machen, dass Mario versucht, sie zu erwürgen«, erwiderte Trevor. Er schaute Jane an. »Ich kann das gern übernehmen, wenn du willst.«

»Ihr vergesst beide, dass Mario ebenfalls leidet.« Jane ging zur Tür. »Er will bloß wissen, dass ein Ende in Sicht ist.«

Trevor hob die Brauen. »Na, das wollen wir ja wohl alle.«

»Hat man Sie geschickt, um diplomatische Verhandlungen aufzunehmen oder um mich übers Knie zu legen?«, fragte Mario. »Es tut mir nicht Leid. Ich habe nur gesagt, was ich denke.«

»Niemand hat mich geschickt«, antwortete Jane. »Und es ist Ihr gutes Recht, auszusprechen, was Ihnen durch den Kopf geht.« Sie machte eine rhetorische Pause. »Aber erst, nachdem Sie nachgedacht haben. Ich hatte zunächst den gleichen Impuls wie Sie. Jock könnte unsere einzige Möglichkeit sein, den Wahnsinn aufzuhalten. Ein paar Worte, und er führt uns womöglich direkt zu Reilly.«

»Dann sagen Sie das Trevor und MacDuff.«

»Das werde ich. Aber erst, wenn wir Jock eine Chance

gegeben haben. Wir sind keine Barbaren. Wir sollten ihn nicht um den Verstand bringen, sondern ihm die Zeit lassen, allein seinen Weg zurückzufinden.« Ihre Blicke begegneten sich. »Oder nicht, Mario?«

Die unterschiedlichsten widerstrebenden Gefühle spiegelten sich in seinem Gesicht wider. Schließlich sagte er knapp: »Doch, verdammt. Aber es muss eine Möglichkeit geben, ihn zu –«

»Kein Druck.«

»Okay, okay. Ich habe verstanden. Aber wie wäre es, wenn ich ein bisschen Zeit mit ihm verbringen und ihn besser kennen lernen würde? Nur ein paar Tage. Vielleicht könnte ich ihn zum Reden bringen, ein bisschen nachhelfen.«

»Kein Druck.«

»Ich würde den Namen Reilly nicht mal erwähnen. Nur wenn er das Gespräch darauf bringt. Ich bin nicht dumm. Ich kann sehr subtil sein.«

»Wenn Sie nicht selbst traumatisiert sind.«

»Ich gebe Ihnen mein Wort, Jane. Ich bin doch nicht grausam. Ich will Jock nicht wehtun. Der Junge tut mir Leid. Lassen Sie mich einfach helfen. Lassen Sie mich irgendwas *tun.*«

Sie sah ihn nachdenklich an. Seine Verzweiflung stand ihm deutlich im Gesicht geschrieben. »Vielleicht ist das gar keine schlechte Idee. Sie wären eine neue Stimme. Trevor, MacDuff und ich haben Jock ziemlich unter Druck gesetzt. Jedes Mal, wenn er einen von uns sieht, erinnert es ihn daran. Sie sind ungefähr in seinem Alter. Jemand, der ihn ablenken könnte. Ein anderes Tempo …«

»Ganz genau«, sagte Mario begeistert. »Das klingt doch plausibel, oder?«

»Vielleicht.« Sie überlegte. »Wenn ich Ihnen vertrauen kann.«

»Ich verspreche es Ihnen. Und ich halte mein Wort.« Er verzog das Gesicht. »Die Padres haben dafür gesorgt, dass ich an die ewige Verdammnis glaube, für den Fall, dass ich eins der zehn Gebote breche.«

»Wenn Sie vorhaben, Grozak und Reilly zu töten, werden Sie eins der wichtigsten brechen.«

»Manche Dinge sind es wert, ewige Verdammnis zu riskieren. Und ich glaube, die Kirche würde meine Sünde für weniger schwer halten als die, die Grozak und Reilly begehen wollen. Ich werde mein Versprechen halten, Jane.«

Sie traf eine Entscheidung. »Das möchte ich Ihnen auch raten. Wenn Sie Jock wehtun, wird MacDuff Sie ohne zu zögern in die Hölle befördern.«

»Sie lassen es mich also machen?«

»Unter einer Bedingung. Wir müssen eine Abmachung treffen. Sie kriegen zwei Tage mit Jock, wenn Sie mir anschließend Ciras Brief zu lesen geben.«

»Ich habe ihn nicht mitgebracht.« Dann fügte er hastig hinzu: »Aber ich kann Ihnen erzählen, was drinsteht.«

»Dann erzählen Sie es mir.«

»Erst wenn ich meine zwei Tage mit Jock verbracht habe. Das ist nur fair. Wann kann ich Jock sehen?«

»Wenn er aufwacht.« Sie wandte sich zum Gehen. »Aber wundern Sie sich nicht, wenn er nicht mit Ihnen reden will. Er ist nicht besonders gesellig. Es ist nur ein Versuch.«

»Das ist mir klar. Ich werde nur den Resonanzboden spielen. Wenn er mit mir reden will, werde ich da sein.«

»Ich verlasse mich auf Sie, Mario.«

»In Grenzen.« Er lächelte. »Und mit einer Rückversicherung für den Fall, dass ich's vermassle. Doch das ist mir einerlei. Hauptsache, ich kann etwas tun.«

Zum ersten Mal, seit sie aus Schottland aufgebrochen waren, wirkte Mario regelrecht gut gelaunt und nicht mehr so verbittert. Eine sinnvolle Aufgabe konnte manchmal Wunder wirken. Vielleicht würde es sich sogar positiv auswirken, wenn man die beiden jungen Männer zusammenbrachte. »Womöglich würde ich MacDuff gar nicht brauchen, falls Sie es vermasseln«, murmelte sie. »Jock ist durchaus in der Lage, jemanden, der ihm blöd kommt, eigenhändig in die Hölle zu befördern.«

»Hallo, Jock. Weißt du, wer ich bin?«

Jock schüttelte den Kopf, um wach zu werden, bevor er den jungen Mann auf dem Stuhl neben seinem Bett in Augenschein nahm. »Du bist der, der mit Cira zusammenwohnt. Mario ...«

»Donato.« Er lächelte. »Ich wohne nicht direkt mit Cira zusammen. Obwohl es mir manchmal beinahe so vorkommt. Ich versuche, ihre Briefe zu entziffern.«

»Du wohnst mit ihrer Statue zusammen, die Trevor gehört. MacDuff hat mich einmal raufgehen lassen, damit ich sie mir ansehen konnte. Aber das war, bevor du auf die Burg gekommen bist.«

»Ohne Trevors Erlaubnis?«

»Die Burg gehört MacDuff, und er wusste, dass ich sie sehen wollte, nachdem er mir ihr Bild im Internet gezeigt hatte.«

»Und du bist einfach hineingegangen?«

»Nein, ich weiß, wie ich irgendwo eindringe.« Seine Miene verdüsterte sich. »Es war ganz leicht.«

»Du hättest bestimmt keine Einbrechertricks anwenden müssen, um sie dir anzusehen. Trevor hat nichts dagegen, dass sie in meinem Arbeitszimmer steht.«

Jock zuckte die Achseln. »Der Burgherr wollte nicht, dass ich ihn belästige.«

»Aber er hatte nichts dagegen, dass du dir Zugang in das Zimmer verschafft hast?«

»Es war sein gutes Recht, mir die Erlaubnis zu geben.«

»Ich fürchte, das würde Trevor anders sehen.« Er lächelte. »Er hat die Burg gemietet, und die Statue gehört ihm.«

Jock schüttelte den Kopf. »MacDuff ist immer noch der Burgherr.«

»Na ja, wir wollen uns nicht darüber streiten«, sagte Mario. »Ich freue mich, dass wir beide eine Leidenschaft für Cira haben. Sie ist wunderschön, nicht wahr?«

Jock nickte. »Ich fühle mich ... ihr nah.«

»Ich auch. Würdest du gern ihre Briefe lesen?«

»Ja.« Jock musterte Marios Gesicht. Auch wenn der Nebel in seinem Kopf sich immer mehr lichtete und manchmal ganz verschwand, fiel es ihm immer noch schwer, sich zu konzentrieren. »Warum bist du hier?«

»Ich wollte dich kennen lernen.«

Jock schüttelte den Kopf. »Du bist nett zu mir. Warum?«

»Muss es dafür einen Grund geben?«

»Ja.« Jock überlegte. »Du willst dasselbe wie die anderen. Du willst etwas über Reilly erfahren.«

»Warum sollte ich –« Mario nickte. »Ich möchte dich nicht anlügen.«

»Ich kann dir nicht sagen, was ich nicht weiß«, sagte Jock müde.

»Die Erinnerung wird zurückkommen. Ich möchte da sein, wenn das passiert.«

Jock schüttelte den Kopf.

»Versuch doch mal, es so zu sehen. Ich habe versprochen, keine Fragen zu stellen. Bei mir kannst du ganz entspannt sein. Wenn du über Reilly reden willst, werde ich dir zuhören. Ich kann es gar nicht erwarten, dir zuzuhören.«

Jock schaute ihn an. »Warum?«

»Grozak und Reilly haben meinen Vater ermordet. Sie haben ihn enthauptet.«

Ja, Jock erinnerte sich, dass Jane etwas von dem Mord an Marios Vater erwähnt hatte. »Tut mir Leid. Das war ich nicht. Mir wurde nie befohlen, jemanden zu enthaupten.«

Mario war entsetzt. »Wir wissen, wer es war. Ich habe nicht angenommen, dass du das getan hast.«

»Das ist gut. Es würde alles nur noch komplizierter machen.«

Mario nickte. »Ich würde sagen, das ist ziemlich untertrieben.« Er hatte sich genug von dem Schrecken erholt, um ein Lächeln zustande zu bringen. »Du bist anders, als ich erwartet hatte. Aber das heißt nicht, dass wir uns nicht gut verstehen und einander helfen können.«

Eine ganze Weile ruhte Jocks Blick auf Mario. Dieser Kerl wollte ihn benutzen, und er hielt ihn für so einfältig, es einfach zuzulassen. Jock konnte es ihm nicht verübeln. Wenn der Nebel sich über ihn legte, war er kaum in der Lage, auf der simpelsten Ebene zu funktionieren. Aber jetzt gab es Zeiten, in denen der Nebel sich lichtete, und dann fühlte er sich hellwach, dann waren alle seine Sinne geschärft.

»Möchtest du nicht wissen, was auf diesen Schriftrollen steht?«, fragte Mario mit einschmeichelnder Stimme. »Ich habe gerade von einer Schriftrolle eine Übersetzung fertig gestellt, die ich noch niemanden habe lesen lassen. Ich könnte dir davon erzählen. Du wärst der Erste, der vom Inhalt des Briefs erfährt.«

Er versuchte, ihn zu bestechen. Jock konnte die Verzweiflung spüren, die Mario umtrieb. Rachegelüste und Hass und die Ungeduld, die mit dieser Verzweiflung einherging. Seltsam, dass er plötzlich die Gefühle anderer wahrnehmen konnte, nachdem er so lange vollkommen in sich zurückgezogen gelebt hatte.

Am besten, er nahm es einfach hin. Er war immer noch schwach, und alle um ihn herum waren stark. Er musste seine Kräfte sammeln. Annehmen, was Mario ihm geben wollte. Sich von ihm benutzen lassen.

Bis der Nebel endgültig verschwunden war.

Noch sieben Tage

»Ich hätte nicht geglaubt, dass es funktionieren würde.« Trevor schaute zu Mario und Jock hinüber, die gemeinsam über den Bootssteg gingen. »Ich dachte, du hättest dich von Mario beeinflussen lassen. Aber das geht jetzt schon seit zwei Tagen, und die beiden scheinen sich wirklich angefreundet zu haben.«

»Er hat mich tatsächlich beeinflusst. Er hat mir Leid getan. Aber nicht genug, um nicht sofort einzugreifen, falls er Jock unter Druck setzt. Dafür hat es mich zu viel Mühe gekostet, MacDuff zu überreden, Mario überhaupt mit Jock reden zu lassen. Doch es war eine Möglichkeit, ihn dazu zu bringen, dass er uns Ciras Brief gibt.« Jane schüttelte ungläubig den Kopf. »Mario scheint sehr einfühlsam mit ihm umzugehen. Es erinnert mich daran, wie ich ihn erlebt habe, als wir auf der Burg angekommen sind. Jock sagt, er scherzt mit ihm und erzählt ihm Geschichten aus seinem Leben in Italien. Ich glaube nicht, dass er Jock bisher eine einzige Frage gestellt hat.«

»Bisher.«

»Bisher.« Ihre Hände ballten sich zu Fäusten. »Aber wir werden bald selbst anfangen müssen, ihm Fragen zu stellen. Es macht mich völlig verrückt, hier rumzusitzen und darauf zu warten, dass Jock endlich irgendwas einfällt, das diesen Horror aufhalten könnte. Wir können ihm nicht mehr viel Zeit geben, um zu heilen. Hast du etwas Neues von Brenner gehört?«

»Nur, dass er sich in dem Skiort umgesehen hat. Jock hat drei Monate lang in einem Laden Skiausrüstung verkauft, bis er eines Tages einfach nicht mehr aufgetaucht ist. Der Ladenbesitzer hat sich große Sorgen gemacht. Er meinte, es hätte nicht zu dem Jungen gepasst, so unzuverlässig zu sein. Um ein Haar hätte er eine Vermisstenanzeige aufgegeben.«

»Aber er hat es nicht getan?«

Trevor schüttelte den Kopf. »Nein. In diesen Orten tauchen immer wieder irgendwelche Weltenbummler auf. Die bleiben eine Weile, um sich ein paar Dollar zu verdienen, genießen das Skilaufen und ziehen dann wieder weiter.«

»Keine Spur von Reilly?«

»Bisher noch nicht. Es gibt ein paar Quellen, die Brenner anzapfen kann, aber er muss umsichtig vorgehen, damit niemand merkt, dass wir Reilly suchen. Im Moment wäre es zu gefährlich, etwas durchsickern zu lassen.«

Im Moment war alles gefährlich. Einschließlich dieser Betreuung von Jock. Gott, sie wünschte, es gäbe irgendetwas, das sie tun konnten. »Hast du noch mal mit Bartlett gesprochen?«

»Gestern Abend.« Er lächelte. »Bisher sind die Leute von Homeland Security noch nicht in MacDuff's Festung eingefallen. Offenbar haben sie sich entschlossen, abzuwarten und zu beobachten.«

»Genauso wie wir.« Sie überlegte. »Meinst du, es gibt eine Möglichkeit, mein neues Telefon irgendwie abhörsicher zu machen, damit ich mit Eve und Joe sprechen könnte?«

»Zu riskant. Das weißt du.«

Mit dieser Antwort hatte sie gerechnet. Und er hatte Recht, verdammt. So gern sie mit Eve und Joe über alles reden würde, es wäre dumm, dieses Risiko einzugehen. »In Ordnung.«

»Ich weiß, dass dich die Situation zerreißt. Es war deine Entscheidung, aber wir haben uns alle darauf eingelassen. Ich glaube, du lagst mit deiner Einschätzung richtig, dass Jock womöglich dichtgemacht hätte, wenn wir zu großen Druck auf ihn ausgeübt hätten. Aber wenn du inzwischen anderer Meinung bist, brauchst du es nur zu sagen, dann werde ich ihn mir vorknöpfen.«

»Du meinst, du würdest Gewalt anwenden.«

»Wenn ich zu dem Schluss käme, dass es die einzige Möglichkeit ist. Er ist unsere einzige Hoffnung und zugleich unser Hemmschuh. Ich möchte nicht, dass du dir für den Rest deines Lebens Vorwürfe machen musst, weil du zu weich gewesen bist, um zu tun, was du hättest tun sollen.«

»Ich werde nicht zu weich sein.« Das war die Wahrheit. Sie kannte sich gut genug, um zu wissen, dass sie letztlich und trotz allem eine Entscheidung treffen würde, wenn sie keinen anderen Ausweg sah. Doch sie hoffte inständig, dass es nicht dazu kommen würde. Sie schaute zu Mario und Jock hinüber. »Aber es wird allmählich höchste Zeit, dass Mario irgendwas aus Jock rausbekommt. Wenn es ihm nicht gelingt, werden wir tun, was notwendig ist. Das schließt auch ein, dass wir Homeland Security, CIA und alle einschalten, die uns womöglich helfen können. Und die werden ihn nicht mit Samthandschuhen anpacken. Die werden nehmen, was sie kriegen können, und sie werden keine Rücksicht darauf nehmen, ob sie ihn um den Verstand bringen.«

»Ich seh das ja nicht anders. Hoffen wir, dass es nicht so weit kommt.« Trevor wechselte das Thema. »Übrigens habe ich noch eine Information, die dich interessieren könnte. Es geht um Demonidas.«

Ihre Augen weiteten sich. »Wie bitte?«

»Mit irgendwas muss ich mich ja schließlich beschäftigen. Also habe ich ein bisschen im Internet geforscht, und ich habe einen Hinweis auf einen Demonidas gefunden, der zur selben Zeit gelebt hat wie Cira.«

»Das ist alles?«

»Nein, längst nicht.« Er lächelte. »Der Mann ist ins öffentliche Interesse geraten, als vor zwei Jahren in der Nähe von Neapel sein Logbuch gefunden wurde. Angeblich war es sehr gut erhalten und sollte bei einer staatlichen Auktion angeboten werden. Das Geld sollte italienischen Museen zugute kommen. Das Ganze hat damals eine Menge Staub aufgewirbelt, und die Sammler standen Schlange, um das Logbuch zu ersteigern.«

»Können wir es uns ansehen?«

Er schüttelte den Kopf. »Es ist eine Woche vor der Auktion spurlos verschwunden.«

»Gestohlen?«

»Es sei denn, es ist selbstständig aus dem Safe in Neapel geflüchtet.«

»Verflucht.«

»Aber zumindest hat es existiert, und Demonidas ebenfalls. Tröstet dich das ein bisschen?«

»Ja. Alles in diesem ganzen Durcheinander, das durch konkrete Fakten untermauert wird, hat sein Gutes.«

»Ich bleibe an der Sache dran, aber ich dachte mir schon, dass du dich über eine handfeste Information freuen würdest. Die derzeitige Situation ist für uns alle ziemlich frustrierend.«

»Das ist leicht untertrieben.« Sie lächelte. »Danke, Trevor.«

»Keine Ursache. Es hat sich gelohnt. Es ist das erste Mal seit Tagen, dass ich dich lächeln sehe.« Er nahm ihre Hand. »Das hat mir gefehlt.«

Sie betrachtete ihre verschränkten Hände. Ein schönes Gefühl, angenehm ... »Meine Nerven liegen einfach ziemlich blank.«

»So erleben wir einander seit dem Tag, an dem wir uns kennen gelernt haben. Ich weiß gar nicht, wie es wäre, wenn wir ins Restaurant oder ins Kino gehen, vielleicht abends zusammen auf dem Sofa sitzen und fernsehen könnten. Wenn wir ganz normale Dinge tun könnten.«

Er hatte Recht. Einen Normalzustand kannten sie gar nicht. Bisher hatten sie weder Zeit noch Gelegenheit gehabt, miteinander zu reden, alles Mögliche auszuprobieren, einander wirklich kennen zu lernen. Ihre Beziehung war bestimmt von sexueller Spannung, sie war ein Balanceakt zwischen Vertrauen und Misstrauen und im wahrsten Sinne des Wortes ein Ritt auf dem Vulkan. »Und? Wünschst du dir das denn?«

»Ja, verdammt. Ich will alles. Ich will dich in- und auswendig kennen.«

Sie wandte sich ab. »Und was ist, wenn du enttäuscht bist, sobald du mich so gut kennst?«

»Du ziehst dich vor mir zurück.«

Das stimmte. Seine Hand fühlte sich so gut an, und sie brauchte den Trost und die Freundschaft, die er ihr gab, und zwar so sehr, dass sie sich am liebsten an ihn klammern würde, doch das durfte nicht passieren. Wenn sie ihre Stärke und Unabhängigkeit verlor, war sie nichts mehr. »Was erwartest du denn? Das ist alles noch so neu. Ich hatte nicht damit gerechnet – Als Straßenkind habe ich miterlebt, was sich so alles zwischen Männern und Frauen abspielt, und das war alles andere als schön. Ich nehme an ... es hat mich in gewisser Weise geprägt. Die Gefühle, die du in mir weckst, machen mir Angst. Einen Mann wie dich habe ich noch nie kennen gelernt, und ich weiß ja nicht mal, ob du noch für mich da sein wirst, wenn das hier vorbei ist.«

»Ich werde da sein.«

Sie zog ihre Hand weg und stand auf. »Dann werden wir uns über Restaurantbesuche und Fernsehabende den Kopf zerbrechen, wenn es so weit ist.« Sie ging zur Tür. »Ich glaube, ich gehe runter an den See und mache eine Zeichnung von Jock und Mario. Die beiden sind so gegensätzlich, findest du –«

»Jane.«

»Okay. Ich drücke mich vor dem Thema.« Sie schaute ihm in die Augen. »Du willst Sex? Einverstanden. Es ist wunderbar mit dir. Aber ich kann einfach nicht – Ich brauche Zeit, um mich wirklich auf jemanden einzulassen. Und wenn du das nicht akzeptieren kannst, musst du zusehen, wie du damit zurechtkommst.«

Er presste die Lippen zusammen. »Ich kann es akzeptieren.« Plötzlich verzerrte sich sein Gesicht. »Und dass ich Sex mit dir will, darauf kannst du Gift nehmen.« Er sprang auf. »Ich klemme mich an den Computer. Vielleicht kann ich ja noch was über diesen Demonidas ausgraben.«

»Die sitzen anscheinend nur rum und drehen Däumchen«, sagte Wickman, als Grozak an den Apparat ging. »Nicht das geringste Anzeichen von Aktivitäten. Soll ich ein paar Männer zusammentrommeln und die Bande ein bisschen aufscheuchen?«

»Nein, das wäre unklug«, erwiderte Grozak. »Es wundert mich, dass Sie das überhaupt vorschlagen. Ich habe Ihnen gesagt, ich will die Frau haben, aber sobald Sie Gewalt anwenden, werden die alle Schotten dichtmachen, um sie zu beschützen. Und wenn Sie sie dann nicht gleich schnappen, wird Reilly uns für unfähig halten. Den Scheißkerl kann man nur mit Stärke beeindrucken.«

»Ich bin nicht unfähig.«

»Das weiß ich.« Dann fügte er hastig hinzu: »Ich meine ja nur, dass es so aussehen würde.«

»Sechs Tage, Grozak.«

»Daran brauchen Sie mich nicht zu erinnern. Ich bin gerade in Chicago, um die Lieferung des Sprengstoffs nach Los Angeles zu organisieren. Anschließend fliege ich selbst dahin und vergewissere mich, dass die richtigen Leute bestochen wurden.«

»All Ihre raffinierten Pläne werden sich in Wohlgefallen auflösen, wenn wir Reilly nicht geben, was er haben will.« Wickman legte auf.

Grozak biss wütend die Zähne zusammen. Wickman

wurde von Telefonat zu Telefonat arroganter. Inzwischen bereute er es schon fast, dass er den Hurensohn überhaupt angeheuert hatte. Wickman mochte gerissen und effizient sein, aber es gab Momente, da kam es Grozak vor, als würde ihm die Kontrolle entgleiten.

Sollte er ihn umlegen lassen?

Noch nicht.

Als er einen Blick auf den Kalender auf seinem Schreibtisch warf, zog sich ihm der Magen zusammen.

Sechs Tage.

Noch fünf Tage

»Hallo, Jock.« Jane setzte sich neben ihn auf die Verandastufen und betrachtete eine Weile den fantastischen Sonnenuntergang. Schließlich schlug sie ihren Zeichenblock auf. »Hier ist es sehr friedlich, nicht wahr? Es erinnert mich an das Haus am See, wo ich zu Hause bin.«

»Habt ihr da auch Berge?«

»Nein, nur Hügel. Aber es ist genauso friedlich.«

Er nickte. »Hier gefällt es mir. Hier fühle ich mich innerlich sauber. Und frei.«

»Du bist frei.«

»Im Moment ja. Aber ich frage mich die ganze Zeit, ob es auch so bleiben wird.«

»Ich weiß, wie du dich fühlst.« Sie hob eine Hand, als er den Kopf schüttelte. »Okay, niemand kann das wissen, der nicht dasselbe durchgemacht hat wie du, aber ich kann es mir vorstellen. Ich glaube nicht, dass es etwas Schrecklicheres gibt, als wie ein Sklave der Macht eines anderen ausgeliefert zu sein. Das wäre mein allerschlimmster Albtraum.«

»Wirklich?«

Sie nickte. »Und Trevor hat mir erzählt, dass Reilly es sich in den Kopf gesetzt hat, mich in die Finger zu bekommen und mich auch zur Sklavin zu machen. Allein der Gedanke dreht mir den Magen um.«

Er runzelte die Stirn. »Aber es gab gar keine Frauen da, außer Kim, und die arbeitet für Reilly.«

»Offenbar will er bei mir eine Ausnahme machen.«

Er nickte. »Vielleicht weil du aussiehst wie Cira. Er steht auf sie. Er hat mich dauernd nach ihr ausgefragt und wollte wissen, ob der Burgherr irgendwas über ihr Gold rausgefunden hätte oder –«

»Das hat er dich gefragt?« Sie schaute ihn an. »Daran erinnerst du dich?«

»Ja, in den letzten Tagen ist mir alles Mögliche wieder eingefallen.«

»Was denn noch?«

»Vier acht zwei.«

Ihre Hoffnung schwand. »Oh.«

»Das war es nicht, was du hören wolltest, stimmt's?«

»Na ja, ich hatte angenommen, das Thema wäre für dich erledigt.«

»Das ist es auch, jetzt wo ich wieder weiß, dass ich getan hab, was ich konnte.«

»Würdest du mir gern erzählen, was in jener Nacht passiert ist?«

»Da gibt's nicht viel zu erzählen. Reilly hat mir die Adresse gegeben und das Opfer genannt, und dann bin ich losgegangen, um zu tun, was er von mir verlangte.«

»Warum ein Kind?«

»Um Falgow zu treffen. Es hatte irgendwas mit der Mafia zu tun. Ich glaube, die hatten Reilly Geld gegeben, damit er Falgow bestraft, weil der nicht kooperieren wollte.«

»Aber ein kleines Mädchen …«

»Das hätte Falgow sehr wehgetan. Mir hat es wehgetan.

Ich konnte es nicht tun. Aber wenn ich es nicht tat, würde Reilly jemand anderen schicken, das wusste ich. Ich musste irgendwas unternehmen ...«

»Was denn?«

»Irgendwas. Die Falgows dachten, die Kleine wäre in Sicherheit, aber das war sie nicht. Sie würde nie in Sicherheit sein, wenn sie sie nicht beschützten. Also habe ich einen Tisch umgeworfen und ein Fenster eingeschlagen und bin dann durch das Fenster aus dem Haus gestiegen. Damit sie wissen, dass jemand eingebrochen war, dass ihre Tochter nicht in Sicherheit war.«

»Offenbar hat es funktioniert«, sagte Jane. »Sie lebt noch, Jock.«

Er nickte. »Aber vor Reilly ist niemand wirklich sicher. Womöglich hat er es aufgegeben, vielleicht wartet er aber auch einfach nur ab. Er ist sehr geduldig.«

»Ist dir noch etwas anderes eingefallen?«

»Ja.«

Sie holte tief Luft. »Wir müssen reden, Jock. Wir haben dich solange es ging in Ruhe gelassen. Aber allmählich läuft uns die Zeit davon.«

Jock lächelte. »Ganz in Ruhe habt ihr mich nicht gelassen. Ihr habt Mario geschickt, damit ich nicht vergesse, was meine Pflicht ist.«

»Ich habe ihm gesagt, er soll dir nicht auf die Nerven gehen.«

»Er ist mir nicht auf die Nerven gegangen. Er ist sehr nett zu mir. Ich mag ihn.«

»Ich auch.«

»Aber manchmal braucht ihr nichts zu sagen. Ich weiß, was er will. Ich weiß, was ihr alle wollt.«

»Und wirst du es uns geben?«

Er schwieg eine Weile. »Ich ... werde es dir vielleicht geben.«

Ihre Augen weiteten sich. »Du erinnerst dich, wo Reilly steckt?«

Er nickte. »Die Erinnerung kommt nach und nach zurück.«

»Idaho?«

Er nickte.

»Wo?«

Er antwortete nicht.

»Jock.«

Er schüttelte den Kopf. »Du wirst es dem Burgherrn sagen. Oder Trevor. Oder Mario.«

»Sie wollen alle helfen.«

»An dem Abend, als du zum ersten Mal zu mir gekommen bist, habe ich dir schon gesagt, dass der Burgherr es nicht wissen darf, dass ich es selbst tun muss.«

»Ja, aber du hast nichts davon gesagt, dass du uns alle ausschließen würdest.«

»Ich musste mit euch kommen«, antwortete er. »Ihr hättet mich nicht hierher gebracht, wenn ihr nicht davon ausgegangen wärt, dass ich es euch sagen würde, sobald ich konnte.«

Sie sah ihn verblüfft an. »Du hast uns also bewusst in die Irre geführt?«

»Ich musste hierher kommen«, wiederholte er. »Ich bin dir sehr dankbar, dass du das möglich gemacht hast.«

»Na, wunderbar.« Sie überlegte. »Dann hilf uns. Du weißt, was für schreckliche Dinge passieren können, wenn wir Reilly und Grozak nicht finden.«

»Ja.«

Sie ballte die Hände. »Dann sprich mit mir, verdammt.«

»Das werde ich.« Er warf ihr einen gequälten Blick zu. »Aber nur mit dir, Jane. Und nicht jetzt.«

Ihre Augen verengten sich zu Schlitzen. »Was soll das heißen?«

»Ich werde es dir nicht sagen, ich werde dich mitnehmen. Und wenn wir fast da sind, darfst du die Polizei anrufen oder wen auch immer du willst. Nur nicht den Burgherrn.«

»Jock –«

»Nur du.«

»Und wirst du warten, bis die Polizei eintrifft, bevor du dir Reilly vornimmst?«

Er antwortete nicht.

Sie sah ihn frustriert an. »Jock, du kannst es nicht allein mit ihm aufnehmen.«

»Warum nicht? Ich weiß, was ich tun muss. Er hat es mir beigebracht.«

»Aber wir wissen nicht, wie viele von seinen Leuten bei ihm sind. Womöglich ist sogar Grozak da.«

»Ich weiß, was ich tun muss.«

Er sprach die Worte so einfach und so voller Selbstvertrauen aus, dass ihr ein kalter Schauer über den Rücken lief. Sein Gesichtsausdruck war gelöst und seine Augen waren so klar und ehrlich wie die eines Kindes.

»Hör zu, wenn du es nicht schaffst, dann wird Reilly alle warnen, und dann gelingt es uns vielleicht nicht, Grozak zu schnappen.«

»Grozak interessiert mich nicht.«

»Aber mich.«

»Und Mario auch. Aber ohne Reilly kann Grozak gar nichts tun. Ihr könnt ihn euch später vorknöpfen.«

»Und wenn uns das nicht gelingt?«

Er schüttelte den Kopf.

Verflucht, war der Junge stur. Und sie konnte ihm nicht mit Argumenten beikommen, weil er nur einen einzigen Weg sah und ein einziges Ziel vor Augen hatte. »Was würdest du tun, wenn ich nein sage? Wenn ich jetzt aufstehen, ins Haus gehen und Trevor und MacDuff erzählen würde, was dir alles wieder eingefallen ist?«

»Wenn du nein sagst, werde ich nicht mehr hier sein, wenn sie kommen, um mit mir zu reden.« Jock schaute zu den schneebedeckten Berggipfeln hinüber. »Ich weiß, wie man sich in den Bergen versteckt. MacDuff könnte mich vielleicht finden, aber für euch wäre das zu spät.«

»Jock, tu das nicht.«

»Nur du.«

Er meinte es ernst. Sein Gesichtsausdruck war die pure Entschlossenheit.

Schließlich gab sie nach. »Also gut. Wann?«

»Heute Nacht. Zieh dir etwas Warmes an. Wir werden vielleicht im Freien bleiben müssen. Kannst du dir die Autoschlüssel besorgen?«

»Das schaffe ich schon.« Sie stand auf. »Wir treffen uns um ein Uhr.«

Er nickte. »Ja, das passt gut. Und nimm eine Kreditkarte mit. Wir werden Sprit und andere Dinge brauchen.« Er sah sie besorgt an. »Bist du wütend auf mich?«

»Ja. Ich will das nicht tun. Ich habe Angst um dich.« Dann fügte sie hinzu: »Und um mich hab ich auch Angst, verdammt.«

»Dir wird nichts passieren. Das verspreche ich dir.«

»So etwas kann man nicht versprechen. Wir können doch nicht im Voraus wissen, was passieren wird.«

»Ich dachte, du würdest gern mitkommen. Ich kann auch allein gehen.«

»Nein, kommt nicht in Frage. Ich werde mir die Chance, ihn in die Finger zu kriegen, nicht entgehen lassen.« Sie machte sich auf den Weg zum Haus, dann drehte sie sich noch einmal um. »Aber ich werde eine Nachricht hinterlassen.« Als er etwas sagen wollte, fiel sie ihm ins Wort: »Versuch nicht, mich davon abzubringen. Ich werde nicht einfach ohne ein Wort von hier verschwinden und zulassen, dass sich alle Sorgen um uns machen. Es wird deine Pläne nicht durchkreuzen. Schließlich hast du mir nichts erzählt, womit die etwas anfangen könnten.«

»Du hast Recht«, sagte er langsam, als er auf den Bootssteg zuging. »Und ich möchte auch nicht, dass sich jemand Sorgen macht.«

»Dann gib deinen Plan auf.«

Er reagierte nicht.

Nein, er wollte niemandem Sorgen bereiten, doch er war bereit, eine Bombe zu zünden, dachte Jane unterwegs zum Haus.

Okay, sie durfte sich ihre Angst und ihre Nervosität jetzt nicht anmerken lassen. Deshalb würde sie einfach so lange draußen bleiben, bis es Zeit war, ins Bett zu gehen. Unauffällig warf sie einen Blick auf den Wagen, der neben dem Haus stand. Garantiert würde sie jemand hören, wenn sie mitten in der Nacht aufbrachen.

Na ja, dann würde es ohnehin zu spät sein, um sie aufzuhalten.

Sie musste die Panik unterdrücken, die ihr bei dem Gedanken in die Glieder fuhr. Zumindest unternahmen sie etwas, das sie ihrem Ziel, Reilly aufzuspüren, näher brachte. Jock hatte versprochen, dass er ihr erlauben würde, Hilfe herbeizurufen, sobald sie einen bestimmten Ort erreicht hätten.

Außerdem hatte er ihr versprochen, dass ihr nichts zustoßen würde. Doch das konnte er unmöglich garantieren. Jock würde in erster Linie damit beschäftigt sein, Reilly unschädlich zu machen, und keine Zeit haben, sie zu beschützen.

Sie würde sich also selbst beschützen müssen. Aber das war ja nichts Neues. Sie hatte sich ihr Leben lang selbst beschützt. Wahrscheinlich wäre Jock so oder so keine große Hilfe. Er war wie eine Glocke, die manchmal hell und klar läutete und machmal in einer Kakophonie infernalischen Lärms explodierte.

Sie musste einfach dafür sorgen, dass diese Explosion sie nicht umbrachte.

Lakewood, Illinois

Die vier Kühltürme des Atomkraftwerks erhoben sich vor dem Horizont.

Grozak fuhr an den Straßenrand. »Wir können nur ganz kurz hier halten. Der ganze Komplex wird von Sicherheitsleuten bewacht, die alle halbe Stunde ihre Runden drehen.«

»Ich brauche das hier nicht zu sehen«, sagte Carl Johnson. »Sagen Sie mir einfach, was ich tun soll, und ich tu's.«

»Ich dachte, es könnte nicht schaden.« Und Grozak wollte Johnsons Reaktion auf den Ort sehen, wo er sein Leben aushauchen würde. Als er Johnson vom Flughafen abgeholt hatte, war er regelrecht schockiert gewesen. Der Mann war jung, gut aussehend, und seine Sprache verriet, dass er im Mittelwesten aufgewachsen war. Natürlich war es von Vorteil, dass er so sehr dem Bild des typischen Amerikaners entsprach, trotzdem machte es Grozak nervös. Er konnte sich einfach nicht vorstellen, wie Johnson einen Laster durch dieses Tor fuhr. »Bei dem Laster handelt es sich um den Lieferwagen eines Catering Service, und er fährt jeden Mittag um zwölf Uhr auf das Kraftwerksgelände. Er hat eine offizielle Genehmigung, aber am Kontrollpunkt wird er jedes Mal überprüft und durchsucht.«

»Liegt der Kontrollpunkt nah genug?«

»Die Sprengkraft reicht aus, um die ersten beiden Türme zu zerstören. Danach wird das ganze Kraftwerk in die Luft fliegen.«

»Sind Sie sicher?«

»Absolut.«

Nachdenklich betrachtete Johnson die Kühltürme. »Reilly hat mir gesagt, dass die radioaktive Strahlung ganz Illinois und Missouri verseuchen wird. Stimmt das?«

»Das stimmt. Wahrscheinlich sogar ein noch viel größeres Gebiet.«

»Es muss sich schon lohnen, wissen Sie.«

»Ich versichere Ihnen, dass es sich –«

»Wenn nicht, wird Reilly es mir sagen. Er wird mich anrufen.«

»Das wird er bestimmt tun.«

»Kann ich dann jetzt ins Motel gehen? Reilly hat gesagt, ich soll im Motel warten.«

Grozak ließ den Motor an. »Ich wollte Ihnen nur zeigen, wo –«

»Sie wollten sehen, ob ich Angst habe.« Johnson sah ihn ausdruckslos an. »Ich habe keine Angst. Reilly hat mir beigebracht, keine Angst zu haben. Wenn man Angst hat, kann man nicht gewinnen. Aber ich werde gewinnen und all die verdammten Blutsauger werden verlieren.« Er lehnte sich zurück und schloss die Augen. »Sorgen Sie einfach dafür, dass die Explosion ihre Wirkung nicht verfehlt.«

Noch drei Tage

»Nicht den Motor anschalten«, flüsterte Jock, als Jane in den Wagen stieg. »Du brauchst nur die Bremse zu lösen, ich schiebe dich bis zur Straße. Dann sind wir vielleicht weit genug weg, dass sie uns nicht hören.«

»Das glaube ich kaum.« Die Nacht war still und es war so kalt, dass sie bei jedem Wort weiße Wölkchen ausstieß. »Lass es uns trotzdem versuchen.« Sie löste die Bremse. »Okay, los geht's.«

Das brauchte sie ihm nicht zweimal zu sagen. Sie spürte, wie die Reifen über den gefrorenen Boden rollten, als er den Wagen vorsichtig und mühsam in Richtung Straße schob.

Im Haus rührte sich nichts.

Insgeheim hoffte sie fast, dass jemand sie hören würde. Vielleicht würde Jock dann seinen Plan –

Sie hatten die Schotterstraße erreicht.

Keuchend stieg Jock auf den Beifahrersitz. »Nicht zu viel Gas geben. Langsam. Ganz langsam.«

Der Schotter knirschte unter den Reifen wie Knallplättchen in einer Kinderpistole.

Im Haus rührte sich immer noch nichts.

Oder doch?

Ja, in einem Fenster ging das Licht an.

»Fahr los!«, sagte Jock. »Auf den Highway und dann die nächste Abfahrt wieder runter. Die werden glauben, dass wir auf dem Highway bleiben. Wir werden später einen anderen nehmen.«

Janes Handy klingelte.

Sie warf Jock einen Blick zu, dann nahm sie das Gespräch an.

»Was zum Teufel hast du vor?«, fragte Trevor. »Wo ist Jock?«

»Er sitzt neben mir.« Der Highway lag gleich vor ihnen. »Ich habe dir eine Nachricht hinterlassen.«

»Komm sofort zurück.«

»Lies den Zettel.« Sie fuhr auf den Highway. »Tut mir Leid, Trevor.« Sie legte auf.

»Mir tut es auch Leid«, sagte Jock sanft, als er die Hand ausstreckte, um sich das Telefon geben zu lassen. »Ich möchte dir vertrauen, Jane. Ich verspreche dir, dass du das Handy zurückbekommst, sobald wir in Reillys Nähe sind.«

Langsam legte sie das Telefon in seine Hand. Plötzlich fühlte sie sich verdammt verletzlich.

»Danke.« Jock schaltete das Handy aus und steckte es in seine Jackentasche. »Und jetzt fahr an der nächsten Abfahrt wieder runter.«

»Der Teufel soll sie holen.« Marios Gesichtsausdruck war ebenso aggressiv wie sein Tonfall. »Sie hat mich reingelegt.«

»Hüten Sie Ihre Zunge«, sagte Trevor. »Sie haben die Nachricht gelesen. Sie hat versprochen, uns zu benachrichtigen, sobald sie etwas Näheres über Reillys Aufenthaltsort weiß.«

»Man hat immer verschiedene Möglichkeiten«, bemerkte MacDuff und griff nach dem Telefon. »Sie hätte sich an mich wenden sollen. Ich hätte Jock schon dazu gebracht, dass er alles ausspuckt, was er weiß.«

»Was haben Sie vor?«, fragte Trevor.

»Ich bestelle mir einen Mietwagen, der mir hierher gebracht wird, und dann fahre ich zum Flughafen. Sie hat Idaho gesagt. Also fliege ich nach Idaho.«

»*Wir* fliegen nach Idaho«, sagte Trevor.

»Warum fahren wir nicht einfach hinter den beiden her?«, fragte Mario ungehalten. »Vielleicht holen wir sie ja noch ein, bevor sie Reilly ausfindig machen. Und womöglich hat Jock sie ja auch angelogen und fährt am Ende ganz woanders hin.«

»Jock hat eine Abmachung mit ihr getroffen«, sagte MacDuff. »Und ich glaube kaum, dass er momentan in der Lage ist, sich irgendwelche komplizierten Täuschungsmanöver auszudenken.«

»Oder vielleicht doch?«, fragte Trevor mit Blick in Richtung Mario. »Was meinen Sie? Sie haben doch auch viel Zeit mit ihm verbracht.«

Mario überlegte, dann schüttelte er langsam den Kopf.

»Er war mal mehr, mal weniger klar. Manchmal wirkte er beinahe normal, dann wieder irgendwie benebelt.«

»Dann fliegen wir nach Idaho.« Trevor schnappte sich seine Reisetasche und begann, seine Sachen zu packen. »Machen wir, dass wir hier rauskommen.«

Neunzehn

Noch zwei Tage

»Wir sollten tanken«, sagte Jane. »Da vorne kommt eine Lkw-Raststätte. Da gibt es meistens ganz leckere Sachen zu essen.«

»Ja.« Jock betrachtete die hell erleuchtete Tankstelle. »Und sehr guten Kaffee.« Er lächelte. »Seltsam, wie gut ich mich an Kleinigkeiten erinnere und wie schwer es mir fällt, mich an die wichtigen Dinge zu erinnern. Die gehen mir irgendwie durch die Lappen.«

»Wie lange warst du bei Reilly?«

»Schwer zu sagen. Die Tage gingen ineinander über.« Er legte nachdenklich die Stirn in Falten. »Vielleicht ein Jahr ... anderthalb ...«

»Das ist eine lange Zeit.« Jane fuhr an die Tankstelle. »Und du warst noch sehr jung.«

»Das fand ich damals überhaupt nicht. Ich hielt mich für alt genug, um alles zu tun, was ich will. Ich hab mir Gott weiß was auf mich eingebildet. Deswegen hatte ich auch kein Problem damit, den Job anzunehmen, den Reilly mir angeboten hat. Die Vorstellung, dass ich eine Situation falsch einschätzen könnte, war mir fremd.« Sein Gesicht verzerrte sich. »Aber Reilly hat mir das Gegenteil bewiesen, stimmt's?«

»Offenbar ist er ein Meister auf seinem Gebiet.« Jane stieg aus dem Wagen. »Während ich tanke, kannst du reingehen und uns zwei Becher Kaffee holen. Wir haben noch eine lange Fahrt vor uns.«

»Mach den Tank nicht zu voll«, sagte Jock, der ebenfalls ausgestiegen war. »Nimm nur so viel Sprit, wie wir brauchen, um bis zur nächsten größeren Stadt zu kommen.«

»Wie bitte?«

»Wir müssen diesen Wagen irgendwo stehen lassen und einen anderen mieten. Der Burgherr hat bestimmt längst unser Kennzeichen rausgefunden.«

»Sehr scharfsinnig von dir.«

Er schüttelte den Kopf. »Training. Man fährt nie länger als nötig mit ein und demselben Mietwagen herum.« Er grinste spöttisch. »Das hätte Reilly nicht gefallen, und das bedeutete Strafe.«

»Welche Art von Strafe?«

Er zuckte die Achseln. »Hab ich vergessen.«

»Das glaube ich nicht. Ich habe das Gefühl, dass du dich an viel mehr erinnerst, als du zugibst. Jedes Mal, wenn du keine Lust hast, mir eine Antwort zu geben, hast du das, was ich wissen will, praktischerweise ›vergessen‹.«

Jock schaute sie traurig an. »Tut mir Leid. Ich hab es wirklich vergessen«, wiederholte er. »Ich hole uns den Kaffee.«

Als sie wieder unterwegs waren, sagte Jane: »Ich wollte dir kein schlechtes Gewissen machen. Wahrscheinlich bin ich einfach ein bisschen nervös. Wir rücken ihm immer näher. Bist du sicher, dass du weißt, wo wir Reilly finden?«

»Ganz sicher.« Jock hob seinen Kaffeebecher an die Lippen. »Wir fahren zu dem Haus, wo er mich ausgebildet und konditioniert hat. Er ist absolut davon überzeugt, dass ich meine Konditionierung niemals durchbrechen würde. Er hat das Haus garantiert nicht aufgegeben. Denn damit würde er sich eingestehen, versagt zu haben, und das verkraftet sein Ego nicht.«

»Und was ist, wenn du dich irrst?«

»Es gibt noch ein paar andere Orte, wo ich ihn suchen kann, von denen er nicht weiß, dass ich sie kenne.«

»Und wie hast du die herausbekommen?«

»Ich habe überhaupt nichts herausbekommen. Wer bei Reilly ist, findet nichts heraus. Kim Chan hat mir davon erzählt, während sie mich ausgebildet hat. Sie ist so etwas wie seine rechte Hand.«

»Für welche Art von Ausbildung war diese Frau denn zuständig?«

»Sex. Sex ist eine starke Antriebskraft. Für Reilly war Sex eine von vielen Methoden, vollkommene Kontrolle über uns zu gewinnen. Und Kim war sehr versiert darin, einem beim Sex Schmerzen zuzufügen. Sie hat es genossen.«

»Es wundert mich, dass Reilly einer Frau, die für ihn arbeitet, gestattet, aus dem Nähkästchen zu plaudern.«

»Davon durfte Reilly natürlich nichts erfahren. Womöglich kann sie sich nicht mal daran erinnern, dass sie mir das alles erzählt hat. Sie hat fest darauf vertraut, dass Reillys Konditionierung unumkehrbar ist, deswegen hielt sie es in meiner Gegenwart nicht für nötig, vorsichtig zu sein. Sie ist inzwischen schon seit über zehn Jahren bei ihm.«

»Haben die beiden ein persönliches Verhältnis zueinander?«

»Nur insofern, als sie sich gegenseitig benutzen. Er gesteht ihr eine gewisse Macht zu, dafür tut sie alles, was er von ihr verlangt.«

»Du scheinst dich sehr gut an sie zu erinnern«, sagte Jane trocken.

»Kim mochte es, wenn ich hellwach war und nicht unter Drogen stand, sobald sie an der Reihe war, mich zu bearbeiten.«

»Aber jetzt wirst du es ihr heimzahlen.«

»Ja.«

»Keine Begeisterung? Du hast mir doch gesagt, du hasst Reilly.«

»Ja, ich hasse ihn. Aber daran kann ich jetzt nicht denken.«

»Warum nicht?«

»Es würde mich behindern. Wenn ich an Reilly denke, ist in meinem Kopf kaum noch Platz für was anderes. Ich muss ihn finden und dafür sorgen, dass er dem Burgherrn nichts antun kann.« Er wechselte das Thema. »Laut Karte ist die nächste größere Stadt Salt Lake City. Wenn wir den Wagen am Flughafen abstellen, kann es Tage dauern, bis er gefunden wird. Wir mieten einen anderen Wagen und machen dasselbe in –«

»Du hast ja alles genau geplant«, bemerkte Jane mit sarkastischem Unterton. »Ich komme mir schon vor wie deine Chauffeurin.«

Jock sah sie verunsichert an. »Meinst du, wir sollten es anders machen?«

Sie entspannte ihr Gesicht. »Natürlich machen wir es, wie du sagst. Ich bin nur ein bisschen gereizt. Es ist eine gute Idee. In Salt Lake City wechseln wir das Fahrzeug. Eigentlich bin ich inzwischen ein bisschen optimistischer, was diese ganze Sache angeht, auch wenn es mir immer noch nicht gefällt, dass du mich erpresst hast. Selbst wenn das bei dir fast automatisch geht, hast du in diesen Dingen wesentlich mehr Erfahrung als ich. Es ist, als würden wir Reilly mit seinen eigenen Waffen bekämpfen.«

Jock lächelte. »Ganz genau. Wenn ich mir das vor Augen führe, geht es mir besser.« Er studierte die Landkarte. »Am besten, wir besorgen uns als Nächstes einen Jeep mit Allradantrieb. Im Wetterbericht haben sie eben für den Nordwesten einen Schneesturm angekündigt. In der Gegend, in die wir fahren, werden die Straßen ziemlich unwegsam bei derart schlechtem Wetter.«

Noch ein Tag

»Wie weit noch?« Jane spähte angestrengt durch die Windschutzscheibe. »Ich kann nicht mal mehr die weißen Streifen auf der Straße erkennen.« Der Schnee wirbelte vor ihnen herum wie ein tanzender Derwisch.

»Nicht mehr weit.« Jock warf einen Blick auf die Karte, die er auf dem Schoß ausgebreitet hatte. »Nur noch ein paar Kilometer.«

»Das ist eine ziemlich einsame Gegend hier. Auf den letzten dreißig Kilometern hab ich nicht mal eine Tankstelle gesehen.«

»So hat Reilly es am liebsten. Keine Nachbarn. Keine Fragen.«

»Dasselbe hat Trevor über MacDuff's Run gesagt.« Sie warf Jock einen kurzen Blick zu. »Der Nachteil ist, dass man in einer so abgeschiedenen Gegend nur schwer Hilfe holen kann. Du hast gesagt, du würdest mir erlauben, die Polizei oder sonst jemanden zu rufen, sobald wir in Reillys Nähe sind. Aber du hast mir nicht gesagt, dass sie sich in einem Schneesturm durch urzeitliches Niemandsland kämpfen müssen, um hierher zu gelangen.«

»Jetzt bist du unfair. Ich konnte doch nicht wissen, dass wir in einen Schneesturm geraten. Aber das ist eigentlich noch gar kein richtiger Schneesturm. Die Böen kommen und gehen. Wart's ab, wie das erst in ein paar Stunden losgeht.« Er lächelte. »Und so clever Reilly auch sein mag, ich glaube nicht, dass er über die Technologie verfügt, um einen Schneesturm auszulösen. Es ist einfach Pech.«

»Das scheint dich aber nicht weiter zu beunruhigen.« Im

schwachen Schein der Armaturenbrettbeleuchtung musterte sie sein Gesicht. Er wirkte angespannt, hellwach und freudig erregt. Es schockierte sie zu sehen, dass seine Augen leuchteten wie die eines kleinen Jungen, der sich auf ein großes Abenteuer freut.

»Warum sollte es mich beunruhigen? Mir macht Schnee nichts aus. Reilly hat mir beigebracht, meine Aufträge bei jedem Wetter zu erledigen. Er hat immer gesagt, niemand rechnet mit einem feindlichen Angriff, wenn er bereits von den Elementen angegriffen wird.«

»Reilly dagegen wird damit rechnen.«

»Vielleicht. Aber er glaubt, wir wären immer noch auf der Burg. Da vorne rechts kommt eine Straße.« Er kniff die Augen zusammen, um besser sehen zu können. »Da biegen wir ab. Noch ungefähr anderthalb Kilometer, dann wirst du die Hütte sehen.«

Sie erstarrte. »Reilly?«

»Nein, nur eine alte Jagdhütte, ziemlich heruntergekommen, aber es gibt einen Propangasofen, da wirst du wenigstens nicht frieren, bis jemand kommt. Es gibt auch einen offenen Kamin, aber mach kein Feuer. Wahrscheinlich würde bei dem Wetter niemand den Rauch sehen, aber geh lieber kein Risiko ein.«

Jetzt konnte sie die Hütte erkennen. Sie war genauso baufällig, wie Jock sie beschrieben hatte. Mit Brettern zugenagelte Fenster, und auf der Veranda fehlten mehrere Bohlen. »Und da willst du mich einfach absetzen?«

»Es ist der sicherste Ort, den ich kenne. Aber nur, wenn du vorsichtig bist.«

Sie hielt vor der Hütte. »Wie weit ist es noch bis zu Reillys Haus?«

Er antwortete nicht.

»Jock, du hast es mir versprochen. Ich muss Trevor sagen können, wo er zu finden ist. Du hast doch deinen Vorsprung. Also gib mir jetzt die Informationen, die ich brauche, verflixt noch mal.«

Er nickte. »Du hast Recht.« Er stieg aus dem Jeep und ging auf die Hütte zu. »Komm rein. Ich muss da drin was holen, und wir haben nicht viel Zeit.« Er grinste. »Schließlich möchte ich meinen Vorsprung nicht verkleinern.«

Die Möblierung der Hütte bestand aus einem wackeligen Tisch, zwei Stühlen, dem Propangasofen, den Jock erwähnt hatte, und einem von Motten halb zerfressenen Schlafsack, der in einer Ecke lag. Jock zündete den Ofen an, dann breitete er eine Landkarte von Idaho auf dem Tisch aus. Er zeigte mit dem Finger auf einen Punkt im Norden des Staates. »Hier sind wir jetzt.« Er zog seine Handschuhe aus und fuhr mit dem Zeigefinger über die Karte bis zu einer Stelle an der Grenze zu Montana. »Da liegt Reillys Hauptquartier. Es war früher mal ein Handelsposten, aber Reilly hat das Gebäude gekauft, umgebaut und um knapp zweihundert Quadratmeter erweitert. Der Anbau ist zum Teil unterirdisch, und in diesem Teil hat er seine Privatwohnung eingerichtet. Er hat ein Schlafzimmer, ein Büro und einen Raum für spezielle Akten. Daneben liegt sein Lieblingsraum, das Antiquitätenzimmer.«

»Antiquitäten?«

»Da stehen Regale mit allen möglichen antiken Kunstwerken aus Herkulaneum und Pompeji drin. Urkunden, antike Dokumente, Bücher. Münzen. Jede Menge antike Münzen.« Er zeigte auf eine andere Stelle auf der Karte. »Durch eine Tür in seinem Büro gelangt man zum Hubschrauberlandeplatz.«

»Wie viele Leute hat er um sich?«

»Meistens nur ein oder zwei Wachmänner. Das Hauptausbildungslager liegt jenseits der Grenze zu Montana. Die Einzigen, die in dem Haus wohnen, sind Reilly, Kim Chan und derjenige von seinen Schülern, für den Reilly sich momentan am meisten interessiert.« Seine Lippen verzogen sich zu einem bitteren Lächeln. »Sein Liebling.«

»Wie du.«

»Wie ich.« Er zeigte auf die Stelle jenseits der Grenze, wo das Lager sich befand. »Aber wenn es ihm gelingt, im Lager anzurufen, dann kommen die Jungs über die Grenze wie ein Schwarm Killerbienen. Sag Trevor, er muss unbedingt verhindern, dass Reilly diesen Anruf macht.«

»Er soll ihn überrumpeln?«

»Es ist schwer, Reilly zu überrumpeln. Überall in den Bäumen um das Haus herum sind Videokameras angebracht, und auf dem Gelände liegen in unregelmäßigen Abständen Landminen. Im Haus gibt es einen Überwachungsraum, von wo aus man die Kameras bedienen und die Landminen zünden kann. Jeder Fremde, der sich dem Haus nähert, wäre leicht auszuschalten.«

»Aber könnte er denn bei einem solchen Schneesturm sehen, wenn jemand kommt?«

»Nicht gut. Aber vielleicht gut genug.«

»Und er hat nur wenige Wachleute?«

»Als ich da war, hatte er manchmal überhaupt keine. Bei den vielen Videokameras braucht er die nicht.« Er trat an eine mit Holz verkleidete Wand, legte die Hände auf zwei Punkte und drückte zu, woraufhin ein Teil der Wand wegklappte und ein Hohlraum sichtbar wurde, in dem sich eine große, rechteckige Holzkiste befand. »So sieht's aus. Ich wünsche deinen Leuten viel Glück.«

»Sie hätten bestimmt mehr Glück, wenn du warten und sie zu Reilly führen würdest.«

Er schüttelte den Kopf. »Ich habe dir alles gegeben, was ich dir versprochen hatte.« Er hob den Deckel der Kiste an. »Komm her.«

Sie trat zu ihm und warf einen Blick in die Kiste. »Mein Gott, das sind ja genug Waffen, um einen Krieg anzufangen.« Die Kiste war gefüllt mit automatischen Gewehren, Handgranaten, Messern, Pistolen …

»Reilly wollte immer, dass ich vorbereitet bin. Solche Waffenlager hat er überall im ganzen Staat versteckt. Dieses hier liegt seinem Hauptquartier am nächsten. Jedes Mal, wenn er mir einen Auftrag erteilt hat, hat er mich zuerst hierher geschickt, damit ich mir eine Waffe aussuche. Ich war mir nicht sicher, ob das Versteck noch da sein würde.« Er lächelte freudlos. »Aber warum hätte er es auflösen sollen, wenn er davon überzeugt ist, dass ich nie wieder in der Lage sein würde, wie ein denkendes menschliches Wesen zu funktionieren? Wahrscheinlich benutzt er es für die Ausbildung seines derzeitigen Lieblings.« Er nahm eine Pistole, ein Gewehr, ein Stück Draht, ein paar Stangen Dynamit und etwas Plastiksprengstoff aus der Kiste. »Weißt du, wie man mit einer Schusswaffe umgeht?« Als sie nickte, reichte er ihr die Pistole und nahm eine zweite für sich aus der Kiste. »Behalt sie immer bei dir. Leg sie keinen Augenblick weg.«

»Keine Sorge.«

Er gab ihr das Handy zurück. »Jetzt bist du auf dich allein gestellt.«

»Du auch. Aber es muss nicht so sein.«

»Doch, das muss es. Weil ich es so will. Und es tut gut zu wissen, dass ich in der Lage bin, eine eigene Entscheidung zu treffen.« Er ging zur Tür. »Wenn du hier bleibst und dich ruhig verhältst, passiert dir nichts.« Als er die Tür öffnete, fegte ein nasskalter Windstoß in die Hütte. Dann war Jock verschwunden.

Um Reilly zur Strecke zu bringen. Er hatte sich einen Vorsprung verschafft und wollte ihn nutzen.

Gott steh ihm bei, dachte Jane.

Sie klappte ihr Handy auf und wählte Trevors Nummer.

»Bleib, wo du bist«, sagte Trevor. »Wir sind in Boise. Wir kommen so schnell wie möglich.«

»Keine Sorge, ich werde mich schon nicht allein irgendwohin auf den Weg machen. Ich würde sowieso nur halb blind durch den Schnee stapfen und auf eine von Reillys Landminen treten oder eine von seinen Kameras aktivieren.« Sie sah hinaus in den fallenden Schnee. Er schien dichter zu werden. »Kannst du nicht Venable anrufen und die CIA oder Homeland Security dazu bringen, dass sie die ganze Gegend hier einkesseln?«

»Erst wenn du in Sicherheit bist.«

»Ich bin in Sicherheit.«

»Von wegen. Du hockst auf Reillys Türschwelle. Außerdem könnten die eh auf die Schnelle keine solche Operation auf die Beine stellen. Erst recht nicht bei den ganzen Konflikten zwischen den verschiedenen Behörden. Die würden am Ende noch Fehler machen und Reilly warnen, so dass er seine Leute aus dem Trainingslager aktiviert, von dem Jock dir erzählt hat. Und wenn Reilly wirklich über so viele Schlupflöcher verfügt, wie Jock behauptet, würde er ihnen womöglich sogar durch die Lappen gehen.« Sie hörte ihn etwas zu jemand anderem sagen. »MacDuff studiert gerade die Landkarte. Sieht so aus, als könnten wir mit dem Auto in einer Stunde bei dir sein. Eine Viertelstunde, wenn wir fliegen. Wir sind unterwegs. MacDuff will einen Hubschrauber organisieren, falls das verdammte Scheißwetter es erlaubt.« Wieder hörte sie Stimmen im Hintergrund. »Mario mietet einen Jeep mit Schneeketten und macht sich sofort auf den Weg. So oder so, wir werden zu dir kommen.« Er legte auf.

Nach dem Gespräch fühlte sie sich schon ein bisschen besser. Sie war nicht ganz allein. Sie konnte Trevor anrufen und seine Stimme hören.

Wem wollte sie eigentlich etwas vormachen? Sie war in

ihrem ganzen Leben noch nie so allein gewesen wie hier in dieser baufälligen Hütte, nur wenige Kilometer von Reillys Unterschlupf entfernt.

Okay, aber sie hatte eine Waffe. Ihre Hand umklammerte den Griff der 357er Magnum.

Sie schob einen Stuhl unter die Türklinke, kauerte sich in die Ecke in der Nähe des Ofens und schlang die Arme um die Knie, um sich zu wärmen. Dieser Propangasofen würde wahrscheinlich verhindern, dass sie erfror, aber gemütliche Wärme verbreitete er nicht.

Also gut, Trevor. Schnappen wir uns den Schweinehund.

Jemand war in der Nähe.

Jock blieb stehen und lauschte.

Er hatte von der Hütte aus erst wenige hundert Meter zurückgelegt, als er plötzlich etwas ... spürte.

Jetzt konnte er es auch hören. Das Knirschen von Schritten im Schnee.

Wo?

Auf der Straße, von wo er gekommen war.

Wer? Die Wachen waren immer in der Nähe des Hauses postiert, nicht so weit weg. Doch jetzt, da Reilly sich mit Grozak eingelassen hatte, war er womöglich vorsichtiger geworden.

Aber wenn das einer der Wachmänner war, dürfte Jock ihn eigentlich nicht hören. Lautlosigkeit war eins der obersten Gebote bei Reilly. Geräusche verrieten Ungeschicklichkeit, und die duldete Reilly nicht.

Noch ein knirschender Schritt im Schnee.

Die Schritte bewegten sich auf die Hütte zu, wo er Jane zurückgelassen hatte.

Verdammt, dafür hatte er keine Zeit.

Dann musste er sie sich nehmen.

Er wirbelte herum und bewegte sich lautlos durch den Schnee.

Das heftige Schneetreiben behinderte seine Sicht. Erst als er sich bis auf wenige Meter genähert hatte, konnte er etwas erkennen.

Da vorne, ein dunkler Schatten. Groß, sehr groß. Lange Beine ...

Die Entfernung einschätzen.

Stille.

Er musste lautlos sein.

Wo blieben sie bloß? Es war mindestens eine Stunde her, dass sie Trevor angerufen hatte. Jane warf einen Blick auf ihre Uhr. Eine Stunde und fünfzehn Minuten. Noch kein Grund zur Panik. Die Straßen waren in einem schrecklichen Zustand, und der Schnee war in der letzten halben Stunde immer dichter geworden. Vielleicht war Trevor mit seiner Schätzung zu optimistisch gewesen.

Es klopfte an der Tür. »Jane?«

Sie zuckte zusammen. Die Stimme kannte sie. Gott sei Dank, sie waren da. Sie sprang auf, lief zur Tür und schob den Stuhl zur Seite. »Was hat euch so lange aufgehalten? Ich dachte schon –«

Ein Handkantenschlag traf ihr Handgelenk und ließ die Pistole zu Boden fallen.

»Tut mir Leid, Jane.« In Marios Stimme lag echtes Bedauern. »Ich hätte das lieber nicht getan. Das Leben ist manchmal einfach beschissen.« Er drehte sich zu dem Mann um, der neben ihm stand. »Lieferung wie versprochen, Grozak.«

Grozak. Fassungslos starrte Jane den Mann an. Das war das Gesicht des Mannes, dessen Foto Trevor ihr gezeigt hatte. »Mario?«

Er zuckte die Achseln. »Es war nicht zu vermeiden, Jane.

Sie und Ciras Gold scheinen ganz oben auf Grozaks Liste zu stehen, und ich musste –«

»Sparen Sie sich die Erklärungen«, sagte Grozak. »Ich bin nicht hergekommen, damit Sie meine Zeit vergeuden.« Er hob eine Hand und richtete eine Pistole auf Jane. »Raus hier. Wir werden Reilly einen Besuch abstatten. Ich kann Ihnen gar nicht sagen, wie ungeduldig er Sie erwartet.«

»Sie können mich mal.«

»Ich will Sie lebend, aber ob Sie unversehrt sind, ist mir egal. Entweder Sie kommen mit oder ich zerschieße Ihnen eine Kniescheibe. Für das, was Reilly mit Ihnen vorhat, macht es nichts, wenn Sie ein bisschen beschädigt sind.«

Jane starrte Mario immer noch ungläubig an. Mario ein Verräter?

»Mario, was haben Sie getan?«

Er zuckte die Achseln. »Tun Sie, was er sagt, Jane. Wir haben nicht viel Zeit. Ich hatte schon befürchtet, dass Trevor vor mir hier eintreffen würde, aber sein Hubschrauber musste in irgendeinem Kaff landen, und jetzt versucht er verzweifelt, einen Mietwagen aufzutreiben.«

»Eigentlich war ich enttäuscht«, sagte Grozak. »Ich hatte mich schon darauf gefreut, Sie beide an Reilly auszuliefern. Damit wäre ich auf der sicheren Seite gewesen.«

»Wenn Trevor herkommt und mich nicht hier vorfindet, wird er die Polizei einschalten.«

»Wenn Trevor kommt, wird er Wickman in die Arme laufen, und der wird ihn mit Vergnügen ins Jenseits befördern, bevor er dazu kommt, die Polizei zu benachrichtigen.«

»Wickman ist hier?«

»Er wird bald hier sein. Wir wollten uns schon vor zehn Minuten hier treffen. Der Schnee muss ihn aufgehalten haben.« Er lächelte. »Und jetzt versuchen Sie nicht länger, mich aufzuhalten. Ich habe keine Zeit. Morgen ist der große Tag.«

»Damit werden Sie nicht durchkommen. Sie sind am Ende, Grozak.«

Grozak lachte in sich hinein. »Haben Sie das gehört, Mario? Ich ziele mit einer Pistole auf sie, aber ich bin am Ende.«

»Ich habe es gehört.« Er richtete die Pistole, die er Jane abgenommen hatte, auf Grozak. »Sie sind tatsächlich am Ende.«

Mario schoss Grozak eine Kugel zwischen die Augen.

»Mein Gott.« Jane sah, wie Grozak zu Boden sank. »Sie haben ihn getötet ...«

»Ja.« Mario starrte Grozak ausdruckslos an. »Ist das nicht seltsam? Ich dachte, ich würde Genugtuung empfinden, doch das tue ich nicht. Er hätte meinen Vater nicht auf diese Weise töten dürfen. Ich hatte Grozak gesagt, dass ich meinen Vater nicht liebe, dass er ihn von mir aus beseitigen kann, wenn er es für nötig hält. Aber er hätte es nicht auf diese Weise tun dürfen. Es hat mich irritiert. Dadurch hatte es so was ... Persönliches.«

Sie konnte es nicht fassen. »Vatermord ist allerdings etwas sehr Persönliches.«

»Ich habe ihn nie als meinen Vater betrachtet. Vielleicht, als ich noch ein kleines Kind war. Aber er ist weggegangen und hat meine Mutter und mich in diesem stinkenden Dorf zurückgelassen, wo wir beide von morgens bis spätabends arbeiten mussten, um zu überleben.«

»Dafür hat er nicht die Todesstrafe verdient.«

Er zuckte die Achseln. »So hatte ich es auch nicht geplant. Und Grozak war sich noch nicht mal sicher, ob es nötig sein würde. Es war nur für den Fall vorgesehen, dass meine Position gestärkt werden müsste. Doch er konnte an keinen von den Leuten in der Burg rankommen, und ich habe nicht schnell genug Fortschritte mit den Schriftrollen gemacht, die er brauchte, um das Gold zu finden. Ich war der Einzige auf der Burg, der erreichen konnte, was er wollte, deswegen musste ich über jeden Verdacht erhaben sein.«

Sie schüttelte den Kopf. »Aber ich weiß, dass Sie schockiert waren, als es passiert ist. Kein Mensch ist ein so guter Schauspieler.«

»Ja, ich war schockiert. Ich hatte Anweisung, keinerlei Kontakt zu Grozak aufzunehmen, es sei denn, ich konnte ihm sagen, wo das Gold zu finden ist. Er wollte nicht riskieren, dass meine Tarnung auffliegt. Guter Plan, aber ich schätze, es hat meine Reaktion auf den Tod meines Vaters glaubwürdiger erscheinen lassen. Scheißkerl.«

»Heißt das, Sie haben von Anfang an für Grozak gearbeitet?«

»Von dem Tag an, als Trevor mich angeheuert hat. Ich sollte am nächsten Morgen nach Schottland aufbrechen, aber am Abend vor meiner Abreise hat Grozak mir einen Besuch abgestattet und mir ein Angebot gemacht, das ich nicht ablehnen konnte.«

»Das Gold?«

Er nickte. »Ich habe allerdings schon bald durchschaut, dass das eine Lüge war. Warum sollte er mir das Gold geben, wenn er es als Verhandlungsmasse brauchte?«

»Gute Frage.«

»An dem Abend war ich wirklich sehr gefragt. Reilly hat mich ebenfalls angerufen und erklärt, er würde mir einen Bonus geben, wenn ich ihm Bescheid gab, sobald Jock die Burg verließ. Offenbar traute er Grozak nicht über den Weg. Ich traute dem Geizkragen auch nicht. Also musste ich mir meinen eigenen Plan zurechtlegen.«

»Also ein doppeltes Spiel?«

»So hat es sich dann entwickelt. Nachdem wir die Burg verlassen hatten, habe ich Grozak angerufen und ihn informiert, dass Sie unterwegs in die Staaten sind, dann habe ich Reilly angerufen, um meine eigene Abmachung mit ihm zu treffen. Reilly wollte sichergehen, dass Jock nicht redet, und er wollte entweder Sie oder das Gold. Oder beides.«

»Deswegen wollten Sie also unbedingt Zeit mit Jock verbringen. Hatten Sie vor, ihn zu töten?«

Er zögerte. »Nicht, solange ich mir sicher war, dass er sich an nichts erinnerte. Ich bin nicht wie Grozak oder Reilly. Ich töte nicht willkürlich. Außerdem hat Wickman das Haus am See beobachtet, und wenn Jocks Erinnerung zurückgekehrt wäre, hätte ich Wickman jederzeit rufen können, dann hätte der das übernommen.«

»Aber Jock hat Sie reingelegt. Er hat Ihnen nicht erzählt, dass er sich an alles erinnerte. War Grozak deswegen sauer auf Sie?«

»Ja, aber Wickman ist Ihnen gefolgt. Ich habe Grozak dann geraten, er soll Sie ruhig von Jock in die Höhle des Löwen bringen lassen, ich würde ihm Bescheid geben, wann und wo er Sie erwischen konnte.«

»Und das haben Sie getan.«

Er schüttelte traurig den Kopf. »Sie verstehen das nicht. Ich möchte das alles nicht tun. Aber ich bin nicht wie Sie. Ich brauche schöne Sachen. Ein Haus, wundervolle alte Bücher, Gemälde. Es ist eine Leidenschaft.«

»Es ist Korruptheit.«

»Vielleicht.« Er machte eine Geste mit der Pistole. »Aber wenn Sie Reilly erst mal kennen gelernt haben, werde ich Ihnen vorkommen wie ein Engel. Soviel ich weiß, ist er ein äußerst unangenehmer Zeitgenosse.«

»Sie wollen mich tatsächlich zu Reilly bringen?«

»Selbstverständlich, und zwar so schnell wie möglich.« Er warf einen Blick auf seine Uhr. »Trevor und MacDuff werden bestimmt keine Zeit verschwenden. Die müssten gleich hier sein.«

»Warum tun Sie das? Damit werden Sie niemals davonkommen.«

»Und ob. Ich werde Sie Reilly übergeben. Ich werde ihm die Informationen über das Gold aus Ciras letztem Brief liefern und ihm verraten, wo er die Übersetzung finden kann, die ich auf der Burg versteckt habe. Er händigt mir das versprochene Geld aus, und ich mache mich aus dem Staub. Falls ich Trevor oder MacDuff über den Weg laufen sollte, werde ich ihnen sagen, dass Reilly Sie in seiner Gewalt hat, und so tun, als wäre ich unterwegs, um die Polizei zu holen.«

»Und ich werde ihnen alles erzählen, was Sie getan haben.«

»Ich bezweifle, dass Sie dazu Gelegenheit haben werden. Reilly wird die Flucht gelingen, und wahrscheinlich wird er Sie mitnehmen. Er hat sein halbes Leben damit zugebracht, sich Verstecke zu suchen und Schlupflöcher zu schaffen, die CIA ist schon seit zehn Jahren vergeblich hinter ihm her. Es gibt keinen Grund, anzunehmen, dass sie diesmal mehr Erfolg haben werden.« Er zeigte auf die Tür. »Die Zeit für Plauderstündchen ist um. Los, bewegen Sie sich.«

»Und wenn nicht, werden Sie mir wohl auch androhen, mir die Kniescheibe zu zerschießen, was?«

»Es würde mir zutiefst widerstreben. Ich mag Sie sehr, Jane.«

Aber er würde es tun. Ein Mann, der zuließ, dass sein Vater brutal abgeschlachtet wurde, hatte keinerlei Hemmungen. Wahrscheinlich hatte sie bei Reilly bessere Karten. Solange Mario die Waffe auf sie gerichtet hielt, hatte sie jedenfalls keine Chance gegen ihn. Sie ging zur Tür. »Machen wir uns auf den Weg. Wir wollen Reilly doch nicht warten lassen.«

Der Schnee schlug ihr eiskalt ins Gesicht, als sie die Tür öffnete. Mario führte sie an drei Wagen vorbei, die vor der Hütte standen.

»Fahren wir nicht mit dem Auto?«

Mario schüttelte den Kopf. »Reilly hat gesagt, wenn man die Deaktivierungscodes für die Auffahrt nicht kennt, löst jedes Fahrzeug die Sprengladungen aus. Und diese Codes wollte er mir auf keinen Fall verraten. Er meinte, wir sollten durch den Wald gehen. Ich soll ihn anrufen, sobald wir den Waldrand erreichen, und wenn er auf den Videos sieht, dass wir kommen, deaktiviert er den Zündmechanismus für die Tretminen.«

Bei dem Schneetreiben konnte sie kaum einen Meter weit sehen. Wie zum Teufel wollte Reilly irgendwas auf seinen Kamerabildern erkennen?

»Tun Sie's nicht, Mario«, rief sie ihm über die Schulter hinweg zu. »Das einzige Verbrechen, das Sie bisher begangen haben, ist die Erschießung eines Mörders.«

»Und Komplizenschaft mit einem Terroristen. Dafür bekommt man entweder die Todesstrafe oder man wandert lebenslänglich ins Gefängnis. An dem Abend, als Grozak mich angeheuert hat, habe ich eine Entscheidung getroffen. Ich habe beschlossen, reich zu werden. Und es wird funktionieren.« Er blieb stehen. »Halt. Wir haben den Waldrand fast erreicht.« Er wählte eine Nummer auf seinem Handy. »Reilly, hier spricht Mario Donato. Ich habe sie. Wir kommen.« Er hörte einen Moment lang zu. »Okay.« Er schaltete das Handy ab. »Wir werden vor dem Haus von einem Empfangskomitee erwartet.« Er machte ein angewidertes Gesicht. »Noch so einer wie Jock. Noch so ein Schwächling.«

»Jock ist kein Schwächling. Er ist ein Opfer.«

»Wer sich so manipulieren lässt, leidet unter Charakterschwäche.«

»Sie glauben also nicht, dass Ihnen dasselbe passieren könnte?«

»Niemals.« Er zeigte mit seiner Pistole auf sie. »Und Ihnen könnte es genauso wenig passieren.«

»Aber Sie haben nichts dagegen, es Reilly versuchen zu lassen.«

»Wenn sich herausstellt, dass Sie genauso ein Schwächling sind, dann haben Sie es nicht besser verdient.« Er lächelte. »Vielleicht haben Sie ja Glück, und dieser unterbelichtete Jock rettet Sie im letzten Moment.« Mit einer Kinnbewegung deutete er auf den Wald vor ihnen. »Los, weiter.«

Sie zögerte. Sobald sie die Bäume erreicht hätten, würden die Überwachungskameras sie erfassen, und dann befände sie sich in Reillys Revier.

»Jane.«

»Ich gehe ja schon.« Sie stapfte durch den Schnee auf die Bäume zu. »Gegen eine Pistole kommt man mit Argumenten nicht an. Ich habe schließlich keine Lust, erschossen zu werden ...« Sie wirbelte herum und holte zu einem gezielten Tritt aus. Ihr Stiefel traf die Pistole, die im hohen Bogen durch die Luft flog, im nächsten Augenblick versetzte sie Mario einen Tritt in den Bauch. »Haben Sie Schwächling gesagt? Sie verdammter Hurensohn.«

Mario ging grunzend in die Knie.

Mit einem Handkantenschlag schickte sie ihn zu Boden.

»Sie verfluchter –«

Himmel, die Waffe lag in seiner Reichweite. Sie sah, wie er nach ihr langte. Sie machte einen Hechtsprung in den Schnee. Ihre Hand bekam den Pistolengriff zu fassen. Er war kalt, nass und glitschig ...

Im nächsten Moment saß er auf ihr und versuchte, ihr die Pistole zu entreißen. »Miststück. Sie sind ein Schwächling. Reilly wird Ihnen zeigen –«

Sie drückte ab.

Mario richtete sich auf wie eine Marionette und starrte sie ungläubig an. »Sie – haben – mich – erschossen.« Blut lief ihm aus dem Mundwinkel. »Es tut weh ...« Er brach auf ihr zusammen. »Mir ist kalt ... kalt. Warum bin ich –« Dann sackte er in sich zusammen.

Sie schob ihn von sich und betrachtete ihn. Seine Augen waren weit aufgerissen. Er war tot. Schaudernd setzte sie sich im Schnee auf. Sie war wie gelähmt. Sie musste hier weg. Reillys Haus war nur wenige Kilometer entfernt. Vielleicht hatte man dort die Schüsse gehört.

Unerheblich. Sie hatte einen Menschen getötet, das musste sie erst einmal verdauen. Sie musste an den Mario denken, den sie anfangs kennen gelernt hatte, den Mann, für den sie ihn gehalten hatte. Im Tod waren seine Züge weicher, jungenhafter, so wie sie an jenem ersten Abend gewesen waren.

Alles Lüge. Alles Täuschung.

Jetzt kam es darauf an, dass sie sich zusammenriss. Sie musste unbedingt hier weg.

Mühsam rappelte sie sich auf.

»Was zum Teufel –« Eine Stimme hinter ihr.

Instinktiv wirbelte sie mit erhobener Pistole herum.

»Keine Bewegung!«

MacDuff. Sie ließ den Arm sinken.

»Danke.« Er kam näher und betrachtete den toten Mario. »Grozak oder Reilly?«

»Ich.«

Er drehte sich zu ihr um. »Warum?«

»Er stand auf Grozaks Lohnliste und hatte nebenher eine Abmachung mit Reilly. Sein Plan bestand darin, mich Reilly auszuliefern.«

MacDuff lächelte schwach. »Aber Sie wollten Reilly nicht die Ehre erweisen.« Er wurde ernst. »Wo ist Jock?«

»Ich habe ihn nicht mehr gesehen, seit er mich in der Hütte zurückgelassen hat. Wo ist Trevor?«

»Hier.« Trevor kam auf sie zu. »Ich war hinter MacDuff und bin über ein Hindernis gestolpert.« Grimmig schaute er auf Mario hinunter. »Ich wünschte, der Scheißkerl würde noch leben, damit ich ihm persönlich den Hals umdrehen könnte. Hat er dich verletzt?«

Sie schüttelte den Kopf. »Was für ein Hindernis?«

»Wickman. Seine Leiche lag unter einem Schneehaufen in der Nähe der Hütte.« Er schaute Jane an. »Wir haben Grozak in der Hütte gefunden. Hat Mario ihn erschossen?«

Sie nickte.

»Wickman auch?«

»Keine Ahnung. Aber ich glaube nicht. Grozak wollte sich mit ihm treffen. Könnte schon sein, dass Mario ihn getötet hat. Jedenfalls müssen wir hier verschwinden. Jemand könnte den Schuss gehört haben.«

MacDuff schüttelte den Kopf. »Ich habe ihn kaum gehört, und ich war ganz in der Nähe. Der Schnee dämpft alle Geräusche.« Er schaute Trevor an. »Was meinen Sie?«

»Ich habe ihn gehört. Aber sehr dumpf.« Er wandte sich an Jane. »Erzähl uns, was passiert ist, während wir zum Wagen zurückgehen.«

»Zurück zum –« Sie brach ab, den Blick auf die Bäume geheftet. »Ich gehe nicht zurück.« Sie drehte sich zu Trevor um. »Mario hat mit Reilly ausgemacht, dass er mich durch den Wald zum Haus führt. Reilly wollte die Tretminen deaktivieren, sobald die Kameras uns erfassen. Wir könnten es immer noch schaffen.« Sie hob eine Hand, als Trevor protestieren wollte. »Auf den Videos wird man bei dem Schneetreiben nicht erkennen können, ob du bei mir bist oder Mario. Du hast eine ähnliche Statur wie er. Wenn du deinen Kopf gesenkt und die Pistole sichtbar in der Hand hältst, wird niemand den Unterschied bemerken. Ich gehe voraus, dann sieht er mich als Erstes.«

»Und was wollen Sie tun, wenn Sie das Haus erreichen?«, fragte MacDuff.

»Improvisieren. Kim Chan und Norton, einer von Reillys Protegés, sollen uns in Empfang nehmen. Wenn wir die überwältigen, können wir problemlos ins Haus eindringen. Vielleicht werden wir dem großen Mann ja gleich begegnen.« Sie ging auf die Bäume zu. »Los, packen wir's an.«

»Kommt nicht in Frage«, sagte Trevor barsch. »Mach, dass du zum Auto zurückkommst.«

Sie schüttelte den Kopf. »In Anbetracht der Umstände ist es ein guter Plan. Wir können Reilly schnappen und die Information aus ihm rausquetschen, die wir brauchen, um Grozaks Anschlag zu verhindern.«

»Es ist ein beschissener Plan«, erwiderte Trevor.

Sie wandte sich an MacDuff. »Kommen Sie mit mir? Sie haben zwar nicht ganz Marios Statur, aber es könnte trotzdem funktionieren. Jock hat sich wahrscheinlich schon hier in der Nähe in Position gebracht. Sie werden Kontakt mit ihm aufnehmen können. Das ist doch das Einzige, was Sie wollen, oder?«

MacDuff lächelte. »Das ist alles, was ich will. Gehen wir.«

»Nein!« Trevor holte tief Luft. »Also gut, ich komme mit dir.« Er zog sich die Kapuze seines Anoraks über den Kopf. »Los, geh schon. Nach spätestens hundert Metern werden wir wissen, ob sie den Unterschied zwischen mir und Mario bemerkt haben.«

MacDuff zuckte die Achseln. »Ich werde hier anscheinend nicht mehr gebraucht. Dann werde ich Jock wohl allein suchen müssen.«

»Wie denn?«

»Mit Tretminen kenne ich mich ganz gut aus. Ich habe in Afghanistan eine Menge Erfahrung damit gesammelt. Ich werde zwar lange brauchen, um die Kameras auszuschalten und die Tretminen zu entschärfen, doch ich schaffe das schon.«

»Wenn Sie nicht in die Luft gesprengt werden«, sagte Jane.

Er nickte. »Aber überlegen Sie mal, was für ein gutes Ablenkungsmanöver das wäre.« Er ging in einem Bogen auf die Bäume zu. »Nachdem Sie im Wald verschwunden sind, warte ich fünf Minuten ab. Wenn wir Glück haben, werden die sich ganz auf Sie konzentrieren, sobald die Kameras Sie erfasst haben.«

»Ich könnte mit ihm gehen«, sagte Trevor, als sie MacDuff nachschauten. »Du solltest zurück zum Wagen gehen und uns das überlassen, verdammt.«

Sie schüttelte den Kopf. »Sie erwarten Mario und mich. Wenn sie niemanden kommen sehen, werden sie nach uns suchen.« Sie machte sich auf den Weg. »Ich gehe ihnen lieber entgegen, anstatt mich bei einem Schneesturm im Wald zu verstecken.«

Zwanzig

Noch eine Kamera.

MacDuff überprüfte den Winkel, in dem die Kamera ausgerichtet war, dann ging er nach links, um ihrem Blickfeld auszuweichen.

Vorsichtig.

Langsam.

Halte dich in der Nähe der Bäume. Minen wurden gewöhnlich entlang des direkten Weges deponiert.

Gewöhnlich.

Verdammt, er schwitzte Blut in der grimmigen Kälte. Landminen hatte er schon immer besonders verabscheut. Sie hatten schon zu vielen seiner Leute das Leben gekostet. Man konnte sie nicht sehen. Man konnte sie nicht bekämpfen. Man konnte nur versuchen, sie zu umgehen, und hoffen. Und beten.

Ein geduldiger Mann war besser als ein toter Mann.

Da vorne war noch eine Videokamera. Verdammt, die Dinger waren so gut getarnt, dass sie bei dem Schneetreiben kaum zu erkennen waren.

Sie war auf den Weg zu seiner Linken ausgerichtet.

Doch das bedeutete keineswegs, dass hinter der Fichte nicht noch eine Kamera angebracht war, die –

»Halt.«

Als MacDuff herumwirbelte, sah er Jock hinter sich stehen.

»Das ist eine Dreifachfalle.« Vorsichtig stieg Jock durch den Schnee. »An manchen Stellen hat Reilly drei Minen nebeneinander quer über den Weg versteckt, um jeden zu erwischen, dem es gelingt, den anderen auszuweichen.« Inzwischen stand er neben MacDuff. »Sie haben hier nichts zu suchen. Sie hätten auf eine Mine treten können.«

»Ach?«, knurrte MacDuff. »Dasselbe könnte ich zu dir sagen.«

»Ich kenne mich in diesem Wald aus. Ich weiß genau, wo die Dinger liegen. Sie ahnen gar nicht, wie oft ich hier schon im Stockdunkeln durchgegangen bin.« Er drehte sich um. »Kommen Sie. Ich bringe Sie hier raus.«

»Nein. Aber du kannst mich zu Reilly bringen.«

Jock schüttelte den Kopf.

»Widersprich mir nicht«, sagte MacDuff barsch. »Ich werde ihn töten, Jock. Bring mich zu ihm, oder ich gehe allein hin.«

»Es gibt keinen Grund, zu ihm zu gehen. Ich habe schon alles erledigt.«

MacDuff erstarrte. »Du hast ihn getötet?«

Jock schüttelte den Kopf. »Bald.«

»Ich kann nicht warten. Es muss sofort passieren.«

»Bald.«

»Hör zu. Du magst doch Jane. Sie ist zusammen mit Trevor auf dem Weg zu Reillys Haus. Sie wissen nicht, was sie erwartet, wenn sie dort ankommen, aber es wird kein Kinderspiel werden.«

Jock zuckte zusammen. »Wann sind sie losgegangen?«

»Sie müssten jeden Augenblick dort eintreffen.« Seine Augen verengten sich zu Schlitzen. »Warum fragst du?«

»Die hätten da nicht hingehen sollen. Ich hab ihr gesagt, sie soll in der Hütte bleiben.« Jock drehte sich auf dem Absatz um und rannte in Richtung Reillys Hauptquartier. »Folgen Sie mir! Schnell! Treten Sie in meine Fußstapfen.«

»Mach ich.« Vorsichtig setzte er seine Schritte in die Spuren, die Jock im Schnee hinterließ. »Lauf nur. Ich halte schon mit.«

»Das werden Sie müssen. Ich habe beide Wachen getötet, aber das wird Jane nicht davor bewahren –« Er rannte immer schneller. »Sie wird sterben. Ich hab's ihr gesagt. Sie hätte in der Hütte bleiben sollen …«

Sie mussten in der Nähe des Hauses sein, dachte Jane. Es kam ihr vor, als wären sie schon meilenweit durch diesen Wald gewandert. Sie schaute in die Baumkronen über ihr. Die Kameras waren so gut getarnt, dass sie unterwegs nur zwei entdeckt hatte. Wie wollte MacDuff sie zerstören, wenn man sie nicht mal sehen konnte?

Darüber sollte er sich den Kopf zerbrechen. Sie und Trevor hatten ihre eigenen Probleme.

»Da ist es«, flüsterte Trevor hinter ihr. »Gleich vor uns.«

Jetzt sah auch sie die Lichter. Knapp hundert Meter vor ihnen. »Der Schnee hat ein bisschen nachgelassen. Halt den Kopf gesenkt.«

»Ich drücke mir schon fast die Nase in den Bauchnabel«, sagte Trevor. »Mehr geht – Runter!«

Ein Schuss.

»Mein Gott.« Jane warf sich zu Boden. »Die Kamera. Die wissen Bescheid. Die haben uns –«

Noch ein Schuss. Trevor stöhnte vor Schmerz auf.

Sie drehte sich zu ihm um. Blut. Oben auf seiner Brust. Panik ergriff sie. »Trevor?«

»Ich hab eine Kugel abgekriegt«, knurrte er. »Verdammt, mach, dass du hier verschwindest. Die werden jeden Augenblick aus dem Haus kommen.«

Herr im Himmel.

»Mach, dass du wegkommst!«

»Kannst du gehen?«

»Ja, verdammt. Es ist nur eine Schulterverletzung.« Er robbte auf die Bäume zu. »Aber ich bin nicht so schnell wie du. Lauf!«

»Nein, lauf du. Auf mich werden die nicht schießen. Die haben auf dich gezielt. Reilly will mich lebend.« Sie richtete sich auf die Knie auf. »Ich gehe mit erhobenen Händen auf sie zu und gebe dir Zeit, abzuhauen. Und wag es nicht, mir zu widersprechen. Such MacDuff. Ruf die CIA. Tu irgendwas. Ich will, dass mich jemand da rausholt, wenn ich bei Reilly bin.«

Noch ein Schuss.

Sie hörte die Kugel in der Nähe von Trevors Kopf einschlagen.

Ihr Herz raste.

Keine Zeit mehr.

Sie sprang auf, hob die Hände über den Kopf und lief auf das Haus zu.

»Nein!«

»Hör mit dem Geschrei auf und beweg deinen Arsch, Trevor. Ich tue das nicht umsonst.« Sie warf einen Blick zurück und atmete erleichtert auf, als sie sah, wie er in gebückter Haltung zwischen den Bäumen verschwand.

Erleichtert? Er mochte den Kugeln entkommen, aber was war mit den Minen?

O Gott, sei vorsichtig, Trevor.

Jemand stand in der Einfahrt. Ein Mann?

Nein, eine Frau. Klein, zierlich und schlank, dennoch wirkte sie kompakt und kräftig.

Und sie hatte eine Pistole in der Hand, mit der sie auf Jane zielte.

»Ich leiste keinen Widerstand«, sagte Jane. »Ich habe keine Waffe, ich kann Ihnen nichts –«

Eine Explosion ließ die Erde erbeben!

Über die Schulter hinweg schaute sie zu der Stelle hinüber, wo Trevor verschwunden war ...

Rauch stieg kräuselnd in den Himmel auf.

Die großen Zedern standen in Flammen.

»Nein«, flüsterte sie entsetzt. »Trevor ...«

Die Landminen.

Tot. Er musste tot sein. Ein solches Inferno konnte niemand überleben.

Aber sie durfte den Gedanken nicht einfach akzeptieren und aufgeben. Womöglich hatte er ja doch überlebt. Vielleicht fand sie eine Möglichkeit, ihm zu helfen. Sie machte einen Schritt zurück in Richtung Wald. Vielleicht hatte der Druck der Explosion ihn –

Schmerz. Dunkelheit.

Steinerne Wände. Cremefarbener, rissiger Putz, der uralt zu sein schien.

»Sie hätten wirklich nicht versuchen sollen zu fliehen. Ich war sehr enttäuscht.«

Jane schaute zu dem Mann hinüber, der sie angesprochen hatte. Um die fünfzig, aristokratische Züge, dunkle Haare, graue Schläfen. Und er hatte einen irischen Akzent, fiel ihr plötzlich auf. »Reilly?«, flüsterte sie.

Er nickte. »Und das ist das letzte Mal, dass ich Ihnen gestatte, mich so respektlos anzusprechen. Wir beginnen mit ›Sir‹ und arbeiten uns von da aus weiter vor.«

Sie schüttelte den Kopf, um wieder klar denken zu können, dann zuckte sie zusammen, als ein stechender Schmerz sie durchfuhr. »Sie ... haben mich geschlagen.«

»Nein, Kim hat Sie geschlagen. Sie können von Glück reden, dass sie Norton nicht den Befehl gegeben hat, Sie zu erschießen. Sie hält nichts von meiner Idee, Sie zu reprogrammieren, sie will Sie lieber so schnell wie möglich los sein.« Er wandte sich zu einer Ecke des Raums um. »Nicht wahr, Kim?«

»Allerdings.«

Jane sah zu der kleinen Frau hinüber, die auf einem Stuhl neben dem Fenster saß. Es war die Frau mit den asiatischen Gesichtszügen, die sie und Mario vor dem Haus erwartet hatte. Aus der Nähe wirkte sie noch feingliedriger, auch ihre Stimme klang weich und sanft. »Außerdem war sie zu teuer. Wer weiß, ob du das Gold je zu sehen kriegst, dabei hast du als Bezahlung für sie zwei unserer besten Männer zu Grozak geschickt.«

»Ich kann mir jeden Luxus leisten, den ich will«, erwiderte Reilly gereizt. »Und welchen Preis ich für etwas bezahle, ist meine Sache. Vergiss das nicht, Kim. Du wirst in letzter Zeit reichlich anmaßend. Ich habe das bisher geduldet, weil du –«

»Trevor!« Jane erstarrte, als die Erinnerung zurückkehrte.

Eine Explosion, die die Erde hatte beben lassen.

Brennende Bäume.

Trevor. Sie musste unbedingt zu Trevor.

Sie schwang die Füße von der Couch und versuchte aufzustehen.

»Nein.« Reilly drückte sie zurück auf die Couch. »Sie haben wahrscheinlich eine Gehirnerschütterung, und ich möchte nicht, dass Sie noch mehr Schaden nehmen.«

»Trevor. Er ist verletzt. Ich muss nachsehen, ob ich ihm helfen kann.«

»Er ist tot. Und falls nicht, wird er es bald sein. Es ist eiskalt da draußen. Unterkühlung ist schon für einen Gesunden lebensgefährlich, ein Verwundeter hat nicht die geringste Chance.«

»Lassen Sie mich raus, damit ich mich selbst davon überzeugen kann.«

Er schüttelte den Kopf. »Wir müssen von hier weg. Nachdem Sie mit Trevor hier aufgetaucht waren, habe ich Norton losgeschickt, um nachzusehen, wo Mario Donato geblieben ist. Und siehe da, er hat eine Leiche vorgefunden. Wer hat ihn getötet? Trevor?«

»Nein, ich.«

»Wirklich? Wie interessant. Sie beeindrucken mich. Es zeigt, dass Sie Qualitäten besitzen, die bei Frauen selten zu finden sind. Norton hat noch eine zweite Leiche gefunden. Ist das auch Ihr Werk?«

Sie schüttelte den Kopf. »Wickman. Den hat wahrscheinlich Mario getötet.«

»Sein Genick war gebrochen. Ich glaube kaum, dass Donato dazu fähig wäre. Aber mein guter Jock war auf diesem Gebiet ein wahrer Meister. Ist er mit Ihnen gekommen?«

»Was hat Donato Ihnen gesagt?«

»Nichts über Jock. Donato hat sich große Mühe gegeben, sich alle Optionen offen zu halten. Er wusste, dass ich nicht erfreut sein würde, wenn er Jock herbringen und ihn mir nicht sofort ausliefern würde.«

»Der hätte garantiert jeden reingelegt.«

»Ja, das glaube ich auch. Ist Jock hier?«

Sie antwortete nicht.

»Ich deute Ihr Schweigen als ein Ja. Das wirft natürlich ein ganz neues Licht auf die Situation.«

Sie wechselte das Thema. »Lassen Sie mich rausgehen und nachsehen, ob Trevor noch lebt. Er kann Ihnen nichts tun, wenn er verletzt ist.«

»Aber helfen kann er mir auch nicht. Tut mir Leid, ich

kann Ihre Neugier nicht befriedigen. Es könnte hier schon bald ziemlich ungemütlich für mich werden. Trevor mag vielleicht tot sein, doch Donato hat mir erzählt, dass MacDuff ebenfalls auf dem Weg hierher ist.«

»Und Sie fürchten sich vor MacDuff?«

»Machen Sie sich nicht lächerlich. Ich fürchte mich nicht vor ihm. Trotzdem bin ich vorsichtig. Auch wenn es nicht in seinem Interesse liegt, könnte MacDuff auf die Idee kommen, die Polizei zu benachrichtigen, falls er glaubt, dass Jock in Gefahr ist. Er scheint den Jungen sehr ins Herz geschlossen zu haben.«

»Zum Glück. Sie hätten den Jungen ja beinahe um den Verstand gebracht.«

»Das hat er sich selbst angetan. Er hätte noch jahrelang die Funktion ausüben können, auf die ich ihn konditioniert hatte. Es war die Rebellion, die ihn zerbrochen hat.« Er zuckte die Achseln. »Eigentlich fürchte ich eher Jock als MacDuff. Jock ist mein Geschöpf, daher weiß ich, wie gefährlich er sein kann. Wenn ich ihm Auge in Auge gegenübertreten könnte, wäre ich selbstverständlich in der Lage, ihn wieder umzudrehen, doch die Gelegenheit wird sich wohl nicht bieten. Und ich bin ein Mann, der kein unnötiges Risiko eingeht.«

»Sie sind ein ziemliches Risiko eingegangen, als Sie sich auf einen Handel mit Grozak eingelassen haben. Die amerikanische Regierung hätte nie aufgehört, Sie zu jagen, wenn Sie das durchgezogen hätten.«

Er hob die Brauen. »Aber ich habe es durchgezogen. Die Männer sind bereits alle auf ihren Posten, und sie werden ihre Pflicht erfüllen, sobald ich Ihnen den Befehl dazu erteile.«

Sie sah ihn entsetzt an. »Aber wozu? Grozak ist tot. Sie haben keinen Vertragspartner mehr.«

»Da irren Sie sich. Als Grozak anfing, mir Schwierigkeiten wegen der Bezahlung zu machen, habe ich einige meiner Freunde unter den extremistischen Islamisten kontaktiert. Warum hätte ich ein derart lukratives Projekt sausen lassen sollen, bloß weil ich keine Verwendung für Grozak mehr hatte? Meine Freunde aus dem Nahen Osten werden die Operation übernehmen und falls nötig auch für meinen Schutz sorgen.«

»Wir sollten machen, dass wir hier rauskommen«, sagte Kim und stand auf. »Du hast sie, also lass uns aufbrechen.«

»Kim mangelt es ein wenig an Geduld«, sagte Reilly. »Seit Jock uns verlassen hat, ist sie recht nervös. Ich habe ihr gesagt, ich hätte ihn unter Kontrolle, aber sie wollte mir nicht glauben.«

»Ich hatte Recht«, sagte Kim. »Es ist ihm gelungen, sich zu befreien. Ich habe schon immer gewusst, dass er stärker war als die anderen.«

»Das ist keine Frage der Stärke.« Er machte ein gequältes Gesicht. »Wie oft soll ich dir das noch sagen? Jeden Menschen, den ich gründlich genug erforsche und bei dem ich mir genug Zeit nehme, kann ich unter meine Kontrolle bringen. Wäre mir genug Zeit geblieben, mich mit seiner kleinen Marotte auseinander zu setzen, hätte ich seinen Widerstand mit Sicherheit gebrochen.«

»Kleine Marotte?« Jane starrte ihn ungläubig an. »Die Weigerung, kleine Kinder zu ermorden, nennen Sie eine kleine Marotte?«

»Das kommt immer auf den Blickwinkel an.« Reilly lächelte. »Die ganze Welt steht und fällt mit der Art und Weise, wie wir die Dinge um uns herum betrachten. Wenn ich mehr Zeit gehabt hätte, hätte ich Jock davon überzeugt, dass der Mord an dem kleinen Mädchen ihn zum Helden gemacht hätte.«

»Sie sind ja krank.«

»Cira hätte mich wahrscheinlich bewundert für meine Fähigkeit, die Menschen um mich herum zu beherrschen. Sie hatte selbst ein außerordentliches Talent auf diesem Gebiet.«

»Cira hätte durchschaut, was für ein Monster Sie sind, und Sie zertreten wie einen Wurm.«

Sein Lächeln verschwand. »Ja, es hätte wahrscheinlich den einen oder anderen Kampf gegeben, doch am Ende hätte ich Cira besiegt. Ich siege immer.« Er wandte sich an Kim. »Bestell den Hubschrauber und pack alle persönlichen Unterlagen ein. Dann ruf im Lager an und befiehl allen, unterzutauchen, bis ich sie rufe. Sieh zu, dass du sie nicht in Panik versetzt. Sag ihnen, es ist nur eine Vorsichtsmaßnahme.«

Kim ging zur Tür. »Wohin fliegen wir?«

»Nach Kanada und von dort aus weiter nach Nordkorea. Dort habe ich Kontakte. Danach werde ich improvisieren müssen. Diese religiösen Fanatiker sind unberechenbar. Ich ziehe es vor, die Verhandlungen aus angemessener Entfernung zu führen.«

»Damit werden Sie niemals davonkommen«, sagte Jane.

»Da machen Sie sich mal keine Sorgen. Sie verstehen das nicht. Die Welt hat sich verändert, und auch die Kriege sind nicht mehr das, was sie einmal waren. Wer in der Lage ist, den Geist der Menschen zu beherrschen, der kann alles beherrschen. Die Soldaten im Irak fürchten sich nicht vor normalen Kampfhandlungen, doch vor einem einzelnen Mann, der in eine Feldkantine eindringt und sich selbst in die Luft sprengt, fürchten sie sich zu Tode. Der Selbstmord eines gut getarnten Mannes mit gültigen Papieren ist für jeden der schlimmste Albtraum.« Er klopfte sich auf die Brust. »Ich bin der schlimmste Albtraum.«

»Die CIA wird Sie festnehmen, ehe es Ihnen gelingt, das Land zu verlassen.«

Reilly schüttelte den Kopf. »Das glaube ich kaum.«

»Der Hubschrauber müsste in fünf Minuten hier sein«, sagte Kim, die mit einer großen Aktentasche hereinkam. »Ich habe die Personalakten mit den psychologischen Profilen eingesteckt. Soll ich auch die historischen Dokumente einpacken?«

»Nein, darum kümmere ich mich selbst. Ich möchte der Dame erst noch meine Sammlung zeigen.«

»Wir haben keine Zeit, um all die antiken Kunstwerke zu verpacken. Du musst sie hier lassen.«

»Nein. Die Münzen nehme ich selbst mit, und Norton soll die restlichen Sachen über die Grenze schaffen und irgendwo unterbringen, wo ich sie später abholen kann.« Er reichte Jane eine Hand. »Kommen Sie. Ich möchte Ihnen meine Sammlung vorführen.«

»Ich bin nicht interessiert.«

»Das kommt noch. Bevor ich mit Ihnen fertig bin, werden Sie sehr interessiert sein.«

»Nein. Sie können mich zu nichts zwingen.« Sie sah ihm fest in die Augen. »Und Sie können mich nicht dazu bringen, dass ich mich an etwas erinnere, was ich nie gewusst habe. Sie müssen völlig verrückt sein, wenn Sie das ernsthaft glauben.«

»Wir werden ja sehen. Ich kann es kaum erwarten, mit der Arbeit an Ihnen zu beginnen.« Er öffnete die Tür und bedeutete ihr, in den benachbarten Raum zu gehen. »Sie werden sich als äußerst interessanter Fall entpuppen. Wie viele Frauen wären in der Lage gewesen, Mario Donato zu töten? Und was das Gold angeht, brauchen Sie sich doch nur mal Ihr Verhaltensmuster im Lauf der letzten Jahre anzusehen. Sie sind völlig fasziniert von Cira. Diese Exkursionen zu den Ausgrabungsstätten in Herkulaneum, Ihre Besessenheit von den Schriftrollen. Jedes Mal, wenn Sie in den Spiegel schauen, sehen Sie Cira vor sich. Vielleicht hegen Sie tief im Innern den Wunsch, sie und ihr Gold zu beschützen. Vielleicht wissen Sie ja, wo es ist, und sind einfach nur egoistisch. Oder womöglich sind Sie auf einen Hinweis gestoßen, der uns zu dem Gold führen könnte, und wollen es sich selbst nicht eingestehen.« Er lächelte. »Doch das werde ich mit der Zeit korrigieren können. Ich kann fast alles tun.« Seine Augen funkelten vor Erregung. »Und dann fängt der Spaß erst richtig an.«

Ein eiskalter Schauer lief ihr über den Rücken. Beinahe hätte er sie davon überzeugt, dass er tatsächlich dazu in der Lage war. Das Beängstigende daran war, dass er gar nicht wusste, wie nah sie Cira stand. Er wusste nichts von den Träumen ... »Ihre Argumente ziehen nicht, Reilly. Ich kann es nicht fassen, dass Sie Mario Gott weiß was angeboten haben, damit er mich hierher bringt, wo es doch keinerlei Beweise dafür gibt, dass ich irgendetwas weiß.«

»Glauben Sie mir, es gibt Beweise. Kommen Sie und sehen Sie sich Ciras Welt an.« Er zeigte auf die sanft beleuchteten Regale, die sich alle Wände des Raums entlangzogen. »Seit zwanzig Jahren sammle ich Artefakte aus Herkulaneum und Pompeji.«

Und er hatte eine eindrucksvolle Sammlung zusammengetragen, dachte Jane, während sie ihren Blick über die zahlreichen antiken Kunstwerke schweifen ließ, darunter Schalen, Messer, Schriftrollen und steinerne Reliefs mit drastischen Darstellungen sexueller Praktiken. »Julius Precebios Schriftrollen hätten Ihnen gut gefallen«, bemerkte sie trocken. »Der hatte auch eine Vorliebe fürs Pornografische.«

»Das war sein gutes Recht. Der Meister bestimmt die Regeln. Und ich identifiziere mich tatsächlich mit Precebio. Wir haben eine Menge gemeinsam.« Er führte sie weiter. »Doch das ausgefallenste Ausstellungsstück haben Sie noch gar nicht gesehen.« Mit einer Kopfbewegung deutete er auf ein Regal. »Ihr höchstpersönlicher Beitrag.«

»Was zum Teufel wollen Sie –« Dann blieb ihr vor Schreck fast das Herz stehen. »Mein Gott.«

Der Zeichenblock, den Trevor ihr vor zwei Jahren gestohlen hatte. Sie war nur wegen der Porträtzeichnungen von Trevor besorgt gewesen, weil sie befürchtet hatte, sie könnten ihre Gefühle für ihn verraten. Die Zeichnung, die Reilly für seine Ausstellung ausgewählt hatte, hatte sie ganz vergessen.

»Außergewöhnlich, nicht wahr?«, murmelte Reilly. »Erstaunlich detailgetreu. Man möchte gar nicht glauben, dass es nicht wenigstens teilweise nach einem lebenden Vorbild angefertigt wurde.«

Es war ein Porträt von Cira, eins von vielen, die sie gezeichnet hatte, nachdem sie vor vier Jahren aus Herkulaneum zurückgekehrt war. Cira stand im Profil an der Tür zu einem Raum mit Wänden aus grob behauenen Steinen und mit Regalen, auf denen Vasen, Schalen und Schmuckstücke zu sehen waren. In der hinteren Ecke des Raums befand sich eine offene Truhe, aus der Goldmünzen quollen.

Sie befeuchtete ihre Lippen. »Lebendes Vorbild? Tut mir Leid, ich war vor zweitausend Jahren noch nicht auf der Welt, um Cira zu zeichnen.«

»Aber vielleicht haben Sie den Ort entdeckt, wo sie das Gold versteckt hat, und ihn gezeichnet.«

»Das ist ja absurd. Diese Zeichnung ist meiner Fantasie entsprungen.«

»Möglich. Doch ich beschäftige mich schon seit Wochen mit diesem Gemälde. Ich habe intensive Nachforschungen angestellt und entdeckt, dass die Streifen in dem Gestein in Formationen in Italien zu finden sind, und zwar in der Nähe von Herkulaneum. Wie gesagt, dieses Detail ist wirklich erstaunlich.«

»Woher haben Sie meinen Zeichenblock?«

»Grozak hat ihn aus Trevors Hotelzimmer gestohlen und mir geschickt. Er dachte, die Zeichnungen würden mich neugierig machen.« Er lächelte. »Er hatte Recht. Sie haben mich auf einige sehr reizvolle Möglichkeiten gebracht.«

»Hören Sie, ich weiß überhaupt nichts über das Gold.«

»Das werden wir ja sehen. In wenigen Wochen werde ich alles über Sie wissen.«

Er zeigte auf eine kleine Glasvitrine in dem Regal. »Einige dieser Münzen sind ein Vermögen wert, doch die eine, um die die ganze Welt mich beneiden würde, habe ich nie gefunden. Ich träume schon seit Jahren davon, sie zu besitzen. Womöglich werden Sie mir zu diesem Ruhm verhelfen können.«

»Wie bitte?«

»In der Truhe mit Ciras Gold könnte sich eine der Münzen befinden, die Judas für den Verrat an Jesus erhalten hat.«

»Was für ein Schwachsinn.«

Er zeigte auf das Buch, das neben der Vitrine lag. »Nicht, wenn man Gerüchten glaubt, die seit Jahrhunderten kursieren. Das wäre doch eine unglaubliche Sensation.« Er lächelte. »Ich werde alles haben. Das Gold, den Ruhm und die Statue von Cira, die Trevor mir gestohlen hat.«

»Es wird Ihnen schwer fallen, die von Nordkorea aus zu stehlen.«

»Eigentlich nicht. Ich habe auf der ganzen Welt Leute, die nur darauf warten, mir meine Wünsche zu erfüllen.«

»Bis Sie dazu kommen, die Statue an sich zu bringen, wird MacDuff sie längst für sich selbst in Besitz genommen und in Sicherheit gebracht haben. Er ist genauso besessen von Cira wie alle anderen.«

»Ich weiß. Vor ein paar Jahren, als wir beide auf der Suche nach demselben Dokument waren, wäre er mir beinahe in die Quere gekommen.«

»Was für ein Dokument?«

Er wies auf den Aktenschrank in einer Ecke des Raums. »Das Original bewahre ich in einem speziellen, luftdichten Behälter auf, doch die Übersetzung befindet sich da drin. Es hat mich in Bezug auf Cira und das Gold auf ganz neue Gedanken gebracht.« Er lächelte. »Wenn Sie folgsam sind, lasse ich Sie vielleicht die Übersetzung lesen, sobald wir mit Ihrer Konditionierung Fortschritte gemacht haben.«

Sie zuckte zusammen. »Ich werde nicht folgsam sein, Sie Dreckskerl. Ich werde mir von Ihnen gar nichts befehlen lassen.«

Er lachte leise in sich hinein. »Wie respektlos. Nun, wenn ich Grozak wäre, würde ich Sie dafür ohrfeigen. Glücklicherweise bin ich nicht Grozak.« Er drehte sich zu Kim um, die gerade in den Raum gekommen war. »Sag Norton, er soll zu der Stelle gehen, wo die Mine hochgegangen ist. Falls Trevor noch lebt, töte ihn.«

»Nein!« Panik ergriff sie. »Das können Sie doch nicht tun.«

»Doch. Ich kann alles tun, was mir beliebt. Genau das werden Sie lernen müssen. Los, geh schon, Kim, sag Norton Bescheid.«

Kim wandte sich zum Gehen.

»Nein!«

»Da Sie noch neu sind, könnte ich mir überlegen, Kim zurückzupfeifen, wenn Sie mich ganz höflich darum bitten.« Er grinste. »Aber dann müssten Sie ›bitte‹ sagen.«

In der Erwartung, dass sie klein beigeben würde, sah er sie voller boshafter Genugtuung an. Am liebsten hätte sie ihm das Genick gebrochen.

Aber für ihren Stolz konnte sie nicht riskieren, dass Reilly Trevor töten ließ, bloß um ihr eine Lehre zu erteilen. »Bitte«, sagte sie mit zusammengebissenen Zähnen.

»Nicht sehr freundlich, aber ich will gnädig sein und anerkennen, dass Sie Ihre Lektion gelernt haben.« Er gab Kim ein Zeichen, woraufhin sie den Raum verließ. »Allerdings hätte Cira wahrscheinlich eher zugelassen, dass ich Trevor töte, anstatt mir diese Genugtuung zu verschaffen.«

»Nein, das hätte sie nicht. Sie hätte erst nachgegeben und dann auf eine Gelegenheit gewartet, es Ihnen heimzuzahlen.«

»Sie scheinen sich dessen ja erstaunlich sicher zu sein.« Er legte den Kopf schief. »Viel versprechend. Äußerst viel versprechend.«

Wieder überlief sie ein Schauer. Reilly war wirklich gerissen. Innerhalb weniger Minuten hatte er es geschafft, sie seinem Willen zu unterwerfen, obwohl sie das nie für möglich gehalten hätte.

»Sie haben Angst«, sagte er leise. »Das ist immer der erste Schritt. Ich muss den Schlüssel finden und ihn umdrehen. Sie haben keine Angst um sich selbst, doch Sie haben Angst um Trevor. Wirklich jammerschade, dass er wahrscheinlich tot ist. Er könnte sich als wertvolles Werkzeug erweisen.« Er wandte sich um und nahm eine Aktentasche vom Schreibtisch. »Aber wir haben ja immer noch Joe Quinn und Eve Duncan.« Vorsichtig verstaute er erst die Münzen und dann die Übersetzungen aus dem Aktenschrank in der Tasche. »Das eine Werkzeug kann ebenso effizient sein wie das andere.«

»Haben Sie Jock auf diese Weise konditioniert? Haben Sie ihm angedroht, Menschen zu töten, die er liebt?«

»Teilweise. Aber ich musste bestimmte Informationen aus ihm herausbekommen, deswegen wollte ich eine Mischung aus Drogen und psychologischer Konditionierung anwenden. Eine ähnliche Methode werde ich auch bei Ihnen anwenden, doch jeder Fall liegt anders.«

»Jeder Fall ist eine Horrorgeschichte. Sie sind eine Horrorgeschichte.«

»Aber enthalten die faszinierendsten Geschichten in der Literatur nicht alle Horrorelemente? Frankenstein, Lestat, Dorian Gray.« Er machte die Aktentasche zu. »Kommen Sie. Vielleicht sollte ich die Originalmanuskripte lieber auch noch mit –«

Sein Handy klingelte und er nahm das Gespräch an.

»Dafür ist es zu spät«, sagte Jock.

»Du hast den verdammten Zeitzünder angebracht«, fauchte Trevor. »Jetzt mach es gefälligst wieder rückgängig.«

»Das geht nicht«, sagte MacDuff, während er Trevors Schulter verband. »Der Zünder ist schon aktiviert. Er hatte nicht vor, hier zu bleiben. Sobald er sich dem Landeplatz nähert, wird die Explosion ihn zerfetzen.«

»Warum ausgerechnet der Landeplatz?« Trevor schaute zu dem Betonplatz hinüber, der unter einer dicken Schneedecke lag. »Warum hast du die Sprengladung nicht am Haus angebracht?«

»Dafür bin ich nicht nah genug rangekommen«, erwiderte Jock. »Es ist rundum von Landminen umgeben. Ich musste warten, bis die Schneedecke dick genug war, dann habe ich die Sprengladung angebracht und bin so schnell wie möglich wieder weg, bevor mich jemand entdeckt.« Er schaute Trevor an. »Ich dachte, Sie würden sich zuerst um Jane kümmern anstatt um Reilly. Ich hatte nicht damit gerechnet, dass Sie oder Jane hier sein würden. Ich dachte, es würde noch mindestens eine halbe Stunde dauern, bis Sie hier aufkreuzen, und dann wäre alles vorbei gewesen.«

»Pech. Es läuft nicht immer alles so, wie man meint. Und müsste der Hubschrauber nicht sofort in die Luft fliegen, sobald er landet?«

»Nein. Ich habe den Draht einen halben Meter vom Landeplatz entfernt verlegt. Die Erschütterung reicht nicht aus, um die Explosion auszulösen, die Bombe geht nur hoch, wenn jemand direkt auf den Draht tritt.«

»Bist du sicher?«

Jock schaute ihn verwirrt an. »Natürlich bin ich mir sicher. Ich mache keine Fehler.«

»Und was ist, wenn Reilly den Landeplatz gar nicht benutzt?«

»Das wird er. Und zwar in weniger als zehn Minuten«, sagte Jock. »Reilly ist extrem vorsichtig. Es könnte sein, dass unsere Anwesenheit ihn nicht weiter nervös macht, deswegen habe ich für ein bisschen zusätzlichen Druck gesorgt.«

»Was meinst du damit?«

»Ich habe die Polizei angerufen und denen von dem Trainingslager jenseits der Grenze nach Montana erzählt.« Er warf einen Blick auf seine Uhr, dann schaute er zur Hintertür hinüber. »Vor ungefähr vierzig Minuten. Wenn Reilly noch keinen Anruf aus dem Lager bekommen hat, wird er bald einen erhalten. Und dann wird er sich schleunigst aus dem Staub machen. Er wird sofort den Hubschrauber bestellen.«

»Mein Gott.« Trevor wandte sich an MacDuff. »Sie sagten, Sie hätten Erfahrung mit Landminen. Reilly wird Jane garantiert mitnehmen, womöglich lässt er sie sogar vorausgehen. Können Sie diesen Zeitzünder nicht deaktivieren?«

»Nicht innerhalb von fünf Minuten. Ich würde gerade rechtzeitig dort ankommen, um Reilly und seinen Leuten in die Arme zu laufen.«

»Verdammt. Dann werden wir versuchen, ins Haus einzudringen und sie da rausholen.«

»Nein.« Jock schüttelte den Kopf. »Ich hab Ihnen doch gesagt, wir können nicht riskieren –«

»Vor allem können wir nicht riskieren, dass Jane in die Luft gesprengt wird«, fiel Trevor ihm ins Wort. »Also lass dir was einfallen, wie wir ins Haus gelangen, bevor der Hubschrauber kommt.«

»Ich überlege ja schon.« Stirnrunzelnd hob Jock sein Gewehr auf. »Die Entfernung ist ein bisschen zu groß für einen sicheren Schuss. Es hätte alles klappen können. Sie hätten nicht herkommen dürfen. Jetzt muss ich – Verdammter Mist!«

»Was ist?«

»Der Wind ist stärker geworden und weht den Schnee vom Draht. Sogar von hier aus kann ich ein Stück davon sehen.«

Trevor sah es auch. »Sehr gut.«

»Nein. Wenn er den Draht entdeckt, war alles umsonst. Ich kann nicht zulassen, dass er in diesen Hubschrauber steigt. Das könnte unsere letzte Chance sein.« Er ging los. »Wenn ich ganz vorsichtig bin, kann ich den Draht vielleicht wieder mit etwas Schnee bedecken.« Er blickte zum Himmel. »Zu spät. Die Zeit ist abgelaufen.«

Jetzt hörte es auch Trevor. Das Dröhnen von Hubschrauberrotoren.

»Verflucht.« Er sah zum Haus hinüber.

Die Hintertür ging auf.

»Schnell. Raus hier.« Während Reilly Jane durch die Tür bugsierte, sagte er über die Schulter hinweg zu Kim: »Du bleibst hier und sorgst dafür, dass Norton alles in den Pickup packt. Dann fährst du mit ihm.«

»Du nimmst mich nicht mit? So war das aber nicht geplant.« Kim funkelte ihn wütend an. »Du willst mich einfach hier lassen?«

»Wenn die Polizei im Lager eingerückt ist, werden sie bald auch hier aufkreuzen. Sie werden meine Sammlung beschlagnahmen. Ich muss mich vergewissern –« Er unterbrach sich, als er ihren Gesichtsausdruck gewahrte. »Also gut. Sag Norton, er soll alles auf den Wagen laden und in spätestens einer halben Stunde von hier verschwinden.«

»Mach ich.« Sie reichte ihm die Akten. »Warte gefälligst auf mich.«

»Anmaßendes Miststück«, murmelte Reilly, während er Jane vor sich herschob. »Wenn ich nicht fürchten müsste, dass sie meine ganze Sammlung abfackelt, würde ich sie hier verrotten lassen. Von jetzt an wird sie mir ohnehin nicht mehr von Nutzen sein.«

»So was nennt man Loyalität.« Jane sah zu, wie der blauweiße Hubschrauber landete. »Ist Ihnen nicht klar, dass Sie längst verloren haben? Die Polizei ist Ihnen auf den Fersen. Vergessen Sie die Abmachung, die Sie mit diesen Muslimen getroffen haben. Verhandeln Sie mit der Polizei.«

»Wenn Sie eine Ahnung hätten, was sich in diesen Akten befindet, würden Sie keinen solchen Vorschlag machen. Die würden niemals mit mir verhandeln.« Er ging schneller. »Sobald wir in der Luft sind, werde ich meine Männer in Chicago und Los Angeles anrufen, zwei Stunden später werde ich einen zufriedenen Partner haben, der uns in Kanada in Empfang nimmt und uns in einen Flieger nach Nordkorea setzt.«

Verflucht. Sie konnte nicht zulassen, dass er in den Hubschrauber stieg. Sie musste unbedingt verhindern, dass er seine Männer anrief.

Was zum Teufel konnte sie bloß tun, um ihn aufzuhalten?

Zeit schinden. Sie blieb stehen. »Ich komme nicht mit.«

Er richtete seine Pistole auf sie. »Für diesen Unsinn habe ich keine Zeit. Es hat mich einige Mühe gekostet, Sie in meine Gewalt zu bringen, und ich habe nicht vor, Sie wieder zu verlieren.«

Ein Schuss.

Schmerz.

Sie stürzte zu Boden.

Einundzwanzig

Was zum Teufel hast du getan?«, sagte Trevor. »Du hast auf sie geschossen, du Idiot.«

»Nur eine Fleischwunde im Oberarm.« Jock hatte das Gewehr angelegt und zielte erneut. »Sie war in der Schusslinie. Ich hatte keine freie Sicht auf Reilly.«

»Die hast du immer noch nicht. Er stürmt wie ein Footballspieler auf den Hubschrauber zu.« MacDuff brach in Gelächter aus. »Und er lässt Jane zurück. Jock, du altes Schlitzohr, genau das hast du beabsichtigt.«

»Es kam mir vernünftig vor. Wenn ich ihn jetzt auch nicht treffe, ist er zumindest so abgelenkt, dass die Explosion ihn erwischt. Reilly hat mir immer wieder eingebläut, dass es wichtig ist, noch etwas in der Hinterhand zu haben.« Er richtete das Fadenkreuz auf Reillys Hinterkopf. »Es ist ein Spiel«, murmelte er. »Bewegt er sich nach links oder nach rechts? Ich ... vermute mal ... nach links.« Er drückte ab.

Jane sah mit Entsetzen, wie Reillys Kopf explodierte.

»Hurensohn.« Kim Chan stand nicht weit weg und starrte auf die Scheußlichkeit, die bis eben noch Reilly gewesen war. »Ich hatte ihm gesagt –« Sie zitterte vor Wut, als sie sich zu Jane umdrehte. »Du. Er hätte niemals – dieser Trottel.« Sie hob die Pistole. »Dein Fehler. Du und diese bescheuerte Cira. Du warst –«

Jane rollte sich im Schnee auf den Rücken und trat Kim so heftig gegen die Knie, dass sie zu Boden ging.

Sie musste an die Pistole kommen.

Sie hatte sie.

Aber Kim war schon wieder auf den Beinen und rannte zum Hubschrauber. O Gott, konnte es sein, dass sie die Telefonnummern kannte? Würden die Selbstmordattentäter auch auf sie hören, falls sie anrief? Sie hatte eng mit Reilly zusammengearbeitet. Womöglich wollte sie in seine Fußstapfen treten. Jane rappelte sich mühsam auf. »Halt. Du kannst nicht –«

Der Erdboden erbebte, als Kim auf den schneebedeckten Draht trat.

Wusch.

Eine Explosion.

Flammen.

Die Frau war plötzlich nicht mehr da.

Dann explodierte der Hubschrauber.

Jane vergrub das Gesicht im Schnee und drückte sich gegen den Boden.

Als sie Sekunden später aufblickte, stand der Hubschrauber bereits in Flammen.

»Alles in Ordnung?« Trevor kniete neben ihr und öffnete den Reißverschluss ihres Anoraks, um ihren Arm zu untersuchen.

Er lebte!

Gott sei Dank. »Ich dachte schon, du wärst tot«, sagte sie zitternd. »Die Landmine …«

»Jock hat sie hochgehen lassen, damit sie glauben, es hätte mich erwischt. MacDuff und er waren gerade dabei, das Gelände zu überprüfen, als er mich wegkriechen sah.« Seine Lippen spannten sich. »Bis der verrückte Kerl auf dich geschossen hat, weil du ihm im Weg standest, als er Reilly erwischen wollte.«

»Ich glaube nicht, dass ich ernsthaft verletzt bin.« Sie schaute zu den brennenden Überresten des Hubschraubers hinüber. »Und da Reilly es nicht mehr bis zum Hubschrauber geschafft hat, hat es sich auch gelohnt.«

»Ich bin nicht deiner Meinung.« Trevor inspizierte die Wunde. »Es blutet nur ein bisschen. Jock meinte, es wäre nur eine Fleischwunde.«

»Wo ist er überhaupt?« Im nächsten Moment entdeckte sie Jock und MacDuff, die zum Haus unterwegs waren. »Seid vorsichtig!«, rief sie. »Norton ist noch da drin, und er wird –«

»Keine Bange«, erwiderte MacDuff. »Wir passen schon auf. Aber Jock will nicht, dass die Polizisten Norton etwas antun. Er will zuerst mit ihm reden. Er hat Mitleid mit ihm.«

»Ich hoffe, dass er nicht dasselbe Mitleid mit den Selbstmordattentätern im Lager hat«, murmelte Jane, als MacDuff und Jock im Haus verschwanden. »Gott, was macht man bloß mit solchen Leuten?«

»Das überlassen wir den Behörden. Wahrscheinlich wird man sie in ein Krankenhaus stecken und versuchen, sie zu resozialisieren.«

»Wenn man sie überhaupt findet. Reilly hat sie angerufen und ihnen befohlen ›unterzutauchen‹.« Sie stand auf. »Aber er hatte die persönlichen Unterlagen über sie bei sich.« Zögernd ging sie zu Reillys Leiche. »Die Unterlagen müssen Informationen über die Leute enthalten.« Misstrauisch beäugte sie die blutige Leiche, während sie den Aktenkoffer aus Reillys Hand löste. »Er hatte noch einen Koffer mit den übersetzten Dokumenten aus Herkulaneum bei sich. Aber den kann ich im Moment – da ist er ja.« Die Explosion hatte ihn einige Meter weit geschleudert.

»Ich hole ihn.« Trevor stapfte durch den Schnee und hob den Aktenkoffer auf. »Als Nächstes brauchen wir eine Erste-Hilfe-Station, wo wir deine Wunde behandeln lassen können.« Er lächelte. »Ich selbst könnte auch ein bisschen Verarztung gebrauchen. MacDuff hat mir einen ziemlich provisorischen Verband verpasst.«

»Immer diese Beschwerden.« MacDuff kam auf sie zu. »Sie können von Glück reden, dass wir hier waren, um Ihren Arsch zu retten. Sie können nicht alles haben.« Er entdeckte den Aktenkoffer in Janes Hand. »Was ist das?«

»Personalakten aus dem Lager.«

MacDuff wurde nachdenklich. »Und was haben Sie damit vor?«

»Ich werde sie Venable übergeben.«

Er schüttelte den Kopf. »Jocks Akte nicht.« Er griff nach dem Koffer. »Mit dem Rest können Sie machen, was Sie wollen. Aber Jocks Akte bleibt hier.«

Sie zögerte.

»Ich werde mich um ihn kümmern«, fuhr MacDuff ruhig fort. »Das wissen Sie. Er steht kurz davor, ein normaler Mensch zu werden. Was auch immer normal heißen mag. Ich will nicht, dass er vor die Hunde geht, und Sie ja wohl auch nicht.«

Nein, das wollte auch sie nicht. Sie klappte den Aktenkoffer auf, betrachtete den Inhalt und hielt ihn dann MacDuff hin. »Aber nur Jocks Akte.«

MacDuff blätterte durch den Ordner und zog eine Akte heraus. »Ich bin an nichts anderem interessiert.« Dann entdeckte er den Aktenkoffer in Trevors Hand. »Und was ist das da?«

»Kopien der Übersetzungen von Reillys Herkulaneum-Dokumenten«, erwiderte Trevor.

MacDuffs Augen verengten sich zu Schlitzen. »Tatsächlich? Die würde ich mir auch gerne mal ansehen.«

»Ich ebenfalls«, sagte Jane. »Und ich habe mir das Recht verdient, sie als Erste zu lesen.«

»Sie könnten mich doch einen kurzen Blick –«

»Halten Sie sich zurück, MacDuff.«

Eigentlich hätte sie erwartet, dass er sich mit ihr anlegen würde, stattdessen lächelte er nur. »Ich lasse Ihnen den Vortritt.« Er reichte ihr den Koffer mit den Personalakten. »Aber denken Sie daran, dass ich mir die Dokumente auch gern ansehen möchte. Und jetzt sollten Sie zusehen, dass Sie damit von hier verschwinden, sonst werden die Sachen als Beweisstücke beschlagnahmt und liegen die nächsten zehn Jahre in irgendeinem Archiv unter Verschluss. Daran hat keiner von uns ein Interesse. Können Sie Auto fahren?«

Sie nickte.

»In der Garage steht ein Pick-up, den Norton gerade beladen hatte. Fahren Sie in ein Krankenhaus und lassen Sie Ihre Wunde behandeln.«

»Ich denke, ich sollte fahren«, wandte Trevor ein.

»Du hast mehr Blut verloren als ich«, erwiderte Jane. »Jock hat sich bemüht, meine Verletzung möglichst geringfügig ausfallen zu lassen.« Sie schüttelte bedauernd den Kopf. »Gott, ich fasse es nicht, dass wir jetzt schon darüber streiten, wer die schlimmere Wunde hat.«

»Wie auch immer. Du hast gewonnen. Und wer bleibt hier und wartet auf die Polizei?«

»Das übernehme ich«, sagte MacDuff. »Rufen Sie Venable an, er soll die örtliche Polizeidienststelle einschalten und denen erklären, was los ist. Ich habe keine Lust, im Knast zu landen.« Er sah Jane an. »Hat Mario irgendetwas über den Inhalt der letzten Cira-Rolle erzählt?«

»Angeblich enthält sie einen Hinweis auf das Gold. Er wollte Reilly die Übersetzung verkaufen.« Stirnrunzelnd rief sie sich das Gespräch mit Mario in Erinnerung. »Nein, das stimmt nicht ganz. Er wollte ihm sagen, wo er die Übersetzung finden kann.« Sie warf Trevor einen Blick zu. »Wir müssen zurück zur Burg.«

»Befindet sie sich noch dort?«

»Das hat er zumindest behauptet.« Sie wandte sich an MacDuff. »Sieht so aus, als würden wir noch eine Zeit lang Ihre Gäste sein.«

»Wenn ich Sie wieder reinlasse.«

Trevor erstarrte. »Ich habe einen Mietvertrag, MacDuff. Machen Sie keinen Mist.«

»Ich finde es sehr verlockend, die Burg zu verrammeln und mich selbst auf die Suche nach dieser Übersetzung zu machen. Das Anwesen gehört mir, und die Gesetze drehen sich zu neun Zehnteln um Eigentum.« Mit sanfter Stimme fügte er hinzu: »Sie haben ja sogar Ihre Cira-Statue dort gelassen. Wie könnte ich da widerstehen?«

»Versuchen Sie's ruhig«, gab Jane trocken zurück. »Sie sind nicht der alte Angus, wir werden es uns nicht gefallen lassen, dass Sie uns gegenüber den Räuberbaron spielen.«

MacDuff musste lachen. »War nur so ein Gedanke. Eigentlich bin ich ganz froh, wenn Sie beide da sind und mich ein bisschen unterstützen. Ich nehme Jock mit nach Hause, und wir werden womöglich Hilfe brauchen, wenn Venable erst dahinter kommt, dass er derjenige ist, der dieses Gemetzel hier angerichtet hat.«

»Venable hätte allen Grund, ihm dankbar dafür zu sein«, entgegnete Jane.

»Aber Polizei und CIA stellen Fragen, die wollen die Hintergründe aufdecken, da bleibt die Dankbarkeit schon mal auf der Strecke. Wollen wir uns am Flughafen treffen und gemeinsam fliegen? Ich rufe Sie an, sobald ich hier wegkann. Und glauben Sie mir, es wird für Sie viel einfacher sein, an den Wachen vorbei in die Burg zu kommen, wenn ich dabei bin.«

Trevor zuckte die Achseln. »Wie Sie wollen. Aber kommen Sie nicht auf die Idee, Marios Arbeitszimmer von Ihren Leuten durchsuchen zu lassen, bevor wir dort sind.«

»Lieber Himmel, sind Sie misstrauisch. Ich würde nicht im Traum daran denken.« MacDuff drehte sich um. »Ich werde hier auf die Polizei warten. Schicken Sie Jock raus zu mir, bevor Sie losfahren. Ich muss ihn noch instruieren, was er gegenüber der Polizei sagen soll.«

»Ich wäre mir nicht so sicher, dass er auf Sie hören wird«, sagte Jane. »In den letzten Tagen scheint er nur nach seinen eigenen Vorgaben zu handeln.«

MacDuffs Lippen spannten sich. »Ich werde schon dafür sorgen, dass er auf mich hört.«

Als sie in die Garage kamen, stand Jock über Nortons Körper gebeugt. Er blickte schuldbewusst auf. »Ich habe ihn nicht getötet. Er wird bald wieder aufwachen.«

Trevor kniete sich hin und fühlte Nortons Puls. »Was ist passiert?«

»Er ist darauf konditioniert, Reilly zu schützen. Ich wusste, dass es keinen Zweck hatte, ihn zum Aufgeben zu überreden.« Er zuckte die Achseln. »Also habe ich ihn mit einem Schlag gegen die Halsschlagader unschädlich gemacht.« Er drehte sich zu Jane um und sagte mit ernster Miene: »Es tut mir Leid, dass ich auf dich schießen musste. Aber ich war sehr vorsichtig.«

»Davon bin ich überzeugt. Du hast getan, was du für das Beste hieltest. Auf jeden Fall hast du damit Reilly aufgehalten.« Meine Güte, wie absurd, jemanden zu trösten, der soeben auf einen geschossen hatte. »Aber wir müssen jetzt losfahren und ein Krankenhaus suchen. MacDuff meinte, wir sollten den Pick-up nehmen. Ich soll dir sagen, dass er dich sprechen will. Die Polizei wird Fragen stellen und er möchte, dass du die richtigen Antworten gibst.«

»Es gibt keine richtigen Antworten«, erwiderte Jock. »MacDuff will mich beschützen, aber er wird sich nur in Schwierigkeiten bringen.«

»Das muss er selbst entscheiden«, entgegnete Trevor. »MacDuff kann sich um sich selbst kümmern. Das versucht er dir klar zu machen.« Er stieg in die Fahrerkabine des Pickups. »Bis du plötzlich auf Jane geschossen hast, war ich persönlich verdammt dankbar, dich in der Nähe zu haben. Steig ein, Jane.«

»Gleich.« Sie zögerte und schaute Jock an. »Das mit meiner Wunde spielt keine Rolle. Du hast das Richtige getan. Du konntest nicht riskieren, Reilly entwischen zu lassen. Er war eine zu große Gefahr für zu viele Menschen.«

»Ich weiß. Zuerst ging es mir nur um MacDuff, dann aber auch um mich selbst. Und auf einmal musste ich an dich denken und an all die anderen, denen Reilly schreckliche Dinge angetan hat. Es war so, wie wenn man einen Stein in einen See wirft und sich dann die Kreise immer weiter ausdehnen. Es war merkwürdig ...« Dann setzte er dieses strahlende Lächeln auf, das sie anfänglich zu ihm hingezogen hatte. »Danke, dass du nicht wütend auf mich bist. Ich werde dir niemals wehtun, wenn ich es verhindern kann.«

»Das beruhigt mich sehr.« Sie streichelte sanft seine Wange, dann trat sie einen Schritt zurück. »Und noch beruhigender wäre es, wenn du diese Landminen in der Auffahrt und auf dem Weg, der von hier wegführt, deaktivieren würdest.«

Er lachte. »Das habe ich längst getan. Nachdem MacDuff mich hier allein gelassen hat, bin ich in den Überwachungsraum gegangen.« Er drückte einen Knopf an der Wand und das Garagentor öffnete sich. Sein Lächeln verschwand, als er einen Blick nach draußen warf. »Das Einzige, was ihr fürchten müsst, ist das Wetter. Der angekündigte Schneesturm scheint inzwischen angekommen zu sein.«

Er hatte Recht. Der Sturm peitschte den Schnee waagerecht durch die Luft.

»Wenn ihr fahren wollt, solltet ihr euch beeilen«, sagte Jock, der immer noch gebannt hinaus in den Schneesturm spähte.

Jane saß bereits im Wagen und schaltete den Motor an. Dann, einem spontanen Impuls folgend, beugte sie sich aus dem Fenster und rief: »Komm mit uns, Jock.«

»Warum?«

»Ich weiß nicht. Es widerstrebt mir einfach, dich hier zurückzulassen. Seit ich dich kennen gelernt habe, haben alle dir immer nur gesagt, was du tun sollst. Wir könnten uns doch zur Abwechslung mal darüber unterhalten, was du selbst willst.«

Er schüttelte den Kopf.

»Bist du dir ganz sicher?«

Er lächelte, als er die Garage verließ. »MacDuff will, dass ich zu ihm komme. Tue ich nicht immer brav, was MacDuff mir sagt?« Dann verschwand er im Schneetreiben.

»Verdammt.« Jane setzte den Pick-up aus der Garage. »Was ist, wenn er es mit der Angst kriegt und die Polizei denkt, er wird gleich auf jemanden –«

»Hör auf, dir künstlich Probleme zu machen«, sagte Trevor. »MacDuff wird sich um ihn kümmern. Und Jock stellt für die anderen eine wesentlich größere Gefahr dar als die anderen für ihn.«

Sie hatten inzwischen die Straße erreicht, daher unterbrach sie das Gespräch, bis sie halbwegs geschützt unter Bäumen fahren konnten. »Aber er hat sich verändert. Er will nicht mehr töten. Das hat er eigentlich nie gewollt. Doch dafür braucht er Hilfe und psychologische Begleitung.«

»Und die wird MacDuff ihm geben. Du hast es doch gehört. Er tut immer, was der Burgherr sagt.«

Plötzlich fiel ihr etwas ein. »Er hat ihn nicht Burgherr genannt. Er hat ihn MacDuff genannt. So nennt er ihn sonst nie.«

»Du suchst dir Probleme. Es spielt keine Rolle, wie er MacDuff nennt, solange er tut, was der ihm aufträgt. Und er gehorcht ihm immer.«

Ich habe dem Burgherrn versprochen, mich von dir fern zu halten ... Aber wenn ich dir vorausgehe und du mir folgst, dann bin ich ja nicht wirklich in deiner Nähe.

»Nicht immer«, flüsterte sie. »Nicht immer, Trevor.«

»Was für ein verdammtes Chaos hast du mal wieder angerichtet, Trevor.« Brenner betrat das Behandlungszimmer, in dem Trevor und Jane saßen, nachdem der Arzt sie entlassen hatte. »Das war ja das reinste Blutbad.«

»Danke für dein Mitgefühl«, erwiderte Trevor trocken, während er sich sein Hemd wieder überzog. »Aber da du in keiner Weise daran beteiligt warst, hast du kein Recht auf Kritik.«

»Ich habe durchaus Mitgefühl.« Er drehte sich zu Jane um. »Es tut mir Leid für Jane, dass sie deiner Inkompetenz ausgeliefert war. Geht's Ihnen gut?«

»Bis auf ein paar Kratzer.«

»Schön.« Zu Trevor gewandt fuhr Brenner fort: »Und dass ich in keiner Weise beteiligt war, kann man wohl kaum behaupten. Was glaubst du eigentlich, wer die Polizeieinheiten zu dem Lager geschickt hat?«

»Jock.«

»Soll das ein Witz sein? Du glaubst doch nicht im Ernst, dass irgendwelche Kleinstadtpolizisten auf einen anonymen Anruf hin in einen Schneesturm rausfahren? Als ich unterwegs zu Reilly war, habe ich sie über den Polizeifunk debattieren hören. Daraufhin habe ich mich sofort eingeschaltet und sie davon überzeugt, dass in dem Lager Ruhm und Ehre auf sie warten.«

»Und wie hast du das geschafft?«

»Nun, ich habe mir Venables Namen ausgeliehen und ihnen erzählt, die CIA hätte eine Razzia geplant und sie würden gebraucht.«

»Und das haben die Ihnen abgekauft?«, fragte Jane.

»Ich kann erstaunlich überzeugend sein.« Er lächelte. »Auch wenn mein australischer Akzent es mir nicht gerade leicht gemacht hat. In dieser Gegend sind die Leute gegenüber Ausländern nicht besonders vertrauensselig. Aber daran sieht man mal wieder, wie gut ich bin. Okay, wie geht's jetzt weiter?«

»Als Erstes werde ich Eve und Joe anrufen und ihnen erzählen, was sich hier abgespielt hat«, erwiderte Jane. »Und sobald die Ärzte uns gehen lassen, fahren wir zum Flughafen und nehmen die erste Maschine nach Schottland. Wir müssen zurück zu MacDuff's Run.«

Brenner schaute aus dem Fenster. »Dichtes Schneetreiben. Ich hätte es nicht besonders eilig, zum Flughafen zu kommen.« Er hob die Hand, als sie widersprechen wollte. »Ich weiß. Sie wollen hier weg. Okay, ich werde mal sehen, ob wir eine Maschine chartern können. Aber kein vernünftiger Pilot wird abheben, solange ein Sicherheitsrisiko besteht.« Er nahm sein Handy und wählte eine Nummer.

»Sicherheit«, murmelte Jane. »Haben wir ihre Pläne durchkreuzt? Sind wir alle in Sicherheit, Trevor? Ich wage es kaum zu glauben.«

»Ich weiß nicht. Es gibt noch zu viele Unwägbarkeiten, über die wir uns Gedanken machen müssen.« Trevor nahm ihre Hand, um sie zu beruhigen. »Wir müssen warten, bis wir etwas von MacDuff hören.«

MacDuff ließ vierundzwanzig Stunden nichts von sich hörenan, und als er schließlich anrief, war er ziemlich kurz angebunden. »Ich bin hier fertig. Venable hat sich ins Zeug gelegt, dennoch haben sie mich erst gehen lassen, als er vor sechs Stunden hier ankam. Er will Sie sofort sehen, aber ich habe ihn damit hingehalten, dass Sie ihn während der nächsten achtundvierzig Stunden anrufen und eine Erklärung abgeben würden. Es gefiel ihm zwar nicht sonderlich, doch er hat sich darauf eingelassen.«

»Was ist mit den Selbstmordattentätern?«

»Bisher haben sie nichts unternommen. Ohne Reilly war der Auftrag offenbar wie eine Schlange ohne Kopf. In den Personalakten gab es ein paar Hinweise, die der CIA vielleicht die Identifizierung dieser Attentäter ermöglichen könnten. Außerdem haben wir eine Liste der Anschlagsziele gefunden, die mittlerweile gewarnt wurden.«

»Gott sei Dank.«

»Ich werde in zwei Stunden am Flughafen sein, wenn ich es durch diesen verdammten Schneesturm überhaupt dorthin schaffe. Der muss ja schließlich irgendwann mal wieder aufhören.«

»Keine Eile. Es wurden ohnehin alle Flüge abgesagt.«

»Von wegen keine Eile. Ich werde dort sein, sobald der Flughafen wieder öffnet.«

»Ich? Nicht wir?« Janes Hand umklammerte das Telefon. »Jock kommt nicht mit?«

»Nicht jetzt.«

»Venable? Hat er Jock in Gewahrsam genommen?«

»Nein, obwohl er ihn unbedingt haben will. Jock ist abgehauen, bevor die Polizei gestern Abend eintraf.«

»Abgehauen? Wohin?«

»In die Wälder. Ich bin sechs Stunden lang seinen Spuren gefolgt, bis ich in schließlich verloren habe.«

»Er könnte sterben da draußen.«

»Er wird nicht sterben. Dieser Scheißkerl von Reilly hat ihm beigebracht, bei jedem Wetter zu operieren. Wir müssen ihn nur finden. Im Moment lässt Venable die halbe Polizei nach ihm suchen. Ich werde zurückkommen, wenn die Luft wieder rein ist.« Damit legte er auf.

Jane schaltete ihr Handy ab. »Jock ist auf der Flucht.«

»Ich hab's gehört«, sagte Trevor. »Macht MacDuff sich Sorgen?«

»Wenn ja, lässt er es sich nicht anmerken.« Sie runzelte die Stirn. »Ich mache mir Sorgen. Mir ist es egal, wie viel Überlebenstraining er hinter sich hat. Vielleicht will er gar nicht überleben. Er hat schon einmal versucht, sich umzubringen. MacDuff hat jetzt von Reilly nichts mehr zu befürchten, und das bedeutet für Jock einen Grund weniger zu leben.«

»Vielleicht ist er ja mittlerweile so weit, dass sein Selbsterhaltungstrieb wieder erwacht ist.«

»Vielleicht.« Durch die riesigen Glasfenster betrachtete sie die Flugzeuge, die an den Flugsteigen bereitstanden. »Uns bleibt nichts anderes übrig als abzuwarten. Dann werden wir weitersehen.«

»Du kannst im Moment nichts für Jock tun. Konzentrier dich lieber auf das, was du wirklich tun kannst.«

»Marios Übersetzung finden.« Trevor hatte Recht. Wenn schon MacDuff die Suche aufgegeben hatte, weil er Jock der Polizei hätte ausliefern müssen, dann war sie im Moment sicherlich noch weniger in der Lage, Jock zu helfen. Sie warf einen Blick auf den Aktenkoffer neben ihr, der die Kopien der Dokumente aus Herkulaneum enthielt. »Und danach werde ich mir das alles ansehen und versuchen herauszufinden, was Reilly tatsächlich über Herkulaneum gewusst hat. Er hat erwähnt, dass eins dieser Dokumente Cira in einem ganz neuen Licht erscheinen lässt …«

MacDuff hatte ihnen keine Märchen erzählt. Die Wachen am Tor zur Burg stellten sich ihnen sofort entgegen und ließen ihren Wagen erst passieren, nachdem MacDuff ausgestiegen war und sich zu erkennen gegeben hatte.

MacDuff bedeutete Trevor, sie sollten ohne ihn in den Burghof weiterfahren, dann wandte er sich ab, um mit Campbell, einem der Wächter, zu reden.

»Wir sind drin«, sagte Trevor. »Ich hatte schon befürchtet, dass wir Probleme kriegen, falls MacDuff sich weigert, den Vertrag einzuhalten.«

»Er wollte uns nur auf den Arm nehmen. Er ist doch nicht blöd. Dieses Anwesen und der Name seiner Familie bedeuten ihm zu viel, als dass er sich des Vertragsbruchs schuldig machen würde.«

»Du scheinst dir ja sehr sicher zu sein.« Trevor parkte den Wagen vor der Burg. »Andererseits hast du ihn ja durch Jock ziemlich gut kennen gelernt.«

Sie hatte wirklich das Gefühl, MacDuff zu kennen. Er war zäh und hart, und er hatte sich ihr gegenüber nie besonders einfühlsam oder verständnisvoll gezeigt. Aber wer wollte schon Verständnis, verdammt noch mal? Verständnis war demütigend, und jedem, der ihr damit kam, würde sie am liebsten auf der Stelle den Hals umdrehen. Sie wollte als gleichwertig akzeptiert werden, und zwar mit allen Vorzügen und Fehlern. »MacDuff hat weiß Gott nichts Rätselhaftes an sich.« Sie stieg aus dem Wagen. »Wie wir alle tut er, was er tun muss, um zu bekommen, was er haben will.« Sie rümpfte die Nase. »Und er will nun mal so eine verdammte Burg haben.«

Trevor wechselte das Thema, als er ihr in die Burg folgte. »Weißt du schon, wo du mit der Suche nach der Übersetzung anfangen willst? Hat Mario dir einen Hinweis gegeben?«

»Nichts Konkretes.« Sie stieg die Treppe hinauf. »Ich

weiß nicht so recht. Vielleicht. Ich muss darüber nachdenken.«

»Ich komme rauf und helfe dir beim Suchen, sobald ich von Venable erfahren habe, ob es Fortschritte bei der Suche nach Jock gibt. Er hat Spurensucher von Spezialeinheiten angefordert. Die müssten eigentlich in der Lage sein, ihn aufzuspüren.«

»Glaubst du das wirklich? Wer war das noch mal, der ihn mit Rambo verglichen hat? Also, ich wäre mir da nicht so sicher.«

»Und du willst auch gar nicht, dass sie ihn finden.«

Sie drehte sich auf der Treppe um und blickte zu ihm hinunter. »Und du?«

Er schüttelte den Kopf. »MacDuff hat zwar Reillys Aufzeichnungen über Jock vernichtet, aber wir müssen damit rechnen, dass er womöglich einen Rückfall erleidet. Er hat schließlich demonstriert, wie gefährlich er sein kann. Es wäre bestimmt gut für ihn, wenn er in einem Krankenhaus behandelt würde.«

»Blödsinn. Willst du etwa, dass er noch einen Selbstmordversuch unternimmt?«

»Vielleicht ist er ja schon so weit geheilt, dass er nicht –« Er zuckte die Achseln. »Okay, die Möglichkeit besteht natürlich.« Er durchquerte die Eingangshalle. »Aber ich möchte auch nicht, dass er im Schneesturm ums Leben kommt.«

Diese Befürchtung hatte sie auch schon gehegt. »Ich glaube, er schafft das schon.« Gott, das konnte sie nur hoffen. »Er ist zäh. Und vielleicht rettet ihm sogar Reillys Ausbildung das Leben. Er hätte es weiß Gott verdient, irgendwas Gutes aus der Erfahrung mit diesem Dreckskerl ziehen zu können. Falls Venables Leute ihn nicht in die Enge treiben und dazu bringen, dass er instinktiv reagiert, anstatt nachzudenken.«

Trevor war bereits in der Bibliothek verschwunden und antwortete nicht mehr.

Sie öffnete die Tür zu Marios Arbeitszimmer und sah sich in dem ihr vertrauten Raum um. Auf dem Schreibtisch stapelten sich Papiere. Die Statue von Cira am Fenster. Der Sessel in der Ecke, in dem sie so viele Stunden verbracht hatte. Alles war vertraut und doch anders. Nichts war so, wie sie es zuvor wahrgenommen hatte.

Sie brauchte einen klaren Kopf.

Sie straffte die Schultern, warf den Aktenkoffer mit Reillys Papieren aus Herkulaneum auf einen Stuhl neben der Tür und trat an den Schreibtisch. Ciras Brief zu finden war das Wichtigste. Aufmerksam sah sie die Papiere auf dem Schreibtisch durch. Nach zehn Minuten gab sie es auf und ging in Marios Schlafzimmer.

Auch nichts.

Verdammt, er hatte nicht viel Zeit gehabt, diese Übersetzung zu verstecken. Vielleicht hatte er sie ja vernichtet.

Nein, dafür hatte sie ihm zu viel bedeutet. Selbst wenn er sie in erster Linie als Verhandlungsmasse betrachtet hatte, so war er doch auch auf seine Arbeit stolz gewesen, und er hatte sich äußerst gründlich in die Legende von Cira eingearbeitet. Er hatte sogar darauf bestanden, dass Trevor ihm erlaubte –

Sie erstarrte. »Großer Gott.« Sie eilte aus dem Bad zurück ins Arbeitszimmer und trat an die Statue neben dem Fenster.

»Hat er dir die Übersetzung gegeben?«, flüsterte sie.

Cira starrte sie an, kühn und ohne mit der Wimper zu zucken.

»Vielleicht …« Sie hob die Statue behutsam an und stellte sie auf den Boden.

Mehrere gefaltete Blatt Papier lagen auf dem Sockel.

»Ja!« Sie nahm die Blätter in die Hand, stellte die Statue wieder auf den Sockel und ließ sich in den Sessel sinken. Ihre Hände zitterten, als sie Marios Übersetzung auffaltete.

Meine liebe Pia,
Ich werde vielleicht heute Nacht sterben.

Julius benimmt sich merkwürdig, womöglich hat er bemerkt, dass das Gold weg ist. Obwohl die Wächter, die ich überredet habe, meinen Willen auszuführen, immer noch in Julius' Diensten stehen, wird er vielleicht versuchen, mich unschädlich zu machen, bis er herausgefunden hat, wohin ich das Gold geschickt habe. Ich werde dir diese Zeilen erst zukommen lassen, wenn ich mir ganz sicher bin, dass die Gefahr vorüber ist. Geh kein Risiko ein. Du darfst nicht sterben. Du musst noch lange leben und jede Minute deines Lebens genießen. All die samtenen Nächte und silbernen Morgenstunden. All die Lieder und unser Lachen. Wenn ich nicht überleben sollte, denk an mich zurück in Liebe und ohne Verbitterung. Ich weiß, ich hätte dich früher finden müssen, doch die Zeit vergeht wie im Flug, man kann sie nicht zurückstellen. Genug von diesen düsteren Gedanken. Es ist das Zusammensein mit Julius, das mich an den Tod denken lässt. Ich will mit dir über das Leben reden, über unser Leben. Ich werde nicht lügen. Ich kann dir nicht versprechen, dass es entweder –

Zweiundzwanzig

Wo wollen Sie hin?«, fragte Bartlett, als Jane die Treppe heruntergerannt kam. »Alles in Ordnung?«

»Ja, alles klar. Sagen Sie Trevor, ich bin bald wieder zurück. Ich muss mit MacDuff reden …« Im nächsten Augenblick war sie schon aus der Tür und sprang die Stufen hinunter. Nein, nicht zu MacDuff. Noch nicht. Sie überquerte den Burghof und schlüpfte in den Stall. Sie riss die Falltür auf, schnappte sich eine Taschenlampe und ging die Treppe zum Meer hinunter.

Kalt. Nass. Glitschig.

Angus' Zimmer hatte Jock es genannt. Das war ihr seltsam vorgekommen, weil es doch da unten gar keine Zimmer gab. Jedenfalls nicht dort, wo sie war.

Sie erreichte den schmalen Tunnel, der zurück in die Hügel führte, und bog von der Treppe ab.

Dunkelheit. Erstickende Enge. Schlüpfrig nasser Steinboden.

Nach knapp hundert Metern stand sie vor einer Eichentür.

War sie verriegelt?

Nein, die Scharniere waren gut geölt, sie ließ sich leicht öffnen.

Sie blieb in der Tür stehen und leuchtete mit ihrer Taschenlampe in die Dunkelheit.

»Warum zögern Sie?«, fragte MacDuff hinter ihr. »Was hält Sie davon ab, noch weiter in meine Privatsphäre einzudringen?«

Sie zuckte zusammen und drehte sich zu ihm um. »Sie werden mir kein schlechtes Gewissen einreden. Verdammt noch mal, vielleicht habe ich das Recht zu wissen, warum Sie so viel Zeit hier unten verbringen, wie Jock mir erzählt hat.«

MacDuffs Gesicht blieb ausdruckslos. »Diesen Teil des Anwesens hat Trevor nicht gemietet. Sie haben kein Recht, hier zu sein.«

»Trevor hat eine Menge investiert, um Ciras Gold zu finden.«

»Ach, Sie glauben, es befindet sich hier?«

»Ich halte es für möglich.«

Er hob die Brauen. »Sie meinen also, ich hätte auf einer meiner Reisen nach Herkulaneum Ciras Gold gefunden und es hierher geschafft?«

»Warum nicht?« Sie schüttelte den Kopf. »Aber das glaube ich nicht.«

Er deutete ein Lächeln an. »Ich bin neugierig zu erfahren, zu welcher Theorie Sie sich verstiegen haben.« Er machte eine einladende Geste. »Gehen wir in Angus' Zimmer, dann können Sie mir alles in Ruhe erzählen.« Sein Lächeln wurde breiter, als er ihren Gesichtsausdruck bemerkte. »Fürchten Sie etwa, ich würde Sie in eine Falle locken? Ich könnte in Versuchung geraten. Ciras Gold kann einen zu allem Möglichen anstiften.«

»Sie sind kein Narr. Trevor würde Ihre Burg komplett auseinander nehmen, wenn ich plötzlich verschwände.« Sie drehte sich um und betrat den Raum. »Ich bin hergekommen, um nachzusehen, was sich in diesem Zimmer befindet, und nun habe ich sogar eine Einladung.«

MacDuff lachte. »Eine Einladung, zu der Sie mich mehr oder weniger genötigt haben. Ich werde die Laternen anzünden, damit Sie sich alles genau ansehen können.« Er trat an einen Tisch an der hinteren Wand und zündete zwei Laternen an. Die Einrichtung des kleinen Raums bestand aus einem Sekretär, auf dem ein aufgeklappter Laptop stand, einem Stuhl, einer Pritsche und mehreren mit Tüchern verhängten Gegenständen. »Keine Truhe, die vor Gold überquillt.« MacDuff lehnte sich lässig gegen die Wand und verschränkte die Arme vor der Brust. »Aber das Gold interessiert Sie eigentlich gar nicht, stimmt's?«

»Mich interessiert alles, was mit Cira zu tun hat.«

»Und Sie glauben, ich kann Ihnen helfen?«

»Sie waren sehr erpicht auf Reillys Herkulaneum-Akten. Und es hat Ihnen überhaupt nicht gefallen, dass ich sie Ihnen nicht überlassen wollte.«

»Stimmt. Ich habe natürlich vermutet, dass sie einen Hinweis darauf enthalten, wo das Gold versteckt ist.«

Sie schüttelte den Kopf. »Sie haben vermutet, dass sich unter den Dokumenten das Logbuch eines Kapitäns namens Demonidas befindet.«

Seine Augen wurden schmal. »Ach, tatsächlich? Wie kommen Sie denn darauf?«

Sie antwortete nicht auf seine Frage. »Mir war selbst nicht klar, welche Bedeutung dieses Logbuch hat – bis ich Marios Übersetzung von Ciras Brief gelesen habe.«

»Sie haben sie also gefunden?«

Sie nickte und zog sie aus der Hosentasche. »Möchten Sie sie lesen?«

»Aber gern.« Er löste sich von der Wand und streckte seine Hand aus. »Das wissen Sie doch.«

Sie sah ihm zu, wie er das Blatt auseinander faltete und die Worte las, die sich ihr unauslöschlich ins Gedächtnis eingeprägt hatten.

Ich muss mit dir über das Leben sprechen. Über unser Leben. Ich kann dir nicht versprechen, dass es leicht sein wird und dass wir in Sicherheit sein werden, doch wir werden frei und niemandem Rechenschaft schuldig sein. Das zumindest kann ich dir versprechen. Kein Mann wird uns mehr mit Füßen treten. Achavid ist ein wildes Land, doch das Gold wird es zähmen. Gold kann trösten und beruhigen.

Demonidas hat immer noch nicht zugesagt, dass er uns nach Gallien mitnehmen wird, doch ich werde ihn schon noch überreden. Ich möchte keine Zeit vergeuden mit der Suche nach einem anderen Schiff, das uns noch weiter wegbringen könnte. Julius wird uns verfolgen, und er wird niemals aufgeben.

Soll er uns ruhig suchen. Soll er sich in die rauen Hügel wagen und sich mit den kriegerischen Männern anlegen, die der Kaiser als Wilde bezeichnet. Ohne seine guten Weine und seinen Luxus hält er es ohnehin nicht aus. Er ist nicht wie wir. Wir werden leben, und es wird uns gut gehen, wir werden über Julius triumphieren.

Und wenn ich nicht da bin und dir helfen kann, dann musst du es allein schaffen. Lass dich von Demonidas nicht einschüchtern. Er ist geldgierig, er darf nicht erfahren, dass wir das Gold in die Truhen verteilt haben, die wir mitnehmen.

Ich sage dir, wie du mit Demonidas umgehen sollst, doch, bei den Göttern, ich hoffe von ganzem Herzen, dass ich das für dich übernehmen kann.

Wenn nicht, weiß ich, dass du es auch allein schaffen wirst. In unseren Adern fließt dasselbe Blut. Alles, was ich kann, kannst du auch. Ich vertraue dir, meine Schwester.

In Liebe,
Cira

MacDuff faltete den Brief wieder zusammen und gab ihn Jane zurück. »Dann ist es Cira also gelungen, das Gold aus dem Tunnel zu schaffen.«

»Und es auf ein Schiff von Demonidas zu bringen, der nach Gallien segeln wollte.«

»Vielleicht. Allerdings können selbst die besten Pläne fehlschlagen, und sie war sich ja nicht mal sicher, ob sie die Nacht überleben würde.«

»Ich glaube, sie hat überlebt. Ich glaube, sie hat den Brief an dem Abend geschrieben, als der Vulkan ausgebrochen ist.«

»Und womit wollen Sie das beweisen?«

»Ich kann es nicht beweisen.« Sie zog ein weiteres Blatt aus der Tasche. »Aber ich habe Reillys Übersetzung von Demonidas' Logbuch. Er erwähnt eine Frau namens Pia, die ihn reich entlohnt hat, damit er sie, ihren Sohn Leo und ihre Diener nach Gallien und dann weiter nach Südostbritannien bringt. Am Abend des Vulkanausbruchs sind sie in See gestochen, und er prahlt mit seinem Mut im Angesicht der Katastrophe. Sie wollten nach Kaledonien, das heute Schottland heißt, aber er hat sich geweigert, dorthin zu segeln. Die Römer bekriegten sich damals mit den kaledonischen Stämmen, und Agricola, der römische Statthalter in Britannien, ließ die nördliche Küste mit Schiffen angreifen. Demonidas hatte keine Lust, dazwischenzugeraten. Er hat Pia und ihre Begleiter in Kent abgesetzt und ist nach Herkulaneum zurückgekehrt. Oder zu dem, was von Herkulaneum übrig geblieben war.«

»Sehr interessant. Aber offenbar erwähnt er nur eine Pia und keine Cira.«

»Wie Sie selbst gelesen haben, muss Pia Ciras Schwester gewesen sein. Wahrscheinlich wurden die beiden als Kinder getrennt, und Cira musste zu sehr ums nackte Überleben kämpfen, um nach ihrer Schwester zu suchen. Als sie Pia schließlich fand, wollte sie sie nicht in ihre Streitereien mit Julius hineinziehen und dadurch womöglich in Gefahr bringen.«

»Und dann ist Cira gestorben und Pia ist mit dem Gold davongesegelt.«

»Oder Pia war in der Stadt und ist bei dem Vulkanausbruch ums Leben gekommen, woraufhin Cira ihren Namen und ihre Identität angenommen hat, um Julius zu entkommen. Das hätte jedenfalls zu ihr gepasst.«

»Werden irgendwo die Namen der Diener erwähnt, die sie begleitet haben?«

»Dominic ... und Antonio. Cira hatte einen Diener namens Dominic und einen Geliebten namens Antonio. Und einen Adoptivsohn namens Leo.«

»Aber hätte ihre Schwester, wenn sie diejenige war, die überlebt hat, sich nicht um Ciras Angehörige gekümmert?«

»Sicher. Aber Cira ist nicht gestorben, verdammt.«

MacDuff lächelte. »Weil Sie nicht wollen, dass es so gewesen ist.«

»Antonio war Ciras Geliebter. Er hätte sie nicht im Stich gelassen und wäre ohne sie davongesegelt.«

»Erstaunlich, wie überzeugt Sie sind. Männer verlassen Frauen. Frauen verlassen Männer. So ist das Leben.« Er seufzte. »Und warum sind Sie, nachdem Sie diese Dokumente gelesen haben, hierher gerannt und in Angus' Zimmer eingebrochen?«

»Ich bin nicht einge – Na ja, nicht im eigentlichen Sinn. Aber zugegeben, ich hatte es vor.«

Er lachte in sich hinein. »Ihre Ehrlichkeit ist entzückend. In dem Augenblick, als ich Sie kennen gelernt habe, wusste ich –«

»Dann seien Sie auch mir gegenüber ehrlich, und hören Sie auf, mich zum Narren zu halten.« Sie holte tief Luft, dann sprach sie es aus. »Sie wussten, was in Demonidas' Logbuch steht.«

»Woher sollte ich das gewusst haben?«

»Das weiß ich nicht. Aber Reilly hat mir gesagt, Sie hätten ihm ein bestimmtes Dokument beinahe vor der Nase weggeschnappt. Es kann sich nur um das Logbuch handeln. Denn Reilly hat Jock nicht ohne Grund in seine Gewalt gebracht. Sie meinten, Reilly vermute wahrscheinlich, dass Sie auf einer Ihrer Reisen nach Herkulaneum einen Hinweis auf den Verbleib des Goldes gefunden hätten. Er nehme an, Jock könnte etwas darüber wissen, weil er als Kind in Ihrer Burg ein und aus gegangen ist.«

»Klingt das nicht logisch?«

»Doch, natürlich. Deswegen habe ich es auch nicht hinterfragt. Bis ich Ciras Brief und Demonidas' Logbuch gelesen habe. Bis Reilly mir erzählt hat, dass er Cira und das Gold in einem ganz neuen Licht sah, nachdem er das Logbuch gelesen hatte.«

MacDuff sah sie fragend an. »Verkaufen Sie mich nicht für dumm. Sie wussten, dass Reilly das Logbuch hatte.«

»Woher hätte ich das wissen sollen?«

»Sie waren zur gleichen Zeit wie Reilly hinter dem Logbuch her. Aber Reilly ist Ihnen zuvorgekommen. Und nachdem Reilly es hat übersetzen lassen, ist ihm wieder eingefallen, dass Sie das Dokument ebenfalls haben wollten. Und zwar unter allen Umständen. Das hat ihn neugierig gemacht. Aber Jock konnte ihm nichts erzählen, also hat er vorübergehend das Interesse an Ihnen verloren, während er versuchte, die Schriftrollen in die Finger zu kriegen und Grozak zu manipulieren.«

»So ganz hat er das Interesse an mir nicht verloren«, erwiderte MacDuff. »Er hat mich beobachten lassen, und einmal hat er einen von seinen Zombies geschickt, der mir eins überbraten und mich entführen sollte.«

Sie erstarrte. »Sie geben es also zu?«

»Ihnen gegenüber. Aber nicht gegenüber Trevor oder Venable oder sonst jemandem.«

»Warum nicht?«

»Weil das eine Sache zwischen Ihnen und mir ist. Ich werde das Gold in meinen Besitz bringen, und ich will nicht, dass mir jemand in die Quere kommt.«

»Sie haben es noch nicht?«

Er schüttelte den Kopf. »Aber es existiert und ich werde es finden.«

»Woher wissen Sie, dass es existiert?«

Er lächelte. »Sagen Sie es mir. Ich sehe Ihnen an, dass Sie drauf und dran sind.«

Sie schwieg einen Augenblick lang. »Cira und Antonio sind von Kent aus hierher nach Schottland gekommen. Es war ein wildes, von Kriegen geschütteltes Land, und Cira war immer noch auf der Flucht vor Julius. Sie haben beschlossen, ins Inland zu gehen, tief in die Highlands hinein. Dort würden sie sich verstecken und abwarten können, bis die Luft rein war und sie sich ein Leben in dem Stil einrichten konnten, den Cira sich immer gewünscht hatte.«

»Und? Haben sie es geschafft?«

»Davon bin ich überzeugt. Aber sie musste vorsichtig sein, und von ein paar Goldmünzen konnte man in so einem primitiven Land lange leben. Sie werden nicht viel von ihrem Goldschatz gebraucht haben, um sich ein angenehmes, im Vergleich zu den wilden Schotten sogar luxuriöses Leben leisten zu können. Hab ich Recht, MacDuff?«

Er hob die Brauen. »Klingt plausibel. Ich würde sagen, Sie liegen ganz richtig.«

»Wissen Sie es denn nicht?«

Eine ganze Weile sah er sie schweigend an, dann nickte

er lächelnd. »Sie hätten nur einen Bruchteil von ihrem Schatz gebraucht, und Cira war eine äußerst kluge Frau.«

»Ja, das war sie.« Jane erwiderte sein Lächeln. »Und sie ist hier geblieben und hat es sich gut gehen lassen. Die beiden haben ihre Namen geändert und eine Familie gegründet. Ihren Nachkommen muss es hier gefallen haben, denn sie sind nie an die Küste gezogen, selbst als es nicht mehr gefährlich war. Bis Angus im Jahre 1350 beschloss, diese Festung bauen zu lassen. Warum hat er das wohl getan, MacDuff?«

»Er war schon immer ein abenteuerlustiger Mann gewesen. Er wollte sein eigener Herr sein und sich einen Namen machen. Ich kann das verstehen. Sie nicht?«

»Doch. Wann haben Sie von Ciras Geschichte erfahren? War das auch ein altes Familiengeheimnis?«

»Nein. Cira muss Herkulaneum endgültig den Rücken gekehrt haben, als sie sich in den Highlands niedergelassen hat. Es gibt keine Berichte über römische Gelage. Keine Geschichten aus Italien, die vom Vater an den Sohn weitergegeben wurden. Es war, als wären sie hier aus dem Boden gewachsen und hätten ihn sich zu Eigen gemacht. Angus und Torra waren frei und abenteuerlustig und manchmal genauso wild wie die Einheimischen.«

»Torra?«

»Es bedeutet *von der Burg*. Ein passender Name, den Cira für sich gewählt hat, und er spiegelt ihre Absichten wider.«

»Und Angus?«

»Er war der erste Angus. Der Name ist nicht allzu weit weg von Antonio.«

»Wenn dies keine Geschichten sind, die in Ihrer Familie erzählt werden, woher wissen Sie dann das alles über Cira?«

»Sie haben es mir erzählt.«

»Wie bitte?«

»Sie, Eve Duncan und Trevor. Ich habe die Geschichte in den Zeitungen gelesen.«

Sie starrte ihn ungläubig an.

Er lachte. »Sie glauben mir nicht? Es ist die Wahrheit. Soll ich es Ihnen beweisen?« Er nahm eine der beiden Laternen und ging zu einem der mit Tüchern bedeckten Gegenstände hinüber. »Das Leben geht manchmal seltsame Wege. Doch das war ein bisschen zu seltsam.« Er zog das Tuch weg und zum Vorschein kam ein Gemälde. Als er es umdrehte, so dass sie es betrachten konnte, sah sie, dass es sich um ein Porträt handelte. »Fiona.«

»Mein Gott.«

Er nickte. »Ihr Ebenbild.«

Er trat einen Schritt zurück und hielt die Laterne etwas höher.

Die Frau auf dem Bild war jung, etwa Anfang zwanzig, und mit einem tief ausgeschnittenen roten Gewand bekleidet. Sie lächelte nicht, sondern blickte beinahe ungeduldig in die Welt. Ihre Vitalität und Schönheit waren jedoch unverkennbar. »Cira.«

»Und Sie.« Er zog die Tücher von den anderen Gemälden. »Auf keinem anderen Bild ist die Ähnlichkeit so frappierend wie auf dem Porträt von Fiona, dennoch verraten die Gesichtszüge die Verwandtschaft.« Er zeigte auf einen Mann, der im Tudorstil gekleidet war. »Sein Mund hat die gleiche Form wie Ciras.« Er zeigte auf eine ältere Frau mit einem Nackenknoten und einer Lorgnette in der Hand. »Und die Wangenknochen wurden von Generation zu Generation weitervererbt. Cira hat ihren Nachfahren eindeutig ihren Stempel aufgedrückt.« Er verzog das Gesicht. »Nachdem ich den Mietvertrag mit Trevor abgeschlossen hatte, musste ich sämtliche Porträts abhängen.«

»Deswegen hängen all die Gobelins an den Wänden«, murmelte Jane. »Aber Sie haben überhaupt keine Ähnlichkeit mit ihr.«

»Vielleicht komme ich ja nach Antonio.«

»Vielleicht.« Sie ließ ihren Blick von Porträt zu Porträt wandern. »Unglaublich ...«

»Das fand ich auch. Anfangs war ich nur neugierig. Dann habe ich angefangen, Nachforschungen anzustellen und mich intensiv mit der Familiengeschichte zu beschäftigen.«

»Und was haben Sie herausgefunden?«

»Nichts Konkretes. Cira und Antonio haben ihre Spuren gründlich verwischt. Bis auf einen alten, halb zerfledderten Brief, den ich zwischen Papieren entdeckt habe, die Angus aus den Highlands mitgebracht hat. Eigentlich war es eine Schriftrolle in einem bronzenen Behälter.«

»Von Cira?«

»Nein, von Demonidas.«

»Unmöglich.«

»Es war ein sehr interessanter Brief. Sie werden sich freuen zu hören, dass er nicht an Pia, sondern an Cira adressiert war. Der Inhalt war in blumige Worte gefasst, doch im Prinzip handelt es sich um einen Erpresserbrief. Als Demonidas nach Herkulaneum zurückkehrte, hat er offenbar Wind davon bekommen, dass Julius nach Cira suchen ließ, und da hat er wohl beschlossen auszutesten, ob er von Cira mehr Geld bekommen konnte als von Julius, wenn er dem verriet, wo sie steckte. Für die Geldübergabe hat er Cira und Antonio einen Treffpunkt vorgeschlagen. Ein großer Fehler. Man hat nie wieder etwas von Demonidas gehört.«

»Außer dass sein Logbuch aufgetaucht ist.«

»Das stammt aus einer früheren Zeit, genauer gesagt, drei Jahre, bevor er auf die Idee kam, sich an Cira und Antonio gesundzustoßen. Er muss es in seinem Haus in Neapel zurückgelassen haben. Doch als ich von seiner Existenz erfuhr, wusste ich sofort, dass ich versuchen musste, es an mich zu bringen. Ich wusste nicht, was es enthielt, aber ich wollte nicht riskieren, dass irgendjemand Cira mit meiner Familie in Verbindung bringt.«

»Warum nicht?«

»Das Gold. Es gehört mir, und daran wird sich auch nichts ändern. Niemand sollte erfahren, dass es nicht in Herkulaneum zu finden ist. Wenn die anderen auch nur die geringste Chance wittern, dass es hier ist, werden sie die ganze Burg auseinander nehmen.«

»Und würden sie es finden?«

»Das weiß ich nicht. Ich habe es noch nicht gefunden.«

»Woher wissen Sie, dass nicht einer von Ciras Nachkommen es längst gefunden und verjubelt hat?«

»Das kann ich natürlich nicht mit Sicherheit sagen. Aber in unserer Familie hat es schon immer Geschichten von verlorenen Schätzen gegeben. Sie sind ziemlich vage, eher Märchen als etwas anderes, und ich habe mich nie besonders dafür interessiert. Ich war zu sehr mit dem realen Leben beschäftigt.«

»Im Gegensatz zu Grozak und Reilly.« Sie betrachtete das Porträt von Fiona. MacDuffs Ahnfrau mochte eine Menge Strapazen und Trübsal erlebt haben, aber Jane bezweifelte, dass sie sich mit Monstern hatte herumplagen müssen, die keine Achtung vor dem Leben und der Würde eines Menschen hatten.

»Sie zittern ja«, sagte MacDuff barsch. »Es ist kalt hier. Wenn Sie schon vorhatten, in Angus' Festung einzudringen, warum haben Sie sich dann keine Jacke übergezogen, Herrgott noch mal?«

»Ich hab nicht drüber nachgedacht. Ich bin einem spontanen Impuls gefolgt.«

»Wie immer.« Er trat an den Sekretär und öffnete eine

Schublade. »Aber diesmal kann ich Ihnen helfen.« Er nahm eine Flasche Brandy aus der Schublade und füllte zwei Gläser. »Ich brauche auch hin und wieder ein Tröpfchen davon, wenn ich die Nacht über arbeite.«

»Es überrascht mich, dass Sie das zugeben.«

»Meine Fehler gebe ich immer zu.« Grinsend reichte er ihr ein Glas. »Auf diese Weise kann ich jeden mit dem Ausmaß an Talent und Erfolg beeindrucken.«

»Und mit Ihrer unglaublichen Bescheidenheit.« Sie trank den Brandy und verzog das Gesicht, als der Alkohol ihr in der Kehle brannte. Aber einen Augenblick später wurde ihr wärmer und sie fühlte sich besser. »Danke.«

»Noch einen Schluck?«

Sie schüttelte den Kopf. Eigentlich wusste sie gar nicht, warum sie überhaupt das erste Glas getrunken hatte. Sie war sich nicht sicher, ob sie ihm trauen konnte, immerhin hatte er ihr von vornherein erklärt, dass niemand von der Verbindung seiner Familie zu Cira erfahren durfte. Er war ein zäher, skrupelloser Mistkerl, und sie musste damit rechnen, dass er Gewalt anwendete. Trotzdem trank sie Brandy mit ihm und fühlte sich sogar wohl dabei. »Eigentlich hatte es nichts mit der Kälte zu tun.«

»Ich weiß.« Er leerte sein Glas mit einem Schluck. »Sie haben harte Zeiten durchgemacht. Doch Brandy hilft nicht nur gegen Kälte.« Er nahm ihr Glas und stellte es auf dem Sekretär ab. »Und er wird Sie mir gegenüber gnädiger stimmen.«

»Von wegen.«

»Ein kleiner Scherz.« Seine Augen funkelten. »Ich würde Sie nie als gnädig beschreiben.« Er räumte die Gläser und den Brandy weg. »Sie werden Trevor also erzählen, dass ich auf seinem Goldschatz hocke?«

»Sie betrachten es doch als Ihren Goldschatz.«

»Aber Trevor ist der Meinung, dass ein Schatz dem

gehört, der ihn findet. Und so werden es die meisten Leute sehen, wenn man die Katze einmal aus dem Sack lässt.«

»Sie brauchen keinem Fremden Zutritt zu Ihrer Burg zu gewähren.«

»Und wenn das Gold nicht im Schloss versteckt ist? Das glaube ich nämlich nicht. Ich suche schon lange nach einer Spur oder einem Hinweis auf das Gold, und ich kenne die Burg wie meine Westentasche. Natürlich könnte es irgendwo auf meinen Ländereien vergraben sein oder in den Highlands, wo Angus gelebt hat, bevor er hierher kam.«

»Es könnte auch sein, dass es überhaupt nicht existiert.«

Er nickte. »Doch dagegen sträube ich mich. Cira würde nicht wollen, dass ich aufgebe.«

»Cira ist vor zweitausend Jahren gestorben.«

Er schüttelte den Kopf. »Sie ist hier. Spüren Sie es nicht? Solange ihre Familie existiert, solange die Burg steht, wird sie weiterleben.« Ihre Blicke begegneten sich. »Und ich glaube, das wissen Sie.«

Sie wandte sich ab. »Ich muss zurück in die Burg. Trevor wird sich schon fragen, wo ich stecke. Ich habe ihm nicht gesagt, wohin ich wollte.«

»Und wahrscheinlich hat er Sie auch nicht gefragt, weil er Ihre Unabhängigkeit respektiert. Er ist sich Ihrer immer noch nicht sicher. Obwohl er es gern wäre.«

»Ich habe nicht die Absicht, mit Ihnen über Trevor zu sprechen.«

»Weil Sie sich seiner auch nicht sicher sind. Sex ist nicht alles.« Er lachte. »Auch wenn es schon eine ganze Menge ist. Ist die Verbundenheit da, Jane? Gibt er Ihnen das, was Cira Pia gewünscht hat? Wie hat sie sich ausgedrückt? *Samtene Nächte und silberne Morgenstunden*? Haben Sie das Gefühl, dass Sie der wichtigste Mensch in seinem Leben sind? Das brauchen Sie nämlich.«

»Sie haben doch keine Ahnung, was ich brauche.«

»Warum kommt es mir dann so vor, als wüsste ich es?«

»Vielleicht pure Anmaßung?« Sie ging zur Tür. »Halten Sie sich aus meinen Angelegenheiten raus, MacDuff.«

»Das kann ich nicht.« Er ließ einen Augenblick verstreichen. »Fragen Sie mich, warum, Jane.«

»Das interessiert mich nicht.«

»Doch. Aber Sie fürchten sich vor dem, was ich sagen werde. Ich sage es trotzdem. Ich kann mich nicht aus Ihren Angelegenheiten heraushalten, weil es gegen meine Natur ist und weil es gegen meine Erziehung verstößt.«

»Inwiefern?«

»Ist Ihnen das immer noch nicht klar?«, fragte er. »Sie sind eine von meinen Leuten.«

Sie blieb wie angewurzelt stehen. »Wie bitte?«

»Sehen Sie sich Fiona noch einmal genauer an.«

Langsam drehte sie sich um und schaute nicht das Porträt, sondern ihn an. »Fiona?«

»Fiona hat Ewan MacGuire geheiratet, als sie fünfundzwanzig Jahre alt war, und ist mit ihm in die Lowlands gezogen. Sie hat ihm fünf Kinder geboren, die Familie hat bis Ende des achtzehnten Jahrhunderts in Wohlstand gelebt. Danach brachen für Fionas Nachkommen harte Zeiten an. Zwei junge Männer verließen ihre Heimat, um ihr Glück zu suchen, und einer von ihnen, Colin MacGuire, ging im Jahr 1876 an Bord eines Schiffes, das ihn nach Amerika brachte. Man hat nie wieder von ihm gehört.«

Sie starrte ihn benommen an. »Zufall.«

»Sehen Sie sich das Porträt an, Jane.«

»Ich brauche mir das Porträt nicht anzusehen. Sie sind verrückt. Es gibt Tausende von MacGuires in den Vereinigten Staaten. Ich weiß noch nicht mal, wer mein Vater war. Und ich bin mir verdammt sicher, dass er keiner von Ihren Leuten war.«

»Sie sind es, solange Sie mir nicht das Gegenteil beweisen.« Seine Mundwinkel zuckten. »Ich glaube fast, Sie denken abfällig über das Haus MacDuff. Sie wollen lieber ein Bastard sein als ein Mitglied unserer Familie.«

»Haben Sie erwartet, ich würde mich geehrt fühlen?«

»Nein, aber ich habe mit mehr Großmut gerechnet. Wir sind kein so übles Völkchen und wir halten immer zusammen.«

»Ich brauche niemanden, der zu mir hält.« Sie drehte sich auf dem Absatz um. »Sie können mich mal, MacDuff.«

Sie hörte ihn laut lachen, als sie durch den engen Gang auf die Stufen zurannte, die hinauf in den Stall führten. Sie war verwirrt und schockiert und ... wütend. Die Wut hatte sie überraschend überfallen, sie wusste gar nicht, warum –

Doch, sie wusste, warum sie wütend war. Sie war ihr Leben lang allein gewesen, stolz auf ihre Unabhängigkeit, die aus der Einsamkeit geboren war. Das, was MacDuff ihr nun eröffnet hatte, führte nicht dazu, dass sie sich geborgen und aufgehoben fühlte. Nein, es war, als nähme man ihr etwas weg.

Zur Hölle mit ihm. Wahrscheinlich hatte er sich diese Geschichte mit der Verwandtschaft bloß ausgedacht, um das verdammte Gold in der Familie zu halten, um zu verhindern, dass sie Trevor davon erzählte.

Und was würde sie tun? Wie viel würde sie Trevor offenbaren?

Warum zog sie überhaupt in Erwägung, ihm nicht die ganze Wahrheit zu sagen?

Natürlich würde sie ihm alles erzählen. Bis auf den Schwachsinn von ihrer angeblichen Verwandtschaft mit MacDuff. Was Trevor unternahm, um Ciras Gold zu finden, war seine Sache, sie würde ihm keine Steine in den Weg legen, weil er sich an ihrem Familienschatz vergreifen könnte.

Sie hatte keine Familie außer Eve und Joe. Und sie hatte es nicht nötig, einen anmaßenden, herablassenden MacDuff in ihr Leben zu lassen.

Herablassend war nicht ganz das richtige Wort. MacDuff war nicht –

Sie hatte keine Lust, sich über MacDuff den Kopf zu zerbrechen. Das irritierte sie nur, und im Moment hatte sie mit ihrem emotionalen Chaos schon genug zu tun.

Sie hatte den Burghof erreicht und sah Trevor auf den Stufen vor dem Eingang stehen.

Samtene Nächte und silberne Morgenstunden.

MacDuff konnte ihr den Buckel runterrutschen. Der Sex mit Trevor war wunderbar, und er war ein Mann, der sie sowohl intellektuell als auch körperlich stimulierte. Das war alles, was sie brauchte und wollte.

Sie ging schneller. »Ich muss dir was erzählen. Ich hab Ciras Brief gefunden. Kein Wunder, dass Mario uns nicht erzählen wollte, was darin stand …«

»Was soll ich deiner Meinung nach tun?«, fragte Trevor ruhig, nachdem sie geendet hatte.

»Wegen des Goldes? Was immer du für richtig hältst«, sagte Jane. »Du suchst schon so lange danach. Dein Freund Pietro ist in dem Tunnel ums Leben gekommen, als ihr gemeinsam versucht habt, es zu finden.«

»Manch einer würde behaupten, MacDuff hätte verdient, es zu finden, weil es praktisch seiner Familie gehört.«

»Ja. Und wie siehst du das?«

»Er hat es verdient, wenn er es findet und in seinen Besitz bringen kann.«

»Er meinte, dass du so was Ähnliches sagen würdest.«

»Er ist ein einfühlsamer Mann.« Trevor überlegte. »Wenn du nicht willst, werde ich nicht weiter danach suchen. Schließlich ist es nichts weiter als Geld.«

»Red nicht solchen Quatsch. Es ist ein Vermögen.« Sie ging die Treppe hinauf. »Und du wirst dich schon selbst entscheiden müssen. Ich will mich nicht dafür verantwortlich fühlen, dich in die eine oder andere Richtung beeinflusst zu haben. Es hängt mir zum Hals raus, mich verantwortlich zu fühlen.«

»Und ich bin es leid, unverantwortlich zu handeln. Meinst du nicht, wir würden uns gut ergänzen?«

Ein seltsames Glücksgefühl überkam sie, gefolgt von Argwohn. »Was willst du damit sagen?«

»Du weißt genau, was ich damit sagen will. Du traust dich bloß nicht, es zuzugeben. Also, ich bin über diesen Punkt hinaus. Du wirst mich einfach einholen müssen. Wie hast du dich gefühlt, als du dachtest, ich wäre von der Landmine in Stücke gerissen worden?«

»Schrecklich. Verängstigt. Leer«, sagte sie langsam.

»Gut. Immerhin ein Fortschritt.« Er nahm ihre Hand und küsste ihre Handfläche. »Ich weiß, dass ich dich dränge. Ich kann nicht anders. Ich habe dir Jahre an Erfahrung voraus, und ich weiß, was ich will. Du wirst dich damit auseinander setzen müssen. Du weißt nicht, ob du dem, was zwischen uns ist, trauen kannst.« Er lächelte. »Und es ist meine Aufgabe, dir zu zeigen, dass dieses Gefühl nie wieder aufhören wird. Bei mir nicht, und, wie ich hoffe, bei dir auch nicht. Ich werde dir auf den Fersen bleiben und dich bei jeder Gelegenheit verführen, bis du einsiehst, dass wir ohne einander nicht mehr leben können.« Er küsste noch einmal ihre Handfläche. »Was hast du vor, wenn du von hier weggehst?«

»Ich fahre nach Hause, um bei Eve und Joe zu sein. Ich

werde zeichnen und mich ausruhen und alles vergessen, was mit MacDuff's Run zu tun hat.«

»Und darf ich dich begleiten?«

Sie schaute ihn an, und wieder überkam sie dieses seltsame Glücksgefühl. Sie küsste ihn kurz und leidenschaftlich, dann sagte sie: »Gib mir eine Woche Zeit. Dann darfst du nachkommen.«

MacDuff erwartete sie im Burghof, als der Hubschrauber zwei Stunden später landete.

»Sie reisen ab? Ich nehme an, Sie kündigen Ihren Mietvertrag, Trevor?«

»Ich habe mich noch nicht entschieden. Freuen Sie sich nicht zu früh. Es könnte sein, dass ich eine Basisstation brauche, falls ich mich dazu entschließe, weiter nach dem Gold zu suchen. Und MacDuff's Run würde mir da sehr gelegen kommen.«

»Oder auch nicht.« MacDuff deutete ein Lächeln an. »Meine Burg, meine Leute, und beim nächsten Mal werde ich nicht den roten Teppich ausrollen. Es könnte sehr ungemütlich für Sie werden.« Er wandte sich an Jane. »Passen Sie auf sich auf. Ich hoffe, dass wir uns bald wiedersehen.«

»Machen Sie sich keine Hoffnung. Ich fahre nach Hause zu Eve und Joe.«

»Schön. Das wird Ihnen gut tun. Ich reise ebenfalls ab. Ich muss zurück nach Idaho, um Jock zu suchen.«

»Venable könnte Ihnen zuvorkommen«, sagte Trevor, während er in den Hubschrauber stieg.

MacDuff schüttelte den Kopf. »Ich brauche nur in Hörweite zu gelangen, dann wird Jock zu mir kommen. Ich bin nur zurückgekommen, um Robert Cameron zu holen. Er hat in der Armee unter mir gedient, und er ist der beste Spurenleser, den ich kenne.«

»Noch einer von Ihren Leuten?«, fragte Jane trocken.

»Ja. Seine Leute zu haben ist manchmal ganz praktisch.« Er wandte sich zum Gehen. »Das werden Sie auch noch feststellen.«

»Das bezweifle ich. Aber viel Glück mit Jock.« Sie folgte Trevor in den Hubschrauber.

»Ich gebe Ihnen Bescheid, wenn ich ihn gefunden habe«, rief MacDuff ihr nach.

»Woher wollen Sie wissen, ob ich nicht als Erstes bei Venable anrufe? Sie machen mich zur Komplizin.«

Er lächelte. »Sie werden ihn nicht anrufen. Blut ist dicker als Wasser. Jock ist ein Verwandter von Ihnen.«

»Von wegen. Und ich bin auch nicht mit Ihnen verwandt.«

»Doch, das sind Sie – wenn auch sehr entfernt. Ich würde meine DNA darauf verwetten.« Er zwinkerte ihr zu und salutierte. »Gott sei Dank.«

Empört und frustriert schaute sie ihm nach, als er auf den Stall zuging. Er wirkte selbstsicher, von sich eingenommen und absolut zu Hause in seiner alten Burg. Der alte Angus hatte bestimmt genau dieselbe überhebliche Art gehabt.

»Jane?« Trevor war zurück an die Tür des Hubschraubers gekommen.

Sie riss ihren Blick von dem verdammten alten Schotten los und stieg die letzten Stufen hinauf. »Ich komme.«

»Du Bastard«, sagte Cira mit zusammengebissenen Zähnen. »Das hast du mir eingebrockt.«

»Ja.« Antonio küsste ihre Hand. »Verzeihst du mir?«

»Nein. Ja. Vielleicht.« Sie schrie, als die nächste Wehe kam. »Nein!«

»Die Frau aus dem Dorf sagt, das Kind kommt in ein paar Minuten. Es ist nichts Ungewöhnliches, dass es bei der ersten Geburt so lange dauert. Sei tapfer.«

»Ich bin tapfer. Seit sechsunddreißig Stunden versuche ich, dieses Kind zu gebären, und du wagst es, mir zu sagen, ich soll tapfer sein? Während du so selbstgefällig und bequem dasitzt? Du hast keine Ahnung, was Schmerzen sind. Mach, dass du rauskommst, sonst dreh ich dir den Hals um.«

»Nein, ich bleibe bei dir, bis das Kind da ist.« Antonio drückte ihr die Hand. »Ich habe dir versprochen, dich nie wieder zu verlassen.«

»Ich wünschte, du hättest dein Versprechen gebrochen, bevor dieses Kind gezeugt wurde.«

»Meinst du das ernst?«

»Nein, natürlich nicht.« Cira biss sich auf die Lippe, als die nächste Wehe sich ankündigte. »Bist du verrückt? Ich will dieses Kind. Ich will nur die Schmerzen nicht. Es muss eine bessere Methode für Frauen geben, Kinder auf die Welt zu bringen.«

»Du wirst dir bestimmt etwas einfallen lassen.« Seine Stimme zitterte. »Aber ich wäre dankbar, wenn du erst einmal diese Geburt hinter dich bringen würdest.«

Er hatte Angst, dachte sie dumpf. Antonio, der niemals zugeben würde, dass er sich vor etwas fürchtete, hatte jetzt Angst. »Du glaubst, dass ich sterben werde.«

»Nein, auf keinen Fall.«

»Da hast du Recht, auf keinen Fall. Ich beklage mich, weil ich ein Recht dazu habe, und es ist nicht fair, dass Frauen immer die Kinder kriegen müssen. Ihr könntet auch euren Teil dazu beitragen.«

»Das würde ich, wenn ich könnte.«

Seine Stimme klang schon wieder ein wenig fester.

»Aber wenn ich's mir recht überlege – ich glaube, ich könnte nie wieder mit dir schlafen, wenn du plötzlich einen dicken Bauch hättest. Es würde einfach lächerlich aussehen. Und du selbst würdest den Anblick auch nicht ertragen.«

»Du warst wunderschön als Schwangere. Du bist immer wunderschön.«

»Du lügst.« Sie bäumte sich unter der nächsten Wehe auf. »Dieses Land ist hart und kalt und es macht Frauen das Leben schwer. Aber es wird mich nicht unterkriegen. Ich werde es mir aneignen. Genauso wie dieses Kind. Ich werde es gebären und ihm alles geben, was ich nicht hatte.« Sie streichelte zärtlich Antonios Wange. »Ich bin froh, dass ich dich habe, Antonio. Samtene Nächte und silberne Morgenstunden. Ich habe Pia gesagt, sie soll danach streben, doch es gibt so viel mehr.« Sie schloss die Augen. »Die andere Hälfte des Kreises …«

»Cira!«

»Bei den Göttern, Antonio.« Sie öffnete die Augen. »Ich habe dir versprochen, nicht zu sterben. Ich bin nur müde. Ich habe keine Zeit mehr, dich zu trösten. Sei jetzt still und geh weg, damit ich dieses Kind auf die Welt bringen kann.«

»Ich werde still sein.«

»Gut. Ich bin froh, dass du bei mir bist …«

MacDuff meldete sich nach dem fünften Läuten. Er wirkte verschlafen.

»Wie viele Kinder hatte Cira?«, fragte Jane.

»Wie bitte?«

»Hatte sie nur ein Kind? Ist sie bei der Geburt gestorben?«

»Warum wollen Sie das wissen?«

»Sagen Sie's mir.«

»Nach der Familienlegende hatte sie vier Kinder. Ich weiß nicht, wie sie gestorben ist, aber sie ist sehr alt geworden.«

Jane atmete erleichtert auf. »Danke.« Dann kam ihr plötzlich ein Gedanke. »Wo sind Sie?«

»In Kanada.«

»Haben Sie Jock schon gefunden?«

»Noch nicht. Aber ich werde ihn finden.«

»Tut mir Leid, dass ich Sie geweckt habe. Gute Nacht.«

MacDuff lachte in sich hinein. »War mir ein Vergnügen. Freut mich zu hören, dass Sie an uns denken.« Er legte auf.

»Alles in Ordnung?« Eve stand in der Tür zu Janes Zimmer.

»Ja, alles in Ordnung. Ich musste nur kurz etwas überprüfen.«

»Um diese Zeit?«

»Es erschien mir dringend.« Sie stand auf und zog ihren Morgenmantel über. »Komm. Wo wir schon beide wach sind, können wir uns auch eine Tasse Kakao machen. Du arbeitest so viel, dass ich kaum dazu gekommen bin, mich mit dir zu unterhalten, seit ich wieder hier bin.« Sie verzog das Gesicht. »Daran bin ich natürlich zum Teil selbst schuld. Ich gehe früh ins Bett und schlafe morgens lange. Ich weiß auch nicht, was mit mir los ist. Ich komme mir vor, als hätte mir jemand ein Schlafmittel verabreicht.«

»Das ist die Erschöpfung. Die Nachwirkungen von Mikes Tod, ganz zu schweigen von dem, was du in Idaho erlebt hast.« Sie folgte Jane in die Küche. »Ich bin froh, dass du dich zur Abwechslung mal richtig ausruhst. Wann willst du wieder zurück an die Uni?«

»Bald. Ich habe viel zu viel gefehlt in diesem Semester. Ich muss eine Menge nachholen.«

»Und dann?«

»Weiß noch nicht.« Sie lächelte. »Vielleicht bleibe ich einfach hier, bis ihr mich rauswerft.«

»Damit kannst du mich nicht schrecken. Joe und ich haben dich gern hier.« Sie löffelte Kakaopulver in zwei Tassen. »Aber ich glaube kaum, dass wir das Vergnügen haben werden.« Sie füllte die Tassen mit heißem Wasser. »Hast du wieder geträumt, Jane?«

Sie nickte. »Aber diesmal war es kein Albtraum.« Sie zog die Nase kraus. »Es sei denn, du würdest eine Geburt als Albtraum bezeichnen.«

Eve schüttelte den Kopf. »Nein, es ist ein Wunder.«

»Ich dachte, die Träume würden aufhören, wenn Cira aus dem Tunnel raus ist. Aber anscheinend muss ich damit leben, dass sie immer da ist.«

Eve reichte Jane eine Tasse. »Und das beunruhigt dich?«

»Nein, eigentlich nicht. Sie ist mir über die Jahre eine gute Freundin geworden.« Sie ging zur Veranda. »Manchmal lässt sie mich allerdings hängen.«

»Zumindest verstören die Träume dich nicht mehr.« Eve setzte sich auf das Verandageländer. »Früher wolltest du nie darüber reden.«

»Weil ich einfach nicht verstehen konnte, warum ich diese verflixten Träume hatte. Ich hatte einfach keine logische Erklärung dafür.«

»Und jetzt hast du eine?«

»Diesen Demonidas hat es nachweislich gegeben. Vielleicht ist er nicht nur in den Dokumenten erwähnt, die wir gefunden haben. Vielleicht habe ich irgendwo im Zusammenhang mit ihm etwas über Cira gelesen.«

»Oder auch nicht.«

»Du bist ja eine große Hilfe.«

»Wenn es stimmt, was MacDuff dir erzählt hat, wenn du tatsächlich eine Nachfahrin von Cira bist, dann liegt da vielleicht die Antwort.« Eve schaute auf den See hinaus. »Ich habe mal gelesen, dass es so was wie ein Familiengedächtnis gibt.«

»Und das schlägt sich in Träumen nieder? Das ist aber ziemlich weit hergeholt, Eve.«

»Etwas Besseres fällt mir nicht ein.« Sie holte tief Luft. »Du hast mir mal erzählt, du würdest dich fragen, ob

Cira versucht, Kontakt mit dir aufzunehmen, um zu verhindern, dass ihr Gold für ein Verbrechen benutzt wird.«

»Da hab ich gesponnen.« Sie setzte sich auf die oberste Verandastufe und tätschelte Toby, der auf der Stufe unter ihr lag. »Seit Cira angefangen hat, mir ihre nächtlichen Besuche abzustatten, hab ich viel rumgesponnen. Aber das macht nichts, ich habe mich an sie gewöhnt. Als sie eine Zeit lang nicht gekommen ist, hat sie mir sogar gefehlt.«

»Das kann ich verstehen«, sagte Eve.

»Ich weiß.« Jane schaute sie an. »Du verstehst alles, was ich durchmache. Deswegen bist du auch die Einzige, mit der ich über alles reden kann.«

Eve schwieg einen Moment lang. »Und Trevor?«

Jane schüttelte den Kopf. »Das ist alles noch zu neu, zu frisch. Bei ihm wird mir immer ganz schwindlig vor Glück, und das ist keine gute Voraussetzung, um eine Beziehung zu analysieren.« Sie zögerte, dann sagte sie nachdenklich: »Cira hat von samtenen Nächten und silbernen Morgenstunden geschrieben. Damit meinte sie natürlich Sex, aber die silbernen Morgenstunden haben ihr mehr bedeutet als das. Ich versuche die ganze Zeit, dahinter zu kommen. Eine Beziehung, die die Art, wie man die Welt sieht, verändert?« Sie schüttelte den Kopf. »Ich weiß es nicht. Ich bin zu eigensinnig. Es würde wahrscheinlich sehr lange dauern, bis ich mir solche Gefühle gestatte.«

»Sehr lange.«

Jane wusste nicht, ob Eve damit sie oder ihre eigenen Erfahrungen meinte. »Vielleicht werde ich nie so weit kommen. Aber Cira war auch ziemlich eigensinnig, trotzdem war sie diejenige, die Pia gesagt hat, wonach sie streben soll.«

»Silberne Morgenstunden ...« Eve stellte ihre Tasse auf

dem Geländer ab und setzte sich neben Jane auf die Stufe. »Klingt schön, nicht?« Sie legte Jane einen Arm um die Schultern. »Frisch und sauber und hell in einer dunklen Welt. Ich wünsche dir, dass du sie eines Tages findest, Jane.«

»Ich habe sie schon gefunden.« Sie lächelte Eve an. »Du gibst mir jeden Morgen eine. Wenn es mir schlecht geht, munterst du mich auf, wenn ich verwirrt bin, hilfst du mir, klar zu denken, wenn ich glaube, dass es auf der Welt keine Liebe gibt, dann denke ich an die Jahre, die du mir geschenkt hast.«

Eve lachte in sich hinein. »Irgendwie habe ich nicht das Gefühl, dass Cira das gemeint hat.«

»Vielleicht nicht. Sie hatte ja auch keine Eve Duncan, deswegen wusste sie vielleicht nicht, dass nicht nur ein Geliebter einer Frau silberne Morgenstunden schenken kann, sondern auch eine Mutter, ein Vater, eine Schwester, ein Bruder, eine gute Freundin …« Sie lehnte ihren Kopf an Eves Schulter. Die nächtliche Brise war kühl, doch sie brachte den Duft von Fichten mit und die Erinnerung an all die Jahre, in denen sie so oft mit Eve hier auf der Veranda gesessen hatte. »Ja, vor allem eine gute Freundin. Auch eine gute Freundin kann einem helfen, die Welt mit anderen Augen zu sehen.«

»Das stimmt.«

Eine ganze Weile saßen sie schweigend da und schauten auf den See hinaus. Schließlich seufzte Eve und sagte: »Es ist schon spät. Wir sollten lieber reingehen.«

Jane schüttelte den Kopf. »Das ist viel zu vernünftig. Ich habe es satt, immer vernünftig zu sein. Mein Leben lang habe ich mich gezwungen, praktisch und rational zu sein, aber allmählich frage ich mich, ob ich nicht eine Menge verpasst habe. Pat, meine Mitbewohnerin im Studentenheim, sagt mir immer, wenn man zu fest mit beiden Füßen auf dem

Boden steht, wird man nie tanzen können.« Sie lächelte Eve an. »Lass uns noch nicht ins Bett gehen. Lass uns warten, bis die Dämmerung kommt. Ich möchte sehen, ob sie silbern ist.«

Iris Johansen

Netz des Todes

Ein Eve-Duncan-Thriller

Aus dem Englischen von Bettina Abarbanell

Eve Duncan rekonstruiert anhand von Totenschädeln Gesichter und gilt darin als führende Expertin. Auch die Unterwelt hat von ihrer Geschicklichkeit erfahren: Drogenbaron Luis Montalvo bietet ihr einen Deal an. Wenn sie für ihn ein Gesicht rekonstruiert, findet er für sie heraus, warum und wie ihre Tochter Bonnie vor langer Zeit verschwand. Eve kann der Versuchung nicht widerstehen – und gerät in allergrößte Gefahr.

»Iris Johansen ist ein Bestseller-Phänomen.«
The New York Times

**Lesen Sie auf den nächsten Seiten,
wie der Roman beginnt.**

1

Das Telefon klingelte.

Lass es klingeln, dachte Eve, während ihre Finger rasch über die Schädelrekonstruktion glitten, die sie Marty getauft hatte. Wer immer es war, sie würde später zurückrufen, wenn sie mit der Arbeit fertig war. Sie hatte den Lautsprecher eingeschaltet, so dass sie immer noch abnehmen konnte, falls es Joe war oder Jane. Die Skulptur stand unmittelbar vor der Vollendung, und der letzte Schritt war entscheidend.

Nach dem sechsten Läuten schaltete sich der Anrufbeantworter ein.

»Ich muss Sie sprechen. Gehen Sie ans Telefon, Ms. Duncan.«

Ihre Finger erstarrten. Luis Montalvo. Sie hatte erst zweimal mit ihm gesprochen, doch der leichte Akzent war unverkennbar.

»Ich weiß, dass Sie da sind. Sie haben das Cottage die ganze Woche nicht verlassen.« Seine Stimme nahm einen leicht spöttischen Ton an. »Ihr Engagement ist bewundernswert, und wie ich höre, leisten Sie brillante Arbeit. Ich freue mich schon darauf, dass mir diese beiden Vorzüge demnächst zugutekommen werden.« Er wartete einen Moment. »Nun nehmen Sie schon ab. Ich bin es nicht gewöhnt, ignoriert zu werden. Es ärgert mich. Und Sie wollen mich doch bestimmt nicht ärgern.«

Sie wollte aber auch nicht ans Telefon gehen. Er würde sie aus der fieberhaften Konzentration reißen, die sie brauchte, wenn sie so kurz vor der Fertigstellung eines Auftrags stand. Verdammt, sie hatte gehofft, er würde sich nicht wieder bei ihr melden, nachdem sie ihm beim letzten Mal, vor gut einer Woche, eine Abfuhr erteilt hatte.

»Ich gebe nicht auf, wissen Sie.«

Nein, vermutlich nicht. Als er sie das erste Mal anrief, war Montalvo sehr höflich gewesen, und obwohl sie sein Angebot abgelehnt hatte, war ihm auch beim zweiten Telefonat keine Verärgerung anzumerken gewesen. Seine Stimme hatte freundlich und sanft geklungen, beinahe bedauernd, doch unter der samtenen Verbindlichkeit hatte sie einen Ton wahrgenommen, der sie irritierte. Doch während dieser Ton sie neulich aus der Ruhe gebracht hatte, ärgerte sie sich heute darüber. Sie hatte jetzt keine *Zeit.* Marty wartete.

Sie marschierte durchs Zimmer und nahm ab. »Montalvo, ich habe zu tun. Sie kennen meine Antwort. Rufen Sie mich nicht noch einmal an.«

»Ah, wie wunderbar, Ihre Stimme zu hören. Ich wusste, dass Sie nicht so unhöflich sein würden, mich diesem grässlichen Gerät auszuliefern. Ich hasse unpersönliche Maschinen. Ich bin ein Mann des Gefühls und der Leidenschaft – diese Apparate beleidigen mich.«

»Ich möchte wirklich nicht wissen, was Sie lieben oder hassen. Es interessiert mich nicht. Viel lieber möchte ich auflegen und vergessen, dass es Sie gibt.«

»Ich bin mir dieser traurigen Tatsache durchaus bewusst. Sie sind in Ihre jüngste Rekonstruktion vertieft, von dem Jungen, den man in Macon unter der Erde gefunden hat. Haben Sie ihm schon einen Namen gegeben? Wie ich höre, geben Sie allen Schädeln, an denen Sie arbeiten, einen Namen.«

Sie erstarrte. »Woher wissen Sie das?«

»Ich weiß alles über Sie. Ich weiß, dass Sie mit einem gewissen Detective Joe Quinn vom Atlanta Police Department zusammenleben. Ich weiß, dass Sie eine Tochter adoptiert haben, Jane MacGuire. Ich weiß, dass Sie aller Wahrscheinlichkeit nach die beste Gesichtsrekonstrukteurin der Welt sind. Soll ich fortfahren?«

»Das könnten alles öffentlich zugängliche Informationen sein. Und woher wissen Sie von dem in Macon ermordeten Jungen?«

»Ich habe viele, viele Kontakte auf der ganzen Welt. Möchten Sie wissen, wer ihn umgebracht hat? Ich könnte es für Sie herausfinden.«

»Das glaube ich Ihnen nicht.«

»Warum nicht?«

»Weil Sie sich gar nicht hier im Land aufhalten. Sie sind ein mieser Waffenschieber, und Sie leben in Kolumbien, wo Sie sich verstecken und Ihr Gift an den Meistbietenden verkaufen können.«

Er lachte in sich hinein. »Ich weiß ein offenes Wort zu schätzen. Ich kenne kaum eine Frau, die bereit wäre, mir so unverhohlen ihre Meinung zu sagen.«

»Dann bin ich dankbar, nicht zu den Frauen zu gehören, die Sie ›kennen‹, Sie sexistischer Mistkerl. Sonst wäre ich wahrscheinlich versucht, Ihnen die Eier abzuschneiden.«

»Welche Brutalität! Welche Leidenschaft! Ich glaube, wir sind uns sehr ähnlich, Ms. Duncan.«

»Ganz sicher nicht.« Sie holte tief Luft. »Die Antwort ist immer noch nein. Ich habe nicht die Absicht, zu Ihnen zu kommen und diese Rekonstruktion für Sie zu machen.«

»Als ich Ihnen mein Angebot unterbreitet habe, waren Sie sehr höflich und professionell, beinahe mitfühlend. Beim zweiten Mal waren Sie dann schon wesentlich kürzer angebunden. Ich nehme an, Sie haben Joe Quinn in der Zwischenzeit Erkundigungen über mich einziehen lassen?«

»Ja, natürlich. Ich arbeite nicht mit Betrügern und Mördern zusammen.«

»Jeder arbeitet mit dem zusammen, der ihm das beste Geschäft vorschlägt.«

»Ich habe Ihnen schon letztes Mal gesagt, dass ich an Ihren fetten Honoraren nicht interessiert bin.«

»Und ich war gebührend beeindruckt. Ich glaube, ich habe noch nie erlebt, dass jemand eine Million Dollar für eine Woche Arbeit abgelehnt hat.«

»Schmutziges Geld.«

»Falsch. All mein Bares ist sorgfältig gewaschen.«

»Ich dachte, Sie hätten akzeptiert, dass ich nicht für Sie arbeiten werde.«

»Weil ich nicht versucht habe, Sie umzustimmen? Ich glaube nicht, dass es sonderlich viel Sinn hat, die Räder durchdrehen zu lassen. Ich mache in so einem Fall lieber kehrt und suche nach einem anderen Köder. Ich habe fast eine Woche gebraucht, um herauszufinden, was für ein Köder das bei Ihnen sein könnte.«

»Und?«

»Ich bin überzeugt, dass Sie binnen kürzester Zeit anbeißen werden.«

»Warum?«

»Ich will uns doch nicht die Überraschung verderben. Ich habe es lieber, wenn sich ein Plan wie eine wunderschöne Nachtblume ganz allmählich entfaltet.«

»Sie haben Joe und meine Adoptivtochter erwähnt. Wenn Sie ihnen auch nur ein Haar krümmen, bringe ich Sie um.«

»Schon wieder diese Brutalität.« Er klang belustigt. »So dumm würde ich nie sein. Sie würden sich doch sofort in den Kampf stürzen, um mich unschädlich zu machen. Ich brauche Ihre Kooperation.«

»Ich lege jetzt auf.«

»Also schön. Ich wollte Ihnen nur Gelegenheit geben, es sich noch einmal anders zu überlegen. Ich wäre froh, wenn Sie aus Geldgier zu mir kämen. Weniger Stress für uns alle.«

»Drohen Sie mir?«

»O nein. Das würden Sie schon merken. Ich würde keinen Zweifel daran lassen. Wollen Sie nicht doch herkommen, mich glücklich machen und nebenbei reich werden?«

»Nein.«

»Schade.« Er seufzte. »Gute Nacht.« Er legte auf.

Eve drückte langsam auf die Trenntaste. Er hatte gesagt, er drohe ihr nicht, doch wie sollte sie seinen Anruf sonst verstehen? Es war eine subtile Drohung, umso unheimlicher, als sie in dieser beiläufigen, scheinbar harmlosen Form daherkam. Als sie sein Angebot abgelehnt hatte, war er so ruhig geblieben, dass sie ernsthaft geglaubt hatte, er habe ihr Nein akzeptiert und würde sich nie wieder bei ihr melden. Sie hatte sich getäuscht.

Sollte sie Joe anrufen und ihm erzählen, dass Montalvo noch nicht von der Bildfläche verschwunden war?

Damit er glaubte, sie sei beunruhigt, und vom Dienst nach Hause geeilt kam?

Sie war nicht beunruhigt. Nur irritiert. Montalvo hatte gesagt, ihrer Familie würde nichts geschehen, und das glaubte sie ihm. Er hatte richtig erkannt, dass jede Bedrohung ihres Mannes und ihrer Tochter sie wütend und rebellisch machen würde. Er hatte überhaupt keine konkrete Drohung ausgesprochen, und vielleicht versuchte er auch nur, sie einzuschüchtern, damit sie tat, was er von ihr wollte.

Vielleicht.

Doch er wusste eindeutig zu viel über sie. Ob sie beobachtet wurde?

Ja, sie würde Joe definitiv von dem Anruf erzählen. Aber es hatte keinen Sinn, ihn jetzt zu alarmieren. Sie würde heute Abend mit ihm reden, wenn er zum Essen nach Hause kam. Okay, sie wollte sich wieder Marty zuwenden, und wenn sie jetzt mit Joe über Montalvo sprach, würde ihr das womöglich nicht mehr gelingen. Sie wollte nicht zulassen, dass Montalvo sie in ihrer Konzentration störte. Der Bastard weidete sich wahrscheinlich an dem Gedanken, dass er sie schon so weit unter Kontrolle hatte. Vielleicht würde er sogar noch einmal anrufen, um die Kontrolle zu verstärken. Das durfte sie auf keinen Fall zulassen. Sie schaltete erst das Festnetztelefon und dann ihr Handy ab, ehe sie wieder zur Staffelei ging und weiterzuarbeiten versuchte.

Montalvo ausblenden. Nur an Marty denken, an die Möglichkeit, ihn nach Hause zu bringen. An den Jungen denken, der ermordet, in der Erde verscharrt und allein gelassen worden war, ohne Namen und ohne Zuflucht.

So war es besser. Montalvos Worte begannen zu verschwimmen und immer mehr zu verblassen, als sie sich wieder an die Arbeit machte.

Sprich mit mir, Marty. Hilf mir, dich nach Hause zu bringen …

Matthew Reilly

Das Tartarus-Orakel

Thriller

ISBN 978-3-548-26718-0
www.ullstein-buchverlage.de

Der Tag von Tartarus naht, an dem sich entscheiden wird, ob die Welt untergeht oder nicht – und wer die Menschheit in Zukunft beherrscht. Amerika, das alte Europa und Jack West mit seinem kleinen Spezialtrupp liefern sich eine erbarmungslose Jagd zu den sieben Weltwundern. Denn nur wer in den Besitz der dort versteckten Steine gelangt, kann das alles entscheidende Ritual vollziehen.

»Matthew Reilly lässt es wieder krachen – Abenteuerkino zum Lesen!« *Bild am Sonntag*

UB414

ullstein

Linwood Barclay

Ohne ein Wort

Psychothriller

Deutsche Erstausgabe

ISBN 978-3-548-26743-2
www.ullstein-buchverlage.de

»Ich wollte, ihr wärt tot!« Das wünscht die 14-jährige Cynthia ihren Eltern. Als sie am nächsten Tag aufwacht, sind ihr Vater und ihre Mutter verschwunden. Auch ihr Bruder ist weg. Spurlos. Ohne ein Wort. Kein Hinweis, keine Nachricht bleiben für Cynthia zurück. Erst 25 Jahre später, als sie selbst eine Familie hat, tauchen geheimnisvolle Zeichen aus ihrer Vergangenheit auf.
Mysteriös, gefährlich, tödlich – etwas Böses kehrt zurück.

»Ein Volltreffer – sorgt mit subtiler, sich ständig steigender Spannung für Gänsehaut«
Hamburger Morgenpost

UB413

Jo Nesbø

Kakerlaken

Kriminalroman
Deutsche Erstausgabe

ISBN 978-3-548-26646-6
www.ullstein-buchverlage.de

Harry Holes zweiter Fall: In Bangkok wurde der norwegische Botschafter ermordet. Hole soll die thailändische Polizei unterstützen und taucht tief ein in die Unterwelt einer Stadt, in der Moral und Gesetz keine Rolle spielen. Dabei findet er mehr über den Ermordeten heraus, als seinen Vorgesetzten lieb ist …

»Unglaublich spannend, eine originelle Story und meisterhaft geschrieben.« *Berlingske Tidene*

»Nesbø ist einer der absolut interessantesten Krimischriftsteller Skandinaviens.« *Skånska Dagbladet*

Jo Nesbø

Der Fledermausmann

Kriminalroman

ISBN 978-3-548-25364-0
www.ullstein-buchverlage.de

Harry Hole, der unkonventionelle Kommissar aus Oslo, wird nach Sydney geschickt, wo er den Mord an einer jungen Norwegerin aufklären soll. Gemeinsam mit seinem australischen Kollegen, dem Aborigine Andrew, nimmt er die Ermittlungen auf. Schon bald müssen sie feststellen, dass es sich nicht um einen Einzelfall handelt: Ein Serienmörder tötet scheinbar willkürlich junge weiße Frauen.

»Harry Hole verstrickt sich immer mehr in den eigenen Abgründen und muss opfern, was er liebt, um den Täter zu stellen.« *Ostthüringer Zeitung*

UB404

ullstein